위너 2

프레드릭 배크만
장편소설

위너 2

이은선 옮김

FREDRIK
BACKMAN

다산
책방

『위너』의 인물들

벤야민 오비크。 전 베어타운 하키팀 최고의 공격수. 누구보다 섬세하고 따뜻한 영혼의 소유자. 거칠고 외로운 눈빛이 트레이드마크다. 성 정체성이 폭로된 뒤, 하키를 그만두고 해외를 떠돌아다니다 2년 만에 베어타운으로 돌아온다. 누나 아드리, 가비, 카시아가 있다.

마야 안데르손。 전 베어타운 하키단 단장 페테르 안데르손의 딸. 하키보다는 기타를 좋아한다. 타고난 음악 실력으로 고향에서 멀리 떨어진 대도시의 음악대학에 다니며 기숙사에서 살고 있다. 학기 중이지만 중요한 소식을 듣고 베어타운으로 돌아온다.

아나。 사냥꾼의 딸이자 마야의 가장 친한 친구. 어머니가 떠난 뒤로 사냥꾼 아버지 밑에서 베어타운의 숲을 집처럼 여기며 자랐다. 면허가 없지만 어떤 자동차, 어떤 트럭이든 거침없이 운전할 수 있다. 현재는 격투기 선수로 활동하고 있다.

보보。 베어타운 하키단 A팀의 보조 코치. 코치 엘리사베트 사켈을 도와 하키단을 꾸려 나가고 있다. 요리와 자동차 정비 등 손재주가 뛰어나다. 덩치는 크지만 마음만은 여리고 다정한 남자다.

아맛。 베어타운 하키단 A팀의 최정예 선수. 베어타운 사람들의 기대를 한몸에 받으며 세계 제일의 하키 선수들이 모인다는 NHL에서 선수 생활을 할 뻔했지만, 모종의 이유로 선발되지 않아 낙심하여 두문불출하고 있다.

페테르 안데르손。전 베어타운 하키단의 단장. 이전에는 베어타운의 하키 선수였다. 현재는 아내 미라 안데르손이 세운 변호사 사무소에서 일을 돕고 있다. 폭력을 두고 보지 못하는 평화주의자로, 오래전부터 베어타운 주민들의 신임과 존경을 받고 있다.

미라 안데르손。베어타운에서 가장 유능한 변호사. 페테르의 아내이자 마야의 엄마. 남편과 아이들 때문에 미뤄왔던 자신의 꿈을 실현하기 위해 이전 회사의 동료와 함께 변호사 사무소를 창립했다. 하지만 항상 가족들을 신경 써주지 못한다는 죄책감에 시달린다.

수네。전 베어타운 A팀 코치. 은퇴한 뒤 탕이라는 개를 키우며 하키에 푹 빠진 알리시아라는 여자아이와 시끌벅적한 일상을 보내고 있다.

알리시아。세상에서 하키를 제일 좋아하는 일곱 살 여자아이. 자기 집보다 아이스링크장과 수네의 집에서 보내는 시간이 더 길다.

엘리사베트 사켈。베어타운 하키단 A팀 코치. 무뚝뚝한 말투를 쓰며 감정이 엿보이지 않는 사람이지만, 하키팀의 코치로서는 나무랄 데가 없다.

라모나。베어타운보다 오래되었다는 주장이 있을 만큼 역사가 깊은 펠센 술집의 주인. 아침으로 맥주 두어 잔을 마시면서 욕을 퍼붓는 게 일과다. 검은 재킷을 입는 '그 일당'과 끈끈한 관계를 유지한다.

티무 리니우스。베어타운의 아이스링크에서 경기가 열리는 날이면, 검은 재킷을 입고 스탠딩석을 가득 메우는 '그 일당'의 수장.

프락。베어타운 슈퍼마켓 체인점의 사장이자 베어타운 하키팀의 가장 거물급 후원자 중 한 명. 베어타운의 부흥을 위해서라면 어떤 일도 불사하는 기회주의자.

마테오。 버려진 컴퓨터를 조립하거나 이웃집의 와이파이를 해킹하는 등, 하키보다는 컴퓨터에 관심이 더 많은 베어타운의 청소년.

루트。 동생 마테오를 끔찍이 아끼는 평범한 누나. 마테오가 성인이 되면 함께 베어타운을 벗어나고 싶어 한다.

한나。 헤드의 병원에서 일하는 조산사. 작고 가냘픈 체구와 다르게 불같은 성격의 소유자. 어디든 도움이 필요한 곳이라면 망설이지 않고 곧바로 달려가는 사람이다.

요니。 헤드의 소방관. 고등학교 때까지는 하키 선수였다. 터프하지만 섬세한 성격으로, 한나와 마찬가지로 도움이 필요한 사람이 있다면 곧바로 달려가야 한다고 생각한다.

테스。 한나와 요니의 딸. 토비아스, 테드, 투레까지 세 남동생을 돌보면서도 전교 1등을 놓치지 않는 야무지고 똑똑한 고등학생.

옹알이。 헤드 출신의 하키 선수. 현재는 베어타운 하키단 A팀에서 골키퍼로 뛰고 있다. 말을 잘 하지 않아서 '옹알이'라는 별명으로 불린다.

리샤르드 테오。 베어타운 지역구 의원. 원하는 것을 이룰 수만 있으면 누구와도 같이 일할 수 있다. 사람들 사이에 갈등을 일으키는 데 타고난 재주가 있다.

레브。 헤드 외곽의 폐차장을 차지한 쓰레기 깡패단의 우두머리. 아맛과 같은 지역 출신으로, 아맛을 NHL에서 활동하는 선수로 만들어주겠다며 접근한다.

대도시。 하키 실력만큼은 뛰어난 선수지만 태도 문제로 인해 팀 여러 곳에서 방출된 과거가 있다. 엘리사베트 사켈의 안목으로 베어타운 하키팀에 영입된다.

인물 관계도

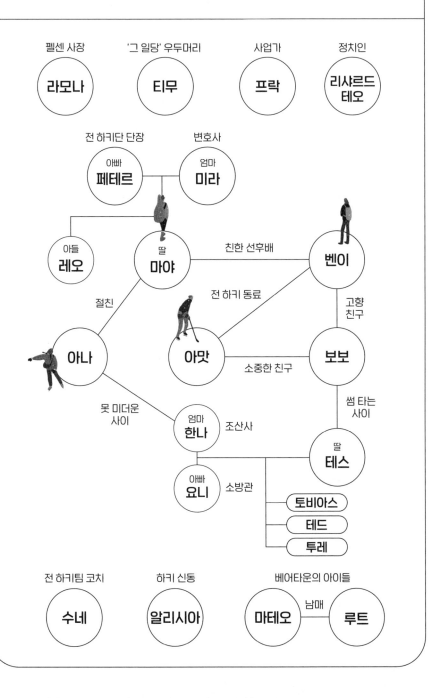

펠센 사장
라모나

'그 일당' 우두머리
티무

사업가
프락

정치인
리샤르드 테오

전 하키단 단장
아빠
페테르

변호사
엄마
미라

아들
레오

딸
마야

친한 선후배

벤이

전 하키 동료

고향
친구

아나

절친

못 미더운
사이

아맛

소중한 친구

보보

썸 타는
사이

엄마
한나

조산사

딸
테스

아빠
요니

소방관

토비아스

테드

투레

전 하키팀 코치
수네

하키 신동
알리시아

베어타운의 아이들
마테오

남매

루트

일러두기
이 책의 주석은 모두 역자 주입니다.

전사

일요일이 된다. 라모나의 장례식은 고인의 뜻과 다르게 진행된다. 라모나는 살아생전에 자기가 이 땅에서의 생을 마감하면 돼지에게 주거나 꽃밭 거름으로 써도 상관없다고, 요란을 떨면서 이놈 저놈 다 부르지만 말라고 했다. 그런 놈들은 불러봐야 가만히 서서 슬픈 척이나 하고 있을 거 아니냐고 했다. 늘 그렇듯 아무도 그녀의 말을 듣지 않았다. 온 마을 주민이 장례식에 참석한다.

아드리가 아침 일찍 벤이를 깨운다. 개들부터 밥을 먹고 인간들은 그다음 차례다. 그들은 부엌 조리대 앞에 서서 말없이 아침을 먹는다. 너무 이른 새벽이라 벤이는 거의 아무것도 먹지 못한다. 그 시각에는 대체로 자고 있다. 아드리는 동생의 입에 커피를 억지로 때려 넣고 딱 한 벌뿐인 양복을 내놓는다. 그가 2년 전에 베어타운을 떠났을 때만 해도 어깨와 가슴이 꼭 맞았는데 지금은 너무 크다. 아드리는 아버지가 신던 멀끔한 구두를 닦아놓았고 벤이에게 오늘을 위해 특별히 장만한 흰색 넥타이를 건넨다. 벤이는 싫다는 말을 꺼낼 수조차 없다. 흰색 넥타이는 유족들만 하는 거지만 아드리는 벤이나 다른 사람들이 어떻게 생각하든 상관하지 않는다. 집으로 돌아왔을 때 어디서 지내고 싶냐고 벤이에게 의견을 물은 사람도 없었다. 누나들이 그냥 알아서 정했다. 카시아는 조그만 아파트에서 살고 가비는 몸이 불편해진 어머니를 모시게 되면서 집에 남는 방이 없었기 때문에 그는 결국 아드리에게 신세를 지게 됐다. 벤이 혼자 지낸다는 선택지는 아예 거론되지도 않았다. 그는 자기 마음대로 세상을 돌아다닐 수 있을지 몰라도 누나 셋 앞에서는 여전히 어린애다.

나무 위로 슬금슬금 날이 밝아올 때 가비와 카시아가 어머니를 뒤에 태우고 등장하자 아드리와 벤이가 어머니의 옆에 몸을 욱여넣는다. 어머니는 차를 타고 가는 내내 반항하는 벤이의 머리를 쓸어넘기고, 그걸 보고 누나들은 차가 흔들릴 정도로 깔깔대며 웃는다. 그들의 동생은 아파도 아주 잘 참지만 지금은 조랑말보다 더 심하게 손질을 당하고 있다.

❈

사랑하는 사람과 엮이면 시간을 믿을 수 없게 된다. 그들이 떠나면 모르는 사람이라도 된 것처럼 아득하게 느껴지지만 돌아온 다음 날 아침이면 계속 같이 있었던 것 같다. 벤이에게 문제가 있다면 이제 처음으로 그를 맞닥뜨리게 될 사람들이 너무 많다는 것이다. 어떤 반응을 보일지 예측할 수 없는 사람들이 너무 많다는 것이다.

벤이가 어머니와 누나들과 함께 교회에 도착해 보니 와 있는 사람이 몇 명 안 된다. 어머니는 트렁크에서 포일로 덮은 그릇을 열댓 개 꺼낸다. 어딜 가든 음식을 챙기는 성격답다. 어머니와 누나들은 정문 앞으로 가서 늘 하던 대로 도울 일을 찾는다. 잠깐 벤이를 잊어버린다. 다들 어떤 눈빛으로 그를 쳐다보는지, 그가 예전에는 이 마을에서 어떤 존재였고 지금은 어떤 존재가 되었는지 잊어버린다. 그렇기에 그는 차 옆에 우두커니 혼자 서서, 옆을 지나가는 모든 사람이 자신을 흘끗 훔쳐보고 수군대는 걸 느끼며 어쩔 줄 몰라 한다. 땀에 전 손바닥이 붙잡을 만한 걸 찾지만 담배에 불 붙이기도 쉽지 않다. 문득 집으로 돌아오지 말걸 그랬다는 생각이 든다. 그는 아직 마음의 준비가 덜 됐다. 맙소사, 검은 재킷을 입은 남자들이 정문 옆에서 있다. 스핀델도 있고 티무의 최측근 몇 명도 함께 있다. 참석하면 안 될 사람이 오는지 살피려고 지키고 서 있는 것이다. 벤이는 자신이 그들과 같은 편인지 다른 편인지 잘 모르겠다. 전에는 불안한 마음을 잘 숨길 수 있었는데. 떠나 있는 동안 살만 빠진 게 아니다. 손에 쥐고 있던 담배가 꺼진다.

"저 사람 벤이 아니야?"

근처에서 한 아이가 친구에게 조그맣게 묻는다.

"우와, 삐쩍 말랐네. 에이즈 같은 거라도 걸렸나?"

그 친구는 이렇게 마주 속삭이고 두 아이는 같이 배를 잡고 킬킬거린다. 어른 하나가 화를 내며 조용히 시키자 둘 다 양팔을 위로 올리며 나지막이 쏘아붙인다.

"왜요? 저 사람 게이잖아요. 다들 그러던데……."

벤이는 뒷말이 이어지기 전에 몸을 돌려서 반대편으로 걸어간다.

아버지가 신던 제일 좋은 구두가 얇게 깔린 눈 위에서 미끄러진다. 어디로 가는지는 모르겠지만 사람이 없는 곳이면 된다. "뭘 찾고 있는 거니, 아니면 뭘 피해서 도망치고 있는 거니?"라는 말이 머릿속에서 메아리친다. 떠돌아다니던 초기에 지구 반대편에서 만난 바텐더가 이렇게 물었을 때 그는 뭐라고 대답하면 좋을지 알 수 없어서 "둘 다요"라고 했다. 그는 하마터면 그 바텐더를 사랑할 뻔했고 수많은 밤을 보내는 동안 수많은 남자를 사랑할 뻔했지만, 어느덧 해가 뜨면 바닥에 벗어놓은 옷을 주워서 나가는 곳을 찾았다. 여자도 만났다. 방파제 위에서 잠든 다음 날 아침에 맞닥뜨린 다이빙 강사였다. 더듬거리는 영어가 어느 나라 억양인지 알 수 없었지만 그래도 그들은 좋은 친구가 되었다. 어느 정도 좋은 친구가 되었는가 하면, 어느 날 밤에 그가 술병 바닥의 구멍에 초점을 맞추려고 한참 동안 애쓰는 모습을 보던 그녀가 웃으며 스웨덴어로 이렇게 말했을 정도였다.

"너는 너무 쉽게 불행한 사랑을 시작하는구나. 사랑을 시작하는 것이 문제가 아니라 그냥 불행한 게 문제야."

몇 달 만에 처음 들은 모국어였다. 알고 보니 그 여자의 고향이 베어타운에서 고작 500킬로미터 거리였다. 그야말로 엎어지면 코 닿을 데였다.

"왜 나랑 같은 나라에서 왔다고 얘기하지 않았어요?"

벤이는 물었다.

"그럼 네가 나랑 말을 섞지 않을 거 아냐. 고향 생각은 전혀 하고 싶지 않을 테니까."

맞는 말이었다. 그는 거의 잊어버릴 뻔했던 모국어로 그녀와 밤새 얘기를 나눴다. 그녀는 무대 위에서 커버밴드가 부르는 노래를 따라 불렀고 벤이는 눈을 감으면 그곳이 바닷가가 아니라 다시 숲으로 돌아갔다고 믿을 수 있을 만큼 술에 취했다. 처음으로 고향이 그리 워진 건 아니었지만 처음으로 고향이 그립다는 것을 인정한 순간이 었다. 여자는 자기 곁에 좀 더 있겠다고 약속하라 했고, 벤이는 약속 했지만 이내 짐을 싸서 떠났다. 하면 할수록 점점 더 쉬워졌다. 다른 마을에서는 금방이라도 부서질 것 같은 배를 가지고 있는 잘생긴 남자를 만났다. 그들은 몇 주 동안 배 위에서 함께 지냈지만, 남자가 벤이를 구슬려 자기 얘기를 털어놓게 하자 벤이는 그 남자에게서도 마음이 떠났다. 둘이 함께 보낸 마지막 날 밤에 벤이는 술이 떡이 된 채 갑판에 똑바로 누워 별을 올려다보며 남자에게 아이스하키가 어 떤 느낌이었는지 이야기했다. 그것이 실은 어떤 느낌이었는지.

빙판 위에 올라가는 선수 중 한 명이 되는 것. 관중석에서 그냥 소 리를 지르며 바라기만 하는 힘없는 사람이 아니라 실제로 뭔가를 변화시킬 수 있는 사람이 되는 것. 싸우고, 피를 흘리고, 이기거나 모든 걸 잃을 수 있는 사람이 되는 것. 잘생긴 남자는 옆에 누워 있 다가 벤이의 팔뚝에 새겨진 곰 문신을 가만히 만졌다.

"진짜 곰을 본 적 있어?"

남자는 물었다. 벤이는 몸을 돌려서 그에게 입을 맞췄다. 다음 날 아침에 남자가 눈을 떠보니 배에는 아무도 없었다.

"벤이!"

성난 목소리가 주차장을 가로질렀다.

벤이는 계속 걸었다.

"벤이!"

목소리는 다시 으르렁거렸고, 그의 이름은 뒷덜미에 꽂히는 총탄처럼 느껴진다.

그는 궁지에 몰린 생쥐처럼 걸음을 멈추고 마음의 준비를 하며 몸을 돌린다. 정문 앞에 서 있던 검은 재킷의 남자들이 그를 향해 곧장 걸어오고 있다. 그는 그들의 사랑을 받았지만, 비밀이 공개되자 오로지 사랑받았던 사람에게만 가능한 방식으로 증오를 받았다. 한때 그는 그들이 원하는 베어타운의 모든 것을 상징하는 자였다. 모두가 그를 두려워했고 그는 아무도 두려워하지 않았다. 그때 그는 고등학생에 불과했지만 빙판 위에서는 그들의 남자였다. 그들의 전사였다. 그들의 것이었다. 아드레날린이 충만한 상태로 펜스에 몸을 던지는 선수를 보고 검은 재킷을 입은 남자들로 가득한 관중석에서 터져 나오던 함성. 벤이는 다른 어떤 곳에서도 이 비슷한 것을 느끼지 못했다. 다른 어떤 곳에서도 존재하지 않았던 것이기에 다른 어떤 곳에서도 느껴보지 못했다. 그는 그 자리에 머물 수 있길 얼마나 바랐던가. 진실이 드러나지 않기를. 전사는 다른 남자들을 사랑해야 한다. 그들을 보고 사랑에 빠질 것이 아니라. 벤이는 지금까지 사는 동안 모든 종류의 정적을 경험했다고 생각했지만, 그것도 동성애자를 두고 우스갯소리를 주고받던 남자들로 가득한 방 안에 그가 등장하자 모두가 입을 다물기 전까지의 얘기였다. 그는 모든 종류의 증오를 경험했다고 생각했지만, 그것도 헤드 응원단이 빙판 위로 자위 기구를 던지기 전까지의 얘기였다. 그때 벤이는 베어타운의 가장 열성적인 응원단의 눈빛에서 부끄러움을 보았다. 그들은 그래서 그를 미워했고 그는 그들을 비난하지 않는다. 그들은 절대 그를 용서할 수 없다는 것을 이해한다. 티무가 2년 전에 그에게 마지막으로 한 말은 "너는 우리랑 같은 편이야"였을지 몰라도 지금은 그게 무슨 의미일까? 아무 의미도 없다. 벤이는 그때 아직 하키 선수였고, 그들에게 아직 쓸모가 있었고 특별했다. 지금 그는 아무것도 아니다. 집으로 돌아오지 말았어야 했는데.

"벤이!"

그들 중에서도 제일 정상이 아닌 스핀델이 고래고래 외친다. 그 자리에 가만히 있으라는 요청이 아니라 명령이다.

벤이는 움직이지 않는다. 남자들이 다가오도록 기다린다. 첫 번째 남자가 팔을 들고 이어서 두 번째 남자도 팔을 든다. 이 모든 일이 어마무지하게 빠르게 벌어지고 그들이 그를 끌어안을 때는 어마무지하게 아프다. 아직 온몸이 공항에서 맞았을 때 생긴 멍으로 뒤덮여 있기 때문이다.

"너 대체 어디 있었어? 와, 씨발. 이렇게 보니까 반갑잖아! 근데 어쩌다 이렇게 존나 말라빠졌냐? 새끼, 이제는 거식증 환자야?"

스핀델이 외치자 다른 남자들도 욕을 퍼붓는다. 사실은 그게 칭찬이다. 그들에게는 대화의 종류가 사실은 칭찬인 욕과 사실은 욕인 칭찬밖에 없다.

그들은 엘크 사냥을 운운한다. 자동차와 엽총을 운운한다. 날씨를 운운한다. 벤이는 얻어맞을 줄 알고 있다가 아니라는 걸 알게 되자 마침내 어깨에서 긴장을 풀며 조용히 말한다.

"뭐라고…… 위로를 해야 할지……."

그는 묘지 쪽을 턱으로 가리키지만 스핀델은 웃음을 터뜨린다.

"그래서 이제 울 거야? 라모나가 봤으면 울게 됐을 것 같아? 네 그 말라비틀어진 궁둥이를 두들겨 패서 갈기갈기 부순 다음 거기다

불을 지를 거다. 온 마을에 똥 냄새가 진동할 때까지!"

하지만 그의 눈에는 깊이를 알 수 없는 상심이 담겨 있다, 모든 남자가 그렇다. 술 때문에 얼굴이 부었다. 눈물 바람에 빠지지 않으려고 술독에 빠진 것이다. 그들은 라모나의 것이었고 라모나는 그들의 것이었다. 그들 대부분은 자기 부모보다 그 할망구와 가깝게 지냈다. 그러니까 지금은 유머도 방어기제가 아니라 반항의 표현이다. 덤벼보라고, 상심 이 새끼야. 한 남자의 여자친구가 의자 나르는 걸 도와달라고(교회에 자리가 부족할 것이기 때문이다) 차 뒤편에서 부르자 남자들은 당장 걸음을 옮긴다. 벤이도 당연히 자기들과 같이 살 거라고 생각하는지 계속 말을 건다. 그래서 그는 같이 간다. 그들은 하키 얘기를 하지만 벤이와 하키 얘기를 하지는 않고 그에게 다시 뛸 거냐고 묻지도 않는다. 누군가가 의회에서 두 구단을 합치려고 한다는 얘기를 꺼내자 스핀델은 "그걸 시도하는 거야 그 새끼들 마음이지만 그 새끼들 장례식 때 의자 나를 일은 없겠네!"라고 한다. 그 말을 듣고 여자가 자기 남자친구의 정강이를 걷어찬다. 스핀델을 걷어차게 하기 위해서다. 스핀델이 "아니, 내 말이 틀렸어?"라고 외치자 그 여자는 나지막이 쏘아붙인다. "아무한테나 말 함부로 하지 마. 여기는 빌어먹을 교회라는 걸 기억하라고!" 두말하면 잔소리지만 스핀델은 씩 웃으며 맞받아친다. "교회에서는 욕하는 거 아니야, 마뒤!" 다 같이 배를 잡고 얼마나 웃었는지 모른다. 벤이까지. 그들은 의자를 교회 안으로 좀 더 나르고 여자와 스노 스쿠터를 주제로 토론을 벌인다.

48

도둑

일요일 아침 일찍 한 소방관이 다른 소방관에게 전화해서 부탁할 일이 있다고 한다. 한 소방관은 벵트고 다른 소방관은 요니다. 요니는 아이스링크에서 벌어진 난투극 때문에 여전히 씩씩대고 있지만 그보다 나이가 한참 많은 상사는 차분하게 조언한다.

"그쪽 사람들은 라모나 장례식을 앞두고 심란해하고 있잖아. 자네 같으면 심정이 어떻겠어? 베어타운에도 번듯하고 지각 있는 사람들이 살고 있으니, 세상에 둘도 없는 바보들을 설득할 수 있게 그들에게 기회를 주고 기다려보자고. 야구방망이 들고 가서 분란 일으키기 전에 상황 파악도 좀 할 겸."

요니는 내키지 않지만 알겠다고 한다. 그러고 나서 두 사람은 엘크 사냥으로 화제를 옮기는데, 올해에는 거의 모든 소방관이 사냥을 건너뛰게 될 것 같다. 폭풍 피해 복구 작업 때문에 다들 시간을 내기가 여의치 않다. 벵트는 웃음을 터뜨린다.

"지금 우리한테 필요한 게 딱 그거네. 탄약은 새로 채워 넣었는데 쏠 게 없어서 엉덩이만 들썩이고 있는 바보 부대!"

"그 친구들한테 다시 전화해서 최대한 진정시켜 볼게요."

요니는 약속한다.

"그래, 그래. 한나하고 아이들은 어쩌고 있어?"

"아이들은 무사히 집에 돌아왔고 베어타운 인간들 때문에 화가 났는데, 한나는 저한테 제일 많이 화가 났어요. 그게 어떻게 제 탓이 될 수 있는지 도무지 모르겠지만요. 흔치 않은 반응은 아니긴 해요."

벵트는 껄껄대며 웃다가 기침을 한다.

"내 아내하고 비슷하네. 나는 매일 아침에 눈뜰 때마다 이미 마이너스에서 출발해. 종일 잘못을 하나도 저지르지 않으면 0이 되나? 그러고 다음 날 아침에 일어나면 다시 똑같이 마이너스로 돌아가지. 아내 얘기가 나왔으니 말인데, 부탁 하나만 해도 될까?"

"이미 하지 않으셨어요?"

요니는 짚고 넘어간다.

"맞아, 맞아. 그런데 내가 다리에 깁스를 해서 운전할 수가 없는데 아내가 쓸 스노타이어가 도착했다고 하네. 나 대신 그것 좀 가져다줄 수 있나 해서."

"그럼요. 어디서 들고 오면 되는데요?"

"쓰레기 깡패단한테서."

"쓰레기 깡패단이요?"

요니는 미심쩍은 투로 반문한다. 그는 주인이 바뀐 뒤로 폐차장에 가본 적은 없지만 소방서 동료들이 하는 얘기는 당연히 숱하게 들어왔다. 한 동료는 "금니가 있는 사람은 거기 가서 입을 벌리면 안 돼. 혀가 알아차리지도 못한 순간 금니가 사라질 테니까"라는 말로 자신의 의견을 요약했다. 하지만 벵트는 태연하게 말한다.

"타이어를 싸게 살 수 있거든. 합법적으로."

"영수증 챙길까요?"

웃으며 요니가 묻는다.

"그건 생략하는 게 좋겠지!"

벵트는 폭소를 터뜨린다.

요니는 알겠다고 한다. 밴을 몰고 헤드를 가로질러 산기슭에 자리 잡은 폐차장으로 간다. 솔직히 산보다는 언덕에 가깝지만 헤드에서는 일단 이름이 붙여지면 잘 바뀌지 않는다. 그가 휴대전화를 조수석에 둔 채 문을 잠그지 않고 차에서 내리자 가죽 재킷을 입고 약 30미터 앞에 서 있던 뚱뚱한 남자가 조심스럽게 미소를 짓는다.

"차 문 안 잠급니까, 에?"

요니는 눈썹을 들어 올린다.

"안 잠그면 안 되나요?"

남자는 그에게 시선을 고정한 채 뭔가를 기대하는 사람처럼 계속 미소를 짓는다.

"대개는 잠그거든요. 우리가 도둑이라는 소문이 있어서. 못 들어 봤어요? 누가 당신 핸드폰을 들고 갈 수도 있고, 에?"

요니는 차 안을 들여다보고 폐차장을 둘러본 다음 남자를 다시 쳐다보며 태연하게 대답한다.

"댁의 부하들한테 어디 한번 훔쳐보라고 하세요. 후환이 두렵지 않으면."

남자는 한참을 껄껄대며 웃고는 손을 내민다.

"레브요."

"요니라고 합니다."

요니는 말하고 그 손을 세게 잡는다.

레브는 요니가 점퍼 아래에 입은 티셔츠를 턱으로 가리킨다. 가슴팍에 소방서 배지가 그려진 셔츠다.

"소방관이죠, 에? 불도 무서워하지 않고 도둑도 무서워하지 않는 분이 여긴 어쩐 일로?"

"우리 대장님이 주문한 타이어 받으러 왔어요."

"벵트요, 에? 그렇구만. 들고 올게요. 그분 다리는 좀 어떻대요?"

"감사합니다……. 그리고 잘 치료받고 계세요."

요니는 조금 놀란 표정으로 대답한다.

레브는 손바닥을 펼쳐서 위로 들어 보인다.

"얘기 들었어요. 사고를 당했다고, 에? 그 뭐냐…… 이럴 때는 뭐라고 하더라. 쾌유를 빕니다. 에? 그것 말고는요?"

요니는 우물쭈물하다가 숨을 크게 들이마시고 밴 쪽을 손으로 가리킨다.

"저게 말썽이라 아내가 계속 구시렁대고 있거든요. 혹시 여기 있는 부품으로 교체할 수 있겠는지 봐주실 수 있나요?"

아직은 자기 손으로 고칠 수 있다고 믿고 싶기 때문에 고쳐달라고 하지는 않는다. 이왕 온 김에 부품을 사 가면 좋지 않을까 싶다. 레브는 잠시 그와 밴을 평가하는 듯한 눈치를 보이다가 이렇게 말한다.

"우리 정비사한테 얘기할게요. 30분 걸리는데. 커피 마셔요, 에?"

요니는 고개를 끄덕인다. 커피는 누구나 마시지 않나? 레브는 폐차장 바로 옆에 있는 조그만 집으로 앞장서더니 부엌으로 들어가 커피 머신을 켠다. 요니는 조심스럽게 그를 따라 들어간다. 레브가 여기서 산 지도 몇 달이 지났지만 가구가 거의 없어서 당장이라도 떠날 사람이 사는 집 같다.

요니는 레브가 건네는 머그잔을 받는다. 가벼운 대화를 나눠야 할 것 같은데 어떻게 시작하면 좋을지 모르겠다. 그래서 늘 그렇듯 화제를 돌리는 용도로 쓸 만한 게 없는지 좌우를 두리번거리다 창밖으로 조그만 뒷마당이 보이자 이렇게 외친다.

"저긴 왜 저래요?"

울타리 일부분이 사라졌고, 눈이 살짝 내렸는데도 마당이 선명한 타이어 진흙 자국으로 뒤덮였다. 레브는 저 정도면 커피가 아니라 설탕물을 마시는 게 아닌가 싶을 만큼 각설탕을 잔뜩 넣은 뒤에 대답한다.

"티무 리니우스. '그 일당'이요. 그 인간들 알지요, 에?"

요니는 의심스러워하는 동시에 궁금해하는 표정으로 고개를 끄덕인다.

"그럼요."

"티무가 나한테 메시지를 보내고 싶었나 봐요. 그런데 전화를 좋아하지 않는지 그걸…… 뭐라고 하지요? 아, 영구차! 그걸 여기로 보냈어요."

레브는 난장판이 된 부분을 콕 집어서 가리킨다. 요니는 그를 빤히 쳐다본다.

"영구차를 여기로요? 그 일당이? 아니, 그들에게 무슨 짓을 저지른 겁니까?"

레브는 체념한 듯 어깨를 으쓱한다.

"라모나하고의 일로요."

"그 죽었다는 사람이요?"

"네, 네. 나한테 돈을 빌렸거든요, 에? 그래서 내가 빚을 갚는 대신 펠센을 달라고 했더니 티무가 대답을 이렇게."

"펠센을 달라고요? 티무한테 그렇게 얘기했어요?"

요니는 폭소를 터뜨린다. 그 머저리가 그 말을 듣고 어떤 표정을 지었을지 돈을 주고서라도 구경하고 싶은 심정이다.

"아뇨, 아뇨. 그게 아니라…… 그걸 뭐라고 해야 하더라. 중간 다리, 에? 페테르 안데르손을 찾아갔어요."

"아."

요니는 중얼거린다. 그가 그 이름의 주인을 어떻게 생각하는지 목소리를 통해 드러난다.

"친구요?"

레브는 불안한 듯 미소를 지으며 묻는다.

"예전에 빙판에서 상대 팀 선수로 여러 번 만났어요."

"그래요? 그자가 NHL에서 뛰기 전에?"

요니는 커피를 마시고 씁쓸함이 치밀어 오르지 않도록 입술을 핥지만 별로 소용이 없다.

"그보다 훨씬 전에요. 우리 둘 다 십 대였고 내 실력은 그 친구에 비해 한참 못 미쳤죠. 티무가 무슨 짓을 저질렀는지 경찰에 신고했어요?"

레브의 코끝이 서글프게 좌우로 움직인다.

"경찰이요? 아뇨, 아뇨. 경찰과 변호사는 나 같은 사람들 편들지 않아요. 페테르 안데르손 같은 사람들 편들지. 나는 남자 대 남자로 그자 찾아갔는데, 그자와 티무는 영구차로 답을 대신했어요."

요니는 창밖을 내다본다. 그가 아는 페테르 안데르손이 이런 사건의 배후에 있다니 믿기지 않는다. 하지만 인간은 변하기 마련이고 요즘은 양쪽 마을 모두 분위기가 묘하다.

"예전에 시합에서 베어타운을 상대했을 때 그 친구를 페테르 '예수'라고 불렀는데. 그 마을 사람들은 그 친구를 온 세상의 구세주로 여겼거든요. 항상 남들보다 좀 더 낫고 좀 더 멋진 친구였고. 그럼 이제 그 친구하고 티무한테 어떻게 할 겁니까?"

요니는 방금 전에 한 모든 말을, 특히 그 마지막 질문을 후회한다. 레브는 각설탕을 하나 더 혀 위에 얹고 대답한다.

"아무것도 안 해요."

당연히 요니는 그 말을 믿지 않는다. 그들은 아무 말 없이 커피를 마저 마신다. 레브는 설탕이 잔뜩 가라앉은 커피를 마저 다 마시려면 숟가락으로 떠서 먹어야 한다. 폐차장에서 한 남자가 찾아와 문을 두드리고는 밴의 어디가 문제인지 설명한다. 요니는 무슨 말인지 이해하지 못하지만 그렇다고 시인할 수는 없다.

"벵트 타이어 뒤에 있어요. 그리고 당신 부품도, 에?"

레브가 번역해 준다.

"제가 신세를 졌네요. 얼마를 드리면 될까요?"

요니는 묻는다.

"소방관이잖아요? 됐어요! 별거 아니에요."

레브는 태연하게 웃으며 말한다. 이번에도 요니는 부품이 별것 아니라는 건지, 그에게 신세를 진 게 별거 아니라는 건지 전혀 알 길이 없다.

"경찰에 신고하세요."

요니는 마당 쪽을 턱으로 가리키며 이렇게 얘기하지만 사실 달리 할 말이 없어서 그런 거다.

"걱정 마세요. 나는 헤드에도 베어타운에도 여러 번 살아봤으니까, 에?"

요니는 머리를 긁적인다.

"그게 무슨 뜻이에요?"

레브는 인자하게 미소를 지으며 알맞은 단어를 찾는다.

"전에도 이런 마을에 살아봤다고요. 여러 나라에서. 여기 사람들은 외지인이라면 다 대도시에서 태어난 줄 아는 모양이던데, 에? 하지만 나는 헤드 같은 데서 태어났어요. 당신들처럼 숲이 고향이에요. 어딜 가든 티무가 있어요. 그 일당도 있고. 그 인간들은 이렇게 말해요. '여긴 우리가 왕이야. 너희는 복종해. 뒤로 물러서.' 에?"

"그래서 당신은 어쩌려고요?"

요니는 반색하기보다 궁금해하는 말투다.

레브는 한쪽으로 고개를 살짝 기울인다.

"여기에서는 그런 말이 있던데. '내가 뒤로 물러설 때는 조종할 때뿐이다!' 에?"

"'내가 뒤로 물러설 때는 조준할 때뿐이다.'"

요니는 희미하게 미소를 지으며 바로잡아 준다.

"맞아요! 맞아요!"

레브는 고개를 끄덕인다.

레브가 손을 내민다. 요니는 악수한다. 레브는 그 손을 필요 이상으로 길게 잡고 그의 눈을 똑바로 쳐다본다.

"불이 나면 연락할게요, 에?"

"불이 나면 당연히 그래야죠."

요니는 폭소를 터뜨린다.

"그리고 당신도 내가 필요한 일이 생기면 연락해요, 에? 그걸 뭐라고 하지요? '이웃사촌끼리', 에?"

레브는 눈을 계속 똑바로 쳐다보며 말을 잇는다.

그를 경계해야 한다는 걸 알면서도 요니는 열심히 고개를 끄덕인다. 밖으로 걸어나가는 동안 티무 리니우스와 페테르 안데르손과 베어타운의 다른 개자식들이 감당할 수 없을 만큼 위험한 인물과 싸움을 벌이면 정말, 정말 좋겠다는 생각이 그의 머릿속에서 스멀스멀 고개를 든다.

그는 밴을 몰고 벵트의 집으로 가서 타이어를 주고 집으로 간다. 그리고 부품을 어디서 샀는지 숨긴다. 한나에게 솔직하게 얘기했다가는 난리가 벌어질 것이다.

훔친 담배

"결혼."

결혼하고 어느 정도 시간이 지나면 그걸 지칭하는 다른 단어가 필요하다. 필연처럼 느껴지는 시점이 이미 오래전에 지나갔으면 말이다. 나는 이제 매일 아침 당신을 선택하지 않아. 그건 결혼하던 날에 우리가 했던 예쁜 말이고, 이제 당신이 없는 삶은 상상할 수가 없어. 우리는 갓 피어난 꽃이 아니라 뿌리가 서로 얽힌 두 그루의 나무야. 당신이 내 안에서 점점 나이를 먹어가고 있어.

젊었을 때는 한눈에 반하는 것이 사랑이라 생각하지만, 한눈에 반하는 건 간단하다. 어린애도 한눈에 반하고 사랑에 빠질 수 있다. 하지만 진정한 사랑은 어른만 할 수 있다. 사랑은 한 인간의 모든 것을 요구한다. 가장 좋은 면부터 가장 나쁜 면까지. 낭만과는 전혀 상관이 없다. 내가 당신의 모든 단점을 보아가며 살아야 하는 것이 아니라 당신이 그걸 보고 있는 나와 함께 살아야 하는 것이 결혼 생활의 어려운 부분이기 때문이다. 내가 이제는 당신의 모든 것을 알기 때문이다. 비밀 없이 살 수 있을 만큼 용감한 사람은 거의 없다. 모두 가끔은 어느 누구에게도 보이지 않는 인간이 되길 꿈꾼다. 속이 훤히 들여다보이는 인간이 되길 꿈꾸는 사람은 없다.

결혼? 어느 정도 시간이 지나면 그걸 지칭하는 다른 단어가 필요해진다. 한눈에 반하는 것이 영원할 수는 없다. 사랑에는 유효기간이 있고 절대 간단하지 않다. 사랑은 한 인간의 모든 것과 그가 가진 모든 것을 요구한다. 하나도 남김없이.

오늘은 아이들끼리 먼저 장례식장으로 출발했기 때문에 부모는 말할 수 없는 모든 것과 함께 단둘이 집에 남는다. 미라는 안방 문 앞에 서서 숨을 죽이고 있다. 페테르가 침대에 앉아서 검은색 넥타이와 씨름하며 울고 있기 때문이다. 그녀는 계단 입구까지 뒷걸음쳐서 이제 막 2층으로 올라온 척 큰 소리로 묻는다.

"여보, 커피 마실래?"

페테르는 얼른 눈물을 닦고 헛기침을 한 다음 마주 외친다.

"응, 고마워, 여보. 금방 내려갈게!"

그는 넥타이를 살짝 길게 매고 계단을 내려간다. 그녀는 한쪽 옆으로 비켜서 있고 그는 평소처럼 그 앞을 지나가지만 갑자기 둘이 서로 부딪친다. 손가락이 그의 몸에 닿자 미라는 애정 표현을 갈구하고 있었던 마음을 감추려고 재킷 단추를 채워준다. 그는 거의 현기증을 느끼며 걸음을 멈추지만 서로 눈을 쳐다보지는 않는다. 지금 그랬다가는 둘 다 무너질 수 있기 때문이다. 스킨십이 하도 오랜만이라 손끝이 닿는 것만으로도 찌릿한 충격이 느껴져서 그녀는 감히 손바닥을 그의 가슴에 얹지는 못한다. 아아, 얼마나 서로를 포기하기 직전까지 가야 싸우는 법이 까마득하게 기억이 나지 않을 정도가 될까.

"라모나가 당신을 봤다면 자랑스러워했을 거야."

그도 조그맣게 속삭인다.

"당신도 그래?"

그녀는 눈을 내리깔고 고개를 끄덕인다. 바로 그 순간 미라는 무슨 생각을 하고 있을까? 그녀는 절대 기억하지 못하거나 자기 자신에게조차 계속 부인할 것이다. '결혼'을 지칭하는 다른 단어가 있어야 하는 것처럼 '이혼'을 지칭하는 다른 단어도 있어야 한다. 그 직전일 때 쓰는 단어가. 자신이 원하는 게 뭔지는 모르겠지만 이게 아닌 것만은 분명하다고 속삭이고 싶을 때 쓰는 단어가. 그냥 더는 견디지 못하겠다고 말하고 싶을 때 쓰는 단어가. 앞으로도 서로를 견디는 것이 전부라면 더는 견디지 못하겠다고 말하고 싶을 때 쓰는 단어가.

"페테르…… 나는……."

미라가 말문을 열자 방 안에서 산소가 모두 빠져나간다.

그녀는 '여보'가 아니라 '페테르'라고 하고, 그에게 말허리를 자를 여지를 허락하기 위해 한참 아무 말도 하지 않는다. 그렇기에 페테르는 그녀의 이마 쪽으로 자기 이마를 숙이며 얼른 조그맣게 속삭인다.

"사랑해!"

페테르의 얼굴에 삽시간에 번지는 미소, 강렬한 눈빛, 바로 앞에서 느껴지는 숨결. 잠시 후에 그녀도 똑같이 말한다. 원래는 전혀 다른 말을 하려고 했던 걸 둘 다 아닌 척할 수 있을 만큼 노골적으로.

"나도 사랑해."

그 말을 마지막으로 주고받은 것이 아주 오래전이었지만 지금은 아주 최근 일이 됐다. 사랑을 표현할 때 쓰는 단어가 많고 많지만 이럴 때 쓰는 단어도 있어야 한다. 하마터면 서로를 잃을 뻔했다가 마음을 고쳐먹고 새롭게 시작하는 경우가 얼마나 많은지 얘기하고 싶을 때 쓰는 단어가. 부엌에서 우연히가 아니라 정말로 서로를 스치고 지나갈 때의 그 아주 작은 것들, 그 몇 센티미터의 간극을 표현하고 싶을 때 쓰는 단어가. 못 견디겠다고, 당신이 나를 견디지 못하면 못 견디겠다고, 당신 없이는 못 견디겠다고 말하고 싶을 때 쓰는 단어가.

그들은 함께 장례식장으로 출발하고 페테르는 가는 내내 미라의 손을 놓지 않는다.

❄

아나의 아빠는 일어나 있다. 숙취는 있지만 아직 다시 취하지는 않았다. 같은 사냥팀 친구들이 함께 장례식장으로 출발하려고 마당에서 기다리고 있다. 그들도 장례식에 참석하려고 술을 자제했지만 뒤풀이에서 맥주 첫 잔을 마시는 순간을 향해 카운트다운을 하는 중이다.

아나와 마야는 걸어가기로 하고 먼저 출발한다. 마야는 기타를 둘러매고 있는데, 집에 가서 옷을 갈아입고 온 친구를 보고 아나는 당장 짜증을 냈다. '차려입고' 왔기 때문이다. 마야가 장례식장에 갈 때는 원래 그러는 거라고 하자 아나는 이렇게 말한다.

"으악, 나는 너 예뻐서 싫어. 그게 너의 가장 큰 단점이야! 나는 나보다 못생긴 친구가 필요하다고!"

그들은 대화를 나누는 사냥꾼들을 뒤로하고, 하이츠의 가장자리에 지어진 여러 주택 뒤편의 조그만 숲을 가로지른다. 마야는 바로 코앞에 다가간 다음에서야 그들이 조깅 트랙을 따라서 걷고 있다는 것을, 그녀가 산탄총을 들고 케빈을 기다린 곳이 여기였다는 것을 깨닫는다. 아나도 그걸 깨달았는지 다른 데로 가려고 하지만 마야가 아나의 팔을 잡고 끌고 간다. 그들은 마야가 방아쇠를 당기는 소리를 듣고 케빈이 오줌을 쌌던 곳, 마야가 빈 탄약통을 그의 앞에 던진 곳을 지난다. 두 친구가 이렇듯 추억을 밟아 뭉개는 동안, 보이지 않는 두 소녀가 그들의 뒤를 터벅터벅 따라간다. 그들은 항상 우리 뒤에서 걷고 있다. 일생일대 최악의 사건이 벌어지기 전의 그 어린아이는.

"이럴 줄은 몰랐는데……."

몇백 미터를 더 가서 걸음을 늦추고 호수와 베어타운 거의 전체를 내다볼 수 있게 됐을 때 마야가 중얼거린다.

"어떤데?"

"지금까지도 이렇게 화가 날 줄이야."

아나는 얇게 깔린 눈을 신발로 긁으며 고백한다.

"나는 요즘도 케빈 죽이는 꿈을 꿔."

"그러지 마. 걔는 네 꿈에 등장할 만한 가치도 없어."

아나는 더 열심히 긁는다.

"비다르 꿈도 꿔. 하지만 이제는 꿈이 괜찮아졌어. 전에는 비다르가 죽는 꿈만 꿨는데 이제는 가끔 살아 있기도 해. 여전히 바보고 대책 없는 꼴통이긴 하지만…… 그래도…… 살아 있어."

마야가 손을 잡자 아나는 그 손에 힘을 준다. 그들은 멀리 돌아가기로 암묵적으로 합의하고 최소 15분 동안 아무 말 없이 걷지만 결국에는 저 멀리서 집들이 등장하기 시작한다. 교회의 공동묘지가 보이자 마야가 말한다.

"여기 햇빛이 그립더라. 해가 제일 짧은 날 햇빛이 달라지는 거 말이야. 꼭 그 속에서 얼마나 추운지가 보이는 것 같거든."

아나는 콧잔등을 찡그리며 코웃음을 친다.

"누가 들으면 너 관광객인 줄 알겠다."

"관광객 맞아."

아나가 웃지도 않는 걸 보고 마야는 간지럼을 태운다. 웃음보가 터진 아나는 교회 공동묘지 근처에 갈 때까지 웃음을 멈추지 못한다. 한 남자가 거기 서서 담배를 피우고 있다. 아침 내내 의자를 날라서 이 추위에도 양복 바지와 땀에 젖은 조끼만 입고 있다. 그들이 기억하는 것보다 많이 말랐다. 마야와 아나는 끌어안고 싶은 티를 너무 내는 거 아니냐며 서로 놀리고 싶지만 참아야 한다. 결국 마야가 어설프게 엉거주춤 끌어안자 벤이는 머리에 총 맞았느냐고 묻는 듯한 눈빛으로 그녀를 쳐다본다. 그녀가 그리워하던 눈빛이다. 그는 이제 스무 살이고 안팎으로 많은 일을 겪었지만 미소를 짓자마자 순식간에 가장 높은 나무에 올라가고 가장 엄청난 비밀을 품고 다녔던 십 대 시절로 돌아간다. 빙판 위에서는 가장 위험했고 땅 위에서는 가장 외로웠던 그 아이.

"좋아 보인다."

마야가 끌어안았던 손을 풀자 그가 말한다.

"댁은 뭘 같아 보이네요."

마야는 웃으며 되받아친다.

그가 돌아보자 아나는 처음에는 먼 친척처럼, 그다음에는 폭풍을 만난 배의 돛대처럼 끌어안는다. 하여간 중간이 없다. 벤이는 씩 웃는다.

"무기도 없이 걷고 있어? 누나들 말로는 너, 요즘 사냥 말고는 아무것도 안 한다길래 엽총 들고 다니는 줄 알았더니. 싸움이 벌어지면 누가 나를 보호해 주는데?"

"걱정 마요. 누구든 선배한테 바보같이 굴면 내가 때려눕혀 줄 테니까."

아나는 두 주먹을 들고 흔들며 같이 씩 웃는다.

마야는 주먹을 쥔 손을 외투 주머니에 넣는다. 친구들 걱정을 하고 싶지 않지만 잘되지 않는다.

"어디 있다 왔어요? 아니…… 어디 다녀왔어요?"

까무잡잡하게 탄 벤이의 얼굴을 턱으로 가리키며 마야가 묻는다. 그 위에 새로 생긴 흉터에 대해서는 아무 말도 하지 않는다.

"여기저기. 그리고 지금은 여기로 돌아왔고."

그는 무심하게 대답한다.

"라모나가 떠나서 슬퍼요."

마야는 우울한 목소리로 말한다.

벤이는 천천히 고개를 끄덕이지만 목소리가 갈라질 것 같아서 아무 대꾸도 하지 못한다. 그래서 흰색 셔츠와 재킷을 걸어놓은 출입문 기둥 쪽으로 몸을 돌리고는 재킷 주머니에서 흰색 넥타이를 꺼내 마야에게 내민다.

"너희 아빠 드려."

"지금 장난해요? 우리 아빠는 자기 넥타이도 간신히 매는데!"

그녀는 미소를 짓는다.

"이거 하셔야 해."

밴이는 고집을 부린다.

"흰색 넥타이는 가족만 하는 거 아닌가?"

아나가 묻는다.

"가족이셨잖아."

벤이가 말한다.

마야는 넥타이를 받아서 쭈글쭈글해지도록 세게 쥔다. 그리고 멀리 있는 누군가를 보고 웃음을 터뜨리며 외친다.

"오호…… 저기 서서 몰래 담배 피우고 있는 애가 내 동생 맞나?"

아나는 묘비 너머의 벌거벗은 나무 뒤로 몸을 숨긴다고 숨겼지만 별로 성공을 거두지 못한 열네 살짜리 남자아이를 빤히 쳐다본다. 그러더니 감탄의 뜻이 담긴 휘파람을 불어 단짝 친구를 간 떨어질 뻔하게 한다.

"쟤가 레오라고? 와, 이제 남자가 다 됐네!"

"하지 마!"

마야가 외치자 아나는 폭소를 터뜨린다.

"쟤는 네 타입은 아니지, 아나. 하지만 *내* 타입일 수는 있겠는데……."

벤이가 태연하게 늘어놓는 말을 듣고 마야는 있는 힘껏 그의 팔을 때린다.

그건 별로 아프지 않지만 아나가 의리를 지킨답시고 다른 쪽 팔을 때리자 그의 무릎이 몇 센티미터 꺾인다.

"어우, 사이코도 아니고! 이제는 스테로이드 맞는 거야, 뭐야?"

"선배가 바닷가 모래사장에 드러누워 있느라 근손실이 온 거겠지. 노답 히피처럼."

아나는 씩 웃는다.

"먼저 들어가, 나는 동생한테 한소리 좀 해야겠어!"

마야는 선포하고 나무를 향해 걸어간다.

아나와 단둘이 남게 되자 벤이는 겁에 질린 척 징징거린다. 그녀가 장난스럽게 옆구리를 밀치자 "싫어, 싫어, 다시 때리지 마! 얼굴은 안 돼!"라고 한다. 그녀는 피식 웃는다.

"선배는 넥타이 안 해요? 어쩌려고요?"

그는 입술을 오므린다.

"그럼. 넥타이는 게이들이나 하는 거니까."

아나는 하도 크게 웃음이 터지는 바람에 숨을 내뱉으면서 콧물이 뿜어져 나오자 끙 하는 소리를 낸다. 그도 그녀가 웃는 걸 보고 깔깔대다가 숨을 헐떡인다.

※

루트.

루트. 루트. 루트.

여기 사람들은 심지어 그녀의 이름조차 아무도 모른다. 그녀의 비석을 보고 누군지 기억해 내는 사람도 없을 것이다. 루트. 루트. 루트. 그녀의 이름은 루트였고 마테오는 그걸 모르는 모든 사람을 증오한다. 그걸 기억하지 못하는 모든 사람을. 한 명도 남김없이.

그날 아침에 그는 부모님이 보지 못하게 컴퓨터를 숨겨놓은 벽장 안으로 몰래 들어간다. 옆집 와이파이로 접속해 넥타이 매는 법을 동영상으로 배운다. 루트가 있으면 도와줬을 텐데. 그는 누나 말고는 어느 누구에게도 도움을 청한 적이 없다. 아버지는 자기 내면 깊숙한 곳으로 사라져 버렸고 어머니는 아무도 보지 않는 엽서 안에서 산다. 심지어 그의 몫으로 준비된 넥타이도 없어서 아버지 것을 매야 한다. 부모님은 그런 줄도 모를 것이다. 그에게 눈길도 주지 않을 테니까. 말도 걸지 않을 테니까. 부모님이 루트와 함께 돌아오기 전에도 집 안은 고요했지만 지금은 그때보다도 더 고요하다. 오가는 대화가 없는 것이 외로움보다 더 끔찍하다.

마테오는 부모님이 자기들 딸이 지옥으로 떨어졌다고 믿을 만큼 종교에 대한 확신이 강한지 궁금해진다. 딸을 다시 만날 수 있도록 그들도 지옥에 갔으면 좋겠다고 생각하는지. 그들도 겁이 나는지. 그가 그랬던 것처럼 간밤에 밤새도록 소리 없이 울었는지.

루트는 마테오에게는 너무 말랑말랑하다고 말해놓고, 곧바로 후회하며 그거야말로 그의 가장 큰 장점이라고 장담하곤 했다. 그녀는 좋은 누나였다. 만약 현관 앞 상자 안에 담긴 사람이 마테오였다면 자기는 지옥까지 따라가겠다고 했을 것이다. 한번은 자기 동생 같은 아이들에게 오로지 생존을 위해 단단해지도록 강요하는 세상을 증오한다고 말해놓고, 동생이 무서워하자 그의 머리칼을 헝클어뜨리며 말랑말랑한 건 좋은 거라고, 떨어져도 어디 부러질 일이 없지 않으냐고 했다. 꽃잎처럼. 어쩌면 루트가 그렇게 됐을지 모른다. 망치한 방이면 산산조각 날 수 있게 얼어버린 장미꽃처럼 점점 단단해 졌을지 모른다.

차를 타고 교회 묘지로 가는 동안 마테오의 어머니는 창밖을 내다본다. 가족을 여읜 세 사람은 그때 그날의 유일한 대화를 나눈다.

"어머, 아이스링크 앞 깃대에 조기가 걸려 있네."

어머니가 놀란 목소리로, 거의 자랑스러워하는 목소리로 이렇게 말한다. 누나가 살아 있었을 때 어머니에게 원했던 딱 한 가지가 바로 그것이었기에 마테오의 억장이 무너진다.

"누나 생각해서 그런 거 아니에요. 술집 사장이 죽어서지."

그래서 그는 아무 생각 없이 불쑥 내뱉고 만다.

어머니가 또다시 불안 발작을 일으켜 귀를 막고 온몸을 벌벌 떠는 건 아닌가 하는 공포가 그를 덮친다. 하지만 어머니의 시선은 환상이라는 이름의 반짝이는 얇은 천으로 덮여 있다. 어머니는 행복해하며 중얼거린다.

"두 사람 모두를 위한 거겠지."

그렇지 않다. 그들은 누나의 이름조차 모른다. 하지만 마테오는 뒷자리에서 이렇게 속삭인다.

"맞아요, 엄마. 두 사람 모두를 위한 거겠죠."

교회 묘지에 도착해 보니 벌써 사람들이 주차장에서 부산하게 움직이고 있다. 장례식이 아니라 록 콘서트 준비라도 하는 것처럼 상자와 궤짝을 들고 나른다. 마테오가 아는 얼굴이 많이 보인다. 하키단 소속 남자들인데 그들은 오늘 장례식이 두 개라는 것도 모르고 그러거나 말거나 신경도 쓰지 않는다. 입구로 마중 나온 목사가 미안해하며 교회 본관이 아니라 부속 예배실에서 장례식을 거행해도 되겠느냐고 마테오의 부모님에게 묻는다.

"보시다시피 본관에서 대형 장례식을 준비하느라 지금 의자를 나르고 있거든요. 그래서 예배실이 좀 더 조용하지 않을까 싶습니다. 인원이 많지도 않고 에 또…… 우리…… 우리……."

심지어 목사마저 기억하지 못한다.

"루트요. 저희 누나 이름은 루트예요."

마테오가 조그맣게 알려주지만 목사는 그의 말을 듣지 못한다.

"상관없습니다. 예배실도 괜찮습니다."

아버지가 고개를 숙이며 부드럽게 대답한다.

어머니는 아예 아무것도 귀담아듣지 않는 눈치다. 장례식은 다소 빠르게 진행된다. 목사가 성경 구절을 낭송하는데, 마테오는 거의 모든 구절을 암송하고 있기 때문에 성경을 펼칠 필요도 없다. 도중에 목사가 좀 더 현대식으로 번역한 구절을 인용하자 어머니는 유일하게 감정을 드러낸다. 어머니는 콧잔등을 찡그리며 마테오를 향해 코웃음을 치자, 마테오도 온 얼굴을 동원해 자기도 어이없게 생각한다는 뜻을 전한다.

장례식이 끝나자 부모님은 예배실 안에 잠깐 남는다. 목사와 마테오는 다시 아침 햇살이 내리쬐는 밖으로 나간다.

'누나 죽어서 싫어. 누나 말고는 아무하고도 죽음에 대해서 이야기할 수가 없잖아.'

하늘을 똑바로 올려다보며 이런 생각을 하는데, 갑자기 그제야 눈물이 쏟아진다. 그는 허리를 반으로 접어서 숨을 쉴 수도 없을 만큼 오열하고, 비틀거리고 발을 헛디뎌 가며 사람들 목소리가 들리지 않는 곳으로 달리기 시작한다. 묘비를 지나 어느 나무 뒤에 털썩 주저 앉아 허벅지가 멍으로 뒤덮여 아무 감각도 남지 않을 때까지 주먹 으로 때린다. 눈을 감고 울다가 담배 냄새가 느껴지자 눈을 뜬다.

마테오와 동갑인 남자아이가 나무 몇 그루 지난 곳에 몸을 제대 로 숨기지도 않고 서 있다. 아직 담배를 잡는 법을 연구 중인 사람처 럼 위치를 이리저리 바꿔가며 담배 연기를 입으로 마시고 코로 내 뱉고 있다. 마테오는 같은 학교에 다니는 그 아이를 알아보지만 그 는 마테오를 절대 보지 못한다. 숨는 연습에 들인 시간이 달라서 기 술이 하늘과 땅 차이다.

누군가가 멀리서 "레오?" 하고 부르자 아이는 욕을 하며 담배를 끄지도 않은 채 바닥으로 떨어뜨린다. 그리고 나무 그늘 밖으로 나 가 무덤 사이를 걸어간다. 그보다 몇 살 많은 여자아이가 이쪽으로 걸어오고 있다.

"너 지금 *담배* 피우는 거야, 레오?"

그녀가 신난 목소리로 나지막이 쏘아붙인다.

"쉿! 누나, 입 다물어 줄래. 엄마 아빠한테 절대 얘기하지 마, 응?"

"담배 두 대 주면 생각해 볼게, 동생아."

그녀가 키득거리자 그는 욕을 하며 담뱃갑을 통째로 건넨다. 그들 남매는 교회 묘지 저쪽 끝으로 나란히 사라진다. 서로 옆구리를 찌 르고 깔깔대고 짜증을 돋우며.

그들 뒤에서 나무 사이에 숨어 있던 마테오가 허리를 숙여 레오 가 버린 담배를 줍는다. 아직 멀쩡히 불이 붙어 있다. 아무도 외로운 소년이 그 담배를 피우는 것을 보지 못한다.

50

가족

페테르는 교회 쪽으로 핸들을 돌리지만 미라는 주차장이 만차라고 알린다. 길가에 자리가 있는지 살펴보려고 막 후진 기어를 넣으려는데, 검은 재킷을 입은 십 대 남자아이 둘이 휘파람을 불며 그를 향해 손짓한다. 그중 하나가 정문 바로 옆자리에 놓아둔 빨간색 안전 고깔 세 개를 치우며 거기 대라고 손을 흔든다.

"단장님 자리는 제일 좋은 데로 맡아놓으라고 하셨슴다!"

페테르가 얼떨떨해하며 차에서 내리자 아이들이 굳이 설명한다.

그들은 팁도 칭찬도 바라지 않는다. 자기들이 믿을 만하다는 것을 티무가 알아주기만 하면 된다. 미라가 차를 빙 돌아서 다가오자 페테르는 손을 내밀지만 그녀는 그 손을 잡는 데 잠깐 시간이 걸린다. 마지못해 잡았다는 것을 느낄 수 있다.

"티무네 조무래기들이야?"

미라는 비난과 호기심을 반씩 담아서 묻는다.

"그게 아니라…… 그냥……."

페테르는 말문을 열지만 사실상 누굴 설득하려고 그러는 건지 알 수가 없다.

"아빠!"

마야가 그를 살린다. 마야가 레오와 함께 반대편에서 걸어와 그를 안아주고는 흰색 넥타이를 건넨다.

"벤이가 전해달래요."

"흰색 넥타이는 가족들만 하는 거 아니니? 나는……."

페테르는 다정하게 설명한다.

"가족 맞잖아요."

교회 묘지 입구에서 누군가가 외친다.

티무다. 그가 목사 옆에 서 있다. 미라는 생각한다. '이 마을밖에 없을 거야. 불량배와 목사가 나란히 서 있는 광경을 볼 수 있는 곳은 여기 이 빌어먹을 베어타운밖에 없을 거야.' 하지만 페테르가 흘끗 쳐다보자 그녀는 고개를 끄덕이고는 아무렇지도 않은 척 명랑하게 외친다.

"당신은 먼저 들어가! 나는 뭐 도울 거 없나 살펴볼게!"

그는 걸음을 옮긴다. 미라는 그 자리에 서서 버림받은 오싹함을 달래며 남편과 목사와 불량배를 지켜본다. 잠시 후 재킷에 밴 담배 냄새가 그녀의 코끝을 간질이고 뭔지 모를 따뜻한 것이 그녀의 손 안으로 들어온다. 마야의 손가락이 그녀의 손가락을 감싸고 깍지를 낀다.

"보고 싶었어요, 엄마."

맙소사. 미라는 하마터면 차로 돌아가서 거기 앉아 있을 뻔한다. 아이들은 자기들이 부모에게 무슨 짓을 저지르는지 전혀 모른다.

✳

페테르와 티무는 목사와 얘기가 끝난 뒤에도 교회 안에 남는다. 문이 세게 닫히고 의자로 바닥을 긁고 덜거덕거리며 사방 벽에 자리를 배치하는 소리 때문에 정신이 하나도 없다. 쩌렁쩌렁 울리는 그 소리에 아이스링크가 떠오른다.

"레브 일은…… 어찌 됐어? 얘기는…… 해봤나?"

페테르는 묻는다. 누가 엿들을까 불안한 한편, 주변이 하도 시끄러워서 안 들릴 수도 있겠다 싶다.

티무는 정말 알고 싶으냐는 표정으로 그를 쳐다본다. 두말하면 잔소리지만 페테르는 솔직히 알고 싶지 않다. 하지만 알아야 할 것만 같다.

티무가 말한다.

"메시지 남겼어요."

"어디다가?"

티무는 깔끔하게 면도한 턱을 긁고 완벽하게 빗어 넘긴 머리에서 삐져나온 몇 가닥을 매만진다. 심지어 넥타이마저 나무랄 데 없이 맸다. 페테르와 똑같은 하얀색이라 누가 보면 부자지간인 줄 착각할 수도 있겠다.

"그 집 마당에다가요."

두말하면 잔소리지만 페테르는 물은 걸 후회한다. 그는 NHL 드래프트 때 레브가 아맛에게 어떤 짓을 저질렀는지 들은 순간 느꼈던 분노와 레브가 그의 집을 다시 찾아와서 했던 노골적인 협박을 기억하지만, 몇 년 전에 그 일당이 그의 하키단 운영 방식이 마음에 안 든다며 저질렀던 짓도 기억한다.

그들도 모르는 사이에 집이 매물로 나와 이사업체에서 미라에게 연락했을 때. 그리고 프락이 전화해서 신문에 페테르의 부고가 실렸다고 알려줬을 때. 용서하는 것과 잊는 것은 다르다. 미라는 한발 양보해 티무 같은 인간과의 휴전 협정까지는 받아들일 수 있을지 몰라도 페테르의 지금 행태는 휴전 협정이 아니다. 그는 티무를 동맹으로 삼았다. 나중에 누군가는 자문할 수밖에 없는 상황에 놓이게 될 것이다. 내가 전에 두려워했던 사람이 이제는 내 보호자가 되었다면 둘 중 누가 변절한 걸까?

사람들이 교회 안으로 쏟아져 들어오기 시작하자 페테르는 맥주잔 안에 갇힌 말벌이 된 심정이다. 그는 티무 옆에 서 있다. 들어오는 사람들은 남녀를 막론하고 페테르가 단장이던 시절에 그랬듯 한 명씩 그와 악수를 한다. 불안해하는 눈빛으로 그의 동행을 흘끗거리는 사람도 더러 있지만 대다수는 그러지 않는다. 그중 일부는 티무와도 악수한다. 라모나를 생각해서겠지만 현재 이 마을이 처한 정치적인 상황을 인식하고 있기 때문이기도 하다. 아이스링크에서 어떤 사건이 벌어졌는지 모르는 사람은 없고, 아무도 그게 끝이라고 생각하지 않는다. 그건 시작에 불과하다는 것을 모두 안다. 일주일 뒤면 베어타운과 헤드의 A팀이 시즌 첫 경기에서 맞붙을 것이다. 티무 같은 사람들과 거리를 두고 싶을 때도 있긴 하지만 지금은 그럴 때가 아니다.

20분 만에 교회가 꽉 차고 밖에 있는 사람들에게 들어오지 못하는 이유를 설명하는 데에는 그 두 배의 시간이 걸린다. 라모나의 장례식은 문을 열어놓은 채로 진행된다.

✻

마야는 어머니와 동생 뒷자리에 아나와 나란히 앉는다. 그들은 페테르가 전면에 놓인 마이크 앞으로 아주 천천히 걸어가는 것을 보고, 다리가 떨려서 비틀거릴까 봐 그런다는 걸 알아차린다. 그는 수천 명의 관중 앞에서 하키 시합을 수백 번 뛰었지만 빙판 위의 그 어떤 것도 사람들 앞에서 말을 하는 것만큼 그를 벌벌 떨게 만들지 못했다. 그는 받을 자격이 없는 메달이라도 되는 것처럼 불편한 흰색 넥타이를 바로잡는다. 그리고 헛기침을 하는데 생각보다 더 소리가 크게 나서 화들짝 놀란다. 잠잠했던 회중 사이에서 웃음소리가 잔물결처럼 번지다 곧바로 다시 정적이 찾아온다. 페테르는 마비된다. 하지만 어찌어찌 주머니에서 꼬깃꼬깃한 종이를 꺼내 펼친다.

"어…… 간단히 끝내도록 하겠습니다. 오늘…… 오늘 어떤 얘기를 하면 좋을지 모르겠더군요. 여기 이 자리에 서서 제가 여러분보다 라모나와 가깝게 지냈던 척하지는 않겠습니다. 사실 저는 라모나와 거의 모르는 사이였습니다. 그럼에도 불구하고 그녀를 그리워하는 마음은 마치…… 음…… 부모를 그리워하는 마음과도 비슷합니다. 어…… 죄송합니다……."

그는 종이를 내려다보지만 너무 심하게 떨어서 부스럭거리는 소리가 회중석 맨 끝줄까지 들릴 정도다. 그는 입으로 숨을 마시고 코로 내뱉으며 뭐라고 썼는지 고집스럽게 기억을 더듬는다.

"우리가 싸우지 않고 서로 대화를 나눌 수 있는 주제는 딱 하나, 하키뿐이었습니다. 한번은 제가 라모나에게 이 하키라는 스포츠는 참 이상하다고, 거기에 평생을 바쳐서 얻을 수 있는 게 뭐냐고 물은 적이 있습니다. 찰나의 순간들…… 그게 전부라고요. 몇 번의 승리, 우리가 실제보다 더 위대해 보이는 몇 초의 시간, 우리가 불멸의 존재가 된 것처럼 상상할 수 있는 몇 번의 기회."

그는 긴장을 가라앉히고 종이를 접어서 주머니에 넣는다. 손이 너무 심하게 떨려서 코미디처럼 되어가고 있다. 교회에 모인 다수와 천국에 있는 한 사람, 둘 중에서 어느 쪽이 더 끔찍한지 모르겠지만 페테르는 라커 룸에서 했던 대로 한다. 입술을 세게 깨물어 그 찌릿함과 피 맛을 느끼며 정신을 집중한다.

"이 스포츠가 우리에게 선물하는 건 찰나의 순간들이 전부라고 제가 그랬더니, 라모나는 위스키를 한 잔 가득 따르고 저를 보고 웃으며 이렇게 얘기하더군요. '이 망할 놈의 인생이 뭐라고 생각하는데, 페테르? 그 순간들이 아니면?'"

티무는 맨 앞줄에 앉아 있다. 표정에는 변화가 없지만 무릎 위에 올려놓은 주먹은 부들부들 떨린다. 벤이는 문과 최대한 가깝도록 교회 맨 뒤에 혼자 서서 소리 없이 눈물을 바닥으로 뚝뚝 흘린다. 페테르는 목소리를 떨지 않으려고 한다. 아버지가 없는 세 명의 소년. 라모나가 어떤 사람이었고 이쪽 세상에서 어떤 의미였는지 알고 싶은 사람은 그들의 쓸쓸한 표정을 보면 된다. 페테르는 고개를 들고 힘겹게 말을 잇는다.

"당신이 우리에게 남긴 게 그거예요, 라모나. 찰나의 순간. 이야기. 에피소드. 그걸 당신만큼 맛깔스럽게 얘기할 수 있는 사람은 없었죠. 당신이 이 마을이었어요. 당신이 이 마을이었어요. 이제는 베어타운 전체가 당신을 그리워하고 있어요. 홀예르한테 안부 전해주세요. 그럼…… 안녕."

페테르는 관을 향해 고개를 숙인 뒤 자기 자리로 돌아간다. 휘청거리지 않으려 애를 쓰고 거의 성공한다. 그가 옆자리에 털썩 주저앉자 미라가 아주, 아주 조심스럽게 손을 내밀지만 아직 손을 잡지 못했을 때 티무의 애절한 투덜거림이 정적을 깨뜨린다.

"씨발!! 이제 천국 맥주도 존나 비싸지겠네!"

수백 명이 한목소리로 느닷없이 폭소를 터뜨리는데 어찌나 요란하고 집단적이고 후련한지, 그 자리에 참석한 모두의 기분이 유쾌해진다. 골이 터지기 직전의 숨죽임과 그 직후의 함성처럼 그들의 허리를 펴게 하고 그들을 다시 수면 위로 끌어올린다. 페테르도 배를 잡고 웃다가 손을 들어서 눈물을 닦느라 미라의 손과 만나지 못한다. 미라는 정색한 채로 그 자리에 앉아 있다.

❄

장례식이 끝나고 수백 개의 미소가 눈물 사이로 교회를 빠져나가는 동안, 마야는 기타를 무릎 위에 얹고 바깥 담벼락 위에 앉아 오늘 느낀 모든 감정을 휴대전화에 기록한다. 그것은 나중에 노래가 되겠지만 그녀는 차마 그 노래를 부르지 못할 것이다.

당신은 그랬지, 여기서 사는 게 더 단순했다고
어쩌면 그럴지도, 잘은 모르겠지만
그렇게 외딴곳이 아니었다면
그렇게 복잡한 곳이 아니었다면
또는 올바르게 복잡한 곳이었다면

아무도 모를 일
그만큼 열심히 사랑하고
또 그만큼 열심히 미워하면
짐을 감당할 수 있는 척하고
남모르게 다른 이들과 다른 코드로 살면
그러면 여기서 사는 게 더 단순할지도
어쩌면 그럴지도, 나는 잘 모르겠지만

잠시 후에 마야는 교회에서 혼자 나오는 엄마를 본다. 아빠는 아직 안에서 악수를 청하는 사람들에게 둘러싸여 있다. 그래서 그녀는 이렇게 적는다.

나는 사랑에 빠져본 적 없는 낭만주의자
아이들은 뭐든 자기들 눈에 보이는 대로 될 수 있거든요
나는 영원한 사랑, 존재할 수 없는 그것을 믿어왔지만
그것이 당신과 그 사람에게는 찾아왔죠
하지만 이제 어쩌면 좋을까요?
그 사람과 당신은 여전한가요?
엄마, 두 분 다 이제는 너무 피곤해 보여요
아빠, 두 분 다 이제는 너무 슬퍼 보여요
이토록 믿을 수 없고 여리고 깨지기 쉬운 꿈
모두 닳아 없어져 바람에도 무너질 수 있는 당신, 이제
당신이 해야 할 말은 이것뿐이에요
나는 당신을 절대 잊지 못할 거야

구원의 짧은 세 단어
나는 당신이 필요해
나는
당신이
필요해

아나가 양손에 맥주를 들고 모퉁이를 돌아 나온다. 어디에서 구했는지 알 길은 없지만 교회 묘지에서도 술을 찾을 수 있는 사람이 있다면 바로 아나다.

"누구한테 편지 써? 절친한테?"

아나가 씩 웃으며 묻는다.

"응, 하지만 똥만 든 네 머리가 신호를 막고 있어!"

마야는 이렇게 받아치며 휴대전화를 주머니에 넣는다.

담벼락 위에 앉아서 맥주를 마시며 서로 티격태격하는 두 친구의 한쪽 옆에는 보이지 않는 두 소녀가 앉아 있다. 그들의 과거다. 그리고 다른 쪽 옆에는 아마도 분명히 라모나가 앉아 있을 것이다.

진실

'진실'이라는 개념은 타협하기가 쉽지 않다. 지역 신문사에서는 거의 불가능에 가깝다.

편집장은 어렸을 때 아빠에게 배운 고전 철학의 원칙이 날이 갈수록 점점 더 생각난다는 것을 떨떠름하게 인정한다. "가장 단순한 설명이 진실일 때가 많다."

그녀는 불청객이라는 걸 알기에 장례식에 참석하지 않는다. 이 일대 사람들은 기자를 묵인하지만 딱 거기까지다. 베어타운 주민들은 사옥이 거기 있으니 기자들이 헤드 편을 든다고 불만이다. 헤드 주민들은 기자들이 베어타운 비위를 맞추는 것 말고는 하는 게 없다고 불만이다. 중립지대는 없다. 우리 편이 아니면 적이니 이길 방법이 없다. 그렇기에 그녀는 이기는 것이 편집장의 임무는 아니라고 주의를 환기한다.

아빠는 자기를 아는 사람은 아무도 없으니 장례식장에 다녀오겠다고 했다. 그녀는 한참을 망설이다 결국 찬성했다.

"하지만 아무하고도 말하지 말고 사진만 찍고 오세요!"

그녀가 조건을 달자 그는 너무 냉큼 알겠다고 했다. 편집장은 의심스러워하는 눈빛으로 아빠를 보았다. 평소처럼 스트레스에 찌들거나 화나 있지 않고 평온하다. 어렸을 적에 봤던 표정이다. 아빠가 어떤 정치인이나 유명 인사의 뒷조사를 하다 돌파구가 생겨서 "그 자식을 잡았다"는 생각이 들 때면 짓던, 그 표정이었다.

"뭘 찾으셨는데요?"

편집장이 궁금해하며 묻자 그제야 그는 만면에 행복한 미소를 지으며 종이 더미를 그녀의 책상에 떨궜다. 그녀가 본 적 없는 계약서 사본이었다. 이제 아빠는 장례식장에 갔고 그녀는 여기 이렇게 앉아서 놀라워하며 그 사본을 읽고 있다. 이 영감은 빈방에 가두어놓아도 국가 기밀을 손에 쥐고 나올 노인네라는 생각이 든다.

언뜻 보면 맨 위에 놓인 계약서들은 아무 문제가 없어 보인다. 2년 전 어떤 땅의 매매 계약서고 매도인은 의회, 매수인은 이 지역 공장이다. 그건 이상할 게 없다. 공장은 확장을 원하고 의회는 일자리 창출을 원하며 금액도 당시 시세였으니 트집 잡을 거리가 없다. 하지만 아빠는 그 아래에 자기가 찾은 다른 계약서 사본을 첨부했다. 얼마 안 있어 그 땅이 다시 팔렸는데, 이번에는 매도인이 공장이고 매수인이 베어타운 하키단이다. 하지만 금액이 아주 낮았다. 어느 정도인가 하면 그 금액이 맞는다면 시세가 90퍼센트 넘게 폭락했다고 보아야 할 정도였다. 공장으로서는 엄청난 판단 착오지만 편집장의 눈앞에 다른 계약서가 펼쳐진다. 그로부터 며칠 뒤에 공장이 몇 년 전부터 탐내던 공장 바로 옆 땅을 매입한다. 매도인은? 의회다. 그러니까 그게 조건이었다. 의회가 아무도 모르게 하키단에 헐값으로 땅을 팔 수 없으니 공장이 눈독 들이고 있던 땅을 사는 조건으로 중개인 역할을 하기로 한 것이었다.

그것만으로도 질이 나쁜데, 그게 다가 아니다. 다음 계약서를 보면 의회에서 얼마 후 아이스링크 옆의 그 땅, 맨 처음 팔았던 그 땅을 베어타운 하키단으로부터 다시 매입한다. 하지만 금액이 껑충 뛰었다. 왜냐하면 이번에는 갑자기 하키단의 '트레이닝 시설'이 계약에 포함되어 '토지'뿐 아니라 '건물'까지 매입하기 때문이다. 오랜 기간에 걸쳐 소액 분납으로 대금을 지급하기로 되어 있지만 모두 합하면 수백만 크로나다. 그뿐만이 아니다. 다음으로 넘기면 같은 날 같은 사람들이 서명한 계약서에, 의회에서 방금 매입한 트레이닝 시설을 거의 무료로 베어타운 하키단에게 계속 임대해 주겠다고 되어 있다.

편집장은 쓸쓸한 한숨을 토한다. 의회에서 세금을 이보다 더 공공연하게 하키단에 퍼줄 수도 없겠다 싶지만, 이 정도 스캔들로는 어느 누구에게도 책임을 물을 수 없다는 걸 알기 때문이다. 너무 복잡해서 독자들은 대부분 이해하지 못할뿐더러 짜릿하지도 않고 아빠가 입버릇처럼 말하는 '흥미진진한 이야기'도 아니다. 그런데 아빠는 이 종이 더미를 건네며 왜 그렇게 행복해했을까?

그녀는 끝까지 훑어본 다음에서야 이유를 알아낸다. 맨 밑바닥에 서류가 아니라 복사한 사진이 있다. 흐릿하지만 아이스링크 옆 주차장이라는 것을 모를 정도는 아니다. 아빠는 날짜를 위에 적고 뒷면에 이렇게 썼다. *"트레이닝 시설은 없어!"*

그녀는 사진을 물끄러미 들여다본다. 세금이 수백만 크로나가 들었는데 아무것도 없다. 크레인 하나, 바리케이드 하나 없다. 절대로 들통날 리 없다고 어찌나 확신했던지 심지어 진짜처럼 꾸미려는 시도조차 하지 않았다. 그럴 수밖에 없었다. 지금까지 모든 걸 손쉽게 모면했지 않은가.

편집장은 의자에 기대고 앉아서 기자 생활을 하며 쌓은 훈련을 총동원해 이제 자기 점검에 들어간다. 그녀는 현재 객관적인가? 공정한가? 일련의 서류에 전부 페테르 안데르손의 서명이 첨부돼 있지만 그가 정말 이 모든 사기극을 기획한 배후의 인물일 수 있을까? 그가 단장직을 사임한 후에 작성된 계약서인데 왜 그가 서명했을까? 어떤 서류인지 모르고 했을까? 그도 속아 넘어간 걸까?

아니다, 아빠라면 뭐라고 할지 그녀는 이미 알고 있다.

"딸아, 생선은 머리부터 썩는다. 이건 금융 도핑°이고, 오래 전부터 자행됐으며, 위에서부터 시작됐어. 페테르가 냄새를 없애기 위해 트레이닝 시설 계약 직후에 사임했을 수도 있지. 내가 항상 뭐라고 가르쳤니? 여러 가지로 설명할 수 있을 것 같아 보이면 가장 단순한 걸 고르라고 했지?"

○ 스포츠 구단에서 과도한 대출을 일으켜 우수한 선수를 사 모으는 불공정 행위.

찰나의 순간들

인간은 누구나 효용감을 느껴야 한다. 어떤 사람들에게는 그것이 욕구나 존경이나 사랑만큼 중요하다. 또 어떤 사람들, 특히 평생을 팀 스포츠에 바친 사람들에게는 효용감이 그 무엇보다 중요하다.

"추도사 잘 들었어!"

장례식이 끝난 뒤에 한 노인이 페테르와 악수하며 말한다.

그의 뒤로 같은 인사를 전하려는 노인들이 길게 줄지어 서 있다. 다들 악수를 청하고, 잠깐 하키 얘기를 하고 싶어 한다. 그중 몇 명은 그가 베어타운 하키팀 관리를 맡았던 시절이 그립다며 이제 라모나를 대신해 운영위원이 될 수 없느냐고 한다. 하도 황당한 제안이라 페테르는 웃어넘길 수조차 없지만 황당한 제안들이 늘 그렇듯 들으면 들을수록 점점 더 솔깃해진다.

"요즘 하키 판에는 죄다 계산기 두드리는 인간들이나 분석가, 뭐 그런 쓰레기들밖에 없잖아. 자네와 라모나 같은 사람들이 없으면 심장이 사라지지 않겠어? 자네가 선수 시절에 그랬던 것처럼 빙판 위에서 싸워 이겨야지! 그 인간들처럼 데이터만 들여다볼 게 아니라!"

막판에 한 노인이 이렇게 선포하자 혼자 남겨진 페테르는 다시 돌아가고 싶은 마음을 가눌 길이 없다.

미래나 여름이나 휴가를 갈망하는 마음과는 다르다. 원래의 모습으로 돌아가고 싶은 마음이다. 미화된 기억 속에만 존재하는 '그 시절'로 돌아가고 싶은 마음이다. 인생이 복잡할 것 없다고 자기 최면을 걸었던 어떤 젊은 날, 상상 속의 그 사람이 되고 싶은 마음, 처음부터 다시 시작할 수만 있다면 될 수 있었을 그 사람이 되고 싶은 마음이다. 그걸 갈망하지 않는 것이 더 어려운 일이고, 어떤 사람들에게는 불가능에 가까운 일이다.

이제 교회에는 사람이 거의 없다. 페테르는 몇 개 안 되는 소지품을 챙기고 만감이 교차하는 마음을 달래며 마지막으로 라모나의 사진에 손끝을 얹는다. 누가 몰래 찍은(대놓고 찍을 수 있을 만큼 간이 큰 사람은 없기에) 젊은 시절 사진이다. 홀예르와 함께 바 카운터 뒤에 서서 두 팔을 위로 들고 있는 걸 보면 텔레비전으로 중계되고 있는 경기에서 누가 골을 넣은 모양이다. 어쩌면 페테르였을 수도 있다.

"찰나의 순간들뿐이라고요, 라모나? 네? 맞아요? 좀 더 있다가 가시지 그랬어요. 이제 저는…… 누구랑 하키 얘기를 해야 하나요?"

이 마지막 몇 마디를 내뱉고 나니 목이 메고 눈시울이 따끔거리지만, 잠시 후에 몸을 돌렸을 때는 민망함으로 온 얼굴이 화끈거린다. 혼자인 줄 알았는데 엘리사베트 사켈이 자기 차례를 기다리는 사람처럼 열 번째 줄에 그대로 앉아 있는 것이다. 하키 코치와 술집 사장은 우정이라고 할 만한 것을 전혀 공유하지 않았을지 몰라도 사켈에게는 그것이 친구에 가장 가까운 관계였을지 모른다. 사켈은 펠센에서 삶은 감자와 미지근한 맥주를 마셨고, 그걸 대화라고 할 수는 있을지 모르지만, 베어타운의 누구보다도 라모나와 나눈 대화가 가장 많았으니까. 당연히 라모나는 사켈을 "술 한 방울 입에 대지 않는 망할 년, 채식주의자, 또 뭔지 모를 기타 등등"이라고 표현했고, 그녀에게 맥주 몇 모금 마시는 건 어찌어찌 가르쳤지만 나머지는 절대 고치지 못했다. 하지만 사켈의 경우에는 이기는 것과 입다물고 있는 것, 이 두 방면에 재주가 있었던 것이 많은 도움이 됐다. 그래서 술집의 노인들이 하키팀 훈련 방안을 두고 훈수를 두려고 하면 라모나는 항상 이렇게 쏘아붙였다.

"하키에 대해서 배우고 싶어? 진심으로 뭐라도 배우고 싶어? 그럼 사켈 붙잡고 말 걸지 마. 당신은 너무 머리가 나빠서 사켈이 아는 걸 하나도 이해할 수가 없거든!"

사켈의 감정에 대해서는 아는 사람이 아무도 없다. 그녀에게 감정이라는 것이 남들처럼 많지 않아서일 수도 있고, 그녀가 감정을 드러낼 필요성을 느끼지 못해서일 수도 있다. 하지만 2년 전에 펠센에서 불이 났을 때 유일하게 라모나를 구하러 안으로 뛰어 들어간 사람이 그녀였다. 덕분에 그 이후로 감자는 공짜로 먹을 수 있게 됐지만 여전히 맥줏값은 계산해야 했다. 서비스에도 일종의 한계가 있어야 하는 법이었다.

"미안…… 둘만의 시간을 보낼 수 있게 비켜줄게……."

페테르는 사과하며 좌석 사이 통로로 걸음을 옮긴다.

"둘이라니 누구요?"

사켈은 진심으로 화들짝 놀라며 좌우를 두리번거린다.

"자네와…… 나는 내가 나가주길 기다리는 줄 알고……."

페테르는 설명하지만 하키 코치의 얼굴은 호수처럼 무표정하다.

"단장님의 추도사를 듣고 많이들 감동받은 것 같더군요."

사켈은 그에게 할 말을 찾으려고 정말, 정말 열심히 애를 쓰고 있는 듯한 표정으로 어른이 정말, 정말 마음에 들지 않는 어린애 대하듯 말하고 있다.

"고맙네."

페테르는 이렇게 대답했다가 실수를 깨닫는다. 사켈이 *그녀도* 감동받았다고는 하지 않았던 것이다.

그는 구단에서 근무했을 때도 그녀와 어떤 식으로 대화를 나누면 좋을지 끝까지 터득하지 못했지만 그녀의 투지는 존경하게 됐다. 예전에 라모나는 사켈이 베어타운에 적합하지 않을지도 모르지만 지구상에 이보다 더 적합한 곳도 없을 거라고, 그런 코치를 쓰는 마을이 여기 아니면 어디 있겠느냐고 한 적이 있었다.

"인생에 있어서 하키보다 중요한 게 있다고 믿으려는 사람들이 자기 마을 하키팀에 그런 코치를 쓰겠어?"

"단장직을 사임하셨다면서요?"

사켈이 불쑥 묻는다.

페테르는 자기도 모르게 폭소를 터뜨린다. 그의 웃음소리가 교회를 쩌렁쩌렁 울린다.

"맞아, 2년 전에."

"아."

그녀의 대답이다.

"진짜야? 이제야 들었나? 내가 사실 자네 상사였는데."

그는 미소를 짓는다.

사켈은 아주 태연하게 대답한다.

"저는 보통 후임이 와야 누가 그만둔 걸 알거든요. 그런데 단장님은 후임이 오지 않길래 휴가 가신 줄 알았죠."

페테르의 폭소가 금세 어색하게 끊긴다. 베어타운 하키단은 이제 단장이 없다. 그가 하던 일을 운영위원회와 사켈이 나눠서 하고 있는데, 사켈이 자기 일에 관한 한 페테르의 의견을 모조리 무시했으니 그의 빈자리가 별로 티 나지도 않았을 것이다. 그는 화제를 바꾸려고 이렇게 말한다.

"코치 계약을 연장했다면서? 축하하네!"

"글쎄요, 당분간은요. 코치들이야 언젠가는 전부 잘리기 마련이니까요."

사켈은 대답한다. 그녀가 농담도 하는 성격이었다면 그는 농담인가 보다고 생각했을 것이다.

"계약 연장한 코치치고 재밌는 반응이네."

페테르는 미소를 짓는다.

검은 재킷을 입은 젊은 남자 몇이 교회 뒤편에 가져다 놓은 의자를 치우기 시작했지만 사켈은 꿈쩍할 기미도 보이지 않는다.

"하키 코치 입장에서 최고는 뭘까요?"

사켈은 묻는다. 그녀가 사람을 놀리고 그러는 성격이었다면 그는 자기를 놀리려나 보다고 생각했을 것이다.

"NHL 팀을 맡는 거."

그는 대답한다.

"그럼 NHL에서는 어느 팀이 최고예요?"

"스탠리 컵을 차지하는 팀."

그는 조금 경계 태세를 갖추고서 대답한다.

사켈은 고개를 끄덕이며 그녀답지 않게 인내심을 발휘하는 표정을 짓는다.

　"지난 20년 동안 열여섯 명의 코치가 스탠리 컵을 차지했어요. 그 열여섯 명 중에서 세 명은 5년 뒤에도 코치직을 유지했어요. 두 명은 제 발로 때려치웠고, 한 명은 은퇴했고, 다른 한 명은 병에 걸렸고요. 나머지 아홉 명은 잘렸어요. 그중에서도 다섯 명은 2년도 안 돼서. 그러니까 전 세계를 통틀어 가장 훌륭한 코치 중에 전 세계를 통틀어 가장 엄청난 타이틀을 차지하고 5년 뒤에까지 자기 자리를 유지한 사람이 열여섯 명 중에 세 명밖에 안 된다는 거예요. 얼마 전에 서명한 계약서에 따르면 제가 언제까지 베어타운에 있을 수 있는지 아세요?"

　"5년?"

　페테르는 알아맞혀 본다.

　"5년이에요! 그러니까 제가 언젠가는 잘리겠죠. 올해에 리그 우승을 차지하지 못해도 잘리고, 우승해서 상부 리그로 승격해도 거기서 우승하지 못하면 또 잘리고. 코치를 자를 만한 이유야 언제든 있으니까요. 단장님도 아실 거 아니에요. 여자라는 이유로 나를 쓰려고 수네를 잘랐으니까요."

　"아니…… 잠깐만… 그게 아니라……."

　페테르는 이의를 제기하려고 하지만 그녀는 어깨를 으쓱할 따름이다.

　"그게 실수였어요. 정치적으로 올바르다는 이유로 여자를 채용하는 경우, 여자를 자르면 정치적으로 아주 올바르지 않은 일이 되거든요."

"자네를 자른다고? 구단 역사상 이 정도 성적을 거둔 것도 오랜만인데?"

페테르는 끙 하고 신음을 토한다. 라모나가 펠센에서 사켈을 상대할 때 항상 술에 취해 있었던 이유를 알 것만도 같다.

사켈은 갑자기 벌떡 일어나 나갈 준비를 하며 지나가는 말처럼 이렇게 얘기한다.

"내일 어떤 선수를 보려고 하는데. 같이 가시겠어요?"

페테르는 한꺼번에 쏟아진 정보를 소화하느라 애를 먹는다.

"음? 내일? 내일 팀 훈련 없나?"

"그건 선수들끼리 알아서 할 수 있어요. 사람들은 코치를 과대평가해요. 모든 팀이 치르는 경기의 3분의 1을 이기고 3분의 1을 져요. 남은 3분의 1을 이기는 팀이 리그 우승을 차지하는데, 어떤 팀이 이기는 팀이 되는지 알아요?"

"글쎄?"

"최고의 선수들을 모아놓은 팀이요. 그래서 어떤 선수를 보러 가려고요. 게다가 제가 지금 근신 처분을 받아서 훈련에 참여할 수가 없거든요."

"음? 근신 처분?"

"운영위원회에 민원이 접수됐대요. 제가 새롭게 선포된 가치체계의 항목 하나를 어겼다던데요. 선수가 같은 일을 저지르면 훈련을 한 번 빠져야 한다길래, 저에게도 똑같은 원칙을 적용해 달라고 했죠. 그래서 내일 같이 갈 거예요, 안 갈 거예요?"

"아니…… 잠깐만…… 어떤 민원이 접수됐길래?"

사켈은 피곤한 듯 한숨을 쉰다.

"어떤 어머니가 저한테 연락해서, 자기 아들을 가르치는 코치 중 한 명이 말하기를 그 팀 선수들은 전부 아무짝에도 쓸모없다고, 학부모 중에 예쁜 어머니가 한 명만 있었어도 봐줄 수 있겠는데 전부 못생겨서 봐줄 수가 없다는 말을 했다고 항의하더라고요. 그래서 제가 그랬어요. 모든 선수가 아무짝에도 쓸모없는 게 아니니까 그 코치가 그렇게 얘기했을 리 없다고!"

"그런데 그 어머님이 자네 말뜻을 오해하셨군."

페테르는 음울하게 결론을 내린다.

"아뇨. 엄청 화를 냈어요. 그러면서 아들 코치가 그 어머니더러, 지금 어머님이 저한테 화를 내시는 이유는 너무 못생기셔서 한동안 성욕을 해소하지 못하셨기 때문이다, 이렇게 말했다지 뭐예요. 그래서 제가 그랬죠. 외모 때문만이 아니라 성격 탓도 있지 않겠느냐고. 그렇게 대꾸했다고 운영위원회의 '진상 조사'를 받고 있어요. 구단의 '가치'를 위반하는 발언을 했다나. 제가 남자였다면 당연히 상황이 달라졌겠지만."

페테르는 아스피린이 있으면 좋겠다고 생각한다.

"잠깐만…… 자네가 남자였으면 조사를 안 받았을 거란 말이야?"

"제가 남자였다면 이미 잘렸을 거라고요. 남학생 팀 코치는 바로 잘렸거든요."

"뭐라고 할 말이 없구만."

"그럼 승낙하신 걸로 보면 될까요?"

"뭘?"

"내일 그 선수 보러 같이 가는 거요."

그녀는 어디 가야 할 데가 있는 사람처럼 초조한 표정으로 시계를 확인한다.

"왜 나랑 가려고? 보보도 있고 또……."

페테르가 궁금해하자 그녀는 대부분의 사람들로서는 거절하기 어렵고 페테르로서는 거절하기 불가능한 말을 한다.

"단장님의 도움이 필요하거든요."

❄

"선택의 여지가 있다면 영향력이 있는 사람과 사랑받는 사람, 둘 중에 어느 쪽을 선택할래요?"

정신과 의사가 얼마 전에 한 질문이 계속 머릿속을 맴돌며 미라를 미치게 한다. 그녀는 교회 주차장에 세워둔 차에 앉아서 이렇게 대답했어야 했다고 생각한다.

"선생님은 선택의 여지가 있다면 제가 선생님이 보낸 청구서를 결제하는 것과 해가 비치지 않는 곳에 처박아 놓는 것, 둘 중에 어느 쪽을 선택하실래요?"

장례식이 끝난 뒤에 레오는 집까지 자전거를 타고 가겠다고 하고 마야는 아나와 함께 걸어가겠다고 하니, 미라는 온 마을 사람들이 교회 안에서 페테르에게 한 마디씩 말을 거는 동안 여기 혼자 앉아서 기다리고 있다. 웜홀로 떨어져 시간을 거슬러 올라간 느낌이다. 이제 그는 다시 주요 인물이 되었고 그녀가 기다려야 하는 쪽이다. 예전에 그걸 질색했던 자기 자신을 얼마나 혐오했는지 잊고 있었다.

미라는 창밖으로 사람들을 내다본다. 여기가 장례식장이 아니라 집회 현장이라도 되는 것처럼 대다수가 베어타운 하키 점퍼를 입고 있다. 미라는 속으로 '무식한 촌사람들' 하고 중얼거린다. 그러고는 혼자 생각한 것에 불과했음에도 당장 부끄러워한다. 어머니가 입버릇처럼 했던 말이 생각났기 때문이다. "세상에서 제일 나쁜 병이 질투야. 고칠 수가 없거든!"

미라는 자기도 이 사람들처럼 금세 행복해질 수 있으면 좋겠다고 생각한다. 모든 규칙을 인간이 만들어놓은 경기에서 누가 어찌어찌 골을 넣으면 기뻐서 어쩔 줄 몰라 하고 싶다. 예전부터 그녀는 맹목적으로 사랑하는 게 있으면 좋겠다고 생각했다. 나는 나보다 훨씬 큰 어떤 것의 일부라는 믿음이 있으면, 조그맣고 멋진 비눗방울 안에서 사는 기분이지 않을까. 하키는 상관하지도 않는데. 우리에 대해서, 어느 누구에 대해서 눈곱만큼도 신경 쓰지 않고 그냥 그 *자리에* 있을 뿐인데.

그녀는 아주 독실한 사람들을 부러워하듯 하키 팬들을 부러워한다. 그들의 맹목적인 믿음을 부러워한다. 그들은 관중석에서 하나가 될 때마다 서로에게 의미 있는 존재가 된다. 그녀는 그 무엇에도 그만큼 의미 있는 존재가 되지 못할 것이다.

"미라?"

밖에서 누군가가 느닷없이 그녀의 이름을 부르자 놀란 미라가 펄쩍 뛰는 바람에 옆 창문에 머리를 부딪친다.

"프락? 아니……?"

그녀는 딱딱거리지만 프락은 반가워하는 줄 알고 냉큼 조수석에 앉는다.

"안녕하세요!"

그러고는 이 행동이 아주 정상적이라는 듯이 인사를 건넨다.

"안녕하세요?"

미라는 그가 문을 닫는 동안 본 사람이 아무도 없는지 흘끗 룸미러를 확인한다.

"이거 참 안타깝네요."

프락이 슬픈 목소리로 말하자 그녀는 말뜻을 오해하고 침통하게 대답한다.

"그러게요…… 그러게요…… 나도 안타까워요, 프락."

그는 놀란 눈빛으로 미라를 쳐다본다.

"안타깝다니 뭐가요?"

그녀는 살짝 당황스러워하며 눈을 깜빡인다.

"라모나…… 일이요. 둘이 가깝게 지냈잖아요."

프락은 고개를 좌우로 흔든다.

"아, 글쎄요. 라모나는 아마 나를 입 다물고 있지 못하는 광대로 여겼을 거예요."

미라는 자기도 모르게 미소를 짓는다.

"우리도 모두 그렇게 생각하지만 그렇다고 해서 가까운 사이가 아니라고 할 수는 없잖아요, 프라켄.°"

그 말을 듣고 그의 얼굴이 어찌나 환해지는지 정부에서 이 일대 언덕마다 설치하고 싶어 하는 풍력발전소를 최소 백 개는 대체할 수 있을 것 같다. 그의 본명을 부르는 사람은 없고 다들 프락이라고 부르지만 프라켄이라고 부를 수 있는 사람은 몇 명 되지 않는다. 프락은 그 호칭을 가장 좋아한다. 마치 연미복을 입은 남자가 그 한 명

○ 미라는 스웨덴어로 연미복을 뜻하는 '프락'에 정관사를 붙여 '단 하나뿐인 연미복'이라는 뜻을 담아 프락을 부르고 있다.

밖에 없었던 것처럼.

"네, 뭐, 내가 할 얘기가 있어서요!"

그는 온 세상 걱정을 짊어진 사람과 세상 걱정이 하나도 없는 사람의 중간 어디에 해당하는 분위기로 말을 잇는다.

"그때 제안한 사무실 이전이요? 그 얘기는 하고 싶지 않은데요, 프라켄……. 사실 내 동업자는 그보다 먼, 좀 더 큰 도시에 사무실을 차리고 싶어 했고 페테르는 베어타운에 사무실을 차려야 하는 거 아니냐고 했거든요. 그래서 절충안으로 나온 게 헤드라……."

하지만 프락은 진작부터 변명하듯 고개를 젓고 있다.

"아뇨, 아뇨, 사무실 얘기가 아니에요. 그러니까…… 그 제안은 아직 유효해요! 모두 처리해 놨어요! 하지만 내가 하고 싶은 얘기는 그게 아니에요. 뭔가 하면…… 음, 조금 예민한 문제일 수도 있는데…… 나를 냉정하다고 생각하지는 말아줬으면 하는데. 라모나가 베어타운 하키단 운영위원이었잖아요……. 당신도 알다시피."

미라는 이러다 갈비뼈가 어긋나는 게 아닐까 싶을 정도로 깊게 한숨을 쉰다. 그럼 그렇지. 아무렴 지금 같은 상황에서도 오로지 하키단이다. 라모나를 땅에 묻기도 전에 후임을 찾아야 하는 것이다.

"아, 네. 하지만 페테르를 라모나의 자리에 앉히고 싶으면 내가 아니라 그이한테 직접 얘기하세요. 나는……."

수많은 장면이 그녀의 머릿속을 휙휙 지나간다. 소소한 장면을 담은 사진들이, 그녀의 남편과 함께 보낸 일생. *그녀*의 남편. 그녀의 *남편*. 그에게 공유할 것들이 얼마나 남아 있을까? 페테르를 하키에 돌려주어도 그녀의 몫이 남게 될까? 그러고도 이 결혼생활을 계속 유지할 수 있을까? 미라는 비명을 지르며 모든 분노를 토해내고 싶지만 프락은 다시 고개를 젓는다.

"아뇨. 아뇨. 그 얘기를 하고 싶은 게 아니에요. 사실 어쩌면 그 얘기일 수도 있지만 그쪽 방향은 아니에요. 그래요, 운영위원회에 공석이 하나 생겼어요. 하지만 그걸 페테르한테 맡기고 싶지는 않아요. 당신이 맡아주었으면 좋겠어요."

처음에는 정적이 흐른다. 잠시 후에 엄청난 충격이 강타하고 미라는 프락의 얼굴을 한 대 때리고 싶어진다. 그녀는 비명을 지른다.

"아니, 그게 무슨…… 젠장. 지금 무슨 소리를 하는 거예요? 운영위원회의 그 자리를 왜 나한테 맡기려고요?"

그가 어찌나 다급하게 조용히 시키려고 하는지 그녀의 마음속에서 의심이 생길 정도다. 프락이 다음으로 하는 얘기를 듣고도 의심은 가라앉지 않는다.

"왜요? 이 마을과 이 구단을 당신보다 더 잘 아는 사람이 어디 있겠어요?"

미라는 혼란스러워하며 한참 그를 쳐다보다가 퍼뜩 깨달음이 찾아온다. 그러자 바보가 된 기분을 느낀다.

"바보 같은 짓을 저질러서 변호사가 필요하군요. 그래서 날 찾아온 거죠?"

프락은 턱을 좌우로 요란하게 흔들며 되받아친다.

"나를 모욕하지 말아요. 무엇보다도 당신 자신을 모욕하지 말아요, 미라. 변호사? 필요하면 내가 변호사 백 명을 못 모으겠어요? 하지만 우리에게 필요한 건 그게 아니에요. 우리에게 필요한 건 *최고*

의 변호사예요. 그리고 내가 아는 한 당신보다 훌륭한 변호사는 없어요."

아첨은 폭풍보다 더 버티기가 힘들다. 미라는 그에게 헛소리 집어치우라고 하는 대신 "왜요?"라고 물으며 얼굴을 붉힌다.

"언론에서 우리 계좌를 뒤지고 있어요."

그는 다시금 룸미러를 흘끗거리며 조용히 실토한다.

"언론에서요? 왜요?"

"아무 일 없어요, 아무 일도! 그 신임 편집장이 대도시에서 왔다고 건방이 하늘을 찌르는데, '하키 타운의 비밀'을 폭로하면 무슨 상이라도 받을 줄 아는 모양이에요."

그는 잠깐 민망한 표정을 지으며 입을 다물지만 미라는 그가 하려다 만 얘기가 뭔지 알 것도 같다. 그녀는 페테르와 함께 여기로 이사 오고 나서 한동안, 이 마을의 모든 늙은이가 왜 하키 얘기만 나왔다 하면 안 좋은 기사를 쓰는지 모르겠다고 하는 걸 들었다. 지역 일간지에서는 거의 항상 팀을 응원하는데도. "왜 항상 하키를 최악 취급하는 거야?" 노인들은 자기들이 박해당하는 소수라도 되는 양 계속 이렇게 투덜거렸다. "승마에서는 사망사고가 벌어지고, 체조에는 소아 성추행 스캔들이 있고, 축구 구단주들은 독재자인데…… 언론에서는 그래도 하키가 최악이라고 하지!"

그 노인들은 영원한 피해자다. 항상 박해에 시달리고, 항상 음모에 공격받는 피해자다. 어디에서든 항상 자기들이 이 경기의 규칙을 만들면서 그런다. 프락은 2년 전부터 더는 그런 말을 하지 않지만, 적어도 미라 앞에서는 그렇지만, 요즘도 주변에 노인들밖에 없는 때와 회원들이 후원자 마음대로 하지 못하게 막을 때는 투덜거릴 것이다. 그들은 시즌 막판의 리그 성적표가 통장 입출금 내역에 의해 결정되는 쪽을 선호할지 모른다.

"그런 인간들은 급소를 때려줘야지. 그들의 지갑을 말이야." 라고 나는 항상 이렇게 말했다. 그것이 사실 미라가 기억하는 그녀의 마지막 발언이기도 하다. 그러니까 프락을 쉽게 경멸할 수 있어야 한다. 그의 제안을 쉽게 일축할 수 있어야 한다. 하지만 잠시 후에 프락이 이렇게 말한다.

"미라, 위원회에 변호사가 한 명 있으면 도움이 될 거예요. 내가 하고 싶은 말은 그게 전부예요. 무슨 문제가 있어서 그런 게 아니라 의회에서는 양쪽 구단을 합치거나 아예 새로운 구단을 탄생시키겠다고 하고, 그 빌어먹을 신문사에서는 기삿거리를 뒤지고 있어요. 당신도 어떤 식인지 알잖아요. 아주 조그만 꼬투리라도 하나 나오면 그들은 아예 미궁을 하나 조작할 거예요. 그래서 위원회에 변호사가 있으면 좋겠다는 생각이 들었어요. 만일의 경우에 대비해서 당신이 서류를 살펴봐 주면 좋겠다고. 구단에서 당신을 직접 고용할 수는 없어요. 그러면 모양새가 안 좋을 테니까. 하지만 돈이 문제라면, 모든 후원자가 향후 몇 년 동안 베어타운 비즈니스 파크와 관련된 모든 법률적인 업무를 당신 회사에 맡기는 데 동의했어요. 장담하는데 수입이 괜찮을 거예요! 하지만 내일 당신 집에서 만나면 어떨까요? 사무실이 아니라 내가 집으로 찾아가면, 이를테면 친구 대 친구로 만나는 것처럼 보일 수 있잖아요. 보는 사람이 있더라도."

미라는 그와 눈을 맞추지 않는다. 회사 입장에서 돈이 되는 계약일 수도 있기 때문에 귀가 솔깃한 거라고 자기 자신을 설득하느라 너무 민망해서 눈을 맞출 수가 없다. 하지만 미라가 솔깃해진 이유는 그가 다음으로 한 얘기 때문이다.

"물론 이건 우리 둘만 알고 있어야 해요, 미라. 아무한테도 얘기하면 안 돼요. 심지어 페테르한테도."

미라는 당연히 민망하지만, 하키단의 가장 깊숙한 내부 사정을 알게 된다니 조금 짜릿하기도 하다. 이번만큼은 남들보다 먼저 이 마을의 비밀을 알게 된 것이다. 이 기분을 아주 잠깐이나마 만끽하면 어떨까? 그게 잘못된 걸까? 그러면 그녀가 끔찍한 인간이 되는 걸까? 그런 고민을 하고 싶지도 않다. 그래서 미라는 이렇게 묻는다.

"'보는 사람이 있더라도'라뇨. 그게 무슨 소리예요? 누가 우리를 보겠어요?"

53

사진

아빠가 보낸 문자메시지가 도착하자 편집장의 책상 위에 놓여 있던 휴대전화가 진동한다. 몸을 앞으로 숙여서 들여다본다. 그는 아무 설명 없이 장례식장에서 찍은 사진만 세 장을 보냈다. 첫 번째는 페테르 안데르손이 베어타운 하키팀 내에서도 가장 악명이 높은 불량배와 교회 안으로 들어가는 사진이다. 두 번째는 페테르 안데르손이 베어타운 하키팀 코치와 함께 교회에서 나오는 사진이다. 세 번째는 프락이 미라 안데르손의 차에서 내리는 사신이다.

아빠가 사진 아래에 어떤 설명을 첨부하지 않아도 딸은 그가 무슨 말을 전하고 싶은지 이미 알고 있다. 이런데도 어떻게 안데르손 가족이 현재 베어타운 하키팀과 아무 연관이 없다고 할 수 있겠니?

안데르손 가족이 베어타운 하키팀이다.

54
거짓말

"당신 내일 집에 있을 거야?"

미라는 천연덕스럽게 묻는다.

나중에 이때를 돌이키면서, 그녀는 페테르와 둘이 싸울 때 저지른 가장 큰 실수는 늘 동일했다고 생각할 것이다. 손을 내밀어야 할 때 오히려 멀어지고, 긴장을 푸는 대신 언성을 높이며, 귀를 쫑긋 세우기보다 이를 갈았다고 말이다. 하지만 그들의 가장 큰 죄는, 가장 끔찍한 죄는 더러 진실을 은폐하면서 거짓말한 것은 아니라고 자기 최면을 거는 것이다.

"왜? 무슨 일정 있어?"

페테르도 천연덕스럽게 반문한다.

그들은 장례식장에서 집으로 오는 동안 아무 말도 하지 않았고 서로 손을 잡지도 않았다. 페테르는 열 손가락으로 핸들을 잡았고 미라는 계속 휴대전화를 만지작거렸다. 이제 그녀는 거실에서 분갈이를 하느라 여념이 없고 그는 부엌에서 빵을 굽고 있다. 만약 그녀가 정신과 의사에게 이 얘기를 한다면 그는 너무 흥분해서 심장마비를 일으킬 수도 있다. 페테르는 뭔가를 만드는 데 집착하고 미라는 뭔가를 계속 살려놓으려고 애를 쓴다면서 말이다. 그녀가 물을 뜨러 부엌으로 들어갈 때 둘은 개수대 근처에서 서로 스치고 지나간다. 그의 손에는 밀가루가, 그녀의 손에는 흙이 묻어 있고 그들은 천연덕스러운 질문을 하고 천연덕스러운 답을 듣는다. 거짓말이 그렇게 쉽게 차곡차곡 쌓일 수도 있다.

"아냐, 아냐, 그냥 궁금해서 물어봤어. 내일…… 내일 재택근무 할까 하거든. 당신 바쁘면 내가 레오 학교에 태워다 줄 수 있어!"

"오, 진짜? 그럼 잘됐네. 나도 사실 볼일이 하나 있어서. 안 된다고 하려고 그랬는데…… 뭐, 엄청 웃기고 별거 아닌 일이긴 한데…… 엘리사베트 사켈이 자기랑 같이 어떤 선수를 보러 가지 않겠느냐고 물어봐서……."

페테르는 그녀를 흘끗거리며 조심스럽게 운을 뗀다.

"진짜?"

"응. 웃기지?"

"아냐, 아냐. 그런 뜻에서 물은 거 아니야! 그냥 놀라서 그랬어."

그는 조리대 위에 밀가루를 좀 더 뿌린다.

"아까 얘기했다시피 그냥 말도 안 되는 소리야. 심지어 구단에서 제안한 것도 아니고 사켈이 물어본 거야. 우리 둘이 무슨…… 친구라도 되는 것처럼."

미라는 수도꼭지 아래에 화분을 대고 있다. 그녀는 무관심한 척하는 데 도가 터 있다.

"음, 그렇다면 가야 된다고 봐."

그는 반죽을 치댄다. 그도 그녀 못지않게 무관심한 척하는 데 일

가견이 있다.

"그래?"

"아니, 당신 도움이 필요하다는데. 그렇다고 도와주기 싫은 것도 아니잖아?"

"흠, 하긴. 그러게. 당일치기로 다녀올 거라 저녁이면 올 거야. 그래도 괜찮겠어? 혹시 회사에서 처리해야 하는 일이 있을까?"

그는 그녀의 허락을 받고 싶어서 조금 열을 낸다. 그녀는 조금 다급하게 허락한다.

"아냐, 아냐. 괜찮아. 다녀와. 걱정하지 말고."

그는 머뭇거리며 고개를 끄덕인다.

"응, 그럼."

"응, 그럼."

그녀도 고개를 끄덕인다.

페테르는 지금 사실대로 얘기하는 중이라고 자기최면을 걸지만 백 퍼센트 사실대로 얘기하고 있는 건 아니다. 이번 일을 계기로 구단에 돌아갈 수 있길 간절히 바란다고 실토하지 않았다. 이것으로는 부족하기에(이게 뭔지는 모르겠지만) 다시 하키를 꿈꾸기 시작했다고 실토하지 않았다. 그는 누군가에게 필요한 사람이 될 필요가 있다고, 중요한 사람이 되는 것이 그에게는 중요한 일이라고 실토하지 않았다. 그는 말없이 빵을 만들고 쟁반에 담아서 오븐에 넣는다. *탕, 탕, 탕.* 쟁반이 들어간다.

그런가 하면 미라도 프락에게 어떤 얘기를 들었고 어떤 식으로 운영위원 자리를 제안받았는지 페테르에게 밝혀야 한다는 걸 알지만, 이번 일에서만큼은 그녀가 그의 아내가 아니라 변호사라고 자기 최면을 건다. 그래서 수채통으로 씻겨 내려가는 거름을 쳐다보다가 다른 화분을 집어서 비우고 다시 채운다. 흙을 판다. 아무 말도 하지 않는다.

울부짖는 소리

이 일대에서는 모두가 서로 연결돼 있다. 눈에 보이지 않는 실로 아주 단단하게 연결돼 있다. 나중에 이 무렵을 돌이켜 보면 우리는 살아생전에 많은 사람과 알고 지냈고 그들에게 영향을 미쳤던 라모나가 자기 장례식을 통해 한 번도 본 적 없는 사람들에게 지대한 영향을 미쳤다는 사실에서 섬뜩한 아이러니를 느낄 수 있을지 모른다. 오늘은 베어타운의 모든 주민이 그녀를 추모하느라 아무도 출근하지 않았기 때문에 공장에서는 빈자리를 메우려고 헤드에 사는 전 직원에게 연락을 돌린다. 불과 몇 시간 전에 교대 근무를 마치고 퇴근한 젊은 여직원이 당장 관심을 보인다. 어머니는 말리지만 가욋돈도 그렇고 일요 근무 추가 수당이 워낙 두둑해서 거부할 수가 없다.

"요즘처럼 살 게 많을 때는 특히 그렇죠."

젊은 여직원은 말한다.

"조심해, 너무 무리하지 말고. 이제는 건강 챙기는 게 무엇보다 중요하니까!"

어머니가 말하자 젊은 여직원은 눈을 부라리지만 그래도 알겠다고 한다.

그녀가 오늘 맡은 기계는 오래됐다. 전 시간 근무조가 오늘 아침에 고장 난 곳이 있다고 보고했지만, 다들 정신이 없어서 그녀에게 미처 알려주지 못했다. 여직원은 피곤하고 속이 메슥거리며 살짝 어지러운 것도 같다. 나중에 공장으로 파견된 조사관들은 그녀의 잘못인 것처럼 포장하려고 이 부분에 대해 질문 공세를 펴부을 것이다. 하지만 사실은 태풍 때문에 수리기사가 여기까지 출동하지 못했고 경영진은 생산 라인에 지장을 초래할 수 없었기에 수리한 것처럼 서류를 위조한 뒤 그 기계를 그냥 가동했다. 원래는 2인 1조라야 하지만 오늘은 인력이 부족하기에 젊은 여직원 혼자 작동을 맡게 된다. 보건 안전 담당 공무원은 이미 다른 수많은 것들을 두고 공장 경영진과 싸우고 있었기 때문에, 혼자서 기계를 돌리면 뭔가가 걸렸을 때 비상 멈춤 버튼이 너무 멀리 있어서 누를 수 없다는 부분까지 챙기지는 못했다. 그 울부짖는 소리를 들은 사람은 절대 잊지 못할 것이다.

56
팀 동료

장례식 이후에 거기 참석하지 않은 두 명의 하키 선수가 도로 저 편에서 서성인다. 둘 다 라모나를 추모하고 싶은 마음은 굴뚝같지만 한 명은 숫기가 없어서, 다른 한 명은 고개를 들 수가 없어서 교회 안으로 들어가질 못했다. 문이 다시 열리고 사람들이 나온 다음에야 고개를 들 수 없었던 선수가 20미터 옆에 서 있는 숫기 없는 선수를 알아보고 다가간다.

"안녕!"

아맛은 인사를 건넨다.

옹알이는 가볍게 고개를 숙인다. 답을 하려고 입술을 움직이지만 아무 소리도 내지 못한다. 그들은 주머니에 손을 넣고 나란히 서서 교회를 쳐다본다.

"나는…… 차마 들어갈 수가 없었어. 다들 하키를 다시 할 거냐고 물어볼 테니까."

아맛은 조용히 얘기한다. 옹알이 옆에서는 문득 아무 말이나 해도 될 것 같다.

옹알이는 천천히 고개만 끄덕이지만 진심으로 이해하는 눈빛이다. 그래서 아맛은 민망함을 무릅쓰고 묻는다.

"언제 한번 같이 훈련할래? 작년에 했던 것처럼? 몸을 좀 만들어야겠어. 사켈 코치님이 날 다시 받아주실지 모르겠는데, 안 되면 다른 팀을 찾아야지. 나는…… 나는 다시 뛰어야 해. 너는 이게 무슨 말인지 알지 모르겠지만."

옹알이는 고개를 끄덕인다. 아맛의 심정을 이해해서이기도 하고, 진심으로 아맛과 다시 훈련하고 싶어서이기도 하다. 전에는 쏜살같은 리스터°와 허공에서 방향을 바꾸는 스케이트와 사방에서 느닷없이 날아오는 슛이 끔찍하게 싫었지만 이제는 힘든 도전이 그립다. 하키는 어려울 필요가 있다.

"관리하시는 분께 부탁해서 하루 저녁 늦게 아이스링크를 쓰든지, 조만간 호수가 얼면 그냥 거기서 하자. 어때?"

아맛은 묻는다.

옹알이는 아까보다 더 열심히 고개를 끄덕인다. 그것도 의사 표현의 한 방편이다.

❇

벤이는 그를 붙잡아 세우고 하키 얘기를 꺼내는 사람이 없길 바라며, 재킷을 머리에 뒤집어쓰고 고양이처럼 최대한 빠르게 살금살금 교회 뒷길을 걷는다. 조문객 수백 명이 나지막이 웅얼거리는 와

○ 골대 바로 앞에서 손목 스냅을 이용해 간결하게 쏘는 슛.

중에도 사이즈 320짜리 운동화를 신고 달려오는 발소리를 들을 수 있어서 다행이다. 그 덕분에 다 컸는데도 아직 자기가 강아지인 줄 아는 성견처럼 보보가 달려들어 와락 끌어안을 때, 벤이는 무릎에 힘을 주고 발바닥으로 땅을 굳게 디뎌 허리가 삐끗하는 사태를 막는다.

"벤이! 벤이! 와 씨, 너 집에 온 줄도 몰랐네! 어떻게 지냈냐?"

미련곰탱이는 좋아서 끌어안은 채로 떠들어댄다.

벤이는 날렵하게 그의 품에서 빠져나와 먼저 조용히 시킨 다음 웃음을 터뜨린다.

"아니 보보, 못 본 새 먹는 거 말고는 아무것도 하지 않은 거야?"

"너는 아예 굶고 다녔어? 아시아나 뭐 다른 동네에는 먹을 게 없었어?"

보보는 씩 웃는다. 너무 좋아서 까치발을 하고 깡충깡충 뛰다가 다시 와락 끌어안는다.

"나도 보고 싶었어."

벤이는 한숨을 쉰다. 비꼬는 것처럼 들릴지 몰라도 진심이다.

친구가 아니라 오직 같은 팀 동료들에게서만 받을 수 있는 그런 특별한 사랑도 있다.

"아맛! 옹알아! 누가 왔는지 봐봐!"

보보는 도로 저편에서 팀원 두 명이 보이자 쩌렁쩌렁하게 외치며 벤이를 그쪽으로 끌고 간다. 벤이와 아맛과 옹알이는 동시에 그를 향해 "쉿!" 하고 외친다. 그들이 가장 피하고 싶은 것이 사람들의 이목을 집중시키는 것인데, 그러자면 가장 피해야 할 것이 보보 옆에 있는 것이다.

"아이 씨, 보보. 마이크 줘? 그렇게 얘기해서 죽은 사람들한테까지 들리겠어?"

벤이가 한숨을 쉬고 보보는 뭐라는 건지 한마디도 못 알아듣지만 그래도 즐거울 때 짓는 표정을 하고 그를 쳐다본다.

"우리…… 자리 옮길까요?"

조문객들이 호기심 어린 눈빛으로 그들 쪽을 흘끗거리는 것을 본 아맛이 묻는다.

벤이는 그 자리를 뜨고 싶은 마음이 굴뚝같아서 얼른 고개를 끄덕인다. 그래서 그들은 걷기 시작하는데, 몇 백 미터가 지나자 모든 게 예전으로 돌아간 것처럼 느껴진다. 하키 얘기를 하는 비슷한 또래의 남자 넷. 벤이는 아맛의 배를 턱으로 가리키며 요즘 훈련 열심히 하고 있느냐고 묻는다. 아맛은 웃으면서 말하자면 복잡하다고 대답하고, 벤이에게 요즘 훈련하느냐고 묻는다. 벤이는 말한다.

"너도 나 알잖아. 쉬면서 몸 만드는 사람인 거."

넷은 일제히 웃음을 터뜨린다. 보보의 휴대전화로 문자메시지가 한 개, 이후로 두 개가 더 날아들자 벤이와 아맛은 보보에게 여자친구가 생긴 거 아니냐고 놀린다. 진짜 그렇다는 걸 모르고서 하는 얘기다.

테스가 부모님이 집에 안 계시는데 놀러 오지 않겠느냐고 문자메시지를 보냈다. 단, 남동생들 정신을 빼놓을 방법을 생각해 내야 해요.

보보는 이 숲을 통틀어 가장 동그랗고 가장 순진한 눈으로 아맛, 벤이, 옹알이를 돌아본다.

"나 부탁 하나만 들어줄 수 있냐?"

어느 팀 동료가 싫다고 할 수 있을까?

❋

보보가 가서 "차를 가지고 오겠다"라고 했을 때 평범한 차를 예상했던 벤이와 아맛과 옹알이는 그가 끌고 온 차를 보고 입을 다물지 못한다.

"저게 뭐예요? 캠핑…… 카예요?"

아맛이 어처구니없도록 긴 차를 이 끝에서 저 끝까지 훑어보며 묻는다. 연식이 백 년은 된 것 같다.

보보는 신나 하며 고개를 끄덕인다.

"응! 아빠한테 받았어! 아빠는 같이 사냥하는 분들한테 받았고. 그분들은 폐차하는 게 낫다고 생각했지만 내가 하나씩 고쳐나가고 있어."

"하나씩? 그렇게 해서 어느 세월에 다 고치려고?"

벤이는 웃으며 올라탄다.

하도 여기저기 녹이 슬고 찌그러져서 벤이와 아맛은 가는 내내 멀쩡한 곳을 찾는 놀이를 한다. 글러브박스 문은 아주 잠깐이나마 멀쩡해 보였지만 잠시 후에 벤이의 무릎 위로 그 문과 계기판 반쪽이 떨어진다.

"아버님이 이보다 좀 더 안정적인 걸 줄 생각은 없으셨대? 예를 들면 바퀴 세 개 달린 스케이트보드 같은 거 말이야."

벤이는 씩 웃는다.

"아니, 진짜로. 보보 너 아버님한테 무슨 실수한 거 있어? 그래서 아버님이 언짢으시대?"

아맛은 폭소를 터뜨리고는 벤이와 옹알이에게 보보가 갈텐의 보드카를 마시고 어디서 들은 대로 티가 나지 않게 물을 채워서 원래대로 냉동실에 넣었다가, 다음 날 아침에 보드카가 언 이유를 갈텐에게 설명해야 했던 사건을 들려준다.

모두 폭소를 터뜨리지만 보보는 뭔가를 곰곰이 생각하는 눈치다. 결국에는 벤이가 아무도 답을 궁금해하지 않는 질문을 한다.

"보보, 무슨 생각해?"

보보는 솔직하게 대답한다. 그는 다르게 대답할 줄 모른다.

"냉동실은 정말 신기한 물건이라고 생각하고 있었어. 아니, 유통기한이 내일까지인 고기를 냉동실에 넣으면 한 달이 지나도 멀쩡하게 먹을 수 있잖아! 꼭 시간이 멈추기라도 한 것처럼! 냉동실은 타임머신이야!"

벤이의 눈썹이 머리칼 사이로 사라진다.

"하고 많은 생각 중에…… 네가 고른 게 그거야?"

"너는 안 그래? 나는 왜 사람들이 노상 그런 생각을 하지 않는지 이해를 못 하겠더라!"

보보는 아주 진지하게 대답한다.

벤이와 아맛은 웃음을 터뜨리지만 옹알이는 잠자코 있는다. 뭐가 재밌는지 몰라서가 아니라 그들의 행선지에 대해 혼자 고민하고 있기 때문이다. 보보는 사랑에 눈이 멀었고, 아맛은 두 마을 사이의 갈등이 얼마나 심각한지 모르는 눈치고, 두말하면 잔소리지만 벤이는 하나도 변하지 않았다. 전처럼 아무도 무서워하지 않는다. 하지만 옹알이는 불안해서 숨이 잘 쉬어지지 않는다. 그들은 헤드로 직행하고 있는데, 그러면 어떤 일이 벌어질지 그는 알기 때문이다.

골치 아픈 일이 생긴다는 것을 알기 때문이다.

서로 다른 지옥

요니와 한나는 거의 동시에 퇴근하는 보기 드문 순간을 만끽하는 중이다. 그럴 때마다 복권을 사야 하는 거 아닌가 싶다. 요니가 병원으로 데리러 오고 둘은 차 안에서 십 대 연인처럼 입을 맞추는데, 그가 진도를 더 나가려고 하자 한나는 어이없어서 웃음을 터뜨린다. 그녀는 훌륭한 어른답게 먼저 집으로 가자고 하지만 밴의 시동이 걸리지 않는다. 그녀가 그를 많이 사랑해서 다행이다. 그렇지 않았으면 '어이없다'는 말보다 훨씬 심한 말이 튀어나왔을 것이다.

그는 뭐가 문제인지 알아보려고 내렸다가 부재중 전화가 네 통와 있는 걸 그제야 알아차린다. 몇 분 만에? 그가 소방서에 전화하려고 휴대전화를 귀에 갖다 댈 때 차 문이 열리면서 한나의 목소리가 들린다.

"여보? 병원에서 호출이 왔어! 다시 들어가 봐야겠어!"

"요니? 소방서로 와줘야겠는데!"

그와 동시에 그의 휴대전화에서 누군가가 이렇게 외친다.

요니는 한숨을 쉰다. 한나도 마찬가지다. 그들은 밴 지붕을 사이에 두고 서로를 향해 미소를 짓는다. 그래도 어이없는 십 대처럼 몇 분을 함께 보냈다. 그건 아무 때나 있는 일이 아니다.

잠시 후에 그들은 달리기 시작한다.

✳

베어타운에 있는 공장의 생산 라인은 항상 정치판의 폭탄이다. 여기가 의회 선거 결과를 깡그리 바꿔놓기도 한다. 2년 전에 리샤르드 테오라는 정치인이 진행한 선거운동은 표면상으로는 실업에 초점을 맞추고 있었지만, 실질적으로는 "베어타운의 일자리는 베어타운의 사람들에게"라는 발상을 사람들의 머릿속에 심는 것이 목표였다. 당시에는 베어타운의 공장에 일자리가 부족했고 지금은 직원이 부족한 편이지만, 훌륭한 슬로건은 잘 바뀌지 않는 법이다. 헤드 출신의 직원들은 베어타운 출신이 관리직으로 승진하거나 그들에게 좀 더 나은 교대 근무 스케줄이 배정될 때마다 차별하는 것 아니냐고 의심한다. 그런 상황이니 오늘 젊은 여직원에게 벌어진 일을 사고가 아닌 다른 것으로 받아들일 수밖에 없다.

그 젊은 여직원은 헤드 출신이고 원래 그 기계를 배정받은 여직원은 현재는 출산 휴가 중으로 베어타운 출신이다. 대체 직원도 베어타운 출신이라 라모나의 장례식에 참석했다. 그러니까 헤드 출신의 여직원은 대체 직원의 대체 직원이었는데, 그 기계에 문제가 있다는 보고가 있었음에도 과로에 시달리던 관리 직원은 그냥 넘겨버렸다. 우연의 일치로 그도 베어타운 직원이다.

리샤르드 테오의 표어는 외우기가 쉽다. 베어타운의 일자리는. 베어타운의 사람들에게.

기계가 멈추자 젊은 여직원은 이유를 파악하지 못한다. 동료들에게 도움을 청하지만 다들 그럴 만한 경황이 없다. 그녀는 시간을 너무 지체하면 새로 도입된 디지털 모니터링 시스템에 입력되는 자신의 생산성 수치가 떨어질까 봐 불안해진다. 그래서 스스로 해결해보기로 한다. 기계가 칙칙거리다가 예상치 못한 순간에 다시 작동하기 시작하자 그녀는 단숨에 쇳덩이와 톱니바퀴 아래로 빨려 들어가고 뼈가 으스러지는 소리가 들린다. 그제야 드디어 숨을 들이마신 허파가 비명을 터뜨린다. 비명을 절대 멈추지 않을 기세다.

✳

이후에 우리는 사고보다 더 골치 아픈 일에 대해, 젊은 여직원에게 벌어진 일보다 그 뒤 남자들이 저지른 일에 대해 더 많이 이야기할 것이다. 소방대원들이 그녀를 절단해 기계에서 *끄*집어낸다. 여직원은 고통으로 기절 직전이지만 생명이 위험할 정도로 상태가 심각하지는 않다. 같은 공장에서 일하는 형제들이 인파를 뚫고 요니에게 다가온 다음에서야 그는 한나가 다시 병원으로 불려간 이유를 알아차린다.

"배 속에 아이가 있어요! 아이가 있어요!"

형제들이 히스테리 환자처럼 울부짖는다.

구급차는 논스톱으로 달리고 그 뒤를 소방차가, 다시 그 뒤를 형제들을 태운 차가 따라간다. 귀청이 터질 듯한 사이렌 소리가 숲을 가른다. 그들이 헤드에 들이닥치자 온 마을이 동작을 멈춘다.

"비켜요! 비켜요! 지나갈게요!"

한나는 병원 밖으로 뛰쳐나와 구급차를 타고 온 응급구조사들을 위해 길을 터준다. 요니는 소방차에서 뛰어내려 길을 막지 않도록 형제들을 말 그대로 붙들어야 한다.

바퀴 달린 침대가 젊은 여직원을 싣고서 병원 안으로 들어가고, 다른 모든 직원이 침대를 따라 달려간다. 인도에 핏자국이 남아 있다. 형제들은 그 앞에 서서 멍하니 핏자국을 바라본다. 그와 거의 비슷한 시각에 젊은 남자 둘이 소형차를 몰고 주차장으로 들어선다. 솜털이 보송한 얼굴에 순진한 표정을 한 어린애들이고 무슨 일이 벌어졌는지 전혀 모른다. 심지어 병원이 아니라 바로 옆 건설 현장에서 일을 하는 이들이다. 조금 요란한 음악을 틀어놓았고 백미러에는 초록색 하키 스웨터를 입은 조그만 곰이 대롱대롱 매달려 있다. 그것으로 충분하다. 형제들은 이걸 도발로 받아들인다. 그들이 간절히 원하는 것이 그거다.

워낙 순식간에 벌어진 몸싸움이라 심지어 요니조차 그 사이에 끼어들어 말릴 겨를이 없다. 다른 소방대원들이 달려가기도 전에 베어타운 출신의 젊은 건설 노동자 둘은 흠씬 두들겨 맞은 채 벌벌 떨며 자기들이 타고 온 자동차 옆 바닥에 쓰러진다. 소방대원들은 그들을 일으켜 세우고 흙을 털어주지만 그들을 진정시키기에는 이미 늦었다. 젊은이들은 차를 타고 허둥지둥 도망치는데, 베어타운으로 가는 길에 친구들에게 전화해 무슨 일을 당했는지 알린다. 친구들 중에 공장 직원이 두어 명 있다. 잠시 후, 공장 주차장에 세워놓은 어느 형제의 여자친구의 차가 테러를 당한다. 그녀는 앞 유리창에 조그만 헤드 하키팀 스티커를 붙여놓았었다.

모든 게 극한으로 치달을 때는 항상 온갖 일들이 순식간에 벌어진다.

❄

이보다 더 작을 수 없는 사람을 안고 있으면 세상이 그보다 더 크게 느껴질 수가 없다. 내가 갑자기 누군가의 부모가 되게 생겼다는데 막으러 나서는 사람이 아무도 없으면 그보다 더 자신이 무능하게 느껴질 수가 없다.

"저요?"

조산사가 이제 퇴원해도 된다고 하면 당신은 이렇게 반문한다.

"하지만 어떻게 하면 되는지 전혀 모르는데요? 지금 저한테 인간을 돌보라고 맡기려는 건 아니죠?"

당신이 부모라면 첫아이를 맨 처음에 어떤 식으로 안았는지 기억이 날 것이다. 집까지 얼마나 조심스럽게 차를 몰았는지. 어둠속에 가만히 앉아서 저 조그맣고 쪼글쪼글한 녀석이 숨을 쉬고 있는지 확인하는데 모든 게 얼마나 이해되지 않았는지. 손톱만 한 흉곽이 올라갔다가 내려가고, 어쩌다 한 번씩 꿈의 지평선에서 조그맣게 낑낑대거나 휘파람 섞인 한숨을 내쉬면 까치발을 하고 아기 침대를 한 바퀴 돌며 외로운 춤을 추었던 것도. 다섯 개의 조그만 손가락이 당신의 한 손가락을 잡고 놓지 않으면 심장이 본능적으로 숨통을 붙들었던 것도.

조산사가 된다는 것은 신기한 일이다. 일을 제대로 하는 조산사라면 한 가족을 보내자마자 거의 곧바로 다른 가족을 맞이해 처음부터 다시 시작해야 하는데, 어느 누구도 제대로 알아 나갈 겨를이 없다. 어쩌면 그것이 이 일의 가장 부당한 측면일지 모른다. 그 일이 비극일 때 아이들과 엄마들에게 제일 많은 시간을 할애해야 하고, 그 일이 비극일 때 비로소 그들을 제대로 알 수 있게 된다는 것이.

며칠 전, 숲에서 한나가 아나에게 뭐라고 했던가? 기회가 닿을 때마다 해피엔드를 최대한 누려야 한다고 하지 않았던가. 한나는 자신이 그럴 수 있길 바란다. 기쁨의 눈물과 신생아의 숨소리가 영혼을 자주 적셔주길 바란다. 그렇지 않으면 오늘 같은 날을 버틸 재간이 없다.

병원의 양 끝에 두 여자가 침대에 누워 있다. 한 여자는 폭풍이 부는 와중에 숲속에서 아이를 낳았고 조만간 아들 비다르를 데리고 베어타운의 집으로 퇴원할 수 있을 것이다. 아이는 그 집에서 어린 시절을 보내며 마당에서 놀고 집 앞길에서 자전거를 배울 것이다. 눈싸움을 하고, 하키 연습을 하고, 처음으로 사랑에 울고 웃는 한평생이 그 아이를 기다리고 있다. 반면에 다른 여자는 좀 더 큰 병원으로 옮겨져 여러 군데 부러진 뼈를 접합하는 수술을 받고 마침내 헤드의 조그만 집으로 퇴원할 때는 기다리던 아이 없이 혼자일 것이다. 동거인은 너무 비싸다고 생각했지만 그녀는 일요일 수당을 보태면 살 수 있다고 생각했던 유아차가 현관 앞에 있는 걸 보고 절망하며 쓰러질 것이다. 그녀의 동거인은 몇 주 뒤에 창고에서 유아차 상자를 발견하고서 그녀가 계속 조립하라고 잔소리했던 걸 떠올리며 이러다 갈비뼈가 부러지는 게 아닐까 싶을 정도로 흐느껴 울 것이다. 그들은 남은 평생 스포츠 매장 앞을 지날 때마다 쇼윈도의 자전거를 훔쳐볼 것이다. 스케이트를 훔쳐볼 것이다. 하지 못한 수십만 개의 재미난 일과 타지 못한 수십만 개의 나무와 뛰어들지 못한 수십 개의 물웅덩이를 그릴 것이다. 먹지 못한 수백만 개의 아이스크림을 그릴 것이다. 그들은 휴일 아침에 너무 일찍 일어날 일도, 전화 통화를 하다 "조용히 해!"라고 조그맣게 쏘아붙일 일도, 조그만 장갑을 라디에이터 위에 올려놓을 일도 없을 것이다. 세상에서 가장 엄청난 공포를 선물하는, 세상에서 가장 작은 인간이 그들 곁에는 없을 것이다.

공장은 다음 날 신문에서 이 모든 사건을 그냥 '사고'로 규정하는 실수를 저지를 테지만 헤드 사람들은 다르게 부를 것이다. 헤드 사람들은 있는 그대로 '사망 사고'라고 부를 것이다. 머지않아 아침 식탁과 직원 휴게실에서 이렇게 중얼거리는 소리가 들릴 것이다. 그게 베어타운 여자였다면, 원래 그 기계를 배정받은 직원이었다면, 건강한 아이를 낳아서 베어타운 하키팀 역사상 가장 끔찍했던 불량배 이름을 지어 붙인 그 여자였다면…… 정치인들이 공장을 이 잡듯이 뒤져서 책임자를 찾아냈을 거라고.

어쩌면 그건 아닐지 모른다. 하지만 쉽게 동조된다.

한나와 요니가 아직 퇴근하지 못했기 때문에 테스가 친구네 집에 놀러 간 막내 투레를 데려온다. 처음에 투레는 여러 슈퍼히어로의 차이점을 쉴 새 없이 늘어놓다가 금세 철학적인 질문으로 넘어간다.

"왜 사람들은 누가 양말만 신고 있으면 빨가벗었다고 하면서 팬티를 입고 있으면 빨가벗었다고 하지 않을까? 몸에 걸친 천의 넓이는 같은데."

테스는 전화에 정신이 팔려서 귀담아듣지도 않는다. 토비아스와 테드가 중간에 합류하자 사 남매는 저녁으로 뭘 먹을지 정한다. 아빠는 토비아스에게 피자를 시켜 먹어도 된다고 했지만, 엄마는 테스에게 그건 안 된다고 이미 얘기했다며 토비아스를 야단칠 것이다. 하지만 테스가 엄마에게, 테드가 그러는데 아빠가 토비아스한테 피자 시켜 먹어도 된다고 말했다고 전하자, 엄마는 너무 피곤해서 두 다리 세 다리 건너서 들은 이야기를 가지고 왈가왈부할 기운이 없다. 이렇게 해서 메뉴는 피자로 결정이 난다. 가끔은 교란작전을 펼칠 수 있는 사 남매라 좋을 때도 있다.

"내 말 듣고 있어?"

토비아스는 묻는다. 테스가 휴대전화 키보드를 두드리고 있긴 하지만 치즈 추가에 도우는 두툼하게, 하지만 올리브는 빼고 피망만 넣되 노란색 피망은 절대 사양이고 어쩌고저쩌고로 이어지는 그의 아주 구체적인 주문사항을 받아 적는 건 아닌 것 같다.

"음."

그녀는 중얼거리지만 투레가 화면을 몰래 들여다보고는 소리를 지른다.

"메시지 보내고 있네! 누구한테 보내는 거야! 왜 하트를 보내?"

마치 인간의 탈을 쓰고 있던 누나가 실수로 도마뱀 껍질을 드러내기라도 한 것처럼 토비아스와 테드의 눈이 동그래진다.

"하트를 보내고 있다고? 도대체 누구한테?"

테드가 묻는다.

이 가족 안에서 가장 몽글몽글한 문자를 보내는 편이라고 할 수 없는 테스는 당황스럽고 화가 나서 얼굴이 시뻘게진다. 당황스러운 것과 화가 나는 것이 정확히 50 대 50이다.

"오래 살고 싶으면 신경 끄셔!"

토비아스와 테드가 휴대전화를 낚아채 보려고 할 수도 있었겠지만 토비아스가 그 정도로 자기 목숨 아까운 줄 모르는 건 아니다. 반면에 투레는 아직 어려서 누나가 정말로 화가 나면 얼마만큼 화를 낼 수 있는지 모른다. 그래서 다리를 타고 등으로 기어올라 가 화면을 훔쳐보고는 외친다.

"보보야! 보보한테 하트를 보내고 있어!"

테스가 몸을 흔들어 투레를 떼어내자 테드가 나서서 동생이 덤불 속으로 내동댕이쳐지는 사태를 막는다. 그녀가 아무거나 닥치는 대로 발로 차려는 것처럼 보이자 토비아스는 얼른 비킨다. 테스는 씩씩대며 숨을 몰아쉬고, 동생 셋은 손을 든 채 뒷걸음질 친다.

"미안, 미안……."

투레가 조그맣게 속삭인다.

"그냥 장난친 거였어……."

토비아스와 테드도 옆에서 거든다.

그녀의 손에 들린 휴대전화가 진동으로 울린다. 한 번, 두 번. 그녀는 보보가 뭐라고 문자를 보냈는지 본다. 그때까지만 해도 너무 화가 나서 동생들의 속옷 서랍에 뱀을 숨길 수도 있을 것 같았는데 자기도 모르게 웃음이 난다.

"너희들 비밀 지킬 거야?"

그녀는 동생들에게 묻는다.

당연히 못 지킨다. 하지만 세 아이는 진짜, 진짜 열심히 노력해 보겠다고 약속한다. 다들 장난꾸러기에다가 말썽쟁이일지 몰라도 속으로는 누나를 사랑하는 데다 누나가 누굴 좋아하는 건 처음 보기 때문이다.

58

숯

보보는 테스의 집 앞에 캠핑카를 대는데, 너무 긴장해서 시동을 끈다는 것을 그만 클랙슨을 눌러버린다.

"잘했어, 보보. 아주 신중해."

벤이가 놀리자 보보의 얼굴이 빨개진다.

일요일의 주택가답지 않게 고요하다. 잔디를 깎기에는 기온이 너무 낮지만 제설기는 아직 아무도 꺼내지 않았고, 대부분 집 안에서 엘크 사냥 시즌을 준비하고 있다. 심지어 개들마저 오늘 하루는 쉬기로 한 느낌이다.

테드와 토비아스는 어렸을 때 집 옆 조그만 마당에 아빠와 함께 만들어놓은 연습용 램프에서 퍽을 날리고 있다. 테드를 보면 이게 세계선수권 결승전이라도 되는 것 같고, 토비아스를 보면 너무 피곤하지만 동생에게 질 수는 없다는 마음인 것 같다. 테드는 캠핑카의 등장을 알아차리지 못했지만 그의 형은 멀리서 곁눈으로 본다. 벤이가 맨 먼저 내리자 토비아스는 긴장하며 스틱을 도구가 아니라 무기처럼 잡는다.

"*저 인간이 여긴 어쩐 일이지?*"

그는 처음에는 화가 나서, 그다음에는 겁이 나서 말을 더듬는다.

누나가 보보를 집으로 부르겠다길래 그러라고 하기는 했지만 다른 사람까지, 특히 벤야민 오비크라는 저 사이코까지 온다는 얘기는 없었다. 토비아스는 A팀 경기 때마다 헤드 응원석을 지켰기 때문에 그가 누구인지 너무나 잘 안다. 여기 이 헤드에서는 그를 무슨 유전자 실험 대상이라도 되는 듯 '16번'이라고 부른다. 벤이가 2년 전에 하키를 때려치우고 베어타운을 떠났을 때 헤드 사람들은 모두 만세를 불렀다. 하키 응원단 입장에서는 그런 사이코가 자기 팀에 있으면 대환영이지만 남의 팀에 있으면 증오의 대상이다. 이건 덫이라는 생각이 가장 먼저 토비아스의 머릿속을 스치고 지나간다. 벤이는 어제 베어타운 아이스링크에서 벌어진 몸싸움에 복수하기 위해 그를 죽도록 두들겨 패러 온 게 분명하다.

벤이는 그냥 티셔츠를 입고 있다. 장례식이 끝난 뒤에 흰색 셔츠를 벗었는데 보보의 차 안에 있는 윗도리는 당연히 초록색에 곰이 그려진 것일 수밖에 없으니 토비아스의 눈에 맨 먼저 들어온 것이 그 티셔츠다. 그는 이제 겨우 열다섯 살이고 벤이는 스무 살이지만 벤이는 토비아스의 자세를 보고 만일의 사태에 대비하고 있다는 것을 알아차린다. 남자와 소년은 잠시 서로를 뜯어본다. 토비아스가 또래에 비해 키가 크고 근육질이긴 하지만, 스틱을 잡는 폼을 보면 이미 가망이 없다는 걸 알 수 있다.

하지만 잠시 후에 보보가 운전석에서 내리자 부엌 창밖을 내다보고 있던 테스가 좋아서 비명을 지른다. 토비아스는 누나가 그런 소리를 내는 것을 처음 듣는다. 스틱을 잡고 있던 손에서 긴장이 살짝 풀린다. 잠시 후에 이번에는 옹알이와 아맛이 캠핑카 옆문을 열고 내린다. 그러자 이제야 고개를 든 테드가 좋아서 어쩔 줄 몰라 하며 눈을 반짝인다.

"형! 형! 저거…… 저거…… 형도 보여? 저거…… 저 사람…… 아맛이야! 아맛이야!"

그는 나름 조그맣게 속삭이지만 목소리가 하도 커서 민망할 정도로 다 들린다.

토비아스는 길게 숨을 토하며 동생을 향해 끙 하는 소리를 낸다. 심장이 뛰는 속도가 좀 느려지는 것이 느껴지지만 그래도 벤이에게서 시선을 떼지 않는다. 벤이는 재밌어하는 표정을 지으며 담배에 불을 붙인다.

보보는 금방이라도 주저앉을 것 같은 캠핑카 뒤편에서 큼지막한 피크닉 바구니를 꺼내지만 그 문을 닫지 못한다. 하지만 그래도 신경 쓰지 않는 눈치다. 테스가 집에서 뛰쳐나오는데, 저러다 하늘을 나는 게 아닌가 싶을 정도다. 두 사람은 친구와 남동생들 앞에서 서로 목을 끌어안지 않으려고 그야말로 무진장 애를 쓴다. 그녀가 부엌으로 들어오라고 하자 보보는 당장 그녀와 집과 가족에 대해 수천 개의 질문을 쏟아낸다. 이건 낯선 상황이다. 테스가 알기로 남자들이 원하는 건 하나뿐이다. 그래서 그녀는 바구니 안에 뭐가 들었느냐고 묻는다. 그는 보여준다. 파스타와 고기와 채소와 육수와 크림이다. 테스는 웃음을 터뜨리며 자기가 제대로 본 게 맞다고 생각한다. 남자들이 원하는 건 정말이지 하나뿐이다.

바로 저녁을 직접 차리는 것.

✳

아맛은 테드가 우상을 만난 어린애처럼 자기를 쳐다보고 있다는 걸 당연히 안다. 그런 걸 질색해서 얼마 전 같았으면 차로 다시 들어가 당장 집에 데려가 달라고 요구했겠지만 이제 그는 슈퍼스타가 아니다. 교만이 사치다.

그래서 대신 이렇게 묻는다.

"같이 게임 한판 할래?"

그는 열세 살짜리를 위한 배려였다고 나중에 자신을 설득하겠지만 실은 그냥 게임을 하고 싶어서 꺼낸 말이다. 수다를 떠느니 그게 낫다.

테드는 고개를 끄덕이는 게 고작이고 그와 그의 우상은 같이 게임을 한다. 옹알이는 막내 투레에게 어떤 식으로 골을 막으면 되는지 말없이 가르쳐준다. 일곱 살짜리와는 대화하지 않아도 돼서 좋다. 테드가 손목 스냅 숏을 시도하자 아맛은 무릎의 각도를 친절하게 조정해 주고 어떻게 해야 숏에 좀 더 힘을 실을 수 있는지 가르쳐준다. 그가 직접 시범을 보이자 테드와 투레와 옹알이는 가만히 서서 구경한다.

"그게 어떻게 가능해요? 꼭 벼락이 치는 것 같아요!"

테드는 숨을 헐떡인다.

그의 눈을 피하며 아맛이 중얼거린다.

"그냥 연습하면 돼. 네 숏이 내가 네 나이였을 때보다 더 훌륭해."

그 말을 듣고 테드의 심장이 터지지 않은 게 기적이다. 그는 이 연습용 램프에서 수많은 시간을 보냈다. 폭우가 퍼붓던 6월의 어느 저녁에는 연습 소리 때문에 짜증이 난 동네 참견쟁이 아주머니가, 아이의 부모가 아이를 밖으로 내쫓아 연습을 시킨다고 생각해서 요니를 사회복지과에 고발하겠다고 협박한 적이 있을 정도였다. 그래서 한나가 아주머니를 찾아가 자기도 우리 아이가 아빠 말을 들으면 좋겠다고, 그러면 집 안으로 끌고 들어가서 저녁을 먹일 수 있을 거라고 하소연을 해야 했다. 테드는 누가 시켜서 하키에 집착하는 게 아니다. 그리고 그 집착은 아무도 말리지 못한다.

그 동네 아주머니가 지금 창밖을 내다본다면 생각이 바뀔지 모른다. 언젠가는 자기 동네에 누가 살았는지 아느냐고 자랑을 하는 날이 올 테니. 테드와 아맛은 깔깔대며 일대일 대결을 펼친다. 대부분 아맛이 이기지만 한 번 테드가 이기자 그는 투레를 등에 매달고서 두 팔을 위로 든 채 온 세상을 얻은 것처럼 마당을 한 바퀴 돈다. 테드가 제자리로 돌아오자 아맛은 하이파이브를 한다. 언젠가는 그 둘이 NHL에서 같이 뛸 수도 있을지 모른다.

부엌에서는 테스와 보보가 피식거리고 러브스토리가 시작된다. 여기서 다른 것도 시작된다. 모두 그럭저럭 괜찮은 것들이다.

❄

남들은 연습장에서 슛을 날리는 동안 벤이는 캠핑카에 몸을 기대고 5분 만에 두 번째 담배에 불을 붙인다.

"그 스틱은 나 때리려고 계속 들고 있는 거야? 아니라면 좀 내려놓지? 거기 눈 찔릴까 봐 계속 걱정하기 싫은데."

그는 별로 퉁명스럽지 않은 말투로 토비아스에게 이렇게 외친다.

열다섯 살짜리는 자기가 계속 무기처럼 스틱을 쥐고 있다는 사실을 깨닫고 얼른 내리며 눈을 내리깔고서 사과한다.

"죄송해요. 죄송해요. 요즘 들어 베어타운 사람들이랑 시끄러운 일이 워낙 많았거든요. 그래서 형이 그 티셔츠를 입고 차에서 내리는 걸 보고…… 또 시작인 줄 알고…….."

"나는 지금 싸울 기운도 없어."

벤이는 실토한다.

"숙취 때문에요?"

토비아스는 조심스럽게 묻는다. 벤이는 영하의 날씨에 티셔츠만 입고 서 있는데도 땀을 흘리고 있다.

"숙취에 시달려도 싸울 때는 아무 문제가 없어. 정신이 멀쩡한 때가 문제지."

벤이는 빙그레 웃는다. 베어타운에 도착한 뒤로 술을 한 모금도 먹지 않았더니 온몸이 울부짖으며 반항하기 시작한 느낌이다.

그가 이 말을 하는 동안 테스의 웃음소리가 부엌 창밖으로 낭랑하게 울려퍼진다. 토비아스는 놀란 표정으로 구멍에서 나온 미어캣처럼 고개를 든다.

"지금 웃는 거 우리 누나예요?"

"평소에는 잘 안 웃어?"

"테드나 내가 다쳤을 때만 웃어요."

테스가 다시 깔깔대며 웃음을 터뜨리자 벤이는 미소를 짓는다.

"보보가 냉동실은 타임머신 같다는 생각이 들 때가 많다는 얘기를 한 모양이네. 보보를 웃기다고 생각할지, 우습다고 생각할지 선택할 수는 있지만 같이 있으면 웃게 되는 건 마찬가지야."

"타임머신이요?"

토비아스는 반문한다.

벤이는 체념한 표정으로 고개를 젓는다.

"됐어. 말하자면 복잡해. 네 동생은 몇 살이니?"

그는 테드를 턱으로 가리키며 묻는다.

"나보다 두 살 어려요. 열세 살이요."

"열세 살? 뭘 먹이길래? 사냥개 고기? 애가 몸이 집채만 해!"

토비아스는 뿌듯해하며 고개를 끄덕인다.

"하키도 존나 잘해요. 나중에 아맛보다 훌륭한 선수가 될걸요."

"그럼 나중에 자기 형보다도 잘하겠네?"

벤이는 놀리는 투로 물었다가 토비아스의 대답을 듣고 화들짝 놀란다.

"이미 잘해요. 자기는 모르지만."

벤이는 담뱃재를 떨고 아이의 어깨를 토닥여 주고 싶은 듯한 표정을 짓는다.

"너는 사켈 코치 팀에 들어가야겠다. 베어타운 코치 말이야."

"내가 아니라 테드가 그래야죠."

"아냐, 네가 들어가야 해. 그 코치는 자기 한계를 아는 선수를 좋아하거든."

토비아스는 그게 칭찬이라는 걸 알지만 베어타운을 워낙 싫어하다 보니, 그리고 열다섯 살이다 보니 인정할 수가 없다.

"그런데 그 팀은 개자식과 게이들로 득시글거리니 안타깝네요!"

그는 본능적으로 이렇게 내뱉어 놓고는, 자기 입이 벤이 손에 찢기지 않는다면 자기 스스로 찢어버려야겠다고 생각한다.

하지만 벤이는 표정의 변화 없이 이렇게 대답한다.

"우리가 개자식은 아니야. 두 번째 부분은 맞을 수도 있겠다만."

"죄송해요……. 그런 뜻에서 한 얘기는 아닌데."

토비아스는 어색하게 우물거린다.

2년 전 베어타운과 헤드의 모든 주민이 벤이의 정체를 알게 된 뒤에 두 팀이 만났을 때 토비아스도 헤드 응원석에 있었다. 그들이 벤이를 향해 뭐라고 외쳤는지 그는 기억한다. 빙판 위로 자위기구를 던졌던 것도. 나중에 누가 물으면 토비아스와 다른 사람들은 아무렇지 않게 설명할 수 있었을 것이다. 하키가 원래 그런 운동이라고, 상대 팀의 약점을 찾는 거라고, 절대 개인적으로 악감정이 있는 건 아니라고. 인종차별도 성차별도 동성애혐오도 없다고. 그냥 이기려는 작전일 뿐이라고. 하지만 그 남자 앞에 서고 보니 그런 설명이 설득력 없게 느껴진다. 열다섯 살의 토비아스는 수치심에 몸이 작아지는 것을 느낀다. 하지만 벤이는 씩 웃고는 그만이다.

"너희도 개자식이고 게이야. 아직 모를 뿐이지."

토비아스는 안도의 웃음을 터뜨린다. 입이 찢기지 않아서 다행이라는 생각이 들자 그는 용기를 내서 물어본다.

"예전에 형이 다른 팀 선수 네 명을 쓰러뜨린 적이 있다던데 진짜예요?"

"그런 얘길 누구한테 들었어?"

"아빠요. 아빠가 유일하게 좋아했던 베어타운 선수가 형인 것 같아요. 아빠는 절대 인정하지 않겠지만."

벤이는 새 담배에 불을 붙인다.

"아마 세 명이었을 거야. 그리고 셋 다 빙판 위에서 싸울 줄을 몰랐으니까 별거 아니지."

"저한테 가르쳐줄 수 있어요? 빙판 위에서 싸우는 법이요."

벤이는 담배를 피우며 숲으로 돌아온 자신을 증오한다. 여기에서 그는 폭력을 행사할 수 있는 존재다. 두려운 존재다.

"네 동생은 아맛처럼 될 수 있다고 생각한단 말이지? 너는 어떤데? 너는 어디까지 갈 수 있을 것 같은데?"

그는 토비아스의 질문에 답하는 것을 피하려고 이렇게 묻는다.

"그렇게나 높이는 못 가요. 헤드의 A팀이나 들어갈 수 있을까 말까겠죠. 그것도 승격되면 내 자리는 없을 테고요. 승격이 안 되면 구단 자체가 없어지겠지만."

"너는 왜 그보다 높이 갈 수 없다고 생각하는데?"

"나는 테드가 아니니까요. 형이랑 비슷하니까요."

"나랑 비슷하다고?"

토비아스의 목이 갑자기 시뻘게진다.

"아니…… 동성애자라는 게 아니고…… 그게 뭐 잘못됐다는 건 아니지만 아무튼…… 하키 선수로서요. 하키를 잘하려면 목숨 걸고 해야 하는데, 나는 그만큼 좋아하지 않아요. 테드라면 모를까."

벤이가 웃음을 터뜨리다 담배 연기가 목에 걸린다.

토비아스는 민망한 심정은 여전하지만 그래도 백 퍼센트 확신하며 고개를 끄덕인다.

"그게 아니라면 형은 지금도 선수로 뛰고 있겠죠. 우리가 관중석에서 뭐라고 소리를 질렀든지 상관없이. 진심으로 하키를 사랑했다면 그 어떤 것도 형을 막을 수가 없었겠죠."

벤이는 눈을 부라리며 담배를 끄고 남은 담배가 있는지 주머니를 뒤진다.

"와, 씨. 사켈이 너 만나면 *존나* 좋아하겠다……."

토비아스는 이 말을 칭찬으로 받아들여 보려고 애를 쓰다 성공한다.

부엌에서는 보보가 저녁을 만들며 이런저런 걸 물어보는데, 이 두 가지가 여자의 마음을 훔치기에 가장 좋은 방법이라고 어머니에게 배웠기 때문이다. "왜냐하면 여자애들은 그런 남자를 만난 적이 없거든." 보보는 자기가 테스에게 줄 게 별로 없다는 걸 알기에 그것만으로도 충분하길 바란다. 그의 바람은 이루어진다.

테스의 웃음소리가 다시 마당 위로 번지자 토비아스는 여전히 살짝 경계하는 표정으로 벤이의 얼굴을 한동안 바라보다가 아주 진지하게 묻는다.

"저 형 괜찮아요? 보보 말이에요. 형 친구라는 건 알지만…… 괜찮은 남자예요?"

벤이도 누나가 있기에 무슨 말인지 이해한다.

"그보다 나은 남자를 찾을 수는 있겠지만 그보다 못한 남자는 존나 많을 거야. 내가 아는 한 보보만큼 착하고 의리 있는 친구는 없어. 하지만 솔직히 얘기해 줘? *네 누나가 그 녀석한테서 어떤 면을* 발견할지는 아무도 모를 일이지!"

토비아스는 한참 고민하다가 시선을 떨어뜨리며 대답한다.

"다정하다고 생각할지도 몰라요."

"그럼 좋은 거야?"

벤이는 터놓고 묻는다.

토비아스는 코로 숨을 쉬며 스틱으로 신발 끈을 들쑤신다.

"누나는 대단한 인생이 아니라 그냥…… 평범하게 살고 싶어 해요. 우리 아빠는 소방관이고 엄마는 조산사라 아주 어렸을 때부터 영웅인 부모 밑에서 산다는 얘길 듣고 자랐거든요. 불이 난 곳으로 달려가는 그런 분들 밑에서. 하지만 보보는 영웅이 아니고 우리 누나도 그걸 알 거예요. 보보는 불이 난 곳이 아니라 누나한테 달려갈 사람이죠."

토비아스는 그 말이 얼마나 어이없게 들릴지 깨닫고 당황해서 입을 다문다. 벤이는 길고 지저분한 머리칼을 쓸어넘기고 어색하게 미소를 짓는다. 둘 다 이어지는 정적을 느긋하게 즐길 수 있는 성격이 아니다. 벤이는 진입로 주변을 두리번거리다 찢어진 호스에서 물이 새서 1제곱미터 정도 언 곳을 발견한다. 그가 그쪽으로 건너가자 토비아스도 따라간다. 거기 도착하자마자 벤이가 난데없이 윗도리를 잡고 홱 당기는 바람에 토비아스는 중심을 잃고 넘어진다. 벤이는 땅바닥 위로 쓰러지기 직전에 그를 잡아주고는 이렇게 말한다.

"네 발의 위치를 생각해 봐. 그런 다음 내 체중을 이용해서 나를 밀어."

벤이는 이렇게 빙판 위에서 싸우는 방법을 가르쳐준다. 이보다 훌륭한 선생은 세상 어디에도 없다.

※

연습용 램프 위에서 테드는 드디어 용기를 내 아맛에게 묻는다.

"NHL 드래프트는 어땠어요?"

옹알이는 투레에게 골키퍼가 되고 싶으면 어떤 식으로 움직여야 하는지 가르치다가 그 질문을 듣고 불안한 눈빛으로 아맛을 흘끗 쳐다본다. 가슴속에 담을 수 없을 만큼 커다란 꿈을 꾸는 열세 살짜리가 아니라면 어느 누가 감히 그렇게 대놓고 물어볼 수 있을까. 아맛은 다시 슛을 한 방 날리고 생각에 잠긴 투로 대답한다.

"다들 최고였어. 여기서도 리그에서, 훈련 캠프에서, 곳곳에서 좋은 선수들을 만나잖아. 하지만 거기서 만나는 선수들은 자기가 몸담고 있는 곳에서 최고로 꼽히는 선수들이야. 평생 그 드래프트를 준비해 왔겠지. 압박감이…… 압박감이 어마어마해. 그렇게밖에는 표현할 방법이 없네. 그 어느 때보다 압박감이 심했다고. 숨 막혀 죽을 것 같았어."

슛을 날린 테드는 스틱에 몸을 기댄다.

"우리 아빠 말로는 압박감이 특권이래요. 압박감을 느끼지 못한다는 건 주변에서 기대를 품을 수 있을 만큼 값진 일을 한 적 없다는 뜻이라고."

"내가 다음번 드래프트에 참가하게 되면 너를 내 에이전트로 데려가도 될까?"

아맛은 웃으며 묻는다.

"몇 년 뒤에는 형이 내 에이전트가 될 수도 있어요!"

테드는 불쑥 내뱉는다. 그렇게 건방진 발언을 하다니 평생 처음 있는 일이다.

테드는 어마어마하게 부끄러워하고 아맛은 자기도 모르게 감탄한다. 그 아이의 모습에서 자신을 발견한다. 오직 남들을 위해 하키를 하기 전에 어떤 식으로 하키를 했는지 기억이 되살아난다. 다음번에 그가 날린 슛은 휘파람 소리와 함께 허공을 가르고 네트를 거의 찢을 뻔한다.

"나는 아무리 열심히 연습해도 그렇게 세게 슛을 쏘지는 못할 거
예요."

테드는 감탄하며 조그맣게 속삭인다.

"연습 시간을 늘릴 필요는 없어. 생각을 줄이기만 하면 돼."

아맛이 대답한다.

✳

베어타운에서 온 팀 동료들은 기분 좋게 혜드의 집을 나선다. 보
보가 불면 날아갈세라 테스의 뺨에 입을 맞추는 것을 보고 벤이는
중얼거린다.

"우표에 침 발라서 엽서에 붙일 때도 그렇게 밋밋하게는 안 하겠
다, 보보."

보보의 얼굴이 짙은 분홍색으로 바뀌고 심지어 옹알이마저 큰 소
리로 웃음을 터뜨린다. 그는 어울려 다니는 친구가 없었기에 몇 시
간 동안 이런 식으로 딱히 하는 일 없이 같이 논 게 처음이다. 이런
식으로 아무 기대도 하지 않은 것이 처음이고 웃음이 터진 것도 마
찬가지라 보보가 집까지 태워다 주겠다고 할 때 긴장을 풀고 고개
를 끄덕인다.

"내일 훈련 시간에 보자!"

보보는 우렁차게 외치고 출발하는데, 그 소리가 하도 커서 그 동
네의 모든 집에 불이 켜진다.

캠핑카는 베어타운으로 멀어지고 옹알이는 집 안으로 들어가지

만 이미 엎질러진 물이다. 누가 여기까지 태워다 줬는지 모두 보았다. 잠시 후에 그가 엄마와 같이 사는 아파트 창문 안으로 누군가가 돌을 던진다. 이 동네 하키 팬이 빨간색으로 하고 싶은 말을 써놓았는데, 진부하기는 해도 효과만점이다.

"배신자! 죽어라!"

59

청춘

오늘 한 아이가 병원에서 죽었다. 태어나기 전에는 아이라고 볼 수 없다는 사람들도 있지만 한나는 그들의 논리를 절대 이해할 수가 없다. 상심은 똑같고, 모든 아이가 내 아이인 것 같고, 거기서 한 걸음 더 나아가 전부 내 잘못인 것 같은 죄책감도 마찬가지다.

늦은 저녁, 그녀는 헤드에 있는 집의 부엌 식탁에 앉아 있다. 너무 울어서 기운이 하나도 없고 결국에는 아무것도 남지 않았다. 동료 차를 얻어 타고 병원에서 집까지 오는 동안 둘은 서로 한마디도 하지 않았고, 한나의 머릿속을 계속 맴돈 것은 투레가 네 살인가 다섯 살 때 했던 질문이었다.

"하늘나라에서도 나이를 먹어요?"

그게 무슨 말인지 한나가 이해하지 못하자 막내는 짜증을 내며 다시 물었다.

"죽어도 생일이 찾아오느냐고요."

한나가 모르겠다고 하자 그 아이는 암담해하며 조그맣게 속삭였다.

"그럼 엄마 배에서 자라지 못하고 죽은 아가들은 어떻게 돼요? 걔 너는 못 놀아요? 하늘나라에서도?"

이런 순간들이 그녀에게 남긴 여파가 유난히 큰 이유는 투레와 는 모든 게 마지막이기 때문이었다. 막내이기 때문이었다. 그녀는 네 아이의 엄마고 그걸로 충분하지만, 아니, 충분하고도 남지만 그래 도…… 이제는 선택의 여지가 없다는 걸 알면 어떤 현상이 벌어진다. 아이가 있으면 세월의 흐름을 잊을 수가 없다. 투레는 이제 일곱 살 이고 테스는 열일곱 살이다. 한나에게는 투레와 하는 모든 것이 엄마 로서 다시는 하지 못할 일이고 딸과 하는 모든 것이 엄마로서 처음 하는 일이다. 테스가 태어난 직후에 어느 동료는 "아이가 작으면 골 치 아픈 일도 작고 아이가 크면 골치 아픈 일도 커진다"고 했지만 그 건 틀린 말이다. 점점 커지는 건 실수다. 한나가 저지르는 실수.

엎드린 그녀는 식탁에 이마를 댄다. 긴 하루를 보냈지만 안타깝게 도 그건 변명이 될 수 없다. 그녀도 아이들에게 항상 강조하지 않는 가. "우리 가족은 자기 행동에 대해 변명하지 않는다." 자신이 내린 명령을 지키기가 가장 힘든 법이다. 테스가 현관문을 쾅 닫고 사라 진 지 몇 시간이 지났다. 말다툼은 삽시간에 벌어졌고 모두 자기 잘 못이었다는 것을 한나도 안다. 발과 허파가 욱신거리고 심지어 피부 마저 따끔거리는 기진맥진한 몸을 이끌고 병원에서 퇴근했기에 이 미 폭발 직전이었다. 발단은 차에서 떨어져 나온 것처럼 보이는 고 무 외장 조각을 진입로에서 발견한 거였다. 다른 때 같으면 아무 생 각도 하지 않았겠지만 테드의 슛 연습을 두고 끊임없이 구시렁대는 그 오지랖 넓은 여편네가 자기 집 마당에서 건너와 한나의 아이들 이 오후 내내 '파티'를 하더라고 폭탄을 터뜨렸다. 토비아스와 테드 가 딱 잡아뗐으니 그것도 그냥 넘어갈 수 있었지만, 투레가 고자질을 하면 안 된다는 걸 알 만한 나이기는 해도 초콜릿으로 꼬드기면 넘어올 나이기도 하다. 투레에게서 누가, 왜 집에 왔었고 테스에게 이제 남자친구가 생겼으며 남동생들은 마당에서 노는 동안 테스와 남자친구가 단둘이 집 안에 있었다는 얘기를 들었을 때 한나는 이미 계단을 올라가고 있었고, 분노와 공포와 배신을 당했다는 착각으로 눈이 멀었다.

길었던 하루가 변명이 될 수는 없겠지만, 아래로 동생이 셋 있는 큰아이의 입장에서 가장 억울한 일이 있다면 그 아이를 양육하는 데 부모의 기대치가 반영된다는 것이다. 따라서 테스가 혼이 난 이유는 부모에게 그 아이는 분별 있고 믿음직한 딸, 걱정할 일이 전혀 없는 딸이라는 기대를 심어주었기 때문이었다. 그렇기에 한나는 딸의 방으로 쳐들어가 부모로서 해서는 절대 안 되는 말을 하고 말았다.

"실망이다, 테스!"

십 대들이 받아들이기에 이 말은, 다음번에는 기대치를 낮출 수 있게 좀 더 많은 노력을 기울이라는 뜻이나 다름없다. 한나도 속으로는 그걸 알았지만 이건 거의 모든 부모가 한 번은 거치는 그런 순간이다. 소리를 지르기 시작하자 멈출 수 없는 순간 말이다. 아이에 대한 실망은 언제나 그냥 자기 자신에 대한 실망이다. 그보다 더 제 동거리가 긴 건 없다. 그래서 한나는 딸에게 고함을 질렀는데, 딸도 고함으로 맞받아칠 줄은 전혀 예상하지 못했다.

"어떻게 된 일이냐고 먼저 물어봐야 하는 거 아니에요?"

그녀의 딸은 이렇게 소리를 지르고 곧바로 후회했다. 테스가 사실 하고 싶었던 말은 *기분이 어떠냐고* 먼저 물어봐야 하는 거 아니냐는 거였다.

그녀의 엄마라면 알아야 하는 거였다. 그 딸이 진정한 사랑에 대해 아는 건 모두 이 집에서 배운 거였다.

"안 물어봐도 뻔하지! 동생들을 맡겼더니 남자애를 집으로 불러? 그것도 베어타운 애를? 오늘 무슨 일이 있었는지 알기나 하니? 병원에서 난투극이 벌어져서 잘못했다가는……."

엄마가 소리를 지르자 딸이 곧바로 쏘아붙인다.

"테드나 토비아스가 여자애를 집으로 데려오면 좋아했을 거면서 왜 *저한테*는 소리를 지르세요? 제가 엄마 거예요?"

한나는 너무 피곤해서 흥분을 가라앉히고 사과할 수 없었다고 주장하겠지만 안타깝게도 그러기엔 사실 너무 자존심이 상했다. 엄마와 딸은 그들만의 방식으로 서로에게 상처 주는 법을 안다. 딸들이 엄마의 죄책감을 짊어지고 있을 때가 많기 때문일 텐데, 그러다 결국에는 저지르지도 않은 죄를 놓고 티격태격한다.

"토비아스하고 테드는 임신할 일이 없으니까!"

한나는 쏘아붙인다. 이렇게 순식간에 엄마들이 한밤중에 벌떡 일어나 이불을 발로 차게 되는 기억이 하나 만들어진다.

아이들의 가장 큰 무기는 소리를 지르는 것이 아니라 대답하지 않는 것이다. 그나마 부모에게 유리하게 작용하는 것이 딱 하나 있다면, 아이들은 어느 정도 나이를 먹은 뒤에야 이를 깨닫는다는 것이다.

"저를 그 정도로밖에 생각 안 하셨어요?"

테스가 나지막이 속삭였다.

이 말을 끝으로 그녀는 엄마를 지나 1층으로 내려갔다. 엄마는 그 아이에 대해 걱정을 하지 않는 데 하도 익숙해져 있었기 때문에 처음 현관문이 쾅 닫혔을 때는 아무 반응도 보이지 않았다. 방금 무슨 일이 벌어진 건지 이해하지 못했다. 하지만 문은 다시 열리지 않았고 딸은 돌아오지 않았고 한나가 1층으로 달려 내려가 집 앞 진입로로 뛰쳐나갔을 때 딸은 이미 보이지 않았다.

그래서 지금 한나는 온갖 후회를 달래며 부엌에 혼자 앉아 있다. 요니는 퇴근 전이고 테드와 투레는 감히 1층으로 내려오지도 못하니 결국에는 토비아스가 그 역할을 떠맡는다. 그럴 수밖에. 가장 걱정되고 가장 기대치가 낮은 아이.

"아빠한테 전화해서 누나 없어졌다고 얘기했어요?"

한나는 이마를 식탁에 댄 채 중얼거린다.

"아니, 아니, 미쳤니? 누나가 보보네 집에 있다고 하면 너희 아빠가 거기 가서……."

그녀는 한심한 소리를 하기 전에 입을 다물지만 그래도 아들은 엄마가 하려던 말이 뭔지 정확히 안다. 토비아스는 한참 동안 아무 말도 하지 않다가 한숨을 쉰다.

"그 보보라는 사람이요. 괜찮아요, 엄마. 착해요. 누나를 엄청 좋아해요."

"그게 중요한 게 아니라……."

한나는 변명조로 운을 떼지만 자기 엄마와 똑같은 소리를 늘어놓으려 한다는 데 생각이 미치자 말이 목에서 걸려버린다.

토비아스는 식탁 앞에 앉지 않고 손끝으로 엄마의 어깨를 살짝 건드리기만 한다.

"아빠가 하키 선수를 두고 항상 하는 말이 뭐죠? 목줄 어쩌고 하는 거요."

한나는 볼 안쪽 살을 씹으며 중얼거린다.

"잘하는 선수들은 믿고 그냥 내버려두어야 한다고. 안 그러면 목 줄을 씹어서 끊고 영영 도망쳐 버릴 거라고……."

"누나가 바로 그런 경우에요."

아들이 말한다.

한나는 아들의 손가락 위에 손을 얹어 자기 어깨를 세게 누르도록 하고는 나지막이 속삭인다.

"엄마가 지금 딸을 잃었는데 아들이 한다는 말이 그거야?"

토비아스는 뭐라고 대답하면 좋을지 알 만큼 영리하지는 않지만 거짓말할 만큼 어리석지는 않기에 엄마의 목에 코를 대고 침묵으로 답을 한다.

✳

이 세상에 청춘 남녀의 삶과 같은 인생은 없다. 첫사랑 같은 사랑도 없다.

캠핑카가 할로로 들어서고 보보와 벤이는 아맛을 그의 아파트 앞에 내려준다. 그들은 지금까지 거친 모든 라커 룸에서 "자기만의 경기를 펼치는 것"과 "경기의 키를 쥐는 것"이 얼마나 중요한지 귀에 못이 박이도록 들었다. 가만히 서서 무슨 일인가가 벌어지길 바라지 말고 나서서 뭐라도 저지르라는 것이다.

아맛은 그것이 지금 그의 자존심에 적용되는 말이라는 것을 알고도 남는다. 그는 주차장에 서서 보보가 와서 같이 훈련하자고 먼저 말을 꺼내주길 기다리고 있다. 그 타이밍은 처음으로 키스를 할 때나 조만간 잃게 될 누군가 또는 무언가에게 마지막으로 미안하다고 말할 때처럼 눈 깜빡할 새 지나가 버려서, 기회를 놓치면 그때 저질렀다면 어떻게 됐을까 하는 궁금증에 평생 시달리게 될 것이다.

하지만 아맛은 그 말을 꺼내지 못하고, 보보는 향수가 점점 짙어지고 희망은 점점 옅어지는 눈빛으로 그를 보고만 있다. 그들은 조만간 어른이 될 것이다. 그러면 해가 지날수록 추억에 대해 이야기하는 시간은 늘고 꿈에 대해 이야기하는 시간은 줄어들 것이다. 지금이 모든 것이 가능한 나이의 끝이다.

보보가 손을 들어 서글픈 인사를 하고 벤이는 두 손가락을 한쪽 눈썹에 대고 경례를 한다. 아맛은 짧게 고개를 숙인다. 이날은 재미있는 하루, 정말 재미있는 하루, 근심 없이 보내는 마지막 날들 중 하루였다.

❄

캠핑카는 방향을 돌려서 멀어진다. 아이들이 마당을 뛰어다니며 막대와 테니스공을 가지고 놀다가, 보보가 지나가며 손을 흔들자 크게 외친다.

"아이스크림 팔아요?"

"멀쩡한 차 사요, 찐따 아저씨!"

"아동 성폭행범도 그런 차는 안 몰겠네!"

보보는 할로의 아이들이 원래 입이 거칠다며 그냥 웃어넘기지만, 벤이가 창문을 내리고 고개를 내밀자 아이들은 당장 입을 다문다. 그가 차에서 뛰어내릴 듯이 문손잡이를 홱 당기자 아이들은 펄쩍 뛴다. 아이들의 심장이 잠깐 멎었다가 다시 뛰기 시작한다. 벤이와 보보는 웃으며 사라진다. 아이들이 그들 뒤에서 입을 놀리며 서로 티격태격한다. "나는 안 무서웠어. 너나 무서워했지!"

"우리가 저렇게 쪼끄맸을 때 기억나?"

보보는 씩 웃는다.

"너는 저만큼 쪼끄맸던 적 없거든?"

벤이도 같이 씩 웃는다.

보보는 어느 정도 맞는 말이라고 인정하는 수밖에 없다. 큰길로 들어서자 전화벨이 울리고, 그는 숨기려고 하지만 화면에 뜬 이름을 보고 얼굴을 환히 빛내다 하마터면 도랑에 차를 처박을 뻔한다.

"응! 응! 아니, 별거 없어! 지금? 우리 집에? 응, 당연하지…… 하지만 너희 부모님은? 아냐, 갈게. 지금 바로 갈게!"

그가 재잘거리다가 전화를 끊자 벤이는 한숨을 쉰다.

"테스 데리러 갈 거면 나도 같이 갈게. 헤드 여자애랑 잘 생각이면 너 혼자 가면 안 돼……."

"테스인 줄 어떻게 알았어?"

보보가 놀라워하자 벤이는 차가 흔들릴 정도로 껄껄대며 웃는다.

"네가 연애를 하다니 보기 좋다, 보보. 정말이야. 너는 그럴 자격이 있어."

"진짜?"

보보는 자신 없어 하며 조그맣게 속삭인다.

"진짜."

벤이가 딱 잘라 말한다.

115

그들은 두 마을을 연결하는 도로를 따라가 테스를 태운다. 그녀는 숲이 끝났지만 주택가는 아직 시작되지 않은 곳에서 기다리고 있는데, 한시라도 빨리 헤드를 탈출하고 싶어서 조바심을 낸다. 테스는 엄마와 싸웠다고만 하고 보보는 더 이상 묻지 않는다. 그녀는 보보가 얘기하고 싶은 것만 얘기하게 하고, 그 이상도 그 이하도 바라지 않아서 좋다. 돌아가는 길에는 벤이가 운전한다. 보보는 테스의 머리를 어깨에 얹은 채로 뒷자리에 앉아 있는데, 머리뼈에 금이 갈 정도로 벅찬 감정을 달래느라 애를 먹는다.

"내 속도가 너무 빨라?"

그녀가 조그맣게 묻는다.

"지금까지 나한테는 뭐든 너무 빨랐어. 난 빠른 인간이 못 돼서."

그는 조그맣게 대답한다.

"내가 막 화를 내도 용서해 줄 거야?"

그녀는 묻는다.

"내가 뭐 잘못한 거 있어?"

그는 불안해하며 반문한다.

"아니. 아직은. 하지만 조만간 네가 어떤 짓을 저지르게 될 거야, 이제 우리 둘이 사귀게 된다면."

테스의 뺨으로 쿵쾅거리는 보보의 심장이 느껴진다.

"마음대로 화내도 돼. 떠나지만 않으면 돼."

"좋아."

그녀는 조그맣게 속삭인다.

이윽고 그들은 사귀기로 하고 맨 처음 찾아온, 더없이 편안한 정적 속으로 빠져든다. 모든 게 안전하다. 모든 게 그 둘이다. 언젠가

두 사람은 결혼해 아이를 낳을 테고, 테스는 예전에 엄마가 아빠에게 했던 말을 보보에게 똑같이 할 것이다.

"우리가 만약 이혼하게 되면 친구 대 친구로 헤어지지 말자. 난 사람들이 그렇게 말하면 싫더라. 친구 대 친구로 이혼한다는 건 이제 더는 서로에게 상처를 줄 수 있을 만큼 사랑하지 않는다는 뜻이잖아. 그러니까 나를 사랑한다면, 진심으로 나를 사랑한다면 미쳐서 돌아버릴 것처럼 사랑해야 해."

그는 그런 사랑을 절대 멈추지 않을 것이다.

"보보?"

베어타운으로 진입했음을 알리는 표지판을 지날 때 벤이가 운전석에서 묻는다.

"응?"

"이 캠핑카 나한테 팔아라."

"싫어."

"왜? 이거 완전히 고물 차잖아. 근데 와, 나 이 차가 좋아지기 시작했어. 꼭 나 같아!"

테스는 웃음을 터뜨린다. 보보는 미소를 지으며 대답한다.

"너한테 팔 수는 없어, 벤이. 하지만 줄 수는 있어."

"진짜?"

"진짜."

이 세상에 청춘 남녀의 삶과 같은 인생은 없고, 첫사랑 같은 사랑도 없고, 팀 동료 같은 친구도 없다.

60

재능

사켈은 월요일 아침 일찍 페테르를 태우러 온다. 그녀의 지프는 녹이 슬었고, 그가 예전에 입었던 트레이닝복은 윗도리가 꼭 낀다. 페테르가 마지막으로 하키를 보러 나갔던 이후로 온 세상이 나이를 먹었다.

"그건 뭐예요?"

사켈이 그의 손에 들린 봉지를 턱으로 가리키며 묻는다.

"빵!"

"빵이요?"

그녀는 세상에 별 희한한 단어도 다 들어본다는 투다.

페테르는 좀 먹어보겠느냐고 하지만 그녀는 시가에 불을 붙인다. 그는 어디로 가는지 설명해 주길 기다리지만 사켈은 그럴 만한 이유를 못 느끼는 눈치다. 시가를 한 대 반 피울 동안 그냥 가다가 페테르는 마침내 폭발한다.

"아니, 사켈. 어떤 선수를 보러 가는지 알려주지도 않고 그냥 여기 이렇게 앉혀놓을 셈인가? 나도 준비가 되어 있어야 도움을 주든가

하지!"

"걱정 마세요, 단장님의 도움은 별로 필요 없을 테니까요."

시가 연기를 길게 내뿜다 말고 사켈이 무뚝뚝하게 대답한다.

그는 미간을 찌푸린다.

"내 도움이 필요하다더니?"

"제가요? 그랬군요. 하지만 아니에요. 단장님은 여기 있어주시기만 해도 충분해요. 이제 한숨 주무세요. 여섯 시간은 걸릴 테니까."

"여섯 시간?"

"가는 데에만요."

"하지만 집을 그렇게 오랫동안 비워둘 수가 없는데!"

페테르는 거짓말을 하고 민망해진다. 그런 사정이 있다면 애초에 따라나서지도 않았을 것이다.

"뒤에 서류 있으니까 궁금하면 보세요."

사켈은 이렇게 말하지만, 그의 의견이 판단에 어떤 영향도 미칠 것 같지 않은 말투다.

페테르는 아직 자존심이 남은 척 차를 돌리라고 할까 고민하지만 그래 봐야 아무 의미가 없을 것이다. 그래서 한숨을 쉬고 뒷자리에 있는 파일을 집어서 열었다가 사진을 보고선 눈썹을 치켜든다.

"잠깐, 내가 아는 얼굴인데. 몇 년 전에 보러 간 적 있어. 이름이…… 아니, 잠깐…… 이 선수는 이름이 '알렉산드르'라고 하니까 그 친구가 아니네. 그 친구는 이름이……."

"그 친구예요. 이름을 바꿨어요."

사켈이 알려준다.

페테르는 서류를 훑어본다. 사켈 말대로다. 같은 선수다. 5년 전에 그는 열다섯 살이었고 전국에서 가장 재능이 뛰어난 선수 중 한 명이었다. 케빈이 이끄는 베어타운의 황금 세대와 동갑이었기에 페테르는 당시 그가 출전하는 모든 경기를 면밀하게 주시했다. 심지어 프락과 함께 아이와 아이 아빠를 설득해 베어타운으로 영입하자는 원대한 계획을 세우고 토너먼트가 열리는 경기장으로 찾아간 적도 있지만 헛걸음이 되었다. 아이가 아예 출전하지 않았던 것이다. 소속팀에서는 부상 때문이라고 했지만 페테르는 다른 구단 단장에게 그게 아니라는 얘기를 들었다. "아예 데리고 오지 않았어요. 천부적인 재능을 타고나기도 했고 황소처럼 힘이 세서 아무리 두들겨 맞아도 끄떡없지만 지도하는 데 어려움이 있다더군요. 살짝 주인공 병에 걸렸고 태도에도 문제가 있다며. 훈련을 빼먹고, 코치랑 싸우고, 패스하지 않고, 지시에 따르지 않고, 팀플레이를 할 줄 모른대요. 그러다가는 선수 생활 자체를 접게 될 테니 이 무슨 안타까운 노릇이랍니까."

그 단장의 짐작이 맞았다. 이후 그 아이는 세 군데 청소년 팀에서 방출됐고, 기회가 주어질 때마다 투덜대며 이리저리 들이받다가 결국 모든 연락이 끊겼다. 이제 스무 살인데 벌써 과거의 스타가 됐다. 페테르도 경험해서 알다시피 안타깝게도 모든 세대마다 그런 선수들이 있다. 타고난 재능으로 어찌어찌 버티다 십 대가 돼서 해야 하는 것들이 늘어나면 반발하는 선수들.

"내가 기억하기로는…… 사고뭉치였는데."

조심스럽게 페테르가 말한다.

"앞으로 일주일 뒤면 시즌이 시작돼요. 사고뭉치니까 아직 아무 데도 불려가지 않은 거겠죠."

사켈은 팀을 만드는 것이 아니라 깡패 집단을 만든다. 익숙한 두통이 페테르를 찾아온다. 단장 시절에 날마다 겪었던 두통이다.

"나라면 그를 데려오지 말라고 하겠지만 내 말은 귓등으로 흘려버릴 테니, 어떤 점에서 매력을 느꼈는지 물어도 될까?"

그래서 힘없이 이렇게 물은 그는 사켈이 평소와 다르게 짧게 받아치지 않는 걸 듣고 깜짝 놀란다.

"다들 하키 선수들은 리더를 따른다고 오해하는데 아니에요. 그들은 승자를 따라요."

"그럼…… 이 알렉산드르가 승자인가? 승리를 거둘 만큼 구단에 오래 있어본 적이 있나? 들어간 구단마다 쫓겨난 것 같던데, 우리는 그를 변화시킬 수 있다고 생각하는 모양이지?"

페테르는 '우리'라고 말해놓고 민망해한다. 자신의 희망 어린 말투를 느꼈기 때문이다.

"아뇨, 선수들은 바뀌지 않아요. 하지만 알렉산드르에게는 아무 문제가 없어요. 사람들이 오해해서 그렇지."

"어떤 식으로?"

"모든 코치들이 하키는 팀 스포츠라고 그 아이를 속이려고 했더라고요."

✻

프락은 매일 아침 자신이 출근하는 모습을 전 직원이 볼 수 있도록 각별히 신경 쓴다. 창고를 돌아다니며 질문과 농담을 하고, 악수를 하고 등을 두드리고, 시끄럽게 떠들고 그보다 더 시끄럽게 웃는다. 그는 사장일지 몰라도 사람들이 자연스럽게 따르는 그런 사람은 아니다. 프락은 하키를 통해 그 사실을 잔인하게 터득했다. 그는 주장의 오른팔이라면 모를까 자신이 주장이 된 적은 없다. 그래서 권위를 쟁취해야 하고, 여길 때려치우며 등 뒤에서 그를 비웃는 직원이 있을지언정 모두에게 자신의 존재를 드러내고 각인시켜야 한다. 중요한 건 그들에게 자신의 존재를 일깨우는 것이다.

프락은 자기 방으로 들어가 한 시간을 기다린다. 마침내 만나기로 한 시각이 되자 뒷문으로 슬그머니 빠져나간다. 잠깐 화장실에 간 것처럼 방 불은 켜져 있고 재킷은 고리에 걸려 있으며 전화기는 책상 위에 놓여 있다. 차는 베어타운 하키 스티커 윗부분의 유리가 박살 난 채 주차장에 세워져 있다. 이 차가 신문사의 관심을 다른 데로 돌리는 미끼인 동시에 마을 주민들 사이에서 화제가 되길 바라는 마음이 아직 남아 있지만 점점 가망이 사라지고 있긴 하다. 베어타운의 회계장부가 아니라 헤드의 불량배 쪽으로 화제를 돌릴 수만 있다면 골치 아픈 문제를 전부 해결할 방법이 있을지 모른다.

셔츠 소매를 걷어붙인 프락은 낡은 자전거를 타고 깔끔한 주택단지로 출발한다. 슈퍼마켓과 물류창고가 요 몇 년 새 워낙 커져서 그 그림자에서 벗어나는 데에만 몇 분이 걸린다. 전에는 거기서 희열을 느꼈지만, 요즘은 필생의 업적을 있는 그대로 바라볼 수가 없다. 앞으로 어떻게 될지, 무엇보다도 그 모든 것을 얼마나 금세 잃어버릴 수 있을지 불안할 따름이다. 그의 유일한 사업 수완이 낙천주의인데 그것이 지금 상당히 흔들리고 있다. 의회의 한 정보원이 연락해 편집장의 아버지가 어떤 서류를 입수했는지 알려주었다. 프락도 바보가 아닌지라 이런 사태가 벌어질 수도 있다는 걸 예상했지만 지역 신문사의 기자가 그렇게 영리할 줄은 몰랐다. 그렇게 집요할 줄은 몰랐다.

'부패'라는 단어가 무슨 뜻인지 제대로 아는 사람은 거의 없겠지만 프락은 사전에서 찾아보았다. '공적인 영향력을 남용해 개인적인 이익을 취하는 것.' 그는 종종 이 말을 속으로 되뇌어 본다. 그는 양심이 없다고 공격당할 때가 많지만 스스로 생각하기에는 양심 빼면 시체다. 물론 그가 '공적인 영향력'을 남용하고 원칙을 더러 주무른 적은 있을지 몰라도, 그걸로 개인적인 이익을 취했는가 하면 그건 아니다. 오히려 정반대다. 그는 베어타운 하키단을 후원하느라 날마다 돈을 버리고 있다. 그가 하는 모든 일이 구단과 베어타운을 위한 일이다. 그의 양심선언은 이렇듯 간단하고 압축적이다.

그런가 하면 '성공'의 뜻도 제대로 아는 사람이 거의 없다. 다들 성공이 산꼭대기라고 생각하지만 프락은 그렇게 어수룩하지 않다. 산꼭대기는 없다. 끊임없는 오르막길만 있을 따름이다. 계속 악착같이 기어 올라가거나, 아래로부터 끌어내려지든지 위로부터 걷어차이든지 그중 하나다. 잠시라도 멈춰서 풍경을 감상하면 나보다 더 강하고 배가 고픈 사람이 아래에서 등장해 그 자리를 차지할 것이다. 사업의 세계가 그렇고, 공동체가 그렇고, 하키가 그렇다. 새로운 경기, 새로운 시즌, 승격과 강등의 기로에서 벌이는 새로운 전투. 싸움에는 결코 끝이 없다. 남들보다 앞서나갈 수천 가지 방법을 끊임없이 연구해야 한다.

그럼 언제 충족되느냐고? 언제 끝이 나느냐고? 왜 계속 올라가느냐고? 각 질문의 답은 다음과 같다. 아마도 절대, 죽기 전에는 영영, 의미 있는 인생을 살고 싶은데 세상에 영향을 미칠 수 있는 방법이 이것밖에 없는 것 같기 때문에.

"저 새끼들은 뭐든 사랑하는 법이 없어."

예전에 텔레비전에서 중계되는 대도시 팀들 간의 경기를 보다 말고 라모나가 이렇게 말한 적이 있었다. 양쪽 팀의 응원단은 빙판 위에서 펼쳐지는 하키 경기보다 핫도그와 팝콘에 더 관심이 많아 보였다.

"별로 상관하지도 않고 절대 흥분하지도 않아. 뭐든 그 정도로 의미 있는 게 없고 어딘가에 비친 자기들 모습 말고는 신성한 게 없으니까."

프락은 베어타운 사람들 대다수가 그를 그렇게 생각한다는 걸 안다. 라모나도 그랬을지 모른다. 그는 대개 그런 평가를 감수한다. 누군가는 악당 역할을 맡아야 하지 않겠는가. 하키 선수 시절에도 프락은 페테르와 다른 스타들이 뻥 뚫린 빙판 위에서 빛날 수 있게 펜스 근처에서 싸웠다. 하지만 가끔 죽도록 애를 써도 아무도 고마워할 줄 모른다는 생각이 들 때가 있다. 그럴 적마다 베어타운 하키단을 살리기 위해 프락이 개인적으로 어떤 위험을 무릅썼는지 물어봐 주는 사람이 있으면 좋겠다는 생각이 든다. 그럼 "모든 걸" 무릅썼다고 대답할 텐데.

그의 자전거 뒷자리에는 하키단 회계장부가 두 세트 실려 있다. 한 세트는 세무서에 제출한 것이고 다른 세트는 프락과 다른 몇 명 말고는 아무도 모르는 장부다. 이제 사상 처음으로 그걸 외부인에게 공개하려고 한다. 모든 것을 검토한 그녀의 결정에 따라 모든 정치인이 실업자가 되고 구단이 파단 직전에 몰리고 주요 인사들이 철창신세를 질 수 있다.

가장 먼저 그녀의 남편부터.

❄

"좋아, 시간 많으니까 하키가 팀 스포츠가 아니라고 생각하는 이유를 들어볼까?"

페테르는 빙그레 웃는다.

사켈은 시가에 다시 불을 붙이고 그걸 아직 모르다니 믿기지 않는다는 듯이 답을 한다.

"선수가 어른이 되어서 A팀에서 뛰기 전에는 팀 스포츠가 아니죠. 그때가 되어야 경기에 어떤 의미가 부여되니까요. 하지만 그 전에는요? 청소년 팀에서는요? 그 경기는 이기거나 말거나 누가 신경이나 쓰나요? 그 연령대에게 중요한 건 잠재력을 최대한 끌어올리는 것뿐이에요. 코치들은 알렉산드르에게 팀원을 생각하라고, 패스를 하라고 소리를 질렀지만 왜요? 다른 평범한 선수가 골을 넣을 수 있도록요? 평범한 코치가 아무 의미 없는 대회에서 승수를 쌓을 수 있도록요?"

페테르는 하키를 그런 관점에서 생각해 본 적은 없다고 슬그머니 속으로 인정하는 수밖에 없다.

"그러니까 청소년 팀에 스타가 있으면 코치와 다른 선수들은 오로지 그를 위해 존재해야 한다는 건가? 그 스타가 최대한 훌륭한 선수로 자랄 수 있게? 경기에서 지더라도?"

"당연하죠!"

페테르는 웃음을 터뜨린다. 이렇게 공감 능력이 떨어지는 동시에 공감 능력이 발달한 코치는 본 적이 없다는 걸 어떤 식으로 설명하면 좋을지 모르겠다.

"그 아이가 알렉산드르로 이름을 바꾼 이유는 뭐지? 러시아 출신인지도 몰랐는데."

"혼혈이에요. 그러니까 부모님 중 한쪽이⋯⋯."

사켈은 나이가 아주 어리고 아주 멍청한 아이 대하듯 설명을 시도한다.

"고맙네! 나도 '혼혈'이 무슨 뜻인지 알아!"

페테르는 한숨을 쉰다.

"오, 처음에는 나한테 전부 설명해 보라더니 이제는 아무 설명도 하지 말라고⋯⋯."

놀라워하며 사켈이 중얼거린다.

그는 눈썹을 문지른다.

"알렉산드르가 모든 팀을 거부하는데, 베어타운에서는 선수로 뛰고 싶어 할 거라고 생각하는 이유가 뭔가?"

"단장님이요."

"나? 아까는 내 도움이 필요 없을 거라더니?"

"제가 그렇게 얘기하지는 않지 않았나요? 단장님의 조언은 필요 없다고 했지."

페테르가 끙 하고 세게 신음을 토하자 앞 유리창에 침이 튄다.

"꼭 우리 어머니가 하키 코치로 환생한 것 같네."

"그게 무슨 뜻이에요?"

사켈이 궁금해한다.

그는 눈을 부라린다.

"아, 아무것도 아니야······."

"단장님은 가끔 수수께끼 같은 얘기를 할 때 있는 거 알아요?"

그녀는 지적한다.

"내가 수수께끼 같은 얘기를 한다고? 무슨 말도 안 되는······! 진심이야? 아무튼 내가 무슨 말을 하면 이 친구가 베어타운에서 뛰고 싶어 할 거라고 생각하는 건가?"

사켈은 대답 대신 이렇게 얘기한다.

"집에서 부인과 사이가 아주 안 좋으신가 보네요."

"뭐라고?"

그녀는 고개를 끄덕인다.

"그걸 이제야 물어보신다는 건 집에서 빠져나올 핑계를 간절히 찾고 있었다는 뜻이 되죠."

페테르는 더 이상 참지 못하고 쏘아붙인다.

"나더러 같이 가달라고 한 이유가 뭐야?"

사켈은 뻔하지 않으냐는 듯이 대답한다.

"단장님은 승자가 아니니까요."

페테르는 시가가 반 토막 날 때까지 그녀를 빤히 쳐다본다.

"그럼 내가 여기 있는 이유는 뭔가?"

사켈은 동원할 수 있는 인내심을 모두 끌어모아서 대답한다.

"저는 승자를 영입해야 하거든요. 하키 선수들은 승자를 따르니까. 그런데 승자들은 뭘 하는지 아세요?"

"아니?"

"승자들은 리더를 따라요. 그래서 단장님이 여기 있는 거예요."

꙳

미라는 손에 거름을 묻힌 채 테라스 문을 연다. 페테르는 사켈과 함께 떠났고, 레오는 학교에 갔고, 마야는 그쪽 대학 학장이 베어타운을 외국이라고 생각하는지 장례식 참석을 핑계로 결석 인정을 여러 날 받았기에 아나를 만나러 나갔다. 그래서 집에 아무도 없다. 그래도 프락은 앞문이 아니라 마당을 가로질러 온다. 그들은 부엌에서 블라인드를 내리고 페테르가 갓 구워놓은 빵을 먹는다.

"다른 일들은 어때요? 애들은 잘 지내죠?"

프락이 운을 떼자 미라는 눈을 부라린다.

"프락, 그러지 말아요. 무슨 스파이처럼 몰래 들어와 놓고. 우리가 알고 지낸 세월이 얼만데 우리 애들한테 관심 있는 척 거짓말까지 해가며 대화를 시작할 필요는 없잖아요."

"거짓말? 내가 언제 당신한테 거짓말한 적 있어요?"

그는 경악하며 외친다.

"20년 전 처음 만났을 때부터 수시로, 끊임없이, 매번 했잖아요."

미라는 미소를 짓고 그는 폭소를 터뜨린다.

이것이 프락의 가장 큰 자산이다. 쉽게, 요란하게 전염성 강한 웃음을 터뜨리며 밀어붙이는 것.

"알았어요, 알았어요, 미라. 쓸데없는 소리 안 할게요! 어제 얘기했다시피 운영위원회에 변호사가 필요해요. 지역 신문사와 문제가 좀 생겨서. 그쪽에서 얼마나 파악했는지 모르겠지만 내가…… 아니, *당신이*…… 최악의 사태에 대비할 필요가 있다고 보거든요. 만약 어떤 사실들이 만천하에 드러나면 사태가…… 얼마나 심각해질 수 있는지 알고 싶어요."

그녀는 피곤한 듯 고개를 저으며 커피를 따른다.

"내가 솔직하게 대답할까요, 프락? 당신은 구단 대표도 아니고 운영위원도 아니고 그냥 후원자예요. 당신이 그들을 대신해서 나한테 일을 의뢰할 수는 없어요."

프락은 무시하듯 손가락을 흔들다 하마터면 커피 잔을 칠 뻔한다.

"그건 내가 알아서 할게요. 내가 봐달라는 걸 보기나 해요, 예?"

그가 회계 장부를 식탁 위에 꺼내놓자 미라는 불안이 엄습하는 것을 피할 길이 없다. 대화를 처음 시작할 때는 그녀와 프락이 세상을 보는 관점이 너무 다르다는 데 화를 내지만, 결국 둘 사이의 차이점이 거의 없다는 데 자기혐오를 느끼게 될 것이다.

61

담배 연기

편집장과 그 아버지는 신문사가 있는 건물의 지저분한 옥상에 있는 싸구려 접이의자에 앉아서 벌벌 떨고 있다. 건물이 높지는 않지만 언덕 위에 있어서 뜻밖에도 전망이 좋다. 오늘이 겨우 반밖에 지나지 않았는데 햇빛이 벌써 희미해지기 시작하고, 추위가 태양으로부터 흡수한 온기를 모두 갉아먹을 기세로 악착같이 달려든다.

"뭣 때문에 그렇게 웃으세요?"

편집장은 궁금해한다.

"너 어렸을 때 내가 어디에 살고 싶으냐고 물었던 거 기억나니? 너는 뉴욕이라고 대답했거든. 여기가 뉴욕은 아니다 싶어서."

건물마다 불이 켜지기 시작하고, 차량 몇 대가 도로를 지나고, 숲에서 들리는 전기톱 소리가 폭풍의 기억을 환기한다. 하지만 자연은 회복하기 시작했고 사람들도 마찬가지라 편집장은 그 둘의 회복 탄력성에 호기심을 느끼지 않을 수가 없다. 그녀는 파이프 담배를 피우고 있는 아빠를 흘끗 쳐다본다. 어렸을 때 그 냄새를 맡았던 기억이 떠오른다. 행복한 날의 상징이었다. 그는 술을 마실 생각이 없을 때만 파이프 담배를 피웠다.

"술 안 드셔줘서 고마워요, 아빠."

편집장이 조용히 인사를 건넨다.

그의 입가가 실룩인다.

"이제 일하는 동안에는 술을 못 마시거든. 기운이 달려서. 술김에 싸우기에도 너무 늦었고."

그녀는 미소를 짓는다.

"아빠는 제 나쁜 점을 죄다 아빠한테서 물려받았다고 생각하신다는 거 아는데요……."

"네 엄마는 확실히 그렇게 생각하지."

그는 중얼거린다.

"아니에요. 엄마는 제가 아빠한테서 좋은 점도 물려받았다는 거 알아요."

그는 쉰 목소리로 웃음을 터뜨린다.

"딸, 너는 정말 훌륭한 편집장이다. 나는 아무 도움도 되지 못했지. 그 일을 하려면 인간에 대한 애정이 있어야 하는데, 그건 전부 네 엄마가 물려준 거거든."

그녀는 눈을 감고 파이프 담배 연기를 마신다. 그녀의 어린 시절의 많은 기간 동안 그는 부재중이었다. 당시에 그들은 서로를 이해하지 못했지만 지금은 이해한다. 어렸을 때 그녀는 아빠를 그리워했지만 커서는 친구가 하나 생겼다. 동지가 하나 생겼다. 그때로 돌아갈 수 있다면 그녀는 과연 친구 겸 동지 대신 아빠를 선택할까.

그는 접이의자에 앉은 채 짜증을 섞어서 몸을 부스럭거린다.

"저 탕탕거리는 소리는 뭐냐? 꼭 갈매기가 환풍구에 걸린 것 같네……."

그는 중얼거리며 반쯤 일어서려고 하지만, 의자는 너무 불안정하고 그런 작태를 허락하기에 그의 몸은 너무 늙었다. 그는 체념하고 다시 털썩 주저앉는다.

"저 아래 차고에서 애들이 슛 날리는 소리에요."

익숙해질 대로 익숙해진 딸이 알려준다.

그는 귀를 쫑긋 세우고 중학생들인가 보다고 짐작한다. 그중 하나가 "4 대 4"라고 외치자 다른 하나가 성난 목소리로 고함을 지른다. "아냐, 거짓말 치지 마! 4 대 3이지!" 그다음에 들린 요란한 소리는 그 작은 몸들을 차고 문에 부딪쳐가며 서로 싸우는 소리다.

"여긴…… 여기처럼 서로 노상 싸워대는 곳은 본 적이 없는 것 같은데……."

그는 툴툴거린다.

그의 딸은 미소를 짓는다.

"제가 그랬잖아요. 이 일대 사람들은 아빠를 닮았다고. 아빠도 싸우지 않으면 살지 못하잖아요."

그는 맞는 말에 웃음이 터지려고 하자 기침을 한다.

"그게 무슨 말인지 모르겠다. 나로 말할 것 같으면 평화와 평정심의 화신인데."

편집장이 손을 내밀어 그의 팔을 토닥인다. 아주 잠깐이지만, 다시 아빠가 될 수 있는 기회를 모두 태워버렸다고 생각하고 있던 사람에게는 엄청난 의미다. 잠시 후에 그녀는 건물 아래를 손짓하며 슬픈 목소리로 설명한다.

"이걸 가르쳐준 사람이 아빠였잖아요, 기억 안 나요? 그 마을에서 제일 높은 데를 찾아가라고. 거기서 온 마을을 한눈에 바라보면 배우는 게 있다고."

"그래서 너는 헤드에 대해 뭘 배웠니?"

그녀는 손가락으로 어딘가를 가리킨다.

"저쪽에 학교가 있거든요. 매일 아침 그 앞을 지날 때마다 제가 다녔던 학교가 생각나요. 마을 한가운데에 있었던 그 학교, 기억하세요? 맥맨션에 사는 애들이랑 임대주택 사는 애들이랑 섞였잖아요. 금방이라도 부서질 것 같은 자전거를 타고 오는 애도 있었고, 엄마나 아빠가 비싼 SUV로 태워다 주는 애도 있었고."

"너는 가난해서 자전거를 타고 다녔다는 거냐? 우리 집이 5분 거리라……."

"아뇨, 아뇨, 좀 들어보세요! 제 말을 오해하지 마세요! 아빠랑 엄마가 훌륭한 선택을 하셨다고 말씀드리려고 했어요. 덕분에 여러 계층의 친구들을 만날 수 있었거든요. 이제 그 학교는 그렇지 않아요. 돈 많은 부모들이 손을 써서 그런지, 디자이너 옷을 입고 다니고 휴가 때 스키를 타러 다니는 애들로 득시글거려요. 여기에서도 똑같은 현상이 벌어지고 있어요. 베어타운에 '하이츠'라는 멀끔한 주택가가 있거든요. 이 일대에서 가장 비싼 집들이 모여 있는 곳인데, 거기 부모들이 자기네 학교를 만들려고 해요. 자기네 애들이 가난한 애들과 섞이지 않도록요. 그게 성공하면 머지않아 여기 이 헤드에서도 똑같은 현상이 벌어질 거예요."

"그래서 하고 싶은 얘기가 뭐냐?"

"저더러 헤드에 대해서 뭘 배웠느냐고 물으셨잖아요. 얼마 전에 대형 하키 구단들이 이 나라의 톱 리그를 자기들만의 리그로 만들려 한다는 기사를 읽었어요. 텔레비전 중계 수입이 어마어마해서 강등되는 위기를 감수할 수가 없는 거죠. 그래서 모든 소규모 구단, 헤드와 베어타운 같은 구단들의 상부 리그 진출을 막으려고 해요. 돈 많은 사람들은 가난한 사람들을 차단하려고 해요. 어디에서든 항상 똑같아요. 변명은 될 수 없겠지만 그래도…… 가끔은 이 두 마을 사람들이 그럴 수밖에 없는 이유가 그거라는 생각이 들어요. 그래서 날이면 날마다 싸울 수밖에 없는 거죠. 심지어 속이기까지 해가면서요. 그렇지 않으면 가망이 없거든요."

파이프 담배 연기가 아빠의 머리를 감싼다.

"훌륭한 논리다만 양심이 지성을 가리는 일은 없길 바란다. 네가 베어타운의 트레이닝 시설에 대해 알아낸 모든 정보를 기사화하면 누군가가 헤드의 비슷한 시궁창을 파헤칠 거야. 공방전이 끝나면 두 구단이 모두 사형선고를 받을 수 있어. 그게 바로 네 직업이지."

딸은 눈을 뜨지 않는다. 답을 듣고 싶지 않은 질문을 한다.

"왜 헤드도 베어타운처럼 장부를 조작했을 거라고 생각하세요?"

그의 대답은 냉소적이라기보다 서글프다.

"요즘은 장부를 조작하지 않는 사람이 없거든. 요즘 선수들이 연봉을 얼마 받는지 아니? 그리고 이 나라의 세율은? 모든 걸 원칙대로 하면 아무도 살아남을 수 없어. 저 남쪽의 어느 하키 구단이 파산 직전이면 의회에서 경기장의 '재고'를 수백만 크로나에 사들여 재정을 지원하지. 이미 그 의회 소유인 경기장의 재고를. 그 정치인들에게 궁둥이가 아홉 개 달렸더라도 앉고 싶은 자리가 너무 많아서 부족할걸? 이 나라에서 가장 규모가 큰 어느 구단은 그 지역 버스 회사를 '은행'이라고 부른다더라. 그 구단은 원정 경기를 다니면서 절대 차량 이용료를 내지 않고 버스 회사에서도 절대 청구하지 않아. 연말이 되면 의회가 나서서 구단이 파산하지 않게 모든 비용을 정산한다는 걸 알거든. 재정 기반이 워낙 취약해서 선수들 연봉도 주 정부의 임금 보장 기금으로 충당하는 엘리트 구단도 있는데, 후원자에게 돈을 내고 모든 서류에 서명하게 해서 선수들을 계속 데려간단다. 그러면서 계속 경기에 출전시키고! 그런 구단이랑 무슨 수로 원칙을 지키면서 경쟁할 수 있겠니?"

딸은 꺼져가는 파이프 담배의 마지막 냄새를 천천히 들이마신다.

"이제는 아빠가 그 사람들 편을 드는 것 같은데⋯⋯."

그는 한숨을 쉰다.

"맞아. 나이를 먹어서 센티해졌고 술을 안 마시니까 성격도 더는 괴팍하지 않거든. 하지만 네가 이제 와서 발을 뺄 수는 없지! 모두가 박살 나는 한이 있더라도 베어타운 하키단의 진실만큼은 공개해야 한다."

그녀는 낭떠러지에서 뛰어내릴 준비를 하는 사람처럼 숨을 쉰다.

"제가 양심 때문에 기자로서의 본분을 자꾸 잊어버리고 있는 것 같으세요?"

아빠는 낑낑대며 의자에서 일어난다.

"아니. 너는 양심 때문에 훌륭한 기자가 될 수 있는 거지. 이제 그만 안으로 들어가자. 추워서 죽겠고 저 탕탕거리는 소리 때문에 미쳐버릴 것 같아! 다음번에는 하와이 하키 구단을 박살낼 계획을 세워주면 좋겠다!"

62
바보

아이스하키를 하는 데 있어 가장 힘든 부분은 무엇일까? 백 명의 코치를 붙잡고 물어보면 백 가지 답을 들을 수 있을 것이다. 그들은 하나같이 자신만만하게 대답할 테고 자기 의견이 틀렸을 가능성조차 생각하려 들지 않을 것이다. 모두 착각하고 있어서 그렇다.

왜냐하면 아이스하키를 하는 데 있어 가장 힘든 부분은, 무엇보다 가장 힘든 부분은, 생각을 바꾸는 것이기 때문이다.

❄

프락이 입은 비싼 흰색 셔츠는 땀으로 완전히 젖었고 찻잔만 한 손목시계가 식탁 가장자리에 부딪혀 덜거덕거린다. 그가 신은 신발은 하도 비싸서 차라리 악어 한 마리를 통째로 사는 편이 더 저렴할지도 모른다. 미라가 그걸 아는 이유는, 프락에게 재활용이란 우스갯소리를 재탕하는 것만을 뜻하기 때문이다. 지난 20년 동안 페테르가 바비큐 파티에서 스테이크를 어떻게 먹겠느냐고 물으면 프락은 매번 이렇게 대답했다.

"헤드라이트로 살짝 겁을 준 다음 접시에 담아줘!"

그러면 페테르는 매번 웃었다. 그보다 더 낮은 우정의 문턱이 있을까? 프락이 신은 악어가죽 구두의 한쪽에는 신발 끈이 없다. 여기까지 오는 길에 자전거 체인에 걸려서 그렇다. 그의 손가락이 시커멓고 베인 상처를 입은 이유도 그 끈을 풀려다 그렇게 된 것이다. 그는 정말이지 이보다 더 얼뜨기일 수 없다. 미라는 어렸을 때 엄마가 누굴 욕하면서 그 단어를 쓰면 항상 웃음을 터뜨렸는데, 어른이 돼서 프락을 만났을 때 그 단어의 정확한 뜻을 실감했다. 그는 진짜 백 퍼센트 순수한 얼뜨기다.

하지만 바보는 아니다. 안타깝게도. 그래서 그가 커피를 다 마셨을 때 미라가 아무도 몰래 둘이서 만나야 하는 이유에 대한 설명을 요구하자 프락은 가방에서 노트북을 꺼내 동영상을 튼다. 자기가 경기장에서 직접 촬영한 동영상이다. 코치와 훈련이 끝난 유치원생들을 인터뷰한 것이다. 프락의 목소리가 화면 밖에서 들린다. 미라는 그가 아이들을 얼마나 잘 다루는지 떨떠름하게나마 인정하는 수밖에 없다. 어른들은 그를 고집이 세고 지나치게 밀어붙인다고 생각하지만 아이들은 그걸 솔직하고 정직한 성격으로 받아들일 때가 많다.

"너희는 하키의 뭐가 제일 좋니?"

그가 남자아이들에게 묻자 다들 비슷한 대답을 한다. 골을 넣는 거. 친구들이랑 같이 뛰는 거. 진짜 빠르게 스케이트를 타는 거. 이기는 거. 하지만 잠시 후에 여섯 살 아니면 일곱 살쯤 되어 보이는 여자아이가 화면에 등장한다. 체구는 남들에 비해 왜소하지만 눈빛은 가장 압도적인데, 프락이 같은 질문을 하자 전혀 이해하지 못하겠다는 표정을 짓는다.

"그게 무슨 말씀이세요, 뭐가 제일 좋으냐니?"

아이는 무릎까지 내려오는 운동복 상의를 입고서 이렇게 묻는다. 프락은 일시정지 버튼을 누르고 미라를 보며 자랑스럽게 미소를 짓는다.

"저 여자아이는 실력이 하도 좋아서 남자아이들과 같이 뛰게 했는데 나중에 중단하는 수밖에 없었어요. 저 아이가 자기네 아들들을 망치고 있다면서 학부모들이 너무 화를 내서요. 자기네 아들들을 망치고 있대요. 미라, 저 아이는 신동이에요. 벗나무예요. 이 일대에서는 가장 재능을 출중한 사람을 벗나무라고 부르는 거 알죠? 페테르가 저 나이 때 그랬죠!"

프락이 다시 재생 버튼을 누른다. 그의 목소리가 들린다.

"카메라를 보면서 네 이름을 얘기해 줄래?"

빙판 위의 여자아이는 적의 요새를 포위 공격이라도 하는 것처럼 대답한다.

"알리시아요!"

프락의 목소리가 들린다.

"그래, 알리시아. 아저씨는 네가 하키의 뭐를 제일 좋아하는지 궁금해. 뭐가 됐든 상관없어. 너는 뭐를 제일 좋아하니?"

아이는 아주, 아주 오래 카메라를 빤히 쳐다보다가 아주 조그만 목소리로 통렬하도록 솔직하게 대답한다.

"다요. 다 제일 좋아요."

미라는 아이 엄마라면 화면 속으로 들어가 그 아이를 끌어안고서 모두 다 잘될 거라고 약속해 주고 싶을 수밖에 없을 거라고 생각한다. 프락이 이어서 한 질문을 듣고 나면 더욱 그럴 수밖에 없다.

"그럼 하키의 뭐가 제일 *싫어?*"

그러자 아이는 갑자기 눈물을 보이며 대답한다.

"집에 가야 하는 거요."

프락이 동영상을 끈다. 미라는 그와 나란히 부엌 의자에 앉은 채몸을 앞뒤로 흔들며 쏘아붙인다.

"나는 십 대 아이 두 명의 엄마고 빌어먹을 갱년기로 접어들었어요. 그 정도면 충분히 감정적일 것 같지 않아요?"

프락은 웅얼웅얼 사과하며 정말 진심이 담긴 듯 이렇게 대답해 그녀를 놀라게 한다.

"미안해요. 나는 그냥…… 우리 구단이 겪고 있는 문제를 보여주기 전에…… 우리가 뭘 위해 싸우는지 되새기고 싶었어요. 뭐가 위험해지게 생겼는지."

그는 얼뜨기다. 하지만 바보는 아니다.

❄

텅 빈 주차장 옆에 조그만 아이스링크가 있다. 페테르는 한 번도 가본 적 없는 곳이지만 그와 상관없이 마음이 편안하다. 모든 소리, 온갖 울림과 냄새, 심지어 조명까지 익숙하다. 하지만 무엇보다 익숙한 것은…… 지금, 여기의 느낌이다. 현실 속에서는 삶의 모든 영역에서 과거와 미래의 매 순간을 의식하며 살아가지만 아이스링크에서는 그럴 여지가 없다. 여기에서는 모든 게 지금, 지금, 지금이다.

"준비됐어요?"

사켈이 묻는다.

"무슨 준비?"

페테르는 묻고 나서 금세 후회한다.

빙판 위에서 알렉산드르가 보인다. 몸이 어찌나 탄탄한지 실험실에서 설계한 하키 선수 같다. 키가 크고 어깨가 넓고 누가 봐도 힘이 어마어마한데 움직임은 아주 유연하다. 모든 근육이 정확하게 움직이고 스케이트 주법은 완벽하며 심지어 어깨 근처에서 곱실거리는 머리칼마저 짜증이 날 정도로 흠잡을 데 없다. 하지만 어딘지 모르게 이상한 구석이 있다. 눈빛이며 몸놀림이 스무 살이라고 하기에는 나이 들어 보인다. 빙판 위로 8자를 그리는 스케이트의 모든 스텝이 노련하고 완벽하지만 젊은이 특유의 예리함이 없다. 마치 밧줄에 묶여서 원을 그리며 달리는 서커스단의 말 같다. 선수의 아빠가 빙판 한가운데에 서서 큰 소리로 지시하지만 알렉산드르는 한 귀로 듣고 한 귀로 흘리는 눈치다. 페테르가 펜스 앞으로 다가가자 아빠는 더 크게, 더 열심히 외치지만 스무 살의 선수는 전혀 속도를 올리지 않는다.

"단장님을 보고 긴장한 거예요. 단장님이 자기 우상이라서."

사켈이 말한다.

"그만해, 엘리사베트. 저 아이는 내가 누군지 알 만한 나이도 아닌데."

그는 겸손하게 미소를 짓는다.

"쟤 말고 그 아버지요!"

그제야 페테르는 이해한다. 그의 두뇌 회전이 그 정도밖에 되지 않는다. 그가 여기에 같이 온 이유는 베어타운 하키단 영입을 목적으로 사켈이 알렉산드르를 설득하는 데 도움을 주기 위해서가 아니라 아이 아버지를 설득하는 데 도움을 주기 위해서다. 페테르는 한 번도 만난 적 없지만 그 아버지를 알아본다. 그는 어느 아이스링크에나 있다. 선수로서 성공을 거두지 못했지만 그건 제대로 된 코치를 만나지 못했기 때문이라고 날마다 자기 최면을 거는 사람. 그래서 이제는 아들을 통해 대리만족을 꾀한다. 하지만 그 아들은 버릇이 잘못 든 천재라 모든 것을 은쟁반에 담아서 갖다 바쳐도 손을 내밀어 집는 것조차 귀찮아한다. 알렉산드르는 아마 초등학생 시절부터 개인 레슨을 받았을 것이다. 아버지는 청소년 팀을 후원했고, 전국을 종횡으로 누비며 아들을 비싼 트레이닝캠프와 권위 있는 시합에 데리고 다녔을 것이다. 하지만 그래서 어떻게 됐을까? 그 아이에게는 욕심이 없었다. 모든 청소년에게는 창문이 있고 잠재력을 꽃피울 수 있는 기회가 주어진다. 하지만 그 창문은 어느 누구에게도 마음의 준비를 허락하지 않고 금세 닫혀버린다.

"베어타운이 저들의 첫 선택지는 아니었을 테고. 이전에 얼마나 많은 구단이 다녀간 거지?"

페테르가 조그맣게 묻는다.

"최소 열 군데요."

사켈이 태평하게 대답한다.

"그런데 어느 구단에서도 그를 데려가고 싶어 하지 않았다? 그 정도면 경고등이 반짝이는 거 아닌가?"

"그들이 데려가고 싶어 하지 않았다고 누가 그래요? 저 아이가 원하지 않았던 걸지도 몰라요."

"왜 원하지 않아?"

141

"어느 구단에서도 NHL 프로선수를 상대할 수 있는 기회를 제안하지 않았으니까요."

"뭐라고?"

사켈은 어깨에 가방을 짊어지고 있다. 거기서 페테르 사이즈의 장갑과 스케이트를 꺼낸다.

"농담이지?"

"저는 농담 별로 좋아하지 않아요."

사켈은 말하고 펜스를 향해 걸어간다.

알렉산드르의 아버지가 눈을 동그랗게 뜨고 열의를 보이며 당장 달려오지만 알렉산드르는 인사조차 건네지 않는다.

"안녕하세요! 오셨어요! 제가 팬이에요, 엄청 엄청난 팬이요!"

그 아버지가 페테르에게 외치자 페테르는 어마어마하게 불편한 마음을 달래며 마주 고개를 숙여 인사한다.

"페테르 단장님이 같이 뛰고 싶으시대요."

사켈이 딱 잘라 말한다.

"우와! 영광입니다! 들었니?"

아버지가 아들에게 큰 소리로 묻지만 그 아들은 전혀 영광으로 여기지 않는 표정이다.

"그럼 아버님은 잠깐 쉬실까요?"

사켈이 묻는다.

처음에 그 아버지는 무슨 말인지 이해하지 못하다가 기분 나빠하지만 곧 감수한다.

"원래는 항상 빙판 위에 같이 있는데⋯⋯."

"하지만 NHL에서 뛰었던 프로선수가 왔는데 예외를 만들어주실 수도 있죠."

사켈은 딱 잘라 말한다. 의사를 타진하는 게 절대 아니다.

아버지는 당황스러워하며 페테르를 흘끗 쳐다본다. 여전히 빙판에서 흔쾌히 내려올 마음이 없다. 그는 굴욕감을 감추려고 짜증이 난 척한다.

"그럼요, 그럼요…… 하지만 우리 아들이 진짜 잘하는 건 몸싸움이에요! 저 아이가 얼마나 덩치가 크고 힘이 센지 보셨나요? 골대 앞에서는 환상적이에요. 전혀 겁이 없어요! 그리고 엘리트 구단 선수처럼 플레이하도록 제가 가르치고 있어요. 여기에 고깔도 정해진 시스템에 따라 설치하는데 내가 내려가면 무슨 수로 그걸 보여드리나요? 제 생각에는……."

세상 모든 아버지가 그렇듯 그 역시 사켈이 그의 생각에 얼마나 관심이 없는지 받아들일 준비가 되어 있지 않다.

"시스템? 저는 시스템을 보러 여기까지 온 게 아닌데요."

그 아버지는 반론을 제기하려고 입을 벌리지만 그녀는 이미 등을 돌린 뒤다. 결국 그는 아주 싫은 티를 내며 관중석 쪽으로 자리를 옮긴다. 한편 페테르도 그 못지않게 싫은 티를 내며 스케이트를 신고 있다. 어찌나 동작이 굼뜬지, 사켈이 남의 몸에 손대는 것을 싫어하는 성격이 아니었다면 엉덩이를 걷어차 빙판 위로 올라가게 했을지 모른다.

"알렉산드르? 이쪽은 페테르 안데르손. NHL에서 뛰었고 너희 아빠의 영웅이야! 이 분을 젖힐 수 있으면 내 차를 줄게!"

그녀는 스무 살짜리에게 외친다.

페테르와 그 아버지는 웃음을 터뜨린다. 하지만 알렉산드르는 처음으로 고개를 돌리고 관심을 보인다.

"농담이죠?"

"나는 농담 거의 안 해."

그녀는 장담하고 차 열쇠를 펜스 꼭대기에 올려놓는다.

스무 살짜리 선수는 지금까지 코치를 백 명 만났다. 그중에 그를 놀라게 한 경우는 거의 없다.

"내가 실패하면요?"

그는 의심스러워하며 묻는다.

"네가 왜 실패하겠어?"

사켈은 진심으로 궁금해한다.

알렉산드르는 웃는 법을 잊어버린 사람처럼 조심스럽게 미소를 짓는다. 관중석에 구부정하게 앉아 있는 그의 아버지는 빙판 위에 서 있었을 때보다 열 살은 더 나이 들어 보인다. 둘의 시선이 만나지만 스무 살짜리의 눈빛에 사랑은 없다. 마치 밧줄이 끊겼다는 것을 이제 막 알아차린 서커스단의 말 같다. 페테르는 그의 뒤편 빙판으로 머뭇머뭇 올라서는데, 벌써부터 사타구니가 찢어지며 대결이 끝나고 내일 두어 번은 어마어마한 통증을 감수하며 화장실에 드나들어야 할 것 같은 예감이 든다. 알렉산드르가 스틱을 한 개 더 들고 온다. 그는 연장자가 그러면 결과가 달라지기라도 할 듯 준비운동 삼아 휘청거리며 몇 바퀴 도는 것을 보고 묻는다.

"NHL에서 뛴 지 얼마나 됐어요?"

놀리는 게 아니라 순수하게 궁금해서 묻는 거지만 그 상황만으로도 페테르 안에서 뭔가가 불끈 고개를 든다. 자랑할 만한 것은 아니다. 그래서 그는 쏘아붙인다.

"나를 젖히면 알려주마!"

스무 살짜리의 입가가 실룩거린다. 잠시 후 그는 생각만으로도 스케이트의 방향을 틀 수 있는 것처럼 전혀 힘을 들이지 않고 몸을 돌리지만 페테르가 몸을 앞으로 숙이자 허리에서 에어캡 터지는 소리가 난다. 스무 살짜리가 센터서클에서 출발할 때 전직 NHL 선수는 준비가 안 된 듯해 보인다. 승부는 일방적으로 끝이 나겠지만, 그가 파란 선에 다다르자 페테르는 스스로도 놀랄 만큼 갑자기 폭발력을 과시하며 퍽을 쳐서 날린다. 알렉산드르는 놀라서 돌연 멈추어 선다. 그의 눈빛이 험상궂어진다. 페테르의 눈빛도 마찬가지다. 알렉산드르가 퍽을 가지고 와서 다시 출발하는데, 아까처럼 오만하지만 이제는 훨씬 더 화가 났다. 이번에 그는 어마어마한 스피드와 기세로 돌진해 이미 상대를 따돌렸다고 생각한다. 그때 어디에선가 등장한 페테르의 스틱이 퍽을 다시 쳐서 날린다. 그는 재차 공격을 감행하지만 이미 움직임을 읽은 페테르가 가까이 다가간다. 그러자 페테르는 알렉산드르가 움찔하는 것을 감지한다. 스무 살짜리는 온갖 테크닉을 갖추었고 온갖 훈련을 받았지만 맞는 것을 두려워한다. 관중석에서 그의 아버지가 고함을 지른다. 페테르가 천 개의 다른 아이스링크에서 천 번은 들은 소리다.

"움찔하지 마! 그 자리를 지켜! 남자답게 태클을 받아쳐라, 좀!"

알렉산드르는 헬멧을 고쳐 쓰고 다시 출발하지만 페테르가 쉽게 퍽을 가로채서 날려버린다. 이것이 세 번 더 반복되자 사켈이 펜스 밖에서 외친다.

"알렉산드르! 너 바보 같은 거 아니?"

스무 살짜리는 갑자기 멈추어 선다. 덕분에 페테르는 두 손으로 무릎을 짚고 숨을 고르는데, 땀이 눈을 찌른다. 이게 바로 심장마비라는 확신이 든다. 알렉산드르는 사켈 앞으로 미끄러져 간다.

"씨발, 뭐라고요?"

"너 몽구스가 뭔지 알아?"

"아, 씨발, 아까 나한테 뭐라고 했냐고요?"

사켈은 도서관을 보여줬더니 책을 먹으려고 하는 사람을 대하듯 한숨을 쉰다.

"동물이야. 코브라를 잡아먹어. 그게 얼마나 말도 안 되는 얘긴지 알겠지? 코브라가 더 빠르고 독이 있어서 어떤 동물이든 죽일 수 있거든. 그런데 그래도 몽구스한테 공격당해. 천하에 둘도 없는 머저리라서. 그럼 어떻게 되는지 알아? 몽구스가 이겨. 왠지 알아?"

"하키 코치인 줄 알았더니 생명과학 선생인가?"

알렉산드르는 코웃음을 친다.

"이거 생명과학 아니야. 물리학이지."

사켈은 짚고 넘어간다.

알렉산드르는 헬멧을 고쳐 쓰고 자존심을 지키려 하나 잘되지 않는다. 그는 아버지가 있는 쪽을 흘끗 올려다보지만 사켈은 하던 얘기를 계속한다.

"아빠 쳐다보지 마. 여기 계시지도 않는데. 여기는 지금 우리 세상이야, 너하고 내 세상."

스무 살짜리 선수는 숨을 토한다. 보일락 말락 하게 토한 숨이지만 턱 주변에서 살짝 긴장이 풀린다.

"알았어요…… 뭔데요…… 몽구스인지 뭔지가 이기는 이유가?"

사켈은 자기 관자놀이를 톡톡 두드린다.

"몽구스가 이기는 이유는 적응하기 때문이야. 코브라는 매번 아무 생각 없이, 아무 발전 없이 똑같은 방식으로 달려들지만 몽구스는 이전의 공격을 바탕으로 다음 공격을 하거든. 시험하고 평가하고 뒤로 폴짝 뛰면서 점점 더 먼 거리를 공격하도록 코브라를 유도해. 코브라는 몸이 쫙 펴졌을 때 제일 느리고 힘이 없단 말이야. 그래서 몽구스는 페인트모션으로 시간을 벌다가 마지막으로 코브라가 달려들면 단박에 뇌를 물어뜯어. 겉보기에는 번번이 운이 좋아서 그렇게 되는 것 같지만 운이 아니야. 무슨 말인지 알겠니?"

"음…… 아뇨……."

알렉산드르는 이마를 긁는다.

사켈은 손가락을 모아서 허공에 대고 덥석 무는 흉내를 낸다.

"너는 코브라처럼 예측할 수 있어. 지금까지 모든 코치가 너를 믿음직한 선수라고 부추겼을 거야. 하지만 너는 어느 누구에게도 믿음직한 존재가 되지 못해. 나라면 너한테 다 마신 맥주도 맡기지 않겠다. 그러니까 너에게 어떤 '시스템'을 적용하고 '포지션'을 운운하는 건 아무 의미가 없어. 네 머리가 그럴 만한 수준이 안 되거든. 네가 모든 코치와 틀어지고 모든 팀에서 쫓겨난 이유가 그 때문이야. 하지만 그게 너의 장점이기도 하지. 너무 바보 같아서 네 능력을 아무도 짐작하지 못한다는 거. 네가 코브라처럼 플레이하면 페테르한테 번번이 퍽을 뺏길 거야. 그러니까 몽구스처럼 플레이해 봐. 천하에 둘도 없는 머저리처럼 플레이해 보라고."

알렉산드르는 못 미더워하는 표정을 짓는다. 사켈이 설명하는 도중에는 누가 보면 그녀가 자랑스러워하며 자기 방귀 냄새를 맡아보라고 했나 싶은 표정까지 짓는다. 하지만 그는 다시 빙판 위로 올라가서 퍽을 가져오더니 이번에는 생각에 잠긴 표정으로 좀 더 천천히 센터서클로 돌아간다. 하키에서 가장 어려운 것이 관점을 바꾸는 것이다. 가장 관점을 바꾸기 어려운 상대는 자기 자신이다.

그가 출발하자 페테르는 파란 선 옆에서 기다린다. 나중에 전직 단장은 사켈이 전혀 다른 선수를 데려온 줄 알았다고 할 것이다. 둘의 사이가 가까워지자 페테르는 충돌에 대비하지만 알렉산드르는 어디론가 사라진다. 휘청거리며 퍽을 끌고 간 것처럼 보인다. 어쩌다 운이 좋았던 것처럼 보인다.

페테르는 허공에서 팔을 휘젓다 뒤로 벌러덩 넘어진다. 사타구니가 찌릿하게 당기자 고함을 지르던 그는 결국 몇 분 동안 민망함을 달래며 그대로 볼품없이 누워 있는다. 알렉산드르가 골을 넣고 몸을 돌리는데 빙판 위로 뭔가가 쨍그랑 떨어지는 소리가 들린다. 차 열쇠다. 사켈은 이미 아이스링크 출입문을 향해 걸어가고 있다.

알렉산드르는 아주 오랜만에 처음으로 하키를 다시 사랑할 만한 이유를 찾는다.

63

도살장

프락은 회계장부 두 세트를 식탁 위로 내밀며, 평소에는 어이없는 농담으로 감추려고 하는 일말의 불안을 고스란히 드러낸다.

"미라, 당신을 믿고 보여주는 거예요. 운영위원이 되면⋯⋯."

"당신은 나를 운영위원으로 임명할 수 없어요, 프락. 그건 구단 회원들이 하는 거지⋯⋯."

그녀는 말허리를 자른다.

"회원들에 대해서는 걱정할 것 없어요, 내가 다 알아서 처리할 테니까!"

이번에는 그가 말허리를 자른다.

"지금까지 모든 걸 알아서 잘 처리했는데 불안해서 땀을 삘삘 흘려가며 여기 이렇게 앉아 있는 거예요?"

미라가 이런 비꼬는 말로 프락의 자신감을 흔들자 천장에 달린 조명이 바람에 흔들린다.

"지금은 일단 당신이 변호사라는 사실부터 짚고 넘어가겠어요. 보안을⋯⋯ 철저하게 유지해야 한다는 것부터요."

미라는 한참 그를 쳐다본다.

"내가 이 서류에서 본 것을 누구한테 누설할까 봐 불안한 거예요? 이 집 밖의 사람? 아니면 집 안의 사람?"

"양쪽 다요."

"좋아요. 그럼 변호사로서 물을게요. 내가 모든 문제점을 살피고 작업에 착수한다면 어떤 결과를 원해요?"

프락은 당장 연습한 대로 대답한다.

"나는 베어타운 하키단을 다시 엘리트 구단으로 만들고 싶어요! 그러기에 가장 합리적인 방법은 의회를 설득해서 헤드 하키단을 없애는 거예요. 그 낡은 아이스링크를 헐고 대신 베어타운에 투자하는 거죠. 여기다 베어타운 비즈니스 파크의 일환으로 최첨단 트레이닝 시설을 만들 거예요! 수입은 두 배로 늘리고 비용은 절반으로 줄이고. 의회에서는 두 개가 아니라 한 개의 A팀과 한 개의 청소년 팀과 한 개의 행정팀과……."

미라는 천천히 고개를 끄덕이며 속으로 씁쓸한 생각을 한다. '그리고 단장도 둘이 아니라 한 명. 관리인도 한 명. 청소부도 한 명.' 그것이 프락 같은 인간들의 전형적인 특징이다. 그들은 성장을 위해 무엇이든 내줄 수 있으며, 자기들의 꿈이 이루어졌을 때 어떤 일이 벌어지는지 전혀 고민해 보지 않는다. 필요하면 직원을 자르고, 외부에서 스타를 영입해서 이 동네 아이들의 설 자리를 없애고, 표 값을 올려서 가장 충성스러운 팬들이 경기를 관람하지 못하게 한다. 나중에 구단이 아주 잘나가면 자기 같은 사람들이 찬밥 신세로 전락한다는 것을 알지도 못한 채.

하지만 그녀는 변호사답게 대답한다.

"그 꿈을 이루려면 베어타운이 하키와 재정, 양쪽 면에서 우월하다는 사실을 의회에 입증해야겠죠? 그리고 브랜드파워가 워낙 막강하니 새로운 이름으로 새로운 구단을 설립하는 건 미친 짓이라는 것도요."

프락은 씩 웃으며 큰소리로 외친다.

"그러게 내가 뭐랬어요? 다른 변호사한테 맡길 수도 있었지만 넘버원이 필요하다 그랬죠?"

미라는 칭찬을 그냥 흘려보내고 몸을 앞으로 숙여 프락을 똑바로 쳐다본다.

"무슨 짓을 저질렀길래 그래요, 프락?"

그의 함박웃음은 이제 자동으로 작동한다.

"뭐, 내가…… 사람을 죽인 건 아니에요! 하지만 기자들이 어떤 식인지 알잖아요. 우리 회계장부를 뒤지고 있는데, 세상에 털어서 먼지 안 나는 사람이 어디 있겠어요? 당신도 마찬가지일걸요?"

프락은 모르겠지만 그 말에 그녀는 찔린다. 미라는 회사의 재정적인 문제를 아직까지 아무에게도 이야기하지 않았다. 심지어 페테르에게도. 그녀는 떨리는 눈빛으로 다시 묻는다.

"무슨 짓을 저질렀길래 그래요, 프락?"

함박웃음이 사라진다. 그는 파일을 턱으로 가리킨다. 그녀는 맨 위 장부를 열어서 몇 쪽 읽어보자마자 고개를 들고 동정과 비난을 반씩 담아서 고개를 젓는다.

"맙소사…… 이거 진짜예요? 파산 직전이에요? 아니, 페테르가 단장이었을 때도 재정적으로 힘들었다는 건 알았지만 공장이 후원을 맡으면서 모두 해결되지 않았어요?"

프락은 암담한 표정으로 고개를 끄덕인다.

"맞아요, 하지만 공장의 후원에는 조건이 있었어요. 자기들 브랜드에 걸맞은 수준을 유지해야 한다는 거. 하키단을 운영하려면 돈이 얼마나 드는지 알아요? 특히 우리 같은 하키단을 운영하려면?"

"그게 무슨 뜻이에요?"

그는 열을 내며 두 팔을 흔든다.

"아까 동영상에서 봤던 그 여학생 팀 같은 거요. 우리의 광범위한 투자, 동등한 기회를 제공하는 청소년 프로그램, 새롭게 선포한 가치체계, 그런 걸 개발하는 데 드는 비용. 온갖 사회사업. 다들 A팀만 보지만 우리는 아이스링크에 유치원까지 있어요, 미라! 모든 지역의 아이들이 우리와 함께 스케이트를 배워요! 지금 우리를 조사 중인 언론이 전에는 정치적으로 올바른 온갖 사상누각을 지으라고 압박했고 우리더러 여전히 '배타적'이라는 기사만 써대지만, 모두가 모든 것을 누리게 하려면 그 돈은 누가 대는데요? 아무도 인정하고 싶지 않겠지만 우리에게 A팀 이외의 투자는 사치예요! 그리고 여학생 팀을 운영할 수 있으려면 먼저 A팀이 경기에서 이겨줘야 해요. 후원자들에게 돈을 받아내야 해요. 그래야 모든 걸 굴릴 수 있어요. 우리 아버지가 예전에 그랬어요. 다들 고기를 먹고 싶어 하지만 아무도 도살장에서 일하려 하지는 않는다고."

미라는 프락과 가장 가까운 곳에 있는 파일을 넘겨다본다.

"그 안에는 뭐가 들었어요?"

그는 헛기침을 한다.

"아무도 보면 안 되는 거요."

"도살장이요?"

"네."

"보여줘요. 전부 보여줘요."

그래서 프락은 보여준다.

❄

페테르는 빙판에서 몸을 일으킨 다음에서야 그 여자를 본다. 그녀는 관중석 꼭대기에 혼자 앉아 있다. 알렉산드르도 그녀를 보며 갑자기 미소를 짓는다. 어쩌면 그녀만 볼 수 있는 미소일지 모른다.

"엄마?"

알렉산드르는 놀라서 웅얼거린다.

여자는 뜨뜻미지근하게 손을 흔들고 그도 어색하게 마주 손을 흔든다. 이런 장소에서 서로에게 손을 흔드는 것이 흔한 일이 아닌 모양이다. 알렉산드르의 아버지로 말할 것 같으면 충격과 분노가 한데 어우러진 눈빛으로 그녀를 노려본다. 페테르도 익히 아는 상황이다. 아이스링크는 한쪽 부모의 전유물이 되기 십상이라 다른 쪽 부모는 잘하면 관중이고 최악의 경우에는 불청객이다. 페테르는 일반적인 기준보다 더 오랜 시간이 걸린 다음에서야, 아버지와 알렉산드르 둘 다 어머니가 등장한 것을 보고 놀랐다면 그녀를 여기로 부른 사람은 한 명일 수밖에 없다는 사실을 알아차린다.

어머니는 아들에게 밖에서 보자고 손짓한다. 알렉산드르는 고개를 끄덕이고 당장 라커 룸으로 출발한다. 아버지가 뒤에서 그를 부른다. 기를 쓰고 자신의 권위를 다시 회복하려 그의 예전 이름을 부르고, 아들은 못 들은 체한다. 아버지가 더 큰 소리로 외치며 아들을 따라가려 하지만 페테르가 그의 팔을 잡는다.

"아뇨, 아버님. 죄송합니다…… 아이와 대화를 나눠봐도 될까요?"

아버지는 분노 반, 절망 반으로 쏘아붙인다.

"네, 네, 마음대로 하세요! 하지만 저 아이는 어느 누구의 말도 듣지 않아요! 어느 누구의 말도! 특히 아이 엄마가 같이 있을 때는요!"

그는 불만이 생긴 어린애처럼 씩씩대며 관중석으로 돌아간다.

"알렉산드르?"

선수용 복도에 단둘이 있게 되자 페테르는 그의 이름을 부른다.

스무 살짜리는 여리여리하게 느껴질 만큼 부드럽게 몸을 돌린다.

"네?"

"제법이던데?"

페테르는 말하며 글러브를 내민다.

알렉산드르는 주먹을 쥐고 페테르의 주먹을 툭툭 두드린다.

"고맙습니다. 단장님도요."

"난 이제 너무 늙었어. 몇 주 동안 제대로 걷지도 못할 거야……."

페테르는 미소를 짓는다.

알렉산드르는 불안해하며 혀끝으로 뺨 안쪽을 더듬는다.

"제가 그렇게 쉽게 읽히는지 몰랐어요. 단장님이 아무렇지도 않게 픽을 가로채시더라고요."

"마지막 판에는 아니었지. 그땐 아예 가망이 없었으니까!"

알렉산드르는 민망에 가까운 표정을 짓는다.

"저…… 새로운 걸 시도하는 중이었어요. 성공할 수 있을지 자신은 없었는데요. 예전 코치님은 제가 새로운 걸 시도하면 싫어했는데 아까 그 코치님은 무슨 빌어먹을 몽구스 얘기를 잔뜩 늘어놓더라고요. 그게 뭔지도 모르겠지만…….”

“미어캣이랑 비슷할 거야.”

“그놈의 미어캣은 또 뭔데요?”

페테르는 폭소를 터뜨리며 빙판과 관중석을 돌아본다.

“너를 보러 온 구단이 몇 개나 되니?”

“열다섯 곳은 될걸요?”

“그런데 왜 너는 아무 데서도 안 뛰고 있어?”

“저를 원하는 구단이 없으니까요.”

알렉산드르는 어색하게 웅얼거린다.

페테르는 미소를 짓는다.

“다시 속이 훤히 들여다보이기 시작하네. 네가 안 간다고 했겠지.
너희 어머님이 안 보내겠다고 한 게 아닌 이상.”

스무 살짜리는 다시 혀끝으로 입안을 이리저리 더듬는다.

“좋아요. 솔직하게 얘기할까요? 제가 입단 테스트를 받은 이유는
딱 하나, 엄마가 원했기 때문이에요! 하키를 때려치우고 싶었는데!
하지만 지금까지 아빠가 저를 대신해서 모든 걸 결정했는데, 엄마가
이번 한 번만큼은 엄마한테 결정할 기회를 달라고 해서…….”

“그리고 너는 어머님을 위해 뭐든 마다하지 않을 거고?”

알렉산드르는 고개를 끄덕인다.

“엄마가 저를 위해 모든 걸 바쳤으니까요.”

“하지만 원래는 어머님이 아이스링크에 잘 오지 않으시지?”

스무 살짜리는 바닥을 내려다보며 고개를 끄덕인다.

“네, 그러니까 여기는 말하자면 저와 아빠의 세상이에요. 음, 얼마
전까지는요.”

"어머님이 러시아 출신이시니? 그래서 이름을 바꿨어?"

그의 대답은 반항적이고 냉랭하다.

"제 이름은 원래부터 알렉산드르였어요. 아빠가 남들한테 외국인으로 보이지 않게 하려고 가운데 이름을 쓰게 해서 그렇지."

페테르는 간절하게 스케이트를 벗고 싶은 마음을 달래며 스틱에 몸을 싣는다.

"아버님이 어머님께 어떻게 하셨니?"

그는 조용히 묻는다.

"바람을 피웠어요!"

알렉산드르는 자기 자신에게조차 충격적으로 느껴질 만큼 잽싸게 대답한다.

페테르는 이해한다는 듯이 고개를 끄덕인다.

"그럼 네가 화가 난 이유를 알 것도 같⋯⋯."

"화가 났다고요? 화가 났다고요? 아빠는 나보다 일곱 살 많은 그 미친 여자와 만났어요. 내 누나뻘인 여자와 만나서 엄마에게 상처를 줬다고요!"

페테르는 자신감 있게라기보다 슬픈 표정으로 고개를 끄덕인다.

"내가 뭐 하나 얘기해 줄까, 알렉산드르? 내가 보기에 너는 어렸을 때 아빠에게 자랑스러운 아들이 되고 싶어서 하키를 했던 것 같아. 오늘 빙판 위에서 내게 창피를 주면서 희희낙락했던 이유도 나뿐 아니라 아빠에게도 동시에 창피를 줄 수 있기 때문이었고. 하지만 하키를 해야 하는 다른 이유를 찾아야 해."

알렉산드르는 그 자리에 몇 분 동안 서 있기만 했는데도 숨을 헐떡인다.

"그럼 단장님을 위해서 뛰어야 할까요? 베어타운에서?"

페테르는 웃음을 터뜨린다.

"그건 아니고. 나는 이제 베어타운 하키단 소속도 아닌걸."

"그럼 왜 여기 왔어요?"

페테르는 얼마나 바보처럼 들릴지 고민해 보지도 않고서 그대로 대답한다.

"아마도 뭔가 의미 있는 일을 하고 싶어서? 좋은 사람이 되고 싶어서? 좋은 일을 하고 싶어서? 그런데 내가 세상에 조금이나마 기여할 수 있는 통로는 하키밖에 없거든. 그래서 난 하키를 놓지 못해. 너희 어머님은 너도 마찬가지라는 걸 알아차리셨을지 몰라. 그래서 포기하지 못하게 말리시는 걸지도."

알렉산드르는 벽에 대고 두 동강을 내려는 듯이 스틱을 부여잡지만 심호흡을 하고 페테르를 보며 조용히 묻는다.

"괜찮아요? 아까 그 코치님?"

"사켈? 여러모로 미쳤다고 보면 돼."

페테르는 솔직히 알려준다.

알렉산드르는 폭소를 터뜨린다.

"개웃기다. 무슨 영업이 그래요?"

"하지만 네 능력을 최대한 이끌어낼 거야."

페테르는 이번에도 솔직히 알려준다.

아이의 시선이 흔들린다.

"그래요?"

페테르는 고개를 끄덕인다.

"지금까지 여기로 찾아온 코치 중에, 네가 뛸 구단을 결정하는 사람이 너희 아버님도 아니고 너도 아니라는 걸 알았던 사람은 사켈 혼자잖니."

알렉산드르가 처음으로 제 나이보다 어려 보인다. 훨씬 어려 보인다. 그는 조심스럽게, 어쩌면 기대하는 듯 미소를 짓는다.

아이스링크 밖 주차장에서는 지금까지 찾아온 모든 코치의 제안을 거절한 그의 어머니가 엘리사베트 사켈과 악수하고 있다. 이 코치가 다른 코치들처럼 그녀의 아들을 승자로 만들어주겠다고 약속해서가 아니다. 그 아이를 자유롭게 놓아주겠다고 약속해서다.

❄

미라는 '부패'라는 단어의 뜻에는 관심이 없다. 그건 그녀가 알 바 아니지만 '횡령'이라는 단어는 계속 머릿속을 맴돈다. 횡령도 그렇고 횡령을 저지르는 사람들도 그렇고, 언제나 사소한 것에서부터 시작되기에 기만적이다. 둥글둥글하게 다듬어진 모퉁이 몇 개가 지름길이 되고, 조그만 구멍이 부당이득이 되며, 정직하지 않은 것이 범죄가 된다. 처음에는 불법도 아니고 호의와 보답, 친구들 간의 상부상조에 불과한 경우도 많다. 예를 들어 베어타운의 청소년 팀 코치는 월급을 거의 받지 않는다. 구단에서 세금과 보험 가입을 피하기 위해 후원자 중 한 명이 보수 대신 코치 아들의 여름 별장 개조 공사를 지원한다. 그것이 불법일까? 아마 아닐 것이다. 그냥 빼꼼히 열려 있는 문이다. A팀의 경우, 새로 영입된 선수들은 모두 4월에 계약하는데 공식 일정은 8월이 되어서야 시작하기 때문에 그들은 여름 내내 실업수당을 받고 구단에서는 월급을 지급하지 않는다. 일부 선수들은 차를 몰고 다니면서 세금을 한 푼도 내지 않는다. 이 지역 자동차 영업소에서 그들이 타고 다니는 차는 '전시용 모델'로, 선수들은 하키 시즌 내내 '시범 운전자'로 등록하기 때문이다. 또 다른 선수들은 의회 주택조합 소유의 아파트에서 월세 없이 생활한다. 공식적으로는 구단에서 임대료를 '지불'하지만 단 한 푼도 이쪽에서 저쪽으로 건너간 적이 없다. 그 대가로 주택조합 임원들은 하키 시합이 열릴 때마다 가장 좋은 자리를 차지하고 앉는다. 그게 횡령일까? 선을 넘은 걸까? 아마 아닐 것이다. 하지만 이제는 문이 그냥 빼꼼히 열려 있는 정도가 아니다.

해마다 시즌이 끝나면 구단에서는 '베어타운 하키단의 친구들'을 초대해 선수와 운영위원들이 후원자, 지역 정치인, 그들의 가족과 자축하는 디너파티를 연다. 아이들은 에어바운스에서 뛰어놀고 모두들 '지역사회의 단합'을 운운하며 집으로 돌아간다. 이후로 얼마 안 있어 지역 정치인들은 내년부터 모든 스포츠 협회에 '무료로' 아이스링크를 임대해 주기로 결정한다. 표면상으로는 "지역 주민들의 건강 증진을 위해 지원을 확대"하는 것이라는데, 우연의 일치인지 딱 한 협회만 이득을 본다. 하키단에서 모든 시간대에 예약해 버리니 갑자기 '예약 초과'가 되고, 남는 자리는 아이스링크에서 '행사'를 개최하려는 사업체에서 돈을 주고 산다. 업체에서는 이 '행사'의 연장선상에서 구단 산하의 유한책임회사에 소속된 관리인과 청소부를 '직원'으로 채용한다. 이 '행사'는 실제로 열리는 경우가 거의 없지만 청구서는 아주 그럴듯해 보이고, 업체에서는 출처를 밝히고 싶지 않은 수입을 아무도 의문을 제기하지 않는 하키단의 계좌에 넣는다. 똑같은 후원자들이 어쩌다 한 번씩 사냥용 쉼터에서 맥주를 마시다가 그냥 후원을 할 게 아니라 세금 공제를 받을 수 있게 '현물 지원'을 하자는 이야기가 나왔을 수도 있다. 이건 요술이다. 제조업체의 교체용 부품이 하키 장비로 둔갑하고, 적자가 애매해지며, 지저분한 돈이 깨끗해진다. 사실 그 어떤 것도 불법은 아니다. 아니, 불법으로 느껴지지는 않는다. 예민한 사람들이 모여 있는 하키단에서 중요한 건 오직 그뿐이다.

하지만 그 뒤로 모든 결정, 모든 계약이 범죄에 점점 가까워진다. 구단은 채무가 있는 상태에서 의회에 추가 지원을 요청하지만 의회에서는 유권자들의 의견을 걱정한다. 그래서 구단은 새로운 후원자를 찾는데, 해외에 적을 둔 컨설팅업체가 아무도 모를 이유로 모든 채무를 대납하겠다고 나선다. 그 컨설팅업체의 모기업은 베어타운의 건설회사고, 우연의 일치인지 현재까지 가장 큰 고객이 의회다. 이후 1년 동안 그 업체는 의회의 건설사업마다 청구서에 '기타 비용'을 추가한다. 그런 식으로 의회는 티가 나지 않게 갑자기 납세자들이 낸 세금으로 베어타운 하키단을 후원한다. 건설업체에서 보낸 청구서의 결제 승인 업무를 맡은 의회의 행정직도 보너스를 받는다. '지속가능성과 관련된 광범위한 경험'을 인정받아 어느 백색 가전제품 업체의 '환경 고문'으로 위촉되는데, 우연의 일치인지 그 회사 사장이 건설회사 사장의 사촌이다.

미라는 손바닥으로 눈꺼풀을 문지를 때만 잠깐씩 쉬며 끝도 없이 이어지는 서류를 검토하고 또 검토한다.

"내가 알아맞혀 볼까요, 프락? 이 건설회사가 당신이 계속 얘기하는 '베어타운 비즈니스 파크' 공사를 맡게 될 테죠? 모든 사기꾼이 한배에 타고 있는 거네요?"

그는 헛기침을 한다.

"당신도 알다시피 우리처럼 작은 마을에서는 서로 똘똘 뭉치지 않으면……."

그녀가 고개를 들자 프락은 당황하며 입을 다문다. 미라가 보기에 최악은 모든 서류가 아주 교묘하게 작성됐다는 것이다. 하키단과 건설업체와 의회의 올드 멤버들은 절대 완벽하게 숨길 수 없다는 사실을 알고도 남았기에 그러려는 시도조차 하지 않았다. 대신 기자들이 기사화하더라도 아무도 굳이 관심을 두지 않게, 모든 것을 설명하기에는 복잡하고 해명하기에는 간단하게 만들었다. 엄청난 범죄는 아니라 수천 개의 자잘한 것들이고, 서로가 서로에게 떠넘기는 한 아무도 처벌을 받지 않을 것이다.

하지만 어떤 페이지를 넘긴 미라가 갑자기 버럭 화를 내는 바람에 프락은 커피 잔으로 자기 콧잔등을 친다.

"잠깐만요, 후원자 명단에 왜 우리 회사 이름이 있어요?"

"그렇게 화를 낼 게 아니라……."

프락이 설명을 시도하지만 당연히 이미 엎질러진 물이다.

"미쳤어요? 그때 구단을 후원해 달라고 했을 때 분명히 싫다고 했잖아요!"

"맞아요, 맞아요. 하지만 오해는 하지 말아요. 돈은 한 푼도 내지 않아도 되니까. 당신이 명단에 있으면 보기가 좋아서 그래요. 그러니까 개인적으로 *당신이* 명단에 있으면……."

미라는 이게 이유였다는 것을 마침내 깨닫는다. 프락에게 필요했던 것은 변호사가 아니라 브랜드 이미지를 세탁할 성자였다. 미라는 전직 단장의 아내이자 무엇보다 하키 스타에게 성폭행당한 딸의 엄마다. 그녀가 구단을 후원한다면, 그녀가 운영위원 자리에 앉는다면 기자들이 어떻게 구단을 부도덕하다고 비난할 수 있겠는가.

"당신에게 나와 우리 가족이 그런 존재예요? 이용해 먹을 만한 대상이에요?"

인정하기 싫을 만큼 상한 마음을 달래며 미라가 묻는다.

프락은 죄책감으로 얼굴을 붉힌다.

"당신 회사는 존경받는 대형 법률회사라 다른 후원자를 유치하기에 좋잖아요. 게다가 돈은 한 푼도 낼 필요 없이 그냥……."

"그래서 지금 만드는 게 피라미드 조직이라는 거예요?"

"그럴, 그럴 리가요. 말이 너무 심한 거 아니에요? 나라면……."

그녀는 그의 면전에 대고 서류를 흔든다.

"이게 바로 그거예요! 당신은 돈은 전혀 댈 필요 없는 믿음직한 '후원자'를 확보해 놓고 그걸 미끼로 후원금을 전액 부담해야 하는 다른 후원자를 유치하고 있어요. 그것도 모자라서 이제는 당신이 모든 문제를 해결했다는 인상을 풍길 수 있게 나를 운영위원회의 허수아비로 앉히려 하고 있고요. 이제 당신들은 '올바른 가치관'과 '평등 정신'으로 무장한, 정치적으로 올바른 구단이니까!"

프락은 식탁 저편에서 몸을 웅크리고 사기로 만든 커피 잔의 테두리를 비참하게 손끝으로 긁다가 불길하게 속삭인다.

"아니에요, 아니에요. 그런 거 아니에요. 적어도 그게 *다*는 아니에요. 나는…… 나는 변호사인 당신의 도움도 필요해요. 나뿐만 아니라…… 페테르도요."

"지금 무슨 말을 하려는 거예요?"

미라는 으르렁거린다.

바로 그때 프락이 가방에서 마지막 파일을 꺼내 식탁에 올려놓는다.

"자요. 우리는 트레이닝 시설을 만들 거예요. 베어타운 하키단이, 의회와 함께. 베어타운 비즈니스 파크의 일부로. 그런데 출자에 문제가 생겨서 매각을……."

"그게 무슨 소리예요, 매각하다니? 아직 짓지도 않은 건물을요?"

"네, 그게 핵심이에요. 말하자면 의회에서 하키단으로부터…… 사전에 매입을 했는데……."

서류를 훑어보던 미라는 처음에는 짜증을 내다가 뒤로 갈수록 경악한다. 복잡하게 꼬인 실타래를 하나씩 전부 풀어본다. 의회에서 공장에 땅을 팔고, 공장은 그 땅을 하키단에 헐값에 넘기고, 하키단은 그곳을 갑자기 '트레이닝 시설'로 이름을 바꿔서 수백만 크로나를 받고 의회에 되판다. 그와 동시에 공장은 오래전부터 눈독 들이고 있었던 부지를 아무 반대 없이 의회로부터 사들인다. 그런 식으로 서로 편의를 주고받는다.

"이건…… 뭐라고 표현하면 좋을지 모르겠는데…… 지금까지 보여준 다른 건은 어떻게든 구제할 수 있을지 모르겠지만, 이 일로는 누군가가 철창신세를 져야겠는데요?"

그녀는 가까스로 말한다.

프락은 뻣뻣하게 미소를 짓고, 허리를 펴려는 사람처럼 몸에 힘을 주고, 마지막으로 낙천적인 해석을 시도한다.

"그렇죠. 하지만 내 얘기 좀 들어봐요, 미라. *지금* 폭로되면 불법이겠지만 *조만간* 정말로 트레이닝 시설을 지을 거예요! 내가 보여준 동영상에 나온 알리시아 기억하죠? 폭풍이 친 이후로 그 아이는 연습 한 번 못 한 거 알아요? 아이스링크를 써야 하는 팀이 너무 많아서 제일 나이가 어린 팀은 들어갈 자리가 없어요! 트레이닝 시설이 지어지면, 그리고 헤드 하키단이 없어지고 베어타운 하키단만 남으면 과거의 일은 아무도 신경 쓰지 않을 거예요!"

미라는 그 말이 맞는다는 걸 알기 때문에 더욱이 그가 얄미워진다. 하지만 서류 맨 마지막 페이지 하단에 시선이 닿자 그녀의 심장이 멎는다.

"잠깐…… 페테르의…… 페테르의 서명이 왜 여기 있어요?"

그녀는 더듬거리며 묻는다.

이제는 프락의 웃는 얼굴에 너무 힘이 들어가서 옷깃을 당겨야 숨을 쉴 수 있을 정도다.

"그 친구가 단장이었으니까……."

미라가 눈 깜빡할 새 주먹을 쥐고 그 주먹으로 식탁을 세게 내리치자 그는 움찔한다.

"이 서류가 작성됐을 때는 아니잖아, 이 나쁜 놈아! 그때는 이미 그만뒀을 때잖아! 도대체 무슨 짓을 저지른 거야?"

이제 프락의 뺨을 타고 흐르는 것은 땀뿐만이 아니다. 그는 열심히 눈을 깜빡인다.

"내 부탁으로 페테르가 서명을 해줬어요. 그 친구…… 같은 사람이 필요했기 때문에. 우리가 트레이닝 시설을 매각할 준비를 하고 있었을 때 건설업체 이사회, 의회 행정직, 공장 사장단이 몸을 사리면서 믿을 만한 인물의 서명을 요구하더라고요. 그런데 페테르는 모두가 믿고 따르는 사람이잖아요. 그 당시에는 그 친구가 이미 당신 회사에서 일하고 있었지만 우리는 다른 단장을 임명하지 않았고, 나는…… 나는 그 친구가…… 어려운 시기에 하키단을 떠나게 된 것에 대해 미안해하고 있다는 걸 알았거든요. 그 친구가 어떤 성격인지 당신도 알잖아요. 온 세상을 구하고 싶어 하는 성격이라는 거."

미라의 뺨이 욱신거린다.

"그래서 불법이라는 걸 뻔히 알면서 그이한테 서명을 부탁했고, 그이는 바보같이 서명을 했다는 거예요?"

프락은 자기 무릎을 내려다본다.

"내가 부탁하니까 해준 거예요. 나를 믿고서."

"그러니까 당신이 그이를 이용한 거로군요!"

"이러지 말아요, 미라. 나는 이 마을을 위해서 최선의 길을 찾으려고 했을 뿐이에요. 하지만 이 일이 잘못되면 하키단 자체가……."

그녀가 식탁 위로 몸을 한참 내밀자 프락은 하마터면 의자에서 굴러떨어질 뻔한다.

"하키단? 하키단은 어떻게 되거나 말거나 나는 개털만큼도 관심 없어! 페테르가 철창신세를 질 수도 있다는 거 모르겠어요?"

"나는……."

미라는 솔기에서 소리가 날 정도로 세게 그의 셔츠깃을 움켜쥔다.

"당신 때문에 내 남편이 감옥에 끌려가면 나도 살인죄로 감옥에 끌려가게 될 테니까 각오하는 게 좋을 거야!"

그녀는 나지막이 쏘아붙인 다음 셔츠깃을 놓고, 답은 듣지도 않은 채 밖으로 나가버린다. 잠시 후에 현관문이 쾅 하고 닫히고 집 안은 정적에 휩싸인다. 프락은 어찌하면 좋을지 알 수가 없기에 커피를 좀 더 내리고 기다린다.

64

노크 소리

월요일에 아맛은 혼자 몇 시간 동안 숲속을 달린다. 그날 오후 일
찍 아파트 단지 사이 공터에 나가보니 일찍 하교한 아이들이 벌써 스
틱과 테니스공을 들고 나와서 어제처럼 경기를 하고 있다. 아맛은 주
머니에 손을 넣고, 아이들이 그를 알아보고 이름을 부르지 않게 습관
적으로 후드를 뒤집어쓴다. 집에 들어가 문을 닫고 자기도 모르게 가
방에 든 술병을 찾다가 문득 아주 신기한 사실을 발견한다. 불안하지
가 않다. 아니, 적어도 평소처럼 그렇게 불안하지는 않다. 하도 오래
전부터 가슴이 무거웠기 때문에 이런 기분을 거의 잊고 지냈는데, 이
게 뭘까? '평온'일까? 뼈가 부러지기라도 한 것처럼 몇 달 동안 어마
어마하게 고통스럽던 현재가 어느 날 아침부터 전보다 아주 살짝 덜
아프게 느껴진다. 숨을 쉬기가 조금 수월해진다. 창문이 닫혀 있는데
도 아래 공터에서 아이들이 웃고 고함을 지르는 소리가 들린다. 평소
와 다르게 그 소리를 들어도 짜증이 나지 않는다. 오히려 머릿속에서
들리던 목소리들이 일부 잠잠해지고, 의구심이 일부 사라지며, 희망
이 약간 불어넣어진다. 아주 조금이지만. 하키를 재미있게 할 때 느

껴지는 행복만큼 전염성이 강한 것도 없다.

"나도 같이해도 될까?"

그는 예전에 쓰던 스틱을 들고 문밖으로 나서며 묻는다.

"우리…… 랑요?"

아이들이 머뭇머뭇 묻는다.

그는 고개를 끄덕인다.

"좋아요. 같이해요. 형이랑 나, 둘 대 나머지 전부."

아이들의 요란한 함성이 할로 전역으로 울려퍼지고 눈이 얇게 덮인 포장도로에 스틱이 덜거덕덜거덕 부딪친다. 어떤 아이는 "사기꾼!"이라고 외치고 또 어떤 아이는 "예스!"라고 외치며 서로 하이파이브를 한다. 어떤 아이 엄마가 발코니로 나와서 이제 그만 들어와 저녁 먹으라고 외치자 한 아이가 아맛을 돌아보며 큰 소리로 묻는다.

"내일 또 할 수 있어요?"

아맛은 후드를 뒤집어쓰고 손을 주머니에 쑤셔 넣으며 힘없이 미소를 짓는다.

"내일은 그럴 만한 시간이 없으면 좋겠는데."

아이들은 그게 무슨 뜻인지 이해하지 못한 채 부푼 꿈을 안고 집으로 달려 들어간다. 아맛은 그 자리에 서서 마음속 깊이 담겨 있던 오랜 꿈을 끄집어낸다.

그런 다음 운동화 끈을 바짝 묶고 마을을 가로질러 사켈의 집까지 한걸음에 달려간다.

탕 탕 탕.

심장이 뛰는 속도에 맞춰서 문을 두드리지만 대답이 없다. 집을 따라 한 바퀴 돌아보지만 어두컴컴하고 모든 것이 고요하다. 아이스링크로 달려가 보지만 주차장에 그녀의 차는 없다. 아맛은 숨을 헐떡이며 그 자리에 서 있다. 온갖 생각들이 물살을 거스르며 헤엄치고, 수백 개의 목소리가 머릿속에서 "포기해!"라고 외치지만 그는 이번에는 귀를 닫는다. 몸을 돌려 반대 방향으로, 모든 것을 털어놓을 수 있는 딱 한 명뿐인 사람, 지금 조언을 청할 수 있는 딱 한 명뿐인 사람의 집으로 달린다. 어떤 짓을 저질러도 항상 그의 잠재력을 믿어주었던, 어머니 말고 딱 한 명뿐인 사람의 집으로.

✳

마야는 점심시간 직후에 집으로 돌아간다. 아나도 따라나선다. 그녀의 집에는 먹을 게 아무것도 없는데, 마야의 아빠가 빵을 만들기 시작했다는 얘기를 들어서다. 아나는 빵이라면 사족을 못 쓴다. 하이츠의 러닝 트랙 앞을 지나는데, 그녀의 친구가 누군가를 턱으로 가리키며 외친다.

"너희 엄마 아니야?"

마야는 웃음을 터뜨린다.

"우리 엄마? 장난해? 우리 엄마는 화산이 폭발해도 뛰지 않을 분이야!"

하지만 나무 사이로 내다보니 정말 그녀의 엄마 같다. 눈을 비빈 뒤 다시 떠보지만 그 인물은 사라지고 보이지 않는다. 마야와 아나가 집에 도착하고 보니 현관문이 열려 있고 집 안에 가족이 아무도 없다. 프락만 혼자 부엌에 앉아서 커피를 마시고 있다.

"안녕!"

그가 명랑하게 인사를 건넨다.

마야는 체념한 표정으로 고개만 잠깐 숙이고 냉장고에서 빵과 토핑을 꺼낸다. 아나가 조그맣게 묻는다.

"아니…… 아무도 없는데 저 사람이 왜 여기 있는 거야?"

마야는 대서사시를 모아놓은 시집에나 어울림직한 깊은 한숨을 쉰다.

"나는 이 집에서 벌어지는 일에 대해 더 이상 묻지 않기로 했어. 이해하려고 해봐야 머리만 아프거든."

❄

아맛은 주먹을 쥐고 들어올리며 마음의 준비를 한다.

탕 탕 탕.

노크 소리. 심장이 뛰는 소리. 안에서 발소리가 들리고 문이 열리자 아맛은 당장 고백할 준비를 한다.

"죄송해요, 단장님, 용서해 주세요! 제가 다 망쳐버렸어요! 도와주세요!"

어린 시절의 모든 기억이 그의 머릿속에서 깜빡거리며 지나간다. 처음으로 스케이트를 신었을 때, 처음으로 골을 넣었을 때, 처음으로 졌을 때. 빙판 위나 관중석 어딘가에서 항상 들렸던 페테르의 목소리. 그의 어깨를 토닥이던 다정한 손길. 재빠른 위로나 칭찬. 그에게 필요한 것이 그것이다. 아맛은 여기까지 오는 내내 할 말을 연습했다.

하지만 문손잡이가 아래로 내려가는 순간 그의 입이 굳어버린다. 문을 연 사람이 페테르가 아니라 마야이기 때문이다.

"안녕, 아맛!"

마야는 반가움과 놀라움이 한데 섞인 목소리로 외친다.

"안녕······ 미안······."

아맛은 당황과 쓸쓸함이 한데 섞인 목소리로 중얼거린다.

"오랜만이네! 그동안 어떻게 지냈어?"

그녀는 명랑하게 묻는다.

"응?"

그는 멍하니 웅얼거린다.

마야는 여느 때와 다름없이 완벽한 모습으로 문 앞에 서 있는데, 자신은 얼마나 추레하고 처량해 보일지 생각하니 쥐구멍에라도 숨고 싶어진다.

"너 괜찮아?"

그녀가 조금 걱정하는 투로 묻는다.

아맛은 천천히 여러 번 고개를 끄덕이다가 마음을 다잡으려고 좀 더 빠르게 고개를 끄덕이며 코로 숨을 마시고 입으로 뱉는다. 날렸던 인생을 되찾으려고 다시 마음을 추스른다.

"너희······ 아빠 집에 계셔?"

마야는 고개를 젓는다.

"아니, 사켈 코치랑 어디 가셨어. 새로 영입하려는 선수 보러 가는 것 같던데?"

아맛은 멍하니 그녀를 쳐다본다. 귀가 울리고 관자놀이가 지끈거리고 심장이 아찔하게 쿵쾅거린다. '새로 영입하려는 선수'. 그들은 이미 그를 대체할 선수를 찾았다. 그는 놓친 기회들로 이루어진, 열여덟 살짜리만 아는 나락으로 수직 낙하한다.

"아…… 그렇구나. 나는…… 걱정 마…… 별것 아니야."

그는 울음을 삼키며 조그맣게 속삭인다.

"너 괜찮은 거 맞아? 잠깐 들어올래?"

하지만 아맛은 이미 몸을 돌려서 집을 향해 걸음을 옮기기 시작한 뒤다.

65

대도시 타입

알렉산드르는 새로 입수한 지프를 주유소에 댄다. 그가 화장실로 걸어가는 동안 페테르는 뒷자리에 앉은 사켈을 돌아본다.

"뭐 하나 물어봐도 될까?"

"사양해도 될까요?"

그는 한숨을 쉰다.

"아맛이랑 얘기해 봤어?"

그녀는 놀란 표정을 짓는다.

"언제 이후로요?"

"지난…… 여름. 드래프트되지 않은 이후로."

"아뇨."

"왜?"

그녀는 그 바보 같은 질문에 고개를 젓는다.

"훈련하러 오지도 않는데 무슨 수로 얘기를 해요?"

"전화하면 되잖아."

"전화를요? 뭐 하러요?"

"계속 뛸 생각이 있는지 알아보러."

"뛰고 싶으면 훈련하러 오지 않겠어요?"

좌절감 때문에 그의 목에서 삐걱대는 소리가 난다.

"그래서 아맛한테 물어보지도 않고, 그 아이의 대체 선수로 알렉산드르를 데려가려고 나를 여기까지 끌고 온 건가?"

그러자 사켈은 고개를 한쪽으로 기울이고 페테르를 '바보 천치'라고 부르지 않으려고 온 힘을 다해 참는다.

"단장님, 어디 모자라세요? 알렉산드르는 아맛의 대체 선수가 아니에요."

"그럼 뭔데?"

"아맛을 자극하는 선수요."

사켈은 이 말을 끝으로 뒷자리에 드러눕고 베어타운에 도착할 때까지 단잠을 잔다. 페테르는 그녀가 차를 내준 이유가 집까지 운전하기 싫어서가 아닌가 하는 생각을 하지 않을 수가 없다.

페테르와 알렉산드르는 가는 내내 하키 얘기를 한다. 오로지 하키 얘기만 한다. 지프는 그날 저녁 늦게 베어타운에 도착한다. 스무 살의 이 선수는 어렸을 때는 다른 이름으로 불리다가 십대 때 이름을 바꿨지만 이 마을에서는 제3의 이름으로 불리게 될 것이다. 그 이름의 출처는 뜻밖에도 페테르인데, 발단은 알렉산드르가 갑자기 이렇게 물은 것이다.

"여기는 사람들이 짐작하는 그런 곳이에요? 전형적인 조그만 시골 마을이에요?"

"전형적인 조그만 시골 마을이 어떤 곳인데?"

페테르는 궁금해한다.

"뭐, 아시잖아요. 사람들이 그냥 모든 걸 싫어하는 그런 곳이요. 늑대도 싫어하고 정부도 싫어하고 외지인도 싫어하고……."

페테르는 그 말을 듣고 기분이 나빠지자 자신이 얼마나 뼛속까지 여기 사람인지 깨닫지만 쏘아붙이는 대신 미소를 짓는다.

"흠. 여기 사람들이 제일 싫어하는 게 뭔지 아니?"

"아뇨?"

"대도시의 시건방진 놈이야."

엘리사베트 사켈이 남들 앞에서 큰 소리로 웃는 경우는 손에 꼽을 정도인데, 이번이 그 한 번이다. 이후 베어타운에서는 누구든 알렉산드르를 '대도시'라고 부른다. 묘하게도 그는 그렇게 불려도 기분 나빠하지 않게 된다.

사켈은 자기 집 앞에서 폴짝 뛰어내리며 퉁명스럽게 외친다.

"내일부터 훈련 시작이다, 대도시! 늦지 마!"

스무 살의 선수는 그대로 앉아 있지만 페테르는 차에서 내려 그녀를 따라간다. 사켈은 놀란 표정을 짓는다. 페테르도 발이 머리보다 빨리 움직이기라도 한 것처럼 조금 놀란 표정이다.

"저기…… 엘리사베트…… 고마웠다고 인사하고 싶어서."

"뭐가요?"

"오늘 같이 데려가 준 거. 아주 뜻깊은 여행이었어…… 다시 하키단으로 돌아간 기분이 들더군."

"제 변호를 하자면 저는 단장님이 구단을 떠난 줄 몰랐어요."

사켈이 짚고 넘어가자 페테르는 폭소를 터뜨린다.

"그렇지, 그렇지, 어련하실까. 그래도 아무튼 고마웠네. 즐거웠어. 그나저나 자네가 틀렸어!"

"뭐가요?"

"최고의 선수들이 모여 있는 팀이 항상 이긴다고 한 거. 그걸로는 부족하지. 그 선수들을 이해하는 사람도 있어야 하거든. 그들의 장점을 볼 줄 아는 사람이."

그는 눈을 발로 찬다. 사켈은 현관문 구멍에 열쇠를 넣고, 다시 차가 기다리는 곳으로 돌아가는 그를 향해 뒤를 돌아보지도 않은 채로 말한다.

"라모나가 좋아한 사람이 거의 없었지만 단장님은 좋아했어요. 저도 좋아하는 사람이 거의 없긴 마찬가지고요."

페테르는 그녀가 이미 문을 닫고 들어간 다음에서야 그 말이 무슨 뜻인지 알아차린다. 다시 지프 조수석에 앉았을 때 대도시가 이제 어디로 가면 되느냐고 묻자 사켈이 이 선수의 거처에 대해 생각조차 하지 않았을지 모른다는 생각이 든다.

그 점에 대해서는 걱정할 필요가 없다. 사켈에게도 계획이 있었다. 대도시는 당연히 페테르와 함께 살 것이다.

❄

미라는 결단을 내리고 집으로 돌아간다. 프락은 그녀와 두 가지 사항에 합의하고 안데르손의 집에서 떠난다. 프락은 전화를 돌리고 미라는 끔찍한 짓을 저지르기로 말이다. 그래서 그녀는 딸의 방으로 들어가 침대에 앉아서 아주 심각한 표정으로 마야와 아나를 쳐다본다.

"너희 둘한테 부탁할 게 있어."

"뭔데요?"

두 아이는 묻는다.

"프락이 오늘 여기 왔었다는 걸 아무한테도 얘기하면 안 돼. 심지어…… 너희 아빠한테도. 내가 직접 얘기할 거야."

방 안의 분위기가 무거워진다. 아니, 무거워진 정도가 아니다. 마야가 자리에 앉아서 아주 오랫동안 아무 말도 하지 않자 결국 아나가 총대를 메고 그 둘이 무슨 생각을 하고 있는지 말한다.

"죄송하지만 미라 아주머니, 아무리 그래도 한 말씀만 드릴게요. 바람을 피울 때 피우더라도 프락보다 훨씬 나은 상대를 고를 수 있지 않아요? 아주머니 엄청 섹시하시잖아요! 좋다는 남자들이 줄을 설 텐데……."

처음에 미라는 무슨 말인지 알아듣지 못하다가, 깨달음이 한꺼번에 찾아오자 경악과 혐오가 극에 달하는 표정으로 아나를 쳐다본다. 그걸 본 마야는 남동생이 여섯 살 때 냉장고 안에 들어갔다가 문이 닫혀버린 이후로 자기 집에서 그렇게 웃은 적이 있나 싶게 깔깔대고 웃는다.

❄

집에 도착한 페테르가 현관홀에 선다. 미라는 부엌에서 나간다. 미라는 왜 그때 그 자리에서 솔직하게 얘기하지 않았는지, 프락이 왔었고 계약과 트레이닝 시설에 대해 알게 됐다고 왜 말을 하지 않았는지 수도 없이 자문하겠지만, 페테르는 그녀가 얼마나 그리워했는지 알지 못했던 표정을 짓고 있다. 흥분을 주체할 수 없는 표정을 짓고 있다.

"여보! 사켈이랑 내가 오늘 선수를 한 명 발굴했어! 음, 그러니까…… 발굴한 사람은 사켈이지만 내가…… 아니, 우리 둘 다 도움을 줬지! 특별한 선수야! 좋은 쪽으로 특별한! 앞으로…… 엄청난 선수가 될 수도 있어!"

미라는 그때 자기 입에서 나온 소리를 듣고 놀란다. 하고 많은 소리 중에 웃음소리가 나온 것이다. 그녀는 웃고 웃고 또 웃는다. 그가 어린애처럼 행복해하는데, 미라가 사랑에 빠졌던 사람은 이 소년이었다는 사실을 잊고 있었다. 그래서 오늘 벌어졌던 일에 대해서는 아무 말도 하지 않고 그녀의 남편을 보호해야 한다는 생각만 한다. 그가 없으면 숨을 쉴 수가 없으니 감옥으로 끌려가지 않게 절대 막아야 한다는 생각만 한다.

"어디 보자, 그런데 그 선수가 갈 데가 없어서 여기서 지낼 모양이네?"

그녀가 미소를 짓자 페테르의 눈이 동그래진다.

"그걸 어떻게 알았어?"

"당신이 단장이었던 시절에 항상 벌어졌던 일이니까. 올라가서 손님방에 잠자리 준비할게."

그녀는 시트를 찾으러 2층으로 올라가지만 중간에 여러 번 걸음을 멈추고 숨을 골라야 한다.

"며칠이면 될 거야!"

페테르가 뒤에서 외친다.

하지만 대도시가 들어와 현관 앞에서 걸음을 멈췄을 때 마야가 뭣 때문에 이렇게 시끄러운지 궁금해하며 자기 방에서 나온다. 대도시와 마야의 시선이 만나고 두 사람 모두 아무 말도 하지 않지만 갑자기 페테르의 얼굴에서 핏기가 가신다. 그는 두 아이를 번갈아 쳐다보다가 자신이 어마어마한 실수를 저질렀음을 깨닫는다. 갑자기 1층에서 그가 외치는 소리가 미라의 귀에 들려온다.

"하룻밤, 미라! 길어야 하룻밤이야!"

아나도 그날 그 집에서 잔다. 둘이서 같이 꿈나라로 떠나기 전에 그녀가 마지막으로 속삭인 말은 이거다.

"오늘 마무리가 괜찮았어! 처음에는 너희 엄마가 비밀을 지켜달라고 하시더니 그다음에는 네가 그 남자애랑 자고 싶어 하는 걸 보고 너희 아빠가 사이코로 돌변했잖아. 내가 지금까지 십수 년을 겪어왔지만 오늘처럼 너희 부모님이 뭐랄까, 정상적으로 보인 적은 처음이야."

"나 그 남자랑 자고 싶어 한 적 없거든?"

마야가 너무 잽싸게 받아치자 아나가 어찌나 심하게 눈을 굴리는지 그러다 머리가 올빼미처럼 돌아가지 않을까 싶을 정도다.

"그래, 그래, 당연히 그런 적 없겠지. 아무렴. 눈빛으로 그 남자를 아주 잡아먹을 것 같던데……."

"내가 언제 그랬다고!"

아나는 더 바짝 몸을 붙이고 마야의 반대편으로 돌아누우며 조그맣게 속삭인다.

"남자랑 다시 자고 싶은 마음이 생겨서 다행이야."

"꺼져 진짜……."

마야는 조그맣게 속삭이고는 아나의 손을 꼭 쥔 채 잠이 든다.

66

실망

한나와 요니가 지금까지 살아오는 동안 이번 월요일만큼 길게 느껴진 날이 또 있을까. 테스는 상처받은 딸의 역할을 완벽하게 수행하고 있다. 그녀는 엄마와 아빠가 덜컥 겁이 날 만큼 길게, 하지만 그들이 피해자 행세를 할 수 있을 만큼 길지는 않게 나가 있는다. 그녀는 보보의 침대에서 하룻밤 신세를 지고, 보보는 그 옆 바닥에서, 동생들은 침대 발치에 강아지처럼 옹기종기 모여서 잠을 청한다. 이집에 여자친구가 놀러온 적은 처음이라 갈텐은 이게 도대체 무슨 일인지 영문을 몰라 하다가 아침으로 뭘 먹고 싶은지 조심스럽게 테스의 뜻을 묻고, 보보가 못된 짓을 저지르면 죽여버릴 테니 그에게 꼭 알리겠다고 약속하게 한다. 테스는 웃으며 알겠다고 한다. 그녀는 보보의 숨결을 느낄 수 있게 한 손을 침대 밖으로 늘어뜨리고서 잔다. 다음 날 아침에 일어나 보니 차와 토스트와 스크램블드에 그 냄새가 그녀를 맞이한다.

그녀는 버스를 타고 헤드로 돌아가 아무 일도 없었던 듯이 학교에 간다. 엄마와 아빠가 학교로 전화해 그녀가 등교했는지 확인할 텐데, 사라진 것보다 이편이 그들에게는 더 심한 형벌이 될 것이다. 이제 그들은 학교 수업이 끝날 때까지 그냥 무기력하게 기다리며 그녀가 집으로 돌아오기만을 바랄 뿐이다. 딸이 부모에게 저지를 수 있는 이보다 더 잔인한 짓은 없다.

저녁 먹을 시간에 테스가 현관 열쇠 구멍에 열쇠를 꽂자 그들은 식탁 의자에서 벌떡 일어나 비틀거리며 현관 앞으로 달려 나가서 딸을 끌어안으려는 건지 혼내려는 건지 모를 자세를 취한다. 하지만 테스는 그들에게 선택할 여유 를 허락하지 않는다. 보보가 바구니를 들고 그녀의 옆에 서 있다. 그도 한나와 요니 못지않게 불편한 표정을 짓고 있지만 어쩌면 테스가 그를 시험하려는 것일 수도 있다. 그가 그녀를 위해 이걸 한다면 뭐든 할 수 있다는 뜻이다.

"보보가 저녁을 만들어주려고 재료를 들고 왔어요! 20분 뒤에 평범한 가족처럼 다 같이 모여서 저녁 먹어요."

테스는 협상의 여지를 남기지 않는다.

공지를 했으니 그것으로 끝이다. 동생들이 2층에서 불려 내려오고 그 가족은 인질극 같은 분위기 속에서 파스타를 먹는다. 요니는 아무 말도 하지 않지만 한나에게는 그럴 수 있는 기회조차 주어지지 않는다. 보보가 한나에게 무슨 일을 하며 어디에서 어린 시절을 보냈고 본가는 어디인지 계속 묻기 때문이다. 식사가 끝나자 토비아스와 테드는 숨이 막히도록 어색한 대화를 피해 자기들 방으로 잽싸게 도망친다. 요니는 화장실이 급한 척하다가 차고에서 해야 하는 아주 중요한 일이 생각난 척한다. 그의 속이 부글거리고 있다는 것을 테스는 알 수 있다. 그녀의 아빠는 그걸 표현하는 법을 모르고, 그의 딸은 사과하지 않고 사과하는 법을 모른다. 그를 속상하게 했다면 미안하지만 그를 실망시켜서 미안한 건 아니라고, 실망은 그의 책임이라고 설명할 방법을 모른다.

보보가 알아서 식탁을 치우고 설거지를 한다. 투레는 제 발로 부엌에 들어가서 돕는다. 한나는 식탁 앞에 말없이 앉아서 딸을 노려보며 할 말을 찾는다. 결국 그녀는 쉬운 길을 택해 보보에게 말을 건다.

"네가 맏이니, 보보?"

"네."

그는 투레에게 좀 더 효율적으로 식기세척기 안에 그릇을 넣는 법을 가르쳐주며 고개를 끄덕인다.

"보니까 알겠다. 어린애들을 아주 잘 다루네. 요리는 누구한테 배웠어?"

"엄마요."

"어머님께 아주 잘 가르치셨다고 전해드려. 요리뿐 아니라…… 모든 면에서."

한나는 사과의 뜻이 전해졌는지, 이제 용서받을 수 있겠는지 확인하려고 딸을 흘끗 쳐다보지만, 테스는 눈물이 그렁그렁한 눈을 들어 곧바로 보보를 바라본다. 그는 서글픈 미소를 지으며 대답한다.

"저희 엄마는 돌아가셨어요. 하지만 훌륭한 분이셨죠. 제가 아는 건 전부 엄마한테 배운 거예요."

집 안에 이보다 더 고요할 수 없는 정적이 흐르고 한나는 평생 이보다 더 바보가 된 기분을 느낀 적이 없을 것이다. 목구멍이 올가미처럼 느껴지고, 딸에게서 핀잔이 쏟아지길 기다리는 것처럼 온몸이 오그라든다. 하지만 아무 일도 벌어지지 않는다. 테스도 똑같이 슬퍼 보일 뿐이다.

"미안해, 보보. 엄마한테 내가 진작 말씀드렸어야 하는 건데……."

그녀는 조그맣게 속삭인다.

그녀의 엄마의 볼이 벌게진다.

"아냐, 아냐, 내 잘못이야, 보보! 나는 그런 줄로는 아예 생각도 못하고……."

하지만 보보는 아무렇지도 않은 듯이 한나를 보며 고개를 젓는다.

"아니에요, 아니에요. 그러실 것 없어요. 어머님을 만났다면 저희 엄마도 좋아하셨을 거예요! 저 때문에 어머님이 슬퍼졌다고 하면 엄청 화를 내셨을 거예요!"

한나는 와인을 아홉 잔은 마셔야 그 말을 감당할 수 있을 것 같지만 화장실을 다녀와야겠다고 거짓 핑계를 댄다. 안에 들어가 10분 동안 세수하고 자책을 하다가 나온 한나는 차고로 건너가 남편에게 욕을 한다.

"당신은 빌어먹을 겁쟁이야. 언제까지 여기 이렇게 숨어 있을 참이야? 당신 딸은 지금 부엌에서 자기……."

"그 단어는 입 밖에 낼 생각도 하지 마!"

요니는 툴툴대며 경고하지만 그녀가 집어던지면 안 되는 물건이 있는지 벌써 주위를 살피고 있다.

"남자친구! 걔는 당신 딸의 남자친구야! 그리고 훌륭해! 당신도 그냥 받아들이는 수밖에 없어!"

그녀는 확실하게 못을 박으려고 최선을 다하지만 성공하지 못한다.

요니는 천 개의 선택지 중에서 기적적으로 최악의 답을 고른다.

"우리 테스 상대가 끽해야 베어타운 출신의 무식한 돼지라고? 그것도 모자라서 이제는 그 아이를 인정하라고 우리를 협박하고 있단 말이지. 나는······."

한나의 등이 막대기처럼 꼿꼿해진다. 좋지 않은 징조다.

"테스가 선택한 아이야. 옛날 옛적에 당신이 나를 선택했을 때도 당신 가족이 전부 좋아서 어쩔 줄 몰라 하지는 않았지. 당신도 기억할지 모르겠지만?"

그는 반박하지만 이번에는 좀 더 조심스럽게 말을 고른다.

"저 둘은 서로 잘 알지도 못하잖아······."

한나가 콧방귀를 뀐다.

"우리 둘은 얼마나 서로를 잘 알았을까? 처음으로······."

그는 쏘아붙인다.

"그때랑 지금은 전혀 다르잖아. 나는······ 당신은······ 그때는 달랐지!"

"뭐가?"

요니는 자기 자신의 가장 철부지 같았던 시절을 기준으로 그 청년의 의도를 판단하는 가장 엄청난 실수를 저지른다.

"그 자식이 어떤 녀석인지 전혀 모르겠어? 내가 그런 인간을 모를 것 같아? 걔의 목적은 그저 헤드 여자랑 자는 거, 그뿐이야. 친구들한테 헤드 잡것을 따먹었다고 자랑하려고······."

한나의 입술이 얇아지고 손바닥을 향해 구부러지는 손가락에서 소리가 난다.

"저 나이 때 당신이랑 당신 친구들은 베어타운 출신 여자들을 두고 그렇게 얘기했으니까? 모든 남자가 당신처럼 추잡한 건 아니라는 생각은 해본 적 없어?"

요니의 어깨가, 쇄골이 그 긴장을 감당할 수 없을 만큼 아래로 처진다.

"내 말은 그게 아니라……."

그녀는 그에게 사과할 기회를 허락하지 않고, 조용한 분노로 말허리를 끊는다.

"테스한테는 뭐가 있는지 알아? 엄청난 게 있어. 나도 부러울 정도로 엄청난 거. 이 집안의 어느 누구에게도 없는 거. 바로 제대로 된 판단력!"

그녀가 차고 문을 세게 닫자 그 소리가 온 집 안에 울려퍼진다. 요니는 답답해서 괴로워하다가 온갖 열쇠가 담긴 병을 쳐서 떨어뜨린다. 그 안에 담긴 열쇠의 용도는 아무도 모르는데, 모든 아빠들은 수백 개씩 가지고 있다. 세상 어딘가에 그 열쇠에 맞는 자물쇠가 있을지 모른다. 그 자물쇠를 따고 문을 열면 그 너머에 아무리 애를 써도 가족들에게는 항상 마이너스일 수밖에 없는 이유를 해결할 방법이 있을지 모른다.

마침내 보보는 자기 집으로 돌아가고 테스는 남는다. 모녀지간에 평화는 깨어지지 않았다. 아직 휴전 상태일 뿐이지만 한나는 그걸로 만족한다. 테스는 자기 방으로 올라가지만 문을 세게 닫지는 않는다. 녹슨 초록색의 조그만 푸조를 타고 온 보보가 차를 세워놓은 곳으로 걸어가자 차고에 틀어박혔던 요니가 진입로로 나온다. 보보는 요니보다 덩치가 큰, 이 일대에서 몇 안 되는 사람이지만 그럼에도 두드려 맞을 것을 예상한 듯 걸음을 멈춘다.

"저거 네 차니?"

요니는 어린 시절에 쉬었던 숨을 모두 합한 것만큼 숨을 쉰 끝에 묻는다.

어른이 되는 건 쉽지 않은 일이지만 누군가가 어른이 되는 걸 지켜보는 일에 비하면 아무것도 아니다.

"네…… 네, 아빠가 주셨어요! 음, 실은 캠핑카를 주셨는데 그건 제가 친구한테 넘겼거든요. 폐차하겠다는 손님이 있었는데 제가 고쳤어요. 보기에는 저래도 안은 멀쩡해요!"

보보는 너무 열을 내지도, 너무 으스대지도, 너무 환심을 사려고 하지도 않으려고 애를 쓰며 고개를 끄덕인다.

요니는 수염을 긁으며 자신의 밴을 턱으로 가리킨다.

"저 차 엔진에 문제가 생겨서."

솔직히 그건 요니에게 백기를 흔드는 거나 다름없다.

보보는 열심히 고개를 끄덕인다.

"저거랑 같은 차를 저희 정비소에 맡긴 손님이 있었어요! 제가 고쳐드릴 수 있을 거예요!"

"내 차를 고쳐주면 내 딸이랑 사귀어도 좋다는 허락이 떨어질지 모른다고 생각하는 건 아니겠지?"

요니는 의심스러워하며 묻는다.

보보는 솔직한 대답으로 그의 허를 찌른다.

"그건 아버님이 결정하실 사항이 아니라고 생각하는데요. 따님 손에 달린 문제라고 봅니다."

"훌륭한 대답이로군."

요니는 어쩔 수 없이 인정한다.

"죄송합니다."

보보는 미안하다는 말을 하도 자주 해서 그냥 습관적으로 나올 때도 있다.

요니는 한참 수염을 긁는다.

"정말로 내 차를 고칠 수 있다고 생각한단 말이지?"

보보는 고개를 끄덕인다.

"네. 제가 잘하는 게 차를 만지는 것밖에 없어요."

"아버님한테 배웠니? 너희 아버님 성함이 갈텐 맞지?"

"네! 저희 아빠를 아세요?"

"하키 시합에서 여러 번 만났지. 청소년 팀에서 뛸 때 너희 아빠가 나를 들이받았다가 코뼈가 부러졌어."

보보는 요니가 미소를 지은 다음에야 따라서 미소를 짓고는 이렇게 얘기한다.

"아마 실수로 들이받으셨을 거예요. 저희 아빠는 스케이트를 한쪽 방향으로밖에 못 타거든요."

그 말을 듣고 요니는 처음으로 껄껄대고 웃는데, 소리가 하도 거칠어서 이제는 늙은이의 웃음소리가 되었다. 잠시 후에 그는 너무 순식간에 너무 멀리까지 흘러버린 세월의 무게를 견디며 이렇게 말한다.

"테스는 똑똑한 아이야, 보보. 정말, 정말 똑똑한 아이지. 전교 1등이고……."

"저도 압니다."

보보는 우물우물 대답하며 그가 이런 얘기를 꺼낸 의도를 벌써부터 의심하기 시작한다.

"걔가 공부를 더 하고 싶으면 다른 지방에서 학교를 다녀야 해. 여기에는 기회랄 게 전혀 없으니까."

"그렇죠."

"개인적으로 너한테 감정이 있어서 그런 건 아니다, 보보. 너도 훌륭한 아이겠지. 하지만 우리 아이의 앞길을 막지는 말았으면 좋겠다. 솔직히 아이 엄마는 딸 없이는 살 수 없는 사람이라 내심 자기 딸이 그냥 여기 남아서 평범하게 살아주길 바라지만…… 젠장. 테스는 뭐든 원하는 대로 될 수 있어. 우리 딸은 대단한 사람이 될 수 있다고. 알겠니? 걔는 평범한 애가 아니야……."

보보는 등을 수그린 채 고개를 끄덕인다. 그가 얼마나 무너져 내렸는지 티 내지 않으려고 눈을 너무 열심히, 너무 심하게 깜빡인다.

"테스가 저한테는 과분한 상대라는 걸 제가 모를 것 같으세요? 그 아이는 특별하고 저는 그냥 평범하다는 걸요? 제가 똑똑하지는 않을지 몰라도 그 정도로 멍청하지는 않아요! 차랑 하키 조금 말고는 아는 게 아무것도 없지만, 그 아이에게 줄 게 아무것도 없다는 걸 알지만, 절대로…… 절대로…… 그 아이의 앞길을 막지는 않을 거고 또…… 또 못된 짓도 하지 않을 거예요. 그리고 제가 그 아이처럼 대학 공부는 할 수 없을지 몰라도 뭘 고치는 건 잘하고 힘도 아주 세고 제 친구들은 저를 좋아하고 테스도 저를 좋아해요. 저는 좋은 사람이 되려고 노력하고 나중에는 상당히 좋은 아빠도 될 수 있을 거라고 생각해요. 그리고 그 아이의 앞길을 막는 일은 절대 없을 거고요. 그 아이가 다른 데서 살겠다고 하면 저도 따라가면 돼요. 그 아이와 함께라면 어디에서든 살 수 있어요. 어딜 가든 고장 난 차는 있을 테니까요. 그리고 저를 좋아하지 못하게 그 아이를 말리고 싶으시면 마음대로 하세요. 하지만 저는 포기하지 않을 거예요……. 포기 못 해요……."

가만히 선 요니가 쌓인 눈을 어찌나 한참 동안 쳐다보는지, 결국 보보는 주절주절 늘어놓던 것을 멈추고 이 남자가 자신의 얘기를 들었는지 어쨌는지 궁금해한다.

"아니, 너도 얘기했다시피 결정을 내리는 사람은 내가 아니지."

요니는 영원의 시간이 지난 뒤에 이렇게 얘기한다.

그는 자신이 화가 난 진짜 이유는 뭔지 자문하지 않을 수 없다. 답이 마음에 들지 않는다. 심지어 화가 난 것도 아니다. 그저 공허할 따름이다. 딸이 어제 말도 없이 집을 나갔다. 몰래 남자친구를 만들었다. 이제 딸에게 그는 알지 못하는 삶이 하나 고스란히 생겼는데, 세상에 어느 아빠가 아무렇지 않을 수 있을까.

보보는 들릴락 말락 한 목소리로 대답한다.

"부모님 얘기가 나오면 테스는 울어요. 저는 테스가 우는 게 싫어요. 그러니까 테스가 더는 저를 좋아하지 않게 되든지, 두 분께서 저를 좋아하기로 마음을 먹으시든지, 둘 중 하나예요."

요니는 피곤한 얼굴로 고개를 든다.

"있잖니, 보보. 네가 잘하는 게 차를 고치는 거 말고 또 있어."

"그래요?"

보보는 조그맣게 묻는다.

고개를 끄덕이며 요니는 쓸쓸한 미소를 짓는다.

"응. 요리도 제법 잘하더라."

67

러브스토리

밤새도록 눈이 내린 뒤의 화요일 아침. 날이 너무 추워서 대도시는 샤워를 한 뒤 머리가 젖은 채로 차에 뭘 가지러 나갔다가 머리칼을 레고 조각처럼 떼어내야 한다. 대도시가 겨울용 점퍼라고 들고 온 게 그냥 점퍼인 걸 보고 페테르가 겨울용 점퍼를 빌려준다.

"지금이, 그러니까, 가을인데 12월에는 도대체 얼마나 추워지는 거예요?"

그가 불안한 목소리로 묻는다.

그들은 아이스링크로 같이 출발한다. 페테르는 당연히 출근해야 하지만 스무 살짜리의 첫 훈련을 구경하고 싶기 때문에 길을 가르쳐주어야 한다는 핑계를 댄다. 아나와 레오는 학교에 가야 하니 마야도 아이스링크에 같이 가기로 하는데, 가장 큰 이유는 아빠를 놀리기 위해서고 목적을 200퍼센트 달성한다. 처음부터 끝까지 그녀와 대도시 사이에서 걷는 아빠를 보고 특별히 심혈을 기울여 헤어스타일이 멋지다고, 새로 입은 점퍼가 잘 어울린다고 대도시를 노골적으로 칭찬한다. 결국 그녀의 아빠는 아빠들이 못마땅할 때만 내는 신음을 흘린다. 링크에 도착하자 관리인이 나와서 대도시에게 필요한 장비를 확인하고 그와 함께 사라지지만 페테르는 딸이 이제 네 살이고 수영장에 빠질까 봐 겁이라도 난 사람처럼 계속 마야의 점퍼 소매를 붙잡고 돌아다닌다. 그녀는 가만히 내버려두었다가 관중석에 단둘이 앉게 되자 얘기한다.

"아빠가 다시 평범한 걱정을 하게 돼서 기뻐요."

그는 딸이 무슨 말을 하는 건지 알아듣지 못한다. 아빠로서 이보다 더 평범할 수는 없다. 잠시 후에 그들은 매점에서 초코볼을 산다.

✳

출근한 미라는 동업자와 함께 문을 닫아걸고 하루 종일 과거의 판례와 새로운 장부를 훑으며 최악의 사태에 대비한다. 대학생 시절에 은사에게 들은 "항상 평화를 소망하되 전쟁에 대비하라"는 말이 그 어느 때보다 무겁게 느껴진다. 온몸이 욱신거릴 지경이다.

"도와줘서 고마워."

그녀는 피곤한 목소리로 말했다.

"내가 당연히 도와줄 거라고 생각하지 않았다면 마음이 상했을 거야."

동업자는 이렇게 대답한다.

미라는 애써 미소를 짓는다.

"네가 나를 위해서라면 뭐든 마다하지 않을 친구라는 건 알지만 이건 페테르를 위한 일이잖아……."

"너를 생각해서 돕는 거야."

"내가 무슨 뜻에서 하는 얘긴지 알면서."

동업자는 앞머리를 흘끗 올려다보며 한숨을 쉰다.

"아, 됐어. 솔직히 고백할까? 너희 둘 모두를 위해서 돕고 있는 거야. 페테르가 네게 걸맞는 상대라고 생각한 적은 한 번도 없지만. 그거 알아? 너도 가끔 그래 보일 때가 있다는 거. *이제*는 저 둘이 분명 이혼하겠구나 싶은 때가 수도 없이 많았는데 너희 둘은 할 수가 없어. 헤어져서는 살 수가 없다고. 그러니까 너희는 이혼하면 안 돼. 내가 허락하지 않겠어. 그 많은 일을 함께 겪어놓고 이제 와서 러브 스토리를 포기하면 모든 희망을 버리라는 거나 다름없잖아!"

미라가 소매로 뺨을 훔친다.

"누가 들으면 우리가 끝없는 전쟁을 치르는 줄 알겠네."

"사랑이 다 그런 거 아니야? 누굴 사랑하는 거야 그렇다 친다고 해도, 20년 동안 **사랑받**는 걸 감당할 수 있는 사람이 도대체 또 누가 있겠어?"

"나는 페테르를 정말 사랑해……."

동업자는 미소를 짓는다.

"나도 알아. 모르는 사람 없어. 아, 모르는 사람이 없다고. 미라, 너랑 그 사람은 전사야. 항상 어디에선가 뭘 찾아서 그걸 위해 죽도록 싸우는 전사. 내가 계속 너를 위해서 일하는 이유도 그 때문일 거야. 네 옆에 있으면 좋은 편에 있는 것 같거든."

미라는 코를 훌쩍인다.

"나를 위해서 일하는 게 아니라 나랑 같이 일하는 거겠지……."

동업자는 그녀의 머리를 토닥인다.

"아니야. 나는 너를 진심으로 존경해. 진짜로. 다들 너를 위해서 일해. 심지어 네 남편까지도."

미라는 관자놀이가 욱신거릴 정도로 세게 눈을 감는다.

"페테르가…… 페테르가 순진하고 사람을 잘 믿는 건 알지만…… 고의로 불법을 저지를 사람은 아니야. 나랑 애들을 위험에 노출시킬 사람은 절대 아니야. 소화전 바로 옆에는 차도 대지 않는 사람인데! 하지만……."

동업자가 그녀의 팔을 꼭 잡으며 조그맣게 속삭인다.

"그런데 미라, 솔직히 죄 없는 사람을 변호하면 무슨 재미가 있겠어? 그건 너무 시시하잖아!"

❄

모든 스포츠는 아주 작은 여백을 기반으로 구축된다. 1000분의 1센티미터, 1000분의 1그램. 스포츠 역사상 가장 유명한 모든 업적 뒤에는 그 1000분의 1의 보이지 않는 '만약'과 '거의'가 있다.

벤이는 캠핑카를 몰고 창밖으로 연기를 내뿜으며 베어타운을 관통한다. 아이스링크에 다다르자 속도를 늦춘다. 허파에는 담배 연기를, 가슴에는 어린 시절을 담고 한참을 앉아서 다시 돌아가고 싶은지 확인해 보지만 아무 느낌도 없다. 2년 전에 떠나지 않고 여기 남아 있었더라도 하키를 계속 사랑했을까 싶다. 다른 사람들이 내린 결정이 자신의 인생을 그토록 지배하지 않았다면 그는 어떻게 됐을지 자문하는 시간이 점점 늘고 있다. 아버지가 그런 짓을 저지르지 않았다면, 케빈이 그런 짓을 저지르지 않았다면, 남들이 모두 그런 짓을 저지르지 않았고 그의 진실을 아무도 알아차리지 못했다면…… 벤이는 어떤 삶을 살았을까? 만약 그에게 지금 타임머신이 있다면 그걸 타고 돌아갈 마음이 있을까?

그는 담배를 몇 모금 깊게 빨고 휴대전화를 꺼내 같은 번호로 세 번 연락하지만 상대는 전화를 받지 않는다. 모든 스포츠에는 아주 작은 여백이 있는데 가끔은 그것이 나를 포기하지 않은 친구일 때도 있다.

벤이는 할로까지 캠핑카를 몰고 가 아파트 단지 아래 주차장을 한 바퀴 돌며 시간을 확인한다. 밖에 아이들이 없다. 오늘 같은 날은 갑자기 눈이 너무 많이 내려서 스틱을 꺼내 들고 공터로 나갈 수는 없고, 아직 얼음은 너무 얇아서 스케이트를 집어 들고 호수로 나갈 수도 없는, 연중 몇 안 되는 날이다. 벤이는 캠핑카를 몰고 천천히 한 건물로 다가가 지하실로 내려가는 문 앞에 댄다. 그러고는 아까 그 번호로 전화를 건다. 벨소리가 그림자 속에서 울려퍼진다.

스포츠와 여백. 한 사람이 평생 어떻게 기억될지를 결정하는 건 단 5센티미터 폭의 골라인일 수도 있다. 마지막 1초 동안 결정된 최후로 인해 머나먼 숲속의 어느 마을이 20년도 더 지난 뒤에까지 '거의'라는 단어의 틀 안에 갇혀 있을 수 있다. 몇천 킬로미터 멀리에서 태어난 소년이 훗날 그들에게 다른 존재가 된 듯한 기분을 선물하는 사람이 될 수 있다.

아맛은 하키 가방을 등에 짊어지고 벽 그림자 안에 숨어 있다. 벤이는 타임머신을 그의 옆에 바짝 댄다.

"조금 있으면 훈련 시작하는데, 태워다 줄까?"

아맛은 미소를 지으려고 하지만 춥고 겁이 나서 턱이 덜덜 떨린다.

"모르겠어요."

벤이는 운전대에 몸을 기대고 코로 연기를 내뿜는다.

"언제부터 거기 서 있었어?"

"잘…… 모르겠어요."

입술은 파랗고 두 눈은 모두를 다시 실망시킬지 모른다는 두려움으로 탈진해 버렸다.

"그냥 훈련장에 가서 사켈 코치랑 얘기해 보면 어때?"

벤이가 묻는다.

"환영받을 수 있을지 모르겠어서요."

아맛은 몸을 부들부들 떤다.

벤이는 담배를 한 모금 빨고 그 손으로 대충 머리를 쓸어넘기다 하마터면 눈썹을 태울 뻔한다. 그걸 본 아맛의 가슴이 키득키득 들썩인다. 어쩌면 두 사람 모두 마음이 몽글몽글해졌을지 모른다. 벤이는 바지에 튄 불똥을 털며 중얼거린다.

"나의 격려를 기다리고 있는 건지는 모르겠는데, 꿈 깨는 게 좋을 거야……."

아맛은 몸을 부들부들 떠는 와중에도 어찌어찌 냉소적으로 한숨을 쉰다.

"그래요? '고통은 나약이 네 몸에서 빠져나가고 있다는 뜻이다' 아니면 '승자는 성공을 바라지 않는다, 성공을 이루어낼 뿐!' 이렇게 고함을 질러줄 줄 알았더니."

벤이는 씩 웃는다. 손끝으로 종이를 새로 말아서 조심스럽게 담뱃잎을 채우고 라이터를 찾는다.

"아니. 나는 너 때문에 여기 온 게 아니야. 나 때문에 온 거지."

아맛은 몸에 피가 통하게 하느라 눈 위에서 발을 구른다.

"그래요?"

벤이는 진지하게 고개를 끄덕인다.

"내 평생 너처럼 하키를 잘하는 애는 본 적이 없거든. 네가 포기하지 않았으면 얼마나 훌륭한 선수가 됐을지 죽을 때까지 궁금해하면서 살고 싶지는 않아."

격려할 생각은 없다더니 엄청나게 훌륭한 격려다. 아맛은 숨이 막힌다. 그때 벤이의 모습을 그는 절대 잊지 못할 것이다. 호기심 어린 눈빛과 헝클어진 머리칼. 따뜻한 마음. 내민 손. 그가 조수석 문을 열자 조그맣게 들린 딸깍하는 소리. 아맛은 머뭇머뭇 가방을 조수석에 싣지만 자기가 올라타지는 않는다.

"좋아요. 가방 들고 가주세요. 저는 달려갈게요. 다시 받아달라고 코치님을 설득하는 것만으로도 벅찬 일이 될 텐데, 담배 공장 냄새를 풍길 수는 없잖아요."

벤이는 껄껄대고 웃다가 연기가 목에 걸려서 캑캑거린다. 누군가가 발코니에서 시끄럽다고 소리친다. 그는 이래서 할로를 좋아한다. 남들은 어떻게 생각하는지 오래 기다리지 않아도 알 수 있다. 벤이는 가방을 제대로 싣고 캠핑카로 넓게 원을 그린다.

아맛은 이미 대로를 따라서 달리고 있다. 그를 따라잡은 벤이가 명랑하게 클랙슨을 울리며 추월한다. 아맛은 미등이 시내 쪽으로 점점 사라지는 것을 지켜본다. 그날은 그해 들어 처음으로 기온이 뚝 떨어진 날이자 정말 행복했다고 할 수 있는 마지막 몇 날 중 하루다. 아맛은 그날 저녁에 다시 하키를 시작해 이후로 절대 포기하지 않지만 벤이는 그가 얼마나 훌륭한 선수가 되는지 알 수 없을 것이다.

68

적

한 사회가 건전한지 아닌지는 어떻게 판단할 수 있을까? 어느 도시가 부패했는지의 여부는 어떻게 판단할 수 있을까? 그 판단 기준은 대중에게 공개된 스캔들만 포함되는지, 아니면 그렇지 않은 스캔들까지도 포함되는지에 따라 달라질 것이다. 결국 정의는 가장 힘 있는 시민이 아니라 가장 연약한 시민에 의해 측정된다. 부패의 진정한 척도는 어떤 비리를 어디까지 숨길 수 있는지에 달려 있다.

❄

프락은 대부분의 재산을 막연한 의리로 엮인 여러 미심쩍은 파트너와 맺은 이례적인 계약으로 일궜기에 복잡한 거래라면 이골이 나 있지만, 화요일인 오늘은 그런 그에게도 이상한 날이다. 헤드 하키단을 정리하려고 지난 몇 달 동안 권력층 인사들을 설득했던 그가 이제는 그 하키단을 살리려 한다. 평화를 찾으려는 일환으로 전쟁을 시작한다. 친구가 필요하기에 적들에게 연락한다.

맨 처음 연락한 상대는 어느 정치인이고, 그다음은 하키팀 서포터다. 그 둘의 유일한 공통점이라면 정치인과 하키팀 서포터로 불리는 경우가 거의 없다는 것이다. 리샤르드 테오와 티무 리니우스는 대개 이보다 훨씬 극악한 명칭으로 불린다.

"나한테 연락한 이유가 뭡니까?"

프락의 용건을 듣고 두 남자 모두 의심스러워하는 투로 이렇게 묻는다.

"우리가 원하는 게 같으니까요."

프락은 그들에게 똑같이 말한다.

"그게 뭔데요?"

두 남자는 궁금해하고 프락은 대답한다.

"이기는 거요."

❄

리샤르드 테오는 의회 건물 안의 자기 사무실에 앉아서 껄껄대며 웃는다.

"프락, 당신이 내 정치 철학을 좋아하지 않는다고 들었는데 나를 돕겠다는 이유가 뭐요?"

"당신 철학을 좋아하지 않는 건 본인도 마찬가지 아닌가요, 리샤르드? 적을 이길 수만 있다면 뭐든 마다하지 않는 걸로 아는데요."

프락은 슈퍼마켓의 자기 사무실에서 대답한다.

리샤르드 테오는 입술을 오므린다.

"필요한 게 있으면 여당 친구들에게 부탁하지 그래요. 우리 당은 변방의 야당이라고들 하던데. 권력자랑 통화하는 편이 낫지 않나?"

프락은 수화기에 대고 한숨을 쉰다.

"다음 선거가 끝나면 의회가 당신 차지가 될 거라는 걸 당신도 알고 나도 알잖아요."

수화기 반대편에서 리샤르드 테오는 만족스러운 미소를 짓는다.

"그렇게 말하지 말아요! 나는 야당이 더 어울리는 것 같으니까. 여기 사람들은 투덜거리는 걸 좋아하거든."

"다른 정치인은 도와줄 수 없는 문제예요."

프락은 실토한다.

"그래요? 호기심이 생기는군요. 원하는 게 뭔데요?"

테오는 가볍게 놀리는 말투로 지대한 궁금증을 감춘다.

그래서 프락은 설명한다. 양쪽 하키단을 하나로 합치려던 계획을 수정했다고. 문득 생각해 보니 주민들의 건강을 위해, 그리고 무엇보다도 아이들을 위해 양쪽 마을에 구단이 각각 필요하겠더라고.

"그렇죠, 그렇죠. '아이들'을 생각해야죠, 당연히."

테오는 빈정대며 웃음을 터뜨리지만 프락은 모르는 체한다.

"이 지역의 자영업자들을 모아서 베어타운 비즈니스 파크 건립에 책정된 예산의 일부로 헤드의 아이스링크를 수리하자는 압력단체를 결성하려고요! 모든 지역구가 의회의 투자라는 혜택을 누릴 수 있다는 걸 보여주기 위해서요!"

리샤르드 테오는 잠깐 생각한다.

"이게 나한테 어떤 도움이 되는지 조만간 설명할 생각이지요?"

프락은 숨을 크게 들이마신다.

"의회의 거의 모든 의원이 하키단은 둘이 아니라 하나만 있으면 된다고 결론을 내린 참이죠……."

"그야 당신과 당신의 그 '압력단체'들이 그들을 그렇게 설득했으니까요. 당신도 세금이 어마어마하게 절약될 거라며 헤드 하키단을 폐쇄하자고 압력을 넣는 사람 중 한 명이었잖아요!"

그는 쿡쿡대며 웃지만 이 대화의 향방을 진심으로 궁금해하는 것 같다.

"모든 정치인이 한편에 서면 다른 편에 서는 것만으로도 엄청나게 많은 표를 끌어모을 수 있죠."

프락이 수수께끼 같은 말을 한다.

테오는 한숨을 쉬며 실망한 척한다.

"의회의 불필요한 지출을 줄이자는 것이 내 재정정책의 핵심인데, 헤드의 아이스링크를 보수공사하고 헤드 하키단을 살리겠다고 수백만 크로나를 쏟아부어야 하는 계획을 찬성하라고요? 왜요?"

프락의 가슴이 삐걱거리는 소리가 들릴 정도로 올라갔다가 깊이 내려온다. 그는 뱀처럼 영리한 테오에게 거짓말을 해봐야 소용없다는 사실을 깨닫는다. 그래서 솔직하게 실토한다.

"나는 당신이 몇 년 전에 외국인들이 공장을 인수하도록 몰고 가는 데 일조했다는 사실을 알아요. 그리고 그들에게 베어타운 하키단을 후원하게 해서 구단의 파산 위기를 막았다는 사실도요. 그러니까 인맥과 자본의 힘을 누구보다 잘 알겠죠. 하지만 양쪽 구단이 하나로 합쳐지면 외부 감사가 모든 회계장부를 들여다볼 텐데 말하자면…… 음…… '대중들이 소비하기에' 적합하지 않은 사안들이 있거든요."

테오는 의자에 앉은 채로 몸을 앞뒤로 흔들며 전화기를 어깨와 턱 사이에 끼운 채 키보드를 두드리기 시작한다. 요 며칠 동안 평소와 다르게 지역 일간지를 꼼꼼하게 챙겨 읽지 않았는데, 이제 보니 프락의 차가 테러를 당했다는 기사가 있다. 그는 미소를 짓는다. 프락이 두려워하는 건 외부감사가 아니라 기자들이다.

"내가 뭐 하나만 물어봐도 될까요, 프락? 보아하니 최근 들어 헤드 하키단을 차량 테러나 하는 깡패들로 우글거리는 파산 직전의 구단으로 몰고 가려고 갖은 노력을 기울인 눈치인데, 이제 와서 갑자기 그 구단을 살리고 싶다고요?"

프락은 심장이 너무 빨리 뛰지 않게 조절하려 한다.

"상황이 달라진 것 같아서요. 나도 입장을 바꿀 수 있지 않나요?"

리샤르드 테오는 다시 자판을 두드린다.

"흠. 어디 보자…… 당신이 입장을 바꾼 이유는 의회에서 매입한 그 '트레이닝 시설' 사업 관련 증거를 은폐할 필요가 있기 때문이죠? 다들 나는 그 사업에 대해서 아무것도 모른다고 생각하던데."

프락은 수화기에 대고 거칠게 숨을 몰아쉰다.

"당신이 몰랐으면 하는 게 어마어마하게 많지만, 당신에게 감출 수 있는 건 거의 없을 거라고 봐요."

테오는 그의 입발림 소리에 저항하려고 해본다.

"그러니까 이제는 새로운 서사를 만들고 싶다? 의회에서 헤드에 투자하기로 했다는 소식으로 베어타운 스캔들을 덮으려는 거요? 하키단의 인기가 하늘을 찌르면 기자들이 취재를 중단할 수도 있으니까 그걸 바라고? 그 방법이 영원히 먹힐 수는 없어요, 프락. 조만간 누군가는 수사하게 되어 있다고요."

프락은 넥타이를 살짝 푼다. 땀을 너무 많이 흘려서 전화기를 계속 이쪽 귀에서 저쪽 귀로 왔다갔다 옮겨야 하는 판국이다.

"영원히 덮을 수 있길 바라는 건 아니고 잠깐만 시간을 벌면 돼요. 서류를 모두 정리할 때까지만. 당신도 알잖아요. 이미 지나간 스캔들은 별로 흥미진진하지 않다는 거. 트레이닝 시설이 지어지면 그게 어떤 과정을 거쳐서 탄생됐는지 아무도 신경 쓰지 않을 거예요. 그리고 그때쯤이면 기자들도 다른 스캔들을 사냥하러 나섰을 테고요. 하키랑 똑같아요. 걸리지 않으면 부정행위가 아니라는 점에서."

리샤르드 테오는 이 마지막 문장을 듣고 웃음을 터뜨리지 않는다. 그는 스포츠를 별로 좋아해 본 적이 없지만 프락 말에도 일리가 있다. 테오도 알다시피 여기 이 숲에서는 모든 것과 모든 사람들이 서로 엮여 있고 지금까지 그만큼 그걸 잘 이용한 사람도 없다. 조그만 공동체에서는 누구도 독립적일 수 없다. 심지어 기자들마저도.

"그래서 나한테 원하는 게 뭐요?"

그는 묻는다.

프락은 뭐라고 대답할지 미리 연습한 티가 난다.

"솔직히 얘기할게요. 당신의 정치적인 지지가 필요해요. 하지만 헤드 하키단은 의회의 돈만 있으면 되는 게 아니라 후원자도 있어야 해요. 베어타운에게 공장과 같은. *내가* 평소에 질색하던 구단의 후원자를 찾아나서면 너무 의심스러워 보일 테지만 당신이라면 가능할 거라고 봐요. 그러니까…… 음…… 헤드를 살릴 수 있게 당신이 나를 도와주면 내가 베어타운을 살릴 수 있어요."

"그 대가로 내가 받는 건 뭡니까?"

프락은 수치심을 달래기 위해 눈을 질끈 감는다.

"양쪽 구단을 살린 주인공이 당신이라는 걸 내가 모르는 사람이 없도록 할게요."

테오는 콧방귀를 뀐다.

"그걸로는 부족하지, 당신도 알겠지만."

프락은 숨을 급하게 마신 다음 천천히 내뱉는다.

"또 뭘 원하는데요?"

"당신이 짓고 있는 '베어타운 비즈니스 파크'에 나도 끼워줘요."

"당신이 돈 버는 데 관심 있는 줄은 몰랐는데……."

프락은 희망에 찬 말투로 이렇게 불쑥 내뱉는 실수를 저지른다. 갑자기 테오를 돈으로 매수할 수 있을지도 모른다는 생각이 든 것이다.

상대는 재미있어하는 듯한 투로 대답한다.

"아니, 돈이라면 충분히 있어요, 프락. 내가 관심 있는 자본은 정치 자본뿐이요. 하지만 이 지역구는 살아남으려면 성장해야 하고 성장하려면 건설을 해야 한단 말이지요. 당신 같은 사람들은 건설을 담당하지만 어디에 어떤 식으로 건설할지 결정하는 건 나 같은 사람들의 몫이죠."

"그러니까 베어타운 비즈니스 파크의 모든 공적을 독차지하고 싶다는 건가요?"

프락은 넘겨짚는다.

"아니, 아니, 그럴 리가. 모든 공적은 아니고 여기서 조금, 저기서 조금이요. 지역 일간지에 사진 몇 장 실리는 정도랄까. 그리고 때가 무르익으면 내가 조건을 하나 더 요구할게요."

"어떤 조건을요?"

테오는 키보드를 두드리며 말한다.

"아직 모르겠지만 나중에 다시 연락하리다. 이제 일 좀 합시다."

❄

숲속으로 조금 들어간 곳에 차를 세워놓은 티무는 눈밭에 선 채로 담배를 피우며 프락의 헛소리를 듣느라 쥐꼬리만 한 인내심을 총동원하고 있다.

"……그러니까 티무, 자네랑 나는 원하는 게 같아! 우리 구단을 위한 가장 좋은 길! 그래서 말인데……."

"당신 구단 아니고, 당신 구단이 될 일도 없어."

티무가 험상궂은 목소리로 바로잡자 프락은 몇 킬로미터 떨어진 사무실에 있는데도 숨을 헐떡인다.

"알았어, 알았어. 미안. 내가, 내가 솔직히 얘기해도 될까, 티무?"

"제발."

"스탠딩석의 응원단이 없으면 구단이 명맥을 유지할 수 없다는 건 나도 알아. 하지만 우리 운영위원들이 없으면……."

"의회에 알랑방귀 뀌어대는 당신네 일당 말인가? 헤드하고 베어타운을 합치자는 건 당신이 내놓은 아이디어인 줄 알았는데? 왜 갑자기 생각을 바꾼 거지?"

프락은 침을 꿀꺽 삼키고 신중하게 말을 고른다.

"의회를 장악한 의원들은 양쪽 하키단을 합치고 싶어 하지 않아. 양쪽 다 없애고 새로운 구단을 만들고 싶어 하지. 하키를 '상품'이라고 생각하거든. 그들은 자네 같은 사람들이 관중석을 지키는 걸 원하지 않고, 조만간 진짜 서포터가 아닌 나 같은 사람들도 마뜩찮게 여길 거야. 그냥 소비자만 위하지. 그들은 우리 역사를 지우면 우리를 관중석에서 몰아낼 수 있다고 생각해. 헤드도 베어타운도 아닌, 어느 홍보회사에서 만들어낸 얼어 죽을 새 구단이 있으면……."

"당신과 나를 비교하지는 말아줬으면 하는데."

티무는 충고하지만 아까처럼 위협적이지 않다. 프락은 용기를 내서 하던 얘기를 계속한다.

"베어타운의 회계장부를 뒤지는 기자들이 있어. 기자들이 어떤 식인지 자네도 알지? 그들은 스캔들을 찾고 스캔들에는 항상 희생양이 있어야 하잖아. 그들이 선택한 희생양이 페테르야."

거의 1분 동안 티무가 조용히 담배를 빠는 소리만 들린다. 잠시 후에 그가 나지막이 묻는다.

"좋아. 원하는 게 뭔데?"

프락은 숨을 토하고 이마에서 땀을 훔친다.

"자네한테 부탁하고 싶은 게 있어. 당분간은 자네와 자네 친구들이 말썽을 일으키면 안 돼. 폭력 사태가 벌어지면 의회에서 양쪽 구단을 없앨 또 하나의 좋은 이유로 삼을 테니까. 그럼 모든 게 끝장이야. 그리고 그 기자들에게 베어타운 하키단을 파헤칠 이유를 추가로 제공하는 것도 절대 안 될 일이니……."

"기자들이 뭘 알아낼까 봐 걱정하는 건데?"

"그건 걱정할 필요가 없고."

티무의 말투가 협박조는 아니지만 거의 협박조에 가깝다.

"걱정하는 게 아니야. 궁금한 거지."

그래서 프락은 원하는 게 뭔지 대놓고 얘기하지는 않았지만 거의 얘기한 거나 다름없다.

"편집장이 하키단의 회계장부를 뒤적이고 있어."

"나더러 그 여자를 지켜보라는 건가?"

"뭐라고? 안 돼, 안 돼. 바보 같은 짓을 저지르면 절대 안 돼!"

티무는 프락이 하고 싶은 얘기가 뭔지 정확히 간파한다. 오랜 세월 동안 경험이 쌓이다 보니 사람들이 대놓고 밝히지 못하는 그들의 진심을 알아차리는 데 도사가 됐다.

"바보 같은 짓은 하지 않아. 하지만 프락, 당신한테 요청할 게 있는데. 펠센을 지킬 수 있게 당신이 좀 도와줘야겠어."

"펠센을? 누구한테서 지킨다는 건가?"

"레브가 누군지 아나?"

프락도 당연히 안다. 결국에는 모든 게 점점 더 단단하게 엮여 있지 않은가. 티무는 라모나가 어쩌다 빚을 지게 되었고 레브가 어떤 식으로 협박하고 있는지 설명한다. 프락은 정계의 인맥을 총동원해 어떤 조치를 취할 수 있겠는지 알아보겠다고 약속한다. 전화를 끊기 전에 그가 조심스럽게 얘기한다.

"고맙네, 티무. 자네가 헤드 하키단이 파산하는 꼴을 보고 싶어 한다는 걸 나도 알아. 거의 나만큼이나 오래전부터 그 구단의 씨를 말릴 수 있는 날을 꿈꿔왔을 텐데……."

티무는 짧게 웃음을 터뜨린다. 그는 가끔 프락에게도 증오라는 감정이 존재한다는 사실을 잊어버린다. 그래서 프락이 가엾어진다.

"뭐, 어쩌겠어, 프락? 헤드를 상대로 싸워야 죽도록 두들겨 패줄 수도 있지. 그리고 자기들 하키팀이 없어지면 그 쥐새끼들이 우리 하키팀을 응원할 수도 있는데, 내 응원석에 그 새끼들이 들어오면 되겠어? 절대 안 되지!"

그들은 전화를 끊는다. 한 공동체의 부패 여부는 다음과 같은 방식을 통해 판단할 수 있다. 걸리지 않으면 부정행위가 아니고 터지지 않으면 스캔들이 아니다. 그때까지는 그냥 비밀이다. 어느 곳이든 숲은 비밀로 가득하다.

❄

그날 오후에 지역 신문사 편집장은 장을 보러 슈퍼에 들른다. 아빠에게 깜짝선물로 좋아하는 음식을 만들어드리고 싶다. 그런데 재료를 찾는 동안 젊은 남자 둘과 여러 번 마주친다. 그들이 바로 옆은 아니지만 근처에서 계속 어슬렁거린다. 계산할 때도 같은 줄 뒤쪽에 서 있다. 주차장을 걸어가는 동안에도 곁눈으로 보이는 것 같지만 고개를 돌려보면 사라지고 없다. 차에 올라탔을 때는 어떤 차가 너무 바짝 붙어서 너무 쌩하니 지나가는 바람에 화들짝 놀란다. 너무 빨리 지나가서 번호판은 확인하지 못했지만 운전자가 검은 재킷을 입고 있었다고는 장담할 수 있다.

집에 도착하고 보니 어스름이 깔리기 시작할 무렵이고 곳곳에서 그림자가 보인다. 그날 밤에는 잠결에 누가 현관문을 돌리며 잠겨 있는지 확인하는 소리를 듣고 눈을 뜬다. 다음 날 아침에는 어떤 젊은 남자가 스쿠터를 타고 집에서 회사까지 쫓아온다. 처음에는 그녀가 착각하는 것이겠거니 생각하지만 이내 착각이길 바라는 심정이 된다.

69

리더

사켈은 아이스링크 관중석에 앉아 있고 그 옆에 앉은 관리인이 손목시계를 흘끗 확인하고는 씩 웃는다.

"A팀 훈련 시간을 이렇게 늦게 잡아서 다들 약이 바짝 올랐겠어."

사켈은 아무 대답도 하지 않는다. 관리인은 기침과 콧방귀의 중간 쯤에 해당하는 소리를 낸다. 헤드와 아이스링크를 같이 쓰게 됐을 때 그녀는 A팀이 맨 마지막 시간에 훈련하도록 스케줄을 변경했다. 주위에서는 모든 팀이 동등하다는 모범을 보이려 한다고 긍정적으로 해석했지만, 관리인은 사켈의 의도를 간파했다. 언제나처럼 자기 팀을 시험하려는 것이었다.

"올해에는 누구한테 주장을 맡길지 결정했나?"

그는 묻고 당연히 그녀는 거기에도 대답하지 않지만, 관리인이 프리 시즌 동안 날마다 똑같은 질문을 하고 있으니 희미하게 미소를 짓는 것 같기도 하다.

하키팀에 반복 등장하는 으리으리한 단어들이 많지만 그중에서도 최고는 '리더십'이다. 그런데 문제가 있다면 장소에 따라 단어의 의미가 달라진다는 것이다. 한 그룹을 이끌어가는 데에는 수많은 방법이 있다. 하지만 대부분의 리더는 한 가지 방법밖에 모르기 때문에 모든 리더가 어느 팀이든 끌고 갈 수 있는 것은 아니다.

"어떤 사람이 숲속으로 들어가는데 다른 사람들이 따라나서면 그걸 뭐라고 하게? 리더십이라고 하지. 그 사람이 숲속으로 혼자 들어가면? 그건 산책이지."

전에 관리인이 이런 우스갯소리를 늘어놓았을 때도 사켈은 미소를 지었지만 재미있어서 웃는 건 아니었다. 그녀가 웃은 이유가 이 말을 이해하지 못해서였는지 아니면 관리인이 이해하지 못한다고 생각해서였는지 알 방법은 없었다.

"문 잠글까?"

그가 묻는다. 얼마 전부터 사켈이 선수들에게 지각하지 않는 습관을 들이고 싶다며 문을 잠가달라고 부탁을 했었다.

하지만 사켈은 고개를 젓는다.

"아뇨. 한 명 더 기다리는 중이에요."

그녀는 자리에서 일어나 라커 룸으로 내려간다. A팀은 아직 준비가 덜 됐고 이 늦은 시각에 훈련한다며 여기저기서 투덜대고 앓는 소리를 한다. 성인 남자 집단을 흔들어놓는 방법은 어처구니없을 만큼 쉽다. 늘 하던 방식을 어지럽히기만 하면 된다. 사켈은 모든 전쟁은 남자들이 시작하지만, 그들이 한 번이라도 이긴 적이 있다면 오로지 기적에 의한 결과였다는 사실을 이해하는 데 어려움을 겪은 경우가 한 번도 없다.

사켈이 들어오자 보보가 다들 조용히 하라고 고함을 지른다. 그들은 그녀가 언성을 높이지 않아도 될 만큼만 잠잠해진다.

208

"오늘은 청소년 팀과 링크를 같이 쓴다."

"그게 무슨……."

다 큰 남자들의 신세 한탄이 불협화음처럼 터져 나온다.

그들은 사켈의 특이한 훈련방식에 서서히 적응했다. 아니, 적어도 받아들였다. 효과가 있다고만 하면 모든 선수가 따른다. 이기기만 하면 장땡이다. 하지만 링크를 반만 쓰는 것에 대해서는 여전히 짜증을 낸다. 얼마 전에 사켈은 신문에서 대도시의 소규모 하키팀을 다룬 기사를 본 적이 있었다. 링크에서 훈련할 수 있는 시간도 부족하고 자원도 별로 없지만 NHL로 드래프트되는 선수를 매해 꾸준히 육성하는 구단이었다. 기자가 원동력이 뭐라고 생각하느냐고 묻자 단장은 링크를 쓸 수 있는 시간이 '부족함에도 불구하고'가 아니라 '부족하기 때문에'인 것 같다고 답했다. 항상 두세 개의 청소년 팀과 같이 훈련하다 보니 다들 좁은 공간에서 움직이는 데 익숙해졌고 이것이 실력 향상에 도움이 됐다는 것이다.

"아이스하키는 절대 오대오 싸움이 아니거든요."

사켈은 단장의 이 발언을 보보에게 보여주었다. 보보는 그때까지 하키를 그런 관점에서 생각해 본 적이 없었다. 경기 내내 빙판 위에는 열 명의 선수가 있지만, 플레이는 항상 퍽이 있는 주변 몇 제곱미터 안에서 이루어진다. 좁은 공간에서 훈련했던 것이 알고 보니 이득이었다. 하키는 그게 전부다. 약간의 이득을 연결하는 것. 단 몇 센티미터의 여백.

그래서 사켈은 선수들이 징징거리거나 말거나 그냥 라커 룸에서 나와버린다. 보보는 몇 분 더 한숨을 쉬고 끙끙대고 욕을 하게 내버려둔 다음 남몰래 미소를 짓는다.

"너희들이 링크 나눠 쓰는 걸 얼마나 싫어하는지 나도 알아. 하지만 오늘은 청소년 팀과 나눠서 훈련하는 게 아니라 걔네를 상대로…… 연습 경기를 할 거다!"

단숨에 분위기가 바뀌고 귀청이 찢어질 것 같은 환호성이 터져나온다. 세월이 지나도 달라지지 않는 것들이 있으니, 여기에 있는 선수들은 모두 예전에 A팀과 연습 경기를 뛰다가 박살 나본 적 있는 비쩍 마른 청소년이었다. 거기에 따르는 보상이 뭔가 하면 몇 년 동안 훈련을 계속하면 A팀 선수가 돼서 다음 세대를 박살 낼 수 있다는 것이다.

"예전 훈련복 입고 뛰어도 돼요?"

한 선수가 잔뜩 기대하며 묻는다.

보보는 미안해하는 표정으로 고개를 젓는다.

"아니, 미안. 너희들 이름이 새겨진 흰색 유니폼을 입어야 해."

그 말을 듣고 선수들은 늘 그렇듯 투덜댄다.

지난겨울에 후원자들이 모든 선수에게 흰색과 초록색 각각 한 벌씩 새 훈련복을 지급했다. 지금까지는 한 번도 훈련복에 이름과 등번호를 새긴 적이 없었는데 이제 와서 갑자기 그것이 중요한 문제라는 것이다. 아무도 영문을 몰랐다. 그러던 어느 날, 훈련 시간에 프락이 사진사를 대동하고 등장했다. 사진사가 센터서클에 서서 훈련 사진을 찍기 시작하자 의문이 해결됐다. 홍보 책자에 넣을 사진이 필요한데, 경기 중에는 찍을 수가 없으니 그가 대안을 생각해 낸 것이었다. 선수들은 사진사가 한 선수에게만 카메라를 들이대고 있다는 것을 금세 알아차렸고, 그중 한 명이 프락에게 투덜거렸다.

"그럴 거면 모든 훈련복에 아맛의 이름을 새기지 그랬어요? 그럼 아무나 찍어도 되니까 훨씬 간단했을 텐데."

프락은 비아냥거림을 못 알아듣는 눈치였고, 그래서 모든 선수가 그 운동복을 싫어하게 됐다. 사켈이 오늘 그걸 입고 뛰게 하는 이유도 그 때문이다. 선수들의 부아를 돋우고 싶은 것이다. 보보가 벽시계를 확인하고 밖으로 나갔다가 다시 들어와서 시계를 한 번 더 확인하고 포기하려는 찰나, 바깥 출입문이 끼익 열리는 소리와 함께 아맛이 시뻘게진 얼굴로 헉헉대며 쓰러질 듯이 들어온다. 보보의 심장이 원래의 리듬을 잊고 발끼리 서로 엉킨다. 그는 달려가 친구를 끌어안고 싶지만 간신히 참는다. 그것도 테스트이기 때문이다.

아맛은 포옹 한 번으로 모든 것을 간단하게 해결할 수 있다면 얼마나 좋을까 생각한다. 그는 펜스 옆에 있는 사켈에게 다가가지만 그녀는 그를 못 본 체한다. 아맛은 살이 찌고 얼굴에는 핏기가 하나도 없는데, 그녀의 눈을 똑바로 쳐다볼 용기조차 내지 못한 채 그 자리에 서 있다. 사켈은 아무 말도 하지 않고 그에게 먼저 말을 꺼내도록 강요한다.

"저도…… 저도 오늘 훈련 같이해도 될까요?"

그는 간신히 묻는다.

"빈자리가 없는데."

그녀는 냉랭하게 대꾸하며 이제 막 알렉산드르가 등장한 빙판을 턱으로 가리킨다.

아맛은 그를 쳐다본다. 덩치가 크고 튼튼하며 키가 아맛보다 머리 하나는 더 커 보이고, 아맛에게는 없는 자신감과 특권층의 오만함으로 똘똘 뭉쳐 있다. 이 마을의 노인들은 그런 재능 있는 선수를 가리켜 '풀 패키지'라고 한다. 전에는 케빈을 그렇게 불렀었다.

"그럼…… 혹시…… 체력 단련실은 써도 될까요? 아무한테도 방해되지 않게 조심할게요."

아맛은 짜증스럽게도 눈물이 나오려는 걸 참으며 이렇게 묻는다.

그를 쳐다보지도 않은 채 사켈이 대답한다.

"지금 청소년 팀을 상대로 연습 경기를 할 거야. 그 팀에는 빈자리가 있으니까 생각 있으면 그 팀에서 뛰어보든지."

아맛은 바닥을 내려다보며 고개를 끄덕인다. 머리가 너무 무거워서 버틸 수 있는 게 기적이다.

"좋아요. 감사합니다."

그는 조그맣게 속삭인다.

"라커 룸에 네 초록색 훈련복 있으니까 청소년 팀 선수들이랑 같이 갈아입어."

사켈은 무표정하게 지시를 내린다.

그래서 아맛은 먼저 A팀 라커 룸에 초록색 훈련복을 가지러 가는데, 그가 들어서자 라커 룸이 완벽한 정적에 휩싸인다. 봄 이후로 그를 만난 선수가 아무도 없기 때문이다. 그런 다음 이번에는 복도를 건너 청소년 팀 라커 룸으로 들어간다. 거기도 완벽한 정적에 휩싸이지만 이유는 전혀 다르다. 청소년 팀 선수들은 그와 나이 차가 얼마 나지 않지만 상관없다. 이 상황에서 그들은 그냥 어린애고 아맛은 우상이다. 제일 넓은 벤치에 앉아 있던 아이가 벌떡 일어나 자기 자리를 양보하려고 하지만 아맛은 애처로운 표정으로 고개를 젓고 화장실 바로 옆 구석 자리에 앉는다. 팀 안에서 가장 어리고 실력이 떨어지는 '기생충'이 앉는 곳이다. 청소년 팀에서 마지막으로 뛰었을 때 그에게 배정된 자리가 거기였다.

"형이 *우리랑* 같이 뛰는 거예요?"

한참 만에 다른 아이가 용기를 내서 묻는다.

아맛이 고개를 끄덕이자 기뻐하며 웅성거리는 소리가 라커 룸에 번지다 다시 정적이 흐른다. 아맛은 배에서부터 목까지 관통하는 공포를 느낀다. 아이들이 모두 그를 쳐다보고 있기 때문이다. 그는 옷을 벗고 싶지도 않고 절대 아무 말도 하고 싶지 않지만 이 아이들은 그가 무슨 말이라도 해주길 학수고대하고 있다. 벤이가 있었다면 그냥 자리에서 일어나 "자, 이제 나가서 놈들을 찢어 죽이자!" 뭐 이런 말을 했을 테고, 그러면 다들 벌떡 일어나 환호성을 지르며 그를 따라나섰을 것이다. 하지만 벤이는 벤이고 슬프게도 아맛은 아맛이다.

그가 이런 생각을 하고 있었을 때 옆자리에 앉아 있던 선수가 "죄송해요!"라고 외친다. 끈을 묶으려다가 손이 미끄러져서 아맛의 다리를 친 것이다.

아맛이 보니 그 아이가 손을 부들부들 떨고 있다.

"떨려?"

그는 조용히 묻는다.

아이는 고개를 끄덕인다.

"상대가 망할 A팀이잖아요! 우리를 박살 낼 거예요!"

아맛은 대꾸할 방법이 없기에 아무 말도 하지 않는다. 그가 옷을 벗자 주변을 감싼 정적이 몸속을 기어다니는 벌레처럼 느껴진다. 훈련복 윗도리를 집어드는데, 옆에 앉아 있던 아이가 부러워하는 눈빛으로 그를 쳐다보고 있다. 청소년 팀 선수들도 그와 비슷한 윗도리를 입었지만 등에 이름이 없다. A팀에게는 그 이름이 홍보용 설정이었을지 몰라도 청소년 팀에게는 계급의 상징이다. 운동복에 이름이 새겨졌다면 탈락 선수 후보는 아니라는 뜻이니까.

"칼 있는 사람?"

아맛은 조용히 묻는다.

다들 영문을 몰라 하는 표정을 짓는다.

"칼이요?"

한 아이가 묻는다.

"저 있어요."

맞은편 구석에 앉아 있는 조그만 아이가 말한다. 베어타운 라커 룸에는 사냥꾼이 적어도 한 명은 있기 마련이고 그들은 항상 칼을 들고 다닌다.

손에서 손으로 칼이 건네져 그에게 전달되자 아맛은 그걸로 윗도리에 달린 이름을 떼어낸다. 다른 아이들과 똑같아질 때까지 한 글자씩 떼어낸다. 그런 다음 자리에서 일어나 칼을 돌려주고 말한다.

"나는 남들 앞에서 화이팅하자고 하고 그런 거 잘 못해. 그리고 너희들 말이 맞아. 너희는 오늘 A팀에게 박살 날 거야. 그들이 덩치도 더 크고 힘도 더 세니까."

그가 헛기침을 하고 잠깐 침묵하자 그새 한 아이가 외친다.

"그 말 들으니까 기운이 불끈 솟네요!"

모든 아이들이 웃음을 터뜨리고 아맛도 같이 웃자, 오래전부터 그의 안에 있었던 뭔가가 풀려난다. 그래서 그는 두서없이 입을 열기 시작한다.

"내가…… 음, 내가 어느 피겨스케이팅 선수 얘기를 읽은 적이 있어. 이름은 기억이 안 나는데, 세계 선수권 대회에 출전했고 엄청 인기가 많았기 때문에 코치가 프로그램에서 어려운 점프는 모두 빼고

214

쉬운 것만 넣되 완벽하게 하라고 했대. 그러면 우승할 수 있을 거라고. 그렇게 그녀는 링크로 나섰고…… 개판을 쳤어. 한 번도 넘어진 적 없는 기술에서 넘어졌고 아무것도 하질 못했어. 연기를 마쳤을 때 그녀의 순위는 맨 꼴찌였지. 평생을 통틀어 최악의 순간이었어. 그래서 그 선수는 라커 룸에 혼자 들어가서 생각했어…… '에이 씨, 꺼지라 그래.' 뭐 이 비슷하게. 그런 다음 나가서 다음 라운드 때는 가장 어려운 점프를 모두 성공시켰어. 다른 선수들은 아무도 할 수 없는 점프를. 순위가 꼴찌에서 동메달로 바뀌었지. 무슨 말인지 알겠지? 왜냐하면…… 어…… 내가 이런 거에는 영 젬병이라 무슨 말을 하려고 했는지 모르겠지만……."

라커 룸은 고요하고 다들 일종의 결론을 기다린다. 그는 결론을 내리지 못한다. 학교에서 발표를 하는데, 과제를 잘못 이해했다는 사실을 깨달은 심정이다. 아맛이 쥐구멍을 찾아서 숨으려는 찰나 옆에 앉은 아이가 말한다.

"나도 그거 읽었어요. 피겨스케이팅 선수 기사. 그리고 자기는 생각이 너무 많아서 쉬운 프로그램은 못 하겠댔나? 뭐 그 비슷한 얘기를 했던 걸로 기억해요. 자기는 도전 정신을 발휘할 때만 잘한다고……."

다른 아이가 외친다.

"내가 어렸을 때 잘하는 팀이랑 붙게 됐다고 징징대면 우리 엄마가 했던 얘기랑 비슷하네. '원래 힘들어야 맞는 거야!'"

다른 아이 몇이 웃음을 터뜨린다.

"우리 엄마도 그랬어! 베어타운 엄마들은 그렇다니까?"

아맛은 다시 벤치에 앉아서 같이 웃고 스케이트 끈을 묶은 다음,

결과에 대해서는 아무 생각도 하지 않고 일어선다. 그러자 다른 아이들도 일어선다. 그가 복도를 향해 걸음을 옮기자 그들도 따라나서는데, 그를 따라 다 같이 빙판 위로 늠름하게 나선 그 순간이야말로 모든 청소년 팀 선수들이 평생 기억하고 자랑하는 순간이 될 것이다. 우리가 아맛과 한 팀으로 경기를 했노라고.

아맛의 이름은 라커 룸 벤치에 남겨졌으니 그가 이번만큼은 자신을 위해 뛰는 것이 아니라는 것을 누구라도 알 수 있다.

＊

베어타운 하키단의 A팀이 원래부터 주일학교 전도사는 아니었지만 훈련을 하는 내내 이렇게 욕을 많이 한 건 오랜만의 일이다. 땀을 뻘뻘 흘려가며 죽어라 움직여야 간신히 속도를 맞출 수 있다. 모든 청소년 팀 선수들이 그 어느 때보다 훌륭하게 라인 변경을 하고, 동에 번쩍 서에 번쩍 하는 아맛을 위해 모든 걸 바친다. 그는 살이 쪄서 전보다 느려졌을지 몰라도 A팀에는 여전히 아맛을 따라잡을 수 있는 선수가 없다. 그래서 그들은 논리적으로 유일하게 가능성이 있는 작전을 동원한다. 아맛을 심하게 후려치고 발로 차고 태클을 건다. 두어 번은 그가 허공으로 날아갈 만큼 심하게 일격을 당하지만, 보보가 반칙 선언을 해야 하나 싶어 사켈을 쳐다보아도 그녀는 고개를 젓기만 한다. 그를 도발해서 화가 나면 어떻게 되는지 보고 싶은 것이다. 아맛은 두어 번 위로 붕 날았을 때 덤벼들려는 것 같은 표정을 지었다가도 꾹 참는다. A팀 선수들이 웃으며 놀려대도 마찬가지였다. 스틱으로 등을 언어맞지만 스틱이 날아오는 걸 보고 옆으로 물러나서 피하고, 퍽을 다시 빼앗아 두 명의 수비수 사이로 날린다. 작년 겨울에 그가 최고의 기량을 발휘했던 때 이후로 이 링크에서 그 정도로 광분의 슛을 날린 선수는 없었다. 윗도리의 배 부분이 전에 비해 좀 끼긴 하지만 경기가 진행되면 될수록 그는 점점 예전의 아맛으로 돌아간다. 막을 수 없는 아맛으로 돌아간다. 그가 열 골을 기록하지 못한 유일한 이유가 있다면 사켈이 그에게 알렉산드르를 계속 붙였기 때문이다. 알렉산드르는 속도는 느릴지 몰라도 플레이는 훨씬 영리하다. 아맛이 무슨 수를 생각해 내도 그는 몇 번이고 스틱을 내밀어 퍽을 쳐낸다. 결국에는 그 둘이 그림자처럼 빙판 위에서 쫓고 쫓기며 거의 일대일로 싸운다. 알렉산드르는 쉬는 시간에 여러 번 두 손으로 무릎을 짚고 숨을 헐떡이고, 아맛은 선수용 벤치에서 최소 두 번 구역질을 한다. 엄청난 게임, 정말 엄청난 게임이라 보보는 직접 보지 못한 사람들이 안쓰럽게 느껴질 지경이다. 청소년 팀은 네 골을 넣는데, 그중 세 골은 아맛이 넣은 것이다. 알렉산드르는 두 골밖에 넣지 못하지만 A팀이 도합 여섯 골을 넣어서 승리한다. 상관없다. 보보가 호루라기를 불어 경기 종료를 알리자 A팀 선수들은 빙판 위에 그대로 남아 청소년 팀 선수들에게 박수갈채를 보낸다. 아주 잠깐, 스틱으로 빙판을 몇 번 두드린 것에 불과하지만 중고등학생 아이들에게는 그것이 엄청난 의미다.

그들은 각자의 라커 룸으로 돌아가지만 아맛은 거기까지 가지도 못하고 복도 바닥에 주저앉는다. 알렉산드르가 마지막으로 그 앞을 지나가다가 잠시 걸음을 멈추고 스틱으로 아맛의 스케이트를 찌르며 말한다.

"네가 컨디션을 회복해서 다시 상대할 날이 기다려진다."

아맛은 미소를 짓는다.

"저도요."

조그만 도전이지만 두 사람 모두에게 그것이 필요하다. 사켈은 바보가 아니다. 알렉산드르는 A팀 라커 룸으로 들어가고 아맛은 억지로 몸을 일으켜 절뚝절뚝 청소년 팀 라커 룸으로 들어간다. 뒤에서 우레와 같은 웃음소리가 들리자 고개를 돌리지 않아도 누가 왔는지 알아차린다.

"시끄러워요, 보보 형. 나 지금 할머니처럼 걷고 있는 거 나도 아니까……."

"나 아무 말도 안 했다!"

"뭐라고 하려고 했는지 아니까 시끄럽다고 하는 거예요! 그리고 나 건드리지 마세요, 이미 온 사방이 욱신거리니까……."

보보는 껄껄대며 우람한 팔로 잔인하게 그를 와락 끌어안는다.

"내가 뭐랬냐! 너는 루핀 같다니까!"

"거참 고맙네요, 친구님."

아맛은 끙끙댄다.

요즘 들어서는 그렇게 생각한 적이 거의 없지만 그때 그 자리에서는, 대부분의 사람들은 절대로 평생 달라지지 않지만 180도 달라지는 사람도 있다는 생각이 그의 머리를 스치고 지나간다. 청소년 팀 시절만 해도 보보는 약자를 괴롭히고 못살게 구는 덩치였는데, 지금은 아무도 그 말을 믿지 못할 것이다. 아맛이 예전에는 엘리트 선수였다는 걸 아무도 믿지 못하는 것처럼.

"오늘 너를 봤다면 저분이 뭐라고 했을까?"

보보는 벽에 걸린 라모나의 사진을 턱으로 가리키며 히죽거린다.

"저한테 돼지라고 했겠죠."

아맛은 미소를 짓는다.

보보는 만족스러운 표정으로 자기 배를 토닥인다.

"나를 봤다면 이제 큰 돼지가 똥구멍으로 작은 돼지를 낳았다고 했겠지!"

아맛은 온몸이 아플 정도로 세게 웃고는 청소년 팀 선수들의 의기양양한 목소리가 들리는 복도 저 멀리로 발걸음을 질질 옮긴다.

"그쪽 아니야!"

보보가 이번에는 친구가 아니라 보조 코치 입장에서 외친다.

아맛은 잔인한 농담을 들은 사람처럼 고개를 돌린다.

"진짜로?"

그는 가까스로 묻는다.

"진짜로! 사켈 코치님이 이번 주말에 헤드를 상대로 첫 경기를 치를 때 너의 활약을 기대하겠대! 그러니까 뛰어라, 뚱뚱아. 뛰어!"

아맛은 눈물을 참으려고 애를 쓴다. 보보가 그의 소지품을 이미 A팀 라커 룸으로 옮겨놓았다. 이번에는 아맛이 들어가도 아무도 입을 다물지 않는다. 쳐다보거나 하던 일을 멈추지도 않고 계속 서로 수다를 떤다. 전과 달라진 게 하나도 없는 것처럼. 그가 그들과 한 팀인 것처럼. 그가 예전에 앉았던 자리가 비어 있고, 알렉산드르는 지난봄에 레브를 두고 우스갯소리를 늘어놓았던 선수의 자리에 앉아 있다. 그는 더 이상 여기서 뛰지 않는다. 그 우스갯소리 때문이었는지 A팀에서 뛸 만한 실력이 아니기 때문이었는지 아맛은 절대 알 수 없을 것이다.

그는 모두의 흘끗거리는 시선을 의식하며 옷을 벗고 혼자 샤워실로 들어간다. 아무도 따라 들어오지 않는다. 그는 혼자 서서 따뜻한 물을 맞으며 시큰거리는 근육과 그보다 더 시큰거리는 마음을 달랜다.

아맛이 다시 나와 보니 벤치에 칼이 놓여 있다. 팀원들이 전부 윗도리에서 자기 이름을 떼어냈다. 어느 누구도 아무 말 없이 그냥 이름을 쓰레기통에 던지고서 한 명씩 샤워하러 들어간다. 아맛 혼자 자기 숨소리와 함께 구석의 벤치에 남겨진다. 이렇게 해서 그는 경기에서는 졌지만 라커 룸을 되찾았다.

❄

원래는 A팀 훈련 시간에 관중이 별로 많지 않은데, 오늘은 관중석에 낯익은 얼굴이 드문드문 앉아 있다. 마야와 페테르가 나란히 앉아서 초코볼을 먹고 있고 관리인이 그 옆을 지킨다. 잠시 후에는 예전 A팀 코치 수네가 개와 함께 등장한다. 훈련 시간이 반쯤 지났을 때 계단을 밟는 가벼운 발소리와 나지막한 속삭임이 들린다.

"내 앞에 앉아줘요! 쟤가 나를 보지 못하게!"

파티마다. 아맛의 훈련을 다시 구경하고 싶지만 아들이 자기를 보고 부담감을 느낄까 봐, 자기 때문에 주문이 깨어질까 봐 걱정하는 것이다. 페테르와 수네는 그러다 경기가 있는 날이면 아들보다 더 이상한 의식을 이것저것 치르는 미신 신봉자가 되겠다며 웃음을 터뜨린다.

"조만간 향을 들고 여기 앉아서 저 아이가 골을 많이 넣지 못하게 하는 악령을 내쫓겠다고 중얼거리겠어요……."

수네는 씩 웃는다.

그가 뭐라고 얘기하든 상관없는 것이, 파티마의 귀에는 들리지 않는다. 아들이 저 아래에서 하키를 하고 있으니 다른 어떤 것도 존재하지 않는다. 그러다 아맛이 골을 넣자 앞에 앉은 마야의 어깨를 자기도 모르게 덥석 붙잡았다가 민망해한다. 마야는 웃으며 괜찮다고 하지만, 고개를 돌렸을 때 뭔가를 보고는 파티마의 손을 조금 세게 잡고 만다. 아이스링크 문이 열리더니 누군가가 슬그머니 들어와 저쪽 구석에 혼자 앉는 것이다.

"호랑이도 제 말하면 온다더니······."

그 누군가가 벤이인 것을 보고 관리인은 미소를 짓는다.

수네와 페테르는 자기 아이가 집으로 돌아오기라도 한 것처럼 돌아본다. 둘 다 아무 말도 하지 못하고, 수네의 개만 그 둘을 대신해 열심히 짖는다. 사켈도 벤치 옆에 앉아 있다가 그를 본다. 그녀는 사람을 별로 좋아하지 않기에 감정적이지는 않지만, 그래도 벤이가 떠난 뒤로는 어느 누구에게도 16번을 허락하지 않았다. 앞으로도 어떤 팀을 맡든 그 번호는 남겨둘 것이다. 뜬금없이 문이 열리고 그가 아무 일도 없었던 듯이 아이스링크로 걸어 들어오는, 바로 지금과 같은 순간을 내심 영원히 꿈꿀 것이기에. 사켈은 앞으로 재능이 더 뛰어나고 더 빠르고 더 테크닉이 훌륭한 선수들을 가르치겠지만, 저 장발의 바보를 데려올 수만 있다면 어느 팀의 어느 선수라도 기꺼이 내어줄 수 있을 것이다. 빙판 저편에서 벤이가 사켈과 눈을 맞추고 무뚝뚝하게 고개를 숙이자 그녀도 마주 고개를 숙인다. 그게 전부다. 거기서 좀 더 다가가면 사켈이 벤이에게 다시 하키를 하고 싶지 않으냐고 물을 수도 있기에, 벤이는 그녀를 실망시키는 모습을 상상만 해도 감당할 수가 없기에 거리를 유지한다. 사켈은 후회하지 않는 편이지만 당장 그에게 다가가 보고 싶었다고 말하지 않은 걸 후회하게 될 것이다. 라모나에게 한 번도 그 말을 한 적 없는 걸 항상 후회하게 되듯이.

훈련은 계속되고 선수들은 너무 정신이 없어 관중석에서 어떤 일이 벌어지고 있는지 보지 못한다. 벤이는 그림자가 진 관중석 맨 꼭대기에 앉아 그저 소리를 듣는다. 스케이트가 빙판을 가르는 소리, 메아리, 숨을 헐떡이는 소리. *탕 탕 탕.* 그는 오래전에 아맛의 가방을 아이스링크 앞에 떨구었고 긴장하는 거냐고 그를 놀렸지만, 이번에는 벤이가 밖에 혼자 서서 추위에 벌벌 떨다가 훈련이 절반이나 지난 다음에서야 문을 열고 과거의 모든 환영을 가로지를 수 있었다. 그 환영 중 하나가 일어나더니 빙판을 천천히 돌아와 허락을 구하지도 않고 그의 옆에 앉는다. 그러고는 팔짱을 끼고 뺨을 그의 어깨에 얹는다.

"마야 안데르손이 하키 훈련장엘? 보보가 말한 그 새로 왔다는 선수가 진짜 끝내주는 모양이네!"

벤이가 외치자 마야는 그의 팔을 있는 힘껏 때리고서 웃음을 터뜨린다.

"아, 진짜 다들 멍청이야. 하나같이 완전 멍청이야!"

벤이는 씩 웃으며 빙판을 턱으로 가리킨다.

"저기 쟤야?"

마야는 쏘아붙인다.

"네. 이름이 알렉산드르인데, 사켈은 그냥 '대도시'라고 부르더라고요. 왜냐하면 다들 견딜 수 없을 만큼 바보 같은 멍청이라서!"

벤이는 미간을 찌푸린다.

"그런데 진짜 엄청 섹시한데?"

"내 말이이이이이이……."

마야가 체념한 듯 한숨을 쉰다.

그는 폭소를 터뜨린다. 그녀가 주머니에서 초코볼을 꺼내자 그는 하루 종일 담배를 피운 터라 한 입당 한 개씩 먹어치운다.

"네가 180도 달라지지는 않아서 다행이다."

그녀는 미소를 짓는다.

벤이는 얼른 눈을 감았다가 천천히 뜬다. 그 너머를 보려고 애를 쓰는 사람처럼 천장을 올려다본다.

"마야, 넌 집으로 돌아오니까 기분이 이상하지 않아? 나는 정말 이상하거든. 이 링크만 해도 이제는 답답해. 어렸을 때는 엄청…… 거대했는데."

"그러게. 다 이상해요. 심지어 집에 있어도 집이라는 생각이 안 들더라고요. 여기 오면서도 '집에 간다'고 하지 않았고……."

마야가 실토한다.

그는 한동안 아무 말도 하지 않다가 묻는다.

"케빈이 없었다면 네 인생이 어땠을지 생각해 본 적 있어?"

그녀는 질문의 내용만큼이나 자신의 반응 속도에 놀라워하며 조그맣게 속삭인다.

"수시로 하죠. 선배는?"

그는 이보다 더 작을 수 없게 턱을 움직여 고개를 끄덕인다.

"그럼 계속 여기서 살았을 것 같아?"

마야는 영원의 시간 동안 고민한 끝에 대답한다.

"응. 아마 아무것도 모르는 행복한 아이로 계속 지냈겠죠. 파티에

다니고, 구역질 나는 술을 마시고, 학교에서는 누가 누구랑 잤는지
수군대면서. 벤이 선배가 얼마나 섹시한지 모른다고 떠들어대는 아
나의 이야기를 밤새도록 들어줘야 했을 테고……."

"나 아직도 섹시하거든!"

벤이가 단호하게 말허리를 자른다.

"아, 그렇지. 암요. 맞지. 그런데 본인이 그걸 너무나도 잘 알고 있
으니까 꼴 보기 싫다고 해야 할지."

마야는 미소를 짓는다.

벤이는 머뭇거리는 듯한 기미를 보이다가 묻는다.

"그런 다음에는? 베어타운에서 고등학교를 졸업한 뒤에는? 그래
도 여기 남아 있었을까? 케빈이 없었다면?"

그녀는 곰곰이 생각해 본다.

"음…… 아마도요? 어떤 정신 나간 하키맨을 만나 조그만 마당이
있는 조그만 집에서 두 아이와 심바라는 이름의 고양이와 몰리라는
이름의 개를 키우며 살았을 수도 있고……."

"미래의 아이들이 아니라 미래의 반려동물 이름을 지어서 붙이다
니 마음에 든다."

벤이는 씩 웃는다.

"제가 지금은 반려동물에 훨씬 관심이 많아서요."

그녀도 씩 웃는다.

"그럼 행복할까? 그 조그만 집에서?"

"응, 응. 아마 행복하겠죠. 만드는 노래는 형편없겠지만."

벤이는 웃음을 터뜨린다.

"네 남편이 떠난다면 내가 거기서 같이 살 수 있을 텐데."

"에휴, 내 남편이 떠난다면 그건 남편이 선배랑 잤기 때문이겠죠. 가증스럽긴."

"맞네."

벤이는 시인한다.

"나는 선배가 대단하다고 생각해요."

그녀는 그의 스웨터에 대고 속삭인다.

"나도 네가 대단하다고 생각해."

그는 그녀의 머리칼에 대고 답한다.

누군가가 몇 줄 아래에서 숨 가쁘게 외친다.

"나는? 나를 대단하다고 생각하는 사람은 없어? 둘 다 개떡 같은 친구다, 최악이야! 너 어디 있는지 알아내려고 네 휴대전화에 깔아놓은 스토킹 앱 켜서 본 거 알아?"

아나가 명랑하게 좌석을 뛰어넘으며 그들을 향해 올라온다. 마야는 부재중 전화가 아홉 통이나 와 있는 걸 이제야 확인하고 당황스러워한다.

"잠깐…… 내 전화기에 스토킹 앱을 깔았다고? 내가 어디 있는지 보려고? 도대체 왜?"

그녀가 비난조로 묻자 아나는 도무지 이해가 안 된다는 듯이 두 팔을 벌린다.

"바로 이런 상황 때문이지!"

70

선수

다른 A팀 선수들은 샤워를 마치고 집으로 돌아가고 아맛과 옹알이와 대도시만 라커 룸에 남아 있다. 그들도 이제 막 나서려는 찰나, 아맛이 용기를 내서 묻는다.

"옹알아, 혹시 내일 아침 일찍 와서 추가 훈련할래? 예전에 그랬던 것처럼…… 여기서 슛 연습 몇 번 하는 건데…… 관리하시는 분께 문 열어달라고 부탁하면 돼."

옹알이는 열심히 고개를 끄덕인다. 대도시도 한쪽 눈썹을 들며 조심스럽게 묻는다.

"나도 같이 해도 돼?"

아맛은 기뻐하며 고개를 끄덕인다. 가방 옆에 잠깐 서 있던 그는 다시 용기를 내서 묻는다.

"혹시…… 지금은 어때?"

의견을 조율하고 말고 할 것도 없다. 그들은 다 같이 옷을 벗고 훈련복으로 다시 갈아입는다. 밖에서는 훈련을 구경하던 몇 안 되는 관중들이 출입문 쪽으로 이동하기 시작했다가 선수들이 다시 나오는 걸 보고 모두 돌아온다. 관리인, 파티마, 수네, 페테르, 벤이, 마야 그리고 아나다. 원래는 아이스링크의 문을 닫고 불을 꺼야 하는 시각이지만 아무도 그 말을 꺼내지 않는다. 아맛이 순식간에 몸을 돌려 옹알이의 오른쪽으로 퍽을 날리자 그물이 덜컹거리는 소리에 아이스링크 안에 있던 모든 사람들의 영혼이 깨어난다. 아맛이 웃으며 환호성을 지르자 파티마는 아들이 행복해서 내는 소리를 몇 달 만에 듣는다고 생각한다.

"아이스링크에서 웃음소리가 들린다니 세상에 아직 희망이 남아 있다는 뜻이야, 아직……."

관리인은 중얼거리며 혼자 감정을 달래기 위해 창고로 사라진다.

수네가 웃음을 터뜨리자 개가 그의 얼굴을 핥는다. 페테르는 평생 이 정도로 제자리를 찾은 기분을 느낀 적이 없다. 관중석 저편에는 벤이와 마야와 아나가 앉아 있다. 아맛은 그들 아래로 가서 멈추어 서더니 놀리는 투로 대도시에게 외친다.

"저기요! 벤야민 오비크 만나봤어요? 이 마을의 레전드인데! 예전에는 제법 하키도 잘했고! 물론 형만큼은 아니지만 제법 괜찮았었는데……."

벤이는 참을 수 있을 때까지 참는다. 모두가 예상한 것보다 오래 참는다. 하지만 결국에는 일어나서 욕을 하며 중얼거린다.

"하, 빌어먹을 스케이트 찾으러 가야겠네. 저 바보 새끼 다리를 분질러버리게……."

마야와 아나가 배를 잡고 웃자 웃음소리가 아이스링크 지붕을 감싸며 울려퍼진다. 아맛도 마찬가지로 웃는다. 대도시는 그의 옆에 서서 조그맣게 속삭인다.

"너를 두고 한 말이지? 네 다리를 부러뜨리겠다는 거지, 그치?"

벤이는 씩씩대며 관리인의 창고로 들어갔다가 스케이트를 들고 나온다. 관리인은 이 아이스링크에 평생을 바쳤고 대부분의 사람이 상상하는 것보다 훨씬 많은 것을 보았지만, 지금 이 순간보다 더 훌륭한 광경은 기억이 나지 않는다. 사켈과 보보는 사무실에서 다음 훈련 계획을 짜려다 아래 링크에서 시끄러운 소리와 환호성이 들리자 다시 관중석으로 나온다. 보보는 벤이를 보고 문에서 열쇠가 덜거덕거리는 소리를 들은 래브라도리트리버 같은 표정을 짓지만, 사켈은 전혀 무감동한 표정으로 고개를 끄덕이며 말한다.

"마무리는 내가 할 테니까 너는 내려가서 친구들이랑 놀아."

보보는 신나서 어쩔 줄 몰라 하며 비틀비틀 관중석을 내려가지만 사켈은 사무실로 다시 들어가지 않는다. 그대로 관중석에 서서 벤이가 빙판을 가로지르며 쫓아가자 아맛이 옆으로 휙 피하며 웃음을 터뜨리고, 보보가 스케이트를 신고 싸움판에 뛰어드는 것을 구경한다. 그중에서도 최고는 거의 어른이 다 된 아이들이 자기들이 어른이라는 걸 잊은 모습이다.

그들은 팀을 나눈다. 벤이, 보보, 옹알이가 한 팀이고 아맛과 대도시가 한 팀이다. 그들이 너무 한쪽으로 기운다며 관중석에 있는 페테르를 부르며 계속 괴롭히자 결국 그도 내려가 스케이트를 신는다. 마야로서는 믿기지 않지만 빙판으로 나선 아빠가 진심으로…… 이 순간을 즐기는 것처럼 보인다.

대도시는 도저히 뚫을 수 없는 곳을 뚫고는 아맛에게 패스한다. 번번이 운이 따라주는 것처럼 보인다. 아맛은 퍽으로 골문을 가른 뒤, 스케이트를 타고 보보를 지나쳐 돌아가는 길에 숨을 헐떡이며 말한다.

"아까 그 패스 봤어요? 첫 상대가 될 헤드 팀이 불쌍해서 어쩌나. 불쌍하고 또 불쌍해서 어쩌나. 저 형은 내 생각을 읽는다니까요?"

사실 대도시가 저지른 실수는 딱 하나다. 퍽을 가로채 벤이의 옆을 쌩하니 지나는 바람에 벤이가 중심을 잃고 휘청거려 모두에게 웃음을 선사한 것이다. 이후로 벤이는 성난 오소리처럼 그를 쫓아다니며 단 한 뼘의 빙판도 허락하지 않는다.

"꼭 그렇게 웃어야 했어요? 저 인간 손에 제가 죽게 생겼다고요!"

대도시는 페테르가 골대 근처에서 멈추어 서자 조그맣게 속삭이지만 페테르는 빙그레 웃고는 그만이다.

"아냐, 아냐. 걱정 마. 벤이가 여기서 너를 죽이지는 않을 거야. 목격자가 너무 많잖아. 너는 가장 예상치 못했던 순간에 갑자기 그냥 '사라질' 거야. 이 마을 주변에는 숲이 많거든. 그 안에다가는 뭐든 묻을 수 있지!"

대도시는 이 동네의 유머 감각이 그 정도로 형편없는 건지 아니면 페테르가 진심인 건지 정말, 정말 열심히 고민하는 표정으로 그를 빤히 쳐다본다. 뒤에서는 벤이가 아맛을 링크 이 끝에서 저 끝까지 쫓고 있다. 반대편 끝에 다다랐을 무렵에는 둘 다 얼굴이 시뻘겋다. 보보가 괜찮은지 확인하려고 다가가 잠깐 쉬자고 말을 꺼내려는 순간, 벤이가 몸을 반으로 접더니 좀 전에 먹은 초코볼을 골라인과 보보의 스케이트 위로 모두 토해낸다.

"으악…… 이 무슨…… 맙소사! 안 돼! 안 돼! 우웩, 내가 그걸 밟고 있잖아!"

보보는 비명을 지르며 펄쩍 뛰어서 피하려다가 미끄러져 그 한복판에 쿵 하고 엉덩방아를 찧는 빤한 결말을 맞이한다.

몇 분 동안 어느 누구도 제대로 숨을 쉬지 못한다. 웃음소리가 분명 헤드까지 들렸을 것이다. 파티마가 양동이와 걸레를 들고 달려오지만 아맛이 펜스로 다가가 그녀를 가로막고 청소 도구를 받아서 직접 치우러 간다. 벤이는 너무 미안해서 그를 한 대 치고 싶어진다.

"선배보다 훨씬 끔찍한 돼지들 뒤처리도 했는걸요."

아맛은 씩 웃는다.

"훨씬은 아니다!"

보보는 넌더리를 내며 외쳤다가 토사물이 얼어서 빙판 위에 들러붙은 걸 보고 헛구역질을 한다.

"냄새 때문에 그래요, 보보 선배? 그게 역겨워요?"

아맛은 놀리고 벤이와 함께 목젖이 아플 때까지 웃는다.

헛구역질을 하느라 보보의 거대한 몸이 요란하게 흔들리자 벤이는 하도 웃는 통에 갈비뼈가 아파서 쭈그리고 앉아야 한다. 보보는 펜스에 기대고서 엄청나게 씩씩대며 아맛에게 무턱대고 욕을 퍼붓고, 사켈에게 팀 구성을 다시 고민해 보라고 얘기하겠다고 한다. 그 말을 듣고 벤이는 악을 쓰고 웃으며 더 이상 못 참겠으니 제발 아무 말도 하지 말아달라고 한다.

그들은 보보를 위해 빙판의 다른 곳으로 자리를 옮겨서 물병 뚜껑으로는 좀 더 좁은 구역을 표시하고 물병으로 골대를 만든다. 그런 다음 어렸을 때 호수에서 그랬듯이 아무 규칙 없이 총공세를 펼친다. 간단하고 단순하다. 우리 편 대 너희 편이다.

아맛은 이날 저녁을 무언가의 시작으로 기억할 것이다. 보보는 무언가의 끝으로 기억할 것이다. 페테르에게는 다시 소속감을 느낀 시간이고, 옹알이에게는 처음으로 소속감을 느낀 시간이다. 대도시에게는 어린아이로 돌아가 하키를 다시 미친 듯이 사랑하게 되는 또한 번의 기회다. 벤이에게는 어떤 느낌이었을지 아무도 모른다. 이번을 끝으로 그가 뛰는 것을 아무도 보지 못한다.

나중에 마야가 이날 저녁을 떠올리며 가사를 쓸 때는 메모지가 눈물로 흠뻑 젖을 것이다.

얼마 전의 그날 밤을 기억해
그 충격이 닥치기 직전의 어느 날
우리가 상상했던 네 모습을
드디어 확인했던 딱 하루 밤
네 몸은 쏜살같이 움직이고
네 심장은 편안하게 뛰고
너는 네가 되고 싶었던 모든 것이었지
행복하고 안전하고 자유로운
지금 너는 어디 있니, 내 친구야? 나는 모르겠어
하지만 나는 아주 오래전의 그날 밤을 기억해

71

살인범

모든 아이는 부모가 보낸 어린 시절의 피해자다. 모든 어른은 자기 자식에게 자기들이 어렸을 때 좋아했던 것 아니면 누리지 못했던 것을 주려고 애를 쓰니 말이다. 결국에는 모든 것이 우리가 만났던 어른들에 대한 반발 아니면 그들을 따라 하려는 시도로 전락한다. 자신의 어린 시절을 혐오하는 사람이 그걸 사랑하는 사람보다 공감 능력이 더 뛰어난 이유가 그래서다. 힘든 시절을 보냈던 사람은 다른 현실을 꿈꾸지만 편안한 시절을 보낸 사람은 현실이 달랐을 수도 있다는 생각을 거의 하지 못한다. 애초부터 행복했던 사람은 그 행복을 당연하게 여기기 쉽다.

하키를 이해하지 못하는 사람에게 그게 어떤 건지 설명하기가 어마어마하게 어려운 이유가 그 때문인지도 모른다. 하키는 항상 우리 곁에 있든지 아예 없든지 둘 중 하나이기에. 제때 하키와 사랑에 빠지지 못하고 커버리면 그걸 스포츠로 받아들이게 된다. 어렸을 때 먼저 몸으로 그걸 경험했어야 그냥 놀이라는 걸 알 수 있을 만큼 마음의 긴장을 풀 수 있다. 그러고 나서 운이 좋으면, 정말로 운이 좋으면 계속 그 상태에 머물러 있을 수 있다.

베어타운에 오른 장갑만 한 눈송이가 내리고 아이스링크 안에서 터진 웃음소리가 주차장까지 들린다. 듣는 사람이 누군가에 따라 완벽하게 이해가 될 수도 있고 완전히 미친 것처럼 느껴질 수도 있겠지만, 어떤 곳에서는 놀이가 어린 시절을 통째로 구원할 수도 있다. 언제든 그 놀이를 하고 있으면 불안도 공포도 느껴지지 않는다. 그런 감정이 들어설 자리가 없다. 놀이 안에 담긴 것은 열렬한 외침과 숨 돌릴 틈 없는 웃음뿐이고, 친구들이 모두 같은 팀원이면 외로울 일이 없다. 밤이 되면 잠이 드는 것이 아니라 곯아떨어지고, 엄마나 아빠가 잠든 아이의 하키복을 살금살금 벗겨야 한다. 다음 날 해가 뜨면 뱃가죽이 등에 달라붙은 채로 일어나 아침을 배 속에 쓸어 담고, 길에서 노는 친구들이 항상 있으니 잽싸게 달려나간다. 항상 새로운 놀이가 있고 항상 모든 걸 결정하는 결승골이 있다. 어떤 놀이를 사랑하면, 진심으로 사랑하면 어린 시절의 다른 기억이 거의 없다. 스틱을 손에 들고, 친한 친구들과 어깨를 맞대고, 두 골대 사이 몇 제곱미터의 공간이 세상의 전부고 우리가 우주 최고였던 때가 곧 가장 행복했던 모든 순간이다. 아이에게 줄 수 있는 가장 훌륭한 선물은 소속될 수 있는 집단이다. 우리 인간이 누릴 수 있는 가장 큰 복은 무언가의 일부분이 되는 것이다.

이것이 바로 남들과 다른 아이가 상처받는 이유다. 어느 누구와도 어린 시절을 공유한 적이 없기에 학교에서 찍은 사진을 나중에 보아도 이름이 기억나지 않는 아이. 사람들의 울타리 밖에 있으면 너무 추워서 혼자 얼어 죽을 수도 있다.

마테오는 아이스링크 주차장 가장자리에 심긴 나무 사이 어둠 속에 서 있다. 얼어붙은 웅덩이 위로 조심스럽게 한 발을 얹고 얼음이 갈라지는 소리를 듣는다. 호수가 얼기 시작했는지 궁금해진다. 그렇다면 그날이 이 마을의 하키맨들에게는 크리스마스보다 더 중요한 날이다. 호수가 얼면 마테오마저 신이 났던 때도 있다. 그러면 그들이 경기에 열중하느라 한동안 그를 괴롭히는 것조차 잊어버리기 때문이다. 하지만 안타깝게도 그 기간은 절대 오래 가지 않는다.

누나는 항상 이렇게 말했다.

"그 몇 년만 견뎌! 이 마을에서 버텨! 그러면 자유로워질 수 있어. 우리는 세상 밖으로 나갈 거야. 너랑 나, 딱 둘이서, 알겠지? 학교에 있는 동안 투명 인간처럼 지내고 하키맨 근처에만 가지 마."

하지만 이 마을은 하키맨으로 득실대는 곳이라 그러기가 쉽지 않다. 3년 전 이 무렵, 마테오가 열한 살이었을 때 자전거를 타고 호수 옆을 지나가다가 학교 선배들에게 붙들린 적이 있었다. 처음에 그들은 같이 놀아줄 것처럼 그를 속이더니(항상 그렇듯 너무 간단하고 너무 잔인한 수법이다) 호수가 단단히 얼었는지 한번 나가보라고 꼬드겼다.

"조금만 더! 조금만 더!"

처음에는 이렇게 외치며 부추기다가 이내 협박하기 시작했다.

"계속 가, 안 그러면 돌아왔을 때 다리를 분질러버린다!"

한참 멀리까지 나갔을 때 결국 얼음이 깨지기 시작했다. 그도 알다시피 달리면 사형선고나 다름없고 한쪽 발에 온 체중을 실었다가는 그대로 춥고 어두컴컴한 물속으로 빠져 절대 다시 빠져나올 수 없을 것이었다. 마테오는 그 뒤로 수백 번 악몽을 꾸었다. 위에서 빛이 보이지만, 얼음 아래에 갇힌 채 조그만 주먹으로 아무리 열심히 쳐도 구멍을 찾지 못해서 서서히 익사하는 꿈이었다. 그래서 그는 열한 살짜리가 생각해 낼 수 있는 유일한 방법을 동원했다. 납작 엎드려서 최대한 골고루 체중을 분산한 것이다. 원래 계획은 기어서 뭍으로 돌아가는 거였지만 무서웠다. 그래서 거기 그냥 엎드린 채 울었다.

그때 과연 호숫가의 그 선배들은 후회를 했을까? 그 자식들에게 는 뭐든 장난이었다. 나중에 그 부모들이 대는 핑계는 항상 같았다. 사내 녀석들끼리 장난을 친 거라고. 애들이 어떤 식인지 알지 않느냐고. 그냥 재미삼아 그런 거였다고. 마테오는 얼음에 입을 대고 목 놓아 울었기 때문에 그들이 웃었는지 비명을 질렀는지 알 수가 없었다. 그는 누군가의 고함 소리를 들은 다음에서야 반응을 보였다.

"이 새끼들, 뭐 하는 거야??"

마테오는 아주, 아주 조심스럽게 벌벌 떨리는 턱을 들어 호숫가 쪽을 쳐다보았다. 누나 또래의 십 대 둘이 길가에 스쿠터를 세워놓고서 비탈을 내려오고 있었다. 남자아이들은 놀라서 온 사방으로 도망쳤다. 둘 중 한 명이 주먹을 들고 그들을 쫓아가려고 했지만 다른 십 대가 그를 말리며 마테오를 가리켰다. 얼음에 금이 가자 마테오는 처음으로 비명을 질렀다. 둘은 밧줄로 쓸 만한 것을 찾느라 다급하게 좌우를 두리번거렸지만, 아무것도 찾지 못하자 점퍼와 티셔츠를 벗어서 서로 묶었다. 둘 중 체중이 덜 나가는 쪽이 꿈틀꿈틀 마테오에게 최대한 가까이 다가와 급조한 밧줄을 던지고 천천히, 천천히 그를 안전한 곳으로 끌어당겼다.

마테오는 그들이 뭐라고 했는지 거의 기억하지 못한다. 이가 너무 심하게 떨렸고 귓전을 때리는 울부짖음이 너무 요란했다. 하지만 그들은 어디 사느냐고 물었고 그가 간신히 손가락으로 방향을 가리키자 십 대 중 한 명이 그의 자전거를 탔고 나머지 한 명이 그를 스쿠터에 태웠다. 그의 부모님은 끝도 없이 반복되는 교회 봉사활동을 하느라 외출했기 때문에 집에 루트밖에 없었다. 그녀는 집 밖으로 달려 나와 숨이 막히도록 마테오를 끌어안았고 둘로부터 무슨 일이 있었는지 들었다. 마테오는 그 십 대들이 헤드 출신이었던 것도, 그들이 입고 있었던 빨간색 점퍼가 하키팀 점퍼였던 것도 몰랐다. 둘 중 한 명이 루트에게 악수를 청하며 자기소개를 했다.

이렇게 해서 그녀가 자신의 살인범을 만나게 됐다.

72

캠핑카

어른들이 먼저 집으로 돌아간다. 그들은 웃어대는 청춘들로 가득한 아이스링크에 다른 세대가 너무 가까이 다가가면, 상자를 연 순간 재로 변하는 보물처럼 그 마법이 사라질 수 있다는 것을 안다. 마야, 아나, 보보는 자기들끼리 주차장에서 벤이, 아맛, 옹알이와 대도시가 옷을 갈아입고 나오길 기다린다. 수네의 개는 강아지 시절부터 여길 자길 영역이라고 생각했기에 킁킁거리며 그들의 발치를 맴돈다. 녀석은 수네가 은퇴한 뒤로 아이스링크에서 보낸 시간이 워낙 많다 보니 심지어는 A팀이 마지막으로 촬영한 공식 사진까지 같이 찍었다. 옹알이가 함께 놀아주고 있다. 동물들은 하나같이 그를 사랑한다. 어쩌면 아무리 간절히 원해도 아무에게도 이해받지 못하는 그를 알아보기 때문일지 모른다.

"집까지 태워다 줄까?"

보보가 묻지만 옹알이는 고개를 젓고 버스 정거장으로 걸음을 옮긴다.

"내일 훈련하는 거지? 아침 일찍!"

아맛이 외친다.

옹알이는 아무 말 없이 고개만 끄덕이지만, 어떤 말도 필요 없게 만드는 미소를 짓고 있다. 그들은 각자 갈 길을 간다. 보보는 아맛의 가방을 할로까지 실어다 주고 테스와 통화하기 위해 곧장 집으로 간다. 아맛은 달린다. 그는 오늘 밤에 단잠을 자고 내일 아침에 뱃가 죽이 등에 들러붙은 채로 일어날 것이다.

"너는? 태워다 줄까?"

벤이가 대도시를 흘끗 쳐다보며 무심하게 묻는다.

"아냐…… 아냐……."

대도시는 대충 얼버무린다.

"다른 건 뭐 필요한 거 없어? 내가 무엇이든 도와줄 수 있는데!"

벤이는 뻔뻔하게 윙크하며 씩 웃는다.

대도시는 마야를 흘끗 쳐다보고는 민망해하며 말한다.

"실은…… 실은 숙소가 필요해. 페테르 단장님이 내가 그 집에서 지내는 걸 싫어하는 눈치라. 당분간은 같이 지내자고 해서 고마웠지 만 어쩐지 그건 아닌 것 같아. 어젯밤에도 단장님이 방문을 밖에서 잠근 것 같아서……."

그의 뺨이 벌게진다. 마야를 바로 옆에 세워두고 이런 문제를 의 논하자니 민망할 수도 있다. 다행히 아나가 민망한 일이 맞는다고 확인 도장을 찍어준다.

"마야가 밤에 몰래 그 방으로 들어가서 덮칠까 봐 잠그셨나 봐!"

"아나, 너 진짜……."

마야는 나지막이 쏘아붙이고, 아나는 친구가 자기를 때리려고 하 자 깔깔대며 한들한들 피한다.

"오! 마야 안데르손이 싸움을 건다고? 새로 사귀었다는 절친한테 배운 거야, 뭐야? 좋아, 그럼 덤벼! 있는 힘껏 때려봐!"

그녀는 격투기 선수답게 차분한 자신감을 풍기며 놀린다. 두말하면 잔소리지만 마야는 10년 동안 애를 써도 때리기는커녕 아나의 근처에 가지도 못할 것이다.

대도시는 살짝 충격을 받은 표정으로 그들을 쳐다보고, 벤이는 그런 그를 재미있어하며 쳐다본다.

"나한테 캠핑카가 있어."

그가 말한다.

"뭐라고?"

대도시가 큰 소리로 묻는다.

"캠핑카. 숙소가 필요하다며."

"아니…… 진심이야?"

"아니이이…… 진심이야아아?"

벤이는 그의 말투를 흉내 내며 똑같이 따라 한다.

대도시는 눈에 대고 신발 밑창을 긁은 뒤 페테르에게 빌린 점퍼를 단단히 여민다.

"그러니까 사람들이…… 캠핑 갈 때 타고 가는…… 그런 캠핑카 말이야?"

벤이는 온몸이 흔들릴 정도로 세게 웃는다.

"보아하니 캠핑을 한 번도 가본 적이 없는 모양이네, 대도시?"

"캠핑하려고? 우리도 끼워줘요!"

아나가 몇 미터 멀리에서 얼른 외치고 팔을 무작정 휘두르는 마야를 어린애 대하듯 한 손으로 간단히 막는다.

"기온이 영하잖아."

대도시가 짚고 넘어간다.

"그래서?"

아나는 이해하지 못하고 묻는다.

"나한테 담배랑 맥주도 있어."

벤이가 말한다.

그래서 그들은 캠핑하러 떠난다.

벤이가 간신히 지날 수 있는 숲길을 따라 캠핑카를 몬다. 하마터면 캠핑카가 전복될 뻔하기도 했지만 그래도 호숫가까지 무사히 끌고 가서 저 멀리 마야와 아나의 섬이 보이는 곳에 세운다. 예전에는 그곳이 케빈과 벤이의 섬이었다. 두 아이만의 가장 은밀한 공간이었고 매해 여름을 보낸 안식처였지만 그건 오래전 얘기였다. 케빈이 다른 곳으로 떠나자 벤이는 그 섬을 두 여자아이에게 넘겼고 그들은 이제 성인이 되었다. 마야가 손끝을 벤이의 어깨에 아주 잠깐 얹고 조그맣게 속삭인다.

"여기 분위기가 워낙 낭만적이니까 빙빙 돌리지 않고 말할게요. 내 미래의 남편을 여기 데려와서 걔랑 자려고 했다가는 내 손에 죽는다, 진짜."

벤이는 껄껄대고 웃는다. 그와 아나가 같이 불을 피우려고 하지만 아나는 제대로 못한다며 큼지막한 나뭇가지로 벤이를 위협하고는 혼자 해낸다. 도망을 나선 강도처럼 이곳을 지나간 폭풍의 피해로 나무들이 여기저기 쓰러져 있다. 하지만 베이고 벌어진 풍경 속의 상처들도 이제는 눈과 망각으로 서서히 덮여가고 있다. 봄이 되면 자연은 지난주 내내 포효했던 바람의 힘을 죽여놓았을 것이고 인간들도 그럴 것이다. 모닥불을 앞에 둔 젊은이들은 침낭 속에 웅크리고 들어앉아 맥주를 마시고 담배를 피우며 별을 구경하고 안개 속으로 빨려 들어간다. 기분 좋은 밤이다. 최고로 꼽을 수 있을 정도다. 거의 모든 것의 해답을 거의 찾은 것처럼 영혼이 거의 평정에 가까운 상태라 날이 새도록 깨어 있고 싶은 그런 밤이다. 물론 내일이 되면 모든 것이 다시 사라질 테고, 누구라도 그렇다는 걸 안다. 그래서 잠을 자고 싶지가 않은 것이다. 결국 마야가 하품을 하기 시작하더니 침낭 안에 들어간 채로 접이의자에서 일어나려고 끙끙대다 혀 꼬부라진 소리로 말한다.

"젠장. 이렇게 취한 것도 오랜만이네. 나는 봐야겠어. 아니 봐야겠어. 아니 봐야겠다고오오오…… 에이 씨 무슨 말인지 알겠지!"

다른 세 명은 뺨이 아플 정도로 웃는다.

"가서 자라, 이 주정뱅이야. 으이구, 음대에서 새로 사귄 절친들은 술을 진짜 뭣 같이 못 마시는 모양이네. 네가 이렇게 술에 약한 걸 보니까!"

아나는 키득거린다.

"새로 사귄 절친이라니?"

벤이가 궁금해한다.

"마야가 나를 버리고 선택한 친구!"

아나는 턱으로 가리키는데, 너무 취해서 양쪽 눈동자가 하나는 이 동네, 다른 하나는 저 동네에 있다.

"흠, 그렇다면 내가 복수하는 뜻에서 쟤 미래의 남편이랑 잘게!"

벤이는 이렇게 장담하며 아나와 하이파이브를 하려고 하지만 참담하게 실패한다.

마야는 날이 밝아서 술이 깨고 혀가 제대로 돌아가면 둘에게 엿이나 먹으라고 제대로 저주를 날리기로 다짐한다. 그녀는 캠핑카 안으로 들어가 머리가 바닥에 닿기도 전에 잠이 든다. 아나는 마야보다 늦게까지 버텼다고 말할 수 있도록 밖에 잠깐 남아 있다가 두 남자에게 깍듯하지만 엄숙하게 엿이나 먹으라고 한 다음 안으로 들어가 절친과 등을 마주 대고 잠을 청한다.

벤이와 대도시는 그 자리에 남는다. 벤이는 그를 보고 그는 하늘을 본다.

"이제 모든 여행객이 치는 멘트라도 읊게? 이렇게 별이 많은 건 처음 본다고?"

벤이는 놀린다.

"내가 살던 곳에서도 별은 보여."

대도시는 미소를 짓는다.

벤이는 모욕을 당하기라도 한 것처럼 대꾸한다.

"우리 마을 별처럼 근사하지는 않지. 하키 선수들도 마찬가지고."

당연히 그건 거짓말이다. 벤이는 오늘 대도시의 손목 움직임과 패스를 보았고 그의 실력이 얼마나 훌륭한지 정확히 안다. 벤이의 눈을 쳐다본 대도시는 그도 안다는 걸 알아차리고는 더 이상 아무 말도 하지 않는다. 대신 생각에 잠긴 투로 이렇게 묻는다.

"페테르 단장님 검색해 봤어. 20년 전에 베어타운 하키팀 주장이었던 거 맞지? 거의 우승할 뻔했던데."

벤이는 눈을 감고 담배를 몇 모금 깊게 빤다.

"그게 바로 베어타운의 특징이지. 거의 항상 거의 최고인 거."

대도시는 보이지 않는 결혼반지를 돌리기라도 하는 것처럼 손가락을 비빈다.

"사켈 코치님이 나 훈련하는 거 보러 왔을 때 단장님이 한 말이 있거든. 내가 이제는 하키팀 단장도 아니라면서 왜 여기까지 찾아왔느냐고 물었을 때 그분이…… 좋은 일을 하고 싶어서랬나? 그 비슷하게 대답하더라고. 자기가 세상에 조금이나마 기여할 수 있는 통로가 하키밖에 없다고."

"그분은 특별한 분이야."

이렇게 말하는 벤이의 말투 안에는 한 인간의 가장 좋은 점과 가장 나쁜 점이 모두 담겨 있다.

대도시는 담배를 천천히 두어 모금 빨고 대답한다.

"정말 특별한 경험일 것 같아. 그러니까…… 그런 팀의 선수로 뛰는 거 말이야. 모두에게 충격을 선사하는 팀. 그게 진정한 형제애겠지? 모두를 최고보다 더 뛰어나게 만드는 거? NHL의 왕조는…… 절대 오래 지속되지 않아. 한 몇 년 동안 천하무적이다가 다들 나이 먹고. 구단은 매각되고. 자기가 그 한복판에 있는 동안에는 그게 얼마나 특별한 건지 알 수 있을까?"

벤이는 눈을 반쯤 뜨고 춤을 추는 모닥불 빛에 비춰지는 그를 바라본다.

"그래서 여기로 온 건가? 특별해지기 위해서?"

대도시는 겸연쩍게 미소를 짓는다.

"아마도."

그를 한참 쳐다보던 벤이가 기습적으로 던진 질문을 듣고 대도시는 놀라서 담배 연기에 사레가 든다.

"지금까지 뇌진탕 몇 번 겪었어?"

"그, 그걸…… 왜 물어보는데?"

대도시는 기침을 한다.

벤이는 침착하게 어깨를 으쓱한다.

"오늘 너랑 뛸 때. 퍽을 향해 달려들 적마다 네가 엄청난 실력을 보여주던데. 내 쪽에서 손을 쓸 도리가 없을 정도로. 하지만 네 몸을 향해 달려들면 번번이 피하더라고. 예전에 같이 뛰었던 친구도 실력이 엄청났거든. 우리가 열네 살이었을 때 뇌진탕을 일으킨 이후로 걔도 한동안 그랬었어. 몇 달 동안 몸싸움이 벌어질 때마다 얼른 피했지."

기침이 멎은 대도시는 모닥불에 나뭇가지를 두어 개 넣다가 당연 지사로 손을 데고는 웅얼웅얼 묻는다.

"그 친구가 케빈 에르달?"

벤이는 그날 밤 들어 처음으로 놀란 표정을 짓는다.

"어떻게 알았어?"

이번에는 대도시가 어깨를 으쓱할 차례다.

"당시에 아빠가 전국의 내로라하는 선수들을 계속 지켜봤거든. 그 명단을 내 방 벽에 붙여놨었어. 사실 네 경기도 한 번 본 적 있어. 아빠가 나를 태우고 네 시간을 달려가서 내가 어떤 선수랑 싸워야 하는지 보여주더라고. 케빈이 미치도록 부러웠던 기억이 나."

"걔 실력이 어처구니없도록 훌륭하긴 했지."

"맞아. 하지만 그래서가 아니었어. 그 옆에 네가 있었기 때문에 부러웠던 거야. 아무도 감히 걔를 건드리지 못했거든."

벤이는 몇 분 동안 아무 말도 하지 않다가 했던 질문을 반복한다.

"뇌진탕을 몇 번 겪었는데?"

대도시는 한숨을 쉰다.

"여섯 번. 맨 처음은 열두 살이었을 때고, 가장 최근에는 작년에. 후위에서 크로스체크를 당하는 바람에 붕 날아서 펜스에 부딪혔어. 상대는 2분 동안 벌칙을 받았지만 나는 9주 동안 경기를 뛰지 못했어. 처음 사흘 동안은 계속 토악질만 했고, 아무 생각도 할 수가 없었고, 그냥 죽고만 싶더라. 햇빛을 쬐면 머리가 쪼개지는 것 같아서 집 밖으로 나가지도 못할 정도였지. 그렇게 심하게 겪은 건 처음이라 그 주말의 기억이 아예 없어. 지금도 편두통이 남아 있어. 이명도 계속 들리고. 가끔은 이 안이 그냥 새까매질 때도 있어. 텔레비전으로 중계된 경기에서 어떤 선수가 나랑 비슷하게 강타당하는 걸 본 적이 있는데 해설자가 뭐라 그랬는지 알아? '저건 맞은 선수 책임이죠. 머리를 들고 있었어야 해요!'"

그는 자기 관자놀이를 톡톡 두드린다. 벤이는 고통스러워하는 그의 눈빛을 읽고 고개를 끄덕인다.

"맞아. 나도 성격이 바뀌고 온갖 문제를 겪었다는 그 NHL 선수 기사 봤어. 뇌가 영구적으로 손상됐는데 죽어서 부검하기 전까지 아무도 몰랐다고……."

대도시는 눈을 감는다.

"다시 팀으로 복귀했을 때 코치가 골대 앞에서 몸싸움을 좀 더 적극적으로 하길 원하더라고. 이렇게 '싸워라', 저렇게 '싸워라' 하면서. 몸싸움에서 이기는 것에 집착해서 '펜스를 네 것으로 만들어라' 이딴 헛소리나 늘어놓고……."

"'퍽을 잡아먹어!' '철조망을 씹어먹어!'"

벤이는 그런 부류의 코치를 백만 번쯤 만났기에 제대로 흉내를 낸다.

"그렇지."

대도시는 씁쓸하게 웃음을 터뜨린다.

"그 뒤로 어떻게 됐는데?"

"그럴 엄두가 안 나더라고. 그리고 그 코치가 그걸 알아차렸어. 나는 더 이상 그의 시스템에 어울리지 않는 거지. 그러니까 '머리가 물렁물렁하다'라면서 나를 벤치에 앉혀두기나 하고. 짜증을 내니까 구단을 찾아가서 나한테 '규율 문제'가 있다고 했더라고."

"정말 그런 문제가 있었어?"

"내가 규율 문제를 일으키지 않은 구단은 거기밖에 없었을걸? 그 전까지는 한참 철이 덜 들어서 시건방진 애새끼로 지냈지만 그 구단은 마음에 들었는데…… 거기서 잘해보고 싶었는데. 하지만 이제는 그런 코치들이 원하는 방식으로 뛸 수가 없어……."

"그럼 여기에서는?"

대도시는 천천히 코로 숨을 쉰다.

"사켈 코치님은…… 다른 것 같아."

"다른 정도가 아니지."

벤이는 미소를 짓는다.

"그럼 내가 다르게 경기하는 걸 허락할까?"

"내가 할 수 있는 말이 있다면, 사켈 코치는 너 자신도 아직 모르는 너에 대한 온갖 잡다한 것들을 이미 알고 있을지 모른다는 거야. 가끔은 그래서 좋을 때도 있지."

벤이는 선포한다.

"좋지 않을 때도 있고?"

"자신의 진면모를 알고 싶어 하는 사람은 별로 없으니까."

대도시는 잠깐 동안 이 말을 곱씹는다. 마지막 하나 남은 맥주를 딴다.

"나는 페테르 단장님이 좋아. 다른 전직 프로 선수들처럼 저 잘난 맛에 사는 밥맛일 줄 알았는데 그게 아니라……."

"특별해?"

"이 마을 자체가 특별해. 서로 근친결혼이라도 한 거야?"

대도시는 웃음을 터뜨린다.

"그리고 담배도."

벤이가 기침한다.

그들은 별빛을 머리에 이고 단둘이서 한참을 깔깔대고 웃는다. 정말 기분 좋은 밤이다.

"얼마나 훌륭했어? 페테르 단장님 말이야."

잠시 후에 대도시가 묻는다.

벤이는 곧바로 대답한다.

"최고였지. 그런데 솔직히…… 강박이 심했어. 예전에 어떤 식으로 훈련했는지 들어보면 미쳤더라고. 어렸을 때는 그런 얘기를 들으면 그냥 전설이겠거니 생각할 수도 있는데 예전 영상을 봤더니 장난 아니더라. 어마어마하게 느려 보이는데 아무도 단장님을 젖히지 못해. 아무도!"

"꼭 시간의 속도를 늦추는 것처럼 말이지? 나도 사켈 코치님이 단장님이랑 대결 붙였을 때 느꼈어."

진지한 표정으로 벤이는 고개를 끄덕인다.

"다들 그걸 타고난 재능인 줄 알지만 연습의 결과야. 강박의 결과이기도 하고. 그분 인생에는 그것밖에 없었으니까. 네가 단장님처럼 연습했다면 지금쯤 얼마나 훌륭한 선수가 됐을 것 같아?"

"아직 내가 훌륭한 선수가 아니라고 생각하는 이유가 뭔데?"

대도시는 미소를 짓는다.

"이번 주말에 경기가 있는데 이렇게 숲속에 캠핑카를 대놓고 여기 앉아서 담배를 피우고 맥주를 마시고 있으니까."

벤이는 짚고 넘어간다.

대도시는 안도감과 압박감을 동시에 느끼며 웃음을 터뜨린다.

"어차피 아맛만큼 훌륭한 선수가 되지는 못했을 거야. 너무하더라. 그렇게 빠른 선수는 본 적이 없어. NHL에 진출할 수도 있겠더라고. 하지만 나는? 아니야. 아빠는 나도 NHL 선수가 될 수 있다고 생각하지만 뭐가 있어야 하는지 몰라서 그러는 거지. 뭔가 정말 특출한 부분이 있어야 하는데 나는 그냥…… *잘하는* 선수야. 아빠는 나만의 작은 세계에서 내가 최고인 걸 보았지만 마을마다 아맛 같은 선수들이 한 명씩 있잖아. 그런데 NHL에서는? 거기서는 1년 동안 게임을 백 번이고 뛰어야 하는데…… 어떤 희생이 따를지 생각해 봐! 하루 내내, 1년 내내 하키만 해야 한다고. 나는 그런 생활을 감당할 수 없을 거야. 아빠는 하키에 미쳐서 NHL에서 한 시즌만 뛸 수 있다면 한쪽 팔이라도 잘라버릴 수 있을걸. 아빠에게는 욕심은 있지만 재능은 없었고, 나는 어쩌면 재능은 갖추었을지 몰라도 욕심이 없어……."

"욕심도 재능이야."

벤이는 말한다.

그 말을 들었을 때 대도시의 가슴이 거의 무너진다.

"너는? 너는 왜 하키를 때려치웠어?"

그는 조그맣게 묻는다.

"더 이상 사랑하지 않게 됐거든."

벤이는 대답한다.

대도시는 한참 아무 말도 하지 않다가 용기를 내서 묻는다.

"다시 사랑하게 될 수 있을 것 같아?"

벤이는 대도시의 눈을 똑바로 쳐다본다. 뭐든 가능할 것처럼 느껴지는 밤이라 그는 이렇게 대답한다.

"어쩌면."

그들은 캠핑카 안으로 들어가 아나와 마야의 반대편을 보고 눕는다. 어처구니없을 정도로 춥지만 대도시는 밤새 한 번도 깨지 않는다. 그런 게 얼마만인지 모른다. 그는 다음 날 아침에 일찌감치 일어나 숲에 혼자 들어가 앉아서 이만큼 완벽하고 이만큼 압도적이었던 때가 없었던 소리를 듣는다.

정적의 소리다.

73

새겨진 무늬

밤이 베어타운을 삼키지만 이미 오래전부터 어두컴컴했기 때문에 거의 티가 나지도 않는다. 교회 문이 끼이익 열리고 사람 하나가 맨발로 유리를 밟듯 살금살금 눈을 밟으며 그림자 사이로 조심스럽게 등장한다. 무덤가에서 깜빡이는 촛불 말고는 길잡이가 없지만 그는 어디로 가야 하는지 아는 눈치다.

묘지는 원래 종착지라야 하지만 많은 사람에게 모든 묘비는 물음표다. 왜? 왜 네가? 왜 이렇게 일찍? 지금 너는 어디 있을까? 모든 게 달랐다면 너는 어떻게 됐을까? 아주 조그만 거라도 달랐다면? 다른 부모 밑에서 태어났거나 이름이 달랐거나 다른 데서 살았다면?

그녀의 이름을 기억할 사람은 거의 아무도 없을 것이다. 그들은 이렇게 얘기할 것이다.

"아, 맞아, 걔 우리 반이었지. 몇 년 전에 사라지지 않았어? 가출했다고 들었는데. 걔네 부모님이 광신도인가 그렇지 않아? 이상한 교회 다니고, 그런 데를 뭐라는지 모르겠지만. 약을 했다고 들었어. 외국으로 나갔다가 약물 과다 복용으로 죽었다고. 아, 근데 걔 이름이 뭐더라? 기억이 안 나!"

루트. 그녀의 이름은 루트였다. 묘비에 새겨져 있다. 이름 아래에는 날짜만 있을 뿐 시구도 그녀에 대한 짤막한 소개도 없다. 하지만 묘비 꼭대기 한쪽 구석에 누군가가 애정을 담아서 조심스럽게 조그만 무늬를 새겨놓았다. 아주 가까이서 들여다보자 나비가 보인다.

그 사람은 어둠 속에서 좌우를 두리번거린다. 나중에 그의 이름이 묘비에 새겨지면 많은 사람들이 반문할 것이다. "누구? 기억이 안 나는데……." 그럼 누군가가 모두가 이름 대신 부른 그의 별명을, 말이 없어서 생긴 그 별명을 알려주어야 할 것이다. '옹알이'라고.

그는 루트의 무덤 앞으로 다가가 무릎을 꿇고 새겨진 글자를 손으로 더듬는다. 그런 다음 절망으로 온몸을 떨며 어둠에 대고 같은 말을 반복하고 또 반복한다.

"미안해. 미안해, 미안해, 미안해."

74
기회

좀 전에 마야와 벤이와 옹알이와 다른 사람들이 아이스링크 앞에 서서 만사태평하고 세상 근심 하나 없는 듯이 수네의 개와 놀고 있었을 때 마테오는 어둠 속에 숨어서 그들을 지켜보고 있었다. 아맛과 보보가 다른 모두에게 인사하고, 보보는 차를 몰고 아맛은 달려서 아맛의 집으로 출발했다. 벤이, 마야, 아나 그리고 마테오가 이름을 모르는 새로 온 선수는 낡은 캠핑카 쪽으로 걸음을 옮겼다. 옹알이 혼자 헤드로 가는 버스를 탈 것처럼 버스 정거장 쪽으로 걸어갔지만 보는 사람이 아무도 없다는 생각이 들자 교회 공동묘지 쪽으로 방향을 틀었다. 마테오는 살금살금 그의 뒤를 밟았다. 이제 마테오는 묘비와 묘비 사이에 숨어서 옹알이가 루트의 무덤 앞에서 흐느껴 우는 소리를 듣는다.

이로써 옹알이에 대한 미움이 커지는지 줄어드는지 마테오는 잘 모르겠다. 전에는 그의 누나를 살해한 인간들은 관심도 없을 거라고, 누나의 죽음을 슬퍼하지도 누나를 인간으로 보지도 않을 거라고 생각했다. 하지만 그는 이편이 더 싫은 것 같다는 결론을 내린다. 옹알이가 누나를 인간으로 보았던 게 더 나쁘다. 누나를 인간이 아닌 다른 걸로 보았다면, 쓰고 버릴 수 있는 물건으로 보았다면 최소한 말이 된다. 하지만 그런 짓을 인간에게 저지른다고? 진짜 살아 있는 인간에게? 그러면 그건 그냥 악마인 거다. 그러면 가야 하는 곳이 지옥밖에 없다.

마테오가 총을 들고 있었으면 그때 그 자리에서 옹알이를 당장 지옥으로 보냈을 것이다. 하지만 앞으로 며칠을 더 기다려야 기회를 잡을 수 있을 것이다.

75

잼 샌드위치

탕!

탕!

탕!

수네가 은퇴했을 때 온 종일 아무 할 일 없이 혼자 앉아 있는 것 아니냐고 걱정하는 마을 주민들이 많았지만, 요즘으로 말할 것 같으면 전에는 일할 시간이 어디서 났는지 이해가 안 될 지경이다. 그에게는 고래고래 소리를 질러도 아랑곳없이 가구를 물어뜯는 개가 있고 마당에서 벽에 대고 하키 퍽을 날려대는, 이제 거의 일곱 살이 된 여자아이가 있다.

"호흡이 아주 잘 맞네. 두 사람 덕분에 이 집이 양쪽에서 무너지고 있잖아."

수네는 부엌에서 집 안의 깡패를 위해 간 파테° 샌드위치를, 집 밖의 깡패를 위해 잼 샌드위치를 만들며 종종 이렇게 중얼거린다. 마지막으로 병원에 갔을 때 의사가 평소보다 피로를 더 많이 느끼느냐고 묻자 그는 "그걸 내가 어찌 알겠어요?"라고 대답했다. 진료는 여기서 더 진도를 나가지 못했다. 알리시아가 개를 데리고 대기실에 있었는데, 요란한 소리가 들리더니 알리시아가 진찰실 문을 열고 고개를 내밀고서 화분이 비싼 거냐고 물었던 것이다.

"손녀랑 같이 오셨어요?"

의사가 웃으며 물었지만 수네는 둘이 피 한 방울 안 섞인 사이라는 걸 어떤 식으로 설명하면 좋을지 알 수가 없었다. 35년 전에도 똑같은 일이 슈퍼마켓에서 벌어진 적이 있었다. 다만 그때는 남자아이가 하키 스틱을 손에 들고 조바심을 내며 수네를 따라다녔고 어떤 사람이 "아들이 참 잘생겼네요"라고 했다. 수네는 그때도 뭐라고 대답하면 좋을지 알지 못했다. 아이의 이름은 페테르 안데르손이었고 아무도 그에게 슛을 제대로 날리는 법을 가르쳐주거나 제대로 된 잼 샌드위치를 먹인 적이 없었기에 수네가 그 양쪽 모두를 바로잡으러 나선 참이었다. 그것이 영원한 우정으로 이어졌다. 페테르는 수네가 베어타운에서 본 가장 아름다운 벚나무다. 그는 어마어마한 재능의 소유자를 벚나무에 비유한다. 온갖 악조건에도 불구하고 얼어붙은 마당 한가운데에서 분홍색 꽃망울을 터뜨리기 때문이다.

그는 아이가 없었고 은퇴 직전에는 성인 남자팀만 맡았기 때문에 벚나무에 대해 까맣게 잊고 지내다 처음으로 훈련을 받으러 온 네

° 밀가루로 만든 파이 반죽에 자투리 고기와 생선살 등을 채우고 구워낸 프랑스 요리.

살 반의 알리시아를 만났다. 그 팀 안에서 가장 어렸고 빙판 위에서는 가장 체구가 작았지만 처음부터 누가 봐도 가장 뛰어났다. 지금은 일곱 살이 거의 다 됐고 실력이 워낙 출중해서 남자아이들과 같이 뛰게 하면 학부모들 사이에서 난리가 난다. 아이가 남자아이들과 계속 같이 훈련하면 안 되는 이유를 묻자 수녀는 슬픈 목소리로 "그냥 바보 같은 어른들도 있거든" 하고 알려주었지만 사실 설명할 필요가 없었다. 아이는 이미 어른이 어떤 존재인지 전부 알고 있었다. 티무가 그 집으로 찾아가 이제 아이가 누구의 보호를 받는지 집 안의 모든 사람들에게 공표한 이후로는 전처럼 심하게 멍을 달고 다니지는 않는다. 하지만 아이가 집에 저녁을 먹으러 들어오지 않아도 아무도 모르고, 들어오지 않으면 더 고마워할지도 모르는 가정에서 지내는 건 여전하다. 그래서 아이는 학교가 끝나면 훈련이 있는 날은 아이스링크로, 없는 날은 수녀의 집으로 간다. 다른 아이들 같으면 냉장고에 붙일 수 있게 그림을 그려서 주었겠지만 알리시아는 그림에 별로 관심이 없기에 그의 집 벽에 남긴 퍽 자국이 그 비슷한 역할을 한다. 사랑하는 어떤 아이의 어린 시절이 남긴 조그만 흔적이라고 할까.

처음에 수녀는 하키를 가르쳤지만 이제는 살아가면서 알아두어야 하는 모든 것을 가르치게 됐다. 신발 끈 묶는 법, 시간표 외우는 법, 엘비스 프레슬리 듣는 법. 그 아이가 숲속으로 수녀와 개를 따라나서기 시작하자 그는 나무와 식물에 대해 아는 것을 전부 가르쳐주었고, 숨이 차고 가슴이 조이면 잠깐 숨을 돌리며 "개 데리고 먼저 가. 금방 따라갈게"라고 했다. 요즘 들어 그런 경우가 점점 잦아지고 있다. 심지어 자전거 타는 법도 짐받이를 잡고 뒤에서 달려가

다가 더는 달리지 못하는 지경에 이르자 알리시아에게 "먼저 가"라고 해서 가르쳤을 정도다.

입학한 초기에는 아이가 그의 집으로 오더니 자기들과 소풍을 같이 가게 됐으니 점심 도시락을 싸야 된다고 했다. 수네가 무슨 말인지 이해하지 못하자 아이는 짜증 섞인 한숨을 내쉬며 그가 '어른 한 분 더'라고 했다. 그래도 수네가 이해하지 못하자 알리시아는 하키 스틱을 들고 이럴 시간이 없으니 그렇게 못 알아들을 거면 직접 선생님에게 전화해서 물어보라고 했다. 결국 수네는 마당에서 들리는 *탕 탕 탕* 소리를 배경 음악 삼아 알리시아가 시킨 대로 했다. 선생님은 반 아이들에게 "소풍 때 같이 갈 어른이 한 분 더 필요하다"고 말하자 알리시아가 손을 들고는 자기가 알맞은 어른을 안다고 했다고 설명했다.

그래서 이제 수네는 개와 함께 소풍마다 따라다니고 있다. 그는 알리시아가 반 친구들에게 "수네 할아버지 개"라고 소개하는 것을 듣고 "네 개이기도 하다"고 고쳐주었다. 그날 오후에 그 아이가 슛 연습을 했을 때는 키가 최소 10센티미터는 커져 있어서 더 긴 스틱을 주어야 할 것 같았다.

오늘은 그 아이가 학교에 가기 전에 일찌감치 수네의 집 현관문을 두드린다. 한 주의 중간인 수요일 아침이고 또 한 달의 중순이라 그 시기에는 집에 먹을 것이 더러 없을 때도 있기 때문이다. 그래서 아이와 수네는 가게에 가서 우유와 빵과 잼과 간 파테를 산다. 수네는 집까지 천천히 걸어간다. 알리시아는 몇 살이 되어야 국가대표 팀에서 뛸 수 있느냐고 묻고, 그는 중요한 건 나이가 아니라 실력이라고 알려준다.

"할아버지가 몇 살쯤 됐을 때 제가 국가대표 팀에서 뛸 수 있을 것 같아요?"

수네는 미소를 짓는다.

"내가 지금 몇 살일 것 같니?"

"백 살?"

알리시아는 때려맞힌다.

"그래, 가끔 백 살인 것처럼 느껴질 때도 있어."

수네는 한숨을 쉰다.

"장바구니 제가 들어드릴까요?"

그는 아이의 머리를 토닥인다.

"아냐, 아냐, 괜찮다. 개 데리고 먼저 가. 금방 따라갈게!"

아이는 그가 시킨 대로 한다. 마당으로 들어가자 개의 목줄을 풀어주고 학교에 가기 전에 좀 더 오랫동안 벽에 대고 퍽을 쏜다.

탕. 탕. 탕.

76

빙 돌아가는 길

벤이는 수요일 꼭두새벽에 누나들에게 전화하고 아드리는 호수까지 가는 내내 욕을 한다. 그 멍청한 놈이 캠핑카를 선물받았다고 호숫가까지 몰고 갔다가 밤새 내린 눈밭에 빠져서 오도 가도 못하게 됐다고 말이다.

"ATV도 아니고 캠핑카인데 당연히 여기 몰고 오면 빠지지, 이 꼴통아!"

아드리는 자기 차에서 내리며 이렇게 외치지만 당연히 이 꼴통에게는 별로 소용이 없다.

"이제는 캠핑카가 아니라 여름용 별장이야. 기발하지?"

벤이는 씩 웃는다.

그와 대도시와 마야와 아나는 아드리의 차에 끼여 타고, 십 대들의 몸 냄새와 술 냄새가 여우들도 내쫓을 정도로 지독해서 아드리는 창문을 내려야 한다. 견사로 돌아갔을 때 벤이는 어머니와 누나들이 한동안 들은 적 없는 웃음소리로 부엌을 가득 채운다. 아드리가 뭘 잘 몰랐다면 사랑에 빠진 사람의 웃음소리 같다고 했을 것이다. 그래서 하마터면 그에게 화를 내지 못할 뻔하지만 어디까지나 '하마터면'이다.

아나는 학교를 빼먹고 마야는 누가 봐도 대학으로 복귀할 생각이 없는 눈치라 그들은 아침을 먹은 다음 다시 숲으로 나선다. 목적지는 알 수 없지만 지금이 어린아이인 척할 수 있는, 사는 게 간단한 척할 수 있는 마지막 며칠이라면 젠장, 뽕을 뽑을 작정이다.

아드리와 벤이는 대도시를 아이스링크까지 태워다 준다. 그가 손을 흔들고 안으로 들어가자 벤이는 그를 지켜보고 벤이의 누나는 벤이를 지켜본다.

"너 냄새 나."

그녀는 다정한 목소리로 말한다.

"나야 샤워를 하면 된다지만 누나 얼굴은 어쩔 건데?"

그가 똑같이 다정한 목소리로 받아치자 아드리가 어찌나 번개같이 주먹으로 그의 가슴을 때리는지 숨이 턱 막힐 지경이다.

그들은 음악을 듣고 별 얘기 없이 대화를 나누며 천천히, 마을을 아주 뺑 돌아서 간다. 아버지가 총을 들고 숲속으로 들어갔을 때 만이었던 아드리가 아버지의 역할이라고 생각한 수많은 부분들을 감당해야 했다. 그래서 벤이에게 싸우는 법을 가르쳤는데, 어쩌면 싸우지 않는 법에 대해 좀 더 열심히 가르쳐야 했을지도 모른다. 그녀는 폭력적이지 않은 사람이 되기로 마음먹을 수도 있다고 알려주고 싶지만 그래 봐야 동생은 그게 남들과 싸우지 말라는 뜻으로 해석하는 척할 것이다. 자기 자신에게 그렇게 폭력적일 필요는 없다는 뜻인데. 하지만 오늘 웃는 소리를 들어보면 그러기로 마음먹었을지도 모르겠다는 생각이 든다.

"사랑해, 이 빌어먹을 꼴통아."

그녀는 이렇게 말하고 그가 웃으며 비명을 지를 때까지 귀를 잡아당긴다.

"나도 사랑해, 아드리 누나. 내가 어디 빠질 때마다 와서 꺼내주어서 고마워."

벤이는 웃으며 이렇게 덧붙인다.

그녀는 그 말을 절대 잊지 못할 것이다.

77

등 뒤에서

수요일 오전에 편집장이 신문사로 출근해 보니 온 건물이 불편하게 꿈틀거리는 듯한 분위기를 풍긴다. 그녀가 지나가도 직원 절반이 고개를 들지 않는다. 편집장은 자기 자리에 다다르고서야 책상 맞은편에 앉아 있는 사람을 보고 그 이유를 알아차린다.

"안녕하세요! 초면이지만 말씀은 많이 들었습니다! 나는 리샤르드 테오라고 합니다!"

그는 자기소개를 할 필요가 전혀 없다는 것을 아는 사람 특유의 거들먹거리는 분위기를 풍기며 자리에서 일어난다.

"일자리 알아보러 오셨나요?"

편집장이 날카롭게 묻는다.

그는 그녀의 적응력에 내심 감탄한다. 대부분의 사람들은 리샤르드 테오의 등 뒤에서나, 그것도 한참 뒤에서나 그렇게 잘난 체할 수 있다.

"말씀은 감사합니다만 일자리는 이미 있습니다. 다음번 선거 때는 어떻게 될지 두고 봐야겠지만요. 나중에 내 쪽에서 연락할 일이 있을지도 모르겠네요!"

리샤르드 테오가 미소를 짓는다.

그녀도 희미하게나마 미소로 화답한다.

"그럼 잘하고 있다고 저희 신문사를 응원하러 오신 모양이죠?"

"그 비슷하다고 보면 됩니다. 사람들이 내 등 뒤에서 수군대는 말 중 가장 비열한 말이 뭔지 아십니까?"

"네?"

그녀는 당혹감을 감추지 못하고 자기도 모르게 불쑥 반문한다. 그가 노린 효과가 분명 이것이었을 것이다.

테오는 상처받은 듯한 표정으로 설명하기 시작한다.

"'정치는 의지'라고 한 총리의 말을 인용하면서, 그걸 내 식으로 바꾸면 '정치는 승리'라고 조롱하는 거예요. 물론 나는 겸허하게 반론을 제기합니다. 내게 있어 정치는 행위예요. 뭔가를 이루어나가는 거예요. 그냥 공허한 말을 늘어놓는 게 아니라. 무슨 말인지 아시겠어요?"

"글쎄요."

편집장이 의심스러워하는 투로 말하자 그는 지금까지 자기가 한 얘기는 즉흥적으로 나온 헛소리라는 듯이 활짝 웃지만 실은 한 단어, 한 단어가 면밀하게 계획된 발언이다.

"사람들이 당신 등 뒤에서 하는 말 중 가장 비열한 말은 뭔가요?"

리샤르드 테오는 궁금하다는 듯이 묻는다.

그녀는 그를 빤히 쳐다보며 아빠가 옆에 있었으면 좋겠다는 생각을 잠깐 하지만, 그는 밤새 베어타운 하키단의 회계장부를 검토하고 지금 집에서 자고 있다. 리샤르드 테오를 보면 그가 뭐라고 할까?

정치인에는 선동가와 모사가, 이렇게 두 종류가 있다고 할 것이다. 한쪽은 닥치는 대로 쑤시며 약점을 찾는 반면, 다른 한쪽은 자기가 무엇을 찾는지 정확히 안다.

"저는 남들이 저에 대해 뭐라고 수군대건 신경 쓰지 않는 성격이라서요."

그녀는 예리하게 대답한다.

"그래요? 신문기자들이 하는 일이 그거 아닌가요? 여론을 파악하는 거?"

그는 미소를 짓는다. 편집장이 되받아치려고 하지만 그만큼 거짓말을 능수능란하게 하지 못한다. 이제 보니 오늘자 신문이 리샤르드 테오의 무릎 위에 펼쳐져 있다. 독자 투고란이다. 그걸 신기로 결정한 사람이 자신이기에 그녀는 어떤 내용인지 잘 안다. 어린 선수의 어머니가 익명으로 베어타운 하키팀의 "마초 문화"를 통렬하게 비난한 글이다. 그녀는 남학생 팀 코치와 A팀 코치에게도 정식으로 항의를 접수했고, 남학생 팀 코치는 해고하고 A팀 코치는 정직 징계를 내리겠다는 약속을 받았다. 그런데 A팀 코치는 훈련 시간에 한 번 빠지고 그만이었고 남학생 팀 코치는 1달 동안 일을 '쉬었다가' 조만간 새로운 팀을 맡을 예정이라는 게 아닌가. 그 어머니는 이것이야말로 하키단의 "가부장적인 문화"를 극명하게 보여주는 방증이라고 썼다.

"그 문제에 대해 대화를 나누고 싶으신 거라면, 익명으로 접수된 편지라서요."

편집장은 말한다.

리샤르드 테오는 재밌어하며 눈썹을 추어올린다.

"이거요? 아뇨, 아뇨. 이건 내가 상관할 일이 전혀 아니죠. 요즘은 사람들이 구단에 대해 자유롭게 의견을 개진하니 좋은 현상이라는 생각이 드는데요."

"그러게요, 익명으로요."

편집장은 짚고 넘어간다.

정치인은 두 손을 든다.

"나도 항상 강조하는 바지만, 출처의 보안 유지야말로 민주주의의 초석이지요! 하지만 '가부장적인 문화'라는 표현이 이상하지 않은가요? A팀 코치는 여잔데?"

편집장은 '출처의 보안 유지'가 무슨 뜻인지 잘 모르면서 수사적인 보조 도구로 동원하는 사람을 마주할 때마다 늘 그렇듯 한숨을 쉰다.

"이 경우에 '가부장적'이라는 단어는 성별이 아니라 사고방식을 설명하고 있다고 생각하는데요."

"그래요? 그것 참 신식이로군요!"

정치인은 명랑하게 외친다.

"하지만 그것 때문에 오신 건 아닐 텐데요?"

편집장이 묻는다. 짜증이 섞여서 목소리가 떨린다.

리샤르드 테오는 느긋하게 의자에 몸을 묻고 사무실의 가구와 전망에 대해 가볍게 짚고 넘어간 뒤에 본론으로 들어간다.

"나는 염려하는 시민 중 한 사람으로서 여길 찾은 길이에요. 요즘 들어 여기저기서 소문이 들리는데, 헤드와 베어타운 간의 갈등 수위가 점점 높아져서…… 뭐랄까, '좌절'의 지경에 이르렀다고 해야 할까? 이 상황이 불필요하게 증폭되지 않도록 우리 둘이서 할 수 있는 일에 대해 의논을 하고 싶어서요."

편집장은 그를 한참 쳐다본다. 꿍꿍이속을 파악할 수가 없어서 일단 아무것도 모르는 척하기로 한다.

"아? 그게 무슨 말씀이신지?"

테오는 그녀의 작전을 완벽하게 간파하지만 권력을 쥔 대부분의 남자들이 그렇듯 여자를 가르칠 수 있는 기회가 찾아오자 거부하지 못한다.

"베어타운의 아이스링크에서 남학생 팀 선수들끼리 본격적인 몸싸움을 벌였잖습니까. 이후에 한 스폰서가 여기 이 헤드에서 차량 테러를 당했고요. 공장에서 벌어진 끔찍한 사고로 먼저 병원 주차장에서 폭력 사태가 벌어졌고, 그 뒤에 베어타운에서 또다시 차량 테러가 이루어졌고요. 이글거리는 불씨에 얼른 물을 붓지 않으면 이건 시작에 불과한 게 아닐지 걱정이 됩니다."

"그래서 물을 들고 오셨나요?"

편집장은 의심하는 투로 묻는다.

그는 대놓고 천천히 숨을 들이마신다.

"이 신문사 기자 중 한 분이 한쪽 구단의 회계장부를 파헤치고 있다고 들었어요. 당신 아버님이라고 알고 있습니다만? 물론 우리 정치인들은 그분을 잘 알지요. 거의 전설 아닙니까! 나는 권력자에게 책임을 묻는 자유언론의 권리를 절대적으로 존중합니다. 사실 이 지역의 경우에는 권력자에게 조금 더 책임을 물어주었으면 하는 마음이 있죠. 뒤집어 봤으면 하는 돌멩이가 한두 개 있거든요……."

"허심탄회하게 본론을 말씀하시죠."

"당신이 불필요한 마녀사냥을 하는 건 아닌지 확인하고 싶어서요. 격한 반응을 일으키도록 사람들의 감정을 자극하는 건 아닌지요. 왜냐하면 언론에게도 어느 정도의 사회적 책임이라는 게 있지 않겠습니까?"

편집장은 의자에 기대고 앉는다. 며칠 전이었다면 좀 더 자신만만하게 대화에 임할 수 있었겠지만, 요즘은 대낮에 유령이 보이고 어스름이 깔리면 도처에 검은 재킷이 등장하니 쉽게 동요하지 않는 사람이라 할지라도 당할 재간이 없다.

"우리 기자들이 뭘 조사하고 있는지에 대해서는 노코멘트 할게요. 하지만 제 아버지가 됐건 다른 기자가 됐건 정확하고 공정한 조사가 이루어질 거라고 확실하게 말씀드릴 수는······."

정치인은 그녀가 자기 말을 오해했다는 데 실망한 척하며 거의 자리에서 벌떡 일어난다.

"그럼요! 그럼요! 뭐는 신문에 실어도 뭐는 안 되는지 내가 제안할 생각은 조금도 없어요. 그럼요, 절대요! 나는 다만······ 타이밍의 중요성을 강조하고 싶을 뿐이에요. 수많은 사람들이 자기 마을 하키단의 미래를 걱정하고 있는 시점에서 당신도 그렇고 신문사 사주도 그렇고······ 한쪽 편을 드는 것으로 간주되는 위험을 감수할 생각은 없겠지요?"

그녀는 그가 은근한 협박 차원에서 '신문사 사주'라는 단어를 강조하는 것을 알아차리지만 거기에 대해 아무 말도 하지 않는다.

"저희가 무얼 하든 한쪽 편을 든다고 생각할 사람이 있을 수밖에 없죠. 헤드에 관해 긍정적인 기사를 쓰면 베어타운에서 항의 전화가 100통이 걸려와요. 그 반대도 마찬가지예요. 하지만 아까 말씀드렸다시피 저희가 하는 모든 수사는 정확하고 공정하게 진행될 겁니다.

어떤 조사가 예정되어 있는지는 정치인에게 말씀드릴 수가 없겠네
요. 그러면 분명히 한쪽 편을 드는 것으로 보일 테니까요. 그렇지 않
나요?"

리샤르드 테오는 그녀와 둘도 없는 친구가 될지, 둘도 없는 악연
이 될지 아직 결정하지 못한 사람처럼 흐뭇한 미소를 짓는다.

"당신은 이 동네 출신이 아니지요?"

"네. 하지만 이미 알고 계신 사실 아닌가요?"

"나는 사실 베어타운에서 어린 시절을 보냈어요. 그건 몰랐죠? 외
국에서 사는 동안 사투리를 잊어버리긴 했지만. 외국에서 돌아오고
난 뒤에야 아웃사이더인 동시에 토박이의 시각으로 여길 보는 법을
터득하지 않았나 싶어요. 내가 충고 하나만 해도 될까요?"

"제가 사양해도 될까요?"

편집장은 터프한 척하지만, 사실은 그의 냉혹한 표정을 보고 살짝
겁을 먹는다.

"어느 누구도 자기 혼자서 모든 걸 해결할 수 있다고 생각하면 안
돼요. 여기는 자연과 가까운 동네잖아요. 숲속과 호수 위에서는 친
구들이 있어야 해요. 미처 예상하지 못한 수많은 일이 벌어질 수 있
으니까. 얼마 전에 폭풍이 불었을 때만 해도 밖에 혼자 있고 싶었겠
어요? 그건 위험한 건 물론이고 무모한 선택이죠."

리샤르드 테오는 그녀에게 대답할 시간도 주지 않고 자리에서 일
어선다. 그녀 쪽에서 거절할 생각도 하지 못할 만큼 잽싸게 악수를
청한다.

"들러주셔서 감사했습니다!"

편집장은 일부러 자신만만한 척 쩌렁쩌렁하게 외친다.

그는 그녀의 손을 한참 꼭 쥐고 있다가 자기 무릎에 올려놓았던 신문의 독자 투고란을 턱으로 가리키며 웃는 얼굴로 선포한다.

"페테르 안데르손이 베어타운 하키팀 단장이라면 저런 일이 절대 없었을 텐데. 그 친구는 워낙 올바른 성격이라서요. 나를 비롯해 수많은 사람이 가장 존경하는 사람이기도 하죠. *가장 존경하는 사람.*"

편집장은 정말 싫지만 이 말에 당혹감을 드러낼 수밖에 없고, 그는 그걸 눈빛에서 읽고 좋아한다. 그녀는 베어타운 하키단을 조사 중이라는 소식이 새어나갈 것을 예상했지만 그녀의 타깃이 페테르 안데르손이라는 사실을 리샤르드 테오가 무슨 수로 알아차렸는지는 절대 알 수가 없다. 그녀의 아버지가 요청한 서류를 보고 의회에서 누군가가 알아차렸을 수도 있지만 여기 이 신문사 직원이 말했을 수도 있다. 그들은 기자이긴 해도 일부는 기자이기 전에 베어타운 출신이다. 편집장은 이곳에서는 모든 것과 모든 사람이 어떤 식으로 연결돼 있는지 절대 이해하지 못할 것이다. 그 점에 있어서만큼은 안타깝게도 리샤르드 테오의 말이 맞는다.

여기 출신이 아니고서는 그걸 이해할 도리가 없다.

78

팀의 마스코트

아드리와 벤이는 수네의 집에 잠시 들른다. 아드리가 가지고 있던 오래된 훈련복을 여학생 하키팀 선수들에게 입혀보고 싶었기 때문이다. 그녀는 코치가 될 생각이 전혀 없었지만 인생에서 생각대로 되는 부분은 거의 없다. 그녀는 강아지 분양 일을 하겠다고 마음먹은 적은 한 번도 없었지만 재능이 있다 보니 그쪽 길로 빠지게 됐다. 수네는 몇 년 전에 은퇴하면서 그녀에게 강아지를 선물받았다. 그때 예전 하키 코치에게 "만만치 않은 녀석"이라며 강아지를 골라주었던 사람이 벤이였다. 그 말은 진짜였고, 그래서 아드리는 수네에게 개를 훈련하는 법을 가르치고, 수네는 아드리에게 7세 이하 여학생 하키팀을 훈련하는 법을 가르친다. 여학생 하키팀이라는 것을 생각해 낸 주인공이 바로 이 두 사람이었다. 그렇게 그들은 알리시아를 발굴했고, 집집마다 돌아다니며 하키를 하고 싶은 여자아이가 또 있는지 찾았다. 알리시아보다 더 의욕적으로 하키 선수가 되고 싶어 한 아이는 지금껏 없었다. 아드리는 내심 거기에 어느 때보다 엄청난 자부심을 느낀다.

"커피?"

수네가 의심의 여지라도 있는 듯이 묻는다.

"평소처럼 탄내가 많이 나나요?"

아드리는 궁금해한다.

"통촉하여 주시옵소서, 폐하. 이토록 귀한 분들이 행차하실 줄 알았더라면 샴페인을 얼음에 담가놓았을 것인데!"

아드리는 다른 사람들을 잘 안아주는 편이 아니지만, 지금은 수네를 꼭 안아준다. 수네의 곁에 남은 가족은 없어도 마을 주민 중에 가족이 어쩌나 많은지 일일이 소리를 지를 시간이 거의 없을 정도다.

"신문 봤니?"

그는 식탁에 펼쳐놓은 신문을 턱으로 가리킨다. 태블릿이나 그 비슷한 최신식 쓰레기로 신문을 보지 않는 사람은 이 지구상에 그와 아드리, 두 명밖에 남지 않았을 것이다.

"독자 투고란이요? 이름을 밝히지 않는 겁쟁이들이 그렇죠, 뭐."

아드리는 콧방귀를 뀐다.

그렇다, 당연히 그녀는 보았다.

"그런 말이 있지? '바보가 하는 말이라고 틀린 말은 아니다.'"

수네는 미소를 짓는다.

아드리도 희미하게 미소를 짓는다. 사실 익명의 독자가 한 말은 구구절절 옳다. 그칠 줄 모르는 자원 싸움, 팀원 선발을 좌지우지하려는 학부모, 석기시대 사람처럼 자기 생각을 표현하는 코치. 아드리도 그게 어떤 건지 안다. 감히 그녀 앞에서는 그러지 못하지만, 그래도 다들 여학생 팀에 투자하는 것을 두고서 뒤에서 수군대고 있다. 그녀가 수네와 함께 팀을 만들었을 때만 해도 장비 지원은 물론 빙판 이용 시간을 두고서 다른 팀과 싸워야 했는데, 베어타운 하키단을 홍보할 때가 되자 갑자기 다들 번드르르한 홍보 책자에 여자아이들을 넣는 것을 마음에 들어 했다. 그 위선에 구역질이 날 지경이지만 그래도 그녀는 이렇게 말한다.

"'가부장적인 문화'라는 표현이 마음에 안 들어요."

왜냐하면 수네 같은 남자들도 많다. 이런 편지를 쓰는 사람은 애초에 이런 구단이 누구의 희생을 바탕으로 만들어졌는지를 잊고 있다.

"늙은 남자라고 해서 모두 바보는 아니지."

수네는 미소를 짓는다.

집 안이 놀라우리만치 조용하다. 아드리는 현관 안쪽을 들여다보고는, 개는 밖에 있고 벤이는 벌써 안락의자에 자리를 잡고 앉아서 잠이 들었기 때문임을 알아차린다. 온 사방에 사진이 걸려 있다. 나이를 먹어가는 하키맨들을 찍은 진짜 옛날 사진들이 알리시아와 개를 찍은 사진들에게 자리를 내주었다. 심지어 A팀과 같이 사진을 찍고서 '팀의 마스코트'로 소개된 신문기사를 오려서 넣은 액자까지 있다.

"설탕?"

수네가 부엌에서 큰 소리로 묻는다.

"아뇨."

"프락이 헤드에서 차에 테러를 당했다는 얘기 들었니?"

"네. 링크에서 남학생 팀끼리 싸움이 났다는 얘기도요. 무슨 생각으로 헤드 애들에게 여기를 빌려주자고 했는지 모르겠어요."

"그 사고 이후로 공장에서 시끄러운 일도 벌어지고 말이지."

"네, 네."

"그리고 내일은 헤드의 13세 팀과 베어타운 13세 팀 간의 경기가 있어."

"그렇다고 들었어요."

수네는 이제 막 생각났다는 듯이 다음 얘기를 꺼내지만, 워낙 그를 잘 아는 아드리는 지금까지 이어진 대화의 목적이 이 얘기를 천연덕스럽게 꺼내기 위해서였다는 걸 안다.

"티무 패거리가 보러 올지도 모른다고 들었어. 이런 일들이 벌어지고 그 녀석들과 헤드 녀석들 사이에 분위기가 험악해져서."

아드리는 커피 잔 위로 눈썹을 추어올린다.

"그 바보들이 정말로…… 13세 팀 경기를 자기들 싸움판으로 만들 작정일까요?"

수네는 체념한 듯 어깨를 으쓱한다.

"늘 같은 레퍼토리 아닐까. 젊은 남자들의 영역 싸움. 뭐, 내가 늙어서 걱정이 많아진 것일 수도 있는데, 혹시 네가 그 녀석들 중에 아무나라도 붙잡고 설득할 수 있을까 싶어서 얘기를 꺼낸 거야. 아니면…… 그 근처에 얼씬하지 않았으면 하는 사람이 있을 수도 있고."

아드리는 단호하게 고개를 끄덕인다. 그녀는 어렸을 때부터 티무 리니우스와 알고 지냈지만 티무를 설득할 수 있는 사람은 없다. 하지만 수네가 얘기를 꺼낸 이유는 그가 아니다. 벤이가 거기 휘말리지 않게 단속하라는 것이다. 그 꼴통은 그럴 가능성이 다분하기에.

탕.

탕?

탕? 탕?

수네는 예전부터 이런저런 것들을 기록하는 습관이 있었다. 두말
하면 잔소리지만 아주 오랫동안은 대부분 하키와 관련된 짧은 구절
을 동그라미, 삼각형, 이쪽 아니면 저쪽을 가리키는 선과 함께 적어
두었다. 다른 것들도 기록하기 시작한 것은 나이를 먹은 다음부터였
다. 무엇을, 어떤 식으로 느꼈는지. 병원에서 통증을 일지처럼 기록
하라길래 처음에는 육체적인 것들부터 시작됐지만 점점 내면으로
파고들게 되었다. 최근에는 죽음을 주제로 쓰는 경우가 많다. 청춘
이었다면 죽음을 부인했을 테고, 중년이었다면 회피했겠지만, 지금
은 죽음을 피할 수 없는 나이에 다다랐기 때문이다. 무엇보다도 수
네는 목록을 작성한다. 이 집의 모든 것이 어떤 식으로 돌아가는지
설명한다. 날이 궂으면 어느 창문이 열리지 않는지, 잊을 수 없는 경
험을 피하고 싶으면 어느 콘센트를 쓰지 말아야 하는지, 봄이 되면
마당의 어느 쪽이 물에 잠기는지, 테라스의 어느 화분이 얼마 전에
분갈이를 했는지, 그리고 두말하면 잔소리지만 개에 대해서도. 공
책 하나가 아예 처음부터 끝까지 동물 일기다. 그가 죽어서 개를 다
른 사람에게 맡겨야 하는 날을 대비해 녀석이 가장 좋아하는 간 파
테 브랜드에서부터 시작해서 아주 분명하게 지시 사항을 적어놓았
다. 얼마 전에 그걸 아드리에게 주려고 했더니 아드리는 버럭 화를
냈다.

"돌아가실 일 없어요, 이 한심한 노인네야!"

그녀는 쩌렁쩌렁하게 외치며 더 이상의 논의를 거부했다.

그건 아드리가 줄 수 있는 한도 안에서, 가장 엄청난 사랑의 표현

이었다.

탕?

수네는 사랑에 대해 쓰려고 한 적은 한 번도 없었다. 하지만 써봤어야 했을지도 모른다. 결혼하거나 아이를 낳지 않아도 얼마나 큰 사랑을 느낄 수 있는지에 대해서. 남들과 단 한 마디의 감사 인사도 없이 얼마나 큰 사랑을 주고받았는지에 대해서. 하키는 당연히 말을 하지 못한다. 그저 존재할 뿐이다. 개들도 말을 하지 못한다. 그저 주인을 사랑할 뿐이다.

탕?

그 빌어먹을 동물. 말도 안 듣고 대책도 없고, 제멋대로에 정신 사납고, 그에게 단 한 순간도 평화를 허락하지 않는 녀석. 수네가 가장 고마워하는 부분이 그것이다. 그는 그의 개를 볼 때 느껴지는 사랑에 대비한 마음의 준비를 절대로 할 수 없었을 것이다. 그는 그렇게 말한다. 내 개라고. 하지만 녀석이 그를 쳐다볼 때 느껴지는 감정은 기본적으로 정반대다. 그가 녀석의 것이다. 수네가 녀석의 인간이다. 녀석의 무한한 신뢰는 가끔 버겁게 다가온다. 그 책임감을 감당할 수 있을까 싶다. 누군가가 그를 이토록 필요로 한다는 사실에, 그를 이토록 사랑한다는 사실에 적응되지 않는다. 허구한 날 아침마다 침대 가장자리를 열심히 두드리는 그 앞발과 그의 얼굴을 핥는 그 거친 혓바닥에 눈을 떠도 녀석의 무조건적인 충성심에 번번이 놀란다. 개들은 하키와 같아서 매일 아침 새로운 기회가 주어지고 모든 게 계속 다시 시작된다.

"이름을 뭘로 지을 거예요?"

그가 그 강아지를 맨 처음 안았을 때 아드리는 물었고 수네는 한참 고민했다. 이름에 대해서는 생각해 본 적이 없었는데, 갑자기 엄청난 부담이 밀려들었다. 이 손바닥만 한 강아지가 자기 의견을 밝힐 수 있는 것도 아니지 않는가. 결국 수네는 이름을 짓지 않았다. 그가 사랑한 대상은 모두 말이 없었다. 대신 그는 소리를 선택했다. 그가 가장 좋아하는 소리. 아이스링크에서 평생 들었고 이제는 그의 집에서 매일 오후마다 듣는 소리. 그에게 아직 살아야 하는 날들이 있고, 그가 아직 여기 있고, 그를 필요로 하는 존재가 아직 있음을 알려주는 소리.

"탕. 탕이라고 불러야겠어."

탕?

수네는 이제 그 이름을 부르며 집 밖을 한 바퀴 도는데, 한 손을 가슴에 얹고 숨을 헐떡이고 있다. 요즘 들어 계속 소화가 안 되는 느낌이다. 하지만 개는 달려오지 않는다. 잠시 후에 이상한 낌새를 느낀 아드리가 마찬가지로 녀석의 이름을 부르며 그를 따라 밖으로 나간다. 그 요란한 소리를 듣고 잠에서 깬 벤이까지 달려나온다. 탕은 말을 안 듣는 개일지는 몰라도 지금은 밥 때고 그 욕심 많은 녀석은 밥 때를 놓친 적이 없다.

탕? 탕? 탕?

녀석은 자기가 좋아하는 나무 뒤편의 덤불 속 깊숙한 데 누워 있다. 언뜻 보기에는 잠을 자는 것 같다. 하지만 수네가 풀을 가로지르며 다가가도 그 조그만 귀가 반응하지 않고, 그 조그만 앞발이 움직이지 않고, 그 조그만 심장이 뛰지 않는다. 녀석은 그의 슬리퍼를 씹어서 갈가리 찢어놓지 않는다. 짖어서 수네에게 조용히 하라고 소리치게 하지 않는다. 그의 얼굴을 핥지 않는다. 이제 더는 거기에 없다.

79

눈물

수의사는 부엌에서 한 시간도 넘게 말없이 수네의 곁을 지킨다. 아드리는 그럴 필요가 없는데도 집의 모든 그릇과 유리잔을 씻는다. 그렇게 뭐라도 하고 있어야 닥치는 대로 부수지 않을 수 있다. 벤이는 험상궂은 눈빛을 하고 숲으로 나갔다가 마디에서 피가 나는 손으로 조그만 무덤에 쓸 만한 큼지막한 돌을 들고 돌아온다. 동네 주민 하나가 개의 이름과 생몰 날짜를 새길 수 있게 공구를 들고 온다. 수네는 그 아래에 가까스로 말할 수 있는 유일한 메시지를 넣어달라고 한다.

먼저 가.

아드리와 벤이는 알리시아의 학교 수업이 끝날 때까지 운동장에서 기다린다. 알리시아는 몇 시간 동안 운다. 그 조그만 몸속 어디에 그 많은 눈물이 들어 있었는지 믿기지 않을 정도로 운다. 해가 지자 탕이 좋아했던 나무 옆에 웅크리고 앉아 아무리 달래도 꿈쩍하지 않고서 운다. 그렇게 울다 지쳐 눈 위로 쓰러지고, 벤이는 나가서 알리시아가 얼어 죽기 전에 데리고 들어온다. 그는 어린아이에게 죽음이 어떤 건지 알고 공허함에 압도된다는 것이 어떤 느낌인지 알기에, 어떤 위로의 말도 하지 않는다. 하늘나라에 대한 어떤 약속도, 천국에 대한 어떤 거짓말도 하지 않는다. 그가 할 수 있는 유일한 방식으로 도움을 준다. 벤이는 아이의 손에 스틱을 쥐어주고 조그맣게 속삭인다.

"자, 우리 나가서 연습하자."

그들은 한밤중에 아이스링크를 찾는다. 아드리가 창문 하나만 열어봐 달라고 관리인에게 미리 연락해 두었다. 벤이와 알리시아는 숨을 거의 쉴 수 없을 때까지 연습하다가 곰이 그려진 센터서클 위에 등을 대고 눕는다. 이제 거의 일곱 살이 된 여자아이가 이제 막 스무 살이 된 남자에게 묻는다.

"하느님이 미워요?"

"응."

벤이는 솔직하게 대답한다.

"나도 미워요."

아이는 조그맣게 속삭인다.

그는 일곱 살짜리에게 정말 맛있는 담배를 피울 수 있을 만큼 나이를 먹으면 이런 감정을 감당하기 좀 더 수월해진다고 알려주면 얼마나 무책임한 짓일까 생각하다가, 그러면 아드리가 그의 손가락 열 개 모두를 아주 천천히 부러뜨릴지 모른다는 생각이 들자 참는다. 대신 이렇게 얘기한다.

"존나 오랫동안 진짜 개 아플 거야, 알리시아. 시간이 지나면 모든 상처가 낫는다는 어른들도 있겠지만 다 존나 개소리야. 네가 조금 강해진다면 씨발, 눈곱만큼만 덜 아파질 뿐이지."

"삼촌은 욕을 많이 하네요."

아이는 미소를 짓는다. 오늘 처음으로 입꼬리가 그 방향으로 움직였다.

"아, 씨. 나 별로 그렇게 욕 안 해. 이 좆같은 세상아!"

그는 씩 웃는다.

아이가 깔깔대며 웃자 그 소리가 아이스링크 온 사방으로 울려퍼지고, 이전처럼 삶의 희망이 생긴다. 벤이는 아이와 같이 빙판 위에 누워서 아드리가 기르는 암컷이 얼마 전에 새끼를 낳았는데 한 마리 키우겠느냐고 하지 않고, 새끼들 이름을 뭐라고 지으면 좋겠느냐고 묻는다. 덕분에 그 아이는 탕 말고 다른 개는 필요 없다고 화를 내며 소리를 지르는 대신 고민하기 시작한다. 그들은 수백 가지 이름을 생각해 내는데, 뒤로 가면 갈수록 황당해져서 둘 다 숨을 쉴 수 없을 때까지 웃는다. 마지막 쉰 개에는 다 '똥'이라는 단어가 들어가고 그중에서 알리시아가 제일 마음에 들어 한 것은 '똥 샌드위치'다. 그보다 더 토 나오고 귀여운 이름은 들어본 적 없다고 한다. 벤이는 다음 훈련 시간에 이 아이가 그 이름을 외치면 아드리가 집에 와서 벤이를 얼마나 야단칠지 기대가 된다.

"삼촌도 경기할 때 무서웠어요?"

잠시 후에 알리시아가 묻는다.

"항상."

벤이는 솔직히 고백한다.

"나는 가끔 너무 긴장해서 토해요."

그는 빙판 위에 그려진 곰 너머로 큼지막한 주먹을 뻗어 그 아이의 조막손을 잡는다.

"내가 비결 하나 가르쳐줄까? 나는 어렸을 때 지금 우리처럼 이렇게 누워 있고 그랬어. 경기 전날 밤에 저 창문으로 몰래 들어와서. 관리인 할아버지한테 말하면 안 돼!"

알리시아는 고개를 끄덕이며 알겠다고 한다.

"그런 다음에는요?"

"그런 다음 여기 누워서 천장을 올려다보며 생각했지. '이제 이 세상에는 나 혼자뿐이다.' 그 조용함을 기억했어. 다른 사람들과 섞여 있으면 모를까, 혼자 있을 때는 무서웠던 적이 없거든."

"나도요."

벤이는 그게 어떤 느낌인지 이 아이가 정확히 알고 있다는 데 참담해진다. 그러기에는 너무 어린 나이 아닌가. 그래도 그는 있는 그대로 얘기한다.

"혼자 있을 때는 아무도 너를 해칠 수 없잖아."

아이가 그의 손가락을 조금 더 세게 잡는다. 그들의 아래에는 곰이, 위에는 영원이 있다. 아이가 지친 목소리로 힘없이 묻는다.

"그런 다음에는요?"

"그런 다음 경기를 하다가 긴장되면 천장을 올려다보면서 이 링크 안에 다시 나 혼자뿐이라고 생각해. 그럼 머릿속이 고요해졌어. 갑자기 다른 시끄러운 소리를 모두 차단할 수 있었어. 나는 완전히 혼자인 것처럼 느껴졌고 그러면 아무것도 위험하지 않았어. 모든 게 괜찮아졌어."

알리시아는 몇 분 동안 아무 말도 하지 않고 가만히 누워 있다.

그 아이는 마음속 여러 군데를 많이 다쳤지만 지금은 아무것도 느끼지 않는다. 벤이가 옆에 누워 있고 때는 가을이고 조만간 하키 시즌이 시작될 테고 모든 게 여전히 괜찮을 수 있기 때문이다. 머리 위 천장은 끝이 없고 위험한 건 아무것도 없다. 벤이는 자기 손을 잡은 그 아이의 손에서 힘이 빠지는 것을 느낀 다음에서야 알리시아가 잠이 들었다는 것을 알아차린다. 그는 수네의 집까지 아이를 안고 간다. 아이를 소파에 눕히고 그는 바닥에서 잠을 청한다.

다음 날 아침, 아드리가 수네의 마당 곳곳에서 쥐약을 넣은 간 파테가 발견됐다고 그에게 알린다. 동네 다른 집은 아니고 이 집에서만. 그때 오비크 남매는 자기들의 음울한 생각을 말로 표현하지 못하지만, 어떤 철학적인 논리를 동원하지 않아도, 본능만으로도 가장 간단한 설명이 진실일 때가 많다는 걸 알 수 있다. 베어타운과 헤드의 응원단은 이제 전쟁에 돌입했고, 모든 게 과거의 복수에 대한 복수이며, 탕이 초록색 구단의 마스코트였다는 사실을 모르는 사람은 없다. '팀의 마스코트'라는 제목 아래 신문에까지 소개됐다. 베어타운에 상처를 주고 싶은데 겁이 나서 인간은 공격할 수 없다면 이것이 해법이다.

벤이는 흥분하지도 않고 으르렁대지도 않고 담담하게 있는 그대로 얘기한다.

"내가 다 죽여버리겠어. 한 명도 남김없이."

다른 때 같으면 아드리가 말렸을 테지만 이번에는 아니다. 수네는 오비크 남매가 차를 타고 집으로 출발하는 것을 부엌 창가에 서서 지켜보며, 이 숲에서 그보다 더 위험한 선택지는 없건만 누군지 몰라도 범인은 저 둘의 철천지원수가 되었다고 생각한다.

수녀는 뭔가가 바짓가랑이 옆에서 움직이는 것을 느끼고 탕의 머리를 쓰다듬어주려고 손을 아래로 뻗었다가 상실감과 절망감이 그를 강타하자 하마터면 울음을 터뜨릴 뻔한다. 하지만 알리시아가 그의 바짓가랑이를 다시 당기고 그 작은 주먹을 그의 큼지막한 손 안에 넣으며 묻는다.

"잼 샌드위치 만들어 먹어도 돼요?"

물론이지.

얼마든지 만들어 먹어도 된다.

80

탕, 탕, 탕

화요일 밤에 옹알이는 교회 공동묘지에 있는 루트의 무덤을 나서서 아무 일도 없었던 듯 버스를 타고 헤드의 집으로 돌아간다. 마테오는 어둠 속에 몸을 숨긴 채 그 자리에 남아서 자기도 아무 일도 없었던 척할 수 있으면 좋겠다고 생각한다. 맨손으로 옹알이를 죽이고 싶은 마음이 간절하지만 마테오는 이제 겨우 열네 살이고 옹알이는 성인이라 승산이 없을 것이다. 나중에 사람들은 마테오 같은 남자아이들이 범죄를 저지르는 이유는 힘센 척하고 싶어서라고 할 테지만 그건 아니다. 그는 무력감에서 벗어나고 싶을 따름이다.

마테오는 자전거를 타고 집을 향해 마을을 가로지르지만 눈길에 타이어가 미끄러져서 여러 번 넘어진다. 체인이 다시 벗겨지자 그걸 끼우려다 손을 베인다. 손등에서 피가 뚝뚝 떨어져도 너무 춥고 몸이 다 젖어서 처음에는 그런 줄도 모른다. 좌절감과 분노로 훌쩍여 보지만 그런들 무슨 소용이 있을까? 집까지 자전거를 끌고 가기로 하지만 너무 피곤해서 어느 길로 가고 있는지조차 살피지 못한다. 연립주택 단지에 다다랐을 때 노인이 자기 개를 부르는 소리가 들린다. 저녁 산책을 나선 참인데, 인적 없는 길을 단둘이 걷는 일에 워낙 익숙해져 있어서 마테오가 몸을 숨기지 않아도 그의 존재를 알아차리지 못한다.

"탕! 이리 와! 그래, 맞아, 이리 와! 착하지! 이제 집에 가서 간 파테 먹자!"

노인이 명랑하게 외친다.

마테오는 그가 누군지 안다. 이름은 수네이고 베어타운 A팀 코치였다. 그는 그 개의 정체도 안다. 신문에 소개됐고 모든 베어타운 주민들의 사랑을 받고 있다.

마테오는 힘센 척하고 싶은 마음은 없다. 단 한순간만이라도 무력감에서 벗어나고 싶을 따름이다. 교회 공동묘지에서 옹알이가 입고 있던 초록색 점퍼가 떠오른다. 마침 수네도 비슷한 옷을 입고 있다. 마테오는 그가 느끼는 기분을 그들에게도 느끼게 하고 싶어서 뭔가를 빼앗고 싶다. 그들은 개가 죽으면 루트가 죽었을 때보다 더 슬퍼할 게 분명하다. 곰을 떠받드는 마을에서 여자는 동물보다 못한 존재다.

마테오는 집까지 자전거를 끌고 가 노부부가 사는 옆집으로 몰래 숨어들어 간다. 총기 보관장을 다시 열어볼까 하다가 대신 그 집 창고로 들어간다. 뭘 찾으러 들어간 건지 모르던 그는 맨 꼭대기의 선반에서 경고 표시가 그려진 조그만 상자를 두 개 발견한다.

그는 수요일 아침 일찍 연립 주택 단지로 돌아가 수네의 집이 어딘지 알아낸다. 돌아가는 길에 아침을 먹으려고 그 집 현관문을 두드려 수네를 깨우는 알리시아의 옆을 지나친다. 그들은 같이 슈퍼마켓에 다녀오고, 알리시아는 마당에서 온몸으로 탕을 끌어안고 목줄을 풀어주고, 그때를 끝으로 두 번 다시 그 개를 보지 못한다.

81

경고

베어타운과 헤드에 목요일 아침이 찾아오자 모두 화를 내며 잠자리에서 일어난다. 폭풍이 지나간 지 딱 일주일밖에 안 됐는데 몇 달은 된 느낌이다. 양쪽 마을 사이에서 벌어진 폭력 사태로 어떤 이가 목숨을 잃은 지 2년이 지났지만 조만간 우리는 더 이상 그렇게 얘기하지 못하게 될 것이다. 늘 그렇듯 우리는 수많은 핑계를 늘어놓을 것이다. 두 마을 사이의 갈등은 복잡하다고, 이런 상황에서 흑백논리는 적용되지 않는다고. 다소 가르치려 들려는 듯이 한숨을 쉬며 양쪽 마을과 양쪽 하키단 사이의 적개심은 전혀 새로운 게 아니라고, 역사가 몇 세대 전으로 거슬러 올라간다고 설명할 것이다. 중요한 건 하키가 아니라 문화의 차이, 전통의 차이, 처음부터 달랐던 양쪽 마을의 생업의 차이라고 할 것이다. 의회의 우선순위와 재정지원과 이 지역의 실질적인 버팀목이 될 수 있는 산업에 대해 운운할 것이다. 일자리와, 건드리지 말고 그냥 내버려두길 바라는 이런 지역의 평범한 주민들의 심정을 정부 당국에서 이해하지 못하는 것에 대해 말할 것이다. 그들은 자치를 유지하고, 자유롭게 생활하며, 자기들의 숲에서 사냥하고, 자기들의 호수에서 물고기를 잡고, 거기에서 생산된 것을 모조리 남쪽으로 실어 보내지 않고 여기서 소비하고 싶어 한다고 말이다. 지방에서 벌어지는 분쟁의 대다수는 이 지역에 발을 들인 적 없는 대도시 사람들이 정한 정책의 결과일 때가 많다고 조심스럽게 설명할 것이다. 베어타운에서는 대로 저편에 사는 개자식들은 질투가 심하다고 할 테고, 헤드에서는 숲 저편에 사는 개자식들은 저 잘난 맛에 사는 재수 없는 위선자라고 할 것이다. 누군가는 아이스링크에서 남자아이들끼리 싸웠던 것을, 또 누군가는 헤드에서 차량 테러가 이루어졌던 것을 언급할 테고, 이후에 공장에서 벌어진 사고가 거론되면 가장 분별 있는 사람들조차 이성의 한계를 넘어서는 수준으로 언성을 높일 것이다. 처음에는 공장의 작업 환경과 안전을 둘러싼 논의로 시작됐던 것이 이내 정치적인 구호로 변질될 테고, 한쪽에서 자기들이 차별을 당하고 있다고 외치면 다른 쪽에서 "그럼 출근하지 마! 가서 너희 마을 주민들의 일자리나 뺏어!"라고 외칠 것이다. 다들 기계에 낀 젊은 여직원이나 원래 그 기계 담당이었다가 출산휴가를 떠난 젊은 여직원을 아는 사람을 안다. 다들 병원 주차장에서 젊은 남자들을 때린 여직원의 형제들이나 얻어맞은 젊은 남자들을 안다. 헤드의 모든 주민은 결혼식이나 하키 경기장에서 가끔 베어타운 출신의 재수 없는 새끼를 만난 적이 있고, 베어타운의 모든 주민은 아이스링크나 회사에서 헤드의 멍청한 새끼를 만난 적이 있다. 서로에 대해 가지고 있는 최악의 편견은 어떤 사람이 다른 사람에게 들었다며 전해준 이야기로 항상 입증된다.

우리는 이 관계가 오랜 역사에 걸쳐 뿌리내린 관행이라고 할 것이다. 문화 깊숙이 자리 잡은 이유가 있다고. 적대관계가 몇 세대에 걸쳐 대물림됐다고. 우리는 이 관계가 복잡한 문제라고, 아, 정말이지 아주 복잡한 문제라고 할 테지만 당연히 실은 전혀 그렇지가 않다. 라모나가 살아 있었다면 그녀는 있는 그대로 이렇게 말했을 것이다.

"복잡하긴 뭐가 복잡하다고. 서로 죽이려 들지만 않으면 되지, 이 바보 멍청이들아!"

하지만 이제는 그러지 않을 방법을 알지 못한다.

❄

"하지만 그깟 개 한 마리 가지고."

당연히 대놓고 그렇게 말하는 사람은 없지만 수네가 느끼기에는 온 동네 사람들이 그렇게 생각하는 것 같다. 그가 백만 조각으로 산산이 부서진 채 부엌에 앉아 있는 동안에도 길거리에서는 일상이 이어진다. 우편물을 가지러 나가면 누군가가 지나가며 "그 녀석이 그렇게 돼서 안타까워요"라고 말하지만, 수네가 원하는 건 그게 아니다. 수네는 사람들이 그의 인생을, 이제 말을 들을 줄 몰랐던 천방지축 꼬마 괴물 없이 살아가야 할 그의 여생을 안타깝게 여겨주길 바란다. 침대 가장자리에 올려놓은 앞발과 손목에 남은 이빨 자국 없이 살아가야 할 그를. 어떻게 그럴 수 있을까? 냉장고에 있는 그 많은 간 파테는 누구에게 먹여야 할까? 하키단 운영위원회와 청소년 팀의 코치 두어 명이 문자와 전화로 위로를 전하지만 사람이 죽은 것처럼은 아니다. 수네가 슬퍼하니 자기들도 슬퍼하지만 그의 상실감을 진심으로 이해하지는 못한다. 그냥 개 한 마리가 죽은 것에 불과했으니. 그 녀석의 인간으로 살았던 사람의 입장에서는 그 녀석이 단순한 동물이 아니라는 사실을 설명하기가 지극히 난감하다. 어쩌면 대부분의 사람들로서는 불가능한 수준의 공감 능력 아니면 상상력이 필요할지 모른다.

그래서 초인종이 울리고 그 앞에 티무가 눈물이 그렁그렁 맺힌 눈을 하고 서 있다는 것은 뜻밖인 동시에 백 퍼센트 납득이 가는 일이다. 그의 뒤에는 검은 재킷을 입은 남자들이 열두어 명 서 있다가 관 위에 얹어도 될 만큼 큼지막한 화환을 건넨다. 티무가 말한다.

"이 녀석들이 조의를 전하고 싶다고 해서요. 저희가 도울 일 없을까요?"

"말은 정말 고맙지만 그깟 개 한 마리 가지고 뭘."

티무는 그의 어깨를 힘껏 토닥인다.

"그깟 개 한 마리가 아니라 가족이죠. 코치님이 그 녀석을 얼마나 사랑했는지 모르는 사람이 없어요. 우리도 그 녀석을 사랑했고요. 젠장, 베어타운 팀의 마스코트였잖아요……."

목과 양손과 어쩌면 그 사이 피부가 거의 문신으로 덮였을 남자 하나가 그의 뒤에서 떨리는 목소리로 말한다.

"그 녀석과 별로 친하게 지내지는 않았지만 보고 싶을 거예요. 하키단의 식구 같았으니까요!"

수네는 화환을 손에 들고 두 뺨으로 상실감을 표현하며 서 있는다. 무슨 말을 하면 좋을지 알 수가 없다. 하지만 동물에게 느끼는 사랑, 걷잡을 수 없고 비논리적인 사랑을 이해할 수 있는 사람이 있다면 그는 평생 뭔가를 너무 많이 사랑한다는 얘기를 들어온 사람일지도 모른다.

"그깟 하키 가지고 뭘 그러냐."

'그 일당'은 그야말로 모든 것을, 그야말로 시도 때도 없이 느낀다. 그들은 무엇을 떠나보냈느냐가 아니라 내가 어떤 사람이냐에 따라 상심의 정도가 결정된다는 걸 안다. 그들은 상상력이 있다. 사실 상상력이 너무 풍부해서 그것 없이는 살 수 없는 뭔가를 잃어버린다는 상상만으로도 살인 병기로 돌변할 수 있다.

"커피."

수네는 물음표 없이 이렇게 말하고 집 안으로 앞장선다.

검은 재킷들은 그를 따라 들어가 커피를 마신다. 그중 한 명이 화장실 수도꼭지가 새는 걸 보고 고쳐준다. 다른 한 명은 머그잔을 씻는다. 또 다른 한 명은 그걸 행주로 닦는다. 그들이 떠나자 티무는 현금이 두둑하게 든 봉투를 부엌 조리대 위에 놓는다.

"얼마 되지는 않아요."

그는 조용히 말한다.

"넣어둬. 나는……."

수네가 말문을 열지만 티무는 다정하게 손을 든다.

"코치님 말고 알리시아 주려고요. 그 아이의 개이기도 했잖아요."

수네는 집을 나서는 그에게 말한다.

"티무…… 우리가 서로 그렇게 잘 아는 사이는 아니고 자네가 화가 났다는 건 알지만…… 내가 어마무지하게 화가 났다는 건 자네도 알 테지만…… 그래도 개의 복수를 하겠다고 나서진 말아주게, 알겠나? 그 녀석은 사람들끼리 싸우는 걸 뭐 그리 좋아하지 않았거든. 그리고 나는 알리시아도 그러길 바라고."

"복수요? 누가요?"

티무는 아무것도 모르는 척 이렇게 묻는다.

바로 그때 수녀는 이 일로 헤드에서 누군가가 엄청난 대가를 치를 수밖에 없겠다는 확신을 느낀다.

✲

견사에서 벤이와 아드리 오비크는 개들에게 밥을 주고, 자기들도 부엌 조리대 앞에 서서 말없이 끼니를 챙겨 먹고, 아드리가 별채에 만들어놓은 체육관에서 해가 질 때까지 웨이트트레이닝을 한다. 큰누나는 벤이가 전보다 힘이 약해졌다는 걸 느끼고, 또 다른 것들도 느낀다. 지난주에 여행을 마치고 집으로 돌아왔을 때만 해도 모래사장에서 햇볕을 쪼이고 빛이 바랜 것처럼 눈빛이 좀 더 밝았는데, 지금은 다시 어두워졌다. 전보다 더 단호하고 또 더 냉혹한 분위기를 풍긴다. 어제 학교 운동장으로 알리시아를 마중 나가서 사랑하는 개가 어떻게 됐는지 알려주는 임무를 맡기 전까지만 해도 벤이는 아드리의 집 주변을 다친 새처럼 돌아다녔다. 이제는 다친 곰처럼 움직이고 있다. 어제까지는 연약했다면 오늘은 폭발하기 일보 직전이다.

82

스케이트

페테르는 오전 내내 빵을 구우며 전화벨이 울리길 기다린다. 배터리가 다 된 건 아닌지 5분마다 확인하지만 휴대전화는 침묵을 고집한다. 그가 출근하지 않아도 미라는 모르는 눈치다. 그가 그 회사에서 얼마나 중요한 인물인지를 알 수 있는 대목이다. 페테르는 지금의 심정을 표현하는 데 알맞은 단어를 찾느라 고심한다. 상처받았다? 화가 난다? 부족하다?

빵을 어찌나 많이 만들었는지 나중에는 부엌 조리대가 빵으로 뒤덮일 정도다. 페테르는 초록색 점퍼를 챙겨 들고 아이스링크까지 걸어간다. 그를 필요로 하는 사람이 없으니 13세 팀 간의 경기나 보러 가는 게 어떨까 싶다. 페테르가 생각하기에는 그보다 더 즐겁게 하키를 할 수 있는 나이가 없다. 그 나이 때는 모든 게 설익은 재능이고 가능성이다. 모든 꿈이 온전하다.

아이스링크에 도착했을 때는 아직 이른 시각이라 사람이 별로 없고 노인 몇 명만 어슬렁거리고 있다. 그가 다가가자 그들이 올려다보며 묻는다.

"오, 페테르! 새로 영입된 선수 소문을 들었는데…… 알렉산더라던가? 이름이? 쓸모 있는 녀석이야?"

페테르는 미소를 짓는다.

"'대도시'라고 부르고요. 네, 잘해요. 두고 보세요."

두말하면 잔소리지만 노인들은 그 말을 듣고 기뻐한다.

"'대도시'? 흠, 기억하기 쉽구먼. 아맛도 돌아왔다며? 그 둘이 호흡이 잘 맞겠어?"

페테르는 행복한 표정으로 고개를 끄덕인다.

"사켈이 알아서 잘 하잖아요."

잠깐 예전으로 돌아간 느낌이다. 노인들은 그의 등을 때리며 외친다.

"그렇게 겸손하게 굴 것 없어, 페테르. 자네가 사켈과 함께 가서 그 녀석을 영입했다는 소문을 모르는 사람이 없는걸. 그리고 아맛이 돌아왔다면 그것도 자네랑 연관이 있을 테지! 다들 자네가 단장을 다시 맡아주길 바라고 있어. 부인 커피 끓여주다 지겨워지면 아니, 헤드에 있는 그 법률회사에서 무슨 일을 하는지 모르겠지만 아무튼 그 생활이 지겨워지면 기억하라고……."

페테르는 재밌는 농담이라도 들은 것처럼 웃어넘긴다. 아주, 아주 훌륭하게 웃어넘긴다.

그가 관중석에 자리를 잡고 앉자 관리인이 다가와 옆자리에 앉는다. 페테르는 그제야 수네의 개에게 일어난 일과 검은 재킷 일당들이 경기를 보려고 오는 중이라는 얘기를 듣는다.

"골치 아픈 사태에 대비하는 편이 좋겠어."

관리인이 걱정하며 중얼거리자 정말이지 예전으로 돌아간 느낌이 든다.

조금 지나치게 그런 느낌이 든다.

✳

미라와 동업자는 펼친 파일 위에 펼친 또 다른 파일을 아슬아슬하게 쌓아놓고 사무실에 앉아 있다.

"어떻게 생각해?"

미라가 지친 목소리로 묻는다.

"페테르가 무슨 잘못을 저질렀는지 평범한 사람은 알 수 없을 만큼 배배 꼬여 있어서 다행이라고 생각해."

동업자는 긍정적인 쪽을 강조하려 하지만 소용이 없다. 미라는 페테르가 무슨 짓을 저질렀는지 정확히 안다.

"범죄가 저질러지고 있을 때 다른 데로 눈을 돌리는 일도 범죄를 저지르는 것만큼 나쁜 짓일 수 있어."

그녀는 말한다.

동업자의 말이 맞는 것이, 구단이 저지른 범행의 대부분은 변호사만 잘 선임하면 법적으로는 별로 중요하지 않은 문제로 일축할 수 있다. 미라가 트레이닝 시설 관련 서류에 서명한 페테르에게 이토록 화가 나는 이유가 그 때문이다. 그 서류가 살인 무기에 남은 지문처럼 떡하니 놓여 있다. 납세자들이 낸 수백만 크로나의 세금을 가로채 의회에 있지도 않은 건물을 팔아넘기면 안 된다는 것을 모르는 사람이 어디 있을까. 그런 짓을 저지르면 비도덕적인 인간인 동시에 범죄자가 되는 것이다.

"네가 다 알고 있다고 페테르한테 얘기했어?"

동업자가 묻는다.

미라는 고개를 젓는다.

"아니. 그러면 그는 무슨 서류에 서명하는지 몰랐다고 할 거야. 그러면 나는 그 말을 믿을 테고. 그 말을…… 믿는 쪽을 선택할 테고."

동업자는 희미하게 미소를 짓는다.

"나도 그 말을 믿을 거야. 네 남편이 좀 바보 같긴 하지만 이 정도로 바보는 아니잖아."

미라는 한숨을 쉰다.

"서류를 읽어보지도 않고 서명하는 게 바보짓이 아니면 뭐겠어? 똑똑한 사람이 그런 짓을 저지르겠어? 자기가 이 정도로 순진하다고 주장하는 것 자체가 범죄가 아닌가 싶은데……."

동업자는 천천히 고개를 끄덕인다.

"내가 어떻게 생각하는지 알려줄까? 나는 신문사에서 감히 이걸 기사화할 수 없을 거라고 생각해. 그랬다가는 사람들이 노발대발할 테니까. 다들 페테르를 빌어먹을 성인 비슷하게 간주하잖아. 그리고 설령 기사화한다 한들 희생양이 필요할까? 특정 인물이 아니라 운영위원회와 의회 의원들에게 비난의 초점을 맞추겠지……."

미라는 답을 알고 싶지 않은 질문을 한다.

"하지만 희생양이 필요하다면?"

동업자는 슬픈 표정을 짓는다.

"그럼 페테르가 후보로 완벽하겠지. 아주 완벽하겠지."

미라는 뭐라고 대꾸하고 싶지만 목이 메어서 아무 말도 할 수가 없다. 그녀로서는 프락이 헤드 하키단을 구할 방법을 찾을 수 있길,

동맹을 충분히 확보해 신문사를 막을 수 있길, 그것으로 페테르가 저지른 짓을 덮을 수 있길 바랄 따름이다. 그녀의 능력으로도 이건 은폐할 수 없을 것 같기 때문이다.

✻

빙판에서는 아주 어린 꼬맹이들이 훈련하고 있다. 관리인이 13세 팀 간의 경기가 벌어지기 전에 전구를 교체하고 창문과 비상구를 체크하러 나서자 페테르도 같이 도우러 간다. 그는 단장 시절에 하키팀뿐만 아니라 아이스링크에 대해서도, 어딜 관리하고 기름칠하고 교체하고 손을 보아야 하는지 모르는 것이 없다는 데 자부심을 느꼈다. 소규모 하키단에서 한 가지 일만 하는 사람은 없다. 다들 최소 세 가지씩은 해야 한다.

"젠장……."

페테르는 점퍼를 벗으려다 지퍼가 망가지자 중얼거린다.

"그 점퍼가 줄어든 건가, 아니면 자네 배가 나온 건가?"

관리인은 씩 웃는다.

"둘 다예요."

"창고에 펜치 있어. 나중에 내가 고쳐줄게. 젊은이가 그러고 다니면 안 되지."

관리인은 툴툴거린다. 페테르가 여든 살이 되더라도 그에게는 여전히 '젊은이'일 것이다.

창고로 건너가 보니 아맛이 스케이트를 들고 그 앞에 서 있다. 페테르를 보고 어색해하며 손을 심하게 만지작거리다 한쪽 스케이트를 떨어뜨린다.

"그거 날 갈아야 하니?"

관리인이 가장 아끼는 선수들에게만 내는, 유난히 반색하는 목소리로 묻는다.

"혹시…… 혹시…… 시간이 되시면요……."

아맛은 가까스로 대답한다. 요전 날에 페테르의 집을 찾아갔을 때는 할 말이 엄청 많았는데, 그때 삼킨 말들이 몸속에서 뿌리를 내린 느낌이다.

"점퍼 먼저 고치고."

관리인이 말한다.

페테르가 허리를 숙여 바닥에 떨어진 스케이트를 줍는다.

"내가 갈아줄게, 아맛. 안으로 들어와서 어떤 식으로 갈고 싶은지 알려줘."

각기 세대가 다른 세 남자가 불꽃을 튀기며 빙글빙글 돌아가는 연마기를 사이에 두고 나란히 앉아서 스케이트 날의 각도를 주제로 조용히 옥신각신한다. 관리인이 아맛의 체중이 전보다 10킬로그램 늘었으니 날을 좀 더 무디게 갈아야 된다고 짚고 넘어가자 페테르는 아맛을 향해 눈을 찡긋거린다.

"저분은 똑똑한 척하지만 실은 기계 세팅 바꾸는 법을 몰라서 모든 스케이트 날을 백 년째 똑같이 갈고 있어."

"자네는 스케이트를 타고 모래밭을 갈라도 상관없었는데. 경기 내내 5미터도 움직이지 않았으니 말이지……."

관리인은 되받아치고는 제대로 된 펜치를 찾으러 간다.

연마기와 함께 단둘이 남겨지자 페테르는 날 갈리는 소리를 뚫고 묻는다.

"남아서 13세 경기 볼 거니? 네가 그 나이였던 때가 불과 엊그제 같은데. 아니, 그러니까, 오래전이라는 건 나도 알지만 가끔은……"

아맛은 자기 스케이트만 뚫어져라 쳐다본다.

"무슨 말씀인지 알아요. 가끔 저도 그렇게 느껴질 때가 있어요."

페테르는 손끝으로 조심스럽게 날을 훑는다.

"온 동네 주민들이 아이들 경기를 좋아하는 이유가 그 때문이지. 그 나이대는 희망밖에 없으니까."

아맛은 갈라진 목소리로 대답한다.

"지난봄에 단장님 말씀을 들었어야 했어요."

페테르는 가만히 고개를 젓는다.

"아냐, 아냐. 네 말마따나 너도 이제 어른인걸. 나는 이래라저래라 할 권리가 없지……"

"단장님 말씀을 들었더라면 지금쯤 NHL에서 뛰고 있었을지도 몰라요."

아맛은 힘겹게 말을 잇는다.

페테르가 돌아보자 아맛은 그와 눈을 맞출 수밖에 없다.

"너는 나중에 NHL에서 뛰게 될 거야. 나나 다른 누구 때문이 아니라 네 실력만으로."

그는 스케이트를 건넨다. 아맛은 스케이트를 받아들어 바닥에 내려놓는다. 그리고 말한다.

"단장님이 없었다면 지금의 저도 없었을 거예요."

"그만해. 너는 천부적인 재능을 타고났어. 그리고……"

페테르가 반박하려 들지만 아맛은 조용히 그러나 단호하게 말하리를 자른다.

"재능만으로는 부족하죠. 아니, 최소한 저한테는 그랬을 거예요. 누군가 믿어주는 사람도 있어야 하니까요. 단장님은 저뿐 아니라…… 벤이와 보보에게도 그러셨고 지금은 알렉산드르에게 그러고 계세요. 단장님은 친자식도 아닌 저희를 항상 친자식처럼 대해주셨어요. 항상 저희보다 더 많이 저희를 믿어주셨고요."

관리인이 돌아온다. 문이 닫힌다. 연마기가 비명을 지른다. 아맛은 어색하게 고개 숙여 인사하며 "감사합니다"라고 웅얼거리고는 밖으로 나간다. 페테르는 그 자리에 서 있는데, 가슴이 너무 벅차서 점퍼를 다시 입을 엄두가 나지 않는다. 관리인은 짜증 섞인 눈빛으로 그를 흘끗거리며 구시렁댄다.

"거기 계속 그렇게 서 있을 건가? 날을 갈아야 하는 스케이트가 스무 켤렌데……."

그래서 페테르는 그 자리를 몇 시간 동안 지킨다. 그렇게 쓸모 있는 사람이 된 기분은 오랜만이다.

❋

아맛이 창고에서 나왔을 때부터 아이스링크에 관중이 들어차기 시작한다. 그는 사람들이 많은 곳에 있으면 불안해지기 때문에 남아서 경기를 보지 않는다. 주차장으로 나가자 웅알이가 관중을 대할 때마다 짓는 그 긴장한 표정으로 어깨에 가방을 둘러메고 있다. 다시 눈이 내리기 시작했다.

"웅알아! 다른 데 가서 연습할래? 호수 얼었는지 가서 볼까?"

아맛이 외치자 옹알이는 당연히 고개를 끄덕인다.

마테오는 얼마간의 거리를 두고 나무 사이에 서서 그들이 사라지는 것을 지켜본다.

83
도발

때는 목요일 오후고 헤드의 그 집은 삐걱거리는 계단을 오르내리는 인간들 덕분에 진동한다. 테드는 오늘 베어타운 팀과 13세 경기를 앞두고서 짐을 싸고 있다. 토비아스는 아직 출전 금지가 풀리기 않았기 때문에 오늘만큼은 따라가서 테드의 경기를 참관하기로 한다. 지난 몇 년 동안 계속 충돌이 있었기 때문이다. 테스는 투레를 옆집에 맡긴다. 투레는 노발대발한다. 그래도 요니는 오늘 아침에 막내가 같이 가서는 안 되겠다는 본능적인 직감을 느꼈다. 잠시 후에 얼마나 끔찍한 사태가 벌어질지 아직은 아무도 모를지 몰라도. 요니와 한나는 감정 표현을 최대한 자제하려고 노력 중이지만 시종일관 효과가 있는 건 아니다. 공장에서 벌어진 사고의 충격이 그들을 심하게 강타했는데도 둘은 허심탄회하게 대화를 나눌 시간조차 없었다. 어쩌면 그들은 서로를 피하고 있는지도 모른다. 요니는 젊은 여직원의 신체 일부를 절단해 기계에서 끄집어냈고 한나는 병원에서 그녀를 보살폈다. 이제 한나는 감정적이고 요니는 예민하다. 그녀는 자기 감정을 표현하고 그는 억누른다. 그녀는 울분을 토하고 그는 당장이라도 폭발할 것 같다.

"나가서 짐 실을게."

요니는 실을 짐이 없는데도 이렇게 말하며 나간다. 그리고서는 운전석에 앉아 볼륨을 줄인 채 스프링스틴을 듣는다.

한나는 아무 소리 하지 않고 테드의 방으로 간다. 열세 살짜리는 벌써부터 빨간색 훈련복을 입고 늘 그렇듯 어느 누구보다 일찍 준비를 마쳐놓았다. 반면에 열다섯 살의 토비아스는 늘 그렇듯 방금 일어나 짝이 맞는 양말을 찾느라 지금까지 헤매고 있다. 한나는 그를 거들며 무심코 중얼거린다.

"이거 네 양말 맞아? 아빠 양말 아니야? 너 발이 몇이야? 스케이트 타러 갈 때마다 내가 끈을 묶어줬던 게 엊그제 같은데……."

"엄마가 마지막으로 우리 끈을 묶어준 게 한, 10년 전 일이에요."

토비아스와 테드는 동시에 씩 웃는다.

"아냐, 5분 전이야! 기껏해야 지난주!"

그들의 엄마는 반항조로 맞받아친다.

한나는 두 아들을 안아주며 그들이 자란 게 아니라 그들을 감싸고 있던 그녀의 세상이 쪼그라든 거라는 생각을 한다. 이제는 끈을 묶어주어야 하는 아이는 투레 하나뿐이고, 그 아이마저 요즘은 그녀에게 거의 맡기지 않는다. 그건 빼앗기기 싫은 특권이다. 아이들이 빙판으로 나선 순간, 훈련이나 경기에서 첫발을 뗀 순간이야말로 아이들의 인생을 통틀어 그녀가 좋은 엄마가 된 것처럼 느껴졌던, 뭐가 뭔지 아는 엄마가 된 것처럼 느껴졌던 몇 안 되는 순간이다. 잠깐 동안이기는 했어도. 이제 아이들은 모든 걸 스스로 알아서 안다. 아이들이 성가신 꼬맹이였던 시절에 그녀가 항상 꿈꾸었던 것처럼. 그런데 아이들이 커서 독립하고 보니 그 시절로 돌아가고 싶어진다.

테드와 토비아스는 베어타운으로 가는 동안 어떤 음악을 들을지를 두고 싸운다. 테스는 동생들을 약 올리기 위해 스프링스틴을 트는데, 당연히 요니는 자기를 위한 배려인 줄 알고 잘난 척 씩 웃는다. 하지만 그것도 숲을 지나 아이스링크로 향하는 차량 행렬을 맞닥뜨리기 전까지다.

"망할, 사람이 엄청 많네! 이게 무슨 일이지?"

토비아스가 외친다.

"다 우리 경기를 보러 가는 거야?"

테드는 헉 소리를 낸다.

요니와 한나는 아무 말도 하지 않고, 인파를 헤치며 경계하는 눈빛으로 주차장을 이 끝에서 저 끝까지 훑어본다. 검은 재킷을 입은 남자들이 여기저기에 삼삼오오 서 있다. 원래는 그들이 13세 경기를 잘 보러 오지 않지만 오늘은 상황이 다르다. 말이 씨가 된다더니 폭력 사태가 벌어질 가능성이 백 퍼센트에 수렴하고 있다. '그 일당'은 헤드 남자들이 일전을 벌이러 출동한다는 소문을 들었기에 베어타운의 아이들을 지키기 위해 나섰고, 이로써 헤드 남자들은 자기 마을의 아이들을 지키러 와야 하는 이유가 생겼다. 그러니 도발도 필요 없다. 양측의 증오가 알아서 척척 절차를 밟고 있다.

조짐이 영 안 좋은데. 한나는 이런 생각을 하면서도 말은 다르게 한다.

"경기 분위기가 엄청 좋겠다, 그치? 헤드에서 온 응원단이 얼마나 많은지 봐. 거의 홈경기 수준이야!"

"홈경기 맞아."

요니가 부루퉁한 목소리로 구시렁댄다.

원래는 그랬어야 한다. 지붕이 무너지지 않았다면 원래 이번 주말에 헤드의 아이스링크에서 열렸을 경기다. 그런데 장소가 옮겨지면서 자리가 없어서 날짜도 화요일로 바뀌었고, 누군가가 오늘의 경기를 소개하는 입구 앞 게시판에 베어타운의 이름을 먼저 적어놓았다. 마치 *자기들* 홈경기인 것처럼.

"여보, 그건 별로 중요한 문제가 아닐지 몰라."

한나가 쏘아붙이자 요니는 뚱하니 입을 닫는다.

그들은 다른 차량을 따라 큼지막한 초록색 깃발이 펄럭이는 깃대를 지난다. 깔끔하게 새 단장한 아이스링크 지붕이 눈으로 덮여서 햇빛에 반짝인다. 아이스링크와 가까운 주차구역은 똑같이 생긴 하키 대디들이 몰고 온 값비싼 SUV에 점령당했다. 전부 뒷 유리창에 베어타운 하키 스티커가 붙어 있다. 요니는 밴을 몰고 그들 옆을 지나간다. 차대가 덜커덩거리고 스프링스틴의 노래 소리가 쩌렁쩌렁 울리는데, 멀지 않은 곳에서 십 대 아이 여럿이 고함을 지르고 있다.

"우리는 곰! 우리는 곰! 우리는 곰! 우리는 베어타운의 곰!"

다른 어딘가에서 헤드의 어린애들이 응수한다.

"헤드! 헤드! 헤드!"

여기에 주차장 곳곳에서 야유가 쏟아지는데, 십 대 아이들의 목소리가 제일 크다.

"헤드 잡것들아! 헤드 잡것들아! 헤드 잡것들아!"

"훌륭하고 또 훌륭한 '가치관'을 강조하는 훌륭한 베어타운답네."

요니가 나지막이 으르렁거리자 한나는 그만하라고 말리지도 못한다.

토비아스와 테드가 차에서 내린다. 토비는 아무 말 없이 동생의 가방을 꺼내서 들어준다. 문제가 생기더라도 사람들 사이에 끼어서 옴짝달싹 못 하는 사태는 막기 위해서다. 아이스링크 입구 근처에 서 있는 테드의 코치와 다른 팀원들이 보이자 그쪽으로 걸음을 옮기는데, 한나의 찌렁찌렁한 목소리가 귓전을 때린다.

"이제 하키에 집중해! 말썽 일으키지 말고! 알겠지?"

테드는 그녀의 옆에 서서 입구에서 조금 지난 곳을 흘끗거리고 있다. 한나는 딸을 보고 입구를 보고 한숨을 쉰다.

"너는 보보 만날 거지?"

테드는 기뻐하며 고개를 끄덕인다.

"그래도 돼요……?"

"그래, 그래, 얼른 가. 하지만 옆에 바짝 붙어 있어! 그래야 문제가 생기더라도 걔 뒤로 피할 수 있지. 덩치가 워낙 커서 타깃이 될 테니까……."

테스는 여기가 놀이동산이라도 되는 듯이 태평하게 달려간다. 솔직히 놀이동산 비슷한 분위기이긴 하다. 행복하게 웃는 딸아이를 보고 한나는 거의 완벽하게 긴장을 푼다. 흥분한 관중이 외치는 구호 말고는 다들 기분이 좋아 보인다. 허공에는 기대감이 감돌고 아이들은 묵직한 가방을 들었고 열린 자동차 트렁크 안에는 빵 봉지와 커피가 담긴 보온병이 있다. 지난 일주일 동안 서로를 죽일 듯이 증오했던 두 마을이 이제는 얼어붙은 손을 마주 비비며 이 스포츠의 열기를 기억하기 위해 이 자리에 모인 것 같다. 지난봄 이후로 보지 못한 반가운 친구를 얼싸안는다. 모두들 캠핑장과 별장으로 뿔뿔이 흩어졌던 길고 긴 여름이 지나가고 이제 진정한 삶이 다시 시작되고 있다. 이제 아이들 실어 나르기가 다시 일상을 지배할 테고, 저녁마다 수백 개의 가정에서 다시 이야깃거리가 생길 것이다. 이 많은 아이들이 하키를 하지 않았다면 부모들의 삶에 이 많은 빈 공간이 어디서 생겨났겠는가. 한나는 앞으로 이런 삶을 기껏해야 몇 년이나 더 누릴 수 있을까? 조만간 모두 끝날 것이다. 조만간 모두 어른이 되어버릴 것이다. 엄마들은 마지막 남은 하나까지 아이들을 위해 바치기 때문에 삶을 헤쳐나갈 때 입을 갑옷이 없다. 아이들이 십 대의 끝에 다다르면 거죽마저 남질 않아서 살 속으로 상실감이 사무친다.

"가서 핫도그 사려는데, 당신은 여기 있을래?"

요니가 전혀 심란해하는 기미 없이 옆에서 묻자 그녀는 그의 머리 위로 번개가 내리쳤으면 좋겠다고 생각한다. 죽을 정도는 아니고 혼수상태가 될 정도로.

"핫도그? 이 와중에?"

한나는 코웃음을 치지만 놀랄 일은 아니다. 남편은 걸어다니는 음식물 쓰레기 처리장이라 그녀는 반평생 전부터 남편이 맥주를 마실 때 쉽게 찾을 수 있도록 '싸구려' 초콜릿을 맨 위 서랍에 숨겨놓고 있다. 그래야 아래 서랍에 숨겨놓은 비싼 초콜릿을 지킬 수 있다.

조금 멀리서 테드와 같은 팀인 다른 두 가족이 보이고, 그녀는 그쪽으로 걸어간다. 요니는 핫도그를 사러 간다. 그렇게 온 가족이 군중 속으로 순식간에 뿔뿔이 흩어진다.

84

변호사

안데르손 가족은 오늘 오후에 아이스링크에서 다 같이 모이지만 어쩌다 그렇게 되었는지는 아무도 모른다. 마야와 아나가 빵을 먹으러 집에 들렀더니 대도시가 캠핑카였던 여름 별장으로 아예 짐을 옮기려고 자기 소지품을 챙기러 왔다. 벤이가 뭔지 모를 이유로 자기 누나네 집으로 거처를 옮겼기에 간밤에 거기서 혼자 잤는데, 호숫가의 나무 사이가 마음에 쏙 들어서 거기서 지내기로 마음을 먹은 것이다.

"오늘 경기 보러 가요?"

부엌에서 마주치자 마야는 아무 생각 없이 묻는다.

"무슨 경기?"

대도시는 묻는다.

"헤드 13세 팀이랑 베어타운 13세 팀이 맞붙거든요."

"13세 팀? 여기서는 그게 그렇게 중요한 경기야?"

그는 놀라워한다.

"베어타운 대 헤드니까. 그럼 여기서는 어떤 경기든 중요해져요."

마야는 대답한다.

"너는…… 갈 거야?"

그가 묻는다.

"지금 가려고요!"

아나가 외친다.

그들은 레오도 꼬드겨 같이 데려간다. 그는 못 이기는 척 따라나서지만 가는 길에 마야와 아나와 담배 한 대를 나눠 피고서는 어른이 된 기분을 만끽한다. 아이스링크에 도착하자 마야는 엄마에게 문자메시지를 보낸다.

우리 경기 보려고요.
엄마도 오실래요?

미라는 사무실에서 동업자와 함께 서류에 파묻혀 있다가 놀라서 답장을 보낸다.

13세 경기를? 네가 그 경기에 관심이 있는 줄 몰랐네?

그리고 이런 답장을 받는다.

누구 경기든 무슨 상관이에요. 엄마, 같이 와서 놀아요.

십 대 아이를 둔 엄마 중에 이런 초대를 거부할 수 있는 사람이 있을까?

✳

　요니는 핫도그를 먹고 싶은 게 아니다. 주차장을 향해 핸들을 꺾었을 때 핫도그 노점을 보았는데, 아는 얼굴이 그 매점을 지키고 있었던 것이다. 수염을 듬성듬성하게 기르고 비쩍 마른 젊은 남자다. 폐차장에서 본 레브의 부하다. 초록색 점퍼를 입은 중년 남자 넷이 그의 주변에 서 있고, 그중 한 명은 그의 얼굴 앞에 자기 얼굴을 바짝 갖다 대고서 큰 소리로 싸우고 있다. 다른 한 명은 화가 난 표정으로 핫도그 노점을 붙잡고 있는데, 레브의 부하는 충분히 맞받아칠 수 있어 보이는데도 저항만 하고 있다. 초록색 점퍼를 입은 이들은 모두 과체중에다가 빠른 속도로 넓어져 가는 이마에 맞서 절박한 헤어스타일을 고수한 남자들이지만, 숫자도 많고 압도적이다.

　요니는 다가가며 점퍼 지퍼를 열고, 2미터쯤 앞에서 걸음을 멈춘 뒤 헛기침을 한다.

　"무슨 문제 있으십니까?"

　초록색 점퍼를 입은 남자들은 화난 얼굴로 고개를 돌리지만 금세 표정이 바뀐다. 요니의 덩치 때문이기도 하지만 열린 지퍼 사이로 보이는 티셔츠에 소방대 로고가 그려져 있기 때문이다. 이들이 소방관을 존경하는 건 아니지만(이런 인간들은 아무것도 존경하지 않는다) 한 소방관과 시비가 붙으면 소방대 전체와 싸워야 한다. 요니는 여기 혼자 왔을 수도 있지만 다른 소방대원들과 다 같이 왔을 수도 있다.

　"여기서 핫도그를 팔면 안 돼요!"

　한 남자가 실제 성격보다 더 터프한 척 외친다.

　"핫도그를 팔면 안 된다고요? 농담이시죠?"

요니는 폭소를 터뜨린다.

"남학생 팀 선수들이 구내매점에서 핫도그를 팔고 있는데, 이 인간이 여기 이 밖에서 반값에 팔잖아요! 그럼 우리 애들이 저 안에서 무슨 수로 핫도그를 팔 수 있겠어요?"

레브의 부하는 분노를 고스란히 드러내며 요니를 돌아본다.

"여기 자유로운 나라 아니에요? 자유로운 마을 아니에요?"

"어디서 굴러왔는지 모르겠지만 여기가 당신 마을은 아니니까 꺼져주시지? 그 핫도그에는 무슨 고기를 썼나? 쥐 고기? 박쥐 고기?"

한 남자가 으르렁거린다.

요니가 노려보자 그는 입만 살아 있고 주먹은 쓸 줄 모르는 남자들이 늘 그렇듯 몸을 사린다. 다른 남자가 친구의 팔을 잡고 요니에게 웅얼웅얼 사과한다.

"아까 그 말은…… 사과할게요. 우리 서로 너무 흥분하지 맙시다. 우리 애들이 저 안에서 핫도그를 팔아서 팀 비상금을 마련하려고 하고 있다 보니 학부형들이 화가 나서……."

요니는 콧방귀를 뀌며 레브의 부하를 턱으로 가리킨다.

"화가 났다니 왜요? 이 주차장이 당신네 거예요? 이 주차장은 의회 거예요! 이 사람도 당신들처럼 이 지역 사회 주민이라고요!"

"맞아요, 맞아요. 미안해요……."

남자가 손을 들며 말한다.

"이 한심한 양반아, 왜 사과를 나한테 해요? 이 사람한테 해야지!"

요니는 쏘아붙이며 레브의 부하를 다시 턱으로 가리킨다.

남자들은 진심이냐는 듯이 그를 쳐다본다. 잠시 후에 그중 하나가 다른 사람들을 잡으며 중얼거린다.

"이제 그만하고 들어가지. 경기 곧 시작하겠어. 이 문제는 나중에 해결하고."

요니와 레브의 부하는 그 자리에 서서 멀어지는 그들을 지켜본다. 요니는 심장이 쿵쾅거리는 것을 느낀다. 그들 중에 페테르 안데르손은 없었지만 이제 와서 생각해 보니 그들 모두가 페테르 안데르손을 연상시켰다. 그것으로 충분했다.

"고맙습니다!"

레브의 부하가 인사한다.

요니는 몸을 돌려서 무뚝뚝하게 고개를 끄덕인다.

"저 인간들이 또 괴롭히면 알려줘요. 여긴 저 인간들 주차장이 아니니까. 베어타운 하키단이 전체 지역구의 주인은 아니라고요. 저들은 그렇게 생각하겠지만."

레브의 부하는 한 손을 가슴에 얹고 짧게 고개를 숙여서 감사의 뜻을 전한다. 요니는 어떻게 받아치면 될지 알 수가 없어서 점퍼 지퍼를 만지작거리며 손을 흔들다 보니 거수경례 비슷한 것을 하게 된다. 레브의 부하는 핫도그를 만들어서 건넨다. 요니는 돈을 꺼내려고 청바지 뒷주머니를 더듬지만 레브의 부하는 손사래를 친다.

"소방관은 공짜예요!"

요니는 고맙다는 뜻에서 고개를 숙여 인사한다. 그리고 걸어가며 핫도그를 먹는다. 아주 따끈따끈한 것이 베어타운 매점에서 파는 쓰레기 같은 핫도그보다 훨씬 맛있다.

✳

아나, 마야, 레오와 대도시는 아이스링크 근처를 서성이며 이 사람들, 저 사람들과 어울린다. 아나가 기껏해야 1분 정도 어디론가 사라지는가 싶더니 비닐봉지에 맥주 여덟 캔을 담아서 들고 온다.

"무슨 수로…… 무슨 수로 그걸 구했어요?"

레오는 감탄한다.

"지나가던 남자한테 부탁했지."

아나는 당연한 거 아니냐는 투다.

"얘는 심지어 장례식장에서도 맥주를 구할 수 있는 애야!"

마야는 확인 사살을 한다.

"거기가 맥주 구하기 제일 쉬운 곳 아니야?"

아나는 외친다.

그들은 주차장 저쪽 끝의 돌 위에 앉아서 맥주를 마신다. 마야는 레오에게 한 캔을 허락하고 그녀는 두 캔, 아나는 세 캔을 마신다. 대도시는 오늘 저녁에 훈련이 있다고 사양한다.

"코치님한테 혼날까 봐 걱정돼요?"

아나가 놀린다.

"아니. 그냥 코치님을 실망시키고 싶지 않아서."

그는 달리 둘러댈 말이 생각나지 않기에 솔직하게 고백한다.

마야는 응원하는 뜻에서 대도시의 어깨를 토닥이며 이 지역 사투리를 가장 심하게 쓴 말투로 말한다.

"사람들 실망시키고 싶지 않다면 번지수 잘못 찾았단 말이지. 우리는 조금 실망해야 행복해지거든요."

대도시는 어색하게 미소를 짓는다. 마야는 겸손할 이유가 전혀 없는데 그렇게 부끄러워하는 사람을 처음 본다.

"나는 사람들 실망시키는 거 잘해. 실력을 줄이려고 노력 중이지만."

맥주가 예상외로 독했고 마야는 두 캔 모두 상당히 빨리 마셨기 때문에 하마터면 아주 부적절한 발언을 할 뻔한다. 그런데 그럴 겨를도 없이 레오가 웅얼거린다.

"나 속이 안 좋아……."

"이 쥐방울만한 애가 그 맥주를 다 마셨네?!"

아나가 쩌렁쩌렁하게 외치며 빈 비닐봉지를 뒤집는다.

레오는 너무 어지러워서 아무 대답도 하지 못한다.

❄

오늘만큼은 영하인 날씨가 감사하다. 덕분에 미라는 두툼한 코트의 옷깃을 세우고 털모자를 눈 바로 위까지 푹 눌러써 얼굴을 가릴 수 있다. 그녀는 아이스링크 앞을 메운 인파 속으로 슬그머니 들어가 어디 있느냐고 딸에게 문자를 보내고, 마야와 아나가 구내매점에서 초록색 점퍼를 입은 남학생 팀 선수들과 핫도그와 초코볼을 팔고 있는 것을 보고 살짝 충격을 받는다.

"엄마, 왔어요?"

마야는 엄마를 부른 사람이 자기라는 걸 잊어버리기라도 한 듯 놀란 목소리로 외친다.

"우리는 수습이에요!"

아나가 명랑한 목소리로 알려준다.

미라는 카운터 위로 몸을 숙이고 두 아이의 입냄새 사이로 조그맣게 묻는다.

"너희…… 술 마셨니?"

"조금요!"

아나는 조그맣게 속삭인답시고 우렁차게 외친다.

"레오는 어딨어?"

미라는 묻는다.

"화장실에요."

아나는 제법 잘 참지만 마야는 히스테리 환자처럼 킬킬거린다. 미라는 화를 내지 않으려고 최대한 꾹 참는다. *정말 열심히 참는다.* 하지만 두 아이는 너무 신이 났고 그녀는 너무 피곤해서 가족 걱정은 웬만하면 하고 싶지 않다. 결국 그녀는 카운터 안으로 들어가 두 아이에게 물을 마시게 하고 직접 초코볼과 핫도그를 판다. 옛날처럼.

❅

테스와 보보는 매점을 찾는다. 서로 손을 잡지는 않았지만 최대한 딱 붙어 있다. 손과 손가락이 가끔 뒤엉킬 정도로 딱 붙어 있다. 잽싸게 흘끗거리고 언뜻 미소를 지으며 온 사방에 찌릿찌릿 스파크를 튀기고 있다.

대도시가 한쪽 구석에서 초코볼을 먹고 있는 걸 본 보보가 말을 걸려고 걸음을 멈춘다. 테스는 두리번거리다 요전 날 동생이 아맛을 보았을 때와 같은 표정을 짓는다.

"저분…… 저분 미라 안데르손 아니야? 그 변호사?"

그녀는 보보의 팔을 잡아당기며 나지막이 쏘아붙인다.

"응? 어, 맞네! 안녕하세요!"

보보가 소리 지르며 손을 흔들자 테스는 이후로 사람들 앞에서 보보 때문에 당황할 때마다 쓰게 될 표정을 짓는다. 미라는 고개를 들고 마주 손을 흔드는데, 서로 눈이 마주치자 테스의 얼굴이 새빨개진다. 보보는 그걸 보고 목에 뭐가 걸린 줄 알고 하임리히 응급처치를 시도하려다 여자친구에게 심하게 야단을 맞는데, 이번이 처음 맞는 야단이지만 마지막으로 맞는 야단은 아니다. 미라가 건너와 보보를 끌어안은 다음 손을 내민다.

"안녕, 나는 미라……."

"알아요, 알아요, 변호사님이시죠!"

테스는 재잘거린다.

"응, 어떻게 알았니?"

미라는 놀라며 웃음을 터뜨린다.

"막내 데리고 학교에서 오는 길에 변호사님 회사 앞을 지나거든요. 간판을 보고…… 인터넷에서 검색했어요……."

테스는 실토하고 다시 심하게 얼굴을 붉힌다.

"테스도 변호사가 꿈이에요!"

보보가 옆에서 거든다. 이런 상황에서는 입을 다물고 있어야 한다는 것을 아직 터득하지 못했기 때문이다.

하지만 결국에는 터득할 것이다. 오랜 시간이 걸리기는 하겠지만.

"저는…… 아직 완전히 결정하지는 않았지만…… 법학 공부를 하고 싶어요. 그런데 다들 정말 힘들다고 하더라고요."

테스는 당황하며 말한다.

"어려워야지. 그래야 공부하는 보람이 있지."

미라는 서글서글하게 미소를 짓는다. 테스 나이였을 때 저녁마다 부모님의 식당에서 설거지를 하며 대학에서 만날 부잣집 아이들 사이에서 승산이 있을지 불안해했던 기억을 떠올린다.

"제가 과연 할 수 있을까요?"

테스가 불쑥 던진 질문에 그녀 자신도 놀라고 미라도 놀란다.

그녀가 바보 같은 질문을 해서 죄송하다고 더듬더듬 사과하려는데, 미라가 따뜻하게 테스의 팔을 잡고 대답한다.

"우리 엄마가 나한테 하신 말씀을 그대로 들려줄게. 그걸 알아낼 방법은 하나밖에 없다는 거."

테스는 눈을 반짝이며 생각나는 대로 주절댄다.

"저는 다른 여자들을 돕고 싶어요. 성폭행이나 폭행을 당한……. 제가 그런 일을 겪은 건 아니에요! 하지만 변호사님 딸은 그런 일을 겪었다는 걸 알아요! 저는…… 돕는 사람이 되고 싶어요. 변호사님처럼요!"

미라는 오늘 매점에서 숨이 턱 막히는 일이 벌어질 줄은 몰랐기에 호흡을 가다듬는 데 잠깐 시간이 걸린다.

"가끔은 힘든 일이 될 수도 있어."

그녀는 나지막이 얘기한다.

"저희 가족은 모두 힘든 일을 하고 있어요."

테스는 조그맣게 속삭인다.

미라는 이글거리는 그 아이의 눈빛을 보고 예전에 페테르의 눈빛이 그랬을 거라는 생각을 한다. 활짝 꽃을 피운 벚나무가 이럴 것이다. 그 때문에 그녀는 미소를 짓고 천천히 고개를 끄덕이며 안주머니에서 지갑을 꺼낸다.

"여기 내 명함. 뒷면에 연락처가 적혀 있어. 필요할 때 언제든 연락해. 아무 때나 사무실에 놀러오고. 진심으로 이 일을 하고 싶으면…… *정말* 진심으로 이 일을 하고 싶으면…… 내가 도와줄게."

테스는 그 명함이 초콜릿 공장 황금 초대권이라도 되는 듯 꼭 쥔다. 그리고 이런 말을 하고 나서 뒤늦게 자기가 얼마나 미친 스토커 같아 보일지 깨닫는다.

"따님은 다른 도시에 있는 대학으로 진학했다고 들었어요. 그래서 많이 슬프셨어요?"

미라의 입가가 떨린다.

"응. 하지만 엄청 자랑스럽기도 해."

누가 테스를 거꾸로 뒤집기라도 한 듯 별의별 말들이 그녀의 입에서 쏟아져 나온다.

"법대는 전부 다 먼 곳에 있는데 엄마는 제가 집을 떠나는 걸 싫어하세요."

"엄마들은 다 그렇지."

테스에게는 아직 하고 싶은 말이 수천 개는 남아 있다. 그때 아이스링크로 내려가는 계단 쪽에서 갑자기 누군가의 외침이 들려온다.

"싸움이요! 싸움이 벌어졌어요!"

잠시 후에 아래에서 고함이 들린다. 남자들이 겁에 질린 목소리로 자기 아들을 부르고, 다른 남자들은 서로에게 분노의 고함을 지른다. 그리고 잠시 후에 그보다 더 끔찍한 사태를 피하려고 모두 도망치는 요란한 발소리가 들린다.

85

심장

헤드 하키단의 열세 살짜리들은 원정팀 라커 룸에 들어갔다가 파랗게 질린 얼굴로 당장 뛰쳐나온다. 메스껍고 자극적이고 역한 냄새가 코를 찔러서 곧바로 구역질 반사가 나타난다. 초록색 점퍼를 입고 모자를 거꾸로 쓴 십 대 초반의 남자아이들이 발작적으로 키득거리는 걸 보고 사태를 파악한 관리인은 망치를 휘둘러 그들을 주차장으로 쫓아낸다. 헤드의 열세 살짜리들은 그 자리에 서서 웩웩거린다. 냄새의 원인이 낙산酪酸일 수도 있고 오래된 대하 껍질일 수도 있고 썩은 고기일 수도 있는데, 이는 베어타운에서 상대 팀을 흔들 때 써먹는 가장 고전적인 수법이다. 하키팀을 후원하는 일은 당연한 일이라고 소책자로 홍보할 만큼 고귀하고 고귀한 베어타운이지만 하는 짓은 이렇게 유치하다. 헤드 주민들도 이골이 나 있다. 이런 짓은 대개 13세 팀이 아니라 성인 팀을 상대로 자행된다. 이번은 다른 경기다.

"우리는 곰!"

관중석에서 사람들이 함성을 지른다.

"우리는 곰!"

검은 재킷 군단이 따라서 외치자 테드와 팀원들이 서 있는 복도까지 쩌렁쩌렁하게 울린다. 그들의 코치는 라커 룸 말고 어디에서 옷을 갈아입으면 되는지 알려주려고 하지만 소음 때문에 그의 목소리가 들리질 않는다.

"헤드 잡것들아, 헤드 잡것들아. 우리가 죽여주마, 헤드 잡것들아!"

사람들이 함성을 지르자 옆에 서 있던 토비아스는 어린 선수들의 표정에서 공포를 읽는다. 오늘 저녁에 이 아이들을 빙판 위로 내보내는 것은 마치 전쟁터로 내보내는 것과 같다. 토비아스는 동생을 붙잡는다.

"테드!"

"응?"

토비아스는 동생의 팔을 잡고 소리를 지른다.

"케이크를 생각해!"

테드는 놀라서 웃음을 터뜨린다. 그의 온몸에서 긴장이 풀린다.

"뭐라고?"

"너 케이크 좋아하잖아! 그러니까 케이크를 생각하면 긴장이 풀릴 거야!"

"형 진짜 어처구니가 없다……."

토비아스는 심각한 표정으로 고개를 끄덕인다.

"저 밖에서 사람들이 고함을 지르더라도 겁먹지 마, 알았지? 고마워해! 너 NHL에서 뛰고 싶어? 그럼 흥분한 관중들 앞에서 뛸 수 있어야 하는데, 이 사이코들보다 더 흥분한 관중이 어디 있겠냐? 이걸 견디면 앞으로 뭐든 견딜 수 있을 거야. 나가서 그냥 네 경기를 하고 소리 지르는 사람들 입 다물게 만들어. 저들이 꺅꺅댈 때마다 골을 넣어버려. 저들을 부숴버려. 저들이 아끼는 걸 전부 빼앗아버려."

동생은 형에게 고개를 숙이고 말한다.

"고마워, 형."

그의 형은 나지막이 쏘아붙인다.

"나한테 고맙다는 인사하지 말고 나가서 이겨. 저 새끼들 심장을 박살 내버리라고."

둘의 시선이 잠깐 만난다. 형은 다른 데서는 터프하기 그지없지만 빙판 위에만 올라가면 포기할 때가 많다. 동생은 정반대다. 토비아스가 펜스 이편에서 테드를 보호하면 저편에서는 아무도 그를 막을 수 없을 것이다. 그들은 열다섯 살, 열세 살이지만 한 명은 선수 생활이 거의 끝났고 다른 한 명은 이제 막 시작이다. 테드가 부모님들 차 안에서 옷을 갈아입으려고 다른 팀원들과 함께 주차장으로 나가는 동안 토비아스는 주머니에 손을 넣고 복도에 남는다. 동생이 경기를 준비하는 동안 형은 몸을 돌려 스탠딩석의 헤드 응원단 사이에 가서 선다. 같은 학교에 다녔던 선배 몇 명이 그를 알아보고 자기들 옆으로 오라며 손을 흔든다.

"지난번에 베어타운 게이들 두들겨 패서 훈련 금지당했던 애가 너지?"

그중 한 명이 묻는다.

토비아스는 살짝 머뭇거리며 고개를 끄덕인다. 그들은 그의 등을 철썩 때린다.

"그런데 네가 훈련 금지당하는 게 맞냐? 훈장을 받아야지!"

토비아스는 당연히 그들이 누군지 안다. 아버지는 항상 그런 부류와 어울리지 말라고 경고했다. "그 바보들은 화를 자초하거든, 토비. 너도 나이를 먹으면 알게 되겠지만 살다 보면 굳이 찾아다니지 않아도 골치 아픈 문제는 차고 넘쳐⋯⋯."

하지만 이들이 관중석에서 노래를 부르며 펄쩍펄쩍 뛰자 토비아스의 심장이 두근거린다. 귀가 울리고 아드레날린이 쏟아져나온다. 그래서 그도 노래를 부르며 펄쩍펄쩍 뛴다.

테드의 팀이 옷을 갈아입고 다시 아이스링크로 돌아오는데, 학부형 몇 명이 라커 룸의 악취 때문에 아이들이 주차장이라는 굴욕적인 환경에서 옷을 갈아입을 수밖에 없었던 데 분노하며 선수용 출입문까지 따라온다. "스포츠맨십에 어긋나는 행동"을 운운하던 그들 중 한 명이 뒤에서 뭐라고 소리를 지른 베어타운의 열세 살짜리를 붙들자 베어타운 하키팀 학부형 전원이 자기 아들을 보호하러 선수용 통로로 우르르 내려간다. 그 모든 게 이렇듯 간단하게 시작된다. 이렇듯 순식간에 벌어진다.

벤이와 아드리는 경기가 시작하기 직전에 아이스링크에 도착한다. 수네는 너무 심란해서 따라오지 못했다. 그는 그 시간대에 개를 데리고 산책 나갔던 길을 걷고 있다. 앞으로도 한동안 그럴 테고, 숨이 차서 걸음을 멈춰야 할 때면 가슴을 움켜쥐고 습관적으로 먼저 가라고 속삭일 것이다.

벤이와 아드리는 베어타운 관중석의 스탠딩석으로 올라간다. 검은 재킷들이 아무 말 없이 사방에서 그들을 에워싸고 대열의 간격을 좁힌다. 아드리도 알다시피 이들 대부분은 이번 주에 엘크 사냥을 떠났다가 13세 경기를 보려고 도중에 돌아왔는데, 이건 어느 누구에게도 좋은 징조가 아니다.

그녀와 벤이의 가장 가까운 자리에는 티무가 서 있다. "베어타운 게이들아!" 하고 헤드 응원단이 함성을 지르자 "헤드 잡것들아!" 하고 베어타운 팬들이 응수한다. 한동안 그 말만 오간다. 티무는 벤이와 아드리의 반응을 흘끗 확인한다. 벤이는 아무 반응도 보이지 않는다. 무슨 일인가를 저지르고 숨을 돌리거나 무슨 일인가를 준비하는 사람처럼 무표정하게 천천히 숨을 쉬고 있을 뿐이다. 아드리는 놀란 눈빛으로 티무를 흘끗 쳐다본다.

"웬일로 이렇게 차분해?"

티무는 비밀스럽게 고개를 끄덕인다.

"오늘은 우리 모두 흥분하지 않겠다고 약속했거든."

"누구하고?"

"하키단하고."

그는 프락과 어떤 대화를 나눴는지 가장 가까운 측근에게도 비밀로 했다. 프락이 직접 신호를 주기 전까지 절대 흥분하지 말라고 모두에게 단단히 일러놓기만 했다. 그들은 티무를 무서워해서가 아니라 티무를 사랑하기 때문에 그가 시키는 대로 따른다. 그들의 우애는 이 마을의 다른 어느 누구도 이해하지 못하지만 그나마 이해하는 사람이 있다면 아드리일 것이다. 그의 눈에 비친 그녀의 표정은 여전히 알쏭달쏭하다. 그건 아마 아직 말썽을 일으키지 않은 티무와 그 일당이 대견하기는 하지만, 말썽을 일으켜 줬으면 하는 마음도 있어서 그녀도 스스로 갈피를 못 잡고 있기 때문일 것이다. 아드리는 평생 서로 해치는 인간들을 워낙 많이 보아왔기 때문에 모질어졌지만 누가 동물을 해치면 자제하지 못한다. 머릿속이 시커메진다. 그녀는 그런 순간에 티무를 가장 잘 이해한다.

"베어타운 게이들아!"

한쪽 관중석에서 연호한다.

"헤드 잡것들아!"

다른 관중석에서 맞받아친다.

빙판을 사이에 두고 서로의 함성이 왔다 갔다 한다. 보통 13세 경기가 열리면 관중석이 거의 비다시피 하는데, 이 경기는 보통 경기가 아니다. 돌아오는 토요일에는 시즌 첫 경기로 양쪽 마을 A팀의 경기가 열린다. 아드리는 그때는 이 인간들이 뭘 들고 오려는지 궁금해진다. 탱크일까?

"죽이고 약탈하고 강간하고 태우자! 너희가 먼저 너희 누나와 여동생을 따먹지 않았으면 우리가 따먹어 줄게!"

헤드 응원단 일부가 연호한다.

"할 테면 와서 해봐라! 싸울 줄도 모르는 겁쟁이들아!"

티무 일당이 아드리 주변에서 외친다.

헤드 관중석의 빨간색 응원단은 초록색 응원단과 숫자 면에서 비교도 안 된다. 그들은 조직적이지 않아서 노래를 불러도 목소리가 제각각이지만 티무 일당은 언성을 높이면 한목소리가 된다. 뭐든 못할 게 없는 무시무시한 한 남자가 된다. 헤드 응원단은 당연히 이걸 알고 자기들이 수적으로 열세라는 것도 알기에 그런 상황에 걸맞은 선택을 한다. 상대방의 약점을 찾는다. 상대방의 신경을 건드리고 상처를 주고 콧대를 꺾을 수 있다면 뭐든 마다하지 않고 외친다. 그들은 가장 쉽고 가장 끔찍한 걸 발견한다.

테드와 다른 열세 살 선수들이 선수용 통로에서 밀치기 싸움을 시작한 학부형들을 헤치고 빙판 위로 올라가 몸을 풀 때 헤드 관중석에 소문이 돌기 시작한다. 예전 A팀 코치 수네와 연관 있는 소문이다. 베어타운 하키단과 사진을 같이 찍은 개와 연관 있는 소문이다. '그 일당'에서 가장 무시무시한 인간들까지 그 개의 죽음을 슬퍼하고 있다는 소문이다.

단순하면서도 효과적이고, 즉흥적이면서도 확실하며, 너무나 바보 같은 동시에 즉각적으로 효과 만점인 공격이 감행된다. 토비아스의 옆쪽 뒷자리에 앉은 젊은 남자가 짖기 시작한 것이다.

"왈, 왈, 왈."

처음에는 그 주변의 다른 남자들이 그냥 웃음을 터뜨린다.

하지만 잠시 후에 누군가가 좀 더 큰 소리로 짖는다.

"왈! 왈! 왈!"

갑자기 온 응원단이 짖기 시작한다. 처음에는 장난처럼 시작되지만 금세 협박조가 된다. 상처에 소금을 뿌리는 격이다. 직접적인 도발이다. 베어타운 응원단은 노래나 연호로 응수하지 않고 훨씬 끔찍한 방법으로 응수한다. 고요해진 것이다. 그러자 잠시 후 다른 모든 것도 고요해진다.

관중으로 가득 찬 아이스링크의 소음을 한 번도 경험한 적 없는 사람에게 설명하려면 난감해지지만, 팝콘을 먹는 아이들도 핫도그를 우적대는 노인들도 어느 정도 시간이 지나면 소음의 벽을 차단하는 능력이 생긴다. 특히 베어타운에서는 더 그렇다. 다들 양쪽 스탠딩석에서 서로를 향해 "잡것"과 "게이"라고 외치는 데 익숙해져 있어서 그들 귀에는 외국어로 외치는 거나 다름없다. 팝콘 중독자와 핫도그 애호가들은 그 소리를 듣지도 못한 채 의자에 기대고 앉아 주택담보대출과 손자와 날씨를 운운하며 노닥거릴 수 있다. 여기서 본격적인 싸움이 벌어진 지 2년이 지났으니 조금 안일해진 것도 있다. 다들 그 일당이 돌진하면 어떤 소리가 나는지 까맣게 잊고, 사자 우리를 덮은 유리창에 코를 대고 있는 어린애처럼 방심하고 있다. 검은 재킷의 고함은 부엌 환풍기 소리와 같아서, 끈 다음에서야 방금까지 그런 소리가 나고 있었다는 걸 알아차린다.

그런데 지금 완벽한 정적이 모든 사람에게 내려앉자 오로지 공포만 남는다. 이런 상황이 마지막으로 벌어진 지 2년이 지났는데, 이제는 아주 최근의 일이 되었다.

"왈!"

다들 너무 흥분해서 입을 다물고 있다는 걸 알아차리지 못한 남자가 헤드 응원석에서 혼자 이렇게 외친다. 누군가가 "조용히 해"라고 나지막이 쏘아붙이고, 다른 누군가가 노래를 부르기 시작하지만 이미 엎질러진 물이다.

"어떻게 할까?"

티무 아랫줄에 서 있던 남자 중 한 명이 티무에게 묻는다.

티무는 반대편의 헤드 관중석에 시선을 고정한 채 서 있다. 그의 눈빛에는 아무것도 없다. 공감도 용서도 자비도 없다. 이번 주에는 말썽을 일으키지 않겠다고 프락에게 약속했던 걸 생각하고 있을지도 모른다. 하지만 먼저 시작한 쪽은 그가 아니다. 헤드의 인간들이 그의 링크, 그의 구장으로 찾아와 수네의 개를 죽였다고 자랑하는데, 그냥 손 놓고 있으란 말인가? 웃기고 자빠졌네. 그가 싸늘한 목소리로 말한다.

"씨발. 한 놈도 남김없이 모가지를 부러뜨려야지."

검은 재킷들이 난간을 넘어 한 몸처럼 달리기 시작한다. 좌석에 앉아 있던 모든 관중이 숨을 죽이고, 아이를 동반한 가족과 노인들은 황급히 그들을 피하느라 서로 곱드러진다. 검은 재킷들은 온 사방의 핫도그와 팝콘을 짓밟으며 한 줄기 검은 파도처럼 돌진한다.

아드리가 티무의 팔을 잡고 외친다.

"흥분하지 않기로 구단하고 약속했다며?"

티무는 그녀를 빤히 쳐다보지만 그 눈빛에 연민은 있을지 몰라도 후회는 없다.

"구단? 우리가 곧 구단이야."

그 말을 끝으로 티무도 벤이와 함께 달려간다. 아드리는 남동생을 말리려고 하지만 가망이 없다. 반대편 응원석에서 짖던 소리는 흥분한 함성에 이미 삼켜졌지만 아드리의 손에는 그 조그만 것을 들어 무덤으로 옮겼을 때의 느낌이 남아 있다. 그녀는 폭력을 원하지 않을지 몰라도 폭력을 저지르는 사람들을 더 이상 비난할 수는 없다.

선수용 통로에 있던 학부형들은 다가오는 풍랑 소리를 듣듯 위험을 감지하고 빙판 위의 13세 팀 선수들에게 도망치라고 외친다. 모두들 공황 상태에 빠지고 아이스링크 전체가 순식간에 아수라장이 된다.

❄

토비아스는 링크 반대편에서 검은 재킷들이 다가오는 것과, 이쪽 응원석이 두 그룹으로 나뉘는 것을 본다. 후퇴하는 그룹과 맞서 싸우려고 달려 나가는 그룹. 토비아스는 불이 나면 그쪽으로 뛰어가라고 가르친 부모 밑에서 컸으니 생각하고 말고 할 것도 없이 몇 미터 아래로 난간을 점프해 빙판을 향해 전속력으로 달려간다. 동생을 대피시켜야 한다는 생각뿐이다.

한나와 요니도 똑같은 생각을 하며 관중석을 달려 내려가지만 인파가 너무 빽빽하고 아수라장이 너무 심각하다. 그래서 라커 룸과 가장 가까운 구석으로 휩쓸려 가는데, 거기서 보보가 손을 내밀어 요니의 어깨를 잡는다. 요니는 홱 하고 고개를 돌렸다가 보보가 하는 얘기를 듣고서는 속으로 당황한다.

"테스는 저랑 같이 있어요! 걱정 마세요! 토비랑 테드 챙기시고 주차장에서 만나요!"

보보의 반대편에서 한나는 요니의 손을 딱 1초 동안 놓치는데, 마치 거센 물살에 휩쓸리기라도 한 듯 눈 깜빡할 새 10미터 멀어진다. 이때 토비아스와 테드가 난데없이 등장한다. 테드는 아직까지 모든 복장을 갖춰 입은 채 스케이트를 신고 있고 토비아스는 길을 트느라 두 팔을 미친 듯이 휘젓고 있다. 그들 뒤에서 티무와 검은 재킷 선발대가 헤드 응원석에 도착하는데, 거길 지키려고 남은 빨간색 응원단 몇 명이 응원석 나무를 뜯어내 위로 올라오려는 검은 재킷들을 향해 미친 듯이 휘두르고 있다. 코가 부러지고 턱에 금이 가지만 그래도 검은 재킷들은 계속 전진한다.

'이러다 누구 한 명 죽겠네.'

요니는 그 와중에 이런 생각을 하지만 생각을 마칠 겨를도 없이 한나가 사람들을 헤치고 그를 붙잡는다.

"애들! 애들 데리고 나가!"

한나의 뒤에서 테드와 같은 팀 선수 아버지가 베어타운 팀 아버지 둘과 본격적으로 치고받고 있다. 누군가의 팔꿈치에 그녀가 관자놀이를 맞아서 하마터면 쓰러질 뻔하자 요니는 둘 사이를 가로막고 있는 사람들을 모조리 허공으로 집어던진다. 그가 그녀 앞에 다다랐을 때 토비아스가 다른 방향에서 등장한다. 요니는 자기 아들을 거의 알아보지 못한다. 열다섯 살짜리가 무서워하는 기미 하나 없어서 마치 어른 같다. 테드를 뒤에서 끌고 오던 토비아스는 다른 손으로는 어머니를 붙들고 있다. 사람들 사이로 작은 틈이 생기자 온 식구가 그걸 동시에 목격하고 출입구로 밀고 나간다. 아이들이 앞장서고 그다음은 한나, 맨 마지막으로 요니가 달리다 어깨 너머를 흘끗 돌아보는 실수를 저지른다. 그러느라 라커 룸 너머 창고에서 모퉁이를 돌아 나오는 사람을 보지 못한다. 둘의 머리가 전속력으로 부딪치자 몇 초 동안 요니의 머릿속이 하얘진다. 잠시 후에 그의 이마가 끈적끈적해지는 것이 느껴지지만 통증은 전혀 없다. 눈물이 가득 고인 눈을 깜빡거리자 그의 앞에서 찢어진 눈썹 사이로 피를 쏟으며 무릎을 꿇고 주저앉는 남자가 보인다. 페테르 안데르손이다.

86

피

순식간에 매점은 아이를 데리고 난동의 현장을 피하느라 겁에 질린 가족들로 가득 찬다. 미라는 무엇이 옳은 일인지 생각할 겨를도 없이 다리를 벌리고 문 앞을 가로막는다. 남자들이 아이스링크에서 매점으로 들이닥치면 막아보겠다는 순진한 발상을 하고 있는 것인데, 그런 와중에도 이런 생각이 든다.

'무슨 수로, 미라? 무슨 수로 네가 그들을 막을 건데?'

그때 누군가가 그녀의 왼쪽을, 또 누군가가 그녀의 오른쪽을 잇달아 스치고 지나가는 것이 느껴진다. 마야와 아나다. 마야는 어머니를 지키러, 아나는 온 세상을 지키러 나섰다. 딱 한 번 젊은 남자 둘이 계단을 달려 올라온다. 헤드인지 베어타운인지 확인할 겨를이 없지만 손에 길쭉한 쇠 파이프를 들고 있다. 아나에게는 그것으로 충분하다. 그녀는 첫 번째 남자가 가까워지길 기다렸다가 그의 가슴을 향해 영원히 잊지 못할 발차기를 날린다. 남자가 뒤로 날아가자 그의 친구는 걸음을 멈추고 흥분한 눈빛으로 빤히 쳐다보다가 일생일대 가장 훌륭한 판단을 내리고 도망친다.

"젠장!"

아나가 한 발로 깡충깡충 뛰며 고함을 지른다. 발이 또 부러진 것
같아서다. 발로 찰 때마다 느끼는 거지만, 남자들은 도대체 왜 그렇
게 단단할까?

미라가 그녀와 마야를 다시 매점으로 끌고 들어가 등 뒤로 문을
닫는다. 몇 분이 지나고 누군가가 확성기 플러그를 뽑은 듯 바깥의
아수라장이 갑자기 잠잠해진다. 문을 다시 열어보니 아이스링크에
는 거의 아무도 없다.

페테르는 아파서 끙끙대며 무릎을 꿇고 앉아 있다. 피가 흘러들어
와 눈이 따끔거린다. 요니가 그의 위로 허리를 숙이는데, 때리기 위
해서가 아니라 돕기 위해서지만 그렇게 보이지가 않는다. 티무가 관
중석 위에서 그들을 본다. 잠시 후에 모든 것이 지옥으로 변한다.

아드리는 베어타운 관중석에 계속 서 있다. 어느 쪽으로든 도망쳐
야겠다는 생각은 전혀 나지 않는다. 싸우고 싶지는 않지만 도망치
고 싶지도 않다. 증오로 가득 차 있지도, 공포로 가득 차 있지도 않
고 그저 공허하다. 누군가가 그녀의 이름을 부르는 소리를 듣고서야
현실로 돌아와 고개를 돌린다. 벤이다. 그가 알리시아를 안고 있다.
무슨 수로 아이를 찾았는지 모를 일이지만, 검은 재킷들은 앞으로

계속 달려갔을 때 벤이는 베어타운과 헤드 응원석 사이 어딘가에서 아이의 목소리를 듣고 그 혼자 옆길로 빠졌다.

"너 여기서 뭐 하는 거야! 정신 나갔어?"

그는 큰 소리로 물었다.

"경기가 보고 싶은데 수네 할아버지는 싫다고 해서 혼자 왔어요!"

알리시아는 쏘아붙이고, 사실은 겁이 났으면서 화난 척한다.

벤이는 아래로 손을 뻗어 아이를 아수라장에서 건져낸 뒤 자기 딸이라도 되는 듯 안고 있다. 알리시아는 해초처럼 착 들러붙어서 그의 딸인 양 두 팔로 그를 끌어안고 있다. 아드리의 분노가 당장 사라지고 피로만 남는다. 그녀는 팔다리의 감각을 되찾으려는 것처럼 허리를 펴고 남동생과 꼬맹이를 비상구로 잽싸게 안내한다. 주차장으로 이동해 모든 긴장이 해소되자 알리시아는 울음을 터뜨린다. 오비크 남매는 난장판이 된 아이스링크를 흘긋 돌아보지도 않고 계속 숲을 향해 걸어간다. 쓰레기 속으로 뛰어들지 않고 그걸 피해가며, 누군가에게 화풀이하지 않고 누군가를 보호해 가며 수네의 집까지 걸어간다. 알리시아는 끝까지 벤이를 끌어안고서 놓지 않는다. 그리고 그날 밤에는 소파에서 아드리와 함께 잔다. 관계 당국에서는 그들을 가족으로 간주하지 않겠지만, 앞으로 여러 해가 지나고 어느 날엔가 이 아이는 국가대표로 첫 경기를 뛸 것이다. 유니폼 등에 누구 이름을 넣고 싶으냐는 질문에는 그들의 이름을 댈 것이다.

❋

페테르는 고개를 들고 흐르는 핏줄기 사이로 눈을 깜빡인다. 손을 내민 요니가 보이고, 쇠 파이프 비슷한 걸 들고 관중석에서 뛰어내린 티무도 보이지만, 페테르는 온 힘을 다해도 기운 없이 더듬더듬 "조심해요!"라고 외치는 게 전부다.

티무가 아니라 요니에게 한 말이다. 요니는 위험을 감지하고 마지막 순간에 쇠 파이프를 옆으로 친다. 티무는 몸의 중심을 잃고 페테르 위로 쓰러지고, 덕분에 요니는 뒤로 물러날 수 있는 시간을 번다. 티무가 다시 일어나 그를 향해 달려들려고 할 때 누군가가 앞을 가로막는다. 키가 작고 뚱뚱하며, 점퍼의 지퍼를 내린 사람이다. 티무는 그보다 조금 더 위에 있는 레브의 얼굴을 확인하기 전에 허리춤에 찬 권총부터 본다.

"이쪽으로!"

레브는 짤막하게 외치고 요니를 자기 뒤로 안내한다.

이제 그는 권총을 손바닥에 반쯤 감춰 든 채 바닥을 겨누고 있지만 시선은 티무에게 고정돼 있다.

한나, 토비아스, 테드는 몇 미터 멀리 서 있다가 레브 뒤로 뒷걸음질 친다. 티무가 미동도 하지 않고 서 있자 주변의 모든 것이 느리게 돌아가는 것처럼 느껴진다. 연쇄반응인지 몰라도 그 일당 가운데 몇 명이 대장을 보고는 당장 동작을 멈춘다. 이후에 몇 명 더, 다시 몇 명 더, 이렇게 검은 재킷들이 싸움을 멈추자 남들도 모두 따라 한다. 사람들은 여전히 빽빽하지만 전처럼 공격적이지는 않다. 주차장으로 쏟아져 나가는 사람들은 전처럼 공포를 느끼지 않는다. 맨 마지막 사람들은 영화라도 보고 나가는 것처럼 유유자적하다. 레브 바로 옆에 있던 사람들 말고는 아무도 권총을 보지 못했다. 모든 게 순식간에 벌어졌다가 뜬금없이 끝났다.

"공동체 정신이죠, 에?"

레브는 같이 눈밭으로 나서며 재미있어하는 듯한 미소를 머금고 요니에게 말한다.

요니는 너무 충격을 받아서 아무 대답도 하지 못한다. 아이들에게 큰일이 벌어졌을 수도 있었다는 공포와 그들을 끄집어내 준 레브에 대한 고마움으로 눈이 멀어서 그의 허리춤으로 다시 사라진 권총에 대해서는 생각조차 하지 못한다. 그들은 무뚝뚝한 묵례와 함께 헤어지고, 레브는 주차장의 차량들 사이로 온데간데없이 사라진다.

❄

티무는 겁에 질린 게 아니라 놀란 표정이다. 사실 매료된 표정에 가깝다. 그는 레브가 사라지자마자 애써 모든 기억을 떨쳐버린다. 원래 이런 식으로 끝나는 어린애들 놀이라도 되는 것처럼

"괜찮으세요?"

"모르겠어."

페테르는 솔직하게 대답한다.

"페테르!!"

누군가가 외치는 소리가 귓전에 꽂힌다.

"이런 젠장, 이제 큰일 났네요."

티무는 씩 웃는다.

그를 아무리 겪어도 인간이 어떻게 이렇게까지 침착할 수 있는지 페테르는 절대 익숙해지지 않을 것이다. 마치 아드레날린에 면역이 생긴 것 같다.

"아빠!"

마야가 외치며 엄마와 함께 달려오고, 그 뒤를 속이 안 좋아 보이는 레오가 비틀비틀 따라오지만 그건 너무 긴 얘기라 지금 당장은 아무도 페테르에게 설명할 생각이 없다.

"어떻게 된 거야?"

미라가 어찌나 고래고래 소리를 지르는지 티무마저 옆으로 피할 정도지만 그래도 그는 이런 말이 튀어나오는 걸 참지는 못한다.

"아, 뭐, 그냥 깽판 좀 났어요. 단장님답게 선빵을 날렸죠! 우리가 말리려고 했지만 화가 나면 어떻게 되는지 아시잖아요……."

그는 그 자리에서 미라에게 죽임을 당했을 수도 있지만 페테르가 몸을 던져 둘 사이를 가로막는다. 그러고는 자기 스스로도 놀랄 만큼 아무렇지 않게 거짓말을 늘어놓는다.

"내가 기둥을 들이받았어. 그뿐이야, 여보. 별거 아니야. 그냥 황당한 사고였어."

87

이득

오늘 아이스링크를 찾은 남자 중 딱 두 명만 정장에 넥타이를 매고 있다. 그들은 멀찌감치 떨어져 앉았고 아마 서로의 존재를 모를 것이다. 한 명은 프락이고 또 한 명은 리샤르드 테오다. 이 슈퍼마켓 사장과 정치인은 각자의 분야에서 워낙 악명이 높으니 경쟁자들은 그들이 원칙을 지키지 않을 거라고 생각한다. 하지만 그들은 자신이 원칙을 지킨다고, 다만 남들보다 게임 수행 능력이 뛰어날 뿐이라고 주장한다. 그들이 아이스링크를 찾은 이유는 서로 다르다. 프락은 사건의 행방을 조종할 수 있길 바라고, 테오는 사건을 단순히 분석하기 위해 여기에 왔다. 프락은 빙판 위의 열세 살짜리들을 지켜보고 테오는 관중을 지켜본다. 한쪽은 선수들을, 다른 쪽은 유권자를 주시한다.

프락은 베어타운과 헤드 간에 휴전을 주선해 양쪽 구단 모두를 살릴 수 있길 하루 종일 간절히 바랐지만, 몰려든 관중의 숫자를 확인하고 헤드 응원석에서 "왈!" 하며 짖는 소리를 맨 처음 들은 순간 모든 게 물 건너갔음을 깨닫는다. 티무가 흥분하지 않겠다고 약속했거나 말거나 상관없다. 이제는 아무도 피해갈 수 없다.

하지만 리샤르드 테오는 난리가 벌어져도 전혀 동요하지 않고 그 자리에 가만히 앉아서 지켜본다. 슈퍼마켓 사장은 악령 들린 사람처럼 빙판으로 달려가 살인이 벌어지지 않게 양쪽을 말리려고 하지만, 정치인은 필요한 게 바로 이것일지 모른다는 생각을 한다. 양쪽 구단을 살릴 수 있는 길은 평화가 아니라 전쟁일지 모른다고 말이다. 그에게 필요한 것이 있다면 그걸 자신에게 유리한 방향으로 활용할 방법을 알아내는 것이다.

알고 보니 해답은 페테르 안데르손이다. 테오도 희미하게 미소를 지으며 생각했다시피 페테르는 이 마을에서 이렇게든 저렇게든 해답이 되는 경우가 워낙 많다. 결국 테오는 관중석 꼭대기에 앉아 있은 덕분에 아래에서 벌어지는 난장판을 전체적으로 조망할 수 있던 유일한 사람이 된다. 그는 입버릇처럼 자신이 정치적으로 성공할 수 있었던 이유를 남들은 이쪽으로 달릴 때 자신은 다른 쪽으로 달리기 때문이라고 얘기하지만, 이번에는 자리에 가만히 앉아 있는 것이 정답이다.

그는 페테르 안데르손이 창고에서 달려나오다 소방서 티셔츠를 입은 비슷한 또래의 거한과 부딪치는 것을 지켜본다. 페테르의 눈썹이 찢어서 피가 뿜어져 나오는 것과, 티무가 페테르를 보호하는 것이 자기 의무라도 되는 듯이 당장 달려가는 것과, 레브가 등장해 소방관을 방어하는 것을 지켜본다. 뜻밖의 동맹일지 몰라도 비논리적이지는 않다. 적어도 평생 특이한 교우 관계를 통해 이력을 다진 정치인이 보기에는 그렇다.

그 직후에 모든 것이 갑자기 잠잠해지고 사태가 일단락되어 사람들이 하숫물처럼 아이스링크에서 빠져나갈 때, 프락은 땀범벅이지만 테오는 냉랭하다. 한쪽은 이제 잃게 생긴 모든 것만 생각하는 반면, 다른 쪽은 벌써 자신이 원하는 것을 어떤 식으로 손에 넣을지 작전을 세워놓았다.

프락이 주차장을 돌아다니며 심하게 다친 사람은 없는지 살피는 동안 리샤르드 테오는 침착하게 자기 사무실로 간다. 상쾌한 저녁이다. 별들은 반짝이고 눈발은 흩날리며 얼음이 콧구멍을 간질이거나 구둣발에 으드득 밟힌다. 그는 이 마을을 사랑한다. 그 말을 들으면 당연히 아무도 믿지 않겠지만, 지구 절반을 다녔어도 어디에서도 이런 곳은 본 적이 없다. 숲과 호수, 황야와 눈. 당할 곳이 없다.

이 마을이 사람들의 폭력성을 유발한다는 것이 테오의 입장에서는 놀랍지도 않다. 그도 누군가가 이 마을을 빼앗으려 한다는 생각이 들었다면 폭력을 휘둘렀을 것이다. 이런 깨달음에 힘입어 그는 모든 이의 문제를 해결할 수 있을 것이다. 이로써 그는 승리할 수 있을 것이다.

88

불량배

보보와 테스는 밴 옆에서 기다리고 있다. 요니와 한나는 두 아들을 그들에게 맡기고 다쳤거나 도움이 필요한 사람이 있는지 살피러 간다. 놀랍게도 전혀 없다. 오늘 경기에 출전하기로 되어 있었던 13세 팀 선수들은 처음부터 끝까지 하키 장비를 완전히 장착하고 있었으니 당연히 다치지 않았고, 학부형과 다른 관중들의 경우에도 싸워서가 아니라 부딪쳐서 더러 멍이 들거나 긁힌 게 전부다. 스탠딩석의 남자들은 서로만 노렸다. 요니도 알다시피 젊은 소방관들은 그것을 '불량배들 간의 예의'라고 표현한다. 그들 중 몇 명은 빨간색 황소 문신을 그의 것보다 훨씬 크게 새겼다. 그들은 소방관이지만 그 이전에 헤드 토박이고 요니와 다르다. 분노가 더 많다. 어쩌면 요니가 나이를 먹어서 변한 것일 수도 있지만. 가끔은 그의 세대보다도 요즘 젊은 세대가 자신을 증명할 방법이 줄어들었다는 생각이 들 때도 있다. 모두가 자신의 존재를 인정받고 어딘가에 소속감을 느끼고 싶어 하지만, 헤드에서는 붙들 만한 것들이 점점 줄어들고 있다.

"우리는 그 일당하고만 싸워요. 민간인은 절대 건드리지 않아요."

예전에 그중 한 명이 이렇게 얘기하는 것을 들었을 때 요니는 그게 문제라는 생각을 하지 않을 수가 없었다. 자기들이 군인이라도 되는 양 '민간인'이라는 단어를 쓰는 것이 말이다.

사방에서 시동 거는 소리가 들리고 주차장은 금세 비워진다. 다른 마을, 다른 사람들 같았으면 공포를 더 크게 느꼈겠지만 이곳 사람들은 몇 분 만에 훌훌 털어버리는 느낌이다. 다들 불량배들 간의 싸움을 본 적 있으니 난리가 끝나면 그 즉시 모든 게 정상으로 돌아가고 내일이면 거의 대부분 잊힐 것이다.

요니는 이번이 다르게 느껴지는 유일한 이유가 하도 오랜만에 벌어진 일이라 그럴지 모른다는 사실을 깨닫는다. 2년 전의 큰 싸움은 헤드의 패거리가 펠센에 불을 지르고 베어타운의 그 일당이 그들을 추격하러 나섰다가 교통사고로 베어타운의 십 대 남자아이가 죽는 것으로 막을 내렸다. 이후에 양쪽이 선을 넘었다는 것을, 계속하다가는 전면전이 벌어지겠다는 것을 모두가 깨달은 듯했다. 심지어 헤드의 가장 형편없는 인간들조차 스스로를 자제하고 다음번 경기 때 자리에서 일어나 베어타운의 "우리는 곰" 응원가를 같이 불렀다. 그것은 항복 선언이었고 티무와 그 패거리는 그걸 받아들였다. 모두들 뒤로 물러났다. 하지만 2년이 지난 지금은? 오늘의 분란은 금세 끝이 났지만 요니도 알다시피 이건 작은 충돌의 끝이거나 훨씬, 훨씬 더 엄청난 갈등의 시작이다.

큰길에서 사이렌 소리가 들리고 여기저기서 아이들이 울고 있지만 편안하게 대화를 나누는 소리가, 가끔은 심지어 웃는 소리도 들린다. 요니는 한나보다 먼저 밴으로 돌아가는데, 토비아스는 그들을 보지 못하고 누나와 동생을 돌아보며 흥분한 목소리로 외친다.

"아까 권총 봤어? 그걸 보고 베어타운 개자식들이 어떤 표정을 짓는지 봤어? 그놈들이 어떤 식으로 쪼는지 봤어? 이제는 우리를 건드리면 안 된다는 걸 알았겠지!"

하지만 살짝 거리를 두고 보보와 나란히 서 있던 테스는 슬픈 표정으로 고개를 저으며 조그맣게 속삭인다.

"아니, 이제는 자기들도 권총을 들고 다녀야겠다고 생각하겠지."

한나는 그 말을 듣지 못한다. 요니는 못 들은 척한다. 하지만 테스의 짐작이 틀렸길 바란다. 그렇길 아주 간절히 바란다.

89

진실

목요일 늦은 저녁이고 베어타운의 검은 재킷 일당 전원이 헤드에 있는 병원 응급실에 앉아 있다. 티무가 누군가의 턱에 부딪쳐 손가락 두 개가 부러졌고, 두어 명은 누군가의 주먹이나 팔꿈치에 맞아서 코가 부러졌다. 그럼에도 불구하고 또는 바로 그렇기 때문에 그들은 어처구니없을 만큼 즐거워하며 우스갯소리를 늘어놓고 되도 않는 노래를 불러댄다. 무엇보다 전직 단장 페테르가 눈썹이 찢어져서 치료를 받으러 온 걸 보고 놀려대는데, 병원에서는 헤드 사람들과 더는 말썽을 일으키지 않도록 베어타운 사람들을 잽싸게 분리 수용한다. 간호사가 누군가를 부르러 올 때마다 그 일당은 하나같이 "대장부터 데려가 달라!"고 애원한다. 그러고는 눈을 동그랗게 뜬 페테르를 턱으로 가리키며 조그맣게 속삭인다.

"우리 보병부터 데려가지 말고 대부님을 치료해 주세요! 우리에게 명령을 내리는 저분부터요!"

페테르는 제발 그 패거리들을 조용히 시켜달라며 티무를 붙잡고 사정하지만 티무는 배꼽을 잡고 웃느라 그들을 말리지 못한다.

"자네들은 아무것도 심각하게 생각하지 않는군. 세상만사 아무것도 심각하게 생각하지 않아……."

페테르는 중얼거린다.

"뭐, 소방관이랑 싸움을 벌이고 권총으로 협박을 당한 쪽은 우리가 아니라 단장님인걸요. 단장님이 세상만사를 좀 덜 심각하게 생각하려고 노력해야 하는 거 아닐까요?"

티무는 그를 보며 씩 웃는다.

페테르로서는 그 말에 반박하기가 쉽지 않다. 그 일당 중 한 명이 전화를 받고 티무에게 고개를 끄덕이자 티무는 당장 일어나 구석으로 가서 그와 함께 조용히 대화를 나눈다. 페테르는 그때 눈썹을 꿰매러 불려가기 때문에 둘이서 헤드 관중석의 그 남자들 얘기를 나눴는지 아니면 레브 얘기를 나눴는지 알 수가 없을 것이다. 의사가 어쩌다 눈썹이 찢어졌느냐고 묻자 페테르는 "기둥을 들이받았다"고 한다. 그 소방관의 머리가 얼마나 단단했는지를 감안하면 거짓말도 아니다. 처치가 끝나자 의사는 그를 곧장 집으로 돌려보낸다. 오늘 저녁에는 환자가 많아서 수다를 떨 겨를이 없다.

대기실로 돌아온 페테르를 보고 티무가 씩 웃는다.

"다시 돌아오신 것을 환영해요, 대부님! 기분이 좀 어떠세요?"

"기둥을 들이받은 기분이지, 뭐."

페테르는 미소를 짓는다.

"저기…… 오늘 밤에 펠센에서 모일까 하거든요. 제일 가까운 측근들 몇 명만 불러서 맥주 몇 잔 하고…… 그러니까…… 예전처럼요. 그래도 괜찮을까요? 깨끗하게 치우고 갈게요!"

"자네가 펠센 열쇠를 가지고 있지 않나?"

페테르는 티무가 묻는 이유를 이해하지 못한다. 뭐라고 대답하면 좋을지도 모르겠다.

"네. 하지만 단장님이 안 된다고 하면 안 할 거예요. 달리…… 허락을 구할 상대가 없어서요."

그래서 페테르는 고개를 끄덕인다. 티무도 따라서 천천히 고개를 끄덕인다. 잠시 후에 패거리 중 한 명이 뒤에서 꽃다발을 건네자 티무는 그걸 받아서 페테르에게 준다.

"날 주려고? 와우. 이럴 필요는……."

페네르가 말문을 열자 티무는 망신당하지 않게 얼른 속삭인다.

"단장님 말고 사모님한테요."

"이걸…… 미라한테?"

티무는 고개를 끄덕인다.

"사모님께서 우리 구단의 법률적인 부분을 돕고 있다는 소식을 녀석들이 들었다고 해서요. 어떤 기자들과 약간 문제가 생겼는데 사모님께서 돕겠다고 하셨다고요. 녀석들이 고맙다고 인사를 전하고 싶대요."

페테르는 이해하지 못하고 눈을 깜빡인다.

"미라가? 구단을 돕는다고? 그걸 누구한테 들었는데?"

두말하면 잔소리지만 물을 필요가 없다. 답이 뻔하다.

"아, 사람들이 얘기하는 걸 들었어요."

＊

미라는 병원 앞 주차장에서 페테르를 기다리고 있다. 그들은 마야와 아나와 레오를 베어타운의 집에 먼저 내려주었다. 레오가 차 안에서 구역질을 하기도 했고 아나가 페테르에게 "다음번에 또 싸움판에 휘말리면" 어떻게 해야 하는지 계속 잔소리를 늘어놓았기 때문에 헤드까지 태우고 갈 수가 없었다. 미라는 그러길 잘했다고 내심 기뻐한다. 검은 재킷을 입은 남자들이 헤드 응원단의 공격을 예방하는 차원에서 그녀를 에워싸고 차를 세워놓았는데, 아이들을 집에 먼저 내려주었기 때문에 이유를 설명하지 않아도 된다. 단장 시절에는 페테르의 목숨을 위협했던 바로 그 일당이다. 검은 재킷을 입겠다는 레오를 손톱에서 피가 나도록 말렸건만, 이제는 그들이 미라의 보호자를 자처하다니 심지어 그녀 자신조차 납득되지 않는다. 하지만 요즘은 이상한 시기다. 끔찍한 시기다.

전화벨이 울리자 그녀는 전화를 받는다. 화면에 뜨는 동업자의 이름이 위안처럼 느껴진다.

"싸움이 벌어졌다면서! 아이스링크 갔었어? 괜찮아?"

동업자가 와인을 열댓 잔쯤 마신 것 같은 목소리로 외친다.

"응, 괜찮아. 페테르 눈썹이 찢어져서 지금 병원에 있어."

"눈썹이 찢어졌다고?"

"기둥을 들이받았대."

동업자는 잠깐 아무 말도 하지 않는다.

"별 말 같지도 않은 일들이 많이 벌어지네."

미라는 한숨을 쉰다.

"그러니까. 너는 별일 없지?"

"응! 지금 집이야! 많이 취했어! 페테르가 기소되면 쓸 수 있는 카드를 찾았어!"

미라는 벌떡 일어나 앉는다.

"그게 뭔데?"

"누군가가 그의 서명을 위조했다고 하는 거야! 네 남편 서명 봤어? 꼭 어린애가 한 것 같잖아."

그녀의 말이 맞는다. 페테르는 NHL로 진출하기 전에 사인을 하도 많이 해야 했기에 간단하게 후딱 할 수 있는 사인을 개발했다. 누구라도 잠깐 동안 연습하면 따라 할 수 있을 것이다.

"너 천재다!"

동업자는 한숨을 쉰다.

"그치? 하지만…… 음…… 너도 알다시피 그런 거짓말은 물론 심각한 범법 행위지. 그걸 시도했다가는 우리 둘 다 감옥에 갈 수도 있어. 하지만…… 최후의 수단으로 삼자고. 다른 모든 방법이 잘 안 됐을 때."

미라는 눈물이 고인 눈을 하고 고개를 끄덕인다.

"고마워."

"너를 위해서라면 못 할 일이 없다는 거 너도 알잖아."

미라는 떨리는 숨을 훅 들이마신다.

"내가 옳지 못한 일을 저지르고 있다고 생각해? 전적으로 도덕적인 관점에서. 페테르를 이런 식으로 변호하는 거 말이야."

동업자는 망설이는 게 아니라 알맞은 표현을 찾는 사람처럼 휴대전화에 대고 가볍게 숨을 쉰다.

"있잖아, 미라. 도덕과 윤리를 둘러싼 내 모든 원칙은 하나로 압축할 수 있어. 가족의 경우는 예외라는 거야. 천 개의 원칙이 있어도 가족은 예외야. 가족은 도덕을 넘어서, 심지어 법을 넘어서까지 가장 우선적으로 보호해야 하니까. 패밀리 퍼스트. 너에게는 여러 면 모가 있지만 무엇보다도 엄마잖아. 그리고 무엇보다도 아내고."

미라는 핸들에 머리를 기댄다.

"고마워. 역시. 전에도 고맙다고 했지만 또다시 고마워."

동업자는 기분 나빠 하는 듯한 투로 이렇게 대답한다.

"너도 내 가족이잖아."

❄

현기증을 달래며 병원에서 나온 페테르는 미라의 차를 두 번 지나친 다음에서야 제대로 찾는다. 제대로 찾고 나자 이번에는 운전석으로 올라타려고 한다. 미라는 쿡쿡대며 웃는다.

"내가 당신한테 운전을 맡길 줄 알아? 이집트 미이라보다 더 심하게 붕대를 감은 사람한테?"

그래서 그는 느릿느릿 다른 쪽으로 돌아가 조수석에 올라탄다. 미라는 당연히 노발대발하지만 이는 정상적인 반응이다. 그녀는 겁이 나면 화를 낸다. 그녀는 아이들이 다치면 소리를 지르는 사람이다. 아이들은 그걸 통해 엄마가 자기를 사랑한다는 걸 안다.

"기둥이 진짜 단단했거든."

페테르는 한 손을 눈썹 위에 얹으면서 애써 우스갯소리를 늘어놓는다.

미라는 시동을 걸지 않고 그를 흘끗 쳐다본다. 말투는 다정하지만 말 한 마디, 한 마디가 바늘처럼 그에게 꽂힌다.

"나한테 모든 걸 사실대로 얘기하지 않아도 돼. 하지만 거짓말은 하지 마. 당신은 거짓말을 해본 적이 별로 없어서 잘 못하잖아. 난 그래서 당신을 좋아해. 그래서 이 세상에서 당신만큼은 믿을 수가 있거든."

눈을 질끈 감자 페테르의 온 얼굴이 아파온다.

"그냥…… 돌발 사태였어. 어떤 헤드 남자와 부딪쳤는데, 당신이 오해할까 봐 아무 말 하지 않은 거야……."

그녀의 분노가 탄산음료처럼 뜬금없이 폭발한다.

"오해할까 봐 그랬다고? 지금 좌우를 둘러봐! 이제는 저들이 우리 친구가 된 거야?"

그녀는 좌우로 차에 앉아 있는 검은 재킷들을 가리킨다. 솔직히 남편뿐 아니라 자기 자신에게 묻는 것이기도 하다. 그녀는 오래전부터 이 불량배들을 혐오했지만 지금은 그들이 페테르의 편이라는 데 기뻐하고 있다. 그 덕분에 기자들이 몸을 사리기 때문인데, 변호사로서 그런 자신을 무슨 수로 용서할 수 있을까?

페테르는 당황한 동시에 집중한 표정이다. 그는 꽃다발을 건네며 비난과 사과가 한데 섞인 말투로 이렇게 얘기한다.

"티무와 그 패거리한테 받았어. 당신이 베어타운 하키단의 법률적인 부분을 돕고 있다고 들었다더라. 고마워서 인사하고 싶었대. 그게 무슨 말인지 듣고 싶은데 가능할까?"

그제야 미라는 깨닫는다. 검은 재킷들이 이 자리에 있는 이유는 페테르가 아니라 미라를 보호하기 위해서다.

"그게……."

미라는 그럴 듯하게 둘러댈 만반의 준비를 하며 말문을 연다. 그녀가 자기 자신에 대해 부끄럽게 여기는 부분이 있다면 거짓말의 대가라는 것이다.

하지만 그렇게 마음먹고 남편의 눈을 쳐다보는데, 그는 20년 전도 더 전, 일생일대 가장 중요한 경기에서 지고 그녀의 부모님이 운영하는 식당에 맨 처음 들어왔을 때 짓고 있던 표정을 하고 있다. 미라가 사랑했던 모든 것이 떠오른다. 뭔가를 찾는 소년, 훌륭한 아빠, 괜찮은 남자. 그래서 그녀는 사실대로 얘기한다. 모든 걸. 한 방에.

"요전 날 당신이 사켈이랑 알렉산드르를 보러 갔을 때 프락이 집으로 찾아왔어. 처음부터 그가 짠 작전이 아니었을까 싶어. 나랑 단둘이 얘기하려면 당신이 집을 비워야 하니까⋯⋯."

그런 다음 그녀는 현기증이 날 정도로 깊게 숨을 내쉰 뒤 운영위원 자리를 제안받았다고 얘기한다. 그리고 베어타운 비즈니스 파크와 관련해서 회사가 어떤 일을 약속받았는지, 프락과 다른 후원자들이 어떤 식으로 그녀를 매수하고 구단에 묶어두려고 했는지 밝힌다. 남들처럼 이 마을의 얽히고설킨 호의와 보답의 네트워크로 그녀를 옭아매 구단을 구하는 동시에 페테르를 구하게 하려 했다고.

"나를⋯⋯ 구한다고?"

페테르는 들릴락 말락 하게 속삭인다. 너무 충격을 받았는지 목구멍이 제 역할을 하지 못하는 것처럼 애처롭게 들린다.

미라는 그녀가 검토한 모든 계약서와 회계장부상의 모든 구멍, 존재하지도 않는 트레이닝 시설, 그 모든 서류 하단에 적힌 페테르의 서명에 대해 차분하고 덤덤하게 얘기한다.

"당신이 지난 몇 년 동안 그 구단에서 한 게 뭐냐면⋯⋯ 그걸 뭐라고 표현하면 좋을지 모르겠지만⋯⋯ 기본적으로 돈세탁이야. 부정행위. 법률 용어로는 회계 범죄와 '횡령'에 해당해. 이 지역 신문사에서 외부 기자를 초빙해서 조사를 맡겼으니 조만간 당신이 숨겨온 모든 게 들통날 거야. 의회 예산이 얼마나 쓰였는지 모르겠지만…… 젠장…… 당신이 철창신세를 지게 될 수도 있어!"

미라의 말문이 막히기 전에 숨이 먼저 막힌다. 시동을 꺼놓았는데도 핸들 위에 올려놓은 손가락이 벌벌 떨린다. 페테르는 시체처럼 창백한 얼굴로 그녀 옆에 앉아 수천 킬로미터 깊이의 블랙홀로 추락하고 있다. 그의 정체성이 와르르 무너진다. 땀을 흘리며 숨을 헐떡인다. 창문을 열고 싶지만 그랬다가는 이 안의 비밀이 모두 흘러나갈까 봐 무서워진다. 결국 속이 너무 안 좋아서 글러브박스에 머리를 기댄다. 몇 분이 지나고서야 페테르는 간신히 말문을 연다.

"트레이닝 시설? 나는…… 나는 어떤 서류인지 모르고 서명했어. 거짓말처럼 들린다는 거 알지만 그게 불법인 걸 알았다면 절대…… 절대! 나는 그냥 프락이 부탁하길래…… 단장으로 일하던 시절에 수백 건의 서류에 서명을 했으니까 내가 사임한 뒤에 그 친구가 연락했을 때 미안해서…… 맙소사, 내가 너무 아무 생각이 없었어. 나는 정말 바보야. 정말 바보야! 의회에서 허락이 떨어진 일이라고, 그냥 '알 만한 이름'만 빌리면 된다길래 그 친구를 믿고……."

"나도 알아."

미라는 조그맣게 속삭이지만 페테르의 귀에는 들리지 않는다. 그는 지금까지 자신이 내린 모든 판단에 의문을 제기하느라 정신이 없다.

미라는 페테르와 프락의 가장 이해할 수 없는 부분이 있다면 기자들이 이 사안을 파헤치고 있다는 데 놀라워한다는 거라는 생각을 한다. 마치 놀이 중간에 고개를 돌렸다가 처음부터 그때까지 자기를 지켜본 사람이 있었다는 데 충격을 받은 어린애 같지 않은가. 자기들을 뭐라고 생각한 걸까? 기자들이 하는 일이 뭐라고 생각한 걸까? 모든 것이 들통났을 때 어떻게 할지 계획을 세운 사람이 하키단 안에 아무도 없었던 말인가?

페테르가 숨을 토한다.

"내가 그런 바보짓을 저질렀다니 믿기지가 않네. 믿기지가 않아. 나는 다만…… 선수들 계약서 같은 경우에는 일부분 애매모호한 구석이 있다는 건 알았어. 이사진과 후원자들이 조작하는 부분이 있다는 걸. 하지만 계속 모르는 척했어. 나는 재무에 대해서는 아무것도 모른다고, 그냥 하키에 집중해야 한다고 되뇌면서. 하지만 여보, 그게 불법인 걸 알았다면 나는 절대……."

"알아! 알아! 당신이 아무 죄 없다는 거 알아!"

미라는 아까보다 강경하게 말허리를 자른다.

그의 목소리는 속삭임에 가깝다.

"어떻게? 당신이 그걸 어떻게 알아? 나도 모르겠는데!"

그녀의 눈빛은 지쳤고 뺨은 눈물로 젖었고 입술은 바짝 말랐다.

"왜냐하면 나는 당신을 아니까. 나는 당신에게 숨기는 비밀이 많지만 당신은 거의 없으니까. 나, 정신과 다시 다녀. 혼자 알아서 전부 해결할 수 있다고 생각했기에 당신한테 말 안 했어. 얼마 전에 의사가 기분이 어떠냐고 묻길래 물에 빠져서 허우적대는 심정이라고 했거든. 뭐가 나를 붙잡고 있느냐고 묻길래 '남편'이라고 했어. 당신이라고. 왜냐하면 당신이 내게는 마른땅이거든. 당신을 통해서 숨을 쉬거든. 그리고 나는 당신보다 거짓말을 못하는 사람을 본 적이 없어. 그래서 알아. 당신이 고의로 범행을 저질렀을 리 없다는 걸."

"사랑해. 당신은…… 당신이랑 애들은…… 당신은……."

"알아."

그들은 이제 아무리 열심히 눈을 깜빡여도 서로를 바라볼 수가 없다.

"이제 어떻게 하지? 경찰서 가서 전부 자백해야겠지? 내가…….."

그는 자포자기한 투로 묻지만 그녀는 고개를 젓는다.

"아니, 내가 프락이랑 얘기 끝냈어. 그가 모든 후원자와 정치인들에게 연락하는 중이야. 우리가 해결할 거야."

"무슨 수로?"

페테르는 흐느낀다.

미라의 눈빛은 흔들릴지 모르지만 목소리에는 주저함이 전혀 없다.

"아직은 모르겠지만 날 믿어. 방법을 찾아내고야 말 테니까."

"기자들을 무슨 수로 막을 수 있겠어……."

그는 조그맣게 속삭인다.

미라는 창밖으로 검은 재킷을 입은 남자들을 바라보며, 그녀의 능력이 어느 정도일지 자문한다. 어디까지 갈 각오가 되어 있는지 자문한다. 잠시 후에 그녀의 입에서 이런 말이 나온다.

"이걸 기사화하지 말아달라고 신문사를 설득할 거야. 아니면 그쪽에서 더는 기사화하고 싶지 않을 만한 상황을 만들든지."

"신문사 측에서는 기사화할 수밖에 없겠지. 내가 잘못했어…… 아니, 그들의 판단이 옳아……."

페테르는 말한다.

"이건 옳고 그르고의 문제가 아니야."

"그럼 뭐의 문제인데?"

그는 코를 훌쩍인다.

거기에 대한 대답은 그녀도 모른다. 뭐의 문제일까? 옳은 편에 서는 것의 문제? 옳은 일을 위해 싸우고 있다고 자신을 설득하는 문제? 아니면 그냥 생존의 문제? 결국 우리가 할 수 있는 건 그것뿐일까? 어떻게 해서든 승리하는 것? 모르겠다. 그녀는 그걸 두고 평생 고민할 테지만 지금은 그냥 이렇게 얘기한다.

"우리 가족을 지키는 거. 무엇보다도 그게 우선이야. 당신이랑 나랑 애들. 지금 중요한 건 그것뿐이야. 내가 해결책을 찾을 거야. 나를 믿어줘."

"믿어."

페테르가 조그맣게 속삭인다.

그녀는 움직이면 팔이 부러지기라도 할 것처럼 손을 아주 천천히 내밀어 그의 손을 찾는다. 그리고 도전적인 동시에 불안한 미소를 짓는다. 혼돈에 맞서 싸우겠다는 조그만 신호다.

"이 일이 끝나면…… 젠장, 휴가를 받을 거야. 딱 하루 오전 동안 만이라도 나를 찾지 마, 알았지? 호텔 조식이랑 그 조그맣고 웃긴 유리잔에 담긴 과일주스랑 크루아상을 먹을 거야. 젠장, 크루아상을 먹고야 말 거라고. 여보, 알겠어?"

페테르는 가까스로 미소 비슷한 것을 지으며 진심을 담아서 약속한다. 미라는 차를 몰고 베어타운으로 돌아가는 내내 잡은 손을 놓지 않는다.

90

대물림

헤드 응원단을 가득 실은 차량 행렬이 숲을 뚫고 헤드에 도착한다. 좌석에 앉았던 가족들은 주택가로 핸들을 돌리지만, 스탠딩석에서 있었던 젊은 남자들은 라단 술집으로 핸들을 돌린다. 몇 명은 멍이 들었고, 코가 부러져서 병원에서 치료를 받아야 하는 사람도 있지만 대부분 술을 마시고 털어버릴 수 있을 만큼 상처가 깊지 않다. 라단이라고 불리는 술집은 헤드의 아이스링크 지붕과 다르게 폭풍의 피해 없이 놀라울 정도로 멀쩡하다. 누가 보면 조물주가 이들에게 하키를 하게 할 것인지 아니면 경기 이후에 술을 마시게 할 것인지, 둘 중 하나를 선택할 수밖에 없었는 줄 알겠다. 이날 저녁에 그곳을 찾는 손님들에게 둘 중 하나를 선택하라고 하면 그들 역시 쉽게 결정하지 못할 것이다.

❄

한나는 이제 어른이라 라단에서 술을 마시지 않고 집 부엌에서 마신다. 맞은편에 요니가 앉아 있다. 그녀는 커피 잔에 와인을, 그는 유리잔에 위스키를 따랐는데, 사실 유리잔이라고 생각한 것이 향초 홀더라는 건 비밀이다. 테스는 투레를 재우러 2층으로 올라갔다가 옆에서 잠이 들었다. 토비아스는 스트레스를 받으면 받을수록 잠이 더 잘 오는지, 옷도 갈아입지 않은 채 자기 방에서 까무룩 기절했다. 밤이 깊어서 창밖은 칠흑 같은 어둠이지만 마당에서 계속 탕탕거리는 소리가 들린다. 테드가 손전등을 있는 대로 켜놓고 거기서 슛 연습을 하고 있다. 그 소리가 반경 몇 킬로미터까지 들릴 테지만 오늘은 아무리 팍팍한 동네 주민이라도 찾아와서 뭐라 하지 않는다. 그보다 더 신경 써야 하는 중요한 일들이 있어서 그런 것일 수도 있고, 경기가 취소돼 다른 통로로 흥분을 가라앉혀야 하는 열세 살짜리를 딱하게 여겨서 그런 것일 수도 있다.

"미리 예상했어야 하는 건데. 애초에 우리가 그 경기를 보러 가면 안 되는 거였어."

요니는 자책한다.

"그런 식으로 걷잡을 수 없게 될 줄 누가 알았겠어."

한나는 딱 잘라 말하지만, 도화선에 불이 붙어서 조그맣게 식식대는 것처럼 이를 가는 소리가 들린다.

"당신이 그걸 궁금해하는지는 모르지만 나랑 레브는 모르는 사이야. 벵트가 주문한 타이어를 찾으러 갔다가 거기서 잠깐 얘기 나눈 게 다야. 티무가 무슨 빚 문제로 그를 협박하고 있다는데, 레브가 우리를 지켜주러 온 게 그 때문이야."

"지켜주러 왔다고? 당신 눈에는 그렇게 보였어?"

그녀는 반박한다.

"그럼 당신 눈에는 어떻게 보였는데?"

그는 함정이라는 걸 알면서도 뚱하니 이렇게 묻는다.

"그 인간 때문에 모든 게 악화됐잖아! 어린애들끼리 하는 하키 시합에 그 인간은 총을 들고 왔어! 우리가 지금 무슨 교전 지역에서 살고 있어?"

요니는 한숨을 쉰다. 잔을 빙글빙글 돌린다. 향초 홀더라는 걸 이제 알아차렸지만 그가 자기 입으로 그걸 인정할 일은 없을 것이다. 어쨌거나 싸구려 위스키라 향초가 조금 섞인들 별 차이도 없을 것이다.

"내가 그자를 붙잡고 얘기해 볼게……."

"당신이 지금 붙잡고 얘기해야 하는 사람은 토비아스야! 아까 그 눈빛 못 봤어? 어쩜 그렇게……."

한나는 "당신을 닮았는지"라는 말이 튀어나오기 전에 얼른 얼버무린다.

그들의 큰아들은 정말 그렇다. 화가 나면 아빠와 비슷해진다. 요니는 잔을 내려다보며 위스키를 이쪽에서 저쪽으로 빙글빙글 돌린다.

"처신 잘했잖아. 제일 먼저 가서 동생을 데려왔으니. 우리가 가르친 대로 한 거 아냐?"

한나는 와인에 대고 한숨을 쉰다. 그렇긴 하다. 정확히 그들이 가르친 대로 했다. 그런데 그녀는 무엇 때문에 그렇게 화가 날까? 이유를 알기는 할까? 피곤하고 체념한 상태이다 보니 그녀의 입에서 혼잣말처럼 이런 말이 흘러나온다.

"원래는 테스가 다른 도시에 가서 그렇게 오랫동안 공부를 하겠다는 게 싫었어. 그런데 오늘 처음으로 그랬으면 좋겠다는 생각이

들더라. 우리 딸은 이런 데서 멀리 떨어져 있으면 좋겠어. 우리 딸의
세상은…… 더 넓었으면 좋겠어."

"다른 곳에서도 폭행은 비일비재해. 싸움질하는 바보들은 도처에
깔렸거든."

요니는 코웃음을 친다.

"그렇지. 하지만 다른 데서는 대물림되는 폭력에서 벗어날 수 있
잖아."

한나가 말하자 요니는 턱을 들고 상처받은 투로 조그맣게 속삭
인다.

"내가 사람들 죽도록 팰 수 있는 그런 인간이라?"

한나는 고개를 젓는다.

"아니. 지난 일주일 동안 내가 그러고 싶었던 게 한두 번이 아니
거든."

침묵이 모든 산소를 삼키며 부엌을 쪼그라뜨린다. 요니는 한나가
싸움에는 워낙 젬병이니 테스가 폭력적인 성향을 물려받았을 리 없
다고 재미도 없는 농담을 할까 하다가 지금은 그럴 때가 아니라는
결론을 내린다. 그는 그녀가 어떤 뜻에서 그런 말을 했는지 안다. 그
는 위스키 잔을 비우고 아내의 머리에 입을 맞춘 다음 2층으로 올라
가서 테스와 투레에게 이불을 잘 덮어준다. 그러고는 토비아스의 방
으로 들어가 침대 옆 바닥에 앉는다. 그의 아들은 요란하게 코를 골
지만 심장은 천천히 뛰고 있다. 창틀에는 이제 막 내린 눈이 쌓이기
시작했고 요니는 옛날 사람이 된 듯한 기분을 느낀다. 모든 부모가
그렇듯 그도 아이들이 자기보다는 좀 더 쉽게, 좀 더 나은 삶을 살
길 바랄 뿐이지만 세상으로부터 아이들을 보호할 방법은 없다. 심지

어는 우리 자신으로부터 아이들을 보호할 방법도 없다. 그래서 그는 눈을 감고 하나의 말이 맞는다면, 이 침대에 누워 있는 아이가 정말로 자기 아빠처럼 된다면 그가 할 수 있는 일은 하나뿐이라는 생각을 한다.

좀 더 훌륭한 사람이 되는 것.

❉

테드는 점점 더 세게 퍽을 날리고 또 날리며 나와서 그만 좀 하라고 소리 지르는 사람이 없다는 데 놀라워하다가, 곁눈으로 엄마가 보이자 군소리 없이 스틱을 놓는다. 밤이 어이없을 만큼 추운데도 온몸이 땀으로 흠뻑 젖었다. 엄마는 토비아스의 점퍼를 입고 테스의 털모자를 쓰고 있다. 발에는 그가 예전에 신었던 신발을 신고 있을 거라고 자신할 수 있다. 테드가 이제 그만하고 들어가서 자겠다고 외치려는 순간, 엄마가 눈을 열심히 깜빡이며 묻는다.

"나도 같이해도 될까?"

그는 허락한다.

91

흔적

우리가 이후에 이 이야기를 되짚어 보면 모든 게 한 번에 하나씩 벌어진, 더딘 연쇄반응이었다는 것이 확연하게 보일지 모른다. 하지만 몇몇 당사자들에게는 모든 중요한 사건들이 몇 시간에 걸쳐 난데없이 벌어진 것처럼 느껴질 것이다.

어마어마하게 추운 밤이 지나고 금요일 날이 밝자 편집장은 제설차보다 먼저 집을 나선다. 어둠을 뚫고 신문사까지 터벅터벅 걸어간다. 요 며칠 동안 도처에서 검은 재킷을 입은 사람이 보이는 듯한 가벼운 피해망상 증상이 여전했기 때문에 처음에는 어깨 너머를 흘끗거리지만 거리에 아무도 없다. 기자들 말고는 깨어 있는 사람이 아무도 없다. 아이스링크에서 시끄러운 사태가 벌어진 다음 날이고, 기자 둘이 벌써 출근해서 그 사건을 소개하는 기사를 쓰고 있다. 그녀가 이곳에서 일을 맡기로 하고 처음 출근한 날, 상견례에서 그들 둘 다 자신을 스포츠 기자라고 소개했지만 알고 보니 한 명은 보도국, 다른 한 명은 가족 코너 담당이었다. 하지만 무슨 뜻에서 그런 식으로 그녀의 뒤통수를 쳤는지는 간단했다. 여기에서는 모든 기자가 스포츠 담당이니 적응하는 편이 좋을 거라는 것. 어쩌면 그녀는 아직 적응이 덜 됐을지 모른다.

오늘 아침에 일어나 보니 아빠는 아직 취침 전이었다. 그들은 공장노동자처럼 서로 배턴터치를 했다. 그는 밤새 식탁 앞에 웅크리고 앉아서 서류와 파일을 들여다보고 있었는데, 대부분 그녀는 본 적도 없는 것들이었다.

"그게 다 뭐예요? 어제 경기장에서 벌어진 사태를 자세히 분석하시려는 줄 알았더니."

그녀는 물었지만 아빠는 어린애 대하듯 손사래를 쳤다.

"이게 더 중요해. 이것 좀 봐라! 지난 10년 동안 의회에서 추진하는 각종 건설사업에 허위 보조금과 불법대출의 형태로 얼마나 많은 혈세가 쓰였는지 여기 다 드러나 있어. 여기 의회가 과대망상에 빠져서 세계 스키 선수권 대회를 유치하겠다고 신청했던 거 기억하니? 이 일대의 잘나가는 사업체들이 이 건설회사에 얼마를 찬조했는지 봐. 이게 다 정치인들에게 건너간 뇌물이 아닐까 싶다. 특히 의회에서 가장 다수당 대표인 이 여자에게! 그리고 여길 좀 봐라, 그 건설회사 직원 중에 누가 있는지. 그 여자 남편과 남동생이 있어!"

편집장은 커피를 내리고, 아빠가 어떤 서류를 보고 있다는 건지 이해해 보려 애를 쓴다.

"아빠…… 아빠 말마따나 이게 엄청난 스캔들일지 모르지만…… 우리가 조사 중인 트레이닝 시설이나 베어타운 하키단과 무슨 연관이 있어요?"

"이게 베어타운 하키단보다 훨씬 중요해! 그 수사는 이거에 비하면 아무것도 아니야!"

그녀는 놀라워하며 그를 빤히 쳐다본다.

"이 서류 어디에서 입수하셨는지 물어봐도 돼요?"

"나대로 찾은 정보원이 있으니 그 부분은 걱정할 것 없다……."

그의 눈은 피곤에 절어 있다. 더는 이성적인 대화가 불가능했다. 그래서 그녀는 아빠에게 들어가 눈 좀 붙이라고 했다.

이제 편집장은 눈밭을 헤치고 걸으며 그가 한 말에 대해 계속 걱정하고 있다.

"이게 베어타운 하키단보다 훨씬 중요해."

지금까지 일주일 동안 하키단과 페테르 안데르손의 비리를 파헤치고 있었는데, 하룻밤 새 갑자기 노선을 바꾼다고? 편집장은 이런 걱정을 하는 데 정신이 팔려서 땅바닥만 계속 쳐다본다. 그래서 신문사 건물 바로 앞에 다다를 때까지 그 앞에 서 있는 남자들을 보지 못한다. 도망치기에는 이미 늦었지만 그래도 거의 본능적으로 몸을 돌리다가 그들이 검은 재킷이 아니라 빨간색 점퍼를 입고 있다는 사실을 알아차린다.

"안녕하세요!"

그중 한 명이 외치며 큼지막한 주먹을 내민다. 점퍼 소매 아래로 팔뚝에 새긴 황소 문신이 언뜻 보인다.

편집장은 악수하지는 않지만 그 손을 쳐서 옆으로 치우지도 않는다. 다른 남자가 서글서글하게 미소를 짓는다. 한쪽 눈에 시커멓게 멍이 들었는데, 아마 아이스링크에서 벌어진 싸움질이 남긴 기념품일 것이다.

"지키러 왔어요! 베어타운의 그 일당 새끼들이 편집장님과 기자들을 협박하고 있다길래. 이제 걱정 마세요. 걱정할 일 하나 없어요,

우리가 책임지고 여길 맡을 테니까."

편집장은 당황한 눈빛으로 그들을 한 명씩 쳐다보다가 큰 소리로 묻는다.

"무슨 소린지 모르겠는데. 협박이라뇨?"

주먹을 내밀었던 남자가 둘이 엄청난 비밀을 공유하고 있기라도 한 것처럼 눈을 찡긋거린다.

"아무 말도 하면 안 된다, 이거로군요. 하지만 편집장님이 베어타운 하키단을 조사 중이고, 그 일당 또라이들이 조사를 못 하게 막으려 한다는 정보를 입수했어요. 항복하지 마세요! 그놈들이 전부 사기꾼이라는 건 모르는 사람이 없으니까 철저하게 응징해 주세요! 편집장님에게 아무 일도 없도록 우리가 여길 지키고 있을게요."

편집장은 뭐라고 하면 좋을지 알 수가 없다. 일어난 지 얼마 되지도 않았고 오늘 해는 아직 뜨지도 않았는데, 온 종일 얼마나 희한한 일들이 더 많이 벌어지려고 이러는 걸까? 나중에 알고 보니 상당히 많은 일이 벌어지는 것으로 밝혀진다.

"농담이죠……?"

웅얼거리며 사무실로 들어간 편집장은 누가 그녀의 자리에 편하게 앉아 있는지 본다.

"좋은 아침입니다!"

리샤르드 테오가 명랑하게 외친다.

편집장은 한숨을 쉰다.

"좋아요. 일자리를 알아보는 걸로 생각을 바꾸셨나요? 만평 담당으로는 뽑을 수도 있을지 모르겠는데."

테오는 그녀의 즉각적인 투쟁 본능에 살짝 감탄하며 미소를 짓는다. 그를 처음 만난 자리에서는 이렇게 반응하는 사람들이 많기는 하지만 두 번째로 만나는 자리에서는 다들 좀 더 몸을 사리는데 말이다.

"시간 많이 뺏지 않을게요. 어제 그런 사건이 있어서 할 일이 많을 테니까."

편집장이 미소를 짓는다.

"그런 '사건'이요? 단어 선택이 흥미롭네요. 불량배들이 벌인 폭동이었는데."

그는 놀란 표정을 짓는다.

"아, 나라면 그걸 그렇게 표현하지 않겠어요. 내가 그 자리에 있었거든요. 나나 다른 사람의 안위를 전혀 걱정할 필요가 없었어요. 양쪽에서 젊은 친구 몇 명이 잠깐 분을 참지 못했을 뿐이에요. 그런 일이야 도처에서 벌어지죠. 심지어 대도시에서도. 아닌가요?"

마지막 말에 정곡을 찔린 편집장은 살짝 누그러진다.

"지난번에 여길 찾아왔을 때는 양쪽 구단의 응원단 사이에서 폭력 사태가 벌어지지 않을까 걱정하시더니. 이제는 서로 좋은 친구다, 이건가요?"

테오는 사과하는 듯이 두 팔을 벌린다.

"상황이 왜곡되지 않길 바랄 뿐이에요. 사람들이 신문 기사를 보고 오해하면 폭력 사태가 야기될 수도 있으니까요. 그렇지 않나요?"

"저희는 어떤 일이 벌어졌는지 있는 그대로 보도할 따름……."

"어제 페테르 안데르손의 눈썹이 찢어졌어요. 소식 들었나요?"

그는 얼른 말허리를 자른다.

"아뇨…… 아뇨, 그건 몰랐어요."

그녀는 시인한다.

"내가 장담하는데, 단순한 돌발 사태였어요! 그 난리통에 어떤 남자랑 부딪쳤거든요. 하지만 베어타운에는 당연히 그가 공격당했다는 쪽으로 해석하고 싶어 하는 사람들이 있겠죠. 페테르 안데르손이 베어타운에서 얼마나 인기가 많은지 편집장님도 아시잖아요. 그를 보호하려는 사람들이 많단 말입니다. 아…… 그러고 보니…… 편집장님을 보호하려는 사람들도 많더군요? 밖에 친구분들도 와 있고!"

테오는 완벽하게 다림질한 셔츠 위로 넥타이를 바로잡는다. 편집장은 그가 이 새벽에도 그렇게 빈틈없어 보인다는 데 짜증이 난다.

"문 앞을 지키고 있는 남자들을 말씀하시는 거라면 저는 모르는 사람들……."

"당연히 그러시겠죠. 하지만 그들은 편집장님을 보호할 필요가 있다고 생각하는 것 같던데요. 그것 또한 오해하는 사람이 없길 바랍니다."

그는 고개를 끄덕인다.

순간 편집장은 이게 무슨 일인지, 누가 소문을 퍼뜨려 저 남자들에게 이 건물 정문을 지키게 했는지 알아차린다. 그녀의 등골이 서늘해진다.

"그래서 하시고 싶은 말씀이 뭔가요?"

그녀는 테오의 느긋한 미소를 질색하며 나지막이 쏘아붙인다.

"페테르 안데르손이 헤드 응원단에게 공격당한 걸로 아는 사람들도 있는데 말이에요. 그 헤드 응원단이 지금 신문사 앞을 지키고 있고, 또 그런 일이 벌어진 직후에 페테르의 기사를 신문에 실으면 편집장님이…… 한쪽 편을 드는 것처럼 보일 수도 있지 않을까요?"

"협박하지 마세요. 나는 기자예요. 그건 현명한 선택이 못 돼요."

"협박이요? 그럴 리가요! 이런, 그렇게 보였다면 미안합니다."

테오가 어찌나 낙담한 표정을 짓는지 진짜 같아 보일 정도다.

그는 자리에서 일어난다. 편집장은 고개를 모로 꼰다.

"더 없으신가요? 그 얘기 하려고 꼭두새벽부터 찾아오셨어요?"

그는 뭔가를 잊어버린 사람처럼 곰곰이 생각하는 척하더니 호들갑스럽게 자기 이마를 때린다.

"듣고 보니 생각나네요. 사실 제보할 게 있었어요! 헤드 하키단에 후원자가 생긴 거 아세요? 공장이 베어타운 하키단을 후원하는 건 알고 있죠? 이제 새로운 회사에서도 헤드에 투자하기로 했답니다!"

편집장은 경계심보다 호기심이 앞선다.

"어떤 회사에서요?"

"이 회사요."

그는 모노폴리 게임에서 은행을 깨끗이 쓸어간 아빠처럼 희희낙락한다. 그러고는 회사 이름을 대는데, 두말하면 잔소리지만 편집장도 잘 아는 곳이다. 이 신문사의 모기업이다.

"그 회사에서 여기까지 이 먼 마을의 하키단을 후원하려는 이유가 뭘까요?"

그녀는 몸서리가 나는 것을 감추기 위해 어색하게 옷매무새를 바로잡으며 묻는다.

"내 학창 시절 친구가 그 회사의 임원이거든요. 그에게 연락해서 헤드 하키단이 재정적인 어려움을 겪고 있는데 지역 신문사에서 하키단을 후원하면 좋지 않겠느냐고 했죠. 왜냐하면 여기 사람들이 좋아하는 게 그거거든요. 서로 돕는 거. 그렇잖아요?"

그녀는 이를 악문 채로 대답한다.

"독자의 절반이 베어타운 주민이라는 걸 친구분은 아시나요?"

테오는 고개를 젓는다.

"아뇨, 아뇨. 그 친구는 하키에 대해서 아무것도 몰라요. 그냥 스포츠인 줄 알아요."

편집장은 분노와 체념으로 입술이 보이지 않을 정도로 입을 꾹 다문다.

"그러니까 이제 감히 베어타운 하키단을 조사할 수 없을 거라고 보시는 건가요? 신문사에서 헤드를 후원하기 때문에 그러는 것처럼 보일 테니까?"

그가 어찌나 자신만만해하는지 혐오스러울 정도다.

"아뇨, 아닌데. 내 뜻을 오해하셨군요. 훨씬 재밌는 이야깃거리가 생겼으니 베어타운 하키단을 조사하지 않으리라고 보는 거예요."

"훨씬 재밌는 이야깃거리라뇨?"

테오는 우아한 외투를 어깨를 걸치고 한쪽 눈썹을 들어올린다.

"아버님한테 못 들으셨나요?"

뭐라고 대꾸할 겨를도 없이 그는 문밖으로 사라진다. 그녀가 집까지 뛰어가는 동안에도 황소 문신을 새긴 남자들이 계속 건물 입구를 지키고 있다. 아빠가 일어났을 무렵에는 어떤 식으로 논리를 전개할지 속으로 수없이 연습한 뒤라 실제로 말을 꺼내기가 지겨울 정도다.

"그러니까 지금까지 페테르 안데르손을 수사한 자료를 팔아넘기고 다른 기사를 쓰겠다는 거예요?"

그녀는 참담한 심정으로 이렇게 묻고 그만이다.

"훨씬…… 훌륭한 기사야."

그는 비몽사몽간에 이렇게 받아치지만 민망한 표정이다.

"아빠가 이럴 줄은 몰랐어요. 아빠가 싸우다 말고 도망칠 줄은 몰랐다고요."

아빠는 그녀를 아주 오래 바라본다. 그녀는 눈물이 고이기 시작하는 것을 알고 놀라서 자리에 앉는다. 그가 말한다.

"우리가 이길 수 있는 싸움을 선택한 거야. 리샤르드 테오의 오랜 동료에게 연락해 봤더니…… 위험한 인물이더라. 제대로 위험한 인물. 그냥 재미삼아 남의 앞길을 망쳐놓는. 내가 웬만하면 위축되지 않는 사람이다만 젠장, 그 같은 작자를 네 적으로 만들어놓고 내가 여길 떠나면 어떻게 되겠니? 그는 여기 사는 다른 사람들과는 달라. 훨씬 영리하고 전혀 다른 차원의 인맥을 거느리고 있어. 불량배를 보내서 너를 협박하지 않아도 변호사를 동원해서 네 인생을 모조리 망가뜨릴 거야. 이런 작자는 자기가 가진 걸 전부 걸어서 너를 괴롭히고 네가 사랑하는 모든 것과 모든 사람을 빼앗을 때까지 멈추지 않을 거야……."

"아빠, 제가 어렸을 때는 적이 없는 기자는 일을 하지 않는 기자라고 하셨잖아요."

실망한 그녀의 목소리가 떨린다. 그는 이 순간을 절대 잊지 못할 것이다.

"하지만 너는 적과 싸우기에는 너무 어려. 이런 적과 싸우기에는. 앞날이 너무 창창하다고. 그리고 나는…… 젠장…… 나는 싸움을 벌이기에는 너무 늙었지. 리샤르드 테오 같은 사람들을 상대하기에는. 그가 준 자료도 절대 잔챙이가 아니다. 그는 어디에서든 원하는 걸 손에 넣고 마는 성격이야. 그자가 손가락을 한 번 튕기는 것만으로 헤드 후원금을 얼마나 많이 모았는지 아니? 그런 인간이 너한테 어떤 짓을 저지를 수 있겠는지 생각해 봐. 자존심 때문에 이런 촌구석에서 네 앞길을 망치지 마. 부탁한다. 나처럼 온 세상을 동시에 상대하려고 하지 마. 든든한 지원군이 갖추어진 좀 더 빵빵한 보도국에 갈 때까지 기다렸다가 그때 가서도 계속 생각이 있으면 덮치도록 해. 나는 너를 도우러 왔고, 이게 내가 도울 수 있는 가장 좋은 방법이야. 내 충고를 듣고 싶니? 그자가 준 기삿거리를 받아. 이게 페테르 안데르손 기사보다 훨씬 훌륭해. 그자는 권력도 별로 없는 일개 시민에 불과하지만 리샤르드 테오가 준 자료는 의회 최고위층까지 광범위한 부패를 망라하고 있거든……."

"그게 다 거짓말인 걸로 결론이 내려지면요?"

"그럼 그때 가서 다시 베어타운 하키단을 파헤치면 되지……."

그의 딸은 두 손에 얼굴을 묻는다.

"안 돼요. 안 돼요, 아빠. 그때쯤 되면 그들이 모든 흔적을 지워버릴 거예요. 이미 늦었다고요."

편집장은 기운이 다 빠져서 식탁 위로 고꾸라진다. 패배의 느낌이란 이런 것이다.

92

섬

어둠이 깔리고 금요일이 저물기 시작한다. 벤이는 눈 위로 발자국을 거의 남기지도 않으면서 나무 사이를 이동한다. 빙판에서 그를 맞닥뜨린 사람들은 그의 민첩성과 힘의 조합에 놀라곤 했다. 몸이 그렇게 민첩한 사람이 춤은 그렇게 못 춘다니 믿기지가 않는다고 아드리가 말하면 그는 항상 요리를 그렇게 못 하는 사람이 그렇게 뚱뚱할 수 있다니 믿기지가 않는다고 맞받아친다. 그러면 아드리가 있는 힘껏 그를 때리는데, 어쩌면 그녀는 그걸 가장 그리워하게 될지 모른다. 아드리와 알리시아와 수네는 견사에서 새 강아지를 보고 있고, 벤이는 정처 없이 집을 나선 참이라 호수 쪽으로 걸음을 옮긴다. 간절히 이루고 싶은 꿈이 없기에 친구를 찾는 데 만족하기로 한다. 대도시가 침낭으로 몸을 둘둘 말고 캠핑카 앞 접이의자에 앉아 있다. 벤이가 찾아오자 불 피우는 법을 배웠는데 자랑할 사람이 생겼다며 좋아한다.

"아나가 했던 식으로 불을 피우네?"

벤이는 시무룩하게 말한다.

"네 방법 말고 그 방법이 더 잘 먹히더라."

대도시는 미소를 짓는다.

그는 벤이가 찾아왔다는 데 전혀 놀라지 않는다. 그들의 관계가 이제 이렇게 됐다. 상대방이 뭘 하려는지 직감하는 정도가 됐다. 두 사람이 함께 하키 선수로 뛰었다면 천하무적이 됐을 것이다. 벤이는 침낭은 생략하고 좀 더 조잡한 의자에 털썩 앉아서 감탄하는 표정으로 고개를 끄덕인다.

"너 혼자서는 여기서 하룻밤도 못 버틸 줄 알았더니 이젠 숲 사람이 다 됐네."

"며칠 전까지만 해도 평생 숲이라고는 본 적이 없었는데 말이지."

"숲 사람이냐 아니냐는 숲하고는 전혀 상관없어."

그들은 저녁 하늘을 올려다본다. 벤이는 예전에 라모나에게 들은 말을 떠올린다.

"인간들은 망원경을 두려워하지. 광활한 우주에 비하면 자기가 얼마나 작은지 느끼게 되니까 별을 보면 바지에 지릴 수밖에 없거든. 자기가 하는 모든 게 아무 의미도 없을지 모른다는 생각만큼 인간을 두렵게 하는 건 없어."

호수가 얼어가고 있다. 겨울이 다가올수록 점점 더 고립되는 섬은 여기서 보면 별것 아닌 것 같아도, 벤이에게는 가장 행복했던 여름날의 추억이 묻혀 있는 곳이다. 하키 훈련이 끝나자마자 케빈과 둘이서 거기 틀어박혀 몇 주 동안 난파당한 사람처럼 지냈던 그 시절에는 서로 아무런 말을 하지 않았어도 비밀이 없었다.

대도시는 별을 한동안 올려다보다 말한다.

"네 말이 맞았어. 내가 살았던 데보다 여기서 보는 별이 더 예뻐.

오염이 덜 돼서 그런가 봐."

벤이는 천천히 고개를 끄덕인다.

"하지만 풍력발전기는 더 많지. 다 개쓰레기야. 그 소리 때문에 놀라서 사냥감들이 꽁꽁 숨거든."

대도시는 웃으며 그의 억양을 흉내 낸다.

"'사냥감'? 사냥도 하는 모양이지?"

벤이는 특유의 미소를 짓는다. 모든 사람, 모든 사물을 꿰뚫어볼 줄 아는 듯한 미소다.

"사실 나는 낚시를 더 좋아하긴 해."

"여기서 언제 낚시할 틈이 생기는데? 8월에 15분 정도?"

대도시는 자기가 살던 세상에서는 아직 초가을인데 이곳에서는 벌써 얼음으로 덮인 호수를 턱으로 가리키며 묻는다.

"1년 내내. 여름에는 배를 타고 나가서 아홉 시간 동안 거짓말만 늘어놓고 고기는 한 마리도 잡지 않아. 겨울에는 얼음에 구멍을 뚫고 그 앞에 의자를 놓고 앉아서 아홉 시간 동안 거짓말만 늘어놓고 고기는 한 마리도 잡지 않고."

"거짓말을 길게도 한다."

"너는 짐작도 못 할걸? 가끔은 그러다 보니 너무 괴로워서 진실을 이야기하는 수밖에 없을 때도 있어."

벤이는 캠핑카에서 맥주를 몇 개 들고 나와서 대도시에게 건네지만 그는 고개를 젓는다.

"내일 경기 있어."

벤이는 고개를 끄덕인다. 대도시가 뭘 잘 몰랐다면 그가 살짝 질투하는 줄 알았을 것이다.

"상대 팀이 헤드지? 그게 여기서는 어떤 의미인지 너는 몰라서 다행이야. 그냥 아무 의미도 없는 것처럼 뛰어."

대도시는 손등으로 까칠하게 자란 수염을 문지른다. 일평생 시시콜콜 철저하게 지킨 루틴 중에 아침마다 수염을 깎는 것도 있었는데, 여기에서는 신경 쓰지 않는다. 그는 벤이를 돌아보며 가르치려는 투가 아니라 그냥 궁금해하는 투로 묻는다.

"경기 때 헤드 응원단이 '베어타운 게이들아'라고 외친다고 들었어. 그래도 너 괜찮아?"

"그걸 어디서 들었는데?"

대도시는 헛기침을 한다.

"라커 룸에서 팀원 중 한 명이 뭐라고 하는 걸 들었어."

벤이는 천천히 고개를 끄덕인다.

"내가 안 괜찮을 이유가 뭐겠어?"

대도시는 그의 속 깊숙한 데서 알맞은 단어를 찾아서 쉰 목소리로 어색하게 내뱉는다.

"그냥 궁금했어. 너는 남들과…… 다른 걸 어떻게 감당하는지."

벤이는 그의 말을 못 들었나 싶을 만큼 한참 동안 아무 말 없이 담배를 피우다가 대답한다.

"나의 개인적인 선택을 밝히자면 대개는 코가 비뚤어지게 술을 마시고 사람들 이를 부러뜨려. 하지만 다른 방법도 있겠지. 명상이나 뭐 그런. 명상의 좋은 점은 귀 따갑게 들었지만 명상하면서 담배 좀 빨려니까 존나 어렵더라."

대도시는 그의 빈정거림을 웃어넘긴다.

"여행하는 동안에는 네 모습 그대로 지내기가 더 쉬웠어? 아니면 더 어려웠어?"

벤이는 킬킬거린다.

"나를 아는 사람이 없으면 어떤 모습으로든 지내기가 더 쉽지. 그리고 여기서 멀어지면 멀어질수록 베어타운 출신으로 지내기가 더 쉬워지고."

대도시는 의자에 기대고 앉는다. 묻고 싶은 게 더 많지만 용기가 나지 않아서 슬그머니 화제를 바꾼다.

"여기 사람들은 복잡해. 그래도 저녁놀 하나는 인정한다. 이런 저녁놀은 본 적이 없거든."

"그야 예전에는 점심을 먹자마자 해가 지는 것을 본 적이 없기 때문이겠지."

"맞아. 진짜야."

대도시는 웃음을 터뜨린다.

벤이는 조용하게, 하지만 분명하게 이렇게 말한다.

"너는 여기서 잘 지낼 수 있을 거야. 네 생각보다 더 잘."

이 말은 대도시에게 인정하기 싫을 만큼 엄청난 의미로 다가온다. 그는 어디에서든 잘 지내본 적이 없다.

"내가 또 뭘 하면 될까? 계속 북쪽으로 이동하면서 이 마을 주민들보다 더 미친 인간들을 찾으면 될까?"

"이 마을 북쪽에서 우리보다 더 미친 인간은 산타밖에 없어."

그들은 폭소를 터뜨린다. 벤이는 맥주를 마시며 담배를 피우고, 대도시는 눈을 감고 아무 소리도 듣지 않는다.

"하키 그만둔 지 얼마나 됐어?"

한참 뒤에 그가 묻는다.

"2년 좀 넘었어."

"그동안 하키 대신 뭐 했는데?"

"여행하고. 담배 피우고. 춤추고."

"어디서?"

"대부분 아시아에서."

"왜 하필 거기서?"

"거기는 하키가 뭔지 아는 사람이 거의 없거든."

"찾던 걸 찾았어?"

"그게 무슨 말이야?"

대도시의 목소리는 다정하면서 단호하다.

"아무것도 찾지 않고 그렇게 멀리 여행하는 사람은 없으니까."

벤이는 코로 연기를 내뿜는다.

"찾았으면 집으로 돌아올 일이 없었겠지. 너는 찾던 걸 찾았어?"

"어디서?"

"여기서."

대도시의 목소리에서 자신감이 사라진다.

"솔직히 내가 찾던 게 뭔지 모르겠어."

벤이는 맥주를 하나 더 딴다.

"그게 바로 찾아다니는 이유 아니겠어?"

대도시는 한참 아무 말도 하지 않다가 조그맣게 속삭인다.

"저기…… 캠핑카 월세를 내고 싶은데."

"됐어. 그럼 내가 네 집주인이 되잖아."

"지금은 뭔데?"

벤이는 그를 돌아본다.

"네 친구."

그는 친구를 사귀어본 적 없는 사람의 표정을 알아본다. 대도시는 인생의 대부분을 거짓말과 더불어 보냈기 때문에 이제는 너무 괴로울 지경이라, 자기도 모르게 불쑥 진심을 내뱉고 만다.

"내가 남자를 좋아했으면 너한테 홀딱 반했을 수도 있겠다. 너도 이미 알지?"

당연히 그도 안다. 하지만 벤이는 계속 씩 웃고만 있다. 곰을 닮기도 하고 새를 닮기도 한 표정으로 빌어먹을 미소를 짓고 있다.

"넌 이미 나한테 반했어. 아직 알아차리지 못한 것뿐이야."

대도시는 폭소를 터뜨린다. 벤이도 따라서 웃는다. 그들의 웃음소리가 숲을 가르고 호수를 지나 섬까지 울려퍼진다.

93

희생양

프락은 슈퍼마켓의 자기 사무실에 앉아 있다. 첫 번째 벨소리가 끊기기도 전에 전화를 받는다.

"문제 해결됐어요."

리샤르드 테오가 무뚝뚝하게 알린다.

"아니…… 벌써요? 어떻게……."

프락은 정치인의 설명에 감명받는 동시에 살짝 겁에 질린다.

헤드 하키단의 후원자 섭외라니 정말이지 간단한 해결책이다. 프락에게는 해방이고 신문사에게는 절망이다.

"이제 그 기자들은 귀찮게 하지 않을 거예요. 하지만 양쪽 하키단을 유지하도록 의회를 설득하는 일은 남았으니까, 당신 친구 미라 안데르손에게 다시 한번 부탁을 해야겠네요."

"미라에게요? 어떤 부탁을 하려고요?"

프락은 묻는다. 불길한 예감으로 심장이 철렁 내려앉는다.

"듣자 하니 설득 전문가라던데. 당신이 일단 그녀부터 설득해야 해요."

"뭐에 대해서요?"

"횃불 행진."

프락은 바보 같은 질문을 쏟아내려고 하지만, 정치인에게는 그걸 상대할 만한 시간도 인내심도 없기에 이번만큼은 자기 계획을 그냥 설명한다. 그의 설명이 끝나자 프락이 외친다.

"이야…… 기발한데요. 성공하겠어요. 하지만 베어타운에서 미라가 그걸 주도하면 헤드에서도 다른 사람이 주도해야 하는 거 아닐까요?"

"이름이랑 주소 알려줄 테니까 받아 적어요."

"네, 네. 몇 번지라고요?"

프락은 중얼거리며 팔에 펜으로 적는다.

"그리고 당신도 기억하겠지만 내 요구조건이 하나 더 있었던 거 알죠?"

테오는 용건이 끝나자 이렇게 짚고 넘어간다.

"원하는 게 뭔데요?"

프락은 불안해하며 묻는다.

"머지않아 신문에 다른 기관의 부정행위를 파헤친 추적 기사가 실릴 텐데. 훌륭한 이야기에는 희생양이 있어야 하잖아요?"

프락은 침을 삼키려고 하지만 입 안이 바짝 말라 있다.

"아……."

"희생양을 내가 선택하고 싶어요. 당신의 도움 아래."

❄

미라가 출근해 보니 프락이 이미 회사 앞 벤치에 앉아 있다. 넥타이는 느슨하고 외투 아래로 보이는 셔츠의 맨 윗단추가 풀려 있다.

"신문사에서 페테르와 베어타운 하키단을 더 이상 파헤치지 않겠대요."

그는 거두절미하고 말한다.

그녀는 그를 빤히 쳐다보기만 한다. 그 말에 현기증이 난다. 진짜일까? 좋아서 펄쩍펄쩍 뛰어야 할지, 땅바닥 위로 몸을 던져 눈 천사를 만들어야 할지 모르겠다. 그를 와락 끌어안고 싶은 마음도 언뜻 생기지만 고맙게도 금세 사라진다.

"프락! 아, 프라켄. 진짜예요? 도대체…… 무슨 수로 그랬어요?"

미라는 숨을 토한다.

"여기저기 전화를 돌려서 부탁했죠. 반드시 보답하겠다고 약속하면서."

프락은 전혀 잘난 체하지 않고 솔직히 털어놓는다.

안도한 미라는 그의 옆에 털썩 앉는다.

"하지만…… 페테르가 안전한 거 맞죠? 이제 그이한테 아무 일도 일어나지 않는 거 맞죠?"

프락은 고개를 끄덕인다.

"확실해요. 하지만 그 대신 당신에게 부탁이 있어요."

"뭐든 말만 해요!"

"들어보고 얘기해요."

그녀는 실눈을 뜨고 그를 쳐다본다.

"불법행위예요?"

그는 웃음을 터뜨린다. 배 속 깊은 곳에서 시작된 기운차고 유쾌한 웃음소리가 주차장 저 끝까지 쩌렁쩌렁하게 울린다.

"아뇨, 아뇨, 아뇨. 하지만 내 말을 들으면 차라리 불법행위가 낫겠다는 생각이 들 수도 있어요……."

프락은 뭘 부탁하려는지 설명한다. 리샤르드 테오에게 들은 얘기를 고스란히 옮긴다. 그녀의 얼굴에서 핏기가 가신다.

"횃불 행진? 양쪽 구단을 살릴 수 있는 원대한 계획이란 게 그거예요? 횃불 행진 한 번 하는 거?"

프락은 천천히 고개를 젓는다. 그녀를 향해 집게손가락과 가운데손가락을 들어 보인다.

"두 번이요. 한 번이 아니라 두 번이요."

그러고 나서 그는 쪽지를 건넨다.

"이게 누구예요?"

"이 계획을 성공시키려면 설득해서 우리 편으로 만들어야 하는 사람이요."

✳

"당신은 대책이 없을 정도로 단순하면서 끔찍하리만치 복잡한 사람이에요."

예전에 정신과 의사가 미라에게 이렇게 얘기한 적이 있었다. 그가 읽던 책에 나온 문장이었고 그 뒤로 의사가 아주 좋아하는 어떤 뇌기능 이론에 대한 긴 설명이 이어졌지만 미라의 귀에는 한 마디도 들리지 않았다. 그녀는 이런 단어들에 꽂혔다. 단순하게 복잡한 사람. 복잡하게 단순한 사람. 이것 말고 다른 부류의 인간도 있을까?

그녀는 프락을 만난 뒤에 차를 몰고 곧장 집으로 돌아간다. 페테르와 마주앉아 서로 손을 잡으려고 내미느라 온 식탁에 손자국을 남겨가며 프락에게 들은 이야기를 모조리 전한다. 그러자 페테르는 지금까지 본 적이 없을 만큼 길게 숨을 들이마신다. 그들은 그 순간에서야 비로소 자기들이 얼마나 피곤했는지, 그리고 얼마나 충격을 받았는지 알아차린다. 마침내 긴장이 풀리자 근육이 아파오기 시작하고, 스트레스가 해소되자 눈꺼풀 뒤로 눈물이 고인다.

그들은 아무 말도 하지 않지만 둘 다 이삭을 생각하고 있다. 그 아이가 죽었을 때 어떤 식으로 울음을 삼키는 법을 배웠는지. 다른 아이들은 듣지 못하게 조용히, 조용히, 조용히 우는 법을 스스로 어떤 식으로 터득했는지. 살갗에 닿는 공기 자체로도 아픔이 느껴지자 그들은 평소에 떠올리지 않으려고 무진장 애를 썼던 모든 기억을 떠올린다. 땅바닥에 뺨을 대고 누워서 잔디 아래에 묻힌 아이에게 조그맣게 속삭이고 싶은 마음이 얼마나 간절했던가. 그 아이의 무덤 속으로 몸을 던져 함께 떠나고 싶은 마음이 얼마나 간절했던가. 그 아이는 작았는데, 정말 작았는데, 그렇게 아무 힘도 없는 아이를 어떻게 어둠 속으로 홀로 떠나보낼 수 있겠는가. 부엌에 혼자 두면 안 될 정도로 어린아이였는데, 갑자기 공동묘지에 두고 떠나라고? 하룻밤 만에? 그 아이가 나쁜 꿈을 꾸면 누굴 찾을 수 있을까? 누구 침대 위로 기어올라 올 수 있을까? 누구 어깨에 기대고서 잠이 들 수 있을까? 그 아이의 부모는 그 아이와 같이 죽을 수 없는 자신들을, 계속 살아가는 자신들을 처절하게 증오했다.

그 뒤로 그들이 했던 모든 일은 늦게 죽어도 될 만큼 중요하고 어마어마한 일을 하려는 노력이었다. 그래야 마침내 하늘나라에서 그 아이를 만났을 때 엄마랑 아빠는 세상을 구하느라 늦었다고 속삭일 수 있을 테니. 거의 모든 일이 그랬다.

그 아이가 이제 그들을 자랑스러워할까? 그들은 가치 있는 삶을 살았을까? 충분히 훌륭한 사람들이었을까?

그들은 눈물을 삼킨다. 조용히, 조용히. 잠시 후에 페테르가 일어나서 손을 씻고 오븐을 켜고 크루아상을 만들기 시작한다. 미라는 남편에게 입을 맞추고 재킷을 집어 들고 나와서 차를 몰고 헤드로 간다.

그들은 단순하고 복잡한 사람들이다.

"너는 항상 어디에선가 뭔가를 찾아서 그걸 지키려고 사투를 벌이더라."

동업자가 미라에게 한 말이었다. 이제 미라는 그러려고 한다.

94

두 여자

한나는 집 앞길의 눈을 치우고 마당을 청소하는 중이다. 요니는 출근했고 아이들은 학교에 갔고, 그들의 물건이 온 사방에 흩뿌려져 있다. 원래는 투덜거리며 청소를 하는 것은 원칙주의자로 태어난 요니의 몫이지만, 오늘은 그녀가 치우고 있다. 가족이 생기면 가장 그리운 것이 심심한 시간이다. 다시는 심심해질 일이 없다. 얼마 전에 한나는 병원에서 젊은 간호사들을 통해 바람피운 동료의 이야기를 들었는데 때 든 생각이 이거 하나였다. 무슨 시간에 그럴 수 있었을까? 인간들이 잠도 안 자나?

그녀는 화단에서 하키 퍽을 줍고, 잃어버렸던 장갑을 널어서 말리고, 하키스틱을 모두 모아서 벽에 기대어놓는다. 멀리서 곁눈으로 차가 한 대 보인다. 이 동네 사람들이 타고 다니기에는 조금 비싼 차, 자기가 이런 걸 몰 정도는 된다고 생각하는 사람들이 탈 수 있는 그런 차다. 운전석에 타고 있던 여자가 차를 세우고 내린다. 그러더니 쪽지에 적힌 주소를 확인하고 집을 쳐다보다가, 낮은 울타리를 사이에 두고 한나와 눈이 마주치자 갑자기 망설이는 표정을 짓는다.

"죄송하지만…… 한나 씨 맞나요?"

한나는 헤드 팀의 하키스틱을 들고서 울타리 앞으로 걸어간다. 그녀는 미라 안데르손을 알지만 미라는 그렇다는 걸 모른다. 그래서 한나는 아무것도 모르는 척하기로 한다.

"누구신지?"

미라는 보일락 말락 하게 미소를 짓는다. 헤드 사람들은 여자들마저 당장이라도 싸울 준비가 된 것처럼 말을 한다.

"저는 미라예요. 페테르 안데르손의 부인이고요. 어제 아이스링크에서 제 남편이 댁의 남편과 부딪쳐서 눈썹이 찢어졌는데……."

"돌발 사태였어요!"

한나가 날카롭게 쏘아붙이자 미라는 말을 멈춘다.

"알아요, 알아요! 미안해요. 내가 표현을 이상하게 했어요. 돌발 사태였다는 거 알고, 그것 때문에 찾아온 거 아니에요. 아, 그것 때문에 찾아온 건 맞지만…… 얘기하자면 길어요. 음…… 처음부터 다시 시작해도 될까요?"

그녀는 어색하게 미소를 지으며 땀이 난 손바닥을 맞대고 비빈다. 한나는 미라가 개종을 권유하기 위해 찾아온 사람이라도 되는 듯한 표정을 지으며 아들의 하키스틱에 몸을 기댄다.

"그러시죠."

미라는 생각에 잠긴 표정으로 몇 번 숨을 마시고 새롭게 말문을 연다.

"좋아요. 그러니까, 제 남편과 댁의 남편이 어제 부딪쳤는데…… 그러니까, 우선 물을게요. 남편분은 괜찮으신가요?"

한나는 자기도 모르게 미소를 짓는다.

"머리가 괜찮으냐고요? 그 인간 머리는 애초부터 괜찮은 구석이 하나도 없었어요. 그쪽 남편은요?"

미라는 한나처럼 조심스럽게 미소를 짓는다.

"페테르요? 그이가 하키 선수로 뛰었을 때 코치님이 그랬다네요. 헬멧이 머리를 보호하는 게 아니라 두꺼운 머리가 헬멧을 보호하는 거라고. 그러니까 별일 없을 거예요."

"다행이네요. 제가 할 일이 좀 있어서 그럼……."

한나는 헛기침을 한다.

미라는 알겠다는 듯이 고개를 끄덕이고 테드의 하키 연습용 램프를 넘겨다본다.

"네, 네, 그렇죠. 바빠 보이세요. 자녀분이 몇 명인가요?"

"넷이요. 한 명은 이미 만났죠?"

한나는 살짝 짜증이 섞인 목소리로 반문한다. 미라가 그녀를 놀리려고 왔나 하는 생각이 들기 시작했기 때문이다.

"무슨 말씀이신지……."

미라는 더듬더듬 말한다.

한나는 고개를 모로 꼰다.

"여길 찾아온 이유가 뭐예요? 원하는 게 뭔데요?"

"저기…… 죄송하지만…… 오해를 하신 것 같은데요. 댁의 자녀분 중에 제가 누굴…… 만났을까요?"

"우리 딸이요. 오늘 아침에 보니까 걔 점퍼 주머니에 그쪽 명함이 있던데."

한나는 이 말을 하고 나서 딸의 주머니를 뒤지는 엄마로 보일까 봐 후회하지만 미라는 그녀를 평가하려는 표정이 아니다.

"테스요? 그 아이가 이 댁 따님이에요? 몰랐어요. 정말 죄송해요. 제가 하는 일에 대해서 물어보더라고요. 그래서…….."

"그리고 오늘은 내 남편 얘기를 하러 왔고요?"

미라는 외투 주머니에 손을 넣고 고개를 끄덕인다.

"희한한 우연의 일치로 느껴지겠어요."

한나는 그녀를 한참 쳐다보며 믿지 못할 구석이 감지되는지 찾는다. 별로 없길래 이렇게 얘기한다.

"우리 딸은 법대에 가고 싶어 해요. 그런데 주변에 법대 나온 사람이 없으니까 그쪽한테 물어봤을 거예요."

미라는 이 엄마의 말투에서 뾰족한 질투의 기미를 느낀다. 그녀는 그 말투를 안다. 그녀도 마야가 음악대학 교수 얘기를 꺼낼 때마다 그런 말투가 된다. 미라는 아이가 자신은 이해하지 못하는 세상에 살게 된 엄마의 심정을 이해한다.

"법대 공부에 대해서 조언을 듣고 싶어 하길래……."

"나는 조산사예요. 우리 일도 공부해야 할 수 있어요."

한나가 짚고 넘어간다.

미라는 얼굴을 붉힌다.

"알아요. 그런 뜻에서 한 얘기 아니에요. 테스는 아주 똑똑하고 야무진 아이던데요. 어머님이 가정교육을 잘 시키셨나 봐요."

한나는 코웃음을 친다.

"나한테 아부할 것 없어요. 그쪽 명함을 봤을 때 화가 났지만 요니는 아이들을 놓는 연습을 해야 한다고 하네요. 그래서 노력하는 중이에요. 헤드에 사무실이 있죠? 테스가 외지에서 공부하고 돌아오면 그쪽 회사에서 일하게 되는 건가요?"

너무 갑작스러운 질문이라 미라는 화들짝 놀란다. 대화가 이런 식으로 흘러가다니 예상치 못했던 일이다.

"그럼요. 그럼요…… 그러니까, 그만한 실력이 되면요."

한나는 법에 대해서는 눈곱만큼도 모르지만 자기 딸에 대해서는 모르는 게 없는 사람처럼 대답한다.

"우리 딸은 최고가 될 거예요."

미라는 짧게 웃음을 터뜨린다. 주여, 이 헤드 엄마의 자신감을 저에게도 허락하소서. 하지만 속으로는 그녀도 마찬가지라는 걸 안다. 미라와 한나는 공통점이 거의 없지만 그럼에도 불구하고 거의 모든 면에서 비슷하다.

"궁금한 게 있으면 언제든 우리 사무실로 찾아오라고 따님께 전해주세요."

한나는 질투는 나지만 고마워하는 표정으로 고개를 끄덕인다. 그러고는 무례하지는 않지만 그렇다고 깍듯하지도 않은 투로 묻는다.

"커피 한잔하실래요? 아니면 본론으로 바로 들어갈래요? 여길 찾아온 이유가 뭐예요?"

미라는 커피 한 잔만 달라고 하려다 불필요한 도발은 자제하기로 한다. 그래서 최대한 간단하게 설명한다.

"제 친구들이 어제 아이스링크에서 두 남자가 서로 부딪치는 걸 보고…… 걱정을 하더라고요. 아무래도 페테르는 베어타운에서 하키의 상징 비슷한 사람이고 맥의 남편도 여기서 그런 걸로 알아요. 그래서 제 친구들은 둘이 싸웠던 걸로 사람들이 오해하는 거 아니냐고 걱정하고 있어요. 그러면 더 심각한 사태를 유발할 수도 있다고. 그러다 한 친구가 두 남자에게…… 평화 홍보를 맡기면 어떻겠느냐는 아이디어를 내놓았어요. 의회에서 양쪽 구단을 없애려고 한다는 소문은 들으셨죠?"

한나는 아들의 하키스틱을 눈밭에 심으려는 것처럼 내리꽂는다.

"내가 들은 소문은 의회에서 헤드 하키단을 없애려 한다는 게 전부예요. 여기 아이스링크를 보수공사하는 비용을 부담하지 않으려 한다고."

"제 친구들이 확신하는 바로는 베어타운과 헤드, 양쪽 하키단을 모두 없애고 새로운 구단을 만드는 게 그들의 실질적인 의도라고 해요. 우리는 정치인들의 생각을 바꾸고 싶어요. 그래서 양쪽 구단을 살리고 싶어요."

한나는 의심스러워하며 코웃음을 친다.

"헤드 하키단을 살려서 뭐 하게요?"

미라는 한나를 쳐다보지도 않고 아주 크게 한숨을 쉰 다음 몸을 앞으로 숙여서 두 손으로 무릎을 짚는다.

"솔직하게 얘기할까요? 나는 사실 베어타운 하키단도 살리고 싶지 않아요! 하지만 받아들여야지 어쩌겠어요. 모두의 행복을 위해서요, 젠장!"

그녀는 화가 난 것처럼 보이고 싶지는 않다. 그냥 아주, 아주 피곤할 따름이다. 한나는 미소를 짓는다. 이보다 더 엄마다운 발언은 들어본 적이 없기 때문이다.

"남쪽 출신이에요?"

한나가 묻는다.

"네."

미라는 무릎에 손을 얹고 눈밭에 시선을 고정한 채 멍하니 대답한다.

"화를 내니까 알겠네요. 평소에는 여기 출신 같은데."

이건 엄청난 칭찬이다. 정말 엄청난 칭찬이다. 미라는 그녀를 홀 끗 올려다본다.

"조심하세요. 따님이 대학생이 되면 어느 날 집에 와서 다른 지방 억양을 쓰기 시작할 테니까."

"저런 한심한 차를 몰고 오지 않는 이상 괜찮을 것 같아요."

한나는 경멸하는 표정으로 미라의 차를 턱으로 가리키며 응수한다.

"다음번에는 튀지 않게 유리창 박살 내서 타고 올게요."

미라는 이렇게 받아친다.

한나가 듣는 사람까지 무장해제시키는 폭소를 터뜨린다. 울타리 에 몸을 기대고 한참을 머뭇거리다 용기를 내서 묻는다.

"혹시 베어타운에 사는 아나라는 여자애 알아요?"

미라는 웃음을 터뜨린다.

"알다뿐이겠어요? 우리 딸 절친이에요!"

북받쳐 오르는 감정으로 한나의 눈이 촉촉해진다.

"폭풍이 들이닥쳤을 때 걔 덕분에 숲속에서 아기를 받을 수 있었 거든요. 고맙다고 다시 인사를 전하고 싶어서요."

"아기라뇨?"

"걔가…… 걔가 얘기 안 했어요?"

"네, 하지만 아나답긴 해요."

미라는 미소를 짓는다.

"숲속에서 아기를 받을 때 도운 게요? 아니면 그래놓고 아무 말도 하지 않은 게요?"

"둘 다요."

두 여자는 조용히 웃는다. 미라는 몸을 일으킨다. 허리가 나이를 알려준다. 한나는 자기 손가락을 내려다본다.

"아나한테 아무 때나 병원으로 찾아와도 된다고 전해주세요. 내가 하는 일에 대해서 궁금한 게 있으면요."

미라는 알겠다는 듯이 고개를 끄덕인다.

"얘기 전할게요. 그 아이는 훌륭한 조산사가 될 수 있을 거예요. 그러려면…… 든든한 여자 롤 모델이 필요하죠. 많으면 많을수록 좋고요."

마침내 휴전이 맺어지면서 두 여자의 시선이 만난다.

"좋아요. 내 남편이 어떤 식으로 도와줬으면 하는데요?"

한나는 묻는다.

"지금 필요한 건 양쪽 남편이 아니에요. 당신과 나예요."

미라는 대답한다.

95
노래

캠핑카 옆에 지펴놓은 모닥불이 자지 않으려고 버티는 세 살짜리처럼 어둠속에서 깡총거린다. 벤이는 웅웅거리는 휴대전화를 들어서 본다. 아나와 마야다. 심심하다며 어디 있느냐고 묻는다. 그가 캠핑카에 있다고 대답하자 그들은 "갈게!" 하고 말하고 끊는다. 벤이는 대도시와 단둘이 좀 더 있고 싶지만, 손님을 받아야 한다면 그나마 그들이 훌륭한 선택지라고 볼 수 있다. 그는 이 두 괴짜가 보고 싶었다. 그 둘이 지금처럼, 동에 번쩍 서에 번쩍 하면서 삶을 즐기는 정신 나간 다람쥐처럼 계속 그렇게 살았으면 좋겠다. 서로를 끌어안으며 계속 웃음을 터뜨리고, 계속 등과 등을 맞대고 잤으면 좋겠다. 그들은 아나 아빠의 픽업트럭을 타고 오는데, 오는 내내 아나는 욕을 한다. 술김에 아빠가 엽총을 또 그 안에 두고 내렸기 때문이다. 마야는 아맛과 보보에게 연락해서 출동 명령을 내렸다. 그들은 내일 경기가 있는데도 안 된다고 하지 않는다. 보보는 자기 차를 길가에 대고, 아맛과 옹알이를 뒤에 거느린 채 느릿느릿 나무를 헤치고 걸어온다. 어쩔 수 없는 경우가 아닌 이상 옹알이를 빠져나가게 할 생각이 없었기에 먼저 헤드에 가서 그를 태웠다. 이 인원이 마지막으로 모인 저녁이다. 그들은 나중에 이때를 돌아보며 많이 웃을 수 있었던 데 고마워할 것이다. 이때를 떠올릴 때마다 풀 때문에 정말 짜증이 났을 때의 벤이와 아나처럼, 정말 극악무도한 말장난을 시작했을 때의 벤이와 아나처럼 폭소를 터뜨릴 것이다. 나중에 같이 볼일을 보러 간 벤이와 아맛이 각자의 나무에 기대고 서서 이렇게 얘기한다.

"네가 할로 출신이라는 걸 절대 잊지 마."

"술 취해서 하는 말은 듣지 않겠어요."

아맛은 웃음을 터뜨리지만 벤이는 그의 어깨를 움켜쥔다. 아맛은 하마터면 눈밭에 넘어질 뻔한다.

"다시 한번 말한다. 네가 할로 출신이라는 걸 절대 잊지 마. 이 마을 개자식들이 그걸 절대 잊지 못하게 해왔으니까 이제는 네가 그놈들에게 절대 잊지 못하게 해. NHL에서 뛰게 됐을 때 누가 어디에서 왔느냐고 물으면 빌어먹을 할로에서 왔다고 해, 알았어? 그럼 너희 아파트 뒷마당에서 하키 연습을 하는 그 꾀죄죄한 애들한테 얼마나 엄청난 의미가 되겠냐?"

아맛은 약속한다. 그들은 방금 오줌을 싼 나무 옆에서 서로 끌어안는다. 아맛은 그의 약속을 끝까지 지킬 것이다. 그는 캠핑카로 돌아가고 벤이는 거기 남아서 호수를 내다본다. 잠시 후에 보보가 볼일을 보러 오자 벤이는 친구가 심심하지 않게 또다시 오줌을 싼다.

"여기서 알렉산드르를 알코올중독자로 바꿔놓지 말아주면 고맙겠어. 사켈 코치님이랑 나는 이번 시즌에 저 녀석이 필요하거든!"

보보는 최대한 근엄하게 말한다.

"나는 아무것도 약속 못 해. 술이 저 녀석을 하키로부터 구할 수 도 있잖아?"

벤이는 대답한다.

보보는 배 속 깊은 곳에서부터 요란하게 웃음을 터뜨린다. 만에 하나 이 숲에 사냥감이 남아 있었더라도 그 소리를 듣고 도망쳐 버렸을 것이다.

"진짜 보고 싶었다, 친구야. 이제 어디 안 갔으면 좋겠어. 언젠가는 너랑 나랑 아맛이 페테르나 프락이나 20년 전에 함께 뛰었던 친구들처럼 될 거야. 살은 뒤룩뒤룩 찌고 돈은 많이 벌어서, 펠센에 앉아서 이 마을을 우리 것처럼 여기며 옛날 얘기를 할 거야."

벤이는 콜록거리며 담배 연기를 토한다.

"시간은 상대적인 거야, 보보. 지금이 이 순간도 이젠…… 옛날이지! 방금 네가 한 말도 이미 옛날 얘기고."

보보는 혼란스러워하며 머리를 긁적인다.

"너 그거 얼마나 피웠다 그랬지?"

"피울 만큼 피웠지!"

"이제는 어디 가지 마라, 응?"

보보는 했던 말을 반복한다.

벤이는 고개를 젓는다.

"안 돼, 안 돼, 그럴 수는 없어. 하지만 집으로 돌아오는 걸 잊지 않으려고 노력해 볼게."

"씨발, 사랑해."

보보는 조그맣게 속삭인다. 그의 가장 훌륭한 점이 있다면 농담이랍시고 "물론 *그런 식*으로 사랑하는 건 아니고"라고 덧붙이지 않는 것이다. 그는 누군가를 그냥 사랑하는 것 이상의 능력을 갖춘, 다정한 거인이다.

벤이는 미소를 짓는다.

"나도 사랑해. 하지만 *그런 식*으로 사랑하는 건 아니니까 이상한 생각은 하지 마."

보보는 다시 요란하게 웃음을 터뜨린다. 그들은 같이 캠핑카로 돌아간다. 벤이는 맥주를 집고 보보도 맥주를 집는다. 선수가 아닌 코치라서 좋은 점도 있어야 하지 않겠는가. 그들은 건배하고 서로의 눈을 들여다본다. 모든 게 완벽하다.

❄

아나가 갑자기 호수 앞으로 가서 "얼음이 웬만큼 얼었는지" 알아보겠다고 한다. 그러면서 늘 그렇듯 엉덩이를 들썩인다. 달리 할 일도 없으니 다른 친구들도 당연히 그녀를 따라간다. 마야는 벤이와 함께 뒤에 남아서 담배 한 대를 나눠 피다가 그의 팔짱을 낀다.

"선배, 행복해 보이네요. 그래서 나도 행복해."

"너도 행복해 보여."

그는 말한다.

마야는 쓰러지지 않게 그가 붙잡아 줄 거라고 믿으며 눈을 감고 심호흡을 몇 번 한다.

"나요, 결국에는 이 마을과 화해할 수 있을까요? 돌아와서 아무일도 없었던 듯이 여기서 살 수 있을까요?"

"어쩌면."

그는 말한다.

"내가 있어야 할 곳이 어딘지 모르겠어요."

벤이는 그녀의 머리칼에 가만히 입을 맞춘다.

"네가 있어야 할 곳은 10만 명의 관객이 기다리는 전 세계의 무대 위야."

마야는 이번이 마지막일 것처럼 그의 팔을 잡는다.

"벤이 선배, 뭐든 하고 싶은 대로 해요. 다치지만 말고. 그러겠다고 약속해 줘요."

그의 심장이 느리게 뛰고 피도 차분해진다. 모든 것과 화해하는 것이 가능한 일이라도 되는 듯이 그렇다.

"내가 만약 여자를 좋아했다면 너한테 반했을지 몰라."

그는 말한다.

"내가 만약 당나귀를 좋아했다면 선배한테 반했을지도 몰라!"

마야가 이렇게 받아치자 그의 온몸이 웃음으로 보글거린다.

"언제 다시 학교로 돌아갈 거야?"

잠시 후에 벤이가 묻는다.

그녀는 한숨을 쉰다.

"모르겠어요. 여기 오기 전에 모든 친구들과 사이가 틀어져서요."

"잘됐네!"

벤이는 외친다.

"잘됐다고?"

"응. 너는 화가 나고 외로울 때 더 좋은 노래를 만들잖아."

"살다 살다 그렇게 끔찍한 칭찬은 처음이다!"

"내 말이 맞는다는 거 알면서. 노래 한 곡 들려주라."

"기타 안 들고 왔거든요?"

"너 '노래'가 뭔지 모르는구나?"

벤이 짚고 넘어가자 마야는 그의 갈비뼈를 때린다.

"헛소리 좀 작작해요! 무슨 말인지 알면서! 나는 기타가 없으면 노래 못 한단 말이에요. 그게 안 돼…… 이상해."

"너의 모든 면이 이상하지."

"흥. 누가 들으면 선배가 이 우주에서 제일 평범한 사람인 줄 알겠네."

벤이는 특유의 미소를 짓는다. 그들은 아무 근심 걱정 없이 호숫가로 내려간다. 아나와 다른 친구들이 누가 제일 멀리까지 걸어가나 시합을 하고 있다. 당연히 아나가 압도적인 차이로 1등을 한다. 마야는 벤이의 어깨에 머리를 기대고 약속한다.

"노래는 내일 불러줄게요."

그녀는 앞으로 매일 밤마다 그를 위해 노래를 부를 것이다.

❄

저 멀리 어둠 속에서 남자아이 하나가 빙판 위에 서 있다. 아나와 다른 친구들이 한 걸음씩 내기하며 웃는 소리가 들린다. 발이 미끄러진 옹알이가 웃음을 터뜨리자 얼마나 행복해하는지 느껴진다. 그가 얼마나 행복해하고 있는지 누구라도 알 수 있겠다. 마테오는 분노가 온몸을 관통하게 가만히 혼자 서 있다. 그 느낌을 거의 즐긴다. 그들이 저쪽에서 캠핑카를 향해 걸어가기 시작하자 마테오는 종이 포일을 밟는 것 같은 느낌이 들 때까지 호수 안쪽으로 걸어간다. 거기서 걸음을 멈추고 양발로 단단히 빙판을 딛는다. 최대한 몸을 무겁게 만들고 침착하게 속으로 생각한다.

'이 얼음이 깨지면 내가 죽는다. 이 얼음이 깨지지 않으면 네가 죽는다.'

얼음은 깨지지 않는다.

마테오는 집으로 돌아가 옆집 창문을 넘는다. 오늘 밤, 노부부는 외출했는지 집 안이 어두컴컴하고 아무도 없길래 마테오는 온 사방을 돌아다니며 그들의 삶을 구경한다. 이런 부모 밑에서 태어났다면 그가 어떤 사람으로 자랐을지 상상한다. 침대 서랍장 위에 딱 한 명뿐인 손자 사진이 일렬로 놓여 있는데, 금발이고 사진마다 터질 듯이 행복한 표정을 짓고 있다. 가장 최근에 찍은 사진에서는 아이스하키 복장을 입고 있다. 초록색 윗도리는 조금 크고 눈빛은 희열에 젖어 있다. 가장 오래된 사진은 막 태어났을 때 찍은 것이다. 액자에 날짜가 새겨져 있다. 마테오는 그 날짜를 한참 쳐다본다. 외운다. 그런 다음 지하실로 내려가 그 날짜를 입력하자 총기 보관장 문이 열린다.

96

횃불

리샤르드 테오의 아이디어는 단순하지만 그렇다고 지나치게 단순하지는 않다. 미라와 한나, 변호사와 조산사, 양쪽 마을의 대표가 울타리를 사이에 두고 악수를 한다. 그런 다음 미라는 집으로 돌아가고 한나는 동네 주민들을 만나러 다닌다. 뒷담화를 제일 좋아하는 사람들부터 만나되 이게 누구 아이디어인지에 대해서는 함구한다. 그래야 자발적인 움직임처럼 보일 것이다.

헤드 곳곳에서 휴대전화가 울리기 시작한다. 집에 도착한 미라가 동네 주민들을 만나러 다니자 여기에서도 똑같은 현상이 벌어진다. 그 시발점이 된 말은 단순하지만 지나치게 단순하지는 않다.

의회에서 양쪽 하키단을 모두 없애고 싶어 한대요. 하키를 좋아하든 좋아하지 않든 반대해야 해요. 이 하키단을 시작으로 의회에서는 다른 모든 것에도 손을 대기 시작할 테니까. 먼저 헤드 아이스링크를 철거하고 거기에다 여기 사람들은 돈이 없어서 살지도 못할 집을 지을 테고, 머지않아 온 숲에 건물을 지을 거예요. 그러면 언제 양쪽 마을

이 하나로 합쳐졌는지 알 수가 없을 테니까 결국에는 베어타운도 헤드도 남지 않을 거예요. 처음에는 하키단을 새로 만들고 그다음에는 마을을 새로 만들 거예요. 우리가 어떤 식으로 하키를 관람할지에 대한 결정권을 정치인들에게 맡기면 조만간 우리가 어떤 식으로 살아야 하는지까지 자기들이 결정하려고 할 거예요. 저들은 우리나 우리 역사에 대해서는 아무 관심도 없어요. 이 일대를 자기들 돈주머니로 바꾸고 싶을 뿐. 저들 계획대로 되게 내버려두면 안 돼요!

이런 말을 먼저 시작한 사람이 한나인지 미라인지 아니면 다른 사람인지 아무도 기억하지 못한다. 하지만 건너 건너 모든 사람에게 전해진다. 리샤르드 테오는 자기 사무실에서 기다린다. 다른 정치인들은 퇴근했지만 조만간 우왕좌왕하며 다시 달려올 것이다. 그때쯤이면 너무 늦었을 것이다. 그들은 기회를 놓쳐버렸을 것이다. 행진에 나선 사람들이 수십 명만 돼도 충분했을 텐데 그보다 훨씬 많은 숫자가 동참한다. 지난 일주일 동안 벌어진 사건들이, 연쇄반응의 모든 자잘한 부분들이 이렇게든 저렇게든 모두에게 영향을 미친, 아주 드문 경우다.

프락은 베어타운 아이스링크 앞에 깃발을 건다. 차량 행렬이 나무 사이로 난 도로를 따라 출발한다. 직장 동료, 같은 팀원, 소꿉친구, 가족들이 꼬리에 꼬리를 물고 달린다. 나이가 가장 많은 연금 생활자에서부터 가장 적게는 유아차에 탄 꼬맹이에 이르기까지 모든 사람들에게 몇 시간 만에 메시지가 전달된 모양이다. 심지와 티무와 그의 패거리들마저 등장하는데, 그들이 검은색이 아닌 다른 색 재킷을 입은 건 처음이다. 인파에 묻히자 그들은 다른 사람들과 구분이 되지 않는다. 하키 응원단, 시민, 유권자들과. 숲이 끝나는 곳에 다다르자 다 같이 차를 세우고 내려서 한 줄로 선다. 그 많은 횃불을 입수하느라 몇 시간이 걸렸다. 막판에는 나뭇가지와 육각형 철조망으로 집에서 직접 만들었다. 잠시 후에 숲이 횃불에 휩싸인다.

편집장은 그 광경을 신문사 건물 옥상에서 아빠와 함께 본다. 리샤르드 테오는 자기 사무실 창문 앞에 혼자 서 있다. 그에게 무슨 수로 그 많은 퍼즐 조각을 딱 맞췄느냐고 묻는 사람은 없겠지만, 만일 누가 묻는다면 테오는 이렇게 대답할 것이다. "내 경험상 대부분의 사람들은 적을 한 번에 한 명씩만 상대할 수 있더군요." 그래서 그는 양쪽 마을을 서로 싸우게 하는 대신 공동의 적을 선물했다. 정치인이라는 공동의 적을. 누가 물으면 그는 "누구나 정치인을 싫어하거든요. 심지어 정치인들끼리도"라고 대답할 것이다. 하지만 묻는 사람은 아무도 없을 것이다. 이 모든 일은 너무나 자연스러워 보일 테니까. 민중운동처럼. 풀뿌리 민주주의처럼. 변화가 저절로 생겨나는 것처럼 포장하는 많은 단어들이 있지 않은가.

베어타운에서 시작된 횃불 행진은 이글거리는 뱀처럼 의회 건물을 향해 끝없이 이동한다. 인원수가 비슷한 제2의 행렬이, 헤드에서 출발한 가족과 이웃과 하키 응원단이 몇 백 미터 옆에 서서 기다리고 있다. 그들은 리샤르드 테오의 사무실 창문 바로 아래에서 만나고, 아직 퇴근을 하지 않은 정치인이 그 한 명뿐이기에 그가 맨 처음 밖으로 나가 그들을 맞이한다.

"저는 여러분의 좌절을 이해합니다. 저도 진심으로 통감합니다!"

그는 사람들이 요구사항을 제시하기도 전에 앞줄에 선 사람들에게 장담한다.

그들 대부분은 요구사항을 정식으로 작성하지도 않았다는 사실을 깨닫지 못하지만 상관없다. 리샤르드 테오가 그들을 대신해 이미 만들어놓았다. 그가 담벼락 위로 올라가 연설한다. 간단하다.

"여러분의 뜻을 알겠습니다! 다른 정치인들에게도 여러분의 뜻을 전달하겠다고 약속드리겠습니다! 저들은 하나의 팀, 하나의 마을, 결국에는 단 하나의 정당을 원합니다. 모두가 모든 사안에 대해 같은 생각을 하길 원합니다. 하지만 저는 두 개의 마을에 두 개의 하키단을 요구하는 여러분을 지지합니다. 하키를 사랑해서가 아니라 민주주의를 사랑하니까요. 누굴 사랑할지 선택하는 것도 인간의 권리이지만, 누굴 미워할지 선택하는 것도 마찬가지로 인간의 권리입니다! 협박과 위협, 심지어 수감을 감수하더라도, 어느 누구도 우리에게 무언가를 사랑하도록 강요할 수는 없습니다. 우리에게는 우리와 다른 사람들을 미워할 권리가 있습니다. 우리 자신을 보호할 권리가 있습니다. 우리의 감정과 우리의 경계선은 돈으로 살 수 있는 것이 아닙니다. 여긴 우리 마을이고 이것이 우리의 생활방식입니다. 그리고 이것이…… 우리의 하키팀입니다."

그는 이제 막 생각이 났다는 듯이 이 마지막 문장을 천천히 내뱉는다. 그의 입에서 '하키팀'이라는 단어가 나오자 베어타운 행렬 저 뒤편에서, 너무 어두워서 누군지는 보이지 않지만, 아무튼 누군가가 큰 소리로 외친다.

"우리를 잡고 싶어? 어디 와서 덤벼보시지!"

이내 헤드 주민들까지 이 구호를 큰 소리로 외친다. 예전부터 양쪽 마을 사람들이 서로를 향해 외치던 구호지만 이제는 다른 표적을 겨냥하고 있다. 우리는 한 번에 하나의 적만 상대할 수 있으니까.

당연히 의회의 다른 정치인들도 횃불 행진의 심각성을 뒤늦게 깨닫지만 그때는 이미 엎질러진 물이다. 개중 일부는 심지어 얼굴을 비치지도 않고 또 일부는 일반인인 양 군중들 속으로 섞여 들어가는 실수를 저지른다. 이렇게 그들의 시대는 끝나고 리샤르드 테오의 시대가 시작된다. 그는 미리 작성해 주머니에 넣어놓았던 연설문을 구겨버린다. 연설문 자체가 필요 없었다. 원래 리샤르드 테오는 각 하키단은 그리스 신화에 나오는 '테세우스의 배'와 같다는 내용의 연설을 준비했다. 그 배의 널빤지가 썩을 때마다 한 장씩 교체해 원래 널빤지는 결국 하나도 남지 않았을 때 철학자들 사이에서 "그래도 이전과 같은 그 배라고 할 수 있는가"라는 논쟁이 야기됐다고 말이다. 아이스링크도 기존의 널빤지가 하나도 남지 않을 때까지 한 장씩 교체되고, 코치들은 잘리고, 모든 선수들은 나이를 먹어서 젊은 신예들로 대체된다. 모든 게 바뀐다. 달라지지 않는 단 하나가 있다면 바로 응원단이다. 리샤르드 테오는 "여러분이 그 배입니다"라고 마무리를 지으려고 했지만 누군가가 "우리를 잡고 싶어?"라고 외치기 시작했다. 이 구호가 훨씬 나았다. 훨씬, 훨씬 나았다. 결국 두 마을은 횃불을 들고 양쪽으로 서서 서로를 얼마나 증오하는지를 구호로 외치며 완벽한 분리를 한마음 한뜻으로 주장한다. 어떤 정치인도 그런 해결책은 생각하지 못했을 것이다.

편집장과 그 아버지는 신문사 보도국에서 맥주를 마신다. 그들은 2~3일에 걸쳐 이 지역구의 정치인과 기업 간의 유착에 대해 보도할 계획이다. 리샤르드 테오의 가장 큰 정적인 다수당 당수에 대해, 그녀의 남편과 남동생이 어떤 식으로 수상한 관행을 저지른 건설회사에서 근무하게 되었는지에 대해. 세계 스키 선수권 대회 유치 신청과 몇 년째 논의 중인 컨퍼런스 호텔 신축 제안서에 얽힌 광범위한 의혹에 대해. 하지만 트레이닝 시설에 대해서는 일언반구도 언급하지 않을 예정이다. 권력층이 갑자기 권력을 잃을 테고 그중 일부는 철창신세를 지게 될 것이다. 원래 편집장이 염두하고 있었던 사람들은 아닐 테지만.

하지만 기사 연재는 미루어질 것이다. 그녀도 그녀의 아버지도 어느 누구도 아직은 그걸 모른다. 먼저 소개해야 하는 다른 소식이 생길 예정이라는 것은.

❋

캠핑카 근처의 숲속 어딘가에서 휴대전화가 웅웅거린다.

"선배 전화예요?"

마야가 묻는다.

"내 전화는 너랑 아나 왔을 때 꺼버렸는데."

벤이는 말한다. 그들보다 더 재밌는 시간을 보낼 사람이 없을 테니 문자에 신경 쓸 필요가 없었다.

다시 휴대전화가 웅웅거리자 마야는 웃음을 터뜨린다.

"내 전화도 아닌데! 내가 아는 사람들은 전부 여기 있으니까!"

"'횃불 행진'?"

바로 근처에서 보보가 외치는 소리가 들린다.

아나가 허리를 숙여서 _그_의 휴대전화를 들여다보고는 웃음을 터뜨린다.

"아, 말도 안 돼. 횃불 행진 소식 들은 사람 있어? 아니, 하룻밤 자리 비웠다고 난데없이 이런 일이 벌어지기 있기야?"

아맛의 휴대전화도 웅웅거리며 어머니가 문자를 보냈다고 알린다. 잠시 후에 마야의 전화기에도 레오가 보낸 문자가 접수된다. 엄마가 정신을 잃었는지 어마어마한 시위를 조직했어. 다들 그 뭐냐, 횃불을 들 거라는데? 집에 올 거야??

그래서 마야와 아나는 아나 아빠의 픽업트럭을 타고 출발한다. 마야는 그의 엽총을 들고 타야 한다. 보보가 벤이, 아맛, 대도시, 옹알이를 어찌어찌 태우고 뒤따라간다. 도착하고 보니 베어타운에는 아무도 없지만 그들은 늦지 않게 헤드로 건너가 행렬에 합류한다. 처음에는 사태 파악이 전혀 되지 않았지만 수백 개의 횃불에 급조한 현수막이 비쳐 보인다. "두 개의 마을, 두 개의 하키팀!" 온 사방이 초록색 티셔츠 천지고 멀리서 빨간색의 행렬이 보인다. 마야는 소꿉친구들과 같이 걸으며 어른이 되어야 하는 순간을 조금 유예하는 듯한 기분을 느낀다. 잠깐이나마. 그녀는 하룻밤 만에 완벽히 익숙해진다. 음악대학 친구들은 아무도 이해하지 못하겠지만 이 행진에 참여한 사람들에게 마을이란 단순히 살아가는 장소가 아니라 소속 집단이다. 하키단은 그냥 하키단이 아니라 내가 아는 모든 사람이다. 할아버지와 할머니의 구단이고 엄마와 아빠의 구단이며, 이 마을에서 술집을 운영하던 괴팍한 할머니와 서글서글한 할아버지의 구단이기도 했다. 동네 주민과 친구와 슈퍼마켓 계산대 직원과 내 차를 고쳐주는 정비사와 내 아이들을 가르치는 교사의 것이다. 변호사와 단장과 소방관과 조산사의 것이다. 하키단은 어린 시절 내내 숲속에서 같이 놀았고 등을 맞대고 잠을 청했던 친구다. 정작 그 친구는 하키를 좋아하지도 않지만. 내면의 가장 어둡고 가장 아름다운 모든 것을 담을 수 있을 만큼 커다란 미소를 지을 줄 아는, 가장 잘생기고 가장 거친 남자아이다. 하키단은 자기 자신이 아니라 우리를 위해서 경기를 펼친다. 여기 이 베어타운에 와서 경기하는 팀은 빙판 위에서 골키퍼와 다섯 명의 선수를 상대하는 것이 아니라 온 마을을 상대하게 될 것이다. 횃불이 이렇게 많은 이유가 그 때문이다. 모두가 동참했기 때문이다.

의회 건물 앞에 도착하자 어떤 나이 많은 정치인이 서로를 미워할 권리 어쩌고 하며 큰 소리로 일장연설을 늘어놓지만 밤이 끝나갈 무렵 분위기는 유쾌한 쪽에 가까워진다. 아나는 어딘가에서 맥주를 구해오고 평화롭게 조용히 맥주를 마시고 싶다며 아맛에게 픽업트럭 운전을 맡긴다. 그가 면허증이 없다고 설명하려 하자 아나는 쏘아붙인다.

"상한 우유 마실 때도 빌어먹을 경찰 배지가 필요하겠어? 페달 세 개, 핸들 한 개, 그뿐이야! 네가 남자라는 건 알지만 그렇다고 운전이 뭐 그리 어려운 일도 아니잖아."

맥주를 마시면 아나는 말이 잘 통하지 않지만 그래도 아맛은 그녀가 시킨 대로 한다. 보보가 다른 친구들을 태우고 그들을 따라가고, 먼저 집 앞에 옹알이를 내려주면서 장난삼아 온 동네가 떠나라가 "베어타운이여 영원하라!"를 외치려고 하지만 마야가 어찌어찌 말린다. 그녀는 자기 방 창문으로 돌멩이가 날아오는 사건을 겪은 적이 있기 때문에 그것이 인간에게 어떤 영향을 미치는지 안다. 옹알이가 차에서 내려 그녀를 쳐다보는데, 갑자기 눈빛이 그녀로서는 이해하지 못할 슬픔으로 가득 찬다. 어쩌면 수치심일 수도 있겠다.

"괜찮아?"

마야는 그에게 묻는다.

옹알이는 눈을 쳐다보며 수줍게 고개를 끄덕인다. 아빠의 초록색 털모자를 귀까지 눌러쓴 마야는 두 눈을 반짝이며 창문 너머로 손을 내민다.

"내일 한 골도 먹지 마, 알았지? 단 한 골도. 알아들었어?"

그는 다시 고개를 끄덕인다. 마야는 미소를 짓는다. 그들은 방향을 돌려 집으로 출발하고, 옹알이는 하고 싶었던 말을 한마디도 하지 못한 채 그 자리에 서서 지켜본다.

❄

행진이 끝난 뒤 다 같이 차를 몰고 베어타운으로 돌아가는 동안 미라는 조수석에 앉은 페테르를 돌아보며 말한다.

"오늘 밤에는 펠센을 열자. 티무랑 같이. 모두를 위해서. 다들 간절할 거야."

그래서 그들은 펠센을 연다. 인도를 따라 긴 줄이 구불구불 이어진다. 심지어 미라마저 찾아가 프락과 나란히 앉아서 맥주를 딱 한 잔 마신다. 페테르는 탄내가 나는 커피를 마신다. 티무는 웃통을 벗고 초록색 목도리를 머리에 두른 채 테이블 위에서 춤을 춘다. 오비크 네 남매는 모두 바 카운터를 지키고 있다. 벤이는 잔을 씻어서 카시아에게 준다. 그녀는 술을 마실 수 있는 나이가 됐을까 말까 했을 때부터 헤드의 라단에서 바텐더로 일한 베테랑이다. 가비는 애들에게 바닥에서 휴대전화 게임을 하게 하고 술값을 받는다. 아드리는 이리저리 돌아다니며 제일 잘하는 일, 시끄럽게 떠드는 인간들을 조용히 시키는 일을 한다.

밤이 끝나갈 무렵에는 프락 혼자 바 카운터 한쪽 끝에 앉아 있다. 그에게 지켜야 하는 약속이 하나 남아 있다. 티무에게 한 약속이다. 미라가 필요한 서류를 준비해 주었고, 프락은 비싼 시계를 전부 팔아서 마련한 돈을 봉투에 담았다. 그는 다른 손님들은 모두 집에 가고 설거지를 마친 벤이가 담배를 피우러 밖으로 나간 틈을 타서 세 자매에게 다가간다.

"사업 제안을 하나 하고 싶은데요."

헤드의 폐차장은 세상과 격리되어 있을지 몰라도 눈과 귀가 많다. 몇몇 트레일러하우스 커튼 뒤편에서 희미한 불빛이 반짝이고, 얼룩무늬 개 한 마리가 입구에서 멀지 않은 조그만 집을 향해 터벅터벅 걷기 시작하지만 하도 늦어서 중간에 길을 잃고 입구로 돌아가 다시 출발할 것만 같다. 그 집 앞에 차가 한 대 멈추어 선다. 차에서 내린 아드리는 레브가 열어줄 때까지 계속 문을 두드린다.

"네?"

"레브 씨 되시는지?"

그는 추리닝과 단추를 잘못 꿴 플란넬 셔츠를 입고 있다. 자다 일어난 모양이지만 그래도 호기심을 보인다.

"그런데요?"

"라모나가 진 빚을 갚으러 왔는데."

아드리는 말하고 프락에게 받은 돈 봉투를 건넨다.

그녀는 자기가 그 속물스러운 양복쟁이의 사업 파트너가 될 줄은, 북극 이남에서 가장 지저분한 술집을 그와 함께 매입하게 될 줄은 꿈에도 몰랐지만 인생은 놀라운 사건의 연속이다. 라모나는 유언장을 남기지 않았지만 미라가 건물주는 물론이고 은행을 상대로 그녀의 유산을 둘러싼 모든 법적인 문제를 해결했다. 이제 남은 게 하나 있다면 레브의 동의인데, 안타깝게도 그는 관심을 보이지 않는다.

"나는 돈 필요 없어요, 에? 술집을 갖고 싶은 거지."

아드리는 그의 눈을 똑바로 쳐다본다. 레브는 미친 사람 같은 그녀의 눈빛이 마음에 든다. 조카들을 닮았기 때문인데, 그들 역시 한 명도 남김없이 사이코패스다.

"우리 술집을 갖겠다고 하면, 술집을 가지는 대신 골치 아픈 일을 당하게 될 거야."

그녀는 말한다.

레브의 턱 끝이 오래된 메트로놈처럼 가만히 좌우로 움직인다. 그는 그녀의 협박을 아주 신중하게 고민하는 듯한 눈치를 보이다 추리닝 바지를 살짝 추어올리며 묻는다.

"같이 한잔할까, 에?"

그녀는 한동안 경계를 늦추지 않고 레브의 눈을 마주 본다. 아드리는 무기 없는 빈손이고 그도 마찬가지다. 그래도 그녀는 그를 따라 집 안으로 들어간다. 레브는 라벨 없는 병에 담긴 술을 따른다. 그녀는 그를 보고 묻는다.

"그보다 큰 잔은 없나?"

그는 당장 아드리에게 호감을 느낀다. 많이, 아주 많이 느낀다. 사이코 같은 여자들.

"커피 잔에 줄까, 에?"

"좋아. 그 달걀 담는 컵만 아니면 돼."

아드리는 샷 글라스를 보며 중얼거린다.

그들은 술을 마신다. 아주 많이 마신다. 서로의 실력을 가늠하는 챔피언 선수처럼 뱅뱅 돌려가며 잡담을 나눈다. 레브는 숲과 마을에 대해서, 아드리는 폐차장과 그 안에 있는 폐차에 대해서 묻는다. 한밤중에 트럭을 몰고 이곳을 주기적으로 습격해 연료와 공구에서부터 창고 안의 모든 것을 싹 쓸어가는 조직폭력배에 대해 이야기한다. 그들은 공통점이 많다. 둘 다 도둑을 질색하지만 도둑이라고 불릴 때가 많다. 그들에게는 모든 것이 흑이나 백이 아니라 회색이고, 그들은 그런 자신들의 천성을 인정한다. 레브가 사냥을 하느냐고 묻자 아드리는 밥을 먹느냐고 물은 사람 대하듯 그를 쳐다본다. 두말하면 잔소리다. 레브는 웃으며 자기는 세계 각지에서 사냥했었지만 이 나라만 예외라고 말한다.

"여긴 규칙이 하도 많아서, 에? 이 시기에 이 동물만 이 총으로 잡아야 하고, 어쩌고저쩌고……."

아드리는 씁쓸하게 웃는다. 총기 소지 자격증을 둘러싼 관료주의를 경험한 사람은 누구라도 돌아버릴 수밖에 없지만, 돌아버리면 그 자격증을 발급받을 수 없다.

"어떤 식인지 알잖아. 대도시에서 조직폭력배끼리 총격전을 벌이면 정치인들이 엽총 소지를 금지할 때가 됐다고 결정하는 거. 그 폭력배들이 우리가 쓰는 엽총을 들고 다니기라도 하는 것처럼. 그놈들이 쓰는 건 빌어먹을 밀수한 권총인데 말이지…….”

그녀는 한숨을 쉰다.

테이블 맞은편에 앉은 남자는 너그럽게 미소를 짓는다.

“이 나라에서는 사냥꾼이 제일 위험한 조직폭력배 아닌가, 응?”

레브는 술을 좀 더 따른다. 아드리는 의자에 몸을 묻는다.

“관계 당국이 보기에는 그렇겠지. 열일곱 살짜리들이 자기네 도시에서 전쟁을 벌이면 출동할 병력이 없다면서. 여기 사람들이 남는 시간에 엘크 잡으려고 소금 덩어리 뿌리고 다니면 무장한 경찰이 사냥용 오두막으로 출동해서 총기 보관장을 제대로 잠갔는지, 그렇게 신성하신 늑대의 권리를 침해하지는 않았는지 확인한다니까?”

그는 쉰 목소리로 웃음을 터뜨린다. 아드리는 하던 얘기를 멈추고 비운 잔을 쾅 하고 내려놓으며 잡담은 끝났음을 알리는 표정을 짓는다. 레브는 그녀의 뜻에 응한다.

“라모나는 나한테 돈을 빌렸어, 응? 이건 내 빚이고 내가 원하는 건 술집이야.”

아드리는 빈 잔을 내려다보며 협상을 할지 성질을 부릴지 고민한다. 후자로 마음이 기운다. 하지만 그녀가 눈을 들었을 때 얼룩무늬 개가 테라스 문 사이로 들어와 레브의 무릎에 머리를 얹는다. 그는 애정 어린 손길로 그 개를 토닥인다. 아드리는 폐차장에 약물과 총을 숨겨놨을 거라는 등 이 남자에 대한 온갖 소문을 들었지만 지금 그는 지구상에 남은 마지막 은방울꽃이라도 되는 듯 개를 대하고 있다.

“견종이 뭐야?”

그녀는 묻는다.

"어, 그걸 뭐라고 하더라? '순수 잡종'!"

레브는 빙그레 웃는다.

개는 그의 두 손바닥에 머리를 대고 잠이 든 것처럼 보인다.

"개를 잘 다루네?"

아드리는 묻는다.

"사람보다 잘 다루지. 너도 마찬가지 아닌가?"

"맞아."

그는 조심스럽게 개를 토닥인다.

"훌륭한 경비견이었어. 젊었을 때. 하지만 지금은 앞을 거의 못 봐. 소리도 거의 못 듣고. 그냥 착하기만 해. 그래도 뭐 어쩌겠나? 이 보다 더 훌륭한 친구가 없었는걸. 너는 이해하지?"

아드리는 고개를 끄덕인다. 그녀도 이해한다.

"내 견사에 훌륭한 경비견이 있어. 그보다 더 훌륭할 수는 없을 만큼. 얼마 전에 새끼를 낳았거든. 두 마리를 줄게. 원하면 내가 훈련도 시켜줄게. 하지만 돈 받고 술집은 건드리지 마. 그럼 우리 서로 계산이 끝나는 거야. 알겠어?"

레브는 미소를 지으며 한참 고민한다.

"티무는?"

마침내 그가 묻는다.

"티무는 아무 해코지도 하지 않을 거야. 내가 단속하면."

그녀는 대답한다.

레브는 폭소를 터뜨린다. 그들은 술을 좀 더 마시고 악수한다. 이렇게 해서 펠센 술집이 오비크 세 자매의 것이 되자 아드리는 맨 먼

저 가서 맥줏값부터 올린다. 라모나가 하늘나라에서 지켜보고 있었
다면 벌떡 일어나서 춤을 췄을 것이다.

97

범인

베어타운과 헤드의 이야기는 여기에서 끝날 수도 있었지만 마을을 둘러싼 이야기는 절대 끝이 나지 않는 법이다. 끝이 있는 이야기는 사람들을 둘러싼 이야기뿐이다.

마야가 케빈에게 성폭행을 당한 지 2년 하고도 6개월이 지났다. 그녀가 베어타운을 떠난 지는 2년이 지났다. 하키단을 바꾸고, 정치에 영향을 미치고, 온 마을과 숲 절반을 뿌리째 뒤흔든 이 모든 것의 시작점이 그녀의 이야기였다. 마야는 어깨에 나비 문신이 없었지만 있는 거나 다름없었다. 그녀가 루트일 수도 있었으니까. 그 둘은 여러모로 많이 닮았다.

두 사람에게는 딱 한 가지 결정적인 차이점이 있었다.

루트는 죽었고 마야는 살아 있다. 루트는 마야보다 6개월 먼저 베어타운을 떠났다. 루트는 도망쳤고 마야는 거처를 옮겼다. 루트에게는 수천 명 앞에서 기타를 치거나 캠핑카에서 절친과 등을 맞대고 자거나 한 해의 겨울이 시작되는 날 새벽에 숲속을 쩌렁쩌렁 울릴 만큼 큰 소리로 웃을 일이 없다. 루트는 잊혔다. 애초에 존재하지도 않았던 것처럼, 그녀가 겪은 일은 중요하지도 않았던 것처럼.

"세상 모든 건 둘로 이루어져 있지. 보이는 것과 보이지 않는 것."

라모나는 이렇게 얘기하곤 했다. 그녀는 루트가 누군지 몰랐다. 루트를 아는 사람은 거의 없었다. 그녀의 이야기는 그 무엇의 시작점도 아니었다. 하지만 어떤 것의 마침표가 될 것이다.

이 숲에서 우리가 딸들에게 저지르는 가장 끔찍한 실수 중 하나가 바로 루트 같은 여자아이는 이례적인 경우라고 가르치는 것이다. 당연히 그건 잘못된 생각이다. 이례적인 경우는 마야다. 보복을 눈곱만큼이라도 감행하거나 정의를 손톱만큼이라도 구현한 사람들이 자신을 '생존자'라고 지칭하는 이유가 그 때문이다. 그들은 루트 같은 여자아이들의 진실을 알기 때문이다.

※

오래전에 헤드에서 함께 자란 두 남자 꼬맹이가 있었다. 그 둘에게는 비슷한 부분이 아무것도 없었기에 서로의 유일한 친구가 되었다. 한쪽은 덩치가 제법 컸고 다른 쪽은 다소 작았다. 한 아이는 무서운 게 없었고 다른 아이는 모든 것을 무서워했다. 작은 아이는 자전거를 배울 때도 스케이트를 배울 때도 제일 느렸기 때문에 동네에서 다른 아이들에게 괴롭힘을 당했다. 큰 아이가 그 아이들을 쫓아낼 수 있었던 이유는 힘이 제일 크거나 제일 위험해서가 아니라 예측할 수가 없기 때문이었다. 동네 친구들은 작은 아이는 '모지리'

라고, 큰 아이는 '사이코'라고 불렀다. 선이 없다는 것을 그때부터 다들 알았다.

두 아이는 낮에는 숲에서 같이 놀고 저녁에는 작은 아이 집에서 영화를 봤다. 큰 아이는 작은 아이가 엄마와 단둘이 살아서 좋았다. 그의 집에는 남자 형제 넷과 성난 부모 둘이 있어서 텔레비전 소리를 들을 수가 없었다. 작은 아이는 남자 형제 넷과 부모 둘을 부러워했다. 질투는 거의 모든 아이의 숙명이다.

둘이 처음 만났을 때 큰 아이는 손을 내밀며 말했다.

"내 이름은 로드리야."

작은 아이는 그 손을 잡았지만 또 뭘 어떻게 해야 하는지 몰랐다. 그에게 이름이 뭐냐고 물어본 친구가 처음이었던 것이다. 로드리는 씩 웃었다.

"앞으로 너를 옹알이라고 부를게. 계속 옹알대니까! 상관없어! 말은 내가 하면 되지!"

옹알이에게 스케이트를 가르쳐준 친구가 로드리였다. 둘은 헤드에서 첫 하키 훈련을 같이 받았다. 옹알이에게 골키퍼라는 보직을 제안한 친구도 로드리였다.

"그럼 스케이트를 못 타도 두들겨 맞을 걱정은 하지 않아도 되거든. 골키퍼는 아무도 건드리지 않아. 온 팀원이 너를 보호할 거야! 그게 일종의 비밀 원칙이니까. 다들 너를 모지리라고 생각하더라도 빙판 위에서는 그냥 골키퍼로 대한다는 거!"

두툼한 보호 장비와 헬멧 뒤에 숨어서 그냥 함께할 수 있는 기회. 그거야말로 옹알이가 받은 최고의 선물이었다. 둘은 몇 년 동안 함께 뛰었다. 로드리는 꿈은 컸지만 재능은 별로 없었고 옹알이는 그

반대였다.

둘은 방과후에 매일 만났다. 여름방학의 모든 시간을 함께했다. 둘이서 뭐 하고 놀지 정하는 사람은 항상 로드리였다. 그는 영웅이 되는 게 꿈이라 불이 난 집에서 아이들을 어떤 식으로 구하고 피에 굶주린 살인마에게서 아무 힘 없는 여자들을 어떤 식으로 구출할지 몇 시간에 걸쳐 시나리오를 생각해 냈다. 둘은 종종 옹알이의 집 지하실에서 학교 연감을 들여다보며 어느 여자아이를 가장 구출하고 싶은지, 구출된 여자들은 어떤 식으로 감사를 표현해야 하는지 얘기를 나누곤 했다. 여자아이들은 당연히 로드리와 옹알이가 누군지 몰랐지만, 로드리는 조만간 자신들의 진가가 드러날 거라고 장담했다.

로드리가 하키를 좀 더 잘했다면 영웅이 될 수 있었을지 모른다. 하지만 그는 그저 코치가 자신에게 능력을 발휘할 기회를 주지 않는다고만 생각했다. 돈 많고 인기 있고 잘생긴 아이들이 항상 자기 대신 투입된다는 것이었다. 그건 받아들일 수 없는 불공평한 처사였다. 여자아이들이 같이 자고 싶어 하는 남자들은 모두 실력이 좋은 하키 선수였다. 그래서 어느 날 훈련 도중에 로드리는 한 팀원과 싸움을 벌였고 코치가 말리려고 하자 그에게 주먹을 날려 아래턱을 부러뜨렸다.

"저 녀석은 선이 없어. 원래 그래. 어렸을 때부터 사이코였어!"

로드리와 한동네에 사는 다른 코치가 딱 잘라 말했고 이렇게 해서 로드리는 하키팀에서 쫓겨났다. 옹알이는 그대로 남았다. 그는 하도 조용하고 차지하는 면적도 작아서 아직도 사이코와 붙어 지낸다는 사실에 아무도 신경 쓰지 않는 것 같았다. 이러니저러니 해도 옹알이는 골키퍼였고 골키퍼는 건드릴 수 없는 법이다.

로드리는 매일 저녁 계속 옹알이네 집을 찾아왔다. 훈련이 끝날 때까지 아이스링크 앞에서 그를 기다렸다. 옹알이의 실력은 점점 늘었지만 그것 역시 아무도 알아차리지 못했다. 그들이 사춘기로 접어들었을 때 어느 날 로드리가 아이스링크에 스쿠터를 타고 왔다. 형이 구해다 주었다고 했다. 그의 수중에는 담배도 있었다. 얼마 안 있어 그는 옹알이에게 온갖 약물에 대해 알려주었다. 옹알이는 약물에 손대지 않았지만, 로드리는 그의 침대에 앉아 인터넷에서 읽은 것들을 몇 시간 동안 정신병자처럼 떠들어대곤 했다. 정치, 음모론, 포르노, 총, 화학 반응. 필로폰을 직접 제조하는 것이 그의 꿈이었다. 그러면 떼돈을 벌 수 있을 테고, 로드리의 주장에 따르면 필요한 장비도 별로 없다고 했다. 옹알이의 집에서 만들면 되겠다고, 자기 집에서는 뭐든 만드는 족족 형들에게 빼앗길 거라고 했다. 그런 다음에는 초등학교 때부터 늘 그랬던 것처럼 여자 얘기를 했다. 로드리는 아직 총각 딱지를 떼지 못했지만 조만간 뗄 거라고 장담했다. 그가 여자 얘기를 하며 쓰는 단어들은 워낙 천천히, 조금씩 바뀌어서 거의 티가 나지 않았다. "그 예쁜 애"가 "그 끝내주는 애"를 거쳐 "그 쌔끈한 애"가 되었고, "그 눈이 예쁜 애"는 "그 젖퉁이 큰 애"가 되었고, "그 못된 애"는 "그 개같은 걸레"가 되었다. 그로부터 얼마 안 지나서 로드리는 옹알이의 침대 위에 앉아 학교 연감에서 가장 지저분한 걸레를 한 명씩 차례대로 짚었다. 그와 옹알이는 절대 초대받을 일 없는 온갖 파티에서 누가 누구와 잤는지 정확하게 설명했다. 로드리의 주장에 따르면 하키 선수들하고만 자는 하키 걸레가 최악이었다. 그 아이들은 이미 덩치도 제일 크고 힘도 제일 세고 인기도 제일 많으니 불공평한 처사였다. 이미 모든 걸 갖고 있지 않은

가. 어느 날 저녁, 로드리는 옹알이의 침대에서 강연을 늘어놓았다.

"좆같은 페미니즘 때문에 남자들만 일방적으로 피해받고 있어. 남자하고 여자는 생물학적으로 차이가 있는 건데. 너도 알고 있었어? 여자들은 집에서 애 낳고 집안일을 하고, 남자들은 사회생활하면서 가족을 보호하는 게 이치에 맞아. 여자들은 평등을 원한다지만 사실 그들이 원하는 건 독재야. 너도 알지? 여자들은 우리 같은 남자들을 좋아하지 않아. 우리는 루저라서. 여자들은 나쁜 남자들만 좋아해. 말로는 자유를 외치는데 생물학적으로는 지배당하길 원하거든. 천성이 그래. 자기들을 억지로 벽 앞에 세우는 남자를 원해. 집에 도둑이 드는 상상을 하는 여자들이 얼마나 많은지 알아? 복면 쓴 남자한테 당하는 상상을 하는 여자들이? 여자들은 영웅이 등장하는 꿈을 꾸지 않아. 그건 영화에나 있는 얘기야. 현실에서는 영웅이 여자를 절대 차지하지 못한다고!"

옹알이는 그의 얘기를 심각하게 받아들이지 않았다. 아니, 이해하지 못했다. 그냥 고개만 끄덕이며 친구의 비위를 맞춰주었다. 약효가 사라지면 로드리는 식은땀을 흘리다 벌벌 떨며 옹알이의 빨간색 하키팀 훈련복 윗도리를 빌려 입었다. 그러고는 옹알이의 침대 옆 바닥에서 잤다. 그는 다음 날 밤에도 거기서 잤다. 형이 어떤 남자들과 사이가 틀어져서 집이 시끄러울 수도 있다고 했다. 그는 둘째 날 밤에 잠이 들기 전에 새로운 상상의 나래를 펼쳤다. 그와 옹알이가 단둘이서 그 남자들의 행패를 막고 그들을 죽여서 영웅이 된다는 스토리였다.

다음 날 그들은 실제로 영웅이 되었다.

＊

　루트는 정확히 2년 6개월 전에, 마야와 케빈의 사건이 공론화된 직후에 이 나라를 떠났다. 그때 마야가 경찰에 신고하자 온 마을이 마야에게 등을 돌렸다. 시간이 지나면 모든 게 달라지겠지만, 그 당시에는 아무도 그럴 줄 몰랐다. 루트는 남아서 사건의 추이를 살피지 않았다. 그녀는 이미 몇 달 전에 그 비슷한 일을 직접 경험했기에 이 숲이 그녀와 마야 같은 여자아이들을 어떻게 대하는지 알았다.

　쏘고, 덮고, 쉿.

　멀리 떠나 있던 2년 6개월 동안 루트는 크게 두 가지 이유에서 자신을 혐오했다. 끔찍한 부모님과 함께 그 끔찍한 집에서 살도록 동생 마테오를 혼자 남겨두었다는 이유와, 깜빡하고 일기장을 들고 오지 않았다는 이유로. 부모님에게 소재를 들킬까 봐 마테오에게 감히 연락할 수는 없었다. 그녀는 떠나는 바로 그날까지 일기를 썼고, 떠난 순간에는 그걸 가지러 다시 돌아가기에는 이미 늦어버렸다. 그 일기장을 찾은 사람이 있을까? 있다면 남동생은 아니길 바랐다. 동생만큼은 자전거를 타고 컴퓨터게임을 하며, 사악한 인간들이란 만화책에서나 볼 수 있는 순수한 어린 시절을 보낼 수 있길 바랐다. 그녀는 날마다 마테오가 열여덟 살이 되려면 몇 주 몇 달이 남았는지 셌다. 그때가 되면 돌아가서 데려와야 하는데 시간이 없었다. 여섯 살이라는 나이차가 너무 컸다. 그리고 동생이 그녀와 함께 떠나고 싶어 하지 않을 수도 있지 않을까?

그들 남매는 어렸을 때부터 서로 끔찍이 아꼈지만 공통점은 별로 없었다. 게다가 마테오는 루트가 누리지 못한 것을 누렸다. 어머니의 사랑. 어머니는 마테오가 가는 곳이라면 어디든 따라다녔고, 루트는 어머니를 견딜 수 없었기에 최대한 거리를 두었다. 그녀는 어머니와 온갖 노이로제를 견딜 수가 없었다. 퀴퀴한 냄새를 병적으로 혐오해 온 집 안을 냉장고가 될 때까지 환기하는 것도, 동네 사람들이 그들을 염탐한다고 확신하는 것도, 그 일대를 돌아다니는 개들은 동물로 변신한 악마라며 무서워하는 것도. 나열하자면 한도 끝도 없었다. 아버지는 다른 방에서 책만 읽었다. 몸은 같이 있었을지 몰라도 정신적으로는 점점 멀어졌다. 탈출하기 위해서 정신병을 만들어 내고 있기라도 한 것처럼. 루트는 그 능력이 가증스러운 동시에 부러웠다.

주말마다 그들은 루트네처럼 남들과 다른 가족들로 득시글거리는 교회에 갔다. 그들은 모두 원칙도 많고 금기 사항도 많고 아이들에게 무서운 하느님에 대해서만 이야기할 뿐 사랑의 하느님에 대해서는 절대 언급하지 않았다. 하루는 루트가 어머니에게 소리를 지른 적이 있었다.

"엄마는 우리가 하느님의 종복이 되어야 한다지만 종복이라는 말은 노예를 다르게 부를 때 쓰는 단어예요!"

엄마는 히스테리 발작을 일으켰다. 몇 년이 지난 뒤에도 루트는 그 발작이 진짜였는지, 연극이었는지 단언할 수 없었다. 그래도 후회하지는 않았다. 그 때문에 마테오가 심란해진 게 싫었을 뿐.

그녀는 등 뒤로 문을 쾅 닫아가며 집을 박차고 나왔지만 그날 저녁에 다시 들어가야 했다. 그때는 도망칠 데가 없었다. 학교 친구도 없었다. 같은 학교 여자아이들은 모두 완벽한 옷차림과 완벽한 부모와 완벽한 인생을 갖춘 완벽한 인형이었다. 루트가 지나가면 뒤에서 키득거리며 "쟤네 가족은 사이비종교 집단"이라고, "다들 또라이"라고 수군댔다. 결국에는 그게 흔한 일상으로 자리 잡아서 더 이상 상처가 되지도 않았다. 루트는 거치적거리지 않는 투명 인간으로 지내는 데 전문가가 되었고 어떻게든 버티다 열여덟 살이 되면 멀리 떠나서 다른 삶을 선택하겠다는 일념으로 지냈다. 그러던 어느 날 처음으로 진정한 친구가 생기면서 모든 게 달라졌다. 친구가 생긴 곳은 아이러니하게도 교회였다. 얼마 전에 헤드로 이사 온 가족이 교회를 찾았는데, 그 집 딸이 루트와 동갑이었다. 이름은 베아트리체였다. 둘은 단박에 죽고 못 사는 사이가 되었다. 둘은 공통적으로 원칙과 금기 사항을 증오했고, 맞지 않는 세상에서 살고 있는 듯한 느낌에 시달렸다. 루트는 기회가 생기자마자 버스를 타고 헤드로 놀러가기 시작했다. 베아트리체의 부모님이 집을 비우면 둘이서 같이 음악을 듣고 화장을 하고 부모님이 알면 절대 허락하지 않을 영화를 보았다. 그때가 루트의 인생을 통틀어 가장 행복했던 시기였다. 사춘기 시절에 만난 그런 친구는 다시는 만날 수 없는 법이다. 평생 단짝으로 지낸다 해도 마찬가지다. 절대 그때와 같을 수가 없다.

그들이 열여섯 살이 됐을 때 베아트리체가 헤드에서 열리는 어느 파티의 초대장을 입수했다. 그들은 다른 친구들처럼 술을 마시고 담배를 피웠고, 루트는 난생처음으로 평범해진 듯한 기분을 느꼈다. 그녀는 심지어 어떤 남자아이와 입을 맞췄고 컴컴한 방 소파에 단둘이 있게 되었다. 그는 섹스를 하고 싶어 했지만 세워야 할 것을 세우지 못했다. 루트가 그걸 보고 긴장이 돼서 웃음을 터뜨리자 그는 버럭 화를 내며 뛰쳐나가 버렸다. 다음 날 루트는 그가 그녀와 같이 잤는데 영 한심하더라고 온 학교에 소문을 냈다는 사실을 베아트리체를 통해 들었다. 이렇게 해서 루트는 남자들에게는 진실이 중요하지 않다는 것을 알게 됐다. 그녀가 헤드에서 열리는 파티에 참석했다는 소문이 베어타운의 학교에까지 전해지자 완벽한 여자아이들은 그녀를 '헤드의 걸레'라고 불러야 할지 '사이비 날라리'라고 불러야 할지 한동안 고민에 빠졌다. 그녀의 열일곱 번째 생일에 베아트리체는 그런 소리를 듣고 다니지 말라며 성능이 좋은 헤드폰을 사주었다. 그날 저녁에 그들은 숲속에서 단둘이 독주를 마셨고 베아트리체는 루트의 귀에 대고 들뜬 목소리로 나지막이 쏘아붙였다.

"아, 취하니까 존나 기분 째지잖아! 씨발, 오줌이 마렵네! 나 낙타처럼 오줌 쌀 거야!"

루트는 바닥에 데굴데굴 구르며 깔깔대고 웃었다. 그녀에게 베아트리체 같은 친구는 한 명뿐이었다. 아무도 이해하지 못하겠지만.

다음 날 학교 수업을 마치고 집으로 가는 길에 갑자기 날아든 문자메시지를 본 루트는 공포로 피가 차갑게 식어버렸다. **부모님한테 아지트를 들켰어!! 우리 부모님이 너희 부모님한테 연락했어!!!!!!** 루트는 남은 길을 달려갔지만 이미 엎질러진 물이었다. 어머니가 그녀의 방을 샅샅이 뒤져 모든 걸 찾아냈다. T팬티, 담배, 피임약. 어머니가 그중 무엇을 가장 천벌 받을 물건이라고 생각했을지는 알 수 없었다. 하지만 베아트리체의 경우에는 사태가 더 심각했다. 아버지가 휴대전화를 뒤져서 남자아이들에게 받은 문자를 모두 읽은 것이었다. 일주일 만에 베아트리체는 1000킬로미터나 멀리 떨어진, 이보다 더 작은 마을에서 친척과 살게 됐다. 루트는 학교 여자애들 말이 맞는 게 아니었을까 하는 생각을 하지 않을 수가 없었다. 그들의 부모는 정말 지랄 맞은 사이비종교 집단이지 않을까.

❋

늘 그렇듯 그건 로드리가 생각해 낸 거였다.

"우리 스쿠터 타고 베어타운 가자! 가서 베어타운 걸레를 찾아보자! 베어타운 여자애들은 헤드 남자를 좋아하는 거 알지? 베어타운 남자애들은 자지가 콩알만 하거든. 유전적으로!"

옹알이는 가고 싶지 않았지만 싫다고 하고 싶지도 않았다. 친구가 그렇게 신나 하는데, 찬물을 끼얹고 싶지 않았다. 그래서 그들은 헤드 출신이라는 걸 한눈에 알 수 있도록 빨간색 점퍼를 입고서 베어타운으로 출발했다. 두말하면 잔소리지만 여자애는 찾지 못했다. 둘은 너무 추워서 호수 근처 숲속 길가에 스쿠터를 세워놓았다. 로드리는 맥주를 마시며 인터넷에서 읽은 정보를 떠들어댔다. 그 무렵에는 관심사가 종교라 종교에 대해 쉴 새 없이 떠들어댔다. 훨씬 나중에 옹알이는 그게 로드리의 가장 큰 문제점이 아니었을까 하는 생각을 하게 될 것이다. 너무 똑똑했다는 것이. 그 똑똑한 머리에도 불구하고 그런 끔찍한 짓들을 저지를 수 있었다는 것이.

밤이 이슥해지기 시작했고 어둠이 깔리자 추위가 한층 더 살을 도려내는 듯했다. 스쿠터를 돌려서 헤드로 돌아가려고 했을 때 옹알이가 호수를 내려다보았다가 빙판 위에 있는 어린애를 발견했다. 그위에 서 있는 게 아니라 겁에 질려서 자기 체중을 최대한 분산하느라 대자로 누워 있었다. 그보다 나이 많은 애들 몇 명이 호숫가에서 소리를 지르며 그 아이를 놀려대고 있었다. 옹알이는 달리기 시작했다. 처음에 어리둥절했던 로드리는 곧 이 상황이 영웅이 될 수 있는 기회라고 여겼다.

"이 새끼들, 뭐 하는 거야?"

그는 고함을 질렀다. 호숫가에 있던 아이들이 도망치자 그는 따라가서 다 죽여버리고 싶었지만 옹알이가 말리며 빙판 위에 누워 있는 아이를 가리켰다.

점퍼와 티셔츠를 묶어서 밧줄을 만들자고 한 건 로드리의 아이디어였다. 옹알이가 더 가벼웠기에 납작 엎드리고 기어가서 아이에게 밧줄을 던져주었다. 그런 다음 둘이서 밧줄을 잡은 마테오를 안전한 곳으로 끌어당겼다. 아이는 추위와 공포로 이를 딱딱 부딪치느라 거의 아무 말도 하지 못했지만, 그들은 어찌어찌 아이의 이름과 집이 있는 방향을 알아내는 데 성공했다. 옹알이가 아이의 자전거를 탔고, 로드리는 아이를 뒤에 태우고서 스쿠터로 천천히 따라갔다.

집에는 마테오의 누나밖에 없었다. 그녀가 달려 나와 동생을 숨막힐 정도로 세게 끌어안았다. 그러고는 빨간 점퍼를 입은 남자들에게 진심을 담아서 감사의 뜻을 전했다.

"루트예요!"

그녀는 손을 내밀며 자기 이름을 밝혔다.

"로드리예요!"

로드리는 미소를 지었다.

3년 뒤에 그녀는 몇천 킬로미터 멀리 있는 나라에서 죽는다. 그는 가본 적 없는 나라에서. 하지만 마테오는 그래도 누나를 죽인 살인범이 그라는 걸 안다.

98

돌멩이

어느 공동체마다 희한한 이름으로 불리는데 모두가 출처를 잊은 그런 공간들이 있다. 베어타운에 있는 '할로'와 '하이츠'는 처음에는 지형에서 유래된 별명이었겠지만[○] 언제부턴가 도로 표지판에 쓰이는 정식 명칭으로 바뀌었다. 나중에는 어쩌다 그렇게 됐는지 또는 그게 누구 발상이었는지 아무도 기억하지 못하게 됐다.

토요일 아침 일찍, 누군가가 세게 하지만 귀에 거슬리지는 않게 안데르손 가족이 사는 집의 현관문을 두드린다. 그 나무문을 두드리는 주먹의 주인은 거의 이길 뻔했다가 진 사람이지만 그래도 그녀는 자부심을 가지고 등을 꼿꼿하게 편다.

페테르가 문을 열자 갓 구운 크루아상 냄새가 편집장을 강타한다. 종이 상자를 안고 있던 그녀는 그 냄새에 페테르만큼이나 놀란 표정을 짓는다.

"안녕하세요. 어쩐 일로……."

○ '할로'는 움푹 꺼진 곳, '하이츠'는 높은 곳이라는 뜻이다.

페테르는 인사를 건넨다.

그들은 초면이지만 그는 그녀가 누군지 안다. 숲이 별로 그렇게 넓지 않다.

"이걸 드리고 싶어서요."

그녀는 딱딱하게 말하며 상자로 그의 가슴을 찌른다.

생각보다 상자가 가볍다. 페테르가 덮개 사이로 들여다보니 서류가 가득 들어 있다.

"이게 뭔지……."

편집장은 소리를 꽥 지르지 않으려고 천천히 숨을 쉰다.

"훌륭한 친구분을 두셨더라고요, 페테르 씨. 영향력 있는 친구분들을. 나는 이 외딴 마을의 부패상을 혐오하는데, 이제는 나도 그 일부분이 된 것 같네요. 리샤르드 테오가 당신에게 이걸 갖다주라더군요. 우리 신문사에서 당신 기사를 쓰지 않는다는 걸 확실히 알 수 있게. 우리가 당신과 베어타운 하키단에 대해 파헤친 게 모두 이 안에 들어 있어요."

페테르는 상자를 내려다본다. 그녀는 그가 아무것도 모르는 척하거나 화를 내리라고 생각하고, 자신의 자존감을 위해 후자이길 바란다. 그런데 그는 촉촉해진 눈을 깜빡이며 이렇게 묻는다.

"그러니까 이게 다 내 잘못이라는 거로군요?"

편집장은 자기도 모르게 계단 위에서 몸을 꼼지락거린다.

"네…… 뭐, 그렇게 볼 수도 있겠죠. 어쨌거나 나는 당신의 인생을 망가뜨릴 필요가 없게 돼서 어떤 면에서는 기뻐요. 따님이 끔찍한 일을 겪었다는 걸 알거든요. 당신은 좋은 아빠 같아 보이니 당신에게도 끔찍한 시간이었겠죠. 또 이 마을의 젊은 친구들을 위해서도 좋은 일을 많이 한다고 들었어요. 그러니까 그걸로…… 퉁치면 되겠네요."

페테르는 편집장의 눈을 보고 진심이 아니라는 걸 안다. 그녀는 여전히 그의 죄를 까발리고 싶어 한다. 그를 감옥에 보내고 싶어 한다. 그는 사기를 쳤고 그녀는 그런 걸 절대 그냥 넘어가지 못하는 성격이다. 편집장이 몸을 돌려서 차를 세워놓은 곳으로 돌아가려는데, 그가 갑자기 큰 소리로 외친다.

"혹시…… 징역을 살지 않아도 죄의 대가를 치르는 게 가능하다고 생각하지 않나요?"

그녀는 어깨 너머를 돌아본다.

"그게 무슨 뜻이에요?"

페테르는 누가 봐도 심란해하는 표정으로 헛기침을 한다.

"내 죄가 뭔지 알아요. 못 본 척했던 거. 묻지 않았던 거. 뭔가가 이상하다는 걸 못 느끼는 척했던 거. 관여하지 않았던 거. 계속…… 침묵했던 거."

편집장은 차가운 숨을 깊게 들이마신다. 흥분이 가라앉는 것 같기도 하다. 그의 고백이 정의 구현 같기도 하다. 어쩌면 이걸 승리로 여길 수 있을 것 같기도 하다.

"당신네 구단에서 하는 말이 있죠? '천장은 높고 벽은 두껍다'?"

그녀는 묻는다.

"네. 내가 그걸로 벌충할 수 있을까요? 벽을 얇게 만드는 걸로?"

페테르는 진심으로 궁금해한다.

대화가 이런 식으로 흘러갈 줄은 몰랐다. 편집장은 무슨 생각을 해야 할지, 어떤 말을 하면 좋을지 고민하다가 결국 이렇게 말한다.

"우리 아빠는 역사를 좋아해요. 그중에서도 중세 역사를. 내가 어렸을 때부터 휴가 여행을 가면 꼭 교회를 보러 가서 거기 쓰인 모든 돌에 대해 설명해 주셨어요. 사제들이 끔찍한 죄를 지은 부자들에게 대성당을 지으면 죄 사함을 받을 수 있다고 했다고 얘기하셨던 게 기억나네요. 물론 말도 안 되게 으리으리한 건축 사업의 자금을 대도록 하려고 사제들이 꼼수를 쓴 것에 불과했고, 요즘 시대에 하키단에서 의회를 이용해 아이스링크를 짓는 것과 아주 다르다고 볼 수 없지만, 어렸을 때는…… 뭐랄까…… 음…… 멋지다고 생각했거든요. 그 권세가들이 생의 마지막에 이르러 돈을 돌로 바꿈으로써 자신을 낮추어야 했다는 것이."

페테르는 가만히 서서 상자를 내려다본다. 눈물이 그 안으로 천천히 흘러내린다.

"고마워요."

편집장은 입술을 깨문다. 그러고는 조그맣게 속삭인다.

"부끄럽지 않게 사세요."

그녀는 분노의 눈물이 고인 눈으로 갓 구운 크루아상 봉지를 조수석에 싣고서 사라진다.

99

피해자

베아트리체가 사라지자 루트는 다시 혼자가 되었다. 이번에는 혼자가 아닐 때의 느낌을 알기에 전보다 더 끔찍했다. 부모님은 창피해서 어쩔 줄 몰라 하며 이제는 루트를 교회에 끌고 가지도 않았다. 아마 자기들도 딸을 멀리 보낸 척하고 싶어서였을 것이다. 그게 당연한 수순이었으니까. 교회에서 하는 자선행사에 참석할 때는 마테오도 집에 두고 갔다. 다른 마을의 교회 신도들도 참석할 텐데, 그가 누나의 진실을 얼결에 흘릴 수도 있기 때문이었다. 단둘이 집에 남겨지는 날이면 루트는 동생에게 몰래 숨겨놓은 컴퓨터를 빌려서 베아트리체에게 메시지를 보냈다. 마테오는 이제 겨우 열한 살밖에 안 됐는데도 컴퓨터에 옆집 와이파이를 연결해 놓았다. 무슨 수로 비밀번호를 알아냈느냐고 루트가 신기해하자 그는 어깨를 으쓱하며 거의 대부분 아이나 손자 이름을 쓰기 때문에 옆집 사람들 이름을 인터넷에서 검색한 다음 맞는 게 나올 때까지 온갖 조합을 시도해 보았을 뿐이라고 했다.

"너 천재다!"

루트의 말을 듣고 그는 얼굴을 붉혔다. 그러고는 누나가 베어트리체와 조용히 대화를 나눌 수 있게 나가서 자전거를 탔다. 마테오는 누나가 원하는 게 그거라고 생각했다. 그는 방해만 될 뿐이었다. 누나는 그가 집에서 나가는 것도 알아차리지 못했다.

몇 시간 뒤에 마테오가 꽁꽁 얼어붙고 겁에 질린 모습으로 모르는 남자의 스쿠터 뒤에 실려서 돌아오자 루트는 놀라서 밖으로 뛰쳐나와 그를 으스러져라 끌어안았다. 빨간 점퍼를 입은 남자들이 무슨 일이 있었는지 알려주었다. 그 둘은 친절해 보였지만 조금 이상했다. 한쪽은 입을 다물 줄 몰랐고 다른 쪽은 입을 열 줄 몰랐다. 한쪽이 로드리라고 자기 이름을 밝히며 친구는 말수가 없어서 옹알이라고 불린다고 했다.

"하키 선수예요?"

루트는 그들이 입은 점퍼를 턱으로 가리키며 물었다.

"네!"

로드리는 잽싸게 대답했다.

"안타까워라. 나는 하키 선수라면 지긋지긋한데."

루트는 미소를 지었다. 로드리는 그 자리에서 그녀의 포로가 되었다.

이후로 며칠 동안 그는 스쿠터를 몰고 헤드에서 건너와 루트의 집 앞을 왔다 갔다 했다. 부모님이 일종의 광신도라는 소문을 들었기 때문에 감히 현관문을 두드리지는 못하고 그 앞을 왔다 갔다 하며 그녀가 봐주길 바랐다. 계속 못 본 체하던 그녀가 어느 날 몰래 집에서 빠져나왔다. 로드리는 루트를 태우고 헤드 바로 외곽의 숲으로 갔다. 그와 옹알이가 아지트로 꾸며놓은, 아무도 살지 않는 판잣

집이 있는 곳이었다. 옹알이는 거기서 만화책을 읽었고 로드리는 루트가 한 번도 시도해 본 적 없는 약을 주었다. 그녀가 구역질하자 그와 옹알이가 챙겨주었다.

"그냥 적응하느라 그런 거야. 걱정 마. 금방 지나갈 거야."

로드리는 조그맣게 속삭이며 거기에 토사물이 묻지 않게 머리칼을 가만히 잡아주었다. 이후에 그는 집까지 태워다 주었고, 그녀가 스쿠터에서 내리자 입을 맞추려고 했고, 그녀가 거부하자 비명이 나올 정도로 세게 손목을 잡았다.

"비싸게 굴겠다 이거지? 좋았어."

루트는 딱히 대꾸할 방법도 없는데다 그 모든 것에 넌더리가 났고 아직 너무 어지러웠기 때문에 그냥 집에 들어가서 잠을 잤다.

그 이후로 로드리가 문자를 보내기 시작했다. 어떨 때는 하루에 50통씩 보내니 어쩌면 좋을지 알 수가 없었다. 그녀는 베아트리체에게 조언을 구했지만 베아트리체는 남자들이 가끔 그럴 때가 있다고 하고는 그만이었다. 너무 밝힐 때가 있다고 말이다. 그게 뭐 그렇게 이상한 것도 아니잖아? 괜찮은 남자 같은데. 그냥 여자들을 대하는 법을 모르는 거 아닐까?

루트로서는 미심쩍었다. 그로부터 며칠 뒤에 날이 너무 추워지자 집까지 걸어가는 대신 버스를 타고 가기로 했다. 완벽한 여자아이들이 정거장에서 버스를 기다리고 있다가 그녀가 보이자 키득거리기 시작했다.

"옷 예쁘다. 그거 사이비 교회 유니폼이야?"

한 아이가 이렇게 말하자 다른 아이들이 웃음을 터뜨렸다.

"다른 남자들이 관심 갖지 않게 하려고 아빠들이 딸들에게 저런 옷을 입힌다잖아. 그러다가 자기들이 따먹으려고."

또 어떤 아이가 이렇게 선언하자 다들 아까보다 소리는 작지만 더 히스테릭하게 키득거렸다. 루트는 쥐구멍으로 숨고 싶은 동시에 그들의 얼굴을 잡아서 버스 정거장 유리창에 들이박고 싶었다. 그때 누군가가 도로에서 부르는 소리가 들렸다. 고개를 들어보니 로드리였다. 그가 이번에는 스쿠터 대신 크로스 오토바이를 타고 있었다 (적어도 루트가 알기로는 크로스 오토바이였다). 그의 말로는 형에게 받았다고 했다.

"헤드에서 파티가 열리는데 같이 갈래?"

그가 물었다. 루트는 완벽한 여자아이들을 보았다. 다들 로드리를 보고 무서워서 겁에 질린 표정을 짓고 있었다. 그래서, 그 바보 같은 표정을 보고 싶어서 그녀는 오토바이 위에 올라탔고 그는 굉음과 함께 내달렸다.

로드리는 파티에 초대받지 않았지만 헤드 하키팀은 모두 초대를 받았고 옹알이가 같이 있었으니 아무도 문제 삼지 않았다. 엄청 넓은 집에 사는 부잣집 아이가 연 파티였다. 술에 떡이 되도록 취한 아이들이 너무 많아서 일단 들어가기만 하면 누가 누군지 아무도 신경 쓰지 않았다. 로드리는 루트에게 계속 술을 먹였다. 그가 술에 뭘 넣는지 그녀는 보지 못했다. 기분이 이상해지기 시작했다. 그가 그녀의 귀에 대고 예쁘다고 속삭였다. 사랑한다고 했다. 그녀를 기분 좋게 만들어주고 싶다고 했다. 그들이 어쩌다 그 방에 들어가게 됐는지, 거기가 파티가 열린 그 집이었는지 그것조차 알 수가 없었다. 그가 옷을 벗기기 시작하자 그녀는 싫다고 소리를 질렀다. 그만하라고 소리를 질렀다. 하지만 음악 소리가 너무 요란했고 그는 너무 무거웠다. 그녀는 그대로 정신을 잃었다. 얼마나 지났는지 모를 시간 뒤에 눈을 떠보니 알몸이었다. 눈이 계속 화끈거렸다. 너무 참담했다. 하지만 엉금엉금 도망치려 하자 그가 목을 조르며 그녀와 남동생을 죽여버리겠다고 나지막이 쏘아붙였다. 그녀는 공포로 그 자리에서 얼어버렸다. 그녀의 입장에서 성폭행은 끝없이 반복됐지만 그의 입장에서는 시작조차 한 적이 없었다. 그는 자기가 성폭행범이라는 사실을 죽을 때까지 모를 것이다. 자기가 영웅인 줄 알 것이다.

로드리가 마침내 숨을 토하고 신음하며 몸에서 힘을 풀자 루트는 그 틈을 놓치지 않고 온 힘을 다해 그를 발로 차고 벌떡 일어났지만 약 기운이 가시지 않아 일어설 수조차 없었다. 비틀비틀 문을 향해 걸어가며 블라우스 단추를 채우고 팬티를 입었다. 뒤에서 그의 소리가 들렸지만 웃는 건지 뭔지 알 수가 없었다. 이후에 그녀는 그 방이 어떻게 생겼는지, 그 안에 얼마나 있었는지는 설명할 수 없었지만 계단 근처의 좁은 복도로 나왔을 때 옹알이가 거기 서 있었던 것만큼은 절대 잊을 수가 없었다. 누가 봐도 경악하며 부끄러워하는 눈빛을 짓고 있었다. 분명 그녀의 비명을 들었을 텐데 무서워서 그냥 손을 놓고 있었던 것이다. 로드리가 자기 욕구를 채우는 동안 그녀가 그 방에서 그랬던 것처럼 옹알이는 이 자리에서 그냥 얼어붙었던 것이다.

루트는 그냥 내달렸다. 머릿속은 빙빙 돌고 심장은 쿵쾅거리고 다리는 휘청거렸다. 1층으로 내려가 보니 파티는 아직 끝나지 않았다. 누군가가 그녀를 향해 휘파람을 불었다. 다른 누군가는 "방금 한판 하고 나온 건가? 멋진데! 한판 더 뜰래?" 하고 외쳤다. 그녀는 취한 고등학생들 사이를 다급하게 헤집으며 나왔다. 그 집에서 탈출한 다음에서야 자기가 반쯤 벌거벗은 상태라는 것을 알아차렸지만 매서운 추위에서 후련함을 느낄 수 있었다. 쌀쌀한 기운이 그녀를 감쌌다. 집까지 걸어가는 동안 이가 너무 심하게 떨려서 울 수조차 없었다.

＊

루트는 일기장에 이렇게 썼다.

초등학교에 입학하고 쉬는 시간에 남자아이들이 우리 여자들을 때리고 머리를 잡아당겨서 어른을 찾아가 도움을 청하면 그들은 이렇게 말한다. 너를 좋아해서 그러는 거라고!! 그들은 그런 식으로 남자아이들에게 우리를 마음대로 해도 된다고 가르친다. 나이를 먹어서 그들에게 성폭행을 당해도 그게 칭찬인 줄 모르다니 우리더러 멍청한 걸레라고 한다. 그들이 우리를 때리고 죽여도 그게 다 우리를 좋아해서 그러는 건데 왜 이해하지 못하느냐고 한다.

다음 장에는 이렇게 썼다.

그날 헤드에서 그 아이와 아무 일이 없었는데도, 그 아이가 나와 잤다고 동네방네 소문을 냈으니 나는 이미 걸레였다. 그리고 걸레에게는 성폭행을 당한다는 말이 성립되지 않는다.

거의 끝장에는 이렇게 썼다.

부모님마저 나를 믿어주지 않는데 무슨 희망이 있을까? 무슨 수로 경찰을 설득할 수 있을까? 무슨 수로 누구든 설득할 수 있을까? 로드리 손에 죽기 전에는 아무도 내 말을 믿지 않겠지.

마지막 장에는 떨리는 글씨체로 이렇게 적었다.

부모님들은 항상 딸들을 단속하려고 한다. 짧은 치마도 입지 말고, 혼자 나다니지도 말고, 술에 취하지도 말고, 남자들의 애간장을 너무 녹이지도 말라고. 하지만 그렇게 일러주지 않아도 우리는 이미 전부 알고 있다. 성폭행을 당하는 쪽은 우리니까!! 우리 말고 빌어먹을 아들들을 교육시키란 말이다!!! 서로 나무라고 서로 말리라고. 여자애 머리를 잡아당기는 남자애한테는 문제가 있다고 생각하는 남자 교장이 한 명이라도 있으면 씨발, 얼마나 좋을까. 원하지 않는 여자아이와 섹스를 한 게 아닌가 하는 생각이 들면 그 짐작이 맞는 거라고 아들들에게 알려주기 바란다!!! 지금 섹스를 하고 있는 여자아이가 이걸 원하는지, 원하지 않는지 잘 모르겠으면 지금까지 원하지 않는 여자아이와 섹스를 해왔던 거라고. 더는 딸들을 단속할 필요가 없다. 우리는 이미 전부 알고 있으니까.

❄

다음 날 아침에 루트는 이러다 죽는 게 아닐까 싶을 만큼 심하게 아팠다. 차라리 죽고 싶었다. 뇌에 염산을 부어 어젯밤의 기억을 모두 지워버리고 싶었다. 그의 숨소리와 온 사방을 더듬던 손과 그녀의 몸속에 들어왔던 것까지. "사랑해." 로드리는 이렇게 속삭였다.

"비싸게 굴지 마! 너도 하고 싶어 한다는 거 아니까! 경험이 없는 것도 아니잖아!" 그는 이렇게 나지막이 쏘아붙인 뒤에 루트와 마테오를 죽여버리겠다고 협박했다. 그 말을 듣고 그녀는 가만히 누워 있었다. 그저 목숨만 부지하려고 했다.

다음 날 점심시간 직후에 그녀는 첫 번째 문자메시지를 받았다. 어제 고마웠어 예쁜아!! 이해가 되지 않았다. 지금 놀리는 건가? 협박하는 건가? 문자메시지가 또 왔다. 사랑해. 오늘 저녁에 만날까? 쪽쪽!! 몇 시간 동안 계속 알림이 울리자 루트는 아직 남은 현기증과 숙취를 달래며 휴대전화를 집어서 답을 보냈다. 나는 하고 싶지 않았어. 취해서 그랬지. 씨발, 하고 싶지 않았다고. 그가 답을 보냈다. 작작해라!! 하고 싶었으면서! 내가 별로였어? 연습할게!!! 우리 아지트로 와. 다시 해보자!!! 그녀는 답을 보냈다. 꺼져, 이 변태 새끼야. 경찰에 신고할 거야.

몇 분 동안 그녀의 휴대전화가 잠잠했다. 그러다 사진이 한 장 왔다. 또 한 장 왔다. 사진 속의 루트는 옷을 입고 있었지만 그 사진을 찍힌 직후에는 그렇지 않았다는 것을 그녀도 알고 있었다. 사진을 보내고 1분 뒤에 로드리가 전화했다. 처음에 루트는 전화를 받지 않았지만 그는 루트가 전화를 받을 때까지 계속 걸었다. 그리고는 자동화 기기의 음성처럼 아무 감정 없는 목소리로 이렇게 말했다.

"그럼 네 벌거벗은 사진을 인터넷에 쫙 뿌릴게. 네가 어떤 걸레인지 모르는 사람이 없게."

루트가 그 침대에서 눈을 떴을 때 본 불빛이 그거였다. 그가 정신을 잃고 쓰러진 그녀의 사진을 찍은 거였다.

루트는 숨을 쉴 수가 없었다. 아무것도 생각할 수가 없었다. 그러면 무슨 도움이라도 될 것처럼 휴대전화 전원을 끄고 침대 아래에 숨겼다. 그가 밖에서 진을 치고 있을까 봐 집에서 나갈 수가 없었다. 잠을 잘 수도 없었다. 뭘 먹을 수도 없었다. 그냥 바닥에 누워서 울고 울고 또 울기만 했다.

그날 밤부터 로드리가 다시 문자를 보내기 시작했다. 자기를 만나 달라고 했다. **사진 너한테 줄게. 아무한테도 보여주지 않을 테니까 여기로 와줘!!** 그녀는 감히 싫다고 할 수가 없었다. 그들은 헤드 외곽에 있는 숲속의 그 아지트에서 만났다. 가장 소름끼치는 대목이 있었다면 그가 갑자기 다정해졌다는 것이었다. 거의 부끄러워하는 수준이었다. 로드리는 미안하다고, 사랑한다고, 그녀는 원하지 않는 줄 몰랐다고 속삭였다. 자기도 취해서 무슨 짓을 저지르고 있는지 몰랐다고 변명했다. 하지만 그녀의 잘못도 크다고 했다. 자기와 하고 싶지도 않으면서 파티에 따라나선 이유가 뭐냐고 했다. 그를 그냥 이용한 거였나? 사실은 다른 남자와 떡을 치고 싶었나? 그는 어디가 부족했나? 그의 어떤 점이 불만이었나?

로드리가 뺨을 만지면 루트는 무서워서 떨었지만, 그는 그걸 사랑으로 해석했다.

"우리 둘이서도 즐거운 시간을 보낼 수 있어. 내가 잘할게. 약속."

그는 말하고 그녀의 목에 입을 맞추기 시작했다.

"그 사진 돌려줬으면 좋겠어."

루트는 조그맣게 속삭였다. 그는 알겠다고 약속했다. 약속을 하고 하고 또 했다. 한 번만 더 자발적으로 자기와 자주면 사진을 전부 삭제하겠다고. 그녀가 보는 앞에서 휴대전화를 꺼내서 지우겠다고.

그래서 그녀는 그와 잤다. 그는 사진을 몇 장 지웠다. 하지만 전부 지우지는 않았다. 이후로 며칠 동안 그는 밤마다 문자메시지를 보냈고 그러면 그녀는 몇 번이고 그런 일을 반복해야 했다. 그가 들고 온 약을 했다. 그래야 그 시간을 견디고 기억을 지우고 이후에 집까지 뛰어올 수 있었다. 그는 그걸 사랑으로 해석했다.

결국에는 자책으로 무너진 로드리가 루트 앞에서 눈물을 흘리며 이러는 게 자기 잘못이 아니라고 했다. 그녀 때문에 어쩔 수가 없었 다고, 그녀의 잘못이라고 했다. 그러면서 손목을 붙잡았다. 루트는 뿌리치고 도망쳤다. 그가 쫓아왔지만 루트가 더 빨랐다. 집에 들어 가 보니 마테오가 자기 침대에서 자고 있었고, 사진이 인터넷에 뿌 려지거나 말거나 로드리의 접근을 차단해야 한다는, 동생을 보호해 야 한다는 생각밖에 들지 않았다. 그래서 다음 날 아침에 그녀는 경 찰서를 찾아갔다.

경찰서의 조그만 방에 앉아서 물잔을 받았지만 손이 너무 떨려 서 그 물을 마실 수가 없었다. 열일곱 살 때의 일이었다. 경찰은 부 모님에게 연락하는 게 어떻겠느냐고 했다. 그녀는 싫다고 했다. 경 찰은 했던 말을 하고 또 했고, 여러 사람이 들락거렸다. 루트는 진공 속을 부유하는 느낌이었다. 누군가가 약을 했느냐고 물었다. 사실대 로 얘기하면 도움을 받을 수 있다고, 전혀 나쁜 일이 없을 거라고 했 다. 그녀는 그들을 믿는 실수를 저질렀다. 약을 했다고 실토했다. 로 드리와 여러 번 잤다고 실토했다. 심지어 다른 파티에서 다른 남자 아이와도 잘 뻔했지만 그 아이가 발기가 안 돼서 못했다는 얘기까 지 했다. 로드리가 보낸 문자와 사진도 보여주었지만 경찰들 눈에는 옷을 입고서 기분 좋게 술에 취한 듯 보이는, 하고 싶어 하는 것처럼 보이는 열일곱 살짜리가 보일 따름이었다. 로드리가 보낸 문자 중에 협박은 없었다. 거의 후회하는 투인데? 서로 오해가 있었던 것처럼?

루트는 아니라고, 아니라고 했지만 어떤 식으로 설명하면 좋을지 더는 알 수가 없었다. 따지고 보면 전혀 기억조차 하지 못했다! 그가 술에 뭘 탔는지도 알 수 없었다! 경찰은 왜 진작 신고하지 않았느냐고 물었다. 겁이 나서 그랬다는 것 말고는 달리 이유를 댈 수가 없었다. 경찰은 이해한다며 부모님에게 연락하라고 설득했다. 자기들이 부모님과 얘기하겠다고 약속했다. 걱정할 것 하나 없다고. 그녀는 그 말도 믿는 실수를 저질렀다.

그녀는 그 방에서 어머니가 어떤 표정을 지었는지 기억한다. 상처받은 표정이었다. 루트 때문에 어디 다치기라도 한 것처럼. 아버지가 무슨 수를 써서라도 그 방에서 탈출하고 싶은 사람처럼 안절부절못했던 것도 기억한다.

"네가 거짓말을 하고 있다는 건 아니지만, 이 상황이 어떤 식으로 비쳐질지 너도 모르는 건 아니겠지?"

누군가가 물었다. 루트는 어느 정도 시간이 지난 다음에서야 그게 어머니가 한 말이라는 걸 알아차렸다. 어머니가 그녀를 싫어한다는 건 알았지만 이 정도였나? 눈물이 차오르면서 목이 멨다.

"내가 성폭행을 당했다고요, 엄마!"

그녀의 어머니는 알 만하지 않으냐는 표정으로 경찰을 바라보며 한숨을 쉬었다.

"안타깝지만 딸아이를 집으로 데리고 가서 얘기해 보는 편이 좋겠어요. 내일 다시 오면 어떨까요? 이 아이가 상상력이 좀 풍부하거든요. 그리고 아시다시피 약쟁이기도 하고요. T팬티며 피임약이 서랍 한가득 들어 있었으니 이 남자아이가 첫 상대도 아니었을 거예요! 자고 난 뒤에 그 아이가 만나주지 않으니까 이 아이가 분해서 이야기를 지어낸 거 아닐까요? 이 나이대 여자애들이 어떻게 될 수 있는지 아시잖아요!"

루트의 머릿속이 뱅글뱅글 돌았다. 결국 그녀는 바닥에다 토악질을 했다. 이상한 낌새를 알아차린 젊은 경찰이 서늘한 손을 루트의 이마에 대고 물을 권하며 이렇게 말했다.

"몸이 좀 괜찮아지면 내일 다시 와서 어떻게 된 일인지 다시 한 번 얘기해 줄래? 지금은 뭐가 뭔지 너무 복잡하네. 하지만 내일이 되면 좀 더 정확하게 파악할 수 있을지 모르겠다. 네가 좀 더…… 정신을 수습하면."

루트는 경찰서에서 어떻게 나왔는지도 기억이 나지 않았다. 집까지 차를 타고 온 것도 거의 기억이 나지 않았다. 나중에 기억에 남은 거라고는 집에 거의 도착했을 때 아버지가 한 말뿐이었다.

"이 아이가 너를 명예훼손으로 고소할 수도 있다는 걸 명심해라. 너는 지금 위험한 짓을 저지르고 있어. 너 때문에 그 아이의 인생이 박살 날 수도 있다고."

차에서 내렸을 때 루트의 어머니는 평생 거의 한 적 없는 행동을 보였다. 번듯한 부모인 양 다정하게 딸의 손을 잡은 것이다.

"가자. 들어가서 뭐 좀 먹자. 너를 인도해 달라고 하느님께 기도할게. 하느님께서 도와주실 거야. 그럼 전부 잊을 수 있을 거야. 이번 주말에 너도 우리랑 같이 다시 교회에 가면 어떨까? 그럼 모든 게 괜찮아질 거야."

루트는 다시 경찰서에 가지 않았다. 젊은 경찰은 기다렸다. 어쩌면 그는 나중에 좀 더 적극적으로 나서지 않은 자신을 혐오하게 됐을 수도 있었다. 아니면 그런 감정을 가까스로 억누르며 지냈을 수도 있었다. 그와 같은 사람들은 그저 최선을 다하려고 한다. 하나같이 원칙을 따를 뿐이라고 한다. 다만 그 원칙이 루트 같은 여자아이들을 위한 것이 아니라 루트 같은 여자아이들에게 불리하게 작용하는 것일 뿐이다.

이후 몇 주 동안 루트는 다른 사람들과 함께 있을 때면 점점 더 작게 몸을 웅크렸다. 혼자 있을 때면 점점 더 자주 자해했다. 희한하게도 어머니는 평소보다 딸에게 잘해주었다. 그녀의 사랑이 뇌물이라도 되는 것처럼, 딸이 그 한심한 작태에 대해 함구하기만 하면 그들이 다시 완벽한 가족으로 돌아갈 수 있기라도 한 것처럼. 언제는 완벽한 가족이었던 적이 있었던가. 아버지가 루트에게 한 말은 이것뿐이었다.

"경찰 측에서 그 아이에게 연락하는 일은 없기만을 바라는 수밖에. 그랬다가 그 아이가 소송이라도 걸면 우리가 무슨 수로 감당할 수 있겠니?"

친척이 있었다면 베아트리체처럼 그녀를 그 집에 보냈겠지만 그들은 이 교회의 교인이 되면서 다른 가족들과 연을 끊었다. 이제 그들은 서로가 서로의 감옥이었다. 밤이 되면 로드리가 다시 문자메시지를 보냈다. 항상 사랑한다고 했다. 보고 싶다고 했다. 얼마 뒤부터는 숲속의 아지트를 '별장'이라고 지칭하며 거기서 얼마나 좋았느냐고 문자메시지를 보내기 시작했다. 루트는 그가 가상의 대체현실을 만들어놓았다는 사실을 깨달았다. 거기에서는 그들 사이에 있었던 모든 일이 러브스토리였다. 어느 날 저녁에는 그녀의 집 앞길에서 그가 보였다. 또 어떨 때는 그가 오토바이를 몰고 그녀의 학교 앞을 지나갔다. 그녀의 SNS 계정으로 "자기가 남들보다 잘난 줄 아는 재수 없는 걸레"라고 비난하는 익명의 메시지가 날아오기 시작했다. 루트는 당연히 그의 소행이라는 걸 알았지만 무슨 수로 그걸 증명할 수 있을까? 누가 루트의 말을 믿어줄까?

몇 달이 지나자 케빈이 마야에게 무슨 짓을 저질렀는지 학교에 소문이 퍼지기 시작했다. 아니, 그보다는 마야가 케빈에게 무슨 짓을 저질렀는지라고 해야 더 맞는 말이겠다. 루트는 그 소문을 학교 식당에서 들었다. 다들 그 얘기를 하고 있었다. 마야가 두어 살 더 어려서 루트는 누군지 잘 몰랐지만, 어떤 파티가 끝난 뒤에 그녀가 케빈을 경찰서에 고발하는 바람에 케빈이 결정적인 경기에 출전하지 못하게 됐다며 다들 분통을 터뜨렸다.

루트는 감히 주변을 두리번거릴 수가 없었다. 그녀가 무슨 일을 겪었는지 알아차리는 사람이 있을 것 같아서 겁이 났다. 그녀를 거짓말쟁이로 몰아붙이는 경찰과 부모님의 비난이 머릿속에서 하도 반복해서 재생됐기 때문에 어쩌면 그 말이 맞을지 모른다는 생각이 들기 시작하던 참이었다. 그게 그렇게까지 끔찍하지는 않았던 건 아닐까? 전부 그녀의 잘못이었던 건 아닐까?

그날 밤에 그녀는 인터넷에 올라온 게시물을 전부 읽었다. 다들 마야더러 걸레라고 했다. 거짓말을 하고 있다며 누가 마야를 죽여버렸으면 좋겠다고 했다.

루트는 그해 봄에 열여덟 번째 생일을 앞두고 있었다. 가능한 한 빨리, 최대한 멀리 사라져 버려야겠다는 생각이 들었다. 그래서 그렇게 했다.

100

주스 잔

토요일 아침. 사무실에 앉아서 창밖을 내다보고 싶은 마음에 출근했던 미라는 안내 데스크에서 마야의 전화를 받고 기겁한다. 허겁지겁 달려나온 자기 엄마를 보고 마야는 화를 내며 외친다.

"사무실이 이렇게 넓어야 하는 이유가 뭐예요? 오만의 극치야, 정말. 여기서 록 콘서트를 열 수도 있겠다!"

미라는 다른 날도 아닌 오늘, 딸이 기습 방문한 데 이어 자신을 바보 취급하자 너무 기뻐서 딸을 어색하게 끌어안다가 하마터면 피크닉 바구니를 떨어뜨릴 뻔해 딸의 짜증을 터뜨리고 만다. 아나의 차를 빌려 타가며 보온병에 담은 커피, 페테르가 갓 구운 크루아상, 가장 중요하게는 오렌지주스를 따라 마실 유리잔을 들고 온 것이다. 그녀는 어렸을 때 집 안에서 캠핑을 하자고 엄마를 설득하는 데 성공했을 때처럼 바닥에 책상다리를 하고 앉아서 엄마와 함께 빵을 먹는다. 전부터 미라는 일을 너무 열심히 한다는 데 죄책감을 느꼈고 마야는 그걸 어떤 식으로 이용하면 되는지 정확히 알았다.

"이번 주말이 지나면 집에 가야 돼요. 그러니까…… 학교로 복귀

해야 한다고요."

마야는 아무 생각 없이 '집'이라 말한 자신이 미워진다.

그녀의 엄마는 이해한다는 듯이 미소를 짓고 그만이다.

"돌아가려니까 힘들어?"

마야는 조금 처량하게 고개를 끄덕인다. 엄마 앞에서만 부릴 수 있는 어리광이다.

"네. 상황이 별로예요. 여기 오기 전에 다리를 홀랑 태운 거나 다름없거든요. 하지만 돌아가서 싸워야 하지 않을까 싶어요. 어쩌면 벤이 선배 말이 맞을지도 몰라요. 계속 행복하기만 하면 좋은 곡을 못 쓴대요."

"그렇게나 힘들다니 속상하다, 우리 딸."

미라는 조그맣게 속삭인다.

"엄마, 원래 사는 건 힘들잖아요."

마야는 미소를 짓는다.

"알지, 알지. 그래도…… 그래도 너는 *계속* 행복하면 좋겠어!"

"걱정 마세요."

"나는 네 엄마야. 엄마들은 어쩔 수 없어!"

마야는 농담을 하려는 건지, 울음을 터뜨리려는 건지 모르겠는 표정으로 미소를 짓는다.

"케빈이 저한테 그런 짓을 저지른 것 때문에 엄마랑 아빠랑 하마터면 헤어질 뻔해서 속상해요."

이번에는 미라가 울음을 터뜨리려는 것 같은 표정을 지을 차례다.

"딸, 그런 거 아니……."

마야는 너무나 어른스럽고 너무나 강인하게, 너무나 솔직하면서도 여리게 고개를 끄덕인다.

"맞아요, 엄마. 그런 거 맞아요. 엄마의 사랑은 마치 장기이식 같았어요. 엄마랑 아빠랑 레오가 심장, 허파, 뼈를 조금씩 나눠준 덕분에 제가 몸과 마음을 추스를 수 있었어요. 그런데 이제는 엄마가 기운이 없어서 서 있지도, 계속 숨을 쉬지도 못하네요. 거기에 대해서 생각할 때가 많아요. 그리고 엄마 같은 엄마가 없는 여자애들에 대해서도. 저는 간신히 버틴 느낌이거든요. 그런데 엄마 같은 엄마가 없는 사람들은 무슨 수로 견딜까요?"

딸에게서 그런 말을 듣고 와르르 무너지지 않을 엄마가 있을까.

101

무덤

옹알이는 모든 것을 들었다. 모든 것을 기억했다. 그는 그날 파티장에서 루트가 싫다고 비명을 지르며 로드리에게 그만하라고 했을 때 문 앞에 서 있었지만 달려 들어가지 않았다. 그 사건이 벌어지기 직전에 로드리가 마지막으로 한 말이 같이하겠느냐고 한 거였다.

"들어가자! 우리 둘이 돌아가면서 하면 돼!"

그가 의기양양하게 한 말을 듣고 옹알이는 경악하며 고개를 저었다. 옹알이의 눈빛을 보고 도망치기 직전임을 알아차린 로드리는 단박에 눈을 험상궂게 번뜩이며 손을 내밀어 그의 목을 움켜쥐고 으르렁거렸다.

"여기서 가만히 망보고 있어. 딴 데 가면 내 손에 죽는다."

옹알이는 그 자리에 가만히 서서 아무 말도 하지 않았지만 모든 것을 들었다. 루트가 뛰쳐나오자 그는 옆으로 비켜섰고 그녀는 옹알이를 지나 밖으로 도망쳤다. 쫓아나온 로드리는 이마가 거의 맞닿을 정도로 바짝 몸을 붙이고 맹세했다.

"누구한테 한 마디라도 흘리면 너도 공범이라고 할 거야!"

444

이후 몇 달 동안 옹알이의 시간은 멍하니 흘러갔다. 그는 매일 밤이 되면 지쳐서 쓰러질 정도로 열심히 훈련했다. 그래야 아무 생각도 하지 않을 수 있었고, 그래야 잠을 잘 수 있었다. 눈을 뜨면 밝은 빛이 싫었다. 다시금 떠오르는 온갖 장면들이 싫었다. 그의 힘없는 입술과 나약한 심장이 싫었다.

로드리는 줄기차게 전화하고 문자메시지를 보냈다. 옹알이가 답을 하지 않자 자기가 찍은 루트의 사진을 보냈다. 옹알이는 사진을 전부 삭제했지만 그게 무슨 뜻인지 알았다. 그런 식으로 그를 공범으로 엮으려는 것이었다.

가끔 옹알이는 밤에 호수로 나가 딛고 선 얼음이 갈라졌으면 좋겠다고 생각했다. 목을 맬 생각도 두 번이나 했지만 용기가 나지 않았다. 생각을 지울 수 있는 유일한 방법이 하키였고, 그래서 그는 하키에만 매달렸다. 그가 하키를 그렇게 잘할 수 있게 된 것도 그 때문이었다.

케빈 에르달과 마야 안데르손 사이에서 그런 일이 벌어졌을 때 그도 당연히 남들처럼 소문을 들었다. 케빈이 출전 정지를 당하자 온 베어타운이 벌 떼 같이 들고 일어났던 것도 들었다. 옹알이는 나이가 두어 살 어렸고 그가 속한 헤드 팀은 베어타운의 같은 연령 팀과 경기를 하기로 되어 있었지만, 문제가 생길 것을 우려한 양 팀 코치가 경기를 취소시켰다. 늘 그렇듯 다들 옹알이에게 알리는 것을 깜빡했기 때문에 그 혼자 버스 정거장에서 헤드로 가는 버스를 기다리고 있었을 때 맞은편에서 루트가 걸어왔다. 둘은 똑같이 충격을 받았다. 둘은 똑같이 숨을 쉴 수가 없었다.

※

　루트는 시내에 있는 우체국에 다녀오던 길이었다. 인터넷에서 "문제가 있는 청소년"을 받아주는 교회가 있다는 정보를 입수하고 체류 신청서를 부치고 오던 길이었다. 그녀는 아이스링크 앞을 지나 버스 정거장에 다다랐을 때, 파티가 있었던 그날 밤처럼 그대로 얼어붙었다. 그날 이후로 옹알이를 처음 만난 거였다. 그에게 무슨 말을 하고 싶은지 알 수가 없었다. 심지어 옹알이는 로드리가 잘못을 저질렀다고 생각하는지조차 알 수 없었다. 옹알이도 남들처럼 그녀가 성폭행을 당할 만했다고 생각하는 건 아닐까?

　그래서 루트는 용기를 그러모아 맞은편에 대고 외쳤다.

　"로드리한테 나 좀 그만 괴롭히라고 전해줄래? 걔가 이겼다고! 아무도 내 말을 믿어주지 않았다고! 나 좀 그만 괴롭히면 안 되겠느냐고!"

　옹알이는 아무 대답도 하지 않았다. 속에서 그냥 와르르 무너져버렸다. 루트는 집으로 들어가 방문을 걸어 잠갔다. 이틀 뒤에 교회에서 연락이 왔다. 루트가 자기에게 어떤 "문제"가 있는지, 준비해두었던 어마어마한 거짓말을 늘어놓자 교회 담당자는 눈물을 흘렸다. 전부 지어낸 얘기였다. 사실대로 말하면 믿지 않을 테니까.

　이렇게 해서 루트는 베어타운을 떠났지만 당연히 그 교회에는 가지 않았다. 그녀가 외국으로 나갔다는 걸 다들 알게 될 때까지, 열여덟 번째 생일이 지나서 자유의 몸이 될 때까지 어디 숨기만 하면 됐다. 그녀는 집에 있던 현금을 모두 들고 나왔다. 은행은 무신론자와 악마 숭배자들이 꾸민 음모라고 믿는 어머니의 밑에서 자란 한 가

446

지 장점이 그것이었다. 얼마 되지는 않는 금액이었지만 기차표와 배표를 끊고 더듬더듬 세상 밖으로 첫걸음을 내디디기에는 충분했다. 다른 나라로 건너갔을 때 처음 며칠은 혼돈 그 자체였지만, 어찌어찌 새로운 친구를 사귈 수 있었다. 알고 보니 고향에서와는 달리 여기에서는 루트가 그렇게 튀는 존재가 아니었다. 아니, 이제는 좋은 쪽으로 튀는 존재였다. 마테오에게 연락하고 싶은 마음이 간절했지만 엄두가 나지 않아서 그 아이도 열여덟 살이 되는 날만을 손꼽아 기다렸다. 그러면 가서 데려올 수 있었다. 루트는 곧 카페에서 일하는 친구 둘을 사귀었다. 그들의 컴퓨터로 용기를 내서 인터넷에 접속했을 때 베아트리체가 보낸 메시지를 발견했다. 가족들과 화해했지만 그 교회를 떠났을 때 만난 어떤 남자와 결혼하게 됐다고 했다. 둘이서 조그만 집도 장만할 거라고 했다. 어둠의 저편에서 빠져나와 이제는 행복해진 그녀의 소식을 접하고 루트는 그 모든 게 그만큼의 가치가 있었을지 모르겠다고 생각했다. 둘 중 한 명이라도 행복해졌다면. 그녀는 컴퓨터를 끄고 다시는 켜지 않았다. 카페에서 일하는 친구들이 루트를 어떤 파티에 데려갔다. 그들은 춤을 추었다. 그녀는 아주 오랜만에 처음으로 편안하고 뻔뻔하게 재미있는 시간을 보냈다. 세상의 문이 열렸다. 모든 게 가능했다. 2년 반 동안 그녀는 아주 많이 웃었고, 전설 속의 배처럼 썩은 널조각을 모두 교체해 새사람이 되었다. 그녀의 세계가 너무 넓어져서 어린 시절이 가상의 이야기처럼 느껴지기 시작했다. 동생에게 편지를 쓸까 수백 번 고민했지만 한 번도 실천에 옮기지 않았다. 파티장에서 춤을 추며 지내던 어느 날 밤, 약물이 루트를 덮쳤다. 방금까지만 해도 아무렇지 않았는데 갑자기 벌어진 일이었다. 댄스플로어 조명 아래에서 심장이 멎어버렸다. 그녀는 바닥 위로 쓰러지기도 전에 이미 숨이 끊겼다. 출동한 응급구조사 말로는 워낙 순식간에 벌어진 일이라 고통도 느끼지 못했을 거라고 했다.

✱

마테오는 절대 자기 누나가 죽었다고 생각하지 않을 것이다. 살해당했다고 생각할 것이다. 그는 누나의 일기장을 보고 그녀가 무엇에 내쫓겼는지 알게 됐을 때, 어떤 고통을 약물로 무마하느라 과다 복용을 했는지 알게 됐을 때 이미 마음을 먹었다. 전에 부모님이 다니는 교회에서 어떤 여자가 하는 이야기를 들은 적이 있었다. 복수를 계획하는 사람은 무덤을 두 개 준비해야 한다고. 마테오의 엄마는 그런 말이 성경에 있는 줄 알고 그 여자를 나무랐지만 사실 성경에는 그런 말이 없었다. 마테오가 그걸 기억하는 이유도 그래서인지 모른다.

그는 지금 무덤을 두 개가 아니라 세 개 준비하고 있다. 하나는 그런 죄를 저지른 로드리를 위해. 또 하나는 루트를 도울 수 있었음에도 도우지 않았던 옹알이를 위해. 그리고 마지막 하나는 자기 자신을 위해.

✱

마야의 이야기도 루트의 이야기처럼 끝날 수 있었다. 하지만 아주 사소한 부분들로 인해 모든 게 전혀 달라졌다. 싸워주었던 엄마, 사랑해 주었던 아빠, 곁을 지켜주었던 동생, 온 세상을 상대해 주었던 단짝 친구. 하키단 회의장에서 마야의 편을 들어주었던 술집 할망구. 그리고 마지막으로, 모든 걸 목격하고 용감하게 자기 목소리를 내주었던 증인.

그게 다였다. 그뿐이었다.

아맛이 자신의 목격한 광경을 폭로했을 때 케빈은 재판을 받거나 감옥으로 끌려가지 않았지만 이 마을은 더 이상 눈을 감지 않았다.

하지만 우리는 이제 그때 얘기를 할 때마다 새로운 죄를 짓는다. 아맛의 대처를 일반적인 반응으로 간주하는 죄를 말이다. 두말하면 잔소리지만 그건 일반적인 반응이 아니다. 그렇게 할 수 있는 사람은 거의 없다. 옹알이의 반응이 일반적이다. 그가 우리와 비슷한 인간이다.

어느 날 아침에 누군가가 그의 집 현관문을 두드렸다. 로드리였다. 옹알이의 목에 칼을 들이대며 이렇게 속삭였을 때 그의 눈빛은 난폭 그 자체였다.

"어떻게 된 일인지 어느 누구한테라도 얘기하면 여기 와서 너랑 너희 엄마를 죽여버릴 거야! 알아들어?"

옹알이는 고개를 끄덕였다. 감히 숨을 쉴 수조차 없었다. 그의 어머니는 옆방에서 십자말 퀴즈를 풀고 있었다. 로드리의 눈빛이 잠깐 흔들리는가 싶더니 길가에 세워둔 오토바이 쪽으로 달려가 쌩하니 사라졌다. 이후에 옹알이가 로드리의 소식을 들은 게 있다면 그의 형은 감옥에 갇혔고 그는 헤드를 떠났다는 것이었다. 몇 시간 거리에 있는, 형이 살던 아파트로 들어갔다는 것이었다.

그가 옹알이에게 마지막으로 보낸 문자메시지는 이것이었다. 케빈이 어떻게 됐는지 잊지 마라. 아무도 네 말을 믿지 않을 거다. 너도 나 못지않은 죄인이야. 우리 둘 다 감옥으로 끌려갈 테고 너는 두 번 다시 하키를 하지 못할 거다.

다음 시즌에 베어타운의 골키퍼 비다르가 세상을 떠나자, 옹알이에게 헤드에서 베어타운으로 팀을 옮길 수 있는 기회가 찾아왔다. 사켈 코치와 처음 훈련한 시간은 무감각하게 지내오던 옹알이의 인생 사상 최고로 행복했던 순간이었다. 사켈은 그를 이해하는 것 같았다. 그녀는 그의 현재 모습이 아니라 미래의 가능성을 보았다. 옹알이는 자기에게 특출한 재능이 있는 줄도 몰랐는데, 옆 마을 코치가 그를 스타로 변신시켰다. 그는 날이 밝으면 제일 먼저 아이스링크로 달려가 제일 늦게까지 남기 시작했다. 연습을 하고 또 했다. 난생처음으로 진정한 친구를 사귀었다. 완벽한 삶을 손에 넣었다.

그가 그럴 자격이 있을까? 용서받을 수 없는 죄를 저질렀다면 이런…… 행운을 누려도 되는 걸까? 사는 것답게 사는 기회를? 하키를 하고. 웃고. 심지어 단 몇 초 동안이나마 행복해하고. 벌을 모면해도 될까? 그게 공평한 일일까? 옳은 일일까?

그는 알지 못한다. 앞으로도 절대 알 수 없을 것이다.

❄

금요일에서 토요일로 넘어가는 날 밤, 횃불 행진이 끝나 모두 집에 돌아가고 양쪽 마을 모두 잠이 들었을 때 마테오는 옆집 총기 보관장에서 엽총 세 자루를 찾는다. 사방을 뒤져보지만 탄약은 어디에도 없다. 그래서 보관장 문을 닫고 창밖으로 기어나가 집으로 달려간다. 누나가 입던 스웨터로 엽총을 둘둘 싸서 그의 방 옷장에 숨긴다. 그런 다음 어떻게 하면 탄약을 입수할 수 있는지 인터넷으로 검색한다. 어떤 사이트에서 어떤 사람이 그가 궁금해하는 부분을 물은 게시글을 발견한다. "엽총으로 사람을 죽일 수 있나요?" 익명의 유저가 제일 먼저 답을 달아놓았다. "당연히 가능하지만 실력이 아주 훌륭해야 합니다. 웬만하면 권총을 알아보세요. 권총으로는 바보라도 사람을 죽일 수 있으니까. 이후에 자살할 때도 훨씬 효과적이고. 그럴 작정인지는 모르겠습니다만?" 마테오는 모르겠다. 정말 모르겠다. 그럴 작정일까?

한참을 망설인 끝에 마테오는 스웨터로 감싼 보물을 겨드랑이 안쪽에 끼고 자전거로 숲을 가로질러 헤드로 건너간다. 수백 번 미끄러지지만 어찌어찌 욕을 하지 않고 참는다. 더는 아무런 고통도 느껴지지 않는다. 심지어 화가 나지도 않는다. 허무가 그를 삼켰다. 그건 축복이다.

헤드에 도착했을 즈음에는 다리에 힘이 다 풀렸지만, 불 꺼진 횃불이 땅바닥 여기저기에 흩뿌려져 있고 눈이 잘 다져져서 목적지까지 넘어지지 않고 갈 수 있다. 모든 게 조금 수월해진다. 폐차장 앞에 가보니 트레일러하우스에 불이 켜져 있다. 문을 두드린다. 수염을 기른 20대 남자가 입구로 나오지만 그가 뭐라고 말을 꺼낼 겨를도 없이 마테오의 뒤에서 누군가의 목소리가 들린다.

"영업 끝났는데, 응?"

마테오는 몸을 휙 돌려서 레브의 눈을 쳐다본다. 그의 옆에서 얼룩무늬 개가 실눈을 뜨고 마테오를 쳐다보며 코를 킁킁거린다. 마테오는 애써 떨리는 목소리를 가다듬는다.

"엽총 세 자루를 들고 왔는데, 혹시 권총이랑 바꿀 수 있을까요?"

레브의 눈썹이 한데 모아지고, 입술이 얇아지고 턱에 힘이 들어간다.

"권총? 권총은 여기 없는데."

마테오는 자기가 얼마나 위험한 상황인지 모르는 아이답게 물러나지 않는다.

"저도 그 경기장에 있었어요! 아이스링크에서 아저씨 봤어요! 아저씨가 권총 들고 있는 거 봤어요! 그래서…… 저도 하나 사고 싶어요! 부탁드릴게요! 좋은 엽총이에요!"

레브는 금목걸이를 바로잡고 아주 진지한 표정을 짓는다.

"권총을 사서…… 뭘 하려고? 누구 쏘려는 거지, 응? 나쁜 생각이야, 우리 친구. 아주 나쁜 생각이야, 꼬맹아. 알겠니? 자전거 타고 집으로 가. 자, 학교 가. 즐겁게 살아."

마테오는 금세 흥분한다.

"나 꼬맹이 아니에요! 거래할 거예요, 말 거예요?"

레브는 아주 평온하게 그냥 서 있지만 열네 살짜리 아이는 그의 눈빛을 보고 비틀비틀 뒷걸음질을 치다가 자전거에 걸려 넘어진다.

"거래 안 해. 영업 끝났다니까, 응?"

레브는 했던 말을 반복하고 그의 뒤에 있는 출입문을 단호하게 가리킨다. 그러고는 그래도 고집을 부리면 뺨을 한 대 맞을 줄 알라는 듯이 손바닥을 들어 보인다.

마테오는 좌절감에 훌쩍거린다. 자전거를 눈 위로 홱 끄집어 올려 허둥지둥 출입문을 빠져나오다 빙판에 미끄러져 엽총을 모두 떨어뜨린다. 그는 악을 쓰며 울고 싶은 걸 간신히 참는다. 이미 계획한 임무가 없었다면 레브도 죽여버렸을 거라는 생각을 한다. 그는 빌어먹을 꼬맹이가 아니다. 모두 보게 될 것이다. 잠시 후에 레브보다 젊은 누군가가 울타리 저편에서 그를 부른다.

"쯧. 얘야, 이쪽으로."

레브는 열네 살짜리에게 권총을 팔지 않을지 몰라도 그의 부하들이 모두 그렇게 양심적이지는 않다. 마테오는 다시 베어타운의 집까지 가서 부모님이 모아둔 돈과 그의 컴퓨터를 들고 오고, 거기에 엽총 세 자루를 얹어 권총과 맞바꾼다. 권총을 입수했으니 이제 계획을 실천에 옮길 수 있을지도 모른다.

토요일 새벽에 그는 커다란 단독주택 앞마당에서 스쿠터를 발견한다. 어느 철없는 십 대가 부모님과의 약속을 어기고 차고에 넣지 않은 것이다. 마테오는 지하실 창문을 넘어 현관으로 살금살금 올라가 고리에 걸린 열쇠를 찾는다. 그는 스쿠터를 타고 헤드를 지나 옆 마을로 달린다. 어둠 속에서 빙판을 지나다 미끄러져 여러 번 사고가 날 뻔한다. 죽을 고비를 여러 번 넘긴다.

헤드보다 좀 더 큰 마을의 외곽으로 접어들었을 때 동이 튼다. 회색 아파트 건물 앞에서 기다리느라 손이 곱아서 방아쇠가 거의 느껴지지 않을 정도다. 머리에 까치집을 지은 로드리가 졸린 표정으로 등장하자 마테오는 그가 차에 들어가서 앉을 때까지 기다린다. 조금 참고 그가 어디를 가는지 뒤를 밟을까 잠깐 동안 고민한다. 직업은 있을까? 친구는 있을까? 그를 사랑하는 사람이 있을까? 마테오는 알 길이 없을 것이다. 그는 피가 다시 통할 때까지 미친 듯이 손가락을 비빈 다음 주차장을 가로질러 로드리가 앞 유리창으로 그를 볼 수 있게 다가간다. 누나를 죽인 살인자가 그를 알아보는지 확인하고 싶다. 그런 다음 앞 유리창을 향해 방아쇠를 세 번 당긴다. 로드리가 쓰러질 때까지 기다렸다가 죽은 게 맞는지 확인한다. 다시 스쿠터를 타고 베어타운의 집으로 돌아간다. 도중에 스쿠터가 고장 난다. 그는 길가에 서서 지나가는 차를 향해 손을 흔들지만, 그를 본 사람은 차를 세우지 않고 차를 세울 만한 사람은 그를 보지 못한다. 반대편 차로를 달려가던 차 중에 경찰차가 있다. 그들은 시내 어느 주차장에서 총기 사건이 벌어졌다는 신고가 접수되자 서둘러 출동하던 길이었다. 그 차가 이쪽 차로를 달리고 있었다면 이 이야기의 결말이 180도 달라졌을 것이다. 그랬더라면 죽은 사람이 로드리 한 명뿐이었을 것이다.

조금 멀리서 트럭 한 대가 전조등을 깜빡이며 속도를 늦추자 마테오는 그쪽으로 달려간다. 운전자는 열네 살밖에 안 된 아이가 혼자 여기까지 왔다는 데 화들짝 놀라고, 멀리 돌아서 목적지까지 태워다 주는 선의를 베푼다. 거의 베어타운까지 태워다 준다. 자기가 어떤 사건의 원인을 제공하고 있는지 절대 알지 못한 채.

경기가 시작하기 직전 마테오는 집에 도착한다. 누나의 일기장을 챙겨 들고 자전거로 시내를 관통한다. 안데르손의 집 앞에서 자전거를 멈추고 한참을 거기 서서 일기장을 그 집 우편함에 넣을지 말지 고민한다. 마테오는 마야에게 어떤 일이 벌어졌는지 알고, 그녀의 엄마가 변호사라는 것도 안다. 그러니까 그들이 루트의 이야기를 알릴 수 있을지 모른다. 일말의 정의를 구현할 수 있을지 모른다. 하지만 마테오는 겁이 나서 고민을 접는다. 일기장이 너무 일찍 발견되면 그의 의도를 간파하고 막으려 나서는 사람이 생길 수 있기 때문이다.

게다가 절망의 와중에 깨달았다시피, 어머니에게 차마 그럴 수가 없다. 아이를 둘 다 잃으면 그녀는 극단적인 가상의 시나리오를 만들어내야 목숨을 연명할 수 있을 것이다. 그런데 억지로 현실을 일깨워 그럴 수 없도록 차단하는 건 못할 짓이다.

그래서 그 동네 어느 집 마당에 잠기지 않은 창고가 있길래 쇠톱을 훔쳐 들고 호수로 간다. 얼음을 동그랗게 잘라내 그 안으로 일기장을 떨어뜨린다. 이 마을의 주택가로 접어들자 자전거를 버리고 다른 수천 명과 함께 행렬을 따라 아이스링크로 걸어간다. 눈에 띄지 않는 1인이 된다.

✺

토요일 아침, 시즌의 첫 경기가 열리는 날. 양쪽 마을은 이날을 오랫동안 기다렸다. 숲은 묘하게 활기찬 분위기를 풍긴다. 허공에서 폭력적인 기운이 느껴지지 않는다. 횃불 행진 이후에 다시금 평화가 찾아왔기에 아무도 어깨에 잔뜩 힘을 주지 않는다. 아슬아슬한 평화일지 몰라도, 그래도 모두에게 잠깐 숨 돌릴 틈이 주어진다. 오늘은 우리 모두 왠지 모르게 한편이다. 오늘은 중요한 게 하키뿐이다.

아맛은 가방을 어깨에 짊어지고 집을 나선다. 어머니가 정수리에 입을 맞춘다. 그는 주차장을 가로질러 지금껏 수백만 번 그랬듯이 할로에서 시내에 있는 아이스링크를 향해 걷기 시작한다. 지금까지 걸은 걸 모두 합하면 몇 걸음일까? 몇 킬로미터일까? 마침내 꿈에 도달하면 그곳까지의 거리가 얼마였는지 측정할 수 있을까?

그의 이름을 부르는 목소리가 들리지만 너무 놀란 나머지 처음에는 누구 목소리인지 알아차리지 못한다. 몸을 홱 돌렸다가 가방의 무게 때문에 하마터면 넘어질 뻔한다.

"안녕하세요? 여긴 어쩐 일이세요?"

그는 페테르에게 불쑥 묻는다.

페테르는 주머니에 손을 넣고 서서 멀리 지평선을 응시하고 있다.

"너를 기다리고 있었지. 어디 잠깐 들를 시간 있니?"

"지금요? 경기장 가야 하는데……."

"알아. 미안. 하지만 내가 태워다 주면 되는데. 잠깐이면 돼! 아직 시간 있어!"

순수하게 흥분한 그의 환한 표정 때문에 아맛은 궁금해진다. 전 단장은 예전 채석장 가장자리에 있는 숲 쪽으로 앞장서더니 뻥 뚫린 넓은 공간이 나온 다음에서야 걸음을 멈춘다. 한때 슈퍼마켓이 생긴다는 소문이 돌았던 곳이다. 그다음에는 병원이 될지 모른다고 했다. 심지어 누군가는 조그만 비즈니스 센터를 운운했었다. 당연히 아무것도 지어지지 않았다. 베어타운 중에서도 이 일대는 뭔가가 지어지는 곳이 아니다. 마을은 점점 넓어질지 몰라도 할로에서는 아무것도 성장하지 않는다.

"저기야!"

페테르는 전혀 아무것도 없는 곳을 가리킨다.

"네? 무슨 말씀이신지……."

아맛의 눈에는 눈과 자갈밖에 안 보인다.

페테르의 눈에는 다른 게 보인다. 속죄의 길이 보인다.

"아맛, 네가 A팀까지 올라가느라 얼마나 힘들었을까 하고 자주 생각했어. 거의 불가능한 일이었을 텐데, 네가 워낙…… 특별한 아이라 이루어냈지. 네 안의 원동력, 너의 그 심성. 나는 지금까지 그 비슷한 걸 본 적이 없어. 네 후배들은 너만큼은 아니더라도 기회를 잡을 수 있으면 좋겠다. 할로 출신 아이들도 좀 더…… 수월하게 꿈을 이룰 수 있으면 좋겠어. 그냥 조금만 더 수월하게."

"그게 자갈이랑 무슨 상관인데요?"

아맛은 감동받았지만 여전히 영문을 알 수가 없다.

페테르는 미소를 짓는다.

"저기다 아이스링크를 짓고 싶어서. 크게는 말고 그냥 연습하고 친구들이랑…… 어울려서 놀 수 있는 그런 규모로. 스케이트 교실도 있고, 어린이 팀도 있고, 원하면 추가로 연습도 할 수 있는 그런 곳. 의회에서 아이스링크 옆에 으리으리한 현대식 트레이닝 시설을 건설할 예정이지만, 여기에도 뭔가를 지을 수 있지 않을까 싶어서. 물론 훨씬 작겠지. 그냥 전형적인…… 아이스박스 크기? 하지만 이번에는 모든 서류를 제대로 작성할 거야. 모든 친구들에게 협조를 요청하고. 네 친구들도 많을 거라고 본다만. 이 블록에 사는 인부들이 많지 않니? 나도 몇 명 알거든. 부탁하면 그 친구들이 와줄 거야. 너랑 나랑 다른 몇 명이서 힘을 합하면 이루어낼 수 있을 거야. 잘은 모르겠지만 언젠가 할로에서 독자적으로 팀을 꾸릴 수도 있지 않을까? 꿈은 꿀 수 있는 거 아닐까? 바보 같니? 내 말이…… 어이없게 들리니?"

아맛은 가슴을 최소 스무 번 들썩인 다음에서야 휴대전화를 꺼내 카메라로 자갈을 겨냥한다.

"아뇨. 어이없게 들리지 않아요."

"지금 뭐 하니?"

"사진 찍으려고요. 몇 년 뒤에 여기에 우리 아이스링크가 생기면 버릇이 나빠져서 그걸 당연하게 여길 우리 동네 코 찔찔이 꼬맹이 들한테 보여주려고……."

아맛은 하룻밤 새 페테르보다 키가 커진 것처럼 갑자기 우뚝해 보인다. 페테르는 폭소를 터뜨린다. 아직 모든 게 꿈에 불과하다. 스스로도 이 계획을 실제로 이룰 수 있다고 믿고 있는지 그것조차 잘 모르겠다. 하지만 베어타운은 특별한 곳이다. 이 얼마나 젠장맞은 마을인가. 이곳에는 모두가 출처를 잊어버린 희한한 이름들이 도처에 존재한다.

몇 년 뒤면 이 도시에서도 가장 가난한 동네의 아파트 단지와 채석장 너머에 지어진 아이스링크가 왜 '대성당'이라고 불리는지 아무도 기억하지 못할 것이다. 하지만 그걸 기획한 남자는 알 테고, 어느 날 NHL에서 첫 골을 기록하는 아이도 알 것이다. 그는 이후 텔레비전 인터뷰에서 이렇게 얘기할 것이다.

"고향에서 티브이를 시청하고 계실 모든 분께 한 말씀 하실래요? 고향 이름이 뭐라고 했죠? 베어타운, 맞나요?"

대서양 저편에서 리포터는 이렇게 물을 것이다.

그러면 아맛은 카메라를 똑바로 쳐다보며 이렇게 대답할 것이다.

"아뇨. 제 고향은 할로입니다."

102

절친

미라와 마야는 사무실에서 한심한 농담과 스스럼없는 폭소가 난무하는, 근사한 소풍을 즐긴다. 하지만 갑자기 입구 옆 바닥에서 뭔가가 와장창 깨지는 소리에 이어 누군가 건물을 쩌렁쩌렁 울릴 만큼 큰 소리로 욕하는 소리가 들린다. 그들이 벌떡 일어나 소리가 들린 쪽으로 달려가 보니 비틀비틀 안으로 들어온 미라의 동업자가 점점 번져가는 빨간색 웅덩이 한가운데 서서 중얼거리고 있다.

"제일 비싼 와인이었는데! 여기는 문지방이 왜 이렇게 안 보이는 거야?"

미라는 걱정하는 한편 당황하며 묻는다.

"여긴 어쩐 일이야? 오늘은 출근하지 않는 날이잖아."

동업자는 아직 멀쩡한 와인이 세 병 들어 있는 봉투를 당당하게 들어 보인다.

"일 안 할 거야. 나만의 시간이 필요할 때 주로 여기 오거든."

"혼자…… 살지 않으세요?"

마야는 조심스럽게 묻는다.

"그렇다고 해서 나만의 시간을 가질 수 없는 건 아니지!"

동업자는 딱 잘라 말한다.

마야는 폭소를 터뜨린다.

"그럼 저도 좀 마셔도 돼요?"

물론이다. 운전해야 하기 때문에 마실 수 없는 미라를 보고 동업자는 쌤통이라고 한다. 그녀와 마야가 둘이서 한 병을 비우자 미라는 조용히 묻는다.

"뭐 하나만 물어봐도 될까? 전부터…… 궁금한 게 있었는데."

그들은 와인을 반 병 마신 눈으로 그녀를 쳐다본다.

"흐음?"

미라는 단어들이 고삐가 풀려 쏟아져 나오기라도 할 것처럼 천천히 말을 고른다.

"요전에 어떤 여자아이랑 대화를 나눈 적이 있었어. 마야, 너보다 두어 살 어리고 이름은 테스야. 법률 공부를 하고 싶어 하는데, 그 아이 엄마가 자기 딸이 공부를 마치면 우리 회사에서 일해도 되느냐고 묻더라. 나는 당연히 된다고 했지만 거짓말이었어. 테스는 폭행과 성폭행을 당한 여자들을 돕고 싶어 하거든. 어느 누구에게도 도움을 받을 수 없는 여자들을 보호하고 싶대. 그러니까…… 그러니까……."

마야가 손을 뻗어 그녀의 팔을 토닥이며 대신 말을 끝맺는다.

"저처럼 평범한 여자애들을 위해 싸우고 싶어 한다는 거죠?"

미라는 딸의 손을 내려다보며 고개를 끄덕인다.

"그런데 우리가 여기서 하는 일은 그게 아니잖아. 이제는 돈이 되는 일을 하지. 대기업과 재계를 대변하면서. 나는…… 나는 이제 더는 그런 일을 하고 싶지 않아."

"그게 무슨 소리야?"

동업자가 놀란 목소리로 외친다.

미라는 그녀의 눈을 똑바로 쳐다본다.

"널 사랑해. 내가 너 없이 무슨 수로 날마다 출근할 수 있을지 모르겠지만 뭔가…… 다른 일을 해야겠어. 이 회사는 네가 가져. 내 지분을 양도할게. 프락이 베어타운 비즈니스 파크를 건설하는 데 필요한 모든 법률적인 업무를 우리한테 맡겼으니까…… 재정적인 면에서 어려움은 없을 거야. 장담해."

"그럼 너는 무슨 일을 하려고?"

동업자는 경악하며 묻는다.

미라는 담아두었던 속내를 털어놓는다.

"좀 더 작은 법률회사를 차리려고. 테스 같은 사람들이 와서 마야 같은 애들을 위해 싸울 수 있는 곳으로. 마야를…… 마지막 피해자로 간주하는 사람들에게 경종을 울릴 수 있도록. 늙은이들이 새로운 '가치'를 선포하고 성희롱을 몇 번 수사하고 홍보 책자를 만들고 언론에 으리으리한 성명서를 발표하고서, 그걸로 모든 문제를 해결한 것처럼, 그걸로 충분한 것처럼 굴지 못하도록. 테스 같은 애들이 와서 싸워줬으면 좋겠어. 이 범죄는 현재진행형이라는 걸, 끝이 없다는 걸 구세대들이 절대 잊지 못하도록. 그들이 자기 아들들을 보호하려고 정의는 '순리에 따라 이루어져야 한다'고 나불댈 때 누군가가 여기 서서 '무슨 정의요? 누구의 정의요?'라고 외쳐줬으면 좋겠어. 그들이 우리 아들들도 보호해야 할 거 아니냐며 너무 그쪽으로 치우쳐도 안 된다고 하면 누군가가 '너무 치우친다고요? 그럼 어디까지 치우치면 되는데요?'라고 소리를 질러줬으면 좋겠어. 나는 그들이…… 망할…… 누가 여기 서서 그들에게 문제가 있는 쪽은 여자애들이 아니라는 걸 일깨워 줘야 해! 이번이 마지막이 아니라고! 케빈이 마지막이 아니었다고!"

마야와 동업자는 그저 고개를 끄덕인다. 미라는 그들이 놀라지 않는 이유를 절대 이해하지 못한다.

"알겠어. 나도 동참할게."

동업자가 무뚝뚝하게 말한다.

미라는 좌절하며 고개를 젓는다.

"아냐, 아냐. 이해 못 하나 본데 돈은 한 푼도 벌지 않을 거야. 이 회사를 네가 통째로 가져. 베어타운 비즈니스 파크 계약이면……."

동업자는 재밌어하며 어리둥절한 표정을 짓는다.

"나더러 어쩌라고? 여기 남아서 떼돈을 벌라고? 나는 심지어 비싼 와인을 좋아하지도 않는데? 너랑 같이 갈 거야. 어디든."

옆에 앉은 마야는 서로 부둥켜안는 중년의 두 여자를 바라보며 자기도 나이를 먹어도, 아주 아주 아주 많이 나이를 먹어도 저 둘처럼 무모하면 좋겠다고 생각한다. 미라도 앞일을 고민하지 않고 술을 마시기 시작하는 바람에 결국 마야가 아나에게 연락해 자기들 셋을 태워다 달라고 부탁해야 한다. 아나는 아무것도 묻지 않고 당장 달려온다. 네 여자 모두 하키를 좋아하지 않지만 그래도 가서 경기를 보기로 한다.

미라는 사무실 문을 잠근다. 몇 달 뒤에 그녀는 그 열쇠와 회사를 모두 일부 직원들에게 넘기고 비싼 차도 팔 것이다. 신생 법률회사의 첫 사무실은 집의 부엌이 될 것이다. 언젠가는 전국의 여자들이 그들의 존재를 알게 될 것이다. 그것 역시 일종의 대성당이다.

❄

헤드에서 요니는 차를 청소하는 중이다. 아이들과 한나, 둘 중에 어느 쪽이 더 심하게 차를 난장판으로 만들어놓는지 그로서는 판단할 도리가 없다. 그들과 함께 지내면 아침마다 토네이도가 휩쓸고 간 쓰레기처리장에서 눈을 뜨는 느낌이다. 하지만 한나가 나와서 조그만 진공청소기를 들고 허리를 숙이고 있는 그의 엉덩이를 꼬집고는 귀에 대고 속삭인다.

"오늘 조심해. 시끄러운 일에 휘말리지 말고 다치지 마. 오늘 다녀오면 애들 재우고 내가 당신이랑 한판 할 거야. 당신 몸에 손을 대도 되는 사람은 아내뿐이니까! 알겠어?"

그는 폭소를 터뜨린다. 한나는 미치도록 눈이 부신 여자다. 눈이 부시도록 미친 여자다. 그녀는 도발적으로 춤을 추며 아이들을 준비시키러 집 안으로 들어간다. 아이들은 아빠와 함께 경기를 보러 가지만 한나는 병원으로 출근해야 한다. 테스가 밖으로 나오자 그녀는 딸을 붙잡고 미라 안데르손의 명함을 건넨다.

"이거…… 떨어뜨렸더라. 점퍼에서 나왔어."

테스는 웃으며 어머니의 거짓말을 용서한다.

"흠. 점퍼에서 '나왔단' 말이죠."

한나는 이를 악물고 숨을 쉰다.

"이제는…… 네가 나 말고 다른 여자를 찾는다는 걸 인정하기가 쉽지 않아. 정말…… 엄청 힘들다고. 하지만 미라가 자기 사무실에 놀러 와도 된다더라. 나중에 거기서 일해도 좋고. 나는……."

그녀는 더 이상 아무 말도 하지 않는다. 숨 막힐 정도로 끌어안기면 말을 하는 게 쉽지 않기 때문이다. 테스는 속삭인다.

"엄마, 바보예요? 내가 엄마만큼 누굴 또 우러러볼 수 있겠어요!"

❋

아드리는 숲속을 가로지르다 캠핑카 위쪽 비탈길에 차를 세운다. 차를 같이 타고 온 알리시아가 나무 사이로 달려 내려가 벤이의 품에 몸을 던진다.

"안녕, 절친."

벤이는 조그맣게 속삭인다.

"안녕, 절친."

알리시아도 키득대며 똑같이 말한다.

그들은 같이 경기를 보러 간다. 대도시도 차를 얻어탔다가, 아직 숲을 벗어나지도 않았는데 알리시아가 이미 질문을 수십만 개 퍼붓자 얻어탄 것을 후회할 뻔한다.

"삼촌 하키 잘해요? 얼마나 잘해요? 얼마나 세게 슛할 수 있어요? 고양이보다 빨라요? 슈퍼히어로 고양이 말고 그냥 고양이요. 그냥 평범한 고양이! 삼촌 얼마나 빨라요? 벤이 삼촌, 고양이는 얼마나 빨라요? 우리 언제 같이 연습해도 돼요? 오늘은요? 삼촌 몇 살이에요? 50살? 벤이 삼촌, 헤드 팀 잘해요? 우리가 이겨요? 몇 점 차로? 모르겠다고 하지 말고 알아맞혀 보라고요!!!"

질문이 멈추지 않는다. 경기장에 도착했을 무렵 대도시는 머리가 지끈거린다. 벤이는 폭소를 터뜨리며 알리시아에게 묻는다.

"라커 룸 가서 아맛이랑 다른 선수들한테 인사할래?"

알리시아는 가서 스파이더맨과 원더우먼한테 인사하겠느냐는 말이라도 들은 것처럼 입을 떡 벌리고 그를 쳐다본다. 벤이가 그녀의 손을 잡고 같이 아이스링크로 들어간다. 처음에 알리시아는 우쭐대지만, 이미 사람들로 가득 찬 관중석에서 그 어린 귀에는 울부짖는 것처럼 느껴지는 소음이 들려온다. A팀 라커 룸 바로 앞에서 불안을 이기지 못한 아이는 조그맣게 속사포 랩을 쏟아낸다.

"아니우리들어가지마요.인사안하고싶다인사안해도돼요!"

벤이는 그녀의 손을 조금 더 꼭 잡고 차분하게 말한다.

"천장을 봐. 이 지구상에 너랑 나뿐이야. 우리 둘뿐이야. 아무도 우리를 해칠 수 없어."

그들은 알리시아의 귀에 관중석의 소음이 들리지 않을 때까지 거기 서서 기다린다. 모든 게 고요해진다. 두려워할 이유가 전혀 없다. 그녀는 라커 룸 안으로 들어갈 때 벤이의 손을 계속 꼭 잡고 있다. 마치 이번이 마지막이라도 되는 것처럼.

❄

사켈은 자기 방에서 경기 전에 마지막 준비를 하고 있다. 조심스러운 노크 소리에 이어 대도시가 모습을 드러내자 그녀는 고개를 든다.

"응?"

그는 더듬거린다.

"그냥…… 감사하다고 인사드리고 싶어서요. 저를 믿어주시고 여기서 뛸 수 있는 기회를 주셔서 감사해요. 저는 음…… 이런 데서 행복을 느낄 줄은 절대 몰랐는데, 벌써 여기가 거의 제 집처럼 느껴져요……. 진짜 집보다 더요."

"그래?"

사켈은 상대방의 감정을 완벽하게 파악할 줄 아는 사람답게 다시 반문한다.

대도시는 헛기침을 한다.

"오늘 저녁에 제게 원하시는 플레이가 있을까요? 전략적인 측면에서?"

그녀는 잠깐 고민하는 눈치를 보이더니 이렇게 얘기한다.

"날 놀라게 해봐."

사켈은 그런 성격이 아니라 그에게 절대 표현할 일이 없겠지만 앞으로 몇 년 동안 그보다 더 큰 기쁨을 선사하는 선수는 거의 없을 것이다. 그렇게 자주 예상을 깨는 선수도 거의 없을 것이다. 그렇게 다른 선수도.

대도시는 라커 룸으로 간다. 모든 게 아직은 낯설지만 그는 이 마을에 오랫동안 남을 것이다. 지금 벤이의 캠핑카가 주차된 장소에서 멀지 않은 곳에 조그만 집을 장만하고, 고기는 잡지 않지만 배 위에서 많은 시간을 보낼 것이다. 적당히 거짓말하는 법을 배울 테지만 자기 자신에 대해서는 더 이상 거짓말하지 않을 것이다. 결국에는 그의 어머니도 여기로 이사 올 것이다. 뭐, 이사까지는 아닐지 몰라도 아들을 보러 왔다가 아예 눌러앉을 것이다. 알고 보니 그녀도 숲 사람이다. 그런 건 숲에서 살아보기 전에는 모르는 법이다.

※

보보는 라커 룸 앞 복도에 서 있다. 테스는 얼른 입을 맞추고 그가 할 일을 할 수 있게 자리를 비켜준다. 그녀는 먼 도시로 건너가 공부 하겠지만 공부를 마치면 돌아와 미라와 함께 일할 것이다. 한나의 말 마따나 최고가 될 것이다. 보보는 아빠와 함께 자동차 정비소를 운영 할 것이다. 몇 년 더 사켈의 보조 코치로 일하다가 테스와 결혼하고 첫 아이가 태어나면 유소년 팀 코치로 자리를 옮길 것이다. 그래야 훈련을 일찍 끝내고 아내의 퇴근 시간에 맞춰 저녁을 차려놓을 수 있 기 때문이다. 나중에는 그가 자기 아이들 모두를 가르칠 것이다.

※

갈텐은 당당하게 관중석에 자리를 잡고 앉는다. 그가 앉은 쪽은 베어타운 관중석인데, 헤드 남자 하나가 그에게로 다가온다. 요니가 손을 내밀자 갈텐은 잠깐 망설이다가 마주 잡는다.

"아드님이 참 괜찮은 청년이더군요."

요니는 말한다.

고개를 끄덕이던 갈텐은 처음에는 놀라워하다가 곧 고마워한다.

"그래도 댁의 따님에게는 못 미치지요."

요니는 희미하게 씩 웃는다.

"네. 그렇죠. 하지만 남자라면 누구나 그렇지 않을까요?"

갈텐은 한쪽으로 몸을 옮긴다. 둘 다 덩치가 워낙 커서 좌석 세 개 를 차지해야 간신히 앉을 수 있을까 말까다. 반생애 전에는 빙판 위에서 서로에게 죽일 듯이 달려들었던 두 사람이 이제는 가족이 되고 어찌어찌 친구가 돼야 한다. 그럴 때는 제삼자에게 조금 도움을 받으면 효과적일 수 있다. 다행히 아나와 마야가 두세 자리 옆에 앉아 있다. 갈텐은 그쪽으로 몸을 숙여 아나에게 맥주 있느냐고 살짝 묻는다. 있다. 아이스링크에는 맥주를 가지고 들어오면 안 되지만 아나는 모든 규제를 지키면 절대 외출할 수 없을 것이다. 따지고 보면 자기 집에서도 절대 있을 수 없을 것이다. 갈텐과 요니는 종이컵에 맥주를 담아서 몰래 마신다. 요니가 몰래 마시는 이유는 보안 요원이 아니라 한나가 무서워서다.

"언제 다 같이 오셔서 저희 가족이랑 식사 한번 하시죠."

요니가 작심하고 얘기를 꺼낸다.

"보보가 들으면 좋아하겠네요."

갈텐은 무뚝뚝하게 대답한다.

"그래야 할 텐데요. 왜냐하면 아드님에게 식사 준비를 맡길 거거든요."

요니는 씩 웃는다.

갈텐은 폭소를 터뜨린다. 그들은 건배한다. 서로 나란히 앉아서 10분 동안 싸우지 않고 하키 얘기를 나눈다. 나중에 그들은 같은 아이들의 양쪽 할아버지가 될 것이다. 그들의 손자들이 좋아하는 팀을 선택하는 만용을 부리려면 행운을 빌어야 할 것이다.

❄

아맛은 가방을 어깨에 들러메고 라커 룸 앞 복도를 걷다가 보보가 보이자 걸음을 멈춘다. 둘은 한참 서로 끌어안는다.

"이번이 우리가 함께 보내는 마지막 시즌이겠네. 내년이면 네가 프로 선수가 될 테니까."

보보가 잠긴 목소리로 말한다.

"그 말을 앞으로 매 시즌마다 할 텐데요."

아맛은 미소를 짓는다.

하지만 보보의 말이 맞는다. 다른 팀원들은 이미 라커 룸에 있다. 아맛은 대도시와 옹알이 사이에 앉아서 옷을 갈아입는 그들을 향해 묻는다.

"내일 추가로 연습할래?"

그들은 고개를 끄덕인다. 대도시가 묻는다.

"오늘 밤은 어때? 경기 끝나고 다들 바빠?"

그렇지는 않다. 밖에서는 천 명의 응원단이 한목소리로 외친다. "우리를 잡고 싶어? 어디 와서 덤벼보시지!" 양쪽 스탠딩석에서도 똑같은 구호를 외친다. 온 숲이 포효한다. 옹알이는 무표정한 얼굴로 무릎을 계속 깡총거리고 있다.

"긴장돼?"

대도시가 묻는다.

옹알이는 무안해하며 고개를 끄덕인다.

"그럴 것 없어. 헤드 팀은 퍽을 건드리지도 못할 테니까."

대도시는 숲 사람들 특유의 오만에 벌써 물들기라도 한 듯이 씩 웃는다.

"덤벼! 덤벼! 무서워서 덤비지도 못할 것들아!"

경기장 스탠딩석에서 관중들이 정치인과 권력자들을 향해, 온 세상을 향해 일제히 외친다.

"저 사람들이 얼마나 소리를 지르는지 잊어버리고 있었네."

아맛은 말한다.

"나는 이런 응원 처음이야."

대도시는 실토한다.

"밖으로 나가서 들어야 진짜지. 꼭 허리케인 같거든."

아맛이 말한다.

"어떻게 대처하면 되는지 노하우를 가르쳐준다면?"

대도시가 묻는다.

그러자 옹알이가 갑자기 씩 웃으며 이렇게 대답해서 자기 자신은 물론이고 모든 선수들을 놀라게 한다.

"이기면 돼."

그들은 요란하게 폭소를 터뜨린다. 바로 그때 벤이가 알리시아의 손을 잡고 라커 룸으로 들어온다. 그 아이에게는 궁금한 게 있다.

궁금한 게 아주, 아주 많이 있다.

✳

사켈은 자기 방에서 내려와 라커 룸 앞을 왔다 갔다 걷는다. 이상하게 긴장이 돼서 평소보다 시가를 더 열심히 피운다. 관리인이 욕을 하며 화재경보기가 울리지 않게 비상구 문을 연다. 그리고 그걸 닫는 걸 깜빡한다.

✳

아나의 아빠는 자기 딸의 아랫줄에 앉아 있다. 멀쩡한 정신으로. 아나가 같은 사냥 팀 친구들에게 전화를 걸어서 물어보니 오늘 딸과 함께 경기를 보러 간다는 걸 기억하고 있었기에 어제는 술을 전혀 마시지 않았다고 했다.

"다음 사냥을 나가기 전에 술을 마셔주길 기대해 봐야지. 정신이 멀쩡하면 베어타운을 통틀어 그보다 더 솜씨 좋은 사냥꾼이 없으니 우리 입장에서는 불공평해지거든."

노인들은 이렇게 투덜거렸다. 아나는 몸을 앞으로 숙이고 묻는다.

"아빠, 픽업트럭 몰고 왔어요?"

그는 얼른 고개를 끄덕이며 열심히 그녀를 안심시킨다.

"응, 응. 하지만 술 안 마셨어! 진짜야!"

그는 그녀를 당황시킬까 봐, 그녀가 자기를 창피하게 여길까 봐 안절부절못한다. 하지만 아나가 미소를 짓자 그도 딸에게만 보여주는 미소를 짓는다. 잠시 후에 그녀가 생각에 잠긴 투로 묻는다.

"아빠. 트럭에 엽총 두고 내리면 안 되는 거 안 까먹었죠?"

그의 눈이 동그래진다.

"아니…… 술 마셔서 그런 게 아니고…… 스트레스 받아서 그런 거야!"

아나는 지친 표정으로 고개를 젓는다.

"트럭 문 잠갔어요?"

그는 벌떡 일어나 주차장으로 가서 확인하고 오려고 앉아 있는 사람들 틈을 비집고 나간다. 아나가 뒤에서 부른다. 그는 또 다른 잔소리를 들을 각오를 하며 고개를 돌리지만 그녀는 온 응원석이 쩌렁쩌렁 울릴 만큼 크게 외친다.

"사랑해요, 아빠!"

그녀의 아빠가 완벽하지는 않다. 하지만 그녀의 아빠다. 아나는 그 사실을 한 번도 창피하게 여긴 적이 없다.

103

의문

경기 시작 시간이 다가오지만 경기는 끝내 열리지 못할 것이다. 대신 앞으로 계속 후회하게 될 모든 일이 시작될 것이다. 아이스링크를 찾은 모든 사람이 이 순간을 평생 곱씹고 또 곱씹으며 속으로 반문할 것이다.

"내가 뭔가를 바꿀 수 있었을까? 눈곱만큼 작은 거라도? 내가 그 아이를 막을 수 있었을까?"

우리가 그때까지 저지른 모든 행동과 우리의 존재 자체와 우리가 건설한 사회 전체에 의문을 제기하게 될 저녁이 시작되려 하고 있다. 사회란 무엇일까? 그 총체는 무엇일까? 우리가 선택한 모든 것의 총합일 뿐이다. 우리의 결과일 뿐이다. 그렇다면 우리는 그 결말을 감당할 수 있을까?

이날의 하키 경기는 끝내 열리지 못할 테고, 우리 중 대다수는 그 아이스링크 안에 영영 갇혀 있는 것처럼 느낄 것이다. 이날의 악몽에서 끝내 벗어나지 못할 것이다. 우리는 이야기를 전하는 사람이다. 그것이 우리가 저지른 행동에 대한 변명이 될 수 있길 바라며,

이야기를 통해 우리가 경험한 것에 어떤 의미를 부여하고, 우리가 무엇을 위해 싸워왔는지 설명하려는 사람이다. 하지만 이야기를 통해 우리의 가장 훌륭한 면과 가장 못난 면이 동시에 드러난다. 한쪽이 다른 쪽을 보완할 수 있을까? 승리가 실수보다 더 위대할까? 어떤 것이 우리의 책임일까? 어떤 것이 우리의 잘못일까? 내일 우리는 거울을 마주할 수 있을까? 서로의 눈을 쳐다볼 수 있을까?

아니다.

이 일이 있은 뒤에는.

104
후회

레브는 헤드의 폐차장 옆에 딸린 조그만 집 앞의 테라스에 앉아 있다. 얼룩무늬 개가 그의 발치에서 쉬고 있다. 저녁 날씨는 춥고 공기는 상쾌하며 그의 가슴은 외로움으로 아려온다. 그는 이런 심정을 부하들 앞에서는 절대 드러내지 않는다. 그랬다가는 그들을 통제할 수 없을 것이다. 레브는 두려움을 드러내는 성인 남자를 볼 때마다 놀라움을 느낀다. 그런 호사를 누리다니, 자기를 잡아먹는 사나운 짐승을 본 적이 없어서 그게 뭔지 모르는 토끼 같지 않은가. 레브가 어린 시절을 보낸 고장에서 남자들은 가슴이 찢어지는 한이 있더라도 공포를 표현하지 않았다. 그가 헤드를 선택한 이유가 그 때문이었다. 수많은 곳에서 살아봤지만 이 숲에 정착하기로 마음먹은 것은 여기 사람들도 레브 못지않게 악착같고 위험하기 때문이었다. 지금까지 쫓겨난 여러 마을에서와는 다르게 그도 여기에서는 별종으로 간주되지 않고 그들 틈에 섞여 평화롭게 살 수 있지 않을까 싶었다. 여기에서는 차근차근 뭔가를 쌓을 수 있을지도 몰랐다.

그는 폭력적인 인간이지만 누가 이유를 물으면 폭력을 혐오하기 때문에 그런 거라고 대답할 것이다. 레브가 권총을 들고 다니는 이유는 아무도 죽이지 않기 위해서다. 사람들에게 겁을 줘서 쫓아내야 너무 가까이 접근하는 것을 차단할 수 있다. 그는 이런 방식으로 살아남았지만 덕분에 외로워졌다. 대개는 이런 감정이 느껴지도록 방치하지는 않지만 여기로 찾아와 펠센 술집을 사간 아드리라는 그 여자가 그의 가슴 속에 달린 문을 발로 차서 뭔가를 터뜨렸다. 조카들을 떠올리게 했다. 그가 뭔가를 건설하고 싶은 것도 그들을 위해서다. 그들의 아이들을 위해서다. 레브는 자식이 없었고 외부에서는 전쟁이라고 부르지도 않는 전쟁으로 거의 모든 가족을 잃었다. 그는 선한 인간들이 엄청난 악행을 저지르는 것도, 끔찍한 인간들이 엄청난 선행을 베푸는 것도 보았다. 어디든 마찬가지다. 모두가 너무 많이 사랑하고 너무 쉽게 증오하며 너무 조금 용서한다. 하지만 대부분의 사람은 그와 같은 것을 원한다. 평화롭게 사는 것, 밤이 찾아오면 심장박동이 조금 느려지도록 허락하는 것, 돈을 조금 벌어서 사랑하는 사람을 먹여 살리는 것.

그는 조카들과 그 아이들에게 돈을 보내고 싶어서 폐차장에 사업장을 차렸다. 언젠가는 여기에 넓은 집을 지어서 같이 살자고 그들을 부를지 모른다. 그는 선한 사람일까? 아니다. 그도 그건 안다. 레브는 후회할 만한 짓을 숱하게 저질렀지만 후회하지 않는다. 악의 정의가 그런 거 아닌가? 남자는 가족을 보호하기 위해서라면 얼마든지 나쁜 짓을 저지를 수 있고, 그들을 위해 지은 모든 것을 지키기 위해서라면 얼마든지 폭력을 동원할 수 있다. 언젠가는 레브의 조카 손자, 손녀들이 변호사와 사장이 될 수 있을지 모른다. 언젠가는 그들이 페테르 안데르손 같은 위치에 오를 수 있을지 모른다. 번번이 사과하거나 고마워하지 않아도 되는 위치, 훔치거나 구걸하지 않아도 되는 위치. 하지만 그때까지는? 그때까지 레브는 해야 하는 일을 할 것이다.

후회? 그렇다, 한 가지 후회하는 일은 있다. 아맛. 그 아이. NHL 드래프트와 관련해서 벌어진 모든 일. 아맛을 보면 남동생이 어렸을 때가 떠올랐다. 그들 형제는 다른 시대와 다른 숲에서 여기 사람들처럼 하키를 했었다. 그러니까 페테르 안데르손이나 다른 사람들은 어떻게 생각할지 몰라도 레브가 아맛을 도운 건 욕심 때문이 아니었다. 적어도 페테르 안데르손보다 욕심이 많아서 그런 건 아니었다. 레브가 아맛을 도운 건 그 아이에게서 사랑했던 사람을 느꼈기 때문이다. 이제 와서 후회되는 부분이 있다면 그 아이를 있는 그대로, 그냥 평범한 아이로 보지 못했던 것이다. 레브가 어린 시절을 보낸 곳에서는 아맛과 비슷한 나이의 남자아이가 없었다. 폭력이 난무하는 곳에서 어린 시절은 눈 깜빡하면, 어쩌면 그보다도 더 빨리 끝난다. 그 나이면 성인으로 간주되었다. 레브는 실수를 쉽게 인정하는 성격이 아니지만 아맛에게 돈과 찬사, 둘 중에서 어느 쪽을 더 가지고 싶으냐고 물어봤어야 했다는 걸 이제는 안다. 레브가 생각하기에는 가진 돈이 많은 사람들이나 찬사에 연연하지만 그 아이의 생각은 달랐을 수도 있다. 레브는 이해조차 하지 못하는 것을 원했을 수도 있다.

후회? 그렇다, 레브는 모든 것에도 불구하고 후회하는 일이 몇 가지 있을지 모른다. 남의 말을 귀담아 듣지 않는 것, 지금 경기장이 아닌 여기에 있는 것. 아맛의 경기를 다시 한번 보고 싶었는데. 그의 동생이 예전에 그랬던 것처럼 앞으로 돌진하는 것을. 그건 경이로운 경기다. 멋진 경기다.

레브는 눈을 감는다. 밖에서 자갈을 밟는 발소리가 들린다. 거친 숨소리가 들린다.

폐차장에서 일하는 그의 부하 한 명이 눈을 휘둥그레 뜬 채 한 트레일러하우스에서 뛰쳐나온다. 그는 출입문을 지나 레브의 집으로 최대한 빠르게 달려간다. 그리고 미친 듯이 문을 두드린다. 레브가 독주를 따른 조그만 잔을 들고 화를 내며 문을 벌컥 열 때까지.

이렇게 해서 그는 다른 부하가 무슨 짓을 저질렀는지 알게 된다. 권총을 사러 왔던 열네 살짜리에게 뭘 팔았는지를. 폐차장에서 일하는 다른 부하가 좀 전에 베어타운에서 마테오를 봤다고 한다. 아이스링크 앞에서 핫도그를 팔려고 가는 길이었는데, 그 아이가 경기를 보러 오더라며 이렇게 전한다.

"검은 기운이 느껴졌어요."

그 전에도 그 후에도, 레브보다 빠른 속도로 차를 몰고 숲을 가로지른 사람은 없을 것이다.

❄

아나의 아빠가 픽업트럭을 살피러 나와 보니 주차장에 아무도 없다. 안에서는 경기가 이제 막 시작되려는 찰나다. 경기 초반을 놓치고 싶지 않은지 낡은 미국 차 한 대가 어마어마한 속력으로 달려오고 있다. 아나의 아빠는 트럭 문이 잠겨 있지 않은 걸 보고 부끄러움에 몸 둘 바를 몰라 한다. 두말하면 잔소리지만 아나가 예견했던 것처럼 엽총도 깜빡하고 거기 두었다. 술을 마셔서가 아니라 나이가 들어서 그런 거고 그래서 더 처참하다.

그가 총을 좌석 아래에 숨기고 트럭을 잠근 뒤 다시 안으로 들어가려는데, 아이스링크 건물 옆면을 따라 터벅터벅 걸어오는 사람 하나가 보인다. 처음에는 숲속에서 뭔가가 보였다. 동물인지 사람인지 당장은 알 수 없을 때처럼 곁눈으로 움직임만 포착했지만 그는 항상 자신의 직감을 믿는다. 그는 뭔가가 이상하면, 뭔가가 어색하게 움직이면 단박에 알아차린다. 숲속에서 한평생을 사는 동안 레이더에 감지된 동물이 겁에 질렸을 때, 도망치고 있을 때, 사냥하는 중일 때 각각 어떤 느낌인지 터득했다.

아나의 아빠는 자동차 사이로 몇 걸음 걸어간다. 이제 보니 어린 남자아이다. 창문마다 들여다보고 문고리마다 잡아당기고 있다. 아이가 열려 있는 문을 발견한다. 라커 룸 앞, 복도 끝에 달린 비상구 문이다. 밖에서는 잠겨 있어서 안에서만 열 수 있어야 하는데 관리인이 시가 연기를 빼느라 열어놓고 잊어버린 것이다.

아이가 그 문을 향해 느닷없이 달리기 시작할 때 아나의 아빠는 아이의 손에 들린 권총을 본다. 그는 아이가 안으로 들어가기 전에 소리를 지르거나 아무에게라도 경고하지 못한다. 그건 순식간에 벌어진 일이다. 믿기지 않고 가차 없고 끔찍하리만치 순식간에 벌어진 일이다.

미국 차가 방향을 홱 틀어 주차장 안으로 들어온다. 아나의 아빠는 엽총을 들고 아이스링크를 향해 달린다.

✳

옹알이는 라커 룸 안 벤치에 앉아 있다. 마테오는 그 안으로 들어 간다. 처음에는 아무도 권총을 보지 못하다가 모두가 동시에 발견한 다. 장난인 줄 안다. 열네 살짜리의 손에 들린 권총이라니 너무 어색 하다. 하지만 잠시 후에 다들 그의 눈을 본다. 그 안에 아무것도 없 다. 그 안에 어떤 인간이 깃들어 있었을지 몰라도 지금은 사라지고 보이지 않는다. 그때 첫 발이 발사된다.

탕.

두 번째와 세 번째도 연달아.

탕 탕.

모두 비명을 지른다. 달린다. 샤워실과 화장실로, 사방으로 도망 친다. 세면대 아래와 문 뒤에 웅크리고 숨는다. 그 자리에 있었던 사 람은 이제 살았다는 생각과 더불어 이게 꿈이 아니라는 깨달음이 찾아왔을 때의 기분을 절대 잊지 못할 것이다. 이제 다 끝났다는 깨 달음이 찾아왔을 때의 기분을. 이런 순간이 오면 그간의 추억이 주 마등처럼 지나간다는 사람들이 많지만 대부분에게는 아주 사소한 것을 떠올릴 수 있는 시간만 허락된다. 한 사람. 우리 손에 쥐어져 있던 조막손. 키득거리는 웃음소리. 손바닥에 닿았던 숨결.

탕.

옹알이는 자기가 죽게 됐다는 걸 안다. 마테오가 그를 겨누고 있다. 옹알이는 그 아이가 들어온 순간 모든 게 끝났다는 걸 알기에 가만히 앉아서 눈을 질끈 감고 얼른 끝나기만을 바란다. 너무 아프지만은 않기를 바란다. 조금도 아프지 않기만을 바란다. 그는 가슴이 터지고 몸이 바닥으로 고꾸라지길 기다리지만 아무 일도 벌어지지 않는다. 눈을 떠 보니 온 사방이 피투성이고 두 명이 바닥에 쓰러져 있다.

❋

알리시아는 미미하지만 끈질긴 방귀 냄새처럼 라커 룸을 돌아다닌다. 궁금한 걸 묻고 묻고 또 묻는다. 유니폼 윗도리에 사인해 달라고 하고, 어떤 스케이트에 대해 좀 더 알고 싶어 하고, 하키스틱에 테이프 감는 비법에 대해 궁금해한다. 아맛이 안아주자 그 자리에서 기절할 것 같은 표정을 짓는다. 벤이는 라커 룸 저편의 벤치에 앉아 있다. 느긋하게 벽에 등을 기대고 거의 졸기 직전이다. 그래서 마테오가 들어오는 것을 알아차리지 못한다. 알리시아가 라커 룸 한복판에 서 있는 것을 보지 못한다. 옹알이 바로 앞에 서 있는 것을.

탕.

✳

한나는 병원에 있다. 그녀는 복도를 뒤흔든 비명을 듣지 못하고, 가족들이 가 있는 아이스링크에서 경보가 울린 것도 모르고, 동료들의 목소리가 갈라지는 것을 알아차리지 못한다. 그 소식을 전하는 모든 간호사와 의사의 영혼에 유리 조각이 박히지만 한나는 이 안에서 일하고 있기에, 사실 두 배로 일을 하고 있기에 그런 줄도 모른다.

마치 잔인한 농담 같다. 하느님은 우리 인간을 당신이 원하는 대로 할 수 있음을 과시하려는 걸까. 아니면 그 반대일까. 이건 그의 속죄일까.

아이스링크에서 꽃다운 두 아이의 생이 마감될 때 한나의 품 안에서 쌍둥이의 심장이 뛰기 시작한다. 두 아이의 어린 시절이 시작된다. 뺵뺵. 간지럼 태우기와 자지러지는 웃음소리. 나무 타기. 물웅덩이와 너무 큰 장화. 호수에 언 얼음. 백만 개의 아이스크림. 아이가 안에서 공놀이하는 동안 전화기에 대고 소곤소곤 소리를 지르는 부모. 그네. 절친. 첫사랑.

이해할 수 없는 폭력과 놀라운 은혜가 이날을 장식한다. 이보다 더 엄청날 수 없는 공포와 이보다 더 작을 수 없는 인간이 이날을 장식한다. 모두 다 우리 것이다.

✳

알리시아에 대해서는 뭐라고 해야 할까?

482

두말하면 잔소리지만 우리의 모든 이야기의 중심에는 그 아이가 있다. 여기에서 끝나는 모든 이야기에서도, 여기에서 시작되는 모든 이야기에서도 그녀가 발단이다.

탕.

마테오는 문 앞에 서 있고 알리시아는 그가 손에 뭘 들고 있는지 모른다. 까만 것이 연기처럼 날아와 그녀를 감싼다. 비명과 뭔가가 와장창 박살 나는 소리가 들린다. 사방에서 모든 남자들이 달린다.

탕 탕.

첫 발은 너무 높이 날아간다. 반동이 너무 격했고 마테오의 손이 너무 떨렸기 때문이다. 그래서 그는 총구를 낮추고 다시 방아쇠를 당긴다. 두 번째와 세 번째 발은 명중한다. 가슴 정중앙에. 상대방은 바닥 위로 쓰러지기도 전에 숨이 끊긴다.

탕.

라커 룸에 있던 모든 남자가 달린다. 누군가는 화장실을 향해, 누군가는 샤워실을 향해, 누군가는 창문으로 기어나가려고 한다. 벤이만 빼고. 왜냐하면 그는 불이 나면 그쪽으로 달려가는 사람이니까.

전부터 항상 그랬으니까.

✳

아나의 아빠는 비상구 쪽으로 달려가 숨을 헐떡이며 어둠 속을 응시한다. 마테오가 라커 룸에 대고 첫 발을 쏘고 나서 다시 쏘려고 그 안으로 들어가는 게 보인다. 하지만 그때 안에 있던 누군가가 그를 향해 있는 힘껏 몸을 날린다. 마테오는 자기보다 훨씬 덩치가 큰 사람을 매달고 통로로 비틀비틀 다시 뒷걸음질 쳐서 나온다.

탕 탕.

그 두 발이 벤이의 목숨을 앗아간다. 두 발 모두 심장에 꽂힌다. 달리 어딜 맞힐 수 있었을까? 그는 머리끝부터 발끝까지 심장밖에 없는 것을. 마테오는 그의 시신을 옆으로 치우고 벌떡 일어나 계속 사람을 죽이려고 사방을 미친 듯이 조준한다.

✳

우리는 경찰과 언론의 보도가 사실일 리 없다고 할 것이다. 아무리 걸출한 명사수라도 그런 상황에서, 그 정도 거리에서 명중하다니 있을 수 없는 일이라고 할 것이다. 아무리 베어타운에서 가장 훌륭한 사냥꾼이라도 그럴 수는 없다고 장담할 것이다. 그건 틀린 생각이다.

아나는 관중석에 서 있다가 첫 번째 총성을 듣는다. 다른 사람들처럼 그녀 역시 애들이 폭죽을 터뜨린 줄 안다. 그러다 비명이 들리자 의자 위로 올라가서 선다. 그 각도에서는 펜스 옆으로 이어지는 통로와 라커 룸 입구가 눈에 간신히 들어온다. 아나는 벤이가 그 입구를 가르며 권총 위로 몸을 날려 마테오를 바닥으로 쓰러뜨리는 광경을 본다. 연이어 발사된 두 발의 총알이 그의 심장을 관통하고 그의 몸을 관통하고 천장을 관통한다. 마테오는 다시 일어나지만 다음 번 총알에 머리를 맞는다. 아나는 누가 그 총알을 쏘았는지 확인할 필요도 없다. 그럴 수 있는 사람은 그 말고 아무도 없다.

아나는 아빠가 엽총을 들고 서 있을 게 분명한 비상구로 곧장 달려간다. 마테오는 바닥 위로 쓰러지기도 전에 숨이 끊긴다.

하지만 벤이도 마찬가지다.

벤야민 오비크를 알았던 사람들은, 특히 그를 벤이라고 부를 만큼 가까웠던 사람들은 모두 그의 앞으로 정말 긴 이야기가 예정되었길 바랐을 것이다. 안전한 삶과 해피엔드도. 아, 우리도 얼마나 간절히 바라고 또 바랐던가. 하지만 속으로는 그가 그런 호사를 누릴 수 있는 사람이 아니라는 것을 알았을지 모른다. 벤이는 항상 앞을 가로막고, 보호하고, 달려가는 성격이었기에. 그는 항상 자기가 모든 이야기에 등장하는 악당이라고 생각했다. 진정한 영웅들이 그렇다. 벤이와 같은 남자아이들이 등장하는 이야기가 그들이 나이를 먹어가는 것으로 끝나지 않는 이유가 그 때문이다. 그런 남자아이들이 등장하는 이야기는 타임머신에 대한 환상을 깨는 것으로 끝이 난다. 머나먼 미래에 타임머신이 발명됐다면 그를 사랑했던 누군가가 이때로 돌아왔을 테니까.

그를 사랑했던 사람이 한두 명이 아니니까.

우리는 악을 물리칠 수 없다. 우리가 건설한 세상의 가장 견딜 수 없는 점이 그거다. 악은 근절하지도 어디 가두지도 못한다. 그걸 없애겠다고 폭력을 쓰면 쓸수록 악은 문 틈새와 열쇠 구멍으로 스며 나오며 점점 더 강력해질 뿐이다. 악은 우리 안에서 자라나기에, 어떨 때는 심지어 우리 중에 가장 훌륭한 사람들 안에서, 또 어떨 때는 심지어 열네 살짜리의 안에서 자라나기에 절대 사라지지 않는다. 우리에게는 그것에 대항할 무기가 없다. 그것에 대처할 수 있도록 사랑이라는 선물을 받았을 뿐이다.

모두 사방으로 달리며 출구를 찾는다. 하지만 아나와 마야는 인파를 헤치며 관중석 아래로 비틀비틀 내려간다. 발이 어디 걸려서 마야가 비명을 지르자 아나는 주변의 모든 것과 모든 사람을 내동댕이쳐 가며 친구를 끄집어내고 둘이서 같이 라커 룸으로 달려간다. 복도에서 맨 처음 보인 사람은 벤이의 피를 뒤집어쓴 아맛과 보보다. 보보는 벤이가 그냥 자고 있기라도 한 것처럼 친구를 품에 안고 앞뒤로 흔들고 있다. 하지만 그는 떠났다. 더는 존재하지 않는다.

마야의 본능이 그때 해야 하는 일을 수천 가지 외치지만 그녀의 귀에는 비명밖에 들리지 않는다. 마야가 아니라 어린 여자아이의 비명이다. 아이는 벤이의 3미터 뒤에 서서 그저 비명을 지르고 지르고 또 지르고 있다. 아무도 그 소리를 듣지 못하는 것 같다. 다들 그대로 얼어붙은 채 피와 시신만 쳐다보느라 아무도 아이를 보지 못한다. 어쩌면 마야는 알리시아 안에서 자신을 보았을지 모른다. 어쩌면 이 순간 그녀는, 잘은 모르겠지만, 어른이 되었을지 모른다. 하지만 그녀는 남들처럼 벤이 옆에 무릎을 꿇지 않고 알리시아를 안고서 이 아수라장에서 빠져나간다. 비상구와 아나의 아빠와 주차장을 지나 숲속으로 달린다. 아이가 아이스링크에서 벌어지는 일을 보지 않고 울며 소리를 지를 수 있도록 품 안에 꽁꽁 감추고 거기 앉아 있는다. 마야는 아이를 피와 그 장면과 그 기억으로부터 보호하고 싶다는 생각만 하며, 벤이가 죽었다는 사실이 머릿속에 스며드는 것을 거부한다. 그건 있을 수 없는 일이다. '이 아이를 보호해야 해, 이 아이를 보호해야 해'라는 생각뿐이다. 저 안에 총을 들고 있는 남자가 더 있을지 모르고 누가 또 총을 쏠지 모르니 이 아이를 보호해야 한다, 이 아이를 보호해야 한다, 이 아이를 보호해야 한다. 사람들이 주차장으로 달려나온다. 비명과 사이렌 소리가 햇빛이 한 줌 남은 허공을 가른다. 마야는 떨리는 몸을 멈출 수 있길, 아이를 좀 더 세게 끌어안을 수 있길, 이제 그들 안에 영원히 남을 충격과 절망과 그 끔찍한 어둠을 부둥켜안는 것으로 없앨 수 있길 바라지만 그럴 방법을 찾지 못한다. 그녀는 그만큼 덩치가 크지 않고 그만큼 힘이 세지 않다. 숨을 쉴 수가 없어서 헐떡이며 경기장 바닥에 남은 핏자국과 시신을 머릿속에서 떨쳐버리려고 한다. 아이를 위해 강해져야 한다. 하지만 어떻게 그럴 수 있을까? 어디에서 그럴 힘을 찾을 수 있을까? 그녀에게는 없다. 이러다 눈밭 위로 쓰러지겠다는 생각이 들 때 그녀의 어깨를 감싸안는 두 팔이 느껴진다. 엄마의 팔이다. 미라는 불이 난 곳으로 달려가지 않고 아이들을 뒤쫓아서 달렸다. 그 뒤로 테스가 따라오고 조만간 온 사방에서 빨간색과 초록색, 심지어 검은 재킷을 입은 다른 여자들이 등장할 것이다. 그들이 서로 팔을 감싸고 동그랗게 한 겹, 두 겹, 세 겹의 원을 만들어 알리시아를 가운데 두고 벽을 칠 것이다.

이 아이의 남은 평생에 이보다 더 끔찍한 사건은 없을 것이다. 하지만 이 가장 끔찍한 순간에, 이 가장 엄청난 공포의 정점에 온 숲의 엄마와 언니들이 달려와 그녀를 보호한다.

악을 물리칠 수 있는 사람은 없다. 하지만 알리시아를 데려가고 싶다면 그들을 마지막 남은 한 명까지 뚫고 들어와야 할 것이다.

❄

거의 모두가 이게 무슨 일인지 모르는 사람들처럼 달린다. 하지만 아드리 오비크는 이미 아는 사람처럼 달린다.

말? 이걸 말로 설명할 방법은 없다.

모든 게 그저 충격이다.
모든 게 그저 어둠이다.

모든 게 그저 공허하다.

우리는 수많은 유형의 폭력에 익숙해져 있지만 이건 절대 예측하지 못했다. 이건 절대 이해하지 못할 것이다. 이건 절대 극복하지 못할 것이다. 아드리는 동생을 안는다. 품속에 안긴 그가 너무나 작게 느껴진다. 그녀가 동생을 안고 아이스링크에서 나가는 동안 온 마을이 숨을 멈춘다. 모두의 심장에 구멍이 뚫린다.

내일 어떻게 해가 뜰 수 있을까? 어떻게 아직 햇빛이 비출 수 있을까? 그게 다 무슨 의미일까?

❋

레브는 차가 멈추기도 전에 거기서 내린다. 아나의 아빠가 엽총을 들고 비상구 옆에 혼자 서 있다. 안에서 모두가 비명을 지르고 있다. 레브는 바닥에 남은 핏자국과 시신을 보고 금세 상황을 파악한다. 권총이 보인다. 얼른 달려가 그걸 수거할 수도 있었다. 폐차장과 그가 연루됐음을 알리는 유일한 증거일 테니까. 하지만 이제 그에게는 후회되는 일이 너무 많고, 어둠 속에서 떠오르는 마테오의 얼굴 때문에 잠을 이루지 못할 숱한 날들이 그를 기다리고 있다. 선한 인간들이 엄청난 악행을 저지를 수도, 끔찍한 인간들이 엄청난 선행을 베풀 수도 있다. 그래서 레브는 자기 살 궁리를 하는 대신 몸을 돌려 다른 사람을 살린다. 아나가 달려오는 것이 보이자 사냥꾼을 붙잡고 묻는다.

"딸이에요?"

아나의 아빠는 마치 정신을 잃었는데 몸은 아직 그걸 알아차리지 못한 사람처럼 멀뚱멀뚱 고개를 끄덕인다. 레브가 이쪽으로 오라고 신경질적으로 손을 흔들자 아나는 핏자국을 뛰어넘어서 달려간다. 그녀는 그걸 절대 잊지 못할 테고 그랬던 자신을 절대 용서하지 못할 것이다. 벤이는 이미 죽었더라도, 산 사람을 보호하기 위해서 그랬더라도, 벤이는 그녀가 그래주길 바랐을지라도.

아나도 아빠도 레브가 누군지 잘 모른다. 남들처럼 소문을 들었지만 그게 전부다. 그는 충격을 받지도 않은 것 같아 보인다. 아마 그런 사람은 그 혼자밖에 없을 텐데, 다른 숲에서 본 게 워낙 많아서 그렇다.

"당신 차? 당신 차 어디 있어요, 에?"

레브가 큰 소리로 묻는다.

그제야 아나는 그가 무슨 생각을 하는지, 그녀가 도우려면 어떻게 해야 하는지, 그렇지 않을 경우 아빠가 얼마나 난처해질 수 있는지 알아차린다. 그녀는 아빠를 잡고 그가 덩치만 큰 어린애인 것처럼 끌고 간다. 그는 이미 울고 있지만 아나는 그런 호사를 누릴 수 없다. 그녀는 아빠를 옆자리에 태워서 출발하고 레브가 그들을 따라간다. 도로에서 보이지 않는 숲속 호숫가에 차를 댄다. 아나가 트럭 뒷자리에서 공구를 꺼내고 그들은 같이 얼음에 구멍을 뚫는다. 듬성듬성 여러 개를 뚫는다. 그런 다음 엽총을 분해해 부품을 호수 여기저기 흩뿌린다.

그런 다음 아나네 집으로 간다. 레브는 허락을 구하지도 않고 부엌으로 직행한다. 개들은 관심을 보이고 킁킁거리며 냄새만 맡을 뿐

그를 가로막지는 않는다. 레브는 찬장을 뒤져서 술을 꺼낸다. 아나의 아빠가 증상이 재발할 때를 대비해 딸이 쏟아버리지 못하게 숨겨놓은 것이다.

"마셔요, 에?"

레브는 세 개의 잔에 술을 따르기 시작한다.

"미쳤어요? 지금 이런 상황에서 술을 마시겠다고⋯⋯."

아나가 쏘아붙이지만 레브는 그녀에게 잔을 건넨다.

"경찰에서 그런 걸 뭐라고 하지? '알리바이'. 응? 우리는 아이스링크에 가지도 않았어. 여기 있었어, 응? 취했어. 취했는데 너희 아빠가 누굴 쏠 수 있어, 응? 알리바이."

아나와 아빠는 처량한 한숨을 길게 한 번 토하고 그의 논리를 받아들인다. 선택의 여지가 없다. 그들은 잔을 비운다. 레브가 알리바이를 좀 더 따른다. 그들은 아무 말도 하지 않고 각자 마신다. 레브는 현관 앞 바닥에서, 아나의 아빠는 벽난로 앞 자기 의자에서, 아나는 부엌에서. 그녀는 눈물을 흘리고 흘리고 또 흘리며 이때 마지막으로 술에 취한다.

아나는 지금까지 하고 싶은 일이 전혀 없었지만 이제는 평생 남의 생명을 구하는 일을 할 것이다. 그녀는 아직 그걸 모르지만, 벤이의 생명을 구하지 못했던 이때가 시작점이다. 그러니까 앞으로는 술을 마실 여유가 없다. 그녀는 아빠를 사랑하지만, 다음번에 또 누군가가 태풍이 부는 와중에 현관문을 두드리는데 벽난로 앞 의자에 널브러져 있는 그런 인간이 될 수는 없다. 다음번에 누군가가 도와달라고 외칠 때는 아나가 세상을 구할 수 있을지 모른다.

❄

"그나저나 여기 정말 믿기지 않는 곳이다."

예전에 마야의 엄마가 이렇게 얘기했을 때 아빠는 이렇게 대답했다.

"가장 믿기지 않는 건 여기가 아직 남아 있다는 사실이지. 사람들이 아직 여기서 살고 있다는 거."

마야는 벤이가 죽은 다음 날에도 어떻게 해가 뜰 수 있는지 이해할 수 없었던 일을 기억할 것이다. 어떻게 그녀는 지금까지 살아 있는지, 어떻게 그녀는 계속 살아가고 있는지. 하지만 그녀는 처음으로 부모님을 이해한다. 진심으로 이해한다. 이삭이 죽었을 때 그들이 어떤 식으로 눈물을 삼키는 법을 배웠는지. 마야와 레오가 듣지 못하게 어떤 식으로 오랫동안 조용히, 조용히 눈물을 흘렸는지. 공기 자체에도 얼마나 살이 에였을지. 땅바닥에 뺨을 대고 엎드려 그 아래에 누워 있는 아이에게 얼마나 조그맣게 속삭이고 싶었을지. 그 아이와 같이 죽지 못하는 자신들이 얼마나 미웠을지.

그후로 지금까지 그들이 실천한 모든 일 중에 뭔가 중요한 것, 어마어마한 것, 천국에 일찍 가지 못한 이유가 될 만한 것을 이루기 위한 노력은 얼마나 될까? 거의 전부다.

마야는 해가 다시 뜬다는 것이, 자신은 여기 있는데 벤이는 그렇지 않다는 것이 견딜 수 없어서 남은 생애 동안 거의 날마다 이런 생각을 할 것이다. '그가 나를 보면 자랑스러워할까? 나는 가치 있는 인생을 살고 있을까? 이 정도면 나는 충분히 선한 사람일까?' 그녀는 그런 사람이다. 그녀와 함께 베어타운에서 어린 시절을 보낸 친구들은 모두 그런 사람들이다. 대책이 없을 정도로 단순하면서 끔찍하리만치 복잡한. 평범하고 남다른. 남다르게 평범한. 우리는 그저 남들과 더불어, 자기 자신과 더불어 살아가 보려고 노력할 뿐이다. 기쁜 일이 생기면 기뻐하며, 슬픈 일이 찾아오면 슬퍼하며, 아이들이 행복해하면 우리는 절대 그들을 보호할 수 없다는 데 무너지지 않고 놀라워하며.

마야는 이 마을에 소속감을 느낀 적이 없었지만 드디어 여기가 어느 누구에게보다 더 분명한 그녀의 마을이 된다. 커다란 숲속의 작은 마을. 마야는 허리를 꼿꼿하게 펴고 차분한 목소리로 여기 사람들에 대해 이야기할 것이다. 대부분 대단한 것을 바라지 않는다고 할 것이다. 일자리. 집. 좋은 학교. 반려견과 함께 잠시 산책하는 시간. 엘크 사냥. 하루를 시작하는 커피 한 잔과 하루를 마무리하는 시원한 맥주 한 잔. 신나는 웃음소리. 좋은 이웃. 자전거를 타기에 안전한 거리. 겨울에는 스케이트를 배울 수 있고 여름에는 물고기 한 마리 잡지 않으면서 아홉 시간 동안 배 위에 앉아 있을 수 있는 호수. 눈싸움. 올라탈 나무. 다시 시작되는 하키 시즌. 이런 것. 우리가 원하는 건 이런 것들뿐이다.

마야는 자기 주변 사람들은 단순한 놀이를 사랑한다고, 그걸 전혀 사랑하지 않는 사람들조차 그렇다고 말할 것이다. 각자의 손에 들린 스틱, 두 개의 골문, 우리와 당신들. *탕 탕 탕.* 그녀는 젠장, 우리는 그저 살아보려고 애쓸 뿐이라고 할 것이다. 서로에도 불구하고, 서로를 위해.

계속 살아가려고 애쓸 뿐이라고.

조만간 수백 만 명의 사람들이 마야의 이름을 알게 될 테지만 그녀는 매일 밤마다 오직 벤이만을 위해 노래할 것이다. 모든 노래의 주제가 벤이는 아닐 테지만, 심지어 아나의 노래마저 어찌어찌 그의 노래가 될 것이다. 마야는 지금으로부터 몇 년 뒤 어느 날 저녁 이 나라를 통틀어 가장 큰 무대에서 공연할 만큼 유명해질 것이다. 그 공연은 표가 매진될 것이다. 그녀는 처음으로 무대에 오를 때 그 공연장의 원래 용도를 알아차릴 것이다. 아이스링크다. 가수 인생을 통틀어 가장 역사적인 그 순간에 마야는 눈물을 흘리며 모든 곡을 소화할 것이다.

105
나무

벤이의 장례식은 문을 열어놓은 교회가 아니라 벌거벗은 하늘 아래에서 열린다. 양쪽 마을에서 모두 참석한다. 신문의 부고는 사족이다. 다들 이미 시간과 장소를 알고 있고 심지어 공장마저 문을 닫는데, 벤이의 이름 아래에 모두의 생각이 새겨져 있다.

이런 아픔을 어떻게 말로 건드릴 수 있을까.

오비크 세 자매에게 그 문구를 보여준 사람은 장의사다.
"제가 제일 좋아하는 보딜 말름스텐의 시예요."
그는 이렇듯 사랑을 고백해 놓고 살짝 민망해한다. 이제는 오비크 세 자매도 제일 좋아하는 시인이 된다.
그들의 남동생은 아버지 바로 옆에, 라모나와 비다르 근처에 묻힌다. 여기 사람들은 가장 아름다운 나무 아래에 자식을 묻는다고 하지만, 아무리 솜씨가 좋은 사람이라도 벤야민 오비크를 그 아래에 묻어도 될 만큼 아름다운 나무는 찾지 못할 것이다. 그래서 우리는 알리시아와 다른 아이들의 손을 빌려, 그의 이름이 새겨진 비석을 빙 둘러서 새 나무를 심는다. 이 나무들이 그의 주변에서 자라면 그는 교회 공동묘지가 아니라 가장 안전하고 행복했던 곳에서 잠들 수 있게 될 것이다. 숲속에서.

말?

이런 아픔을 어떻게 말로 건드릴 수 있을까.

❄

알리시아는 아드리와 수네의 손을 잡고 장례식에 참석한다. 마야가 보이자 그들의 손을 놓고, 자기를 위해서가 아니라 마야를 위해서 달려간다.
"무서워요?"
아이가 묻는다.
"엄청. 그리고 엄청 슬퍼."
마야는 아이의 머리칼에 눈을 묻으며 대답한다.
"벤이 삼촌도 무서워하고 있을까요? 저 아래 땅속은 어두컴컴하고 추울까요?"
"아니, 벤이는 무서워하지 않아. 심지어 여기에 있지도 않아."
"그래요?"
알리시아는 숨을 수천 번 쉬는 동안 처음으로 미소를 짓는다.
마야는 백만 번쯤 눈을 깜빡인다.

"지금 저기 어디 빙판 위에서 웃고 있어. 제일 친한 친구들이랑 하키를 하면서. 누워서 별도 보고. 무서워하지 않아. 백 년 뒤에 벤이를 다시 만나면 네가 그때까지 어떤 일을 했는지 얘기해 줘. 네가 얼마나 멋지게 살았는지. 어떤 모험을 펼쳤는지. 벤이는 그걸 기다리고 있을 거야."

알리시아가 다시 아드리 옆으로 뛰어가자 마야는 교회 모서리에 앉아 볼펜으로 팔에 가사를 적는다. 팔뚝 가득 적는다. 그런 다음 벤이의 엄마와 누나들에게 장례식 때 노래를 불러도 되느냐고 묻는다. 마야는 교회 계단 위에 선다. 숲속이 그때만큼 고요했던 적이 없다. 그녀가 그에게 전하고 싶은 모든 말이 천천히, 천천히 흘러나온다.

무섭니? 너를 사랑하는 어떤 사람이 궁금해하더라
나는 아니라고, 너는 지금 다른 모습으로 바뀌었다고 대답했어
무덤은 다만 추억을 위한 공간이고
너는 관을 덮은 흙 속에 있지 않을 거라고
네가 지금 어디 있는지 그건 모르겠지만
여기에는 없어, 떠났으니까
호숫가에 놓인 접이의자, 너는
거기에 앉아서 웃고 너무나 귀한 사랑을 느끼겠지
빙판이 네 섬을 에워싸고 너는 스케이트를 들었고
그 아름다움이 절대 희미해지지 않을 한 소년
너는 경기를 하고 심지어 추위도 느끼지 못해
절대 나이를 먹지 않을 한 소년의 경기
너는 네가 원했던 모든 것,

너는 지금 안전하고 행복해, 거칠고 자유로워
친구야, 네가 지금 어디 있는지 모르겠지만
백 년 뒤에 다시 만나자

❄

리더십에는 여러 종류가 있다. 물론 우리가 가장 쉽게 존경할 수 있는 리더는 미지의 세계로 추종자들을 용감하게 끌고 갈 수 있는 사람, 아무도 간 적 없는 곳을 향해 씩씩하게 위로 또 앞으로 행진할 수 있는 사람이다. 하지만 이런 일이 벌어진 뒤에 해가 뜨면, 다시 베어타운을 숨 쉴 수 있는 곳으로 만드는 데 가장 도움이 되는 것은 그보다 훨씬 눈에 띄지 않는 다른 어떤 것이다. 보보와 아맛은 A팀의 모든 선수를 데리고 나가서 아이들을 한데 모은다. 그러고는 하키를 하고 하고 또 한다. 아이스링크에서, 호수 위에서, 아파트 단지 사이 공터에서. 하키를 하고 하고 또 한다. 그것이 그들이 아는 유일한 해결책이다. 세상을 좀 더 나은 곳으로 만들 수 있는 유일한 방법이다.

대도시도 그들과 함께한다. 처음에는 말이 없지만 이내 전혀 다른 인물, 전혀 새로운 인물로 변신한다. 말하는 사람으로 변신한다. 상대방의 어깨에 손을 얹고, 누가 넘어지면 일으켜 주고, 다친 사람을 업어주고. 어느 정도 시간이 지난 뒤에는 그가 남들이 먼저 나서면 뒤를 따라가는 것이 아니라 그 반대가 됐음을 깨닫는다. 다른 팀에서는 항상 까다롭고 이상하며 불성실하기로 악명이 높았던 그가 여기에서는 정반대가 된다.

어느 날 저녁에 그들이 아이들과 같이 뛰는 동안 아이들 부모가 남아서 구경한다. 다음 날 저녁이 되자 그중 한 아이의 아빠가 자기도 껴도 되느냐고 묻는다. 얼마 안 있어 곳곳에서 모두가 하키를 하고 있을 것이다.

이곳은 모든 게 달라질 수 있고 모든 사람들이 변모할 수 있는 그런 마을이다. 허파는 비명을 지르더라도 어떻게든 힘을 내서 뛰는 곳이다. 안팎의 어둠을 견디는 데 이골이 나서 그런 걸까. 바로 옆이 황야라 그런 걸까. 하지만 무엇보다도, 다른 모든 마을도 그렇겠지만, 내일이 없다면 무슨 대안이 남겠는가.

리더십에는 여러 종류가 있고 대도시와 아맛과 보보가 이해에 발휘한 리더십은 앞으로 나아가기보다 뒤로 물러나는 리더십이다. 우리의 모든 것으로 돌아가는 리더십이다. 집으로 돌아가는 길을 아는 것이 가장 위대한 리더의 자질일 때도 있다.

❄

이때로부터 몇 달 뒤에 한나는 다시 신생아를 안고 있을 것이다. 기쁜 날이다. 이런 날이 다시 찾아오다니 믿기지 않지만 진짜다. 그녀는 집에 가서 테스와 함께 소풍 준비를 한다. 요니는 레브가 챙겨준 부품을 가지고 보보의 도움을 받아가며 소방서에서 차를 고치고 있다. 수리가 끝나면 다른 소방관들과 함께 소방서 앞 공터로 나가서 아이들과 남동생, 여동생들과 눈싸움을 할 것이다.

그 자리에는 벌써 소방관처럼 보이는 토비아스도 있다. 아빠를 꼭 닮은 어른이 될 테니 그의 아버지는 최대한 좋은 사람이 되려고 노력한다. 몇 년이 지나면 테스는 거처를 옮기겠지만 결국에는 다시 돌아올 것이다. 너무 확실한 숲 사람이라 다른 데서는 살 수가 없어서다. 다른 세상을 경험하기 전까지는 그런 줄 모를 테지만.

어느 날 저녁에 테드의 하키팀 코치가 요니와 한나에게 연락해서 좀 더 대규모 구단의 코치, 하키 아카데미 관계자, 심지어 에이전트에게까지 문의 전화를 받고 있다고 알린다. 그러면서 "아이의 인생이 달라질 테니 마음의 준비를 하고 있으라" 하고 말한다. 테드는 헤드 출신 선수 중에서 가장 눈부신 재능을 갖춘 선수다. 언젠가는 최고의 선수가 될 것이다.

요니는 그 전화를 받고 몇 시간 동안 부엌에 앉아서 잔이 아니라 향초 홀더에 담긴 위스키를 바라본다. 그걸 건드리지는 않고 보기만 하다가 차를 몰고 베어타운으로 간다. 어느 집 현관문을 두드린다. 페테르의 부엌에서 크루아상을 먹으며 나지막이 고백한다.

"주변에서 우리 아들이 성공할 수 있다고 그래요. 어쩌면 끝까지 갈 수도 있다고. 그래서 혹시…… 조언을 들을 수 있을까 하고요."

페테르는 미안해하며 고개를 젓는다.

"아드님의 선수 생활에 대해서는 제가 아무 도움도 되지 못할 겁니다. 몸값이며 계약이며 그런 거에 대해서 아는 게 없어서요. 하지만 예전에 알고 지냈던 친구들 연락처는 드릴 수 있는데……."

식탁 맞은편에 앉아 있던 소방관은 고개를 든다. 불안해하느라 눈가가 촉촉하게 젖었다. 그는 아주 조그맣게 속삭인다.

"아뇨…… 아뇨…… 그게 아니에요. 우리 아들이 아니라 저를 위해서 조언을 해달라고요. 좋은 아빠가 되려면 어떻게 해야 하는지 알고 싶어요. 당신은 그 아이의 나이였을 때, 여기저기서 연락이 오기 시작했을 때 아쉬웠던 부분이 있는지 궁금해요."

페테르는 한참 아무 말도 하지 않다가 자신의 어린 시절에 대해 어느 누구에게도 한 적 없는 얘기를 한다. 몇 년 뒤에 테드는 헤드 역사상 가장 어린 나이에 주장이 된다. 그로부터 몇 년 뒤에는 NHL 프로팀의 주장이 된다. 리포터가 어디에서 리더가 되는 훈련을 받았느냐고 묻자 그는 간단하게 대답한다.

"집이요."

❄

티무와 다른 검은 재킷의 남자들은 다시 하키 경기를 보러 간다. 다시 노래를 부른다. 항상 전보다 좀 더 무거운 목소리로 좀 더 엄청난 상실감을 달래며, 경기가 끝난 뒤에는 항상 맥주를 들고 교회 공동묘지까지 걸어간다. 그런 다음 거기 앉아서 비다르와 벤이와 라모나와 홀예르와 기타 등등 보러 가지 못한 사람들에게 경기가 어떻게 됐는지 알려준다. 시시콜콜하게. 슛 하나하나까지. 모든 골과 심판의 오심까지. 하늘나라의 맥주는 비싸고 손님들은 한결같이 징징거리고 거의 달라지는 게 없지만, 어느 날 티무가 아들을 데리고 와서 인사를 시킬 것이다.

그의 아들은 자라서 하키가 아니라 축구 팬이 되기로 결심하는데, 그 소식을 듣고 하늘나라에서 엄청난 폭소가 터질 것이다. 어마어마한 폭소가 터질 것이다.

엘리사베트 사켈은 유명한 코치가 된다. 수백 번의 경기에서 승리를 거둔다. 리그 1위와 선수권 대회 우승과 트로피를 거머쥔다. 다시 거머쥐지 못한 게 있다면 맨 처음에 느꼈던 그 단순한 희열이다. 하키가 다시는 놀이가 되지 못한다. 하지만 여러 해가 지난 어느 날, 알리시아가 선수로 있는 국가대표 팀을 맡게 될 테고 사켈은 그때 가장 엄격하게 지킨 원칙에 예외를 허락할 것이다.

한 선수에게 16번을 달고 뛰게 할 것이다. 딱 한 경기 동안만.

알리시아는 라커 룸 벤치에서 일어나 팀원들을 이끌며 빙판 위로 진격하고, 사켈은 그녀를 지켜보다가 한순간 그가 아니라는 것을 깜빡한다.

✻

레오는 벤이의 장례식이 끝난 뒤, 며칠 동안 헤드폰을 쓰고 게임에 빠져 지낸다. 게임을 하고 또 하며, 한 이름이 화면에 뜨길 매일 밤 기다린다. 실제 현실에서는 한 번도 만난 적 없지만 최근 몇 달 동안 거기서 하도 마주치다 보니 이제는 서로 아는 사이인 것처럼 느껴지는 유저를. 누군지 모를 그자는 날마다 레오를 찾아내 뒤를 밟고 있기라도 했던 것처럼 번번이 그를 사살했다. 레오는 그에게 복수하고 싶은 마음을 포기할 수가 없다. 조금만 더 빠르게 움직이면, 조금만 더 집중하면 분명 그놈을 잡을 수 있을 것이다. 누군지는 모르겠지만.

하지만 상대는 등장하지 않는다. 두 번 다시는. 레오는 이유를 절대 알 길이 없겠지만, 이 게임을 끊은 이후에도 한참 동안 어쩌다 한번씩 접속해 그 ID를 찾아볼 것이다. 인터넷에서 검색해 보면 그 ID가 '마테오'라는 이름을 직역한 거라고 외국어로 설명한 페이지가 뜨겠지만, 그는 검색하지 않는다.

그의 방문을 두드리는 소리가 들린다. 마야가 기타를 들고 문 앞에 서 있다.

"들어가도 돼?"

그녀가 조그맣게 묻는다. 어렸을 때 레오가 나쁜 꿈을 꾸면 마야의 방으로 살금살금 다가가 항상 그렇게 물었다.

레오는 당연히 고개를 끄덕인다. 그녀는 그의 침대에 앉아서 기타를 치고, 그는 컴퓨터 앞에서 게임을 한다. 그녀가 음악대학으로 돌아가기 전날 밤이다. 그녀는 거기서 한동안 외톨이로 지낼 테고, 분노를 달랠 테고, 역사에 남을 명곡을 몇 곡 쓰게 될 테다.

"나는 네가 자랑스러워."

그녀는 동생에게 조그맣게 속삭인다.

"나도 누나가 자랑스러워."

그도 마주 속삭인다.

레오는 이후에 훌륭한 일을 많이 할 것이다. 큰 인물이 돼서 그녀에게 진심으로 그를 자랑스러워할 만한 이유를 수도 없이 선사할 것이다. 마야는 지금 미리 자랑스러워하는 것이다. 그것이 누나의 역할이다.

안데르손 남매는 가정을 일구고 아이를 낳고, 어느 크리스마스이브에 지금과 비슷한 집에서 위아래 세대가 잠이 들었을 때 주변 환경이 열악했다면 그들이 어떤 사람이 되었을지 대화를 나눈다. 아주 조금 더 열악했다면. 조금 더 가난한 집에서 태어났다면. 사람들이 얼마나 잔인해질 수 있는지 조금 더 일찍, 조금 더 세게 깨달았다면. 그들을 위해서라면 아무하고도 싸울 수 있었던, 숲을 가르며 달려가 불량배를 상대하거나 여차하면 온 마을이라도 상대했을 엄마와 아빠가 없었다면. 포기할 줄을 모르고, 공격할 준비를 할 때에만 뒤로 물러나며, 아이들을 보호하는 데 필요한 일에는 한계가 없었던, 아이들을 보호할 수 없다는 걸 알 때조차 그랬던 엄마와 아빠가 없었다면.

레오는 미소를 지으며 누나의 머리칼을 다정하게 토닥일 것이다.

"엄마하고 아빠가 없었다면? 누나는 괜찮았을 거야. 누나는 악착같이 버틴 사람이니까. 하지만 나는? 가망이 없었을 거야."

❅

경찰에서는 마테오를 죽이는 데 쓰인 엽총을 끝내 찾지 못한다. 벤이를 죽인 권총의 출처도 밝히지 못한다. 베어타운 이쪽 끝에서 헤드 저쪽 끝까지 가가호호 탐문수사를 벌이지만 어느 누구도 쓸 만한 정보를 흘리지 않는다. 관계 당국이 엽총을 추적하는 데 가장 열을 올렸다고 지적할 사람도 있을 것이다. 엽총으로 살인범을 죽인 사람이 애초에 불법으로 밀수한 권총을 살인범에게 건넨 사람보다 더 큰 죄를 저지르기라도 했다는 듯이 굴었다고 말이다.

우리와 이 일대 출신이 아닌 사람들 간의 갈등은 절대 그치지 않는다. 우리는 그런 마을이기도 하다.

504

레브는 계속 헤드에서 살며 폐차장을 운영한다. 해마다 겨울이 되면 장난감과 인형이 가득 담긴 상자를 들고 머나먼 숲에 다녀온다. 거기 가면 조카들과 함께 조그만 잔에 담긴 독주를 마시고 조카 손자들과 함께 하키를 한다.

사람들이 그를 두고 하는 말은 전부 맞는다. 이 일대에서도 마찬가지다. 그가 깊은 숲속 마을에 워낙 적응을 잘하는 이유가 그 때문이다. 그런 마을도 가장 훌륭한 동시에 가장 끔찍할 수 있기 때문이다.

✻

어쩌면 프락을 무너뜨린 건 상심일지 모른다. 아니면 마침내 양심이 그의 발목을 잡았을 수도 있다. 리샤르드 테오는 장례식 일주일 뒤에 그를 찾아가 이 지역 신문사에서 어떤 기사를 연재할 예정인지 알린다. 테오의 정적은 박살 내고 하키단과 페테르 안데르손은 살려둘 부패 스캔들을 파헤칠 거라고 말이다. 테오는 그의 유용성을 간파한 사업가와 그를 두려워하는 정치인들로 동맹을 구축해놓았다. 이제 천하무적이다. 하지만 그는 진심으로 안타까워하는 듯한 표정을 지으며 하키단이 아무 타격 없이 처벌을 모면하는 것을 못마땅하게 여기는 정치적 동맹들이 있다고 설명한다. 모두가 소소하게나마 승리를 맛보아야 하는 것 아니겠느냐며 가장 단순한 해결책을 제시한다. 그들에게 페테르가 서명한 계약서를 몇 장 넘기라는 것이다. 트레이닝 시설 관련 사안이 담긴 가장 고약한 계약서는 말고, 그들에게 뭔가를 파헤치고 있는 듯한 기분을 맛보게 할 기본적인 부당이득 정도면 된다고. 하지만 그러자면 희생양이 필요할 텐데, 페테르를 희생양으로 삼지 않으려면 누군가가 그를 속였던 것으로 드러났다는 식으로 이야기를 퍼뜨려야 한다. 테오는 서글서글하게 두 팔을 내민다.

"라모나 어떨까요? 이미 죽은 사람이잖아요. 게다가 내가 들은 정보에 따르면 자기가 페테르 안데르손을 살리는 데 쓰였다 하더라도 전혀 개의치 않았을 것 같은데. 그녀에게 덮어씌우면 몇 주 안으로 모든 스캔들이 잊히고 모두가 아무 일도 없었던 것처럼 계속 살아갈 수 있어요."

프락은 자기 책상 앞에 앉아 손을 한참 쳐다보다가 조그맣게 속삭인다.

"페테르는 어린 시절 내내 내 절친이었던 거 알아요? NHL에 진출하기 전부터 실력이 워낙 출중해서 원정 경기를 온 상대 팀 선수들이 동생에게 갖다주고 싶다며 가끔 사인을 받아갈 정도였어요. 그래서 내가 그 친구의 사인을 위조했어요. 그 친구 모르게 '사인본' 사진을 팔고 싶어서. 나는 지금도 그 친구 필체를 거의 완벽하게 위조할 수 있어요."

테오는 눈썹을 들며 당황한 표정을 짓는다. 그로서는 아주 보기 드문 일이다.

"무슨 말씀을 하고 싶으신 거죠?"

프락은 침착하게 대답한다.

"의원님이 하자는 대로 하자고요. 동맹군에게 서류를 넘겨서 소소한 승리나마 맛보게 합시다. 계약서를 몇 장 주면서 페테르가 속아서 서명했다고요. 하지만 라모나를 팔지는 맙시다. 그의 이름으로 그 계약서에 서명한 사람은 나였다고 하겠어요."

리샤르드 테오는 놀란 동시에 감동한 눈치다. 그 이야기가 지역 신문사에 접수됐을 때는 경찰에까지 유출된다. 프락은 사기 혐의로 기소된다. 몇 개월 징역형을 받는다. 그는 어느 누구에게라도 눈곱만큼도 책임을 전가하지 않는다. 출소하자마자 곧장 베어타운으로 돌아가 건축 사업을 시작한다. 하지만 애초에 계획했던 베어타운 비즈니스 파크나 아이스링크 옆의 근사한 트레이닝 시설이 아니라 소꿉 친구를 도와서 대성당을 짓는다. 자비로 지붕 공사비를 충당하고 직접 공사에 참여한다. 이후에 프락과 페테르는 바로 그 꼭대기에 앉아 아래에서 노는 수많은 아이들을 내려다본다. 으리으리한 아이스링크가 아니라 소박하고 조그만 아이스박스는 70여 년 전에 공장 노동자들이 구단을 창설하며 베어타운에 건립했던 건물을 연상시킨다. 이곳에 폭풍과 갈망밖에 없던 시절에 꿈과 사랑, 희망과 분투가 생겨났다. 대성당은 뭐 그리 대단치는 않지만, 정말로 그렇지만 그래도 뭔가의 시작이다.

❄

편집장과 그 아버지는 휴가를 떠난다. 그녀는 태양이 비치는 곳으로 아버지를 데려간다. 그들은 맛있는 음식을 먹고 한참 걷고 교회를 구경하고 그늘진 테라스에서 잠을 청한다. 그것이 그들이 마지막으로 함께 떠난 여행이다. 아버지가 그로부터 얼마 되지 않아 세상을 떠난다. 편집장은 베어타운과 헤드로 돌아가지만 이내 좀 더 넓은 도시의 좀 더 규모 있는 신문사로 자리를 옮긴다. 힘이 생긴다. 어느 정도 시간이 걸리지만, 그녀가 생각했던 것보다 좀 더 오래 걸리지만, 그래도 어느 날 리샤르드 테오를 덮칠 기회가 생기자 놓치지 않는다.

그 무렵 테오 역시 좀 더 넓은 도시에서 좀 더 높은 자리에 앉아 있기에 추락의 충격이 더 심하다. 편집장은 최종적으로 그의 정치인생을 끝장내고 그를 파멸시킬 수 있을 만큼 많은 스캔들을 파헤친다.

정의를 구현하기 위해서 그런 게 아니다. 심지어 만족감을 위해서도 아니다. 그럴 능력이 되니까 한 것이다. 그와 같은 인간들이 항상이기면 안 되기 때문에 한 것이다.

❄

아맛은 결국 NHL로 진출하는 데 성공한다. 그가 첫 골을 기록한 날 밤에는 시차에도 불구하고 베어타운 전체가 깨어 있다. 사실 헤드도 마찬가지일지 모른다. 자고 있었더라도 아맛이 골을 넣는 순간 할로에서 터져 나온 함성 때문에 깰 수밖에 없다.

❄

지금으로부터 몇 년 뒤에, 여기서 멀지 않은 곳에서 젊은 남자가 어느 파티장의 소파 위에 앉아 있을 것이다. 주변에서는 다들 춤을 추고 술을 마시지만 그의 시선은 텔레비전에 고정돼 있을 것이다. 현재 이 나라에서 가장 유명한 가수의 공연을 짧게 편집한 영상이 흘러나오고 있다. 가수의 이름은 마야 안데르손이다. 젊은 남자는 전부터 그 이름이 마음에 들었다. 얼마나 평범한 이름인가. 그녀의 억양에 대해서는, 그게 왜 그렇게 귀에 익게 들리는지에 대해서는 생각해 본 적이 없다. 그런데 영상 속에서 마야는 사랑했던 사람의 생일이라며 그에게 바치는 노래를 부르고, 뒤편의 거대한 스크린 위로 그의 사진이 언뜻 비친다. 그녀는 아무도 그걸 보지 못할 거라고 생각한다. 그 뒤로 수천 개의 이미지가 획획 지나간다. 그 사진을 넣은 이유는 오로지 그녀 자신을 위해서다.

하지만 소파에 앉아 있던 남자는 사진 속의 얼굴을 알아본다. 손길과 시선을 기억하기 때문이다. 낡은 바 카운터에 놓인 맥주병, 고요한 숲에서 피우던 담배, 슬픈 눈과 거친 심장을 가진 아이에게 스케이트를 배울 때 살갗 위로 눈송이가 내려앉던 느낌.

소파 위에 앉아 있던 남자는 짐을 거의 챙기지 않는다. 가벼운 가방과 베이스를 넣은 케이스만 들고 마야가 공연 중인 옆 도시로 간다. 보안 요원을 밀치고 그녀에게 다가가려다 하마터면 맞아서 바닥에 쓰러질 뻔하지만 큰 소리로 외친다.

"나는 그 아이를 알아! 벤이! 나도 그 아이를 사랑했어!"

마야는 걸음을 멈춘다. 그들은 서로의 눈에서 그를 발견한다. 슬프고 거칠었던 숲속의 그 아이를.

"뮤지션이에요?"

마야는 묻는다.

"베이시스트야."

그는 말한다.

그 순간부터 그는 그녀의 베이시스트가 된다. 아무도 그녀의 노래를 그처럼 연주할 수 없다. 아무도 그처럼 밤마다 눈물을 쏟을 수 없다.

✳

옹알이는 하키를 계속한다. 모두가 기억하는 옹알이의 모습은 그게 될 것이다. 아이스링크에 있거나 어머니와 함께 집에 있는 모습일 것이다. 그는 마테오의 총구가 실은 누굴 겨냥하고 있었는지 아무에게도 이야기하지 않는다. 무슨 수로 그걸 설명할 수 있을까? 그의 가슴에 웅어리진 말들을 어느 누가 들어줄 수 있을까? 그는 너무 겁이 난다. 그는 너무 작다. 그래서 그는 아무 말도 하지 않고, 어느 누구의 마음도 뒤집어놓지 않고 조용히 살며, 베어타운 하키단이 그에게 골문을 맡길 때마다 모든 슛을 막으려고 한다. 좌석에 앉아 있는 관중과 스탠딩석에 서 있는 관중 모두에게 사랑받으며, 그는 여러모로 베어타운 하키단의 진정한 전설이 된다. 다른 구단으로 이적하지 않고 오직 여기에서만 뛰며 어느 누구보다도 곰다운 곰이 된다. 그는 헤드에서 태어났지만 베어타운이 그의 자리가 된다. 마침내 부상으로 하키를 접어야 할 때 그의 나이는 서른이 조금 넘고, 날마다 잊으려고 애를 쓰는 그 사건이 벌어진 지 반평생이 지났다. 그는 용서를 받으려는 사람처럼 매 순간 경기에 임했다. 충분히 훌륭하고 충분히 소중하며 눈곱만큼이나마 사랑받는 선수가 되면 자괴감 없이 살아갈 수 있기라도 할 것처럼. 그는 빙판이 타임머신이라도 되는 듯이 뛰지만 그건 절대 아니다. 구단에서는 그의 유니폼을 아이스링크 천장에 걸고 마지막 경기 이후에 성대한 은퇴식으로 감사의 뜻을 전한다. 다음 날 그는 큼지막한 하키 가방을 어깨에 짊어지고 버스에 올라탄다. 다른 마을로 먼 길을 달려 조그만 공동묘지까지 걸어가서 방치된 채 한쪽 구석에 숨어 있는 조그만 묘비를 찾는다. 겨울에는 눈과 바람을 막아주고 여름에는 그늘이 되어주는, 그런 아름드리나무 아래에 있는 묘비다. 옹알이는 주변의 잡초를 뽑고 '마테오'라는 이름 아래에 꽃다발을 놓는다. 성은 없다. 베어타운에서 이렇게 멀리 떨어져 있는데도 그에게 앙심을 품은 사람들이 찾아와 무덤을 훼손할까 봐 그의 부모가 이름만 새겨놓았다. 옹알이는 손끝으로 이름을 더듬으며 조그맣게 속삭인다.

"용서해 줘. 나 대신 네가 살았어야 하는데. 용서해 줘……."

그는 하키 가방을 열고 안에 든 엽총을 장전한다. 눈물을 닦고 엽총을 들고서 숲속으로 들어간다.

그걸로 충분한 벌이 될 수 있을까? 정답은 아무도 알 수 없다. 영원히.

❄

인생은 여러 순간이지 않을까? 웃음은 슬픔을 상대로 거둔 조그만 승리이지 않을까? 우리 안의 모든 것이 온전해지는 딱 한 순간.

루트와 마테오가 살았던 집의 현관문을 누가 조심스럽게 두드린다. 그들의 부모가 문을 열어보니 옆집에 사는 노부부다. 할머니는 사과 파이를, 할아버지는 보온병을 들고 있다. 바로 옆집에 사는데도 그들에 대해 아는 것이 거의 없다는 데 민망해졌는지 할아버지가 조용히 말문을 연다.

"대화를 나눌 상대가 필요하면 얘기해요. 원하면 우리는 그냥 아무 말 없이 앉아만 있을게요. 둘이서만 있으면 별로 좋지 않을 것 같아서요."

그들은 거실에 앉는다.

"근사한 책들이 많네요."

옆집 할머니가 말한다.

"실생활보다 책 보는 데 더 재주가 있어서요."

루트와 마테오의 아버지가 조그맣게 속삭인다.

잠시 후에 다시 누군가 현관문을 두드리는 소리가 들린다. 이번에는 그들의 딸의 장례식을 담당했던 목사다. 마테오는 감히 그 교회 공동묘지에 묻지 못했다. 그래도 그 목사가 찾아온 것이다. 그건 특별한 일이고 그는 특별한 사람이다. 다 같이 거실에 자리를 잡고 앉았을 때 목사의 시선이 천천히 책등을 훑는다.

"저기 성경책이 있네요. 제가 몇 구절 낭송해도 될까요?"

루트와 마테오의 어머니는 일어나서 성경책을 끄집어 낸다. 그리고 온몸을 벌벌 떨며 목사에게 건넨다. 목사는 그녀의 손을 잡고 마태복음 5장을 낭송한다.

애통하는 자는 복이 있나니 그들이 위로를 받을 것임이요

온유한 자는 복이 있나니 그들이 땅을 기업으로 받을 것임이요

긍휼히 여기는 자는 복이 있나니 그들이 긍휼히 여김을 받을 것임이요

목사는 같은 장에서 조금 더 내려와 다른 구절을 낭송한다.

산 위에 동네가 숨겨지지 못할 것이요
사람이 등불을 켜서 말 아래에 두지 아니하고 등경 위에 두나니 이
러므로 집 안 모든 사람에게 비치느니라
이같이 너희 빛이 사람 앞에 비치게 하여 그들로 너희 착한 행실을
보고 하늘에 계신 너희 아버지께 영광을 돌리게 하라

루트와 마테오의 부모님은 남은 인생을 자선사업에 바친다. 지구 반대편으로 건너가 가난한 마을에서 열심히 일하고 그들을 위해 건물을 짓는다. 그중에서도 가장 큰 곳이 보육원이다. 그들은 매일 아침 눈을 뜨면 딸과 아들의 웃음소리가 들리는 것 같다고 생각한다. 아주 잠깐이나마.

루트와 마테오가 살았던 조그만 집은 몇 년 동안 빈집으로 남는다. 하지만 때가 차자 사람들로 다시 가득해진다. 젊은 부부가 널빤지를 하나씩 교체해 거의 모든 곳을 새롭게 바꾼다. 그들의 쌍둥이가 앞마당에서 논다. 동네 주민들은 울타리를 사이에 두고 잡담을 나눈다. 하키 퍽이 벽을 향해 날아간다.

❄

벤이 어머니의 삶도 고되지만 꿋꿋하게 계속 이어진다. 그럴 수밖에 없는 것이, 세월은 우리를 기다려주지 않는다. 손자들이 그녀를 살리긴 하지만, 손자들도 기다려주지 않기는 마찬가지다. 생일과 여름 휴가와 크리스마스이브와 찰과상과 벌레 물린 데와 키득키득 웃음소리. 먹어야 하는 아이스크림. 신어야 하는 스케이트. 경험해야 하는 환상적이고 황홀한 모험. 그리고 결국 충분한 시간이 지나자 아주 가끔 아프지 않은 순간이 찾아온다. 그녀는 잘 견뎠다. 이제는 아들을 그리워하면서 번번이 소리를 지르지 않아도 된다. 끌어안으면서 번번이 울지 않아도 된다. 웃으면서 번번이 죄책감을 느끼지 않아도 된다.

삶은 계속된다. 그것은 우리에게 다른 선택지를 주지 않는다.

알리시아는 자기 집도 있고 침대도 있지만 거기서 지낼 때가 거의 없다. 대개 수네의 집 아니면 아드리의 집에서 지낸다. 그녀는 세 군데 집에서 어린 시절을 보낸다. 한 곳은 아주 형편없지만 나머지 두 곳은 정말 훌륭하다. 게다가 알리시아에게는 아이스링크와 그녀를 사랑하는 사람들과 그녀를 숭배하는 스포츠가 있다. 벤이의 어머니와 누나들은 그녀를 향한 사랑의 속삭임이 될 때까지 상심을 포옹으로 달래고 또 달랜다. 마치 석탄에서 조그만 다이아몬드가 빚어지는 것과 같다.

어느 날 알리시아는 아드리에게 받은 개를 데리고 수네의 집에 찾아간다. 다른 누구도 아닌 그녀의 개지만 수네의 집에서 살아야 한다고 딱 잘라서 설명한다.

"저는 학교에도 가야 하고 연습도 해야 하잖아요! 그런데 개를 혼자 둘 수는 없어요! 그러니까 할아버지가 도와주세요!"

알리시아가 선언한다.

"알겠다. 그래, 알겠어. 내가 도와줘야겠네."

수네는 고개를 끄덕인다.

"잼 샌드위치 먹어도 돼요?"

알리시아는 묻는다.

물론이지. 얼마든지 먹어도 된다.

❄

오비크 세 자매는 날마다 벤이의 무덤을 찾아간다. 벤이가 거기 있었다면 자기가 살아 있었을 때보다 자기한테 말을 더 많이 한다고 했을 것이다. 그들은 그런 생각이 들 때마다 그를 한 대 치고 싶어지고, 그럴 때 그가 가장 그리워진다.

그들은 계속 펠센 술집을 운영하지만 요즘은 다들 '벤이네'라고 부른다. 밖에 간판은 없다. 간판을 달 필요가 없다. 처음에는 라모나 시절의 전통 그대로 그냥 맥주와 맛없는 음식을 팔지만 음식이 점점 나아진다. 카시아는 라모나와 다르게 요리책을 활용할 줄 알기 때문이다. 가비의 아이들은 바 카운터에서 숙제를 하고 그녀는 자기보다 나쁜 엄마가 어디 있느냐며 수시로 전전긍긍하지만, 아이들은 컸을 때 거기서 보낸 시간을 다른 어떤 것과도 바꾸지 않겠다고 한다. 아드리 이모는 면상을 한 대 치겠다고 손님들을 협박하거나 실제로 치는 일을 담당하는데, 몇 시인가에 따라 선택지가 달라진다. 티무와 다른 검은 재킷 몇 명이 어느 날 찾아와 "트럭 짐칸에서 떨어진"새 당구대를 선물하겠다고 한다. 당구대를 설치하고 그 일당 중에서도 가장 멍청한 몇 명이 두어 번 쳐보려고 하지만 영 가망이 없다. 아드리는 그들의 고통을 끝내기 위해서라도 당구대를 태워버려야 하는 건 아닌가 하는 고민에 빠진다. 그러다 어느 날 이른 오후에 그녀 혼자 바 카운터를 청소하고 있는데 누군가가 문을 두드리는 소리가 들린다. 남자아이 여럿이 순진하고 열띤 표정으로 그녀를 보며 당구를 좀 쳐도 되느냐고 한다. 그녀는 아이들에게 들어오라고 한다. 아이들은 그녀 손에 끌려 나갈 때까지 집에 가지 않는다. 다음 날에는 문을 열자마자 찾아온다. 그녀는 냉동 피자를 데워주고 아이들은 당구를 치고 또 치고 점점 실력이 나아진다. 그 중 한 명이 나중에 세계 챔피언이 된대도 그녀는 놀라지 않을 것이다.

여기가 그런 마을이다. 정말로.

아나의 생일이다. 그녀는 아무도 기억하지 못할 거라고 생각하지만 술에 취하지 않은 아버지가 밤새 1층 바닥 전체를 풍선으로 장식해 놓았다. 개들이 하나도 남김없이 터뜨려 버리긴 했지만. 아나는 평생 이 정도로 사랑받는 기분을 느낀 적이 없다.

초인종이 울리고 한나가 문 앞에 서 있다. 테스가 조금 뒤에서 다소곳이 기다리고 있다. 울타리 옆에 밴이 주차돼 있다.

"너한테 주는 선물이야."

한나는 애정이 담긴 눈빛으로 애써 정색하며 말한다.

운전학원 이용권이다. 아나는 한참 깔깔대며 웃는다. 한나가 아나와 그 아빠에게 '사전 답사'를 같이 가겠느냐고 하자 둘은 따라나선다. 아나의 아빠는 심지어 픽업트럭에서 엽총을 꺼내놓는 것도 잊어버리지 않는다. 그들은 몇 시간 동안 차를 타고 좀 더 넓은 도시로 간다. 대학이 있을 만큼 멀지만 아나가 면허증을 따면 집에서 통학할 수 있을 만한 거리다. 한나가 헛기침한 뒤 말한다.

"여긴…… 음…… 조그만 대학이야. 남들 다 가고 싶어 하는 곳은 아닐 거야. 테스는 법대가 별로라서 다니지 않겠다고 했지만 너라면…… 음…… 그러니까, 여기 조산사 과정이 있거든. 먼저 간호학 수업을 들어야 하지만 내가 도와줄 수 있어. 내가…… 도와주고 싶어. 너만 괜찮다면."

테스는 그들 옆에 서 있다가 자기 어머니를 향해 눈을 부라린다. 아나는 뭐라고 말하면 좋을지 막막해진다. 그녀는 마야와 달라서 자기 생각을 말로 표현하는 법을 모른다. 그래서 아나는 차에서 큼지막한 봉투를 들고 와 눈이 마주치지 않게 이리저리 시선을 돌리며 어색하게 한나에게 건넨다.

"별거 아니에요. 엄마 가신 뒤에도 학교에서 해마다 어머니의 날이면 카드를 만들었거든요. 다른 애들도 다 만드니까. 하지만 아무한테도 줄 수가 없었어요. 그런데 아주머니는 모든 엄마들을 돕는다는 생각이 나더라고요. 그래서…… 아 씨. 이러면 저 어이없거나 이상한 사람 되는 거 아니죠?"

한나가 아무 말도 하지 못하자 테스가 대신 나선다.

"아니. 전혀 어이없지 않아. 멋져. 언니 멋져!"

아나는 이쪽을 쳐다보고 한나는 저쪽을 쳐다본다. 아나가 아무에게도 보여주지 않고 평생 들고 다닌 그 카드를 둘 다 어찌해야 할지 모른다. 그때 누군가가 대학에서 엎어지면 코 닿을 데에 있는 병원의 출입문 앞에서 소리를 지르기 시작하자 두 사람 다 진심으로 다행스러워한다.

"이 차 옮겨주세요! 응급실 입구를 막고 있잖아요!"

한나와 별반 다를 게 없는 간호사가 쑤셔놓은 벌집처럼 잔뜩 화가 나 있다. 출입문 바로 앞에 세미트레일러가 한 대 세워져 있기 때문인데, 알고 보니 급성 충수염 환자가 몰고 온 트럭이다. 돈이 아까워서 택시를 타고 올 생각은 하지도 못했고, 도착하자마자 기진맥진한 데다 엄청난 통증 때문에 운전석에서 굴러떨어지듯 내리느라 트럭을 제대로 주차하지 못했다. 그래서 그렇게 방치된 것이다. 간호사가 경비원에게 소리를 지르자 그는 이렇게 대답한다.

"내가 트럭을 어떻게 운전해요? 미쳤어요? 저걸 누가 옮길 수 있겠어요?"

그 말을 듣고 아나가 나선다.

"제가 옮길 수 있어요."

인생의 황금기지만 머리숱은 인생의 최저점을 찍고 있는 경비는 비웃으며 그녀를 돌아본다.

"네가? 이건 세미트레일러인데? 네가 이걸 운전할 수 있다고?"

아나는 어깨를 으쓱하고 말지만 뒤에서 아빠가 단호하게 말한다.

"우리 딸은 뭐든 운전할 수 있어요. 열쇠나 줘요."

경비는 처음에는 턱만 긁고 있다가 잠시 후에 입을 떡 벌린다. 한나와 테스는 옆에 서서 구경한다. 세미트레일러를 후진 주차하는 사람은 둘 다 처음 본다. 아나가 폴짝 뛰어내리자 경비는 큰 소리로 칭찬하지만 굉음에 묻혀 아무도 듣지 못한다. 윙윙거리며 허공을 난도질하는 듯한 소음이 사방을 채우고 잔디밭 위로 충격파가 번진다. 고개를 뒤로 젖힌 채 위를 올려다보던 아나는 한나에게 달려가 팔을 잡아당기며 큰소리로 묻는다.

"한나 아주머니? 저거 운전하려면 뭐 배워야 해요?"

한나는 하늘을 올려다보고 구급용 헬기를 따라 시선을 옮기며 미소를 짓는다. 헬기는 그것이 필요한 사람, 다친 사람, 도와달라며 울부짖고 있는 사람, 아무도 닿을 수 없는 사람에게로 날아간다. 다른 어느 누구도 감히 갈 수 없는 곳으로 날아간다. 필요하다면 불구덩이를 향해서라도.

✳

마야는 어른이 되면 오랫동안 수백 개의 공연장을 메운 수천 명의 관객 앞에서 노래하지만, 대개는 자기 자신과 어린 시절 친구들에게 바치는 노래다. 하루는 아나가 그녀를 헬리콥터에 태우고 하늘 높이 올라간다. 두 소녀도 그들과 함께 탑승한다. 깔깔대며 웃던 그 시절로 돌아가 보호하고 싶은 예전의 아나와 마야를 숲속에서 태워 그들의 재킷 안에 숨긴다. 날개가 뱅글뱅글 돌아가고 그들은 하늘 위로 멀리멀리 날아간다. 높이 그리고 자유롭게.

마야는 성폭행을 당하고 10년이 지났을 때 딱 한 번 케빈을 다시 만난다. 마야가 공연장에 주차한 투어버스에서 내리는데, 케빈이 근처 쇼핑몰에서 아내와 함께 나온다. 그가 조그만 고물 차를 후진해 방향을 돌린 순간 앞 유리창 너머로 마야와 눈이 마주친다. 그는 살이 졌고 인상이 달라져서 전보다 부드럽고 자신 없어 보인다. 아내는 임신 중이다. 자기 손을 그의 손 위에 얹고서 행복한 표정을 짓고 있다. 그는 완전히 새로운 삶을 일구었다. 그래도 되는 걸까?

마야는 케빈에게서 눈을 떼지 않는다. 그는 너무 놀라서 차를 급정거한다. 마야에게는 이 순간이 고작 몇 초에 불과하지만 케빈의 입장에서는 영원히 반복된다. 잠시 후에 그녀는 몸을 돌려서 그날 저녁 무대에 서기로 되어 있는 공연장으로 걸음을 옮긴다. 베이시스트가 몇 걸음 앞에서 기다리고 있다.

"누구야?"

그는 물을 것이다.

"아무도 아니야."

그녀는 이렇게 대답할 테고 그건 진심이다.

마야는 용서하지 않고 잊지 않지만 그럴 수 있다고 해서 폭력을 쓰지는 않는다. 케빈의 인생을 짓밟지는 않는다. 그래도 할 말 없는 인간이지만 처단하지 않는다.

하지만 케빈의 아내가 그 여자는 누구였냐고 물을 것이다. 케빈은 두려움을 달래며 여러 번 심호흡하지만 거짓의 중압감이 너무 커서 결국 조그맣게 사실대로 고백한다. 모든 것을. 베어타운에서의 그날 밤 이후에 그가 구축한 현실이 그 차 안에서 와르르 무너진다. 케빈은 모든 것을 잃는다.

그는 용서받을 수 있을까? 처단을 모면할 수 있을까? 인간다운 삶을 살아도 될까?

이제 그건 다른 사람들이 왈가왈부할 문제다. 마야는 이미 그 모든 것 위로 높이 날고 있다.

❄

봄이 오고 여름이 온다. 날씨가 거의 감당할 수 없을 지경이다. 하지만 이내 가을이 눈 깜빡하는 새 지나가고 마침내 겨울이 다시 들이닥친다. 삶은 그냥 계속되는 것이 아니라 처음부터 다시 시작되고 모든 게 다시 한번 가능해진다. 무슨 일이든 벌어질 수 있다. 이 세상에서 가장 근사하고 아름답고 엄청난 모험까지도.

관리인은 아침 일찍, 아주 일찍 아이스링크 문을 열고 불을 켠다. 스케이트를 신고 빙판 위로 나서는 알리시아가 이보다 더 외롭고 작아 보일 수 없지만 사실은 그렇지 않다. 그녀는 어느 누구보다 크고, 절대 다시 혼자가 아니다. 눈을 감고 손가락을 뻗으면 마음속 수많은 곳이 아파오지만 그 순간 그 자리에서만큼은 아무것도 느껴지지 않는다. 벤이가 옆에 같이 누워 있고, 조만간 하키 시즌이 시작할 테고, 모든 게 여전히 괜찮을 수 있으니까. 그녀는 기나긴 하키 선수 생활 동안 모든 아이스링크에서, 모든 국제 경기마다 겁이 나거나 긴장이 되면 똑같은 루틴을 반복할 것이다. 천장을 올려다보고 손을 내밀어 거기에 그가 있는 것을 느낄 것이다. 벤야민 오비크는 무덤 속에 누워 있지 않다. 벤야민 오비크는 절친과 함께 경기장에 있다.

관중석에는 관리인과 수네와 아드리가 앉아 있고, 온 아이스링크에서 벚꽃 향기가 풍긴다. 그러면 하키를 사랑하기가 수월해진다. 하키는 과거가 아니고 어제가 아니고 항상 다음이니까. 다음 작전, 다음 경기, 다음 시즌, 다음 세대, 불가능할 거라고 생각했던 것이

기적적으로 이루어지는 다음번 마법의 순간. 자리에서 벌떡 일어나 환호성을 지를 다음번 기회. 다음, 또 그 다음.

언젠가 알리시아는 세계 최고가 될 것이다. 그녀는 가슴속에서는 커다란 슬픔이, 허공에서는 폭력적인 기운이 느껴지는 마을 출신이고, 등에는 '오비크'가 있다. 스케이트를 신고 그냥 빙판 위로 나서는 것이 아니라 폭풍같이 들이닥친다. 그녀를 막으려는 사람은 행운을 빌어야 할 것이다.

알리시아가 골을 넣을 때마다 그녀를 사랑하는 모든 사람들의 발이 땅에서 떨어지고, 잠깐의 짜릿한 순간 동안 모든 희생이 값어치 있게 느껴진다. 이것이 인생이다. 언젠가 그녀는 여기로 돌아와 다른 꼬맹이들에게 스케이트를 가르칠 것이다. 언젠가 그녀가 스파이더맨이자 원더우먼이 될 것이다.

그녀의 100년사가 가장 훌륭하고 가장 사랑을 많이 받고 가장 많이 입에서 입으로 전해지는 이야기가 될 것이다. 그건 이 하키 마을에서 시사하는 바가 크다. 우리에게 있는 것이라고는 이야기밖에 없으니까. 하지만 우리의 모든 이야기의 주제는 사실 하나다. 여기에서 태어나 NHL에 진출했다가 가족과 함께 돌아온 소년. 세상에 둘도 없는 친구를 찾은 그의 딸. 끔찍한 범죄. 장기기증이나 다름없었던 사랑. 눈물과 몸부림. 포옹과 폭소. 무대와 기타와 수천 명의 관객. 얼음이라고는 볼 수 없는 곳에서 태어났지만 나중에 어느 누구보다 빠르게 스케이트를 탈 수 있게 된 소년. 다른 면에서 최고가 된 아이들. 코치가 된 소년. 부모가 된 아이들과 헬리콥터를 몰고 온 세상을 구하러 다니는 소녀. 자신을 영웅이라고 생각한 적 없지만 영웅처럼 죽은, 한 아이를 구하기 위해 불길 속으로 뛰어든 청년. 가족과 친구들. 나무 타기와 모험. 광활한 숲과 두 작은 마을과 그저 살아가려고 애를 쓰는 이곳의 모든 사람들. 보트 낚시. 거짓말. 한 마리도 잡히지 않는 물고기.

이 모든 것의 주제가 하나다. 알리시아. 우리가 얘기한 모든 사람, 우리가 들은 모든 이야기, 그 모든 게 그녀로 연결된다. 여기에서 다른 모든 이야기가 끝이 나고 그녀의 이야기가 시작된다.

어느 날 우리는 알리시아로 인해 승자가 된 기분을 만끽할 수 있을 것이다.

그녀는 곰이기에.

베어타운의 곰이기에.

감사의 글

먼저 아내와 아이들. 어디에서든 항상 내 팀이 되어주고 우리 팀 대 나머지 세상 전부로 만드는 그들에게 사랑한다고 고백하고 싶다 (그리고 마지막으로 원고를 수정하던 도중 가장 우울했던 시기에 공원으로 나가 공을 던지는 것보다 중요한 일은 세상에 없다고 일깨워 준 우리 집 똘끼 충만 저먼 셰퍼드에게 특별한 감사를). 출판사 대표 헬레나 융스트룀. 흔들리는 나를 지탱해 준 그녀의 예리한 시각과 어마어마한 평정심이 없었다면 이 원고는 완성되지 못했을 것이다. 나와 작업실을 같이 쓰는 니클라스 나트 오크 다그. 항상 그 자리를 지켜주었던 그 친구와의 우정이 내 삶의 가장 큰 선물이다. 나의 각별한 편집자 바냐 빈터. 처음부터 끝까지 함께하며 온갖 아이디어를 제공했고 무엇보다 열정이 가득했던 그녀가 내게 얼마나 소중한 존재였는지 알아주면 좋겠다. 내가 나일 수 있는 충분한 공간을 확보하기 위해 항상 싸우는 에이전트 토르 요나손, 우리 가족과 내가 연약한 인간이라는 사실을 이해하고 항상 신경 써주는 홍보담당자 마리 윌렌함마르도.

여러 이유에서 익명으로 남기를 원한 많은 분에게도 진심 어린 감사의 뜻을 전하고 싶다. 가장 우울한 이야기를 용기 있게 나와 공유해 줘서 고마웠어요. 내가 여러분을 실망시키지는 않았기를 바랍니다.

하키와 관련된 내용은 모두 욘 린드의 공적이다. 그의 배려와 생각과 인맥이 없었다면 이 책은 세상의 빛을 보지 못했을 것이다. 클라스 엘레팔크는 내 궁금증을 해결해 주었을 뿐 아니라 긴 부분을 읽고 오류가 있는지 체크해 주었다. 토비아스 스타르크는 장시간 동안 내 전화를 받아주었고, 안데르스 칼루르와 요한 헴린은 내가 바보 같은 질문 공세를 퍼부어도 짜증내는 법 없이 답을 가르쳐주었다. 페테르 카른브로, 에리카 홀스크, 안드레아스 하라, 울프 엥만, 프레드릭 글라데르, 요한 포르스베르그와 기타 등등 설명과 응원으로 이 원고 작업에 처음부터 끝까지 많은 도움을 준 스웨덴 하키계의 모든 분에게도 감사 인사를 전한다. 이 작품은 처음부터 끝까지 하키라는 스포츠에 대한 사랑 선포였다는 것을 그들도 알아주면 좋겠다.

한나의 모델이었던 A, 요니의 모델이었던 M. 나의 보잘 것 없는 아이디어를 세상에 소개한 살로몬손 에이전시의 모든 분들. 첫날부터 내 작품을 무한 신뢰한 미국과 캐나다의 아트리아와 사이먼앤드슈스터 출판사(그중에서도 특별히 피터 볼랜드, 리비 맥과이어, 케빈 핸슨, 애리얼 프레드먼 스튜어트, 로리 그래시 그리고 리타 셰리든 덕분에 북아메리카가 나와 우리 가족에게 제2의 고향이 되었다). 길고 긴 점심 식사를 함께하며 말로 무엇을 할 수 있는지 끊임없이 혁신적인 아이디어를 제공한 알렉스 슐먼. 점보 사이즈 밀크셰이크와 광범위한 대화를 함께한 마커스 리프비. 나에게 베어타운 이야기를 가장 먼저 들은 이사벨 볼텐스테른과 요나탄 린드퀴스트. 달달한 번과 허심탄회한 대화를 공유한 필리프 데 조르조, 호숫가를 한참 동안 같이 걸었던 야콥 카켐보 안데르손.

모든 게 엉망진창이었을 때 두말 없이 나서준 내 친구 네가르와 다니엘. 도움이 필요할 때 전화 한 통이면 당장 달려와 주는 마리시아. 나는 이해 못하는 첨단 기기 부분에 도움을 준 아마드.

다각도에서 이 시리즈에 관여한 포룸, 보니에르, 피라트푀르라제의 모든 분들(그중에서도 특히 호칸 루델스, 아담 달린, 욘 해그블롬 그리고 소피아 브라트셀리우스툰포르스에게 감사를).

텔레비전 드라마 〈베어타운〉을 위해 애써주신 모든 분들, 그중에서도 특히 이 작품이 다른 매체로 소개될 수 있도록 열과 성의를 다해 싸워준 보니 스코그와 마티아스 아렌. 그리고 내가 꿈꾸었던 마을을 완벽하게 구현한 페테르 그륀룬드(그리고 그 모든 것을 한데 연결한 아담 토르뵈른손, 알렉시아 아프 클린, 소피 스미르나코스 그리고 세실리아 잉베르그 카라볼라이에게는 특별히 하이 파이브를).

따로 시간을 내서 내 궁금증을 해소해 주었고 자신의 작품을 통해 이 시리즈에 엄청나게 기여한 린다 헤덴융에게는 가장 따뜻한 감사의 인사를 전한다. 원고를 읽고 느끼고 내가 좀 더 열심히 생각할 수 있도록 자극을 준 요아킴 산데르와 요한 실렌. 내가 몰랐던 불과 숲과 삶의 수많은 측면을 가르쳐준 요한 스지만스키. 최고의 점심 짝꿍이자 개, 엽총, 음식에 관한 한 이보다 더 훌륭한 교사일 수 없었던 안데르스 달레니우스. 내가 이해하지 못했던 인간의 여러 동기를 알려준 이바르 아르피. 베어타운 배지를 완벽하게 디자인한 에릭 툰포르스. 25년 친구지만 그 어느 때보다 그 의리에 감사했던 리아드, 유네스 그리고 에릭. 어린 시절의 나를 태우고 수도 없이 도서

관과 연습장에 다녔고 지금은 손자 손녀에게 날마다 꿈을 꾸게 하는 엄마와 아빠. 항상 내게 응원을 아끼지 않는 여동생과 P와 그 아이들. 우리와 항상 같이 웃어주는 파르함과 M과 K. 세상에서 둘째 가라면 서러울 장모님과 장인어른.

그리고 마지막으로 지난 한 해 동안 영감과 도움을 주고 가끔은 그냥 같이 있어주었던 사람들. 소피아 룬드베르그, 크리스토퍼 카를손, 테데스테드 가족, 카이사 칼메우스, 막스 베르간데르, 프레드릭 위킹손, 미구엘 게레로, 안데르스 얀손, 클라스 에크만, 스티너 잭슨, 마리안 스바브, 파스칼 엥만, 애틸라 테렉, 제이 스미스, 나빌라 압둘 파타, 이소벨 해들리캠프츠, 대니얼과 프레야 L., 요한 브렌모, 비에른과 레나르트 닐손. 그리고 이곳에는 생략되었을지 몰라도 그 은혜를 잊을 수 없는 수많은 분들. 모두 고맙습니다!

마지막으로 이 시리즈를 모두 읽은 독자 여러분이 내가 모든 걸 쏟아 부은 이 작품에서 뭔가 얻은 게 있으면 좋겠다. 끝까지 함께해 줘서 고마웠어요.

프레드릭 배크만

옮긴이의 말

　프레드릭 배크만은 우리의 가슴속 아주 깊은 곳, 있는 줄도 몰랐던 그곳을 건드리는 데 천부적인 재능이 있는 작가다. '베어타운 시리즈'의 전작에서는 페르시아어로 아내에게 사랑을 고백해 심장을 쿵 뛰게 만들더니, 마지막 권인 이『위너』에서도 특유의 재능을 유감없이 발휘한다. "말을 너무 많이 하고, 노래를 너무 크게 부르며, 너무 자주 울고, 살아가는 동안 무언가를 너무 많이 사랑하는 그대들에게." 책장을 펼치자마자 이런 헌사가 동공을 거쳐 가슴속 깊은 곳으로 한 글자, 한 글자씩 들어와서 꽂히는데, 어떻게 이런 작가를, 또 이런 작품을 사랑하지 않을 수가 있을까.

　어떻게 쓰는 작품마다 그럴 수 있는지 전부터 궁금하던 찰나, 배크만이『위너』를 출간하면서 어느 매체와 했던 인터뷰에서 단서가 될 만한 문장을 발견했다. "나는 뭔가에 너무 애정을 쏟는 사람들에게만 애정을 느낀다. 베어타운의 모든 것이 그렇다. 무언가를 도가 지나치도록 사랑하는 사람들이 그 중심에 있다." '베어타운 시리즈'의 등장인물 중에서 누구에게 가장 많이 공감하느냐는 질문에 그는 아무래도 아이를 키우는 부모다 보니 미라와 페테르에게 가장 공감이 된다고 했지만, 나는 이 답변을 읽었을 때 벤이가 작가의 분신이라는 사실을 깨달았다. 라모나의 표현을 빌자면 머리는 쓴 적이 없고 가슴은 너무 써서 너덜너덜한데, 빌어먹게도 발은 한 방향으로밖에 갈 줄 모르는 그 아이. 머리끝부터 발끝까지 심장밖에 없는 그 아이. 알고 보니 배크만이 꼭 벤이 같은 사람이었다. 뭔가에 너무 집착하고 뭔가를 너무 사랑한다는 게 어떤 건지 아는 사람이었다.

우리는 특별한 작품을 어떻게 만날 수 있을까? 나의 경우에는 마음이 가는 등장인물이 있을 때, 책장을 덮고 나서도 한참 동안 문득문득 그 인물이 생각날 때 그 작품이 특별해진다. '베어타운 시리즈'를 특별하게 사랑했던 이유가 그것이었다. 나에게 '베어타운 시리즈'는 벤이가 있는 작품이었다.

1권의 첫머리에서 "벤야민 오비크를 아는 사람들, 특히 그를 벤이라고 부를 만큼 잘 아는 사람들은 어쩌면 벤이가 해피엔드가 어울리지 않는 인간이라는 사실을 내심 알았을 것이다"라는 문장을 접했을 때부터 계속 불안에 시달리던 나는, 보보의 고물 캠핑카를 몰던 벤이가 "이거 완전히 고물차잖아. 근데 와, 나 이 차가 좋아지기 시작했어. 꼭 나 같아!"라고 외친 대목에 이르렀을 때 마음이 그만 걷잡을 수 없이 무너져 버렸다. 벤이를 떠나보내기 위해 이 작품을 쓴 것 같다고, 그래서 이 『위너』를 탈고하기까지 오랜 시간이 걸렸고 너무 힘들었다고 했던 배크만을 이해할 수 있을 것 같았다. 너무 집착하고 너무 사랑하는 사람들의 마음을 알 것만 같았다.

한글 파일을 모니터에 띄워놓고 '옮긴이의 말'이라고 일단 써놓은 뒤에 한참을 고민했다. '베어타운 시리즈'의 3편이자 종결편인 이 작품에서도 배크만은 또다시 우정과 사랑과 공동체와 가족과 또

한 번의 기회와 가장 중요하게는 용서에 얽힌 이야기를 감동적으로 풀어냈다고, 덤덤하게 작품을 소개하는 글을 써야 할까. 아니면 옮긴이의 말을 빙자한 팬레터를 써도 될까. 그러다 결국 후자를 선택했다. 작품 소개는 앞으로도 얼마든지 할 수 있지만 벤이에게 띄우는 팬레터는 이번이 처음이자 마지막일 테니까. '베어타운 시리즈'의 등장인물들이 벤이 덕분에 행복했던 것처럼 나 역시 그 아이 덕분에 행복했으니까.

『오베라는 남자』와 『베어타운』으로 전 세계적인 인기를 얻은 뒤로 한동안 정신적인 고충을 겪다가, 이렇게 힘들게 벤이와 결별한 프레드릭 배크만은 앞으로 어떤 작품을 쓰게 될까? 이 작품에 자신의 100퍼센트를 쏟아부었다는 작가에게는 너무 잔인하고 가혹하게 느껴질 수도 있겠지만, 그래도 기대가 되는 건 어쩔 수 없다. 나는 프레드릭 배크만에게 또다시 감동할 준비가 되어 있다.

2023년 11월
이은선

옮긴이 이은선

연세대학교에서 중어중문학을, 국제학대학원에서 동아시아학을 전공했다. 편집자, 저작권 담당자를 거쳐 전문 번역가로 활동 중이다. 옮긴 책으로는 『베어타운』 『우리와 당신들』 『불안한 사람들』 『키르케』 『아킬레우스의 노래』 『페어리 테일』 『도둑 신부』 등이 있다.

위너 2

초판 1쇄 발행 2023년 12월 4일
초판 2쇄 발행 2023년 12월 26일

지은이 프레드릭 배크만
옮긴이 이은선
펴낸이 김선식

부사장 김은영
콘텐츠사업본부장 임보윤
책임편집 채윤지 **디자인** 윤신혜 **책임마케터** 배한진
콘텐츠사업2팀장 김보람 **콘텐츠사업2팀** 박하빈, 이상화, 채윤지, 윤신혜
마케팅본부장 권장규 **마케팅2팀** 이고은, 배한진, 양지환 **채널2팀** 권오권
미디어홍보본부장 정명찬 **브랜드관리팀** 오수미, 김은지, 이소영
뉴미디어팀 김민정, 이지은, 홍수경, 서가을, 문윤정, 이예주
크리에이티브팀 임유나, 박지수, 변승주, 김화정, 장세진, 박장미, 박주현
지식교양팀 이수인, 염아라, 석찬미, 김혜원, 백지은 **브랜드제휴팀** 안지혜
편집관리팀 조세현, 백설희 **저작권팀** 한승빈, 이슬, 윤제희
재무관리팀 하미선, 윤이경, 김재경, 이보람, 임혜정
인사총무팀 강미숙, 지석배, 김혜진, 황종원
제작관리팀 이소현, 김소영, 김진경, 최완규, 이지우, 박예찬
물류관리팀 김형기, 김선민, 주정훈, 김선진, 한유현, 전태연, 양문현, 이민운

펴낸곳 다산북스 **출판등록** 2005년 12월 23일 제313-2005-00277호
주소 경기도 파주시 회동길 490
대표전화 02-704-1724 **팩스** 02-703-2219 **이메일** dasanbooks@dasanbooks.com
홈페이지 www.dasanbooks.com **블로그** blog.naver.com/dasan_books
종이 신승지류 **인쇄** 북토리 **제본** 다온바인텍 **후가공** 평창피앤지
ISBN 979-11-306-4918-4 (03850)